Schon seit einiger Zeit wartet die hübsche Emma Tremayne, Tochter aus vornehmem Hause, darauf, daß der junge und reiche Geoffrey Alcott, Besitzer einer großen Wollspinnerei in Bristol, um ihre Hand anhält. Jeder erwartet es, und jeder erwartet auch, daß Emma sich in ihrem Leben um nicht viel mehr kümmern wird als um die neueste Mode. Schließlich, auf der letzten Fuchsjagd im Winter, ist es soweit. Geoffrey bittet Emma, seine Frau zu werden.

Aber als Emma an diesem Tag mitansehen muß, wie er eine Frau schroff zurückweist, die ihr totes Kind in den Armen hält, das bei der Arbeit in seiner Spinnerei durch einen Unfall gestorben ist, ändert sich ihr Leben von Grund auf. Sie will ausbrechen aus diesem unterkühlten goldenen Käfig, in dem Gefühle keinen Platz haben. Endlich will sie leben, und sie lernt Shay McKenna, einen irischen Revolutionär und Landarbeiter kennen, in den sie sich leidenschaftlich verliebt.

Aber noch ahnt sie nicht, daß er zu Bria, der Frau gehört, die es gewagt hat, Geoffrey Alcott die Stirn zu bieten und ihr damit die Augen zu öffnen.

Penelope Williamson hat Geschichte und Journalismus studiert und danach einige Jahre in einer PR-Agentur gearbeitet, bevor sie 1987 ihr erstes Buch veröffentlichte. Sie lebt heute mit ihrer Familie in Kalifornien. Ihre erfolgreichen Romane sind im Fischer Taschenbuch Verlag erschienen: ›Aus ruhmreichen Tagen‹ (Bd. 13037), ›Im Herzen des Hochlands‹ (Bd. 13119), ›Manchmal in all den Jahren‹ (Bd. 13038), ›Über den Wolken‹ (Bd. 13120), ›Unter dem Himmel von Notre-Dame‹ (Bd. 13118), ›Westwärts‹ (Bd. 13412), ›Die Widerspenstige‹ (Bd. 13039) und ›Wege des Schicksals‹ (Bd. 14883).
Penelope Williamsons neuer großer Roman ›Flammen im Wind‹ ist im Krüger Verlag erschienen.

Unsere Adresse im Internet: www.fischer-tb.de

Penelope Williamson

Wagnis des Herzens

Roman

Aus dem Amerikanischen von
Manfred Ohl und Hans Sartorius

Fischer Taschenbuch Verlag

Limitierte Sonderausgabe
Veröffentlicht im Fischer Taschenbuch Verlag,
ein Unternehmen der S. Fischer Verlag GmbH,
Frankfurt am Main, August 2002

Lizenzausgabe mit Genehmigung des
Wolfgang Krüger Verlags, Frankfurt am Main
Die amerikanische Originalausgabe erschien 1997
unter dem Titel ›The Passions of Emma‹
im Verlag Warner Books Inc., New York

Druck und Bindung: Clausen & Bosse, Leck
Printed in Germany
ISBN 3-596-50556-9

Für Candice Proctor
Schwester … und schließlich die beste Freundin

Erstes Kapitel

Bristol, Rhode Island – April 1890.

Emma Tremayne empfand die neugierigen Blicke wie Schläge auf die nackte Haut. Sie war so schüchtern, daß es ihr Folterqualen bereitete, wenn man sie nur ansah. Eigentlich hätte sie daran gewöhnt sein sollen, schließlich war sie eine Tremayne, eine der eigenwilligen, leidenschaftlichen und unsagbar reichen Tremaynes. Und sie war schön – das hatte man ihr zumindest schon immer versichert.

Emma hatte gesellschaftliche Anlässe nie gemocht, aber sie kannte ihre Pflichten und versuchte im allgemeinen, sie zu erfüllen. Sie nahm an dieser letzten Fuchsjagd der Saison teil, weil es ein traditionelles Ereignis der guten Gesellschaft von Bristol war, und die Tremaynes pflegten alle Traditionen der guten Gesellschaft gewissenhaft.

»Du bist jetzt unsere letzte Hoffnung«, hatte ihre Mutter noch an diesem Morgen zu ihr gesagt.

Deshalb war sie hier, für Mama und für die Famlie. Deshalb und weil die Jagd ihr Spaß machte, das heißt eigentlich nicht die Jagd an sich, sondern vielmehr das Reiten. Es war für sie wie eine Befreiung, im vollen Galopp über die gepflügten Felder, durch das hohe Gras und durch Birken- und Kiefernwälder zu fliegen. Wenn sie tief über den Pferdehals gebeugt über Mauern und Hecken setzte und sich dem Augenblick ganz überließ, in dem das Pferd vom Boden abhob und sie die Schwerelosigkeit voll von wunderbarer Freiheit spüren konnte.

Im Augenblick aber stand sie auf der Veranda des Farmhauses ihres Cousins. Aufmerksam betrachtete sie die unruhigen Pferde, die kläffenden Hunde, den scharlachroten Rock des Jagdherrn, die vielen hellen ledernen Reithosen, die schwarzen Reitkostüme und die schwarzen seidenen Zylinder. Emma kannte diese Leute schon ihr ganzes Leben. Trotzdem zögerte sie, hinunter auf den Vorplatz zu gehen und sich zu ihnen zu gesellen. Aber bei dem Gedanken an den bevorstehenden wilden Ritt erfaßte sie eine Woge der Erregung und das Gefühl unbändiger Lust.

Emma entdeckte die Brüder Alcott am anderen Ende des Platzes, nahe dem Tor. Sie saßen jeder auf einem hellbraunen Wallach. Emma hatte vergessen, wie ähnlich sie sich sahen. Beide hatten lange schmale Gesichter, die gleiche spitze Nasen und dichte hellbraune Haare. Geoffrey saß betont aufrecht, aber locker im Sattel und wirkte sehr vornehm mit seinem schwarzen Zylinder und der ordentlich gebundenen weißen Halsbinde. Stuart dagegen saß lässig auf dem tänzelnden Wallach. Er wirkte zugleich elegant und dekadent, aber das war schon immer seine Art gewesen. Er war seit mehr als sieben Jahren zum ersten Mal wieder zu Hause, und Emma freute sich sehr, ihn wiederzusehen. Am liebsten hätte sie bei seinem Anblick den Rock gehoben, wäre über den Platz gelaufen und hätte laut seinen Namen gerufen. Vor sieben Jahren hätte sie so etwas vielleicht getan, selbst wenn wie heute alle dabei gewesen wären, aber jetzt schickte sich das wohl kaum noch für sie.

Nein, auch als Kind hätte sie das nicht getan. Ein so natürliches Verhalten kannte nur die »andere« Emma. Die Emma Tremayne ihrer Träume war immer sehr viel mutiger und beherzter.

Geoffrey hob die Hand zum Gruß, und sie lächelte, ohne jedoch selbst zu winken. Sie hatte Geoffrey Alcott erst vor zwei Tagen, am Mittwoch, gesehen. Alle Welt, zumindest ganz Bristol, hielt ihn für ihren Verehrer, für den Mann, den sie heiraten würde. Nur daß er bis jetzt noch nicht um ihre Hand angehalten hatte.

Sie hatten beim Weihnachtsball zweimal miteinander getanzt. Um Mitternacht hatte er ihr den Arm gereicht und war mit ihr auf die Terrasse hinausgetreten, um, wie er sagte, die Sterne zu betrachten. Als Emma die Hand auf das Geländer legte, hatte er seine Hand auf ihre gelegt, und Emma glaubte, durch die seidenen Handschuhe hindurch die Wärme seiner Haut zu spüren. Der weiße Atem um-

hüllte ihre Gesichter wie zarte Schleier, und sie sahen sich lange an – nicht zu den Sternen hinauf. Damals hatte sie gedacht, er werde um ihre Hand anhalten, doch er hatte es nicht getan. Später wußte sie nicht genau, ob sie darüber enttäuscht oder erleichtert war.
Geoffrey musterte sie jetzt mit gerunzelter Stirn und schmalen Lippen. Emma fragte sich leicht beunruhigt, was sie sich an diesem Morgen bereits hatte zuschulden kommen lassen, um seine so offensichtliche Mißbilligung zu erregen.
Sie griff nach der schweren Schleppe des schwarzen Rocks ihres Reitkostüms und trat hinaus auf den Vorplatz. Ein Mann in einer schwarzen Jacke und einem großem Schlapphut auf dem Kopf brachte ihre Stute. Die breite Hutkrempe verdeckte sein Gesicht, aber das war unbedeutend, denn sie beachtete ihn kaum. Sie schenkte ihm auch dann noch keine Aufmerksamkeit, als er ihr beim Aufsitzen auf die unruhige Rotschimmelstute half.
Emma legte das Bein um den Sattelknauf und richtete den Rock. Das Sattelleder war kalt und feucht. Die Stute schnaubte, tänzelte und warf den Kopf. Plötzlich hob der Mann die Hand und umfaßte Emmas Fußgelenk.
Sein Griff war fest, und sie spürte seine starken Finger durch das weiche Leder der Stiefel. Es verschlug ihr den Atem. Ein Schauer lief ihr über den Rücken, und eine leise Panik erfaßte sie. Emma erstarrte unwillkürlich und stieß einen Schrei aus, der jedoch eher wie ein tiefes Seufzen klang.
»Der Gurt ist lose!« hörte sie ihn sagen. »Sie sind zweifellos ein hübsches kleines Fräulein, aber wenn Ihnen nicht eine gute Seele wie ich den Gurt festzieht, dann landen Sie mit dem Hintern in der erstbesten Dornenhecke.«
Die derben Worte entsetzten sie weit weniger als seine rauhe Stimme. Er hatte die typisch irische melodiöse Art zu sprechen, aber seine Stimme klang merkwürdig rauh und heiser, eher als flüstere er. Irgendwie lag etwas Bedrohliches darin.
Er hatte ihr Fußgelenk wieder losgelassen, hob den Sattel und zog die Gurtschnallen fest. Der Mann hatte große, breite und schwielige Hände.

Sie starrte schockiert auf den Schlapphut und die langen, zerzausten Haare, die über den Kragen seiner Jacke fielen. Langsam hob er den Kopf. Noch verbarg die breite Krempe sein Gesicht, aber dann blickte sie in zwei funkelnd grüne Augen, deren Tiefen sie nicht ergründen konnte.

Das Gesicht paßte zu den Händen. Vom rechten Augen zog sich eine weiße messerdünne Narbe über die Wange. Die Nase war krumm und wies etwas nach links. Auch am Hals hatte er eine große, dunkelrote Narbe.

Es tut mir leid, hätte sie beinahe gesagt. Aber das wäre albern gewesen, denn es gab nichts, wofür sie sich hätte entschuldigen müssen. Wenn überhaupt, dann wäre es an ihm gewesen, sich zu entschuldigen, weil er sie ohne Erlaubnis angefaßt hatte. Außerdem erdreistete er sich, mit ihr zu sprechen und gab ihr obendrein auch noch spöttisch zu verstehen, daß sie sich für ein »hübsches junges Fräulein« hielt.

Aber da hatte er sich bereits umgedreht und war weggegangen.

Er ist ganz schön eingebildet, dachte Emma und fühlte, wie sie diesen schwarzhaarigen muskulösen Iren um sein Selbstvertrauen beneidete. Er ging geradewegs zu ihrem Vetter Aloysius, der als Jagdherr inmitten der Meute auf dem Pferd saß und sich lachend unterhielt. Die Hunde kläfften und sprangen vor Aufregung durcheinander, aber alle wurden augenblicklich still, als der Mann sie erreichte.

Als ob seine Gegenwart bereits Gehorsam forderte.

Von diesem Augenblick an verlor Emma ihn nicht mehr aus den Augen.

Die Brüder Alcott ritten über den Platz zu ihr herüber. Es gelang Emma, Geoffrey anzulächeln und ihn auf harmlose Art zu necken. Sie errötete dabei nur leicht, denn Geoffrey war der Mensch in ihrer Welt, in dessen Gegenwart sie sich immer schon am wenigsten gehemmt fühlte. Dann konnte sie sogar Stuart sagen, wie sehr sie sich darüber freute, ihn nach so langer Abwesenheit wiederzusehen. Aber immer wieder richteten sich ihre Augen bewußt oder unbewußt auf jenen Mann.

Er mußte gespürt haben, daß sie ihn ansah, denn einmal drehte er sich

um und erwiderte den Blick. Emma wandte schnell den Kopf ab und schloß ihre Hand fest um den Griff ihrer Reitgerte.
Ihr Cousin Aloysius setzte das Kupferhorn, das er um den Hals trug, an die Lippen und blies weithin hallende Töne in den morgendlichen Himmel.
Der Ire schien ihrem Cousin offensichtlich als Pikör zu dienen. Sie sah, daß er inzwischen auf einem kastanienbraunen Pferd saß und die Meute um sich sammelte. Es war soweit. Die Jagdgesellschaft setzte sich langsam in Bewegung und ritt mit wippenden Zylindern, knarrenden Sätteln unter dem Klappern der Pferdehufe durch das Tor.
Morgendlicher Aprilnebel lag bläulichkalt über dem Weg. An den langen Grashalmen der Wiese hing glitzernder Rauhreif. Der Ire schlug mit der Peitsche an seinen Stiefel und stürmte mit den Hunden davon.
Und dann konnte Emma ihn nicht mehr sehen.

Der Jagdclub von Bristol versammelte sich zur letzten Jagd der Saison stets auf der alten Hope Farm.
Das Anwesen hatte früher einmal den Tremaynes gehört, doch eine Tochter hatte es geerbt, die keinen guten Mann geheiratet hatte. Deshalb war die Farm nicht so, wie sie es eigentlich hätte sein sollen. Die meisten Zwiebelfelder lagen brach und waren von Unkraut überwuchert. Auch das Farmhaus wirkte etwas heruntergekommen. Es war aus einem exotischen gelben marmorierten Stein gebaut, der auf einem Sklavenschiff als Ballast aus dem tiefsten Afrika über das Meer hierher gebracht worden war. Man erzählte sich, daß es in dem Haus Gespenster gäbe, aber außer Fledermäusen im Speicher hatte man noch nie etwas Unheimliches gesehen oder gehört.
Gespenster hin oder her, die Jagd fand an jedem Freitagmorgen von November bis zur ersten Aprilwoche statt. Die Hope Farm und das umliegende Land hatten nicht mehr zu bieten als ein paar alte Mühlen, Sumpf und Gestrüpp, sumpfige Tümpel und giftigen Efeu. Aber die erste Jagd auf der Hope Farm war bereits vor über zweihundert Jahren veranstaltet worden, und seitdem wiederholte sich dieses Ereignis im Winter Jahr für Jahr an jedem Freitagmorgen.

Alle bedeutenden alten Familien von Bristol gehörten dem Club an. Die gute Gesellschaft, wie sie sich selbst nannten, bestand aus den alten und sehr reichen Familien. Es waren die Spinnereibesitzer und Schiffsbauer, die Bankiers und die Rechtsanwälte mit all ihren Söhnen, Töchtern und Enkelkindern. Daran änderte sich nichts – Generation um Generation.

Vielleicht kamen nicht alle an *jedem* Freitag im Winter zur Jagd, aber bei der letzten Fuchsjagd der Saison war jeder, der etwas auf sich hielt, dabei. Das war Tradition, und in Bristol gab niemand, weder die reichen noch die einfachen Leute, eine Tradition kampflos auf.

Auch der Eierlikör vor der letzten Jagd war Tradition. Die Herren und Damen der Jagdgesellschaft saßen mit glänzenden Stiefeln auf dem Rücken ihrer gestriegelten Pferde und prosteten sich mit Eierlikör zu, der in Sterlingsilberbechern gereicht wurde, auf denen fliehende Füchse eingraviert waren. Wenn der Jagdherr das Horn blies, ritt die Jagdgesellschaft durch das Tor bis dorthin, wo der Weg die erste Kurve beschrieb. Jetzt wurden die leeren Becher unter lautem Jubel über die Weißdornhecke geworfen.

Diese Geste sollte den Reichtum und die ausgelassene Extravaganz der Gesellschaft unter Beweis stellen. Aber alle wußten, daß die Dienstboten strikte Anweisung hatten, jeden einzelnen Silberbecher hinter der Hecke für das nächste Jahr wieder aufzusammeln.

Der Eierlikör in den Bechern der Herren war natürlich mit Whisky gemischt. Aber an diesem Morgen hatte Stuart Alcott den Becher mit Eierlikör zurückgewiesen und trank den Whisky pur direkt aus der Flasche – ebenfalls silbern, aber dieses Silber war fleckig und verbeult.

Es gehörte sich nicht, die eigene Whiskyflasche zur Jagd mitzubringen. Deshalb runzelten alle die Stirn und warfen Stuart mißbilligende Blicke zu. Das wiederum ärgerte seinen Bruder Geoffrey. Geoffrey Alcott konnte den Gedanken nicht ertragen, daß jemand, der den Namen seiner Familie trug, bei etwas Unschicklichem ertappt wurde.

Als sie nebeneinander durch das Tor ritten, erwiderte Stuart spöttisch den Blick seines Bruders und hob die Flasche in Richtung Aloysius

Carter. Der Jagdherr und gegenwärtige Besitzer der Hope Farm ritt voran. Er schwankte im Sattel wie ein leckgeschlagener Schleppdampfer. Aloysius war so dick, daß er den ganzen Sattel von vorne bis hinten ausfüllte. Seit über dreißig Jahren war er dem Alkohol verfallen.

»Sieh ihn dir an!« rief Stuart. »Er ist stockbetrunken. Trotzdem wette ich, daß er jeden Zaun und jedes Hindernis nimmt und uns weit hinter sich läßt.«

Geoffrey seufzte über seinen unbelehrbaren Bruder und trank einen Schluck aus seinem Silberbecher. Die süße Wärme tröstete ihn. Wie die Damen hatte auch er sich nur Eierlikör einschenken lassen. Geoffrey trank äußerst selten Alkohol, und *er* würde bestimmt nicht wie ein Verrückter betrunken über die Felder galoppieren und über die Hecken springen.

Als er wieder den Kopf hob, stellte er fest, daß sein Bruder ihn anstarrte. Stuarts Augen glänzten vom Whisky, und höhnisches Lachen zuckte um seine Mundwinkel.

»Alle werden heute wie der Teufel reiten. Es ist jedenfalls kalt genug«, erwiderte Geoffrey, dem nichts Besseres einfiel. Aber kaum hatte er das gesagt, stieg ihm die Röte ins Gesicht. Selbst nach all den Jahren gelang es seinem Bruder immer noch, ihm das Gefühl zu geben, er sei ein Dummkopf.

»Verdammt! Es ist so kalt, daß einem buchstäblich alles abfriert.« Stuart nahm noch einen tiefen Schluck und schüttelte sich übertrieben. »Siehst du, Bruderherz, und deshalb trinke ich ab und zu einen Schluck. Du solltest mich also nicht wie ein griesgrämiger Pfarrer anstarren, sondern mich zu meiner klugen Voraussicht beglückwünschen! Schließlich kann das Blut nicht gefrieren, wenn es zu neunzig Prozent aus Alkohol besteht.«

Das wird einen Betrunkenen aber nicht davor bewahren, sich seinen verdammten Hals zu brechen, dachte Geoffrey, aber er schwieg. Sein Bruder, der jedoch wie immer seine Gedanken lesen konnte, lachte und prostete ihm übermütig mit der Whiskyflasche zu.

Geoffrey biß die Zähne zusammen und wandte den Blick ab.

Auf dem Platz vor dem Haus hatte er seinen Bruder mit zusammengekniffenen Augen verstohlen gemustert. Stuart sah gut aus. Er hatte eine wohlgeformte aristokratische Nase und hohe Wangenknochen. Die vollen Lippen verliehen ihm auch dann noch den gewissen unbändigen Charme, wenn sie wie jetzt unter der Wirkung des Alkohols etwas schlaff waren.

Als Geoffrey das Gesicht betrachtete, das seinem eigenen so sehr glich, fühlte er etwas wie Angst in sich aufsteigen. Es war die Art, wie sein Bruder Emma angesehen hatte.

Aber *wer* sah Emma nicht an?

Als Emma auf die Veranda des gelben Farmhauses trat, verstummten alle anwesenden Männer, und niemand bewegte sich mehr. Sogar die Pferde erstarrten. Emma hatte allein zwischen den weißen Holzsäulen der Veranda gestanden. Ihre Erscheinung hatte dieselbe Wirkung wie ein Donnerschlag an einem sonnigen Tag.

Geoffrey hörte, wie sein Bruder langsam pfeifend den Atem ausstieß. Er drehte sich um und sah gerade noch das Aufblitzen in Stuarts hellen Augen.

»Großer Gott!« murmelte Stuart. »Wenn das nicht unsere liebe kleine Emma ist. Sie ist wirklich kein Kind mehr.«

»Sie gehört mir«, hatte Geoffrey scharf erwidert. Er staunte selbst über seinen herrischen Ton und wurde natürlich wieder rot.

Stuart wandte den Blick langsam von der Frau auf der Veranda zwischen den Säulen und betrachtete seinen Bruder mit einer hochgezogenen hellen Augenbraue. »Ah! Aber weiß sie das auch?«

»Verdammt! Stuart ... du kannst dich nicht so viele Jahre in der Welt herumtreiben, dann wieder hier auftauchen und erwarten ...« Geoffrey biß die Zähne so fest zusammen, daß es schmerzte.

Stuart lachte. »Ich *erwarte* nichts, lieber Bruder. Und das ist meine einzig gute Eigenschaft.«

Wider Willen mußte daraufhin auch Geoffrey etwas lachen. »Du bist einfach unverbesserlich, und du hast noch die Kühnheit, es zuzugeben.«

»Gut, dann habe ich zwei gute Eigenschaften.«

Die Brüder lächelten beide, und wie auf ein Zeichen richteten sich ihre Blicke wieder unwillkürlich auf die Frau zwischen den Säulen.

Sie war so jung und unbeschreiblich bezaubernd. Aber ihre Schönheit schien eher die einer Vision entsprungen aus den Träumen der Männer zu sein. Denn aus der Entfernung konnten die beiden nicht einmal sehen, daß die dunklen Locken unter dem schwarzen Seidenzylinderhut wie Lack glänzten. Sie konnten nur ahnen, daß sich das weiße Leinentuch um einen schneeweißen langen Hals schmiegte und daß das Veilchen im Knopfloch über ihrer Brust vor starken Gefühlen bebte – vor Angst oder vielleicht vor Erregung?
Sie waren zu weit entfernt, um ihre Augen zu sehen, die weder grau noch grün oder blau waren, sondern die Farbe des Meeres bei Sonnenaufgang hatten – so tief, so strahlend und so hell. Nur Geoffrey, der sie liebte, wußte, daß sich alle Sehnsüchte dieser Welt in Emmas Augen spiegelten. Und er wußte auch, wer einmal in diese Augen geblickt hatte, konnte seinen Blick nie mehr von ihnen wenden.

Zweites Kapitel

Zuerst roch sie ihn, scharf und beißend.

Dann erst konnte Emma ihn sehen. Der Fuchs kauerte auf einer Mauer, die von alten Ranken überwachsen war. Er regte sich nicht, als sei er bei ihrem Anblick erstarrt. Sie hatte das Pferd gezügelt und wartete.

Das rostrote Fell fiel ihm in großen Büscheln aus. Beuteblut befleckte seine Schnauze. Er blickte mit schwarzen, glänzenden Augen unverwandt auf sie.

Emma hatte das seltsame Gefühl, daß er sie mit seinen Augen stumm darum bat, ihn nicht zu verraten.

Die Jagdgesellschaft hatte sich am Waldrand verteilt. Pferde und Reiter warteten darauf, daß die Hunde eine Spur aufnehmen und den Fuchs aus seinem Versteck treiben würden.

Emma war mit ihrer Stute etwas weiter weg geritten, bis zu einer Mauer, die den Birkenwald von den Feldern eines Zwiebelbauern trennte, der versuchte, auf dem salzigen Sumpfland seinen Lebensunterhalt zu erwirtschaften.

Der Fuchs kroch langsam und geduckt aus dem Schatten. Sein Bauch streifte dabei die rauhen Steine der Mauer. Dann verharrte er plötzlich wieder, und Emma stellte fest, daß sie und der Fuchs doch nicht so ganz allein waren. Der Ire stand mit seinem kastanienbraunen Pferd zwischen den schlanken grauen Birkenstämmen. Emma zweifelte nicht daran, daß er den Fuchs ebenfalls bemerkt hatte. Sie wartete darauf, daß er seine Pflicht als Pikör erfüllte, sich in den Steigbügeln aufstellte und den gesichteten Fuchs durch ein lautes »Hollaho!« verriet.

Aber der Mann tat nichts, als versuche er, dem Fuchs eine Möglichkeit zu geben, sich davonzumachen.

Emma und er blickten sich gegenseitig an, und der Fuchs starrte auf sie beide. Etwas Gleißendes, Elektrisierendes wie ein Blitz schien durch sie alle drei hindurchzufahren und sie zu lähmen.
Der Fuchs bewegte sich als erster. Er drehte sich um und sprang in riesigen Sätzen auf der Mauer davon. Sein langer schöner buschiger Schweif entschwand ihren Blicken. Aber mit jedem Satz hinterließen die Duftdrüsen an seinen Pfoten eine Fährte, der die Hunde mühelos folgen konnte.
Emma und der Ire verharrten noch lange, nachdem der Fuchs längst verschwunden war, ohne den Blick voneinander zu lösen. Es verging eine Ewigkeit oder vielleicht war es auch nur ein kurzer Augenblick, bevor die Hunde anfingen zu bellen. Jetzt hatten sie die Spur aufgenommen. Emma hörte ihren Vetter Aloysius fröhlich rufen: »Hollaho!« Es folgten drei kurze beherzte Töne aus seinem Horn.
Die Meute war dem Fuchs auf der Spur.

Emma setzte mit ihrer Stute kraftvoll und entschlossen über die Mauer. Sie flog mühelos durch die Luft und landete weich und geschickt auf der anderen Seite. Dann galoppierte sie über ein noch ungepflügtes Feld. Sie verfolgte nicht den Fuchs, sondern genoß die Schnelligkeit, das ungehinderte Dahinjagen auf dem Pferderükken. Sie wollte reiten, einfach nur reiten!
Der Wind schlug ihr ins Gesicht und pfiff ihr um die Ohren. Der starke Rücken der Stute spannte und streckte sich zwischen ihren Beinen. Emma schien mit dem Pferd wie verwachsen. Himmel, Erde und Bäume flogen ihr durch Raum und Zeit entgegen. Es war ein Rausch, der ihr das Gefühl gab, alle Hindernisse bewältigen zu können.
Plötzlich hörte sie hinter sich Rufe und trommelnde Hufe, die immer näher kamen. Sie war sicher, daß er es war, der ihr folgte, und sie trieb die Stute an – noch schneller, immer schneller jagten sie dahin. Jetzt floh sie vor ihm. In ihre sich steigernde Erregung mischte sich plötzlich Angst.
Sie sprangen über eine breite Hecke. Auf der anderen Seite fiel das Land jäh ab. Vor ihnen lag eine langgestreckte Sumpfwiese. Sie hörte

einen überraschten Ausruf und sah aus den Augenwinkeln, wie das andere Pferd stolperte. Es war ein hellbraunes, kein kastanienbraunes Pferd. Dieses Pferd war die ganze Zeit hinter ihr gewesen.

Emma warf einen Blick über die Schulter und sah, wie sich Stuart Alcott helfend über den gestürzten Reiter beugte. Sie zügelte ihre Stute und fiel in leichten Galopp. Schlamm und Wasser spritzten um sie herum auf. Schließlich ging das Pferd im Schritt. Die Flanken der Stute hoben und senkten sich wie ein Blasebalg. Der Atem drang wie weiße Dampfwolken aus ihren Nüstern. Der pfeifende Wind verwandelte sich in eine schwache Brise, und die Welt um sie herum wurde wieder ruhig.

Sie hatten eine freie Stelle mit einem Salztümpel erreicht, an dessen Ufer Astern und Schilf wuchsen. In der Nähe stand eine verlassene Windmühle. Ihre Flügel hatten im Laufe der langen Jahre eine tiefe Furche in die sumpfige Erde geschlagen, die nach feuchtem Torf roch.

In der Nähe der Mühle befand sich ein alter Friedhof. Durch das eingefallene Dach der Friedhofskapelle wuchs eine Kiefer. Ein Haus gab es dort nicht. In dieser Wildnis gab es nur hohes Gras und das Moor, wo die Geister der Indianer hausten.

Plötzlich rissen die Wolken auf, und durch die hellen Löcher im Himmel schossen Sonnenstrahlen. Emma legte den Kopf zurück und spürte die warme Sonne auf der Haut. Es hatte fast so ausgesehen, als sei das Land auf ewig vom Winter gefangen, aber jetzt war der erste Anflug von Frühling da.

Für Emma brachte der Frühling stets eine gewisse Enttäuschung mit sich, so als habe sie erwartet, daß sich ihr Leben mit den Jahreszeiten verändern würde, aber das geschah nie.

Ein Zweig knackte, sie zuckte zusammen und fuhr herum. Ein Pferd trabte durch das Gras. Es war das Hellbraune. Sein Reiter war mit Schlamm bespritzt.

Sie wartete schüchtern und doch seltsam unbeschwert, bis er sie erreicht hatte. Als er nahe genug herangekommen war, zog sie aus der Satteltasche ein weißes Leinentaschentuch, beugte sich zur Seite und wischte ihm die Schlammspritzer vom Gesicht. Dabei wagte sie sogar, ein wenig zu spotten.

»Ich habe gehört, daß man sein Herz verlieren kann, aber doch nicht den Kopf«, sagte sie.
Geoffrey Alcott lachte und schüttelte den Kopf. »Du reitest, als würde hinter dir die Welt in Schutt und Asche versinken, Emma. Eines Tages wirst du dir noch den Hals brechen ... oder ich, wenn ich versuche, mit dir Schritt zu halten.«
Sie richtete sich auf. Dabei fiel ihr Blick auf das Taschentuch, das sie in der Faust zerknüllte. Gewiß, er hatte bei seinen Worten gelacht, aber ihr entging der Anflug der Vorwurfs nicht. Sie wußte, daß es sich nicht schickte, was sie getan hatte. So durfte eine Dame nicht reiten.
Aus dem Wald hörte sie das aufgeregte Bellen der Meute und dann zwei langgezogene Töne des Jagdhorns. Das bedeutete, die Hunde hatten die Fährte verloren. Es freute sie, denn diesmal wollte sie, daß der Fuchs entkam.
»Emma ...«
Sie blickte noch immer auf ihre Hände, aber sie bemühte sich, unbekümmert, ja sogar kokett zu klingen, obwohl sie darin nicht sonderlich begabt war.
»Ach du liebe Zeit! Jetzt machst du mir Vorwürfe, weil ich ohne Grund Mauern, Zäune und Hecken überspringe, anstatt brav den Hunden zu folgen.«
»Heirate mich, Emma.«
Sie glaubte, ihr sei das Herz stehengeblieben. Und wirklich, es hatte einen Schlag ausgesetzt. Als es wieder klopfte, fühlte sie das unruhige Pochen bis zum Hals. Auf diesen Augenblick hatte sie seit Monaten gewartet. Jetzt war es soweit, und sie wußte nicht, wie sie damit umgehen sollte.
Schließlich wagte sie es, ihn anzusehen.
Seine Augen waren so grau wie Eis auf einem See. Das blaßbraune Haar hatte die Farbe von Tee, auf den die Sonne fiel. Er galt allgemein als gutaussehender Mann. Sie kannte Geoffrey schon so lange und wußte beim besten Willen nicht, ob sie ihn liebte oder nicht.
»Ich hatte nicht vor, damit einfach herauszuplatzen«, sagte er.
»Willst du deinen Antrag zurücknehmen?«
»Nein!«

Er lächelte sie schuldbewußt an. Wenn er lächelte, sah er nicht so gut aus, denn er hatte lange, etwas vorstehende Zähne. Aber Emma mochte an ihm vor allem sein Lächeln. Es hatte einen Anflug von liebenswerter Wehmut, bei der es ihr warm ums Herz wurde, als ob sie beide ein besonderes Geheimnis teilten.

»Ich bin bereit, es von allen Dächern zu rufen, wenn es sein muß«, sagte er. »Obwohl ich nicht unbedingt möchte, daß die ganze Welt deine Antwort hört ..., für den Fall, daß du mich nicht abweist.«

Aber damit rechnete er nicht wirklich, das konnte sie an seinem besitzergreifenden Blick sehen. Seine Augen leuchteten erwartungsvoll, und es lag noch etwas in ihnen, etwas Ungezähmtes, Starkes, eine Art Leidenschaft, die sie erschrecken ließ, aber sie auch erregte.

Emma fragte sich, ob er jetzt sagen würde, daß er sie liebte. Wahrscheinlich gab es dafür eine feste Reihenfolge im Katalog der Regeln, die ihrer beider Leben so nachdrücklich beherrschten. Wann war der Augenblick gekommen, an dem er diese Worte zum ersten Mal aussprechen konnte? Vielleicht durfte er ihr in der Hochzeitsnacht seine Liebe gestehen. Das hoffte sie, denn in der Welt, in der sie lebten, schien es oft so, als sei nach einem oder zwei Jahren Ehe nur wenig Liebe übrig, die man hätte gestehen können.

»Emma«, sagte er noch einmal, und diesmal klang es ungeduldig. Sie konnte ihn nicht mehr ansehen, aber sie spürte seinen Blick auf sich ruhen, auf ihren Lippen, als versuche er, die entscheidenden Worte von ihr zu erzwingen. Geoffrey war bekannt dafür, daß er alles bekam, was er wollte – und offensichtlich wollte er sie haben.

»Vermutlich hätte ich zuerst in aller Form bei deinem Vater um deine Hand anhalten müssen, aber da er nicht hier ist und wir uns schon so lange kennen ... Du bist bereits zweiundzwanzig. Wir schreiben das Jahr 1890, und du bist ein modernes Mädchen, deshalb habe ich gedacht ...«

Emma ließ den Kopf sinken, um ein Lächeln zu verbergen. Geoffrey Alcott redete aus Verlegenheit. Hielt er sie wirklich für ein »modernes« Mädchen? Gewiß, sie war *bereits* zweiundzwanzig und damit praktisch eine alte Jungfer. Ihre Mutter hätte sich vor Entsetzen geschüttelt, wenn ihr diese Worte zu Ohren gekommen wären.

»Emma, du quälst mich, wenn ich so lange auf deine Antwort warten muß«, sagte er. Aber dann lachte er, damit sie wußte, daß er sie neckte. Ein Alcott ließ nicht zu, daß ihn irgend etwas quälte.
Doch als er die Hand hob und ihr einmal mit dem Daumen über die Lippen fuhr, wurde sie plötzlich atemlos. Es war dasselbe Gefühl, das sie hatte, wenn sie auf dem Pferderücken über Zäune sprang.
Vielleicht liebte sie ihn doch.
»Ja«, sagte sie, erstaunt über den unsicheren Klang ihrer Stimme. »Ich werde dich heiraten, Geoffrey Alcott.« Jetzt blickte sie zu ihm auf und lächelte glücklich und gleichzeitig schüchtern. Sie dachte, er werde sie vielleicht küssen, und wartete mit angehaltenem Atem auf den Kuß. Deshalb zuckte sie zusammen, als er ihre Hand nahm.
Langsam und behutsam öffnete er nacheinander die drei winzigen schwarzen Jettknöpfe ihres Reithandschuhs. Er führte die Hand an seinen Mund und drückte die Lippen auf die Innenseite ihres Handgelenks, wo die blaue Ader heftig und schnell unter der zarten Haut klopfte.

Der Fuchs war auf den Stamm einer vom Blitz gefällten Zeder gesprungen. Er befand sich über dem Boden, gerade außerhalb der Reichweite der Hunde, aber er saß jetzt in der Falle. Die Hunde drängten sich um den Baum und schnappten mit gefletschten Zähnen in die Luft. Sie hatten an diesem Tag noch kein Futter bekommen. Der Hunger verlieh ihrem Gebell etwas Wildes.
»Die Hunde sollen ihn haben!« rief Aloysius Carter seinem Pikör zu. »Ich habe gesagt, die Hunde sollen ihn haben, du verdammter, dreckiger halsstarriger Ire!«
Aber Emma sah, daß der Ire nicht auf ihn hörte. Mit knallender Peitsche war er mitten in die Meute geritten und versuchte, die Hunde zum Rückzug zu zwingen, sie von dem gestürzten Baum zu vertreiben. Die Hunde fügten sich, obwohl sie hungrig und aufgeregt waren, doch plötzlich verlor der Fuchs auf dem taufeuchten Stamm den Halt.
Einen Augenblick lang schien er in der Luft zu schweben, dann fiel er mitten in zwanzig knurrende und schnappende Mäuler.

Der Fuchs stieß einen einzigen lauten Schrei aus, als ihn die ersten Zähne an der Kehle packten. Dann sah Emma nur noch die weiße Spitze seines Schwanzes. Alles andere verschwand unter den Hunden.
Das Horn blies einen langen klagenden Ton und gab damit das Totsignal.
Emma hatte den Blick abgewandt, als der Fuchs in die Meute gefallen war. Aber trotzdem hörte sie, wie ihr Vetter Aloysius den Hunden zurief: »Zerreißt ihn! Tötet ihn!«
Sie und Geoffrey saßen Seite an Seite auf ihren schnaubenden Pferden. Er sah zu, wie der Fuchs starb, aber sein Gesicht verriet nichts von seinen Gefühlen.
»Geoffrey? Möchtest du nicht auch manchmal, daß der Fuchs entkommt?«
Er starrte sie an, als hätte sie etwas auf chinesisch zu ihm gesagt. »Bitte?«
»Der Fuchs! Ich hatte mir gewünscht, daß er entkommt.«
Ein zärtlicher Blick erhellte sein Gesicht. Er beugte sich vor und tätschelte den Ärmel ihres Reitkostüms.
»Mein armer Schatz«, sagte er. »Was hast du doch für ein weiches kleines Herz.«
Emmas Augen schmerzten, als werde sie im nächsten Moment in Tränen ausbrechen. Sie zog ihren Arm zurück, so daß er sie nicht mehr berühren konnte, und ließ die Stute etwas rückwärts gehen, obwohl sie nicht wußte, weshalb sie plötzlich nicht mehr in seiner Nähe sein wollte. Geoffrey war ebenso wenig oder ebenso sehr für den Tod des Fuchses verantwortlich wie sie.
Geoffrey entdeckte seinen Bruder und rief ihm zu: »Stuart! Miss Tremayne hat mir gerade die Ehre erwiesen und mir versprochen, meine Frau zu werden.«
Stuarts Lachen klang hart. »Auf einer Fuchsjagd? Du liebe Zeit, Geoffrey … welch erstaunliche Spontaneität! Das hätte ich dir gar nicht zugetraut.«
Emma vermied es, den Iren, diesen merkwürdigen Mann, noch einmal anzusehen, aber jetzt ließ er sie nicht mehr aus den Augen.

Emma spürte seinen Blick so deutlich wie den unruhigen Pulsschlag an ihrem Hals.
»Wer ist dieser Mann?« fragte sie plötzlich.
»Wer?« Geoffrey drehte sich im Sattel um. »Er? Der Pikör?« Er schien überrascht, daß sie einen Dienstboten überhaupt zur Kenntnis nahm. Sie waren im allgemeinen unsichtbar und hatten nicht einmal Namen.
Geoffrey wollte den Mann durch seinen Blick zwingen, sich abzuwenden. Aber er ließ sich nicht beirren. Seine Augen richteten sich unverwandt auf Emma.
»Offenbar«, murmelte Geoffrey verächtlich, »will der Stallknecht diesen Tag dazu nutzen, sich Dinge herauszunehmen, die ihm nicht zustehen. Ich werde mit ihm reden. Er hat kein Recht, dich anzusehen.«
Wie dumm, so etwas zu sagen, dachte Emma. Der Mann hatte das Recht, anzusehen, wen oder was er ansehen wollte. Außerdem hatte sie *ihn* angesehen. Aber Emma schwieg, denn sie hoffte, daß Geoffrey mit ihm reden würde. Sie wollte, daß dieser Mann ... nein, sie wußte nicht genau, was sie eigentlich wollte. Vermutlich wäre es besser für ihn, nicht dazusein, um sie anzusehen.
Stuart Alcott ritt auf sie zu. In der elegant behandschuhten Hand hielt er die Lunte – ein feuchtes blutiges Etwas von rotem Fell. Von ihrer Schönheit war nichts geblieben.
»Die Schöne des Tages verdient die Trophäe!« rief er laut genug, daß alle es hörten. Dabei lächelte er leicht boshaft.
Geoffrey erwiderte das Lächeln mit unverhohlenem Triumph. »Emma verdient die ganze Welt.«
»Statt dessen bekommt sie dich«, erklärte Stuart trocken.
Aber Geoffrey lachte nur und nahm die Lunte aus der ausgestreckten Hand seines Bruders.
»Geoffrey, ich will sie nicht«, sagte Emma.
Aber ihr Verlobter drapierte den blutigen Fuchsschweif bereits über den Knauf von Emma Tremaynes Sattel.

Eine Frau wartete am Tor der Hope Farm auf die Jagdgesellschaft. Sie hielt ein totes Kind im Arm.

Seit über einem Jahrhundert hielt der riesige Kieferknochen eines Wals Wache am Tor. Vor langer, langer Zeit hat ein Tremayne, der als Schiffskapitän zur See fuhr, ihn dort aufgestellt. Der Kieferknochen war wie altes Treibholz zu einem hellen Grau ausgebleicht. Die Frau wirkte vor diesem imposanten Hintergrund wie ein lodernder Busch. Lange, leuchtendrote Haare verdeckten ihr Gesicht. Sie trug einen kürbisgelben Mantel, den sie aus dem Müll gefischt zu haben schien. Er war am Saum ausgefranst und viel zu groß für sie.

Die kleine zierliche Frau schwankte unter dem Gewicht in ihren Armen. Das Kind war ohne Zweifel tot und schrecklich verstümmelt. Ein Arm war so heftig aus seiner Schulter gerissen, daß der weiße Knochen aus dem blutigen Fleisch herausragte. Der Kopf war nur noch ein blutiger Schädel ohne Haare.

Der dunkle und gequälte Blick der Frau wanderte von einem Alcott-Bruder zum anderen. »Und wer von Ihnen beiden ist der feine vornehme Herr, dem die Spinnerei in der Thames Street gehört?«

»Zum Teufel, mich müssen Sie nicht ansehen«, durchbrachen Stuarts Worte die verlegene Stille. Er wies mit dem Finger auf seinen Bruder. »Ich gebe nur das Geld aus, das er verdient.«

Ein paar der Männer lachten sogar. Allerdings verstummten sie auf der Stelle, als die Frau einen schwankenden Schritt auf sie zu machte.

»Mörder!« schrie sie. »Ihr alle seid nichts als gottlose Mörder!« Ihr wilder Blick richtete sich auf Geoffrey Alcott. »Aber ich bin eigentlich nur hierher gekommen, um *Sie* zu sehen!«

Geoffrey wurde blaß. Doch dann neigte er leicht den Kopf, als werde er gerade in einem Salon vorgestellt. »Ich stehe zu Ihren Diensten, Madam.«

Die Frau versuchte, die Leiche des Jungen hochzuheben, als wolle sie Geoffrey ein Geschenk überreichen. Einen Augenblick lang sah es aus, als werde sie rückwärts unter der Last zu Boden stürzen.

Tränen strömten aus ihren dunklen Augen, aber ihre Worte klangen jetzt sanft und zärtlich, als wiege sie ein Kind in den Schlaf.

»Er ist in eine Ihrer Spinnmaschinen gefallen, während er sich mit den Garnrollen abmühte. Ich dachte, Sie würden sehen wollen, was Ihr großes schwarzes Ungeheuer von einer Maschine angerichtet hat, bevor wir ihn beerdigen.«

Emma konnte das tote Kind nicht ansehen, konnte den Blick aber auch nicht abwenden. Ihre Augen richteten sich schließlich auf den schmalen nackten Fuß, der von Schmutz und Schmierfett schwarz war.

»Die Spinnmaschine hat ihm den Arm abgerissen und die hübschen blonden Locken vom Kopf. Sie hat ihn skalpiert so wie eine Ihrer Rothäute.«

Geoffrey räusperte sich. »Ich bedaure aufrichtig Ihren Verlust, Madam«, sagte er, und Emma bemerkte, daß seine Stimme den sanften Ton angenommen hatte, in dem er auch oft mit ihr sprach. »Aber ich muß Sie daran erinnern, daß, als Sie den Jungen zur Arbeit in der Spinnerei brachten, Sie mit ihrem Zeichen auf einem Dokument ausdrücklich zugestimmt haben, für mögliche Verletzungen und Schäden, die auf Nachlässigkeit und Unerfahrenheit zurückzuführen sind, keine Ansprüche geltend zu machen.«

Ein heftig Seufzer entrang sich der Brust der Frau. »Ah! Nachlässigkeit, sagen Sie! War es wirklich Nachlässigkeit, die ihn auf dem schmierigen Boden, der in all den Jahren, seit Sie Besitzer dieser Spinnerei sind, bestimmt noch nie geputzt worden ist, den Halt verlieren ließ? War es leichtsinnig von ihm, Stunde um Stunde ohne Pause und ohne Hoffnung darauf, sich ausruhen zu können, Ihre Garnrollen zu schleppen, bis seine armen kleinen Beine so erschöpft waren, daß sie ihn nicht länger aufrecht halten konnten? Vielleicht war es leichtsinnig von ihm, sein kurzes Leben lang für einen Hungerlohn als Ihr Sklave zu schuften, um Euch reiches vornehmes Volk noch reicher zu machen, und dann zu sterben!«

Zu Emmas Entsetzen richtete sich der Blick der Frau plötzlich auf sie. »*A mhuire*. Sehen Sie sich Ihre feine Dame an, die dort auf dem hübschen Pferd sitzt. Sie trägt die feinen Sachen, die aus dem Elend und dem Tod armer kleiner Kinder gewirkt werden, ohne auch nur einen Gedanken daran zu verschwenden!«

In den Augen der Frau, in ihrem ganzen Gesicht lag nichts als Schmerz. Emma senkte betroffen den Kopf und sah, daß von dem klebrigen Fuchsschweif Blut auf die glänzende schwarze Spitze ihres Reitstiefels tropfte.
Die anderen Reiter der Jagdgesellschaft drängten sich neben dem Walkiefer vor dem Tor. Sie konnten die Frau nicht ignorieren und einfach weiterreiten. Sie wußten aber auch nicht, wie sie mit diesem unerfreulichen Zwischenfall umgehen sollten, der plötzlich ihren vergnüglichen Tag störte. Niemand bewegte sich, keiner sagte etwas. Sie alle schienen nur darauf zu warten, daß die Frau verschwand und das tote Kind mit sich nahm.
Doch diese stumme Gleichgültigkeit beeindruckte die Frau nicht. Es schien sie eher noch zu bestärken. Stolz hob sie den Kopf. In ihren Augen glänzten Tränen, aber zugleich leuchtete in ihnen auch ein inneres Feuer.
»Er hieß Padraic«, sagte sie, »falls das jemand von Ihnen wissen möchte.«
Langsam drehte sie sich um und ging davon. Sie schwankte unter der Last, und dann stolperte sie, aber sie stürzte nicht.
»Schlechtes Benehmen, ein totes Kind zur Fuchsjagd zu bringen«, sagte Aloysius Carter, nachdem sie an der nächsten Wegbiegung ihren Blicken entschwunden war. Sein dicker Bauch wackelte leicht, als er sich im Sattel zur Seite beugte und das glänzende Messinghorn sorgsam in die Lederhülle schob.
Stuart Alcott brach in lautes Gelächter aus. »Richtig, bitte jedesmal nur *eine* Leiche.«
»Wie kannst du so etwas sagen, Stuart!« Sein Bruder schüttelte mißbilligend den Kopf.
Emma setzte die Stute in Trab und ritt durch das Tor auf den Vorplatz. Sie schob den Fuß aus dem Steigbügel und sprang aus dem Sattel, ohne, wie es sich gehörte, abzuwarten, bis ein hilfreicher Männerarm sie dabei stützte. Sie fror fürchterlich. Sie mußte so schnell wie möglich ins Haus und an ein Feuer, um sich zu wärmen. Sie hatte das Gefühl, nie mehr wieder richtig warm werden zu können.
Nur die ein Leben lang verinnerlichte strenge Disziplin sorgte dafür,

daß sie nicht über den Platz stürmte. Trotzdem ging sie so schnell, daß sie den Rock ihres Reitkostüms weit über die Fußknöchel heben mußte.

»Miss Tremayne!«

Ihre Name, von der rauhen, heiseren Stimme des Mannes ausgesprochen, überraschte sie so sehr, daß sie beinahe gestolpert wäre, als sie sich schnell umwandte. Es verschlug ihr den Atem, als sie sah, was er in der Hand hielt. Als wollte er ihr ein Geschenk überreichen, so wie die Frau Geoffrey das tote Kind entgegengehalten hatte.

Dabei sah er sie mit ausdruckslosem Gesicht an. Nur die Augen leuchteten in demselben überraschenden Grün wie schon zuvor bei der ersten Begegnung. Emma war die bewundernden Blicke der Männer gewöhnt, doch was in den Augen dieses Mannes lag, hatte sie noch nie gesehen.

Sie fror inzwischen so sehr, daß sie anfing zu zittern. Sie mußte die Zähne fest zusammenbeißen.

»Sie haben die Trophäe vergessen«, sagte er. Sein Lächeln war bissig, eigentlich überhaupt kein Lächeln. »Und das nach all der Mühe, die Sie hatten, um sie zu bekommen.«

Sie schüttelte abwehrend den Kopf, und ein leises Stöhnen kam unfreiwillig über ihre Lippen. Sie hatte Geoffrey dazu bringen wollen, das schreckliche Ding an sich zu nehmen oder wegzuwerfen. Aber sie hatte nicht gewagt, es ihm zu sagen, denn ... denn in ihrer Welt konnte man diese Ehre, die Jagdtrophäe zu erhalten, einfach nicht ablehnen.

Es war schon feige genug gewesen, die Lunte nicht abzulehnen, aber es wäre eine noch größere Feigheit gewesen, sie jetzt nicht zu nehmen.

Sie griff danach und bemühte sich dabei, seine Finger nicht zu berühren. Dann drehte sie sich um und ging langsam über den Platz zum Haus, als sei ihr alles vollkommen gleichgültig.

Im Haus legte sie den blutigen Fuchsschweif behutsam auf die Marmorplatte der Garderobe in der Halle. Sie zog ihr Taschentuch hervor und versuchte, das Blut von den hellen handgenähten Glacé-Reithandschuhen, die aus dem Hause Worth in Paris stammten, zu entfernen. Aber obwohl sie rieb und rieb, verschwanden die roten Flecken nicht.

Später am Abend, als sie die Handschuhe in die satingefütterte Schachtel legte, fragte sie sich, wie das Blut des kleinen, toten irischen Jungen an das Leder gekommen war, obwohl sie ihn nicht berührt hatte.

Drittes Kapitel

Bethel Lane Tremayne preßte die Lippen zusammen, bis sie so schmal wurden wie ein Knopfloch. Sie eilte den Weg entlang, der zur alten Orangerie führte. Und mit jedem Tritt ihrer Absätze auf die Pflastersteine wuchs ihr Zorn.

Was sich ihre Tochter wieder herausgenommen hatte! Was war sie doch nur für eine ... eine ...!

Aber es fiel ihr kein Wort ein, das auch nur annähernd hätte beschreiben können, welche Last ihre Tochter Emma für sie war.

Bethel kam nicht gerne in die alte Orangerie. Nachdem es das neue Gewächshaus in der Nähe des Wohnhauses gab, wurde die alte Orangerie nicht mehr benutzt.

Emma hatte sie sich jetzt zu eigen gemacht, und Bethel dachte nur ungern darüber nach, *was* ihre Tochter dort mit Meißel, Hammer und Sandstein anstellte. All das gehörte sich nicht. Es war einfach abscheulich. Und doch konnte man sie nicht daran hindern.

Bethel hatte es versucht. Sie hatte ihre Tochter in den Keller zu den Ratten und Spinnen gesperrt. Einmal hatte sie Emma sogar ans Bett gebunden, damit sie die Widerspenstige mit dem Rohrstock verprügeln konnte. Keine dieser Strafen hatte etwas bewirkt. Emma war in vielerlei Hinsicht stets gehorsam und fügsam gewesen, wie man es von einem wohlerzogenen Mädchen erwarten konnte. Aber in anderer Hinsicht war sie durch und durch eine Tremayne. In ihr lag etwas Wildes und Unbezähmbares, vor dem Bethel, so ungern sie sich das auch eingestand, Angst hatte.

Sie mußte stehenbleiben und Atem schöpfen, denn sie hatte plötzlich Herzstechen. Die Korsettstäbe bohrten sich ihr in die Rippen. Ihre Lunge lechzte nach Luft. Es war alles Emmas Schuld, daß ihre Mutter

sich so beeilen mußte, anstatt ihre Kräfte für die anstrengenden Tage, Wochen und Monate zu schonen, die noch vor ihr lagen.
Zuerst kamen die Verlobungsbesuche, dann der Verlobungsball. Dieses Ereignis würde natürlich noch von der Hochzeit weit in den Schatten gestellt werden. Aber zu jeder Minute der kommenden Tage würden die fatalen Klippen von Unschicklichkeiten, Peinlichkeiten und – das Schrecklichste von allem – von einem gesellschaftlichen Skandal lauern. Es würde ihnen nur mit größter Vorsicht und Achtsamkeit gelingen, sie alle zu umschiffen.
Und das alles wird auf meinen Schultern lasten, dachte Bethel, denn nun war sie die einzige Tremayne, die die Tradition und den Ruf dieser Familie wahren konnte.
Als Bethel schließlich die verzogene Holztür der Orangerie erreichte, hatte sie sich so in ihren Zorn hineingesteigert, daß sie, als sie mit voller Wucht die Tür aufstieß, sich an einem alten rostigen Riegel einen Fingernagel einriß. Vor Schmerz rang sie nach Luft. Dann stockte ihr der Atem, weil sich ihr die Fischbeinstäbe der Korsage in den Unterleib bohrten.
Aber beim Anblick dessen, was sich im Innern des alten Gewächshauses befand, erstarrte sie.
Die Orangerie war nicht länger ein Platz, wo Orangenbäume und die Orchideen überwinterten. In der Mitte des Raums stand jetzt ein riesiger Kran mit Winden und Flaschenzügen. Bethel konnte nur ahnen, daß er dazu diente, die schweren Steinblöcke und Marmorquader zu bewegen, die in einer Ecke lagerten.
Es duftete nicht mehr nach exotischen Blüten, sondern roch nach nassem Ton, Steinstaub und gelötetem Metall. Früher war es im Gewächshaus feucht und warm gewesen. Auch das hatte sich grundlegend geändert. Jetzt war es im Glashaus so kalt und grau wie draußen, denn viele der Milchglasscheiben waren entweder gesprungen oder zerbrochen.
Und dort im fahlen Licht, das durch die Fensterscheiben drang, stand ihre Tochter Emma. Wegen der Kälte trug sie einen alten grauen Pullover und darüber einen fleckigen Malerumhang.
Sie betrachtete versunken ein schweres vierbeiniges Gestell mit einer

drehbaren Platte. Darauf lag ein großer gelber Klumpen Ton, der von einem rostigen Eisenrahmen gehalten wurde.
Sie kann sich natürlich nicht wie andere Mädchen für Wasserfarben und Pastelle interessieren, dachte Bethel. O nein! In einer Welt, in der Töchter keinen Anstoß erregen durften, mußte sich *ihre* Emma einbilden, eine Bildhauerin zu sein. »Emma!« rief Bethel streng. Aber sie hätte ebensogut zu einem der Steinblöcke sprechen können. Emmas Konzentration richtete sich ausschließlich auf den feuchten Lehm, der zur Hälfte modelliert irgendwie nach einer menschlichen Gestalt ohne Kopf aussah. Bethel schüttelte angewidert den Kopf. Sie versuchte sich vorzustellen, was das Ding darstellen sollte. Ihre Tochter griff gerade nach einer Spachtel, die auf dem Tisch neben fleckigen Lumpen lag, und strich damit den Ton glatt.
Es ist ein Bein, dachte Bethel plötzlich. Das Bein eines nackten Mannes ...
Bethel stieß einen spitzen Schrei aus. Ein stechender Schmerz durchbohrte ihre Brust. Funken tanzten vor ihren Augen, der Boden begann, unter ihren Füßen zu schwanken, das Licht, das durch die Fenster fiel, wurde schwächer, immer schwächer, und alles um sie herum versank in Dunkelheit.
Als Bethel die Augen wieder aufschlug, legte ihr Emma gerade ein feuchtes Tuch auf die Stirn. Sie kniete neben ihr, und Bethel lag auf etwas Weichem ... auf einem schmutzigen alten grüngestreiften Sofa, aus dessen geplatzten Nähten die Polsterung hervorquoll.
Bethel wollte sich aufsetzen, aber alles um sie herum geriet erneut ins Wanken.
»Was ...?«
»Du bist in Ohnmacht gefallen, Mama. Du hast dir von Jewell wieder einmal die Korsage zu fest schnüren lassen.«
»Das hab ich nicht ...«
Bethel schob die Hände ihrer Tochter beiseite –, dabei entging ihr nicht, daß an den Fingern noch gelber Lehm klebte. Ihre Augen richteten sich wieder auf den kopflosen nackten Mann. Selbst in diesem unfertigen Zustand und ohne Kopf sah man eindeutig, was es war, was *er* war – himmelschreiend ... *männlich.*

Bethel schloß die Augen. Sie wollte Emma auffordern, die Statue zu verhüllen. Aber sie durfte auf keinen Fall zu erkennen geben, daß sie etwas so Unanständiges überhaupt zur Kenntnis nahm. Es war ihr unmöglich, darüber zu sprechen.
»Ich werde dir das Korsett aufschnüren«, hörte sie Emma sagen. »Du schnappst nach Luft wie ein Fisch auf dem Trockenen.«
Bethel schob wieder die Hände ihrer Tochter beiseite.
»Das wirst du nicht tun, denn es ist keineswegs zu eng geschnürt ... ich meine, nicht enger, als es sein muß. Außerdem *schnappe* ich nicht nach Luft. Wie kann man so etwas Boshaftes zu seiner eigenen Mutter sagen.«
Bethel hörte selbst den schleppenden Südstaatendialekt in ihrer Stimme. Sie verlor immer dann die Kontrolle über ihre Aussprache, wenn sie sich aufregte. Abgesehen davon hatte sie das unangenehme Gefühl, eine Szene zu machen, und nichts zeugte mehr von einem schlechten Elternhaus als das.
Bethel holte tief Luft, um sich zu beruhigen, aber wieder bohrten sich ihr dabei die Korsettstäbe in die Seiten.
Sie verzog gequält das Gesicht und sagte weinerlich: »Du kannst dir wirklich keine Vorstellung von den Qualen machen, die ich auf mich nehme, um vor der Welt so zu erscheinen, wie es sich schickt. Du bist schon immer mager gewesen. Ohne das Korsett würde ich hingegen aussehen, als hätte ich eine ganze Wassermelone verschluckt. Dein Vater kann dicke Frauen nicht ausstehen. Du ahnst nicht, wie oft ich das aus seinem Mund schon hören mußte. Und ich *habe* alles versucht, mich nicht gehen zu lassen.« Sie war den Tränen nahe. »Aber dann kamen die Kinder und ...«
Emma kauerte neben ihr und betrachtete sie mit ihren ungewöhnlich schillernden Augen. »Du unterstellst ihm etwas Falsches, Mama. Und das weißt du auch ganz genau. Papa hat dich nicht verlassen, weil du Kinder bekommen hast und dein Bauch etwas rundlicher wurde.«
Bethel holte weit aus und gab ihrer Tochter eine so feste Ohrfeige, daß der Kopf auf dem langen schlanken Hals schwankte. Aber nicht Emma, sondern Bethel brach danach in Tränen aus.

»Was habe ich getan, daß du mich dazu getrieben hast?« schluchzte sie, denn nichts war schlimmer als ein unbeherrschter Gefühlsausbruch. »Ich bin sicher, es gibt Augenblicke, in denen du mich von Grund auf haßt. Und ich weiß, alle meine Kinder haben mich gehaßt. Dein Vater hat uns verlassen, weil er so viel Haß in seiner Familie einfach nicht mehr ertragen konnte.«

Emma berührte mit zitternder Hand ihre Wange.

»Mama ..., bitte hör auf, dich selbst zu belügen. Und versuch nicht länger, uns zu belügen. Die Sache mit Willie hat Papa aus dem Haus getrieben, und das ... was wir getan haben.«

Bethel hielt sich beide Ohren zu.

»Sei still! Ich kann es nicht ertragen, wenn du von dieser Sache sprichst. Das weißt du ganz genau. Wenn du seinen Namen aussprichst, ist das wie ein Messerstich mitten ins Herz. Und ich wiederhole: Wir haben nichts getan. *Nichts!* Willie war schuld. Er hat Schande über sich und Schande über die Familie gebracht.«

Sie packte ihre Tochter an beiden Armen und schüttelte sie.

»Sieh mich nicht so an! Untersteh dich! Du glaubst, ich leide nicht unter seinem Tod. Aber du irrst dich. Ich weine mich jeden Abend in den Schlaf, wenn ich an meinen armen kleinen Jungen denke und an das, was ich verloren habe.«

Emmas Gesicht war blaß, nur die Fingerabdrücke von der Ohrfeige glühten rot.

»Ich denke auch an ihn«, murmelte sie gequält. »Ich denke daran, was wir an jenem Abend getan haben, wie wir ihn verraten haben, und ich kann es kaum ertragen. Wenn man nicht mehr Mut haben müßte zu sterben, als zu leben, dann denke ich manchmal ...«

Sie schwieg, aber der nicht beendete Satz lag unheilvoll in der Luft. Vorwürfe und Beschuldigungen lasteten ebenso schwer auf ihnen wie das dunkle Geheimnis, das sie beide teilten.

Bethel rang sichtlich um Fassung. Sie hatte sich gehenlassen, und das widersprach ihren Grundsätzen.

Es müssen die Anspannungen der bevorstehenden Hochzeit sein, dachte Bethel und biß sich auf die Lippen. Sie haben dazu geführt, daß die Erinnerungen an die schreckliche Nacht plötzlich wieder aufleben ... Sie sprachen selten davon. Seit Jahren hatten sie diese Sache nicht mehr erwähnt.

Und das hatte man davon, wenn man Dinge, die besser in der Dunkelheit des Schweigens belassen wurden, laut aussprach.

»Wir wollen nicht mehr darüber reden«, erklärte Bethel schließlich energisch.

Emma blickte sie mit ihren rätselhaften Augen an, in denen ihre Mutter nie etwas lesen konnte, und murmelte: »Ja, Mama.«

Bethel seufzte. So machte man das in ihrer Welt, so beseitigte man unlösbare Probleme. Dieses Wissen tröstete Bethel. So sollte es auch sein. Man ignorierte das Unerfreuliche und wandte sich von allem Lästigen ab. Auf diese Weise konnte man weiterleben, als sei nichts geschehen.

»Wir werden nie wieder darüber sprechen«, wiederholte sie.

»Ja, Mama.«

Bethel blickte umständlich auf ihre Uhr, die sie an einer Kette um den Hals trug. »Um Himmels willen! Weißt du, wie spät es ist? Wir erwarten Gäste, und du siehst aus, als seist du im Wald bei den Wilden groß geworden. So geht das nicht, Emma! Du wirst auf der Stelle ins Haus gehen und dich umziehen. Ich finde, das hellbeige Samtkleid ist zum Tee das richtige.«

Emma stand auf. Bethel konnte den stummen Stoßseufzer ihrer Tochter sehen.

»Ja, Mama«, erwiderte sie, aber anstatt zu gehorchen, ging sie zu dem großen Specksteinbecken an der anderen Seite und betätigte den Pumpelschwengel.

»Ich habe *sofort* gesagt, Emma.«

Die Pumpe quietschte, und Wasser platschte in das Becken.

»Ja, Mama. Ich muß nur meine Arbeit in ein feuchtes Tuch hüllen, sonst trocknet der Ton zu schnell.«

Gegen ihren Willen richtete sich Bethels Blick wieder auf die Statue ... auf den nackten Mann. Ein Schauer lief ihr über den Rücken. Nein, so etwas würde sie auf keinen Fall in ihrem Haus dulden.

Bethel beschloß, am Abend, wenn Emma im Bett lag, in die Orangerie zu gehen und das abscheuliche Ding mit einem der kleinen

Fäustel in so viele Stücke zu schlagen, daß ihre Tochter es nicht wieder zusammensetzen konnte.

Bethel war mit dem Geruch von stechendem Schweiß auf der Haut aufgewachsen. Das war an einem gottverlassenen Ort in Georgia gewesen, wo die Sonne unbarmherzig am knochenbleichen Himmel glühte und es weit und breit nur roten Staub und gelbe Baumwolle gab. Sie lebten in einer Hütte mit zwei Zimmern und einer wakkeligen Veranda davor.

Bei Ausbruch des Kriegs wurden alle Männer eingezogen. Dann nahm ihnen der Krieg auch noch das Maultier, das den Pflug zog. Damals hielt Bethels Mutter ihr einen Blechteller vor das Gesicht und sagte: »Du bist hübscher als der junge Frühling, Kleines. Du bist das schönste Mädchen von ganz Sparta. Du kannst es einmal weit bringen, Bethel Lane. Wenn du willst, kannst du es zum Mond und zurück schaffen, aber du mußt es wirklich wollen.«

Mazie verkaufte den Pflug. Und zu den ersten Dingen, die sie mit dem Geld erstand, gehörte Beadles *Buch der Etikette* für zehn Cents. Mazie sagte sich, der Krieg würde alles verändern. Die Welt stand jedem offen, auch dem Kind eines armen Baumwollpflanzers, der inmitten endloser Felder am Ende einer staubigen Straße in einer baufälligen Hütte hauste. Das Glück würde ein Mädchen wie ihre Tochter, die ein Gesicht und einen Körper hatte, die jeden Mann um den Verstand bringen konnten, bestimmt nicht im Stich lassen.

Mazie ging daran, ihrer Tochter all das beizubringen, was in dem Anstandsbuch geschrieben stand. Bethel lernte zu sagen: »Bitte, sei still«, anstatt: »Halt dein gottloses Maul!« Sie lernte, den kleinen Finger beim Teetrinken abzuspreizen, obwohl sie darüber klagte, einen Krampf zu bekommen. Sie lernte, stets die Knie zusammenzupressen, sogar dann, wenn sie auf dem Abtritt saß. Und sie lernte, nicht mehr rülpsen.

Als sie die letzte Seite in Beadles Buch erreicht hatten, war der Krieg zu Ende. Zu dieser Zeit hatte Sparta sich selbst und die glorreiche Unabhängigkeit des Südens längst aufgegeben. Und es war ein Yankee mit dem Namen Jonathan Alcott in der Stadt erschienen.

Man erzählte, er besitze im Norden etliche Spinnereien und sei hier, um in dem vom Krieg verwüsteten Land den Baumwollanbau zu fördern. Er beschloß, um sich und seine zukunftsträchtigen Pläne vorzustellen, einen Ball zu geben, zu dem er ganz Sparta einlud.

Mazie und Bethel bereiteten sich auf das große und einmalige gesellschaftliche Ereignis wie auf eine Schlacht vor. Die Mutter kaufte von dem letzten Geld, das sie für den Pflug bekommen hatten, in einem Laden mit gebrauchten Kleidern ein weißes Hochzeitskleid aus Brokat, das sie zu einem Ballkleid umarbeitete. Sie entfernte einige Marabufedern von einem alten Hut und besetzte damit den tiefen Ausschnitt des Kleids, während Bethel stundenlang Anstand übte und mit einem Besenstiel Walzer tanzte.

Am Abend des Balls krönte die Mutter ihr Werk mit zwei makellosen Gardenien, die sie in Bethels blonde Haare steckte.

»Bei Gott, Kind, du bist so schön, daß mir ganz schwer ums Herz wird«, murmelte sie, und die Tränen ließen ihre müden blassen Augen weich werden, so daß auch sie wieder hübsch wirkte. »Ich wette, jeder Mann wird dir zu Füßen liegen. Aber vergiß nicht, was ich dir gesagt habe, bleib so lange zugeknöpft und halte die Beine zusammen, bis ein Ring an deinem Finger steckt.«

Der Ball fand in Spartas altem Grandhotel statt. Bethel schwebte glücklich und stolz wie auf Wolken zu dem Ereignis ihrer Träume. Alles war genau so, wie sie es sich vorgestellt hatte. Die Kronleuchter funkelten und strahlten wie Sonnen. Ein Streichquartett spielte bezaubernde Melodien, wie sie kein Vogel schöner hätte anstimmen können. Auf den Tafeln mit weißen Damastdecken türmten sich so viele Köstlichkeiten, daß es Bethel bereits beim Anblick schwindlig wurde.

Ja, der Ball entsprach in allem ihren Träumen ..., bis sie hörte, was man bei ihrem Erscheinen hinter vorgehaltener Hand flüsterte.

»Ist es zu glauben? Mazie Lanes Tochter wagt es, in diesem ausgebesserten Kleid hier zu erscheinen?«

»Und diese Federn! Sie sehen aus, als hätte man sie einer Sumpfente ausgerissen.«

»Das kommt dabei heraus, wenn man Hinz und Kunz zu einem Fest

einlädt. Aber er ist ein Yankee, und da kann man nichts anderes erwarten.«

»Wenn er zuläßt, daß Abschaum wie Bethel Lane hier erscheint, dann muß ich froh sein, daß wir nicht auch noch mit den Niggern tanzen sollen.«

»Bei Gott, selbst ein Yankee ist doch nicht so blöd!«

Bethel saß allein auf einem Stuhl an der Wand und lächelte. Sie lächelte unaufhörlich, bis ihr die Tränen in der Kehle steckenblieben und die Augen vor Qual wie im Fieber glänzten.

Aber dann sah sie ihn. Besser gesagt, er sah sie.

Er war ein Jugendfreund von Jonathan Alcott und hatte ihn zum Zeitvertreib auf die Reise nach Georgia begleitet. Das zumindest erzählte er ihr. Später begriff sie, daß er ein gutes Herz hatte und aus Mitleid zu ihr gekommen war, sie zum Tanzen aufgefordert und ihr die Hand geküßt hatte. Noch später wagte sie zu glauben, ihre leuchtendblauen Augen, die hellblonden Haare und das hübsche Gesicht hätten ihn angelockt.

Wie auch immer, für sie war er wie eine Erlösung. Sie lachte, bezauberte ihn mit ihrem Charme und sagte jedesmal: »Sie sind sehr liebenswürdig«, wenn er ihr ein Kompliment machte. Am Ende des ersten Tanzes wußte Bethel bereits, daß sein Neuengland-Blut blauer war als Tinte. Außerdem türmten sich auf seinen Konten und in den Depots die guten Yankee-Dollars.

Bethel hätte sich jedoch so oder so in ihn verliebt, auch ohne die gesellschaftlichen Verbindungen und das viele Geld, denn er war groß und schlank, hatte helle, leicht sonnengebräunte Haut und rabenschwarze Haare. Bei seiner Berührung stieg ihr das Blut zu Kopf wie im Hochsommer kurz vor einem Gewitter. Alles knisterte, prickelte und war geladen mit der Spannung von Hoffnung und Gefahr.

Aber Mazie Lane hatte ihre Tochter gut vorbereitet. Bethel würde zugeknöpft bleiben und die Beine zusammenhalten, bis sie einen Ring am Finger trug.

Er wollte eigentlich nur drei Tage in Sparta bleiben. Nach zwei Wochen war er so unsterblich in sie verliebt, daß er vor ihr niederkniete. Aber sie schenkte ihm nicht sofort das, worum er bat. Nicht bevor sie über die Grenze gefahren waren und einen Friedensrichter geweckt hatten, der Bethel in aller Form zu Mrs. William Tremayne machte.

So kam es, daß Bethel Lane aus Sparta, Georgia, fortan in dem vornehmen Herrenhaus mit dem Namen *The Birches* am Poppasquash Point in Rhode Island und den dazugehörigen Besitzungen lebte. Sie wurde Teil einer Familie, die allgemein als die »unberechenbaren und verwegenen« Tremaynes bekannt waren. Das Fundament zu ihrem großen Reichtum hatten die Tremaynes mit dem Sklavenhandel gelegt, mit Rum und Freibeuterei. Deshalb munkelte man auch, daß auf der Familie ein Fluch laste. In jeder Generation, so sagte man, habe das Schicksal zumindest ein Opfer von den Tremaynes gefordert.

Als Kind der Südstaaten fand es Bethel insgeheim komisch, daß die stolze und ehrwürdige Yankee-Familie ihres Mannes durch den Handel mit schwarzen Sklaven reich geworden war. Die Lanes aus Sparta hatten nie Sklaven gehabt. Sie waren viel zu arm und besaßen in manchen Jahren nicht einmal einen Pflug und erst recht kein Maultier, um den Pflug zu ziehen. Die Schauergeschichten von einem Fluch beeindruckten Bethel jedoch nicht, denn in ihrer Familie war das Unglück etwas so Alltägliches wie Flöhe.

Auch wenn die Tremaynes einmal verwegen und rebellisch gewesen waren, und selbst wenn Blut ihren Reichtum befleckte, so fand Bethel, gehörte das der Vergangenheit an. Außerdem hatten die Tremaynes viel Zeit und Mühe darauf verwendet, sich von den dunklen Flecken reinzuwaschen. Seit zweihundert Jahren waren die Tremaynes mit ebenso großer Sorgfalt auf Ehrbarkeit bedacht, wie sie die Blumen aus ihrem Gewächshaus hegten, die Jahr für Jahr das herrschaftliche Haus schmückten. Als Bethel eine Tremayne wurde, schwor sie sich, stets und ausnahmslos dieser Ehrbarkeit zu dienen. Die Lanes waren vielleicht nie etwas Besonderes gewesen, aber Bethel Lane-Tremayne würde alles tun, um ihrer neuen Familie alle Ehre zu machen.

Die Tochter eines armen Baumwollpflanzers hätte sich ein Anwesen wie *The Birches* – mit Giebeln, Türmen und Veranden, mit dem

schmiedeeisernen Tor, den hellen Birken und dem leuchtendgrünen Rasen, der sich bis zur Bucht hinabzog – nicht einmal im Traum vorstellen können.
Sie fuhr in Williams elegantem neuen Landauer mit Polstern aus Samt und Leder und vergoldeten Verzierungen durch das riesige schmiedeeiserne Tor und einen Weg entlang, der so weiß und glatt war wie frisch gefallener Schnee. Später stellte sie fest, daß die Anfahrt mit unzähligen Muschelsplittern bestreut war. Sie staunte und war entzückt. Als sie aus dem Süden in den Norden und in dieses Haus kam, hatte sie tatsächlich das Gefühl, auf dem Mond gelandet zu sein.
Alles um sie herum war fremd – die Segelboote, die Picknicks, der Strand und die Menschen mit den langen, schmalen Gesichtern, die unbewegt durch ihre aristokratischen Nasen sprachen. In dieser seltsamen Welt besaßen die alten und reichen Familien die Unverfrorenheit, sich als die gute Gesellschaft zu bezeichnen. Und so lebten sie auch. Ihre Welt wurde von unzähligen Regeln und Traditionen beherrscht, die sich nicht einmal in Beadles *Buch der Etikette* fanden.
Hier im Norden wußte nur William, daß sie aus einer Familie kam, die in der tiefsten Provinz der Südstaaten in einer Hütte lebte. Ihr Mann brachte sie in eine goldene Welt. In Bristol zählten nur Äußerlichkeiten und gesellschaftliche Rituale. Über das wirkliche Leben wurde nie gesprochen, es fand praktisch nicht statt. Man dachte nicht einmal darüber nach.
Bethel mußte schwer an sich arbeiten, um sich dieser fremden Welt anzupassen. Sie tat es mit einer eisernen Entschlossenheit, die sie innerlich völlig aufrieb, so daß sie oft in der stillen Dunkelheit der Nacht vor Angst zitternd im Bett lag, weil sie fürchtete, man werde sie durchschauen ...
Tag für Tag, Jahr für Jahr schien sich Bethel der jeweils äußeren Schicht ihres Wesens zu entledigen, als versuche sie, den roten Staub von Georgia auch von ihrer Seele zu waschen. Sie arbeitete so lange daran, bis von Bethel Lane schließlich nur noch ein Anflug ihres Südstaatendialekts und die Vorliebe für Kaffee mit Zichorie übrigblieb.

Bethel gelang es, eine Dame der guten Gesellschaft zu werden, indem sie genau beobachtete, wie die anderen ihr sorgsam geordnetes Leben handhabten. Sie lernte, daß jede Abweichung von dem Erwarteten, von dem, was *man* tat, sofort und mit Nachdruck bestraft wurde.
Sie erlebte, was mit der Tochter des Bankiers geschah, nachdem sie beobachtet worden war, wie sie am Vierten Juli den Sohn eines Fischhändlers unter dem Pier im Hafen küßte. Bethel entging auch nicht, was mit der jungen Frau geschah, die im Yachtclub in einem Badekostüm erschien, das zuviel nacktes Bein enthüllte. Sie sah, wie die Frau geächtet wurde, die ihre Beherrschung verlor und sich dazu hinreißen ließ, an einem regnerischen Winternachmittag mitten auf der High Street mit der Geliebten ihres Mannes zu streiten.
Bethel wußte bald, was geschah, wenn man die Konventionen verletzte und einen Skandal provozierte, was geschah, wenn ein Geheimnis ans Licht kam. Diese ersten Lektionen über die ungeschriebenen Gesetze der guten Gesellschaft brannten sich tief in ihr Herz. Die goldene Welt ihres blaublütigen William kannte keine Gnade, wenn jemand es wagte, gegen die Regeln zu verstoßen. Wer in diese Welt aufgenommen wurde, wer sich ihr anvertraute, hatte keine andere Wahl, als sich stumm zu fügen.
Oder man war auf ewig verstoßen.
Manchmal erwachte Bethel jedoch mitten in der Nacht mit tränennassen Wangen und einer großen Leere im Herzen. In den dunklen schlaflosen Stunden erinnerte sie sich an helle, glühendheiße Tage in Sparta, als sie barfuß durch kühle Bäche gelaufen war, an den fettigen Geruch der nassen Baumwollstränge, die in der heißen Luft trockneten, und an die liebevollen Hände, die ihr Gardenien ins Haar steckten.
»Ich werde dich nachkommen lassen, Mama«, hatte sie auf ein Blatt Papier geschrieben, das sie für Mazie zurückließ, als sie mit ihrem Yankee-Gentleman heimlich davongefahren war.
Ich werde dich nachkommen lassen, Mama!
Das hatte sie ihrer Mutter versprochen. Aber sie hatte dieses Versprechen nie eingelöst.

Viertes Kapitel

Bethel fand es seltsam, daß sie an diesem Tag so erfüllt war von Erinnerungen an ihre Mutter. Vielleicht war es aber auch nicht verwunderlich, denn sie war vollauf beschäftigt mit den Plänen für die Hochzeit ihrer eigenen Tochter. Schließlich war die Hochzeit das größte Ereignis im Leben einer Frau.

Emma hatte trotz all ihrer Eigenarten und der typisch Tremayneschen Unberechenbarkeit wenigstens soviel Verstand bewiesen, eine sehr gute Partie zu machen.

Geoffrey Alcott ...

Bethel stieß einen leisen Seufzer der Zufriedenheit aus.

Geoffrey Alcott, einer der *New Yorker* Alcotts ...

Die Familie lebte bereits über hundert Jahre in Bristol, aber man nannte sie noch immer die New Yorker Alcotts, weil der erste Alcott in New York geboren worden war. Die Leute von Bristol hatten immer schon ein gutes Gedächtnis gehabt. Sie verziehen nichts, und Neulinge wurden mit Mißtrauen bedacht.

Wie auch immer, Geoffrey Alcott sah gut aus, besaß tadellose Manieren, und seiner Familie gab er keinen Anlaß zur Klage. Er war seiner Herkunft und dem Verhalten nach ein echter Gentleman. Und natürlich war er reich.

Vielleicht ließ die Art, wie er um Emmas Hand angehalten hatte, zu wünschen übrig. Es war schon sehr kühn, ihr diese entscheidende Frage während der letzten Fuchsjagd der Saison zu stellen.

Bethel hielt wenig davon, wenn Konventionen nicht eingehalten wurden. Das machte sie unsicher und nervös, denn wer konnte sagen, wozu solche Freizügigkeiten sonst noch führen konnten?

Jedenfalls lag es jetzt an ihr, der Brautmutter, daß die Hochzeit den kleinen *faux pas* des Bräutigams hinsichtlich Etikette und Tradition in Vergessenheit geraten ließ.

»Es wird eine Jahrhunderthochzeit!« schwor sich Bethel laut, und ihre Worte hallten in der großen marmornen Eingangshalle des Hauses wider wie ein Gebet.

Sie hatte die alte Orangerie verlassen und war durch den Vordereingang ins Haupthaus zurückgekehrt. Sie tat das oft, selbst dann, wenn sie nur von einem kurzen Spaziergang im Garten zurückkam. Sie betrat *The Birches* wie ein Gast. Gemessen und würdevoll öffnete sie die massive, kassettierte Ebenholztür. Auf diese Weise konnte sie die ganze Pracht des Hauses auf sich wirken lassen. Es erinnerte sie daran, wie weit sie es im Leben gebracht hatte und wie wachsam sie stets sein mußte, um das Ansehen der großen alten Familie zu wahren, in die sie eingeheiratet hatte.

Diesmal durchzuckte sie jedoch ein anderer Gedanke, und sie blieb wie angewurzelt mitten in der riesigen gewölbten Eingangshalle aus Marmor stehen.

William wird zur Hochzeit nach Hause kommen!

Sie legte den Handrücken an ihre glühende Wange. Ihr Herz klopfte so heftig, daß sie glaubte, die Brust werde ihr zerspringen.

Gewiß wird er nach Hause kommen. Er muß kommen. Er muß einfach zurückkommen …

Sie würde ihm schreiben – nein, sie würde Emma beauftragen, ihm zu schreiben, und ihn bitten, zu ihrem Fest zu kommen. Es konnte nicht angehen, daß ein Mädchen ohne ihren Vater zum Traualtar gehen würde. Er mußte sie nach alter Tradition dem Bräutigam zuführen.

Die Hochzeit würde Bethel endlich die Möglichkeit geben, mit ihm zu sprechen und ihm alles zu erklären. Sie würde ihm sagen, daß es falsch von ihm gewesen war, bei ihr die Schuld für das tragische Geschehen in jener Nacht zu suchen. Sie würde ihm erklären, daß sie nur getan hatte, was getan werden mußte. Sie hatte nur getan, was die Welt von ihr erwartet hatte, für die Familie, für sie alle.

Seine Worte beim Abschied waren verletzend, ungerecht und bösartig gewesen. Er hatte ihr vorgeworfen, herzlos zu sein. Wie konnte er nur so etwas sagen! Bethel hatte alles getan, um ihm eine perfekte und vornehme Frau zu sein – die Frau, die er verdiente. Und sie liebte ihn und die Kinder von ganzem Herzen. Natürlich war es so, daß manchmal andere Pflichten vorrangig waren. Aber die Familie als Ganzes stand immer an erster Stelle, dann erst kam der einzelne. Als ein Tremayne hätte er das verstehen müssen.

Sie war nicht grausam, eigennützig und nur auf Äußerlichkeiten bedacht, wie er ihr das vorgeworfen hatte. Sie wußte, worauf es ankam – das hatte sie schon immer gewußt.

Außerdem war sie noch immer so hübsch wie früher. Sie war schließlich erst zweiundvierzig. Sie würde die wilde Leidenschaft in ihm wieder auflodern lassen, die damals auf dem Ball in Sparta in seinen Augen geglüht hatte. Dazu brauchte sie nur eine Gelegenheit. Sie mußte nur ein einziges Mal wieder mit ihm allein sein.

Bethel zwang sich zu einem Lächeln und schob eine imaginäre Strähne aus der Stirn. Sie sonnte sich im Vorgefühl ihres weiblichen Triumphs, als sie langsam den gestärkten Spitzenkragen ihrer Bluse glattstrich. William würde nach Hause kommen, und das war ihre Chance. Aber sie würde später noch sorgfältig über alles nachdenken und ihre Strategie planen müssen. Die Nachmittagsgäste würden bald eintreffen, und man durfte sie keinesfalls aufgelöst und mit gerötetem Gesicht in der Halle vorfinden. Sie mußte unbedingt erst noch einen Blick in den Salon werfen und sich davon überzeugen, daß dort alles in Ordnung war.

Gemessen und würdevoll durchquerte sie zufrieden die Halle. Den Blick fest auf die verheißungsvolle Zukunft gerichtet, teilte sie die schweren grünen Damastportieren und betrat den Salon.

In der ersten Woche nach ihrer Ankunft in *The Birches* hatte sie vom Wohnzimmer gesprochen, bis einer der Dienstboten sie korrigierte. Es war einer der Augenblicke größter Demütigung gewesen.

Der Salon bot eine glanzvolle Mischung aus Exotik und Tradition. Zwei Chippendale-Stühle flankierten eine antike chinesische Rosenholztruhe mit Drachenfüßen. Ein Seidenteppich, den tibetische Mönche gewebt hatten, lag auf dem schönen Teakholzfußboden, der jede Woche mit aufgebrühtem schwarzen Tee geputzt wurde.

Zwei große goldene Schalen aus Indien schmückten den Sims des Kamins aus kostbarem Sienna-Marmor. Jeden Tag wurden im neuen Gewächshaus frische amerikanische Teerosen für die beiden Vasen geschnitten. Bethel wollte sich gerade davon überzeugen, daß die Rosen wirklich frisch waren, als sie ein Dienstmädchen sah, das sich über die Klavierleuchte aus Onyx und Lapislazuli beugte, um den Docht zu kürzen.

Bethel wurde nicht laut, aber ihre Stimme schien die Stille wie ein Dolch zu durchstoßen: »Du!«

Das Dienstmädchen schreckte zusammen, drehte sich verwirrt um und starrte sie mit großen Augen an.

»Was tust du zu dieser Tageszeit hier im Salon?« fragte Bethel streng.

In ordentlich geführten Häusern zeigten sich die Dienstboten dann nicht in den herrschaftlichen Räumen, wenn die Familie oder die Gäste dadurch gezwungen sein konnten, sich ihrer Anwesenheit zu erinnern.

Das Dienstmädchen knickste und neigte den Kopf. »Die Lampe qualmte, und ich ...« Sie starrte schuldbewußt zu Boden und strich hilflos mit der freien Hand über die gestärkte Schürze. »Entschuldigen Sie bitte, Madam.«

»Dafür gibt es keine Entschuldigung.«

»Nein, Madam.«

Das Dienstmädchen ging in einem weiten Bogen um Bethel herum zur Tür, blieb dort aber stehen und sah sie unsicher an. »Wir Dienstboten sind sehr glücklich darüber, daß sich Miss Emma mit Mr. Alcott verloben wird.«

Bethel hätte im ersten Augenblick beinahe gelächelt, obwohl sich das nicht gehörte – man zeigte in Gegenwart des Personals keine Gefühle.

»Danke, Biddy«, erwiderte sie.

Die vielen irischen Mädchen, die die Böden schrubbten, überall im Haus Staub wischten und die Herrschaft bedienten, wurden alle »Biddy« genannt. Als Bethel vor vielen Jahren als neue Hausherrin in *The Birches* eingetroffen war, hatte sie sich besondere Mühe gegeben, die Namen der Dienstboten zu lernen. Aber schließlich wurde sie darauf aufmerksam gemacht, daß solche Vertraulichkeiten unpassend seien.

»Er sieht sehr gut aus«, sagte das Dienstmädchen. »Wirklich gut ... und Mr. Alcott ist so ein Gentleman.«

»Ja, er gilt als einer der begehrtesten Junggesellen in Neuengland. Kein Wunder, er hat nicht nur ein Vermögen von über drei Millionen Dollar geerbt, sondern ...«

Bethel biß sich auf die Lippen. Sie war so entsetzt, daß sie beinahe zitterte. Nichts war vulgärer, als mit einem Bediensteten über Geld zu sprechen! Sie hätte ebensogut den Rock heben und Biddy ihre Unterhosen zeigen können.

Bethel legte die Hand an den Hals und spürte, wie sie errötete. So etwas geschah immer nur dann, wenn ihre Wachsamkeit einen Augenblick lang nachließ, wenn sie nicht an ihre Stellung dachte und sich Erinnerungen überließ, wenn sie Dinge laut aussprach, über die man besser schwieg.

»Das reicht jetzt«, sagte sie.

»Ja, Madam«, murmelte das Dienstmädchen mit gesenktem Blick und eilte aus dem Salon.

Vor den von schweren Vorhängen aus Samt und Brokat eingerahmten Fenstern bewegte sich etwas. Bethel entdeckte ihre jüngere Tochter Madeleine. Sie saß in ihrem Rollstuhl auf der Veranda, wo Farn in großen Kübeln und zwei alte geflochtene Schaukelstühle standen. Emma stand hinter ihr und hatte die Hände auf die Griffe des Rollstuhls gelegt.

Beim Anblick der beiden runzelte Bethel die Stirn. Jetzt würde sie einen Dienstboten rufen müssen, der Maddie und den Rollstuhl ins Haus zurückbrachte. Das würde erneut Unruhe schaffen, die sie an diesem Nachmittag nicht brauchen konnten.

Und Emma ... gut, sie hatte das beige Samtkleid angezogen, aber das war bestimmt in größter Eile geschehen, wenn sie so schnell wieder auf der Veranda stehen konnte. Und jetzt riskierte sie noch, daß sich ihr in der feuchten Hitze die Wangen röteten und die Haare kräuselten.

Als Bethel so hinausblickte, wandte sich ihre Tochter halb dem Fenster zu. Sie lachte, und ihr Gesicht schimmerte hell im grauen Licht des dunstigen Nachmittags. Der Wind fuhr spielerisch durch die dunkelbraunen Locken. Die sanft geschwungene Wange erinnerte Bethel unwillkürlich an einen Engel.

Bethel fühlte einen schmerzlichen Stich in der Brust. Es ist einfach nicht richtig, dachte sie, daß es einer Mutter angesichts der Schönheit der eigenen Tochter den Atem verschlägt.

In diesem Augenblick hellte der Himmel draußen auf, und das Licht verwandelte die Fensterscheiben in Spiegel, in denen Bethel plötzlich ihr eigenes Antlitz sah. Sie hob die Hand und berührte das Glas, als sei es das stille Wasser eines Teichs, das sie nur in Bewegung bringen mußte, um ihr Spiegelbild zum Verschwinden zu bringen. Wie war sie plötzlich so alt geworden?

Bin ich noch immer hübsch, Mama?

Die hellblonden Haare glänzten nicht mehr so wie früher, und sie mußte ihre Fülle durch Haarpolster vortäuschen. Sie trug nur noch hochgeschlossene Spitzenkragen, um die Falten an Hals und Kinn zu verbergen. Die Augen waren jedoch noch immer himmelblau, aber die vielen Krähenfüße blieben hartnäckig, obwohl sie schon seit langem aufgehört hatte zu lächeln. Es gab für sie keinen Grund mehr zu lächeln.

Ein Gefühl hohler Leere überkam sie. Irgendwo in ihr lebte noch das bezaubernde Mädchen, das mit Gardenien im Haar und großen Hoffnungen auf einen Ball gegangen war.

Ein Windstoß traf das Fenster, und sie schloß die Augen. Als Bethel sie wieder aufschlug, verhüllten die Wolken von neuem die Sonne. Das Spiegelbild war verschwunden, und sie sah nur noch ihre junge und hübsche Tochter Emma, deren ganzes Leben wie eine glänzende Straße – gerade und sicher – vor ihr lag.

Und als ihre Tochter lachend den Kopf zurücklegte – ein Lachen, das Bethel nicht hörte –, hatte sie das seltsame Gefühl, in ihrem Leben etwas Bedeutendes verpaßt zu haben.

»Du mußt sehr glücklich sein, Emma. Eigentlich müßtest du wie ein reifer, saftiger Pfirsich vor Freude platzen.«
Emma blickte lächelnd auf die hellen Haare ihrer Schwester. »Das klingt sehr klebrig«, erwiderte sie und lachte noch mehr, als Maddie auch über ihre Antwort lachen mußte. Sie legte ihre Hand auf die Schulter ihrer Schwester und drückte sie sanft. »Ich bin überhaupt nicht sehr glücklich, wenn ich daran denke, daß ich dich und Mama verlassen werde.«
Das Zuhause verlassen.
Emma blickte über den vom Winter zerzausten Rasen, der bis zu dem dichten Birkenwald hinter dem Haus reichte. Die tief ziehenden Wolken schienen die Baumwipfel zu streifen. Der salzige Wind fuhr durch die kahlen Äste. Doch der Frühling würde wie in jedem Jahr auch dieses Mal mit Sicherheit kommen. Emma spürte schon das hoffnungsvolle Sehnen des Frühlings in ihrem unruhig klopfenden Herzen.
Maddie griff nach der Hand ihrer Schwester. Ihre Augen glänzten feucht, ob vom Lachen oder von zurückgehaltenen Tränen, konnte Emma nicht sagen. Vielleicht war auch der kalte und salzige Wind schuld daran.
»Ach, sei still!« rief Maddie. »Benimm dich nicht wie ein Schaf. Erstens wird die Hochzeit erst in zwei Jahren sein. Außerdem ziehst du nur in das Haus in der Hope Street. Wenn du willst, kannst du uns jeden Tag besuchen, obwohl ich mir nicht vorstellen kann, warum du das tun solltest. Aber gib es doch zu: Ein Traum wird wahr, du heiratest den Mann, den du liebst.«
Emma blickte wieder zu den Birken vor dem Haus, um ihrer Schwester nicht in die Augen sehen zu müssen. Gewiß, sie liebte Geoffrey. Allerdings fiel es ihr noch immer schwer zu entscheiden, ob die Heirat mit ihm wirklich ihr eigener Traum war oder das, was alle anderen sich für sie erträumten.
»Aber du bist so schön«, sagte Maddie. »Du hättest jeden Mann haben können, der dir gefällt ...«
»Jetzt bist du das Schaf!« rief Emma. Sie bemühte sich immer sehr so zu tun, als gäbe es ihre Schönheit nicht, denn diese Schönheit besaß

eine Macht, die sie zwar erkunden wollte, vor der sie sich aber fürchtete. »Mir gefällt nun einmal Geoffrey und nicht irgendein anderer Mann.«

»Das wäre wirklich schrecklich, wenn du die Frau irgendeines Mannes würdest«, erwiderte Maddie und imitierte dabei die Aussprache ihrer Mutter. Emma lachte.

Maddie drehte sich um und ließ die Hände in den Schoß sinken. Sie seufzte, obwohl es nicht besonders traurig klang. »Weißt du noch, wie wir uns gestritten haben, wer von uns beiden Stuart heiraten würde?«

»Das stimmt nicht. Das habe ich bestimmt niemals getan!«

Maddie lachte wieder. »Aber natürlich, ich erinnere mich ganz genau.«

»Oh, wie peinlich!« Emma legte die Hand an die Stirn und tat, als falle sie in Ohnmacht. »Damals war ich vermutlich noch sehr jung und ließ mich wohl noch vom Aussehen blenden, ohne auf den Charakter zu achten.«

»Stuart hat viel Charakter«, widersprach Maddie. »Er hatte es immer schwer, weil Geoffrey stets der perfekte Sohn war.« Sie seufzte. »Der arme Stuart. Ich mache mir manchmal Sorgen um ihn.« Ihre Stimme klang plötzlich weich, und sie blickte versonnen und sehnsüchtig in die Ferne. »Ja, trotz allem ...«

Emma mußte schlucken. Sie hatte ihrer Schwester noch nicht erzählt, daß Stuart Alcott wieder zu Hause war, denn das würde Madeleine nur Kummer bereiten. Außerdem war da der Gedanke an den schrecklichen, aber unvermeidlichen Augenblick, wenn er sie in ihrem jetzigen Zustand sah. Als Stuart vor sieben Jahren Bristol verlassen hatte, war Madeleine Tremayne ein fröhliches zwölfjähriges Mädchen gewesen mit Sommersprossen auf der Nase und einem sonnigen lachenden Mund. Sie hatte immer etwas vor – entweder wollte sie schwimmen, Tennis spielen, reiten oder Schlittschuh laufen. Mit den verkrüppelten Beinen war sie nur noch ein Schatten ihres früheren Selbst.

Emma vermutete, daß Maddie schon immer in Stuart verliebt gewesen war. Für sie mochte der extravagante und sündhaft gutaus-

sehende Bruder von Geoffrey mehr als nur eine törichte Jugendliebe gewesen sein. Maddie hatte allerdings nie über ihre Gefühle gesprochen.
Aber sie sprachen ebensowenig über die quälenden Alpträume, die sie alle bedrohten und unter denen sie alle litten. Für Maddie würde es ohnehin nie eine Hochzeit geben. Sie würde weder Stuart Alcott noch einen anderen Mann heiraten.Emma erinnerte sich plötzlich an einen Tag, als sie alle noch Kinder waren. Sie hatten hier auf der Südterrasse mit den Farnen gesessen und den Schaukelstühlen, die hier schon standen, als ihr Vater noch ein Junge gewesen war.
Es war im Sommer gewesen, an einem jener seltenen heißen Tage, an denen sich die Birkenblätter einrollen und vor Hitze knistern.
Emma erinnerte sich daran, daß sie barfuß lief. Es war ein wundervolles Gefühl, die Zehen auf den glatten lackierten Dielen der Terrasse zu spüren. Sie trugen Badekostüme, denn sie waren gerade vom Schwimmen in der Bucht zurückgekommen. Der schwarze nasse Flanell, der sie vom Kinn bis zu den Knöcheln einhüllte, klebte förmlich an der Haut. Alles juckte. Sie waren damals noch so jung – das heißt sie und Maddie. Die Alcott-Brüder mit ihren vierzehn und siebzehn Jahren schienen schon beinahe erwachsene Männer zu sein.
Irgendwie redeten sie über die Zukunft. Stuart erklärte, er werde ein Zirkusmädchen heiraten. Maddie lachte und lachte ohne Unterlaß, als sei das furchtbar komisch, obwohl sie mit sieben kaum wissen konnte, was ein Zirkusmädchen war.
Emma wollte nicht zurückstehen und sagte, sie werde davonlaufen und in Paris in einer Mansarde mit einem Mann leben, der eine Baskenmütze trug und Zigaretten rauchte. Für sie werde es nur die freie Liebe geben, erklärte Emma, obwohl sie mit zehn Jahren überhaupt nicht wußte, was *das* bedeutete.
Damals hatte Geoffrey erwidert: »Du bist eine dumme Gans, Emma Tremayne. Du wirst mich heiraten.«
Emma wollte ihn auf die Nase boxen, weil er sie eine dumme Gans genannt hatte, aber er wich ihrem Schlag aus, und sie traf den Pfosten der Veranda. Sie verletzte sich die Hand an einer holzgeschnitzten

Ananas so schwer, daß die Wunde mit drei Stichen genäht werden mußte.

Und jetzt stand sie hier und würde sich mit Geoffrey Alcott verloben. Es ist mein Schicksal, dachte Emma und spürte einen Schauer, eine Art ahnungsvolle Angst. Es war unvermeidlich gewesen und jetzt endgültig. Es war zu spät, um noch etwas zu ändern, selbst wenn sie es gewollt hätte.

Nun ja, ihr Bruder war tot und ihre Schwester ein Krüppel. Damit blieb nur sie, Emma, die heiraten, Kinder haben und den Fortbestand der Familie und der Traditionen sichern konnte.

Wenn Willie doch nur …

Aber sie hatte kein Recht, an Willie zu denken, sich vorzustellen, daß er sie vielleicht befreit hätte, wenn er am Leben geblieben wäre.

Maddie hatte eine Weile geschwiegen. Emma beugte sich ein wenig vor und sah die Spur einer getrockneten Träne auf der Wange ihrer Schwester. Sie bekam ein schlechtes Gewissen, weil sie die vielen Segnungen des Himmels so gering schätzte, während die arme Maddie um das trauern mußte, was sie nie haben würde.

Emma wünschte sich plötzlich, mit ihrer Schwester über Willie reden zu können, über die Wahrheit, seinen Tod und über die Lücke, die diese Tragödie in ihr Leben gerissen hatte.

Wir werden nie wieder darüber sprechen.

Willie war damals, an jenem heißen Sommertag, auch dabei gewesen. Er hatte still, wie es seine Art war, in einem der Schaukelstühle gesessen. Er hatte sich über Maddie lustig gemacht, weil sie über das Zirkusmädchen lachte, und er hatte das Blut an Emmas Hand mit seinem Taschentuch gestillt. Aber er hatte an diesem Tag nicht viel gesprochen. Von ihnen allen hütete Willie die Geheimnisse seines Herzens am besten.

Der Wind rauschte in den Birken, und aus den grauen Wolken fiel eisiger Regen. Emma hörte in ihrem Rücken das leise Lachen eines Jungen und das Quietschen des alten Schaukelstuhls.

Aber als sie sich umdrehte, saß niemand dort.

Fünftes Kapitel

Die Carter-Schwestern erschienen an diesem Tag als erste zum Tee. Sie rollten in einem uralten Landauer, der von zwei mit roten, weißen und blauen Federbüschen geschmückten Pferden gezogen wurde, durch das hohe schmiedeeiserne Tor.

Sie durchquerten in einer süß duftenden Wolke von Puder und Veilchenparfüm die Halle aus schwarzweißem Marmor. Sie trugen Volants und Federn an den Hauben, wie sie vor dem Krieg Mode gewesen waren. Die Carter-Schwestern waren die reichen unverheirateten Töchter eines Bierbarons aus Providence. Für sie war die Zeit vor dreißig Jahren stehengeblieben.

Miss Liluth, die jüngere Schwester, war, wie man in Bristol höflich sagte, »etwas überreizt«, obwohl sie, und darin waren sich alle einig, früher einmal ganz normal gewesen war. Aber ihr Verlobter war bei Antietam gefallen, und sie hatte seinen Tod niemals verwunden. Er war mit dem Dienstagnachmittagzug nach Providence gefahren, und Miss Liluth hatte sich in den Kopf gesetzt, daß derselbe Zug, mit dem er davongefahren war, ihn auch wieder zurückbringen werde. Deshalb erschien sie seit Ende des Krieges jeden Dienstagnachmittag am Bahnhof in der Franklin Street und wartete auf ihn.

»Ich sage Ihnen, ich habe es irgendwie geahnt, daß die Damen heute kommen würden«, sagte Bethel, als sie den beiden Schwestern Platz in den weich gepolsterten Sesseln mit Brokatbezügen anbot, »und deshalb heute morgen Liluths Lieblingsplätzchen backen lassen und für Annabelle die köstlichen Sahneschnitten, die sie so liebt. Und wagen Sie nicht zu sagen, Sie werden nichts essen. Sie sind beide in letzter Zeit geradezu spindeldürr geworden.«

Emma unterdrückte ein Lächeln über die boshafte Bemerkung ihrer

Mutter, denn die ältere Miss Carter war das, was man in ihren Kreisen höflich als eine »stattliche Frau« bezeichnete. Sie war außerdem nicht gerade eine Schönheit mit ihren kleinen, kurzsichtigen Kürbiskernaugen und einem Muttermal, das wie ein Wasserfleck aussah, auf der linken Wange.

Außerdem wußte ganz Bristol, daß sie sich mit sechzehn unsterblich in William Tremayne verliebt hatte. Sie liebte ihn auch dann noch, als er Bethel heiratete und mit ihr drei Kinder hatte.

»Ich, meine Lieben, darf mir leider nicht den kleinsten Bissen gönnen«, fuhr Bethel ohne Unterbrechung fort, »denn ich muß gestehen, ich faste zur Zeit. Jedesmal, wenn meine Entschlossenheit ins Wanken gerät, erinnere ich mich daran, daß meinem William bei unserer ersten Begegnung vor allem meine schlanke Figur ins Auge fiel.« Sie deutete mit der Hand auf das blauweiße chinesische Teeservice, das auf dem silbernen Servierwagen stand. »Emma, sei doch so gut und kümmere du dich heute um den Tee!«

Emma wußte, daß sie den Tee eingießen sollte, damit ihr Verlobungsring besser zur Geltung käme. Eine junge Dame der guten Gesellschaft prahlte natürlich niemals mit ihrem Glück, aber ein dezenter Hinweis war erlaubt.

Den Carter-Schwestern würde der Ring natürlich nicht entgehen, denn er funkelte an diesem grauen Regentag wie blaues Feuer. Den Ring krönte ein riesiger Saphir umgeben von einem Dutzend Diamanten. Geoffrey hatte ihr den Ring erst am Tag zuvor über den Finger gestreift. Danach hatte er ihre Hand umgedreht, die Handfläche geküßt und die Innenseite des Handgelenks. Dann und erst dann hatte er sie auf die Lippen geküßt.

Das Gefühl seines Mundes auf ihren Lippen überraschte Emma. Es war seltsam, süß und leidenschaftlich. Als er sich von ihrem Mund löste, glühten ihre Lippen heiß. Sie berührte sie mit der Zunge und schmeckte ihn.

Der Ring wurde von den beiden älteren Damen wie erwartet bemerkt und bewundert. Emma lächelte höflich, als sie Miss Liluth die Teetasse reichte – ohne Milch, aber mit zwei Löffel Zucker. Liluth Carter hatte zu ihrer Zeit als eine Schönheit gegolten, und sie war noch immer hübsch. Sie hatte blaßblonde Haare, eine weiße Haut und veilchenblaue Augen.

Emma fragte sich, ob Miss Liluth von ihrem Verlobten zum Abschied geküßt worden war, bevor er in den Krieg zog, um zu sterben. Vielleicht hatten sie sich am Abend davor sogar noch geliebt. Emma fand den Gedanken an eine so wundervolle Sünde mit dem Mann des Herzens schrecklich aufregend – so aufregend wie Segeln im Sturm ... und natürlich auch gefährlich, denn die Sache konnte ans Licht kommen und einen Skandal auslösen. Sie stellte sich vor, selbst einmal etwas so Aufregendes zu tun, obwohl sie bezweifelte, daß sie jemals den Mut dazu aufbringen würde. Ganz gewiß würde Geoffrey niemals auf solche Gedanken kommen.

Aber in all den Jahren, die sie Miss Liluth kannte, hatte Emma nie mit ihr über den Mann gesprochen, den sie geliebt und auf so tragische Weise verloren hatte. Die starken Gefühle ihrer unerfüllten Liebe trieben Liluth Carter dazu, jeden Dienstag zum Bahnhof zu fahren, um auf einen Mann zu warten, der niemals zurückkommen würde. Aber kein Mensch sprach je laut über diese Gefühle, und so waren sie einfach nicht vorhanden.

Emma wußte, sie würde nie die Geheimnisse kennenlernen, die Miss Liluth in ihrem Herzen bewahrte. Sie würde die nächste Stunde wie schon unzählige Male zuvor in ihrer Gesellschaft verbringen, doch sie würden vermutlich wieder einmal nur über das Wetter sprechen.

Eine Dame mußte jederzeit in der Lage sein, Konversation zu machen, und das bedeutete, in erster Linie über das Wetter zu sprechen. Emma machte sich oft Gedanken darüber, warum sie alle so viel Anteilnahme an den Elementen der Natur zeigten, obwohl sie sich ihnen selten genug aussetzten. Doch die Damen von Bristol sorgten sich mehr um das Wetter als die Fischer.

»Das Wetter«, sagte Miss Annabelle Carter und gab damit das Stichwort, »ist in letzter Zeit sehr unbeständig.«

»Das ist immer so in dieser Jahreszeit«, fiel Bethel ein. Ihre Worte klangen so vorwurfsvoll, als wolle das Wetter sie persönlich damit ärgern. »In den Winter- und Sommermonaten bleibt es wenigstens beständig, und man weiß, was man zu erwarten hat.«

Emma warf ihrer Schwester einen belustigten Blick zu, und sie lächelten verstohlen. »Ich finde das unberechenbare Wetter so anstrengend«, sagte sie. »Findest du nicht auch, Maddie?«
Ihre Schwester antwortete mit einem stummen Lachen. Sie ging auf das Spiel ein. »Ja wirklich! Aber ich habe festgestellt, daß man besonders beim Wetter keine feste Meinung haben darf.«
»Als mein Charles in den Krieg fuhr, hat es geregnet«, erklärte Miss Liluth. »An Regentagen bin ich immer so traurig. Vielleicht wird morgen wieder die Sonne scheinen.«
Bethel beugte sich vor und legte sanft der anderen Frau begütigend die Hand auf den Arm. »Ganz bestimmt, meine Liebe ...«
Emma mußte unwillkürlich schlucken. Ihr schien etwas in der Kehle zu stecken, und ihr war seltsam nach Weinen zumute. Dort saß Miss Liluth und wartete seit beinahe dreißig Jahren auf einen toten Mann. Miss Carter, ihre Schwester, erschien Woche für Woche im Haus ihrer großen Liebe, aber der Mann hatte eine andere geheiratet. Und ihre eigene Mutter war von eben diesem Mann verlassen worden. Sie hungerte und folterte sich seinetwegen mit einem zu eng geschnürten Korsett und benahm sich, als werde sie ihm nachher beim Abendessen gegenübersitzen.
Doch es verstieß in ihrer Welt gegen alle Regeln des Anstands, auch nur andeutungsweise über Gedanken und Gefühle zu sprechen. Emma fragte sich, was geschehen würde, wenn nur einmal jemand das Unaussprechliche aussprechen würde.
»Letzte Woche ist ein Junge in der Spinnerei ums Leben gekommen«, sagte Emma.
Ihre Worte hallten in der Stille des Salons so laut und bedrohlich wider wie Steine, die am Grund eines tiefen Brunnens aufschlagen. Dann seufzte Miss Liluth tief und stellte klappernd ihre Teetasse auf den Tisch. »Oje!«
Miss Carter rümpfte so heftig die Nase, daß sie bebte. »Man sagt, diese Irin ist mit ihm ausgerechnet bei der letzten Fuchsjagd erschienen. Unvorstellbar und so unberechenbar wie ...«
»Wie das Wetter«, sagte Emma.
Miss Liluth nestelte an der Spitzenrüsche um ihren Hals. »Oje, oje!«

Jetzt legte ihre Schwester ihr die Hand auf den Arm. »Schon gut, Liluth, reg dich nicht auf. Habe ich nicht erst heute morgen gesagt, man kann sich nicht mehr darauf verlassen, daß die mittleren und unteren Schichten wissen, wohin sie gehören?«
Bethel schnalzte mit der Zunge und schüttelte den Kopf. »Die Ordnung der Gesellschaft zerfällt vor unseren Augen.«
»*Zerfallen* ... das ist sehr gut ausgedrückt, Mama.« Emma hörte selbst die wachsende Hysterie in ihrer Stimme, aber sie konnte es nicht verhindern. »Der Junge ist regelrecht skalpiert worden, und die Maschine hat ihm einen Arm ausgerissen. Er ist verblutet.«
Bethel sah ihre Tochter mit völlig unbeteiligtem Gesichtsausdruck an, aber in ihren dunkelblauen Augen lag ein unmißverständlicher Vorwurf. »Ach ja, mein Kind, mag sein, aber man spricht beim Tee nicht über unangenehme Dinge.«
Sie wandte sich lächelnd an ihre Gäste und fragte: »Haben Sie schon das Neueste gehört? Der junge Stuart Alcott ist schließlich doch wieder reumütig nach Hause zurückgekommen, zweifellos ohne Geld und nicht gerade ruhmvoll.«
Maddies Kopf fuhr herum, sie sah Emma fragend an und blickte dann wieder zur Seite. Zwei hektische rote Flecken erschienen auf ihrer Wange, und ihre Hand begann so heftig zu zittern, daß die Teetasse auf der Untertasse klapperte. Sie verschüttete etwas Tee auf die Serviette, die auf ihren Knien lag.
Bethel griff nach dem Silberglöckchen auf dem Servierwagen, aber in diesem Augenblick erschienen die nächsten Gäste. Es waren drei verheiratete Damen. Sie bewunderten Emmas schönen Saphir auf dem Verlobungsring und übersahen geflissentlich Maddies weißes Gesicht und die zitternden Hände. Niemand redete mehr über den verunglückten Jungen und über unverbesserliche junge Männer. Das Gespräch drehte sich nur um das Wetter und die Hochzeit in zwei Jahren.
Die Besucherinnen verabschiedeten sich pünktlich um fünf Uhr, wie es den Regeln entsprach.
Ein bedrückendes Schweigen breitete sich im Salon aus. Emma glaubte, den Zorn ihrer Mutter beinahe wie einen schwarzen Fleck in der

Luft sehen zu können. Sie wußte, sie würde es teuer bezahlen müssen, über »unerfreuliche Dinge« beim Tee gesprochen zu haben. Aber die Wut ihrer Mutter richtete sich gegen Maddie.

»Du bist eine Schande für die Familie, Madeleine Tremayne«, sagte Bethel leise, aber ihre Worte trafen mitten ins Herz. Und obwohl sie klein war, schien sie plötzlich den Rollstuhl zu überragen, so daß Maddie bei jedem Wort tiefer und tiefer in dem geflochtenen Sitz versank.

»Unsere Freunde sind gekommen, um unsere Emma zu sehen, und du ziehst alle Aufmerksamkeit auf dich wie eine billige Schauspielerin. Da du dich offenbar in Gesellschaft nicht benehmen kannst, kann ich nicht zulassen, daß du in Zukunft dabei bist, wenn wir Gäste haben.«

»Sie kommen wegen *meiner* Verlobung, Mama«, erwiderte Emma. Es gelang ihr trotz größter Mühe nicht, die Betroffenheit in ihrer Stimme zu verbergen. »Ich möchte, daß Maddie bei mir ist.«

»Das geht nicht, Emma. Sie kann sich nicht benehmen. Sie sitzt in diesem ... abscheulichen Gefährt. Sie hat keine Kontrolle über sich und *verschüttet* sogar ihren Tee. Ihre Anwesenheit bereitet unseren Freunden Unbehagen. Deshalb geht es nicht.«

»Aber Mama ...«

Ihre Mutter nahm mit Daumen und Zeigefinger Emmas Kinn und drehte ihren Kopf zum Fenster. »Und du wirst an den Nachmittagen, wenn wir Gäste empfangen, nicht noch einmal auf die Veranda hinausgehen. Der scharfe Wind rötet dir die Wangen. Ich möchte nicht, daß die Leute glauben, ich erlaube dir Rouge aufzulegen, wie diese Frauen in der Thames Street es tun.«

Tränen brannten in Emmas Augen, als sie ihrer Mutter nachsah, die im eng geschnürten Korsett steif und aufrecht den Salon verließ. Aber der Anblick ihrer bleichen Schwester schnitt ihr ins Herz.

»O Maddie, es tut mir so leid.« Sie kniete sich neben Maddies Rollstuhl und griff nach ihren Händen. Sie waren kalt und zitterten. Emma versuchte, sie zu wärmen. »Mama ist wütend auf mich. Und sie weiß wie immer mit unfehlbarer Sicherheit, wie sie mich am besten treffen kann. Deshalb läßt sie ihren Zorn an dir aus.«

»Schäme dich, Emmaline Tremayne, du hast schon wieder rote Wangen«, imitierte Maddie ihre Mutter. »Das kann ich nicht dulden.« Maddie lächelte, aber Emma entging nicht, daß sie ihre Verzweiflung hinunterzuschlucken versuchte und mit den Tränen kämpfte.
Ihre Schwester senkte den Kopf und blickte auf ihren Schoß. Sie zog die Hände zurück und zupfte an den Fransen der Decke über ihren Beinen. »Emma, sei ein Schatz und rufe einen der Dienstboten, der mich in mein Zimmer bringt. Ich muß jetzt eine Weile allein sein.«
»O Maddie! Sollten wir nicht …«
»Nein, das sollten wir nicht. Ich möchte nicht über ihn sprechen, denn da ist nichts zu sagen. Da er wieder zu Hause ist, werden wir uns vermutlich früher oder später begegnen. Er wird mit eigenen Augen sehen, daß ich verkrüppelt bin, und dann ist auch das endgültig vorbei.«

Als Maddie es sich mit einem Glas Milch und ihren Lieblingsgedichten im Bett bequem gemacht hatte, hielt es Emma keinen Augenblick mehr länger im Haus aus. Sie wollte hinaus ins Freie, um ihre Wangen dem Wind und der Kälte auszusetzen, damit sie so rot würden wie eine geschälte Tomate.
Die Halbstiefel knirschten auf dem winterlich frostigen Gras. Die herannahende Nacht warf bereits ihre schwarzen Schatten auf den vergehenden Tag. Die tief ziehenden Wolken versprachen noch mehr Regen.
Als sie das Ende des Rasens erreicht hatte, drehte sich Emma um und blickte zurück. Der erste William Tremayne, ein Sklavenhändler, hatte 1685 *The Birches* im damaligen Stil eines wuchtigen und massiven »Plantagenhauses« erbaut. Aber seine Erben, die Piraten, Walfänger und Kaufleute, hatten es mit Flügeln und Erkern versehen, mit Türmen und Kuppeln, mit Bögen und Brüstungen. In über zweihundert Jahren hatten heiße Winde vom Meer im Sommer, Stürme im Herbst und Schneestürme im Winter die Schindeln, welche die Mauern bedeckten, ausgebleicht, und sie waren inzwischen von einem hellen Silbergrau wie die Rinde der Birken, denen das Haus seinen Namen verdankte.

Meist wirkte *The Birches* mit den steilen Giebeln und den Veranden, die das Haus wie die weiten Röcke einer Gouvernante umgaben, märchenhaft und fast schon verzaubert. Aber an diesem Abend duckte es sich trotzig unter dem grauen Himmel. Es wirkte wie eine abweisende Festung gebaut aus Regeln, Vorwürfen, Pflichten und all den Dingen, die man tun und nicht tun durfte.

Das Gaslicht im Zimmer ihrer Schwester flackerte und erlosch. Bereits als Emma das Zimmer verließ, hatte sie gewußt, daß Maddie nach der Flasche mit dem Chloralhydrat greifen würde, die in der Schublade ihres Nachttischs stand. Ihr Onkel war Arzt und hatte ihr das Chloralhydrat gegen Schmerzen im Rücken und in der Hüfte verschrieben. Maddie hatte Emma einmal gestanden, daß sie die Medizin meist jedoch nahm, um ihren Kummer zu vergessen. »Ich habe dann so schöne und angenehme Träume«, sagte sie.

Arme Maddie ...

Emma wandte dem Haus den Rücken zu und ging in den Birkenwald. Sie folgte einem alten Indianerpfad, der entlang einer zerfallenen Mauer zur Bucht führte. Von den kahlen weißen Zweigen tropfte Wasser auf ihren unbedeckten Kopf. Die verwelkten, nassen Blätter auf dem Pfad verströmten einen schwermütigen Geruch ähnlich vergessenen alten Liebesbriefen. Die Welt hatte jegliche Farbe verloren und bestand nur noch aus Schwarz, Weiß und Grau.

Emma dachte daran, daß diese Mauer und die weißen Birken ihr Leben als stumme Zeugen beobachtet hatten. Sie kannten jene Emma, die sie wirklich war, während sie sich selbst ein Geheimnis blieb. Sie hatte das Gefühl, stets einen Teil ihres Wesens zurückgehalten, für etwas Besonderes bewahrt zu haben. Und jetzt überkam sie die schreckliche Angst, sie würde diesen Teil für immer aufbewahren müssen, und wenn sie starb, würde somit vieles ihrer selbst völlig ungenutzt geblieben sein.

Als Emma unter den Bäumen hervorkam und den Strand erreichte, trieb ihr der Wind kalten Regen von der Bucht ins Gesicht. Sie senkte den Kopf, und deshalb sah sie den Mann, der auf dem Landungssteg stand, erst, als sie das Ufer beinahe erreicht hatte.

Der Landungssteg gehörte zum Bootshaus und schob sich weit hinaus in die klatschenden Wellen. Hier ankerte Emmas kleine schlanke Segelyacht, die *Icarus*, und wartete darauf, in den ersten Frühlingstagen mit ihr die neue Saison zu beginnen. Emma hörte das gedämpfte Knarren der Mastspitze und das Wasser, das gegen die Bordwand schlug. Auch Willies Boot hatte hier gelegen, aber jetzt war sein Anlegeplatz leer.

Am Ende des Stegs stand der vorlaute und dreiste Ire von der Fuchsjagd. Er stand auf ihrem Landungssteg.

Er mußte sie bereits gesehen haben, denn er stand mit dem Rücken zum Wind und zu den Wellen und sah sie an. Im letzten Licht des Tages konnte sie sein Gesicht nicht erkennen, doch bei seinem Anblick blieb sie wie angewurzelt am Strand stehen.

Eine Möwe flog auf und stieß über ihrem Kopf einen durchdringenden Schrei aus. Die schäumenden Wellen machten gurgelnde Geräusche, wenn das Wasser die muschelverkrusteten Felsen und die Kieselsteine überspülte. Der Wind zerrte an ihren Haaren, die Nadeln lösten sich, und die Haare flogen ihr um den Kopf wie ein nasses Tuch und legten sich ihr über die Augen.

Weder der Mann noch sie bewegten sich. Sie hätten jetzt die einzigen Menschen auf Erden sein können.

Emma brach den Bann, indem sie nach ihren Haaren griff und die Strähnen um das Handgelenk schlang, damit sie ihn besser sehen konnte.

»Sie wollten mein Boot stehlen!« rief sie vorwurfsvoll, obwohl sie keinen anderen Beweis dafür hatte, als daß er sich an einer Stelle befand, wo er nichts zu suchen hatte.

»Ah *Dhia*«, erwiderte er mit seiner rauhen Stimme, und es klang wie eine stumpfe Säge im nassen Holz. »›Stehlen‹ ist ein hartes Wort ...«

Vermutlich übertrieb er seine irische Aussprache bewußt, so als sei seine Herkunft eine Auszeichnung. Er stand hoch aufgerichtet, groß und dunkel vor dem grauen Wasser. Mit seinen breiten Schultern stemmte er sich gegen den Wind, und die kräftigen Beine glichen mühelos das Schwanken der verwitterten Planken aus. Die schwarze Matrosenjacke machte ihn noch größer.

Sie dachte unwillkürlich an Piratenboote, die in mondlosen Nächten zum Ufer glitten, an mit Tuch umwickelte Ruder und an die stummen dunklen Schatten gefährlicher Männer.
»Sie befinden sich auf privatem Gelände!« rief sie. Auch ihre Stimme klang rauh, als habe sie viele hundert Jahre kein Wort gesprochen. »Der ganze Poppasquash Point gehört uns, den Tremaynes. Sie haben hier nichts zu suchen!«
Er warf mit dramatischer Geste den Kopf zurück und blickte zum grauen nassen Himmel auf.
»Gott helfe uns, als nächstes wird sie mir sagen, den Reichen von Bristol gehört die Luft, die ich atme.«
Er überraschte sie durch seine Schnelligkeit. Er verließ den Landungssteg und kam auf sie zu, bevor sie auch nur daran denken konnte, sich umzudrehen und davonzulaufen.
Je näher er kam, desto größer und bedrohlicher schien er zu sein. Trotzdem lief sie nicht davon. Er kam so dicht heran, bis sie nur noch eine Handbreit trennte.
Sie hob den Kopf und sah ihn an. Trotz der etwas schiefen Nase und der Narben – oder vielleicht gerade deshalb – hatte sein Gesicht etwas Faszinierendes. Er hatte kühne, aber irgendwie auch gebrochene Augen. Sie waren außergewöhnlich schön und hatten eine Farbe wie Flaschenglas, das vom Meer poliert und von der Sonne durchglüht ist.
Er blickte auf sie hinunter, und ihr Herzschlag dröhnte lauter in ihren Ohren als die Brandung, während sie darauf wartete, daß er Gott weiß was tat. Er ging jedoch nur wortlos an ihr vorbei, allerdings so dicht, daß der Ärmel seiner Jacke sie beinahe an der Wange gestreift hätte.
Emma sah ihm nicht nach. Sie ging statt dessen in die andere Richtung. Sie betrachtete scheinbar aufmerksam die nassen grünen Algen an den Pfosten des Stegs und lauschte währenddessen auf das Knirschen seiner Stiefel im weißen Sand. Als sie nur noch das Donnern und Klatschen der Wellen hörte und das Brausen des Windes, drehte sie sich um.
Sie stellte fest, daß er stehengeblieben war und zurückblickte. Bei

diesem Anblick erfaßte sie eine ihr bis dahin unbekannte Erregung, eine heiße Welle der Angst und unbestimmter Erwartungen. Sie wandte ihm schnell den Rücken zu, holte tief Luft und schmeckte die kalte, salzige Gischt auf den Lippen.
Als sie sich wieder umdrehte, war er verschwunden. Aber sie sah noch, wo ihre Fußabdrücke sich im Sand einander angenähert und wieder getrennt hatten.
Es wurde dunkel und zunehmend kälter. Trotzdem blieb Emma solange am Ufer stehen, bis die steigende Flut die Fußabdrücke überflutet hatte.

Sechstes Kapitel

Der erste Tag im Mai kam mit blauem Himmel und einem idealen Wind zum Segeln.

Emma segelte zum ersten Mal in diesem Frühling mit der *Icarus.* Und als der Wind in das Hauptsegel fuhr und es sich blähte, warf Emma den Kopf in den Nacken und lachte.

Sie fühlte sich so frei und unbegrenzt wie der blaue Himmel.

Die blendende Helligkeit zwang sie, die Augen zusammenzukneifen, als sie wie gebannt über das weite Wasser dorthin blickte, wo sich der letzte Morgennebel vom Wasser löste. Die Sonne war gerade aufgegangen. Die Welt schimmerte so rosig wie die Innenseite einer Muschelschale, und das Boot neigte sich tiefer ins Wasser, der Bug durchschnitt die Schaumkronen der Wellen, und hinter dem Heck bildete das Kielwasser eine weiße, schäumende Spur. Sie hielt mit einer Hand die Ruderpinne und in der anderen einen Sonnenschirm. Glücklich stemmte sie sich mit beiden Füßen gegen das Süll und hielt das Gesicht in den Wind. Dann überließ sie sich der seltsam rauschenden Stille eines schnellen Segelboots in voller Fahrt.

Die Mädchen in Bristol lernten ungefähr gleichzeitig laufen und segeln. Die Tremaynes hatten ihre Reichtümer stets mit Schiffen erworben, und ihr Schicksal war eng mit dem Meer verbunden. Das Meer und das Segeln lag ihnen im Blut. Wenn das Segeln nicht eine der geheiligten Traditionen der Tremaynes gewesen wäre, hätte ihr Mama niemals erlaubt, alleine hinauszufahren. Und nur hier an Bord der kleinen Segelyacht, die sich vom Wind davontragen ließ, fühlte sich Emma wirklich frei.

Trotzdem mußte sie den gesellschaftlichen Regeln entsprechend ein Yachtkostüm von Worth tragen. Dazu gehörten natürlich ein Hut

und ein Sonnenschirm, damit sich ihr Gesicht nicht rötete und die Haut, Schrecken über Schrecken, womöglich von der Sonne gebräunt würde.
An diesem Tag wollte sie weit hinaus und Poppasquash Point und den Leuchtturm auf Hog Island umsegeln, so daß sie nach dem Wenden lange und ausdauernd gegen den Wind zur Stadt und zum Hafen kreuzen konnte. Es würde Stunden dauern, aber darum kümmerte sie sich nicht. Auf dem Wasser kannte die Zeit wie der Horizont keine Grenzen. Die Welt bestand nur aus Sonne, See und Wind.
Emma hatte nie gewagt, die Bucht zu verlassen und hinaus auf das offene Meer zu segeln, obwohl sie sich oft vorstellte, genau das zu tun. Einmal hatte sie im Atlas nachgesehen, wo sie ankommen würde, wenn sie von Bristol aus geradewegs nach Osten segeln würde. Auf der Landkarte entdeckte sie einen Hafen in Portugal mit dem Namen Viana do Castelo.
Beim Segeln dachte sie fortan mit Vorliebe an eine portugiesische Hafenstadt mit roten Ziegeldächern und engen gepflasterten Straßen, an einen kleinen sonnigen Hafen und an sanfte Hügel, auf denen Olivenbäume wuchsen und Wein angebaut wurde. Obwohl sie sich danach sehnte, wußte Emma, sie würde nie nach Viana do Castelo segeln. Die Einsamkeit und die vielen Gefahren des Ozeans schreckten sie nicht, aber sie fürchtete sich vor seinen unendlich vielen Möglichkeiten. Als sie schließlich den Wendepunkt erreichte, stand die Sonne hoch am Himmel und zauberte Spitzenkrägen aus Licht auf die Wellen. Die Konturen der Stadt, der Bäume und Dächer hoben sich in der Ferne deutlich vor dem Himmel ab.
Wie schon so viele Seeleute vor ihr entschied sie sich, den Kirchturm von St. Michael anzusteuern. In St. Michael waren in den letzten zweihundert Jahren alle Tremaynes getauft und zu Grabe getragen worden – mit Ausnahme all jener, die wie ihr Bruder von den Wellen verschlungen worden waren.
Der Wind blähte die Segel. Das Boot durchschnitt die Wellen, hob und senkte sich klatschend. Sie näherte sich dem Ufer und passierte ein paar Männer in einem Ruderboot, die mit langen Harpunen Aale aus dem Wasser holten. Schließlich sah sie die prächtigen Häuser der

Hope Street und das gewölbte Dach des Bahnhofs. Dann näherte sie sich der Baumwollspinnerei mit den hohen schmalen Fenstern und Schornsteinen, aus denen weißer Rauch quoll.
Die Spinnerei stand unmittelbar am Rande des Hafens. Sie hatte einen eigenen Kai, dessen Piers wie die Zähne eines Kamms ins Wasser ragten. Emma reffte das Hauptsegel und ließ das Boot zu einem der Eisenpfähle treiben. Die rauschende Stille des Windes brach sich in einer Welle aus Lärm. Das Stagsegel knatterte, eine Möwe stieß einen lauten Schrei aus, ein Mann sang bei der Suche nach Muscheln, und über allem lag das ununterbrochene Dröhnen der unzähligen Spindeln im Innern der Spinnerei.
Emma vertäute das Segelboot und hakte geschickt und schnell die Taue an Deck an die Klampen. Doch sie ging nicht an Land – noch nicht.
So lange, viel zu lange in ihrem Leben war Emma Tremayne alles immer zugestoßen. Sie mußte sich niemals um etwas bemühen. Manchmal geschahen Dinge, ohne daß sie wußte, warum, und oft, ohne daß sie überhaupt Kenntnis davon nahm. Deshalb dauerte es eine Weile, bis sie richtig begriff, was sie eigentlich tun wollte. Und danach brauchte sie noch länger, um den Mut aufzubringen, das Abenteuer zu wagen.
Langsam richteten sich ihre Augen auf den aus roten Klinkern gebauten, hohen Torbogen der Spinnerei in der Thames Street. Dort war der irische Junge tödlich verunglückt.

Emma war in den besten Häusern von Bristol gewesen, aber sie hatte mit den glänzenden weißen Stiefelchen noch nie einen Schritt in die Spinnerei gesetzt. Hinter dem wuchtigen, eisenbeschlagenen Tor neben einer Stechuhr und den endlosen Reihen kleiner gelber Karten blieb sie zögernd stehen. Um sie herum bebten Wände und Böden unter dem Stampfen der Maschinen.
Ein magerer Mann in einem glänzenden schwarzen Anzug – er trug wendbare Papiermanschetten – verließ bei ihrem Anblick ein Holzhäuschen, das Emma an den Wachturm eines Gefängnisses erinnerte. Sie hatte den Mann noch nie gesehen, doch ihr kam nicht in den Sinn,

daß er sie vielleicht nicht kennen würde. Jedermann in Bristol kannte die Tremaynes.

Sie reichte ihm die Hand, obwohl sie etwas zitterte. Emma hielt sich eigentlich für mutig und träumte davon, in die Welt hinauszufahren und sie zu erobern. In Wahrheit konnte es jedoch geschehen, daß eine harmlose Teegesellschaft, zu der sich Leute einfanden, die sie von Kindheit an kannte, ihr Herz heftig schlagen ließ. Sie wußte, ihre Ängste waren unbegründet. Aber schon der Gedanke daran, gemustert und erbarmungslos begutachtet zu werden, verursachte ihr ein flaues Gefühl im Magen, und offenbar konnte sie nichts dagegen tun.

Der Mann sah sie mit großen Augen an, die hinter Brillengläsern, die so dick wie das Glas von Milchflaschen waren, noch größer wirkten. Emma erklärte ihm, daß sie die Spinnerei besichtigen wolle, und der Adamsapfel im mageren Hals des Mannes bewegte sich ruckhaft auf und ab. Schließlich schluckte er nur, nickte und führte sie schweigend zu einem Büro am Ende des Gangs. Dort überließ er sie einem Mr. Thaddeus Stipple, einem kleinen Mann, der so rundlich und speckig war wie ein Walroß.

Mr. Stipple versuchte, Emma zu erklären, daß sie die Spinnerei ganz bestimmt *nicht* in Augenschein nehmen wolle, denn dort sei es schmutzig, laut und voll von Iren. Und das sei kein Anblick für eine vornehme Dame wie sie. Emma faltete die Hände im Schoß und zwang sich, den Mann anzulächeln. Sie erinnerte ihn daran, wer sie war – genauso wie es ihre Mutter getan hätte –, obwohl ihr dabei peinlich bewußt wurde, daß sie sehr hochtrabend klang.

Er protestierte noch einmal halbherzig und erhob sich schließlich mit einem Seufzer. Höflich forderte er sie auf, ihm in den Hof hinaus zu folgen. Dort stieg er mit ihr eine Eisentreppe hinauf und öffnete eine blechbeschlagene Tür. Sie standen vor einem eisernen Gittersteg. An der Decke über ihnen befand sich ein Gewirr von Kabeln, Drähten, Rohren, Balken und Treibriemen. Aber Emma blickte nur nach unten in die riesige Halle mit den klappernden, stampfenden und rotierenden Maschinen.

Dies, so erklärte Mr. Stipple, sei der Spinnsaal. Er erläuterte ihr die

Maschinen: die Zwirnmaschine, die Ringspinnbank und der Wagenspinner. Emma sah jedoch nur ein Labyrinth von Rollen und Zahnrädern, Hebeln und sich drehenden Spulen. Das Hämmern von Eisen gegen Eisen schmerzte in den Ohren. Der Gestank von Schweiß und öligen Dämpfen nahm ihr den Atem. In der Halle herrschte eine schrecklich Hitze, und die Luft war erfüllt von Baumwollstaub, so daß sie zu ersticken glaubte.

Es war eine lärmende Hölle, eine Hölle mit unzähligen Kindern.

Sie sah magere bleiche Mädchen mit gebeugten Schultern in zerrissenen Kleidern. Einige waren so klein, daß sie bei ihrer Arbeit auf Hockern und Kisten stehen mußten. Die blassen Finger bewegten sich flink zwischen den sich drehenden Spindeln. Sie griffen nach gerissenen Fäden, die sie schnell wieder verknüpften, bevor es zu Verschlingungen kommen konnte.

Emma bemerkte einen Jungen, dessen dünne Beine so weiß waren wie Birkenzweige. Der Kleine kroch unter eines der eisernen Ungeheuer, um die spitzen, rotierenden Spindeln mit einer Ölkanne zu fetten. Ein anderer Junge rollte direkt unter ihr einen ganzen Satz Spulen über den von Tabaksaft und Schmieröl glitschigen Boden. Sie konnte sich gut vorstellen, daß er mit den nackten Füßen auf dem schmutzigen Boden ausrutschte, die Arme beim Fallen hochwarf und von den Zahnrädern einer Maschine erfaßt und zu Tode gequetscht wurde.

Welche dieser Maschine war dem irischen Jungen mit dem Namen Padraic wohl zum Verhängnis geworden?

Es blieb ihr unverständlich, wie sie inmitten der Maschinen und der Arbeiter in der Halle die Frau ausmachen konnte. Vielleicht lag es an ihren roten Haaren, die im dunstigen Licht wie eine Fackel leuchteten. Oder es kam daher, daß sie sich als einzige nicht um ihre Maschine kümmerte, die Baumwollflocken zu langem feinen Garn zog und um ein Dutzend rotierende Spindeln wand.

Die Frau blickte mit ihren dunklen, fiebrig glänzenden Augen zu Emma hinauf. Sie hatte die roten Haare mit einer Schnur am Hinterkopf zusammengebunden, aber ein paar Strähnen hingen ihr ins Gesicht. Die Wangen wirkten bleich und durchsichtig wie Kerzenwachs. Diesmal trug sie keinen weiten Mantel, und Emma sah, daß sich ihr fleckiges Kleid über dem vorgewölbten Leib spannte. Die Frau war schwanger.

Sie machte einen Schritt in Emmas Richtung und hob den Kopf, als wolle sie ihr etwas zurufen, aber ein heftiger Husten schüttelte sie. Die Frau krümmte die mageren Schultern und drückte die Faust an die Brust, während der rasselnde Husten ihren ganzen Körper beben ließ.

Aus dem fadenscheinigen Ärmel ihres abgetragenen Kleids zog sie ein Taschentuch hervor und preßte es vor den Mund. Sie hustete immer heftiger, und Emma fürchtete, sie werde beim nächsten Atemzug ersticken.

Ein Mann, es mußte ein Aufseher sein, wurde auf die Frau aufmerksam und rief ihr etwas zu, das Emma nicht verstand. Die Frau ging zu dem Ringspinner zurück und schob das Taschentuch wieder in ihren Ärmel. Aber Emma war nicht entgangen, daß es blutige Flecken hatte.

Emma beobachtete die Frau reglos. Sie wagte kaum zu atmen und fragte sich, wie es kam, daß sie, Emma Tremayne, in eine so reiche und vornehme Familie hineingeboren worden war.

Warum war sie nicht diese Frau, die in einer Baumwollspinnerei mit jedem Atemzug um ihr Leben rang?

Siebtes Kapitel

Es kam nicht oft vor, daß ein junger Mann von achtundzwanzig Jahren schon so genau wußte, was er mit seinem Leben anstellen wollte. Doch Geoffrey Alcott war so ein Mann.

Jeden Morgen, außer an Sonntagen, ging er in sein Büro in dem alten Lagerhaus, in dem sich der Hauptsitz der »Alcott Textiles« befand. Dort leitete er das Familienunternehmen mit ruhiger Hand, ohne den Blick nach rechts oder links zu wenden. Neben der Spinnerei in der Thames Street gehörten ihm in Neuengland noch weitere acht Spinnereien. Geoffrey hätte sehr gut von den Gewinnen leben können, ohne je einen Fuß in eine seiner Fabriken setzen zu müssen. Aber das war nicht seine Art.

Für ihn war es eine Frage des Stolzes, von sich sagen zu können, daß er in der Lage war, jede Aufgabe, für die er andere bezahlte, selbst zu übernehmen. Als er zehn Jahre alt war, überredete er seinen Vater, ihn eine Woche als Spulen-Jungen arbeiten zu lassen. An seiner linken Hand sah man noch immer die Narbe, wo ihn eine rotierende Stahlspule verletzt hatte. Er konnte eine Krempelmaschine beinahe ebenso schnell auseinandernehmen und wieder zusammenbauen wie sein bester Maschinist. Erst im letzten Jahr hatte er eine ganze Schicht lang an einem Ringspinner gestanden und die Fäden entwirrt und verknüpft wie einer der niedersten Tagelöhner seiner Spinnerei.

Geoffreys Aufseher und Sekretäre klagten nicht selten darüber, daß er versuchte, viel zu viel selbst zu tun. Wenn es nach ihm gegangen wäre, hätte er jede Rechnung eigenhändig überprüft, bezahlt und gebucht. Und tatsächlich führte er die Bücher der Spinnerei in der Thames Street mit seiner makellosen Handschrift höchst persönlich.

Genau zehn Minuten vor zwölf Uhr mittags verließ Geoffrey Alcott sein Büro im Lagerhaus und machte sich auf den Weg nach Hause. Gemächlich ging er vom Hafen durch die Burton Street, bevor er in die Hope Street einbog. Die Leute sagten im Spaß, daß man nach Geoffrey Alcott die Uhr stellen könne.

An den meisten Tagen genoß er diesen Spaziergang. An den Kreuzungen, zwischen den Häusern und den Schaufenstern der Geschäfte konnte er das blaue Wasser des Hafens sehen. Bei kräftigem Wind roch es wie an diesem Tag nach Fisch, Meer und dem Rauch der Spinnerei.

Auf dem Weg überließ er sich meist seinen Träumen. Geoffrey Alcott war vom Glück begünstigt und reich. Aber er hatte den Besitz von seinem Vater und Großvater geerbt und immer schon den Ehrgeiz verspürt, etwas Eigenes zu schaffen.

So verwunderte es nicht, daß er in den vergangenen fünf Jahren seit dem Tod seines Vaters die »Alcott Textiles« zu einem der größten Konzerne Neuenglands gemacht hatte. Die Spinnereien ergänzte er durch eine Bleiche und Färbereien. Und in diesem Jahr wollte er den Geschäftsbereich um eine Gießerei zur Herstellung von Maschinen erweitern, die in seinen Spinnereien eingesetzt wurden.

Gerade in dieser Woche hatte ihn die Abendzeitung von Providence als den »Textilmagnaten von Rhode Island« bezeichnet. Er hatte den Artikel ausgeschnitten und trug ihn jetzt in der Brusttasche seines modisch karierten Anzugs. Beim Gehen klopfte er von Zeit zu Zeit auf die Tasche und lächelte, wenn er das Zeitungspapier knistern hörte.

Als Geoffrey die Church Street überquert hatte, erreichte er die stille Allee mit den mächtigen Ulmen, Kastanien und Ahornbäumen. Der Lärm und die Geräusche des geschäftigen Lebens blieben zurück, und er überließ sich den erbaulichen Klängen des vornehmen Lebens der Reichen. Hier klapperten die Räder der Kutschen nicht, sondern knirschten leise im Kies. Die Kohle polterte nicht über die Rutschen in die Kohlenkisten, sondern glitt gedämpft von den Kohlewagen. Niemand schrie oder fluchte, und die kleinen Kinder weinten nicht. Doch manchmal drang durch die schmiedeeisernen Tore und die sorgsam geschnittenen Ligusterhecken das Lachen von Kindern.

Als er das vom Efeu völlig bewachsene Haus der Carter-Schwestern erreichte, hörte er nur das leise Quietschen eines Schaukelstuhls. Er blieb stehen, begrüßte die beiden Damen mit einer Verbeugung und lächelte, als Miss Liluth kicherte.
Die Alcotts besaßen das größte und prächtigste Haus in der Hope Street. Er schritt durch den eisernen Torbogen und erreichte die mit Marmorplatten belegte Auffahrt. Hohe Linden säumten den Weg, und an einem sonnigen Frühlingstag wie heute verströmten sie ihren schweren betörenden Duft. Der Geruch der blühenden Linden im Frühling machte Geoffrey stets ein wenig traurig, obwohl er nicht wußte, warum.
Er blieb am Fuß der Vorhalle stehen und ließ den Blick langsam über die zwei Stockwerke hohen korinthischen Säulen und die palladianischen Fenster gleiten. Der Stolz der Alcotts hatte die Architektur des Hauses geprägt, und beim Anblick des Familiensitzes spürte er stets die Resonanz dieses Stolzes in sich.
Geoffrey setzte den maßgefertigten Känguruhlederstiefel auf die erste Marmorstufe, als der durchdringende Pfiff der Spinnerei ertönte und das Glockenspiel der Rathausuhr und der tiefe Klang der Glocke von St. Michael, die alle miteinander wetteiferten zu verkünden, daß es zwölf Uhr Mittag war.
Nachdem der Wind die letzten Töne fortgetragen hatte, trat Geoffrey durch die Haustür. Er hängte seinen Hut an den Garderobenständer und stellte den Gehstock mit dem Eberkopf aus Elfenbein in den Elefantenfuß, der als Schirmständer diente. Dann richtete er die Akelei in seinem Knopfloch und strich sich die Haare glatt.
Er atmete tief den vertrauten süßlichen und moschusartigen Geruch des Hauses ein. Manche Leute behaupteten, dieser Geruch käme von der Bienenwachspolitur, mit der die Olivenholztäfelung seit hundert Jahren gepflegt wurde, aber Geoffrey wußte es besser: Es war der Geruch von altem Reichtum.
Wie jeden Mittag ging Geoffrey zuerst in das Damenzimmer, wo seine Großmutter inmitten von Farnen und Kamelien in einem weißen Korbschaukelstuhl saß. Zweimal in der Woche wurde ihr druckfrisch der *Bristol Phoenix* zugestellt, damit sie die Todesanzei-

gen studieren und sich darüber freuen konnte, wen sie für diesmal überlebt hatte.

Sie wartete bereits auf ihn, und ihre Augen in dem eingefallenen Gesicht belebten sich etwas, als er den Raum betrat. Sie hob die Zeitung und schwenkte sie so heftig, daß die Bänder ihrer Haube flatterten.

»Amelia Attwater!« kreischte sie. Die alte Frau war beinahe taub und benahm sich, als seien alle in ihrer Umgebung das auch. »Hier steht es schwarz auf weiß – Amelia Attwater ist tot. Sie sagen, Gehirnerweichung hat sie umgebracht, aber das ist eine schamlose Lüge. Ihr Gehirn war schon immer so weich wie Tomatenpüree. Warum sollte sie also ausgerechnet jetzt daran sterben? Kannst du mir das sagen?«

Er beugte sich vor und küßte die Luft in der Nähe ihrer pergamentenen Wange, und der durchdringende Geruch von Kampfer und frischer Druckerschwärze stieg ihm in die Nase. »Vielleicht ist das eine progressive Krankheit«, antwortete er freundlich.

»Unsinn! Die Nierensteine waren die Todesursache. Als ich sie das letzte Mal bei Olivias Beerdigung gesehen habe ... also *das* war eine peinliche Sache: Messing anstatt Silber auf dem Sarg und unter den Blumen kaum ein paar weiße Blüten ..., also wenn Olivia *das* gesehen hätte ..., da habe ich bemerkt, daß sie in letzter Zeit wirklich schrecklich aussah, ich meine Amelia und nicht Olivia. *Olivia* sah im Sarg wie eine entsteinte Pflaume aus, weil der Leichenbestatter ihr Gebiß vergessen hatte. Aber *Amelia* war so gelb im Gesicht wie eine Quitte. Ich sage dir, mein Junge, es waren die Nierensteine. Die Attwaters können sich natürlich mit so etwas Gewöhnlichem, wie Nierensteine es sind, nicht abfinden. Diese Familie muß immer etwas Besonderes sein.« Sie klopfte mit dem verkrümmten Zeigefinger auf die Zeitung. »Das mit der Gehirnerweichung haben sie sich ausgedacht!«

Die alte Frau stieß einen tiefen Seufzer aus. »Die arme, gelbsüchtige Amelia ... Da steht sie in der Zeitung: Dahingerafft in der Blüte ihrer Jahre.«

Geoffrey beugte sich über die in weiße Spitzen gehüllten Schultern seiner Großmutter, um die Todesanzeige genauer zu studieren. Die

Zeitung zitterte in den knochigen Händen der alten Frau, aber er sah genug. »Hier steht, sie war dreiundneunzig.«
»Ja, die arme Seele, sie starb in der Blüte ihrer Jahre. Aber man weiß ja schon lange, die Attwaters sterben jung. Außer mit Nierensteinen wurde in dieser Familie noch niemals jemand Härte bewiesen.«
Draußen fuhr ein Windstoß durch die blühenden Linden. Gelbe Blütenblätter flogen an den Fensterscheiben vorbei, und wieder erfaßte Geoffrey diese eigenartige unbestimmte Traurigkeit, als habe sein Herz irgendwo eine weiche Stelle.
»Wahrscheinlich wird es heute nachmittag regnen«, hörte er seine Großmutter sagen. »Es weht ein starker Westwind, und Westwind bringt immer Regen.«
Geoffrey lächelte und legte ihr sanft die Hand auf die Schulter. »Ja, ja ...«, murmelte er und nickte, aber es würde nicht regnen. Seine Großmutter hatte ihr Leben lang Wind und Wolken beobachtet, und sie hatte immer Regen prophezeit.
Er überließ die alte Frau ihren Todesanzeigen und ging wie jeden Tag in die Bibliothek, um sich vor dem Mittagessen den häuslichen Angelegenheiten zu widmen.
Die Bibliothek war ein besonders schöner Raum mit kunstvoll geschnitzten und schwarz lackierten Pilastern aus Kiefernholz, das so verziert war, daß es wie schwarzer, goldgeäderter Marmor wirkte. Den großen geschwungenen Kamin mit einem echten schwarzen Marmorsims flankierten Glassteine von Tiffany. Geoffrey betrachtete die Bibliothek als sein Heiligtum.
Deshalb war er verstimmt, als er bemerkte, daß jemand in *seinem* William-Morris-Lehnstuhl an *seinem* Mahagonischreibtisch mit den vergoldeten Beschlägen saß.
Stuart Alcott lehnte sich in dem Stuhl weit zurück, schob sich die Haare aus den Augen und schlug die Beine in den Stiefeln auf dem grünen Filz der Schreibtischunterlage übereinander. Er hielt ein geschliffenes Waterford-Glas in der Hand.
»Du meine Güte, Geoffrey!« rief er. »Was ist denn mit dir los? Du siehst ja schrecklich aus.«
Diese Feststellung verwirrte Geoffrey, denn er fühlte sich ausgezeich-

net. Abgesehen von dem Anflug von Melancholie, den die blühenden Linden hervorriefen, war seine Welt in Ordnung. Nichts hätte besser sein können.

Sein Bruder dagegen ... das war etwas ganz anderes, das heißt, es war das alte Lied. »Du bist betrunken«, sagte Geoffrey, »und es ist gerade erst Mittag.«

Stuart hob das Glas und prostete ihm spöttisch zu. Er versuchte zu lächeln, aber es gelang ihm nicht. »Gin mit Limonensaft. Das vertreibt die Grippe.«

Ihr Vater hatte den damals neunzehnjährigen Stuart in die Anstalt in Wharton bringen lassen, um ihn von der Alkoholsucht zu heilen. Als er neun Monate später durch die schwarzen Gittertore in die Freiheit trat, kam er nicht nach Bristol zurück. Er war sieben Jahre nicht zu Hause gewesen, nicht einmal zur Beerdigung ihres Vater war er erschienen. Geoffrey sah, daß die Anstalt in Wharton seinem Bruder nicht das Trinken abgewöhnt hatte; statt dessen schien ihm alle Lebensfreude genommen worden zu sein.

Stuart nahm eine Havanna aus dem Zedernholzkästchen, das auf dem Schreibtisch stand. Geoffrey entging nicht, daß die Hände seines Bruders zitterten, als er die Seidenpapierumhüllung der Zigarre entfernte und das eine Ende mit dem kleinen Silbermesser, das an seiner Uhrkette hing, einschnitt. Stuart stand leicht schwankend auf und stieß dabei gegen den Schachtisch mit den Elfenbeinintarsien. Ein silberner Turm fiel zu Boden.

In dem hellen Licht, das durch die Glastüren der Bibliothek drang, sah Geoffrey überdeutlich die glasigen Augen und das unrasierte Kinn seines Bruders. Der Kragen des verschwitzten Hemdes stand offen, und mit Entsetzen und Widerwillen bemerkte Geoffrey die ausgefransten Kragenspitzen.

Als junger Mann hatte Stuart eine Liebe für schnelle Segelboote und Rennpferde entwickelt, den Gefallen an Champagner und Cocktails gefunden. Ihre Welt verlangte wirklich nicht viel von den reichen Söhnen, abgesehen von guten Manieren und gepflegter Kleidung. Aber selbst dazu war sein Bruder nicht mehr in der Lage.

Trotz allem, wenn er in Stuarts gezeichnetes Gesicht blickte, ent-

deckte er noch immer den draufgängerischen und von allen bewunderten Jungen von einst. Geoffrey hatte seinen Bruder stets beneidet, verehrt und geliebt.
Stuart war schwankend zum Kaminsims gegangen, wo sich in einem Messinggefäß lange Holzspäne zum Anzünden der Zigarren befanden. Er nahm einen heraus und bemerkte erst dann, daß im Kamin kein Feuer brannte. In ihrem Haus in der Hope Street ließ man das Feuer in den Kaminen stets an Ostern ausgehen, und es wurde ohne Rücksicht auf das Wetter erst wieder nach dem Erntedankfest entzündet.
Stuart warf den Zigarrenanzünder in den leeren Kamin. »Bei Gott, hier ändert sich nie etwas! Das allein kann einen um den Verstand bringen.«
»Dort drüben sind Streichhölzer«, sagte Geoffrey und deutete auf einen zierlichen Mahagonitisch, auf dem zwei große schwere Kristallkaraffen in silbernen Haltern standen. »Vielleicht trinkst du noch etwas Limonensaft, denn in diesem Frühjahr grassiert in Bristol eine Grippeepidemie.« Geoffrey setzte sich mit einem leisen Seufzer der Zufriedenheit auf den frei gewordenen Morris-Stuhl hinter seinen Schreibtisch. Er glättete die Stiefelabdrücke seines Bruders auf der grünen Filzunterlage, dann schob er den Perlmuttbrieföffner an den gewohnten Platz zwischen dem Telefon und einer Onyxschatulle mit Briefmarken.
Als er den Kopf hob, lächelte ihn sein Bruder mit ausdruckslosen Augen an und prostete ihm noch einmal spöttisch zu. Diesmal schwappte etwas von dem Inhalt aus dem Glas und tropfte auf den Teppich mit dem Rosenmuster.
»Auf den siegreichen Helden!« sagte er mit schleppender Stimme. »Im Yachtclub und in der Hafenkneipe hat man in dieser Woche nur darüber gesprochen, wie glorreich du Emma Tremayne erobert hast.«
Geoffrey lächelte und schob das mundgeblasene Tintenfaß wieder in die Mitte des Schreibtisches. Wie immer wurde ihm warm ums Herz, wenn er an Emma dachte, und er empfand ein leichtes Staunen darüber, daß sie ihm jetzt wirklich gehörte ... nur ihm.

Die Rückkehr seines Bruders hatte vielleicht seinen Heiratsantrag etwas beschleunigt. Er hatte Emma eigentlich erst im Sommer um ihre Hand bitten wollen –, um genau zu sein, am Vierten Juli. Aber der Blick, mit dem Stuart sie auf der Fuchsjagd angesehen hatte ... Geoffrey rief sich stumm zur Ordnung. Es war natürlich lächerlich, auch nur zu denken, daß sein Bruder jemals die Absicht gehabt haben konnte, ihm Emma wegzunehmen. Stuart hatte schon immer besser ausgesehen und war charmanter gewesen als sein Bruder, aber das ganze Geld gehörte Geoffrey.

Sein Bruder sah ihn durchdringend an, ohne zu trinken. »Was ist?« fragte Geoffrey.

Stuart bekam große Augen und schüttelte scheinbar staunend den Kopf. »Du liebe Zeit, du hättest dein Gesicht sehen sollen, als ich ihren Namen ausgesprochen habe ... man könnte fast glauben, du liebst sie.«

Geoffrey fuhr sich mit der Zunge über die trockenen Lippen. »Ich ...« Er richtete die braune Seidenkrawatte. »Sie ...«

Stuart warf den Kopf zurück und lachte laut. »Mein Bruder Geoffrey geht mit seinen Worten noch immer so sorgfältig um wie mit seinem Geld.«

»Ich liebe sie«, sagte Geoffrey und staunte über seine Worte. »Ich liebe sie, seit ...« Er hob die Hände und wurde rot. »Schon immer.«

Stuart sah ihn merkwürdig an. Geoffrey hatte beinahe den Eindruck, daß die Gedanken seines Bruders, worum sie auch immer kreisten, ihm Qualen bereiteten.

»Du wirst sie nicht glücklich machen«, erklärte Stuart.

»Natürlich werde ich sie glücklich machen.« Er drehte das Zigarrenkästchen herum, so daß der dekorative Messingadler zur Tür blickte. »Warum sollte ich sie nicht glücklich machen?«

»Weil unsere liebe kleine Emma schon immer viel zu viel Phantasie hatte. Sie wird irgendwann eine Vorstellung davon bekommen, daß es eine andere Welt außerhalb der ihren gibt, wo sie in einer goldenen Kutsche mit Samtkissen fährt, Austern ißt, Champagner trinkt und Ballkleider von Worth trägt. Wenn das geschieht, wird sie etwas tun, das dich zu Tode ängstigt, und unsere Welt wird sie dafür bestrafen und vernichten.«

»Unsinn!«

Die Uhr auf dem Kamin schlug einmal, und die Standuhr im Eingang stimmte ein. Geoffrey zog seine goldene Taschenuhr hervor, blickte darauf und nickte zufrieden, weil die Zeit wie gewohnt im sicheren Gleichmaß kontrolliert verging.

Er schob die Uhr in die Westentasche zurück und hob wieder den Kopf. »Meine Emma wird mir immer nur Freude machen.«

»Natürlich glaubst du das«, sagte Stuart, »weil dir jede Form von Phantasie fehlt.«

Geoffrey ärgerte sich etwas über die Worte seines Bruders. Stuart verstand es immer, die Dinge so zu drehen, als seien Zuverlässigkeit und Verantwortungsbewußtsein Charakterfehler.

»Und du«, erwiderte Geoffrey, »hast stets die unglückliche Angewohnheit, deine Übertreibungen und unberechenbaren Gefühle auf andere zu übertragen. Aber das eine kann ich dir versichern, nur, weil du zwanghaft glaubst, gegen ›unsere Welt‹ rebellieren zu müssen, hegen die anderen von uns nicht insgeheim auch ähnliche Absichten. Es entbehrt meiner Meinung nach nicht einer gewissen Komik, daß du all das tust und dich dabei mit Gin aus einem Glas betrinkst, das mehr wert ist, als einer meiner Arbeiter in einem Jahr verdient.«

Stuart lächelte plötzlich und nahm noch einen großen Schluck. »Du hast natürlich recht. Das Leben eines Rebellen ist nur in der Theorie romantisch.« Er lachte höhnisch. »Und diesen Luxus kann ich mir vermutlich nicht erlauben. Das bringt uns wieder einmal, und wie ich gestehe, zu Recht zum Thema Geld und damit zu meinem Geldmangel ...«

Geoffrey unterbrach ihn mit einer knappen Handbewegung. »Ich dachte, ich hätte meinen Standpunkt in dieser Sache unmißverständlich klargemacht. Ich kann vor Ende des Vierteljahrs nicht noch einen Scheck aus deinem Fondsvermögen ausstellen. Als Treuhänder habe ich gewisse Pflichten, die mich zwingen, die Verfügungen im Testament unseres lieben Vaters buchstabengetreu zu erfüllen, auch wenn ich seine Haltung nicht unterstütze ...«

Stuart schlug mit der flachen Hand heftig auf den Tisch. »Scheiß auf deine Pflichten! Scheiß auf dich und ihn! Bei Gott, du bist so schlimm wie unser *lieber* Vater, so zugeknöpft wie eine Nonne.« Er rang um Selbstbeherrschung und holte tief Luft. »Um Himmels willen, Geoff, zwing mich nicht, um Geld zu betteln.«

Geoffrey griff nach dem Tintenfaß, das bei dem Zornesausbruch seines Bruders wieder beiseite geschoben worden war. Stuart hatte keinen Grund, ihn so unflätig zu beschimpfen. Wenn sein Bruder zu Lebzeiten ihres Vaters etwas mehr Verantwortungsbewußtsein und Zuverlässigkeit bewiesen hätte – Charakterfehler, wie Stuart es nannte –, dann hätte der alte Alcott sein Erbe vielleicht nicht so sicher wie die Unschuld einer Nonne geschützt. Aber dagegen konnte man nichts mehr tun ...

Geoffrey hob den Kopf, um das seinem Bruder zu sagen, als die Tür der Bibliothek sich öffnete, und Emma erschien.

Umrahmt vom silberhellen Tageslicht war sie nur eine mädchenhafte Silhouette im Türrahmen. Dann trat sie über die Schwelle, und er sah ihr Gesicht, das unter der steifen Krempe ihrer Segelmütze im Schatten geblieben war, und sein Herz schlug, wie jedesmal bei ihrem Anblick, vor Überraschung schneller.

Ihrer Kleidung nach zu urteilen, kam sie geradewegs vom Segeln. Sie trug einen marineblauen, mit Goldlitze besetzten Rock und ein Oberteil mit einem breiten Matrosenkragen. Er fand sie einfach hinreißend.

Geoffrey sprang auf und eilte ihr durch den Raum entgegen. Sie hatte leicht gerötete Wangen. Er hoffte, daran sei nur der Wind schuld und nicht die vulgären Worte seines Bruders.

Glücklich über ihren unerwarteten Besuch legte er ihr den Arm um die Taille und führte sie zu einem dunkelbraunen Ledersofa. Er drückte ihr direkt unter den Rippen die Hand in die Seite und spürte ihren Körper, die sanfte Bewegung des Brustkorbs beim Atmen. Er fand, daß er sich die Freiheit zu dieser intimen Berührung erlauben durfte. Mit der Verlobung schien es nur natürlich, daß er sie nun öfter berührte und nicht mehr nur ganz förmlich. Aber er mußte trotz allem vorsichtigen Abstand wahren, denn er begehrte sie sehnlicher denn je.

»Mein Liebling«, sagte er, und seine Stimme klang unter dem Ansturm der Gefühle leicht belegt. »Welch eine wundervolle Überraschung.«

Sie hob das Gesicht und sah ihn an. Ihre rosige Haut schimmerte so zart und durchsichtig wie eine Muschel im Meer. »Ich bin gerade in deiner Spinnerei gewesen, Geoffrey. Es war... mir fehlen die Worte, um darüber zu sprechen. Ich hatte die ganze Zeit die entsetzliche Vorstellung, die Maschinen würden außer Kontrolle geraten und die Kinder verschlingen.«

Die Nachricht, daß sie von der Spinnerei kam, schockierte ihn, denn das war kein Platz für eine zartfühlende Dame. Kein Wunder, daß sie zitterte. Der Lärm und die Gerüche mußten sie bereits einer Ohnmacht nahe gebracht haben. Schuld daran war nur die törichte Frau, die bei der Fuchsjagd im vergangenen Monat ihr verunglücktes Kind anklagend der Jagdgesellschaft vorgezeigt hatte. Seine liebe kleine Emma hatte schon immer großes Mitgefühl für alle Geschöpfe Gottes, sogar für die Iren. Er setzte sich neben sie und näherte seinen Kopf dem ihren. Sie duftete nach Fliederparfüm und dem Meer.

Behutsam nahm er ihre Hand, die sie zur Faust geballt im Schoß hielt, und löste einen Finger nach dem anderen. »Nein, die Kinder werden bestimmt nicht von den Maschinen verschlungen. Du erlaubst deiner Phantasie mit dir durchzugehen.«

Stuart stieß einen Laut aus, der halb wie ein Schnauben und halb wie ein Lachen klang. Er stand inzwischen am Kamin und stützte sich mit eleganter Lässigkeit auf den Sims. Aber Geoffrey war entschlossen, ihn nicht mehr zu beachten. Er blickte nur noch in Emmas Gesicht und in ihre Augen, die jetzt die Farbe des Meeres an einem stürmischen Tag hatten. Er zweifelte nicht daran, daß er sie kannte, aber manchmal glaubte er tief in ihrem Innern eine kleine weiße Flamme wahrzunehmen, die sie verzehrte.

Emma entzog ihm die Hand. »Nach der Besichtigung hatte ich ein sehr aufschlußreiches Gespräch mit Mr. Stipple. Ich habe von ihm erfahren, daß du diesen armen Kindern nur einen Dollar fünfzig die Woche zahlst. Niemand kann von einer so jämmerlichen Summe leben. Es ist lächerlich und grausam, das zu glauben.«

»Für sie ist es wohl kaum eine jämmerliche Summe. Schon bei ihrer Geburt stand fest, daß sie von kaum mehr als von Kartoffelschalen würden leben müssen.«

Emma umklammerte den Griff des Sonnenschirms so fest, daß ihr Handgelenk über dem Handschuh ganz weiß wurde. Mit großen Augen sah sie sich in der Bibliothek um, als werde ihr plötzlich bewußt, daß sie sich im falschen Haus befand.

Als ihr Blick sich wieder auf ihn richtete, funkelten ihre Augen. »Ich glaube, diese Seite an dir verachte ich, Geoffrey Alcott.«

Stuart schnaubte noch einmal. »Sie hat nicht nur Phantasie, sondern auch einen scharfen Blick. Das ist wahrhaft eine tödliche Kombination, Geoffrey.« Er lachte. »Ich wiederhole: Tödlich!«

Geoffrey wollte wieder nach ihrer Hand greifen, aber sie entzog sie ihm. »Findest du nicht, daß dein Urteil ungerecht ist, Emma? Diese Menschen kommen ohne Geld und ungebildet aus ihrem bitter armen Land, und ich gebe ihnen Arbeit. Hier können sie die wahren christlichen Tugenden lernen und ernten die Früchte ehrlicher Arbeit.«

»Und was sagen die Gesetze dazu?«

Geoffrey konnte die Augen nicht von ihrer bebenden Unterlippe wenden. Ihn bezauberte die Art, wie sich ihre Brust vor Erregung hob und senkte. Er war so sehr in den Anblick versunken, daß er die Konzentration verlor und nicht mehr auf ihre Worte und den Fluß seiner Gedanken achtete. »Gesetze?«

Sie stand auf und ging ein paar Schritte durch den Raum. Dann drehte sie sich entschlossen um, kam zurück und setzte sich wieder neben ihn. »Die Gesetze verbieten, daß Kinder unter zwölf Jahren in Spinnereien arbeiten. Geoffrey, wenn dort auch nur ein Kind älter als zwölf war, dann würde es mich überraschen.«

»Ihre Eltern sind für die Altersangaben verantwortlich. Wenn sie aus Irland hierherkommen, tragen sie ihre Geburtsurkunden nicht an einer Schnur um den Hals. Außerdem sind die meisten älter als es den Anschein haben mag.«

»Mahlzeiten aus Kartoffelschalen«, warf Stuart ironisch ein, »fördern nicht gerade das Wachstum.«

Geoffrey wollte seinem Bruder sagen, er solle gefälligst den Mund halten, aber er biß sich auf die Lippen und griff wieder nach Emmas Hand. Diesmal entzog sie ihm die Hand nicht.
Ihre Finger zitterten wie ein Vogel mit gebrochenen Flügeln. In ihrem Gesicht spiegelte sich ein solcher Aufruhr der Gefühle, daß er Mühe hatte, sie zu entschlüsseln – Vorwurf, Kummer und Schmerz. Plötzlich kam ihm die leicht erschreckende Erkenntnis, daß er sie vielleicht doch nicht so gut kannte, wie er geglaubt hatte. Ihm war es immer so vorgekommen, als warte sie bloß auf etwas. Und bis zu diesem Augenblick hatte er immer angenommen, dieses Etwas sei er.
»Behandle mich nicht, als sei ich eine dumme Gans«, sagte Emma. »Der verunglückte Junge war bestimmt nicht älter als sechs.«
Er legte seine andere Hand auf ihre, um sie zu beruhigen. »Zufälligerweise habe ich einen Bericht mit Vorschlägen zur Verbesserung der Arbeitsbedingungen in den Spinnereien in Auftrag gegeben«, erwiderte er wahrheitsgemäß, obwohl die Schwerpunkte des Berichts Produktivität und Leistungssteigerungen waren. Trotzdem hatte er nichts dagegen, auch andere Gesichtspunkte einzubeziehen, wenn das seine Emma beruhigen würde.
Er rieb mit dem Daumen über die Naht ihres Handschuhs. »Wenn der Bericht vorliegt, bist du vielleicht so nett, ihn zu lesen und deine Vorschläge hinzuzufügen ... ich meine, aus dem Blickwinkel einer Frau.« Lächelnd hob er die Hand und strich über ihre zarte Ohrmuschel. »Die sanften und mitfühlenden Augen und Ohren einer Frau sehen und hören Dinge, die wir, die herzlosen Männer, außer acht lassen.«
»Wenn ich etwas zum Frühstück gegessen hätte«, murmelte Stuart, »dann müßte ich mich jetzt übergeben.«
»Machst du dich auch nicht über mich lustig, Geoffrey?« Sie blickte ihn aufmerksam an, und etwas veränderte sich in ihren Augen, die plötzlich grauer und entschlossener wirkten. »Ich habe mir nämlich bereits ein paar Gedanken gemacht ... ich meine, über Dinge, die verbessert werden können. Ich denke zum Beispiel an so etwas Einfaches wie etwas mehr Licht, denn in der Halle mit den schmutzigen,

schmalen kleinen Fenstern ist es so dunkel und düster wie in einem Gefängnis.«

»Liebling ... wirst du mir glauben, wenn ich dir versichere, daß ich kein herzloses Ungeheuer bin? Das Leben meiner Arbeiter ist bereits sehr viel besser als das der meisten im Land. Und die Sache mit dem Jungen. Emma, es war ein Unfall ... ein bedauerlicher, ja sogar schrecklicher Unfall.«

Sie stieß mit einem langen zitternden Seufzer den Atem aus. »Ich möchte dir glauben, Geoffrey.« Ihr Blick fiel auf ihre ineinander verschlungenen Hände. Ihr Mund wurde weicher. »Wenn wir verheiratet sind, *kann* ich auf diese Weise für dich von Nutzen sein.«

»Aber natürlich kannst du das«, versicherte er und lächelte sie zärtlich an. Er zweifelte nicht daran, daß sie nach der Hochzeit zu sehr damit beschäftigt sein würde, seine Frau zu sein, um sich noch mit dem Schicksal der arbeitenden Iren abgeben zu können. »So, bleibst du zum Essen, Emma?«

Sie erhob sich anmutig. »Vielen Dank für die Einladung, aber ich muß nach Hause. Ich bin in meinem Segelboot hier, und wie du weißt, macht sich Mama immer Sorgen um mich.«

Er blickte durch die Glastüren ins Freie. Die hellgrünen Lindenblätter bewegten sich im Wind. »Es wird bereits zu stürmisch, um das Boot sicher zurückzusegeln. Komm, ich bringe dich im Landauer nach Hause.«

Aber sie entfernte sich bereits von ihm. »Bitte, Geoffrey, jetzt fang du nicht auch noch an, dir Sorgen zu machen. Ich bin allein hierher gesegelt, also komme ich auch allein zurück.«

Er begleitete sie zur Haustür und sah ihr nach, wie sie über die Marmorplatten eilte und zwischen den Bäumen abwechselnd durch Sonne und Schatten lief, während der betäubende Duft der gelben Blütenblätter in der Luft lag und ihre Wangen und Haare küßte.

Geoffrey traten Tränen in die Augen. Er hielt es für unmöglich, sie mehr zu lieben als in diesem vollkommenen Augenblick eines von Blütenduft erfüllten Frühlingstages.

Achtes Kapitel

»Was für ein herrlicher Tag! Der Himmel ist strahlend blau, und die Sonne lacht! An einem solchen Tag im Mai haben die Iren das Tanzen erfunden. Zumindest sagt man das.«

Bria McKenna hob übermütig den Rocksaum und versuchte ein paar Tanzschritte. Aber ihr dicker Bauch machte sie so unbeholfen, daß sie wie der Mast eines Segelboots im Sturm schwankte.

Sie wäre gefallen, wenn ihre Tochter Noreen nicht die dünnen, aber kräftigen Armen um ihre Beine geschlungen und sie festgehalten hätte.

»Mama!«

Das Mädchen sah Bria vorwurfsvoll an, wurde über und über rot und flüsterte mit erstickter Stimme: »Mama, wie kannst du so etwas nur machen? Alle sehen zu!«

»Was ist schon dabei?« erwiderte Bria lachend und etwas außer Atem.

Sie hörte jedoch mit dem Tanzen auf, denn sie erinnerte sich noch gut daran, wie es sich anfühlt, zehn Jahre alt zu sein und zu glauben, die ganze Welt warte nur darauf, daß man sich und seine Familie lächerlich macht.

Bria strich ihren Rock glatt und schob die roten Locken, die sich gelöst hatten, in den Knoten am Nacken zurück, aber ihre Haare ließen sich wie stets kaum bändigen.

»Zufrieden, mein Kind?« fragte sie. »Jetzt bin ich wieder so ordentlich wie die Frau des Bürgermeisters.« Sie lachte und strich sich über den Bauch. »Und dick genug, um einem Elefanten Schatten zu spenden.«

Bria stemmte die Hände in die Hüften und blickte in die Gesich-

ter ihrer beiden Töchter, die sie noch immer verwundert anstarrten.
Noreen hatte die schmalen Lippen fest zusammengepreßt. Auch die kleine Merry lächelte nicht, aber das tat sie schon seit einer Weile nicht mehr. Doch Bria sah zu ihrer Freude, daß die blauen Augen, die meist groß und traurig in die Welt blickten, vor stummem Lachen blitzten.
Sie fuhr mit den Fingern durch die rotblonden Locken ihrer jüngsten Tochter. »Siehst du, Noreen, Merry schämt sich nicht ihrer armen dummen Mutter, nicht wahr mein *M'eudail*?«
Merry schüttelte den Kopf und summte ein paar leise Töne, die wie das Gurren einer Taube klangen.
Noreen drehte sich finster auf dem Absatz um und lief, ohne sich noch einmal umzudrehen, durch das große Tor der Baumwollspinnerei. Die leere Blechdose, in der das Mittagessen gewesen war, schlug ihr gegen das Bein.
Bria unterdrückte einen Seufzer. Sie hätte Noreen am liebsten bei den Schultern genommen und geschüttelt. Sie wollte ihre Tochter zwingen, zum endlos tiefblauen Himmel hinaufzublicken, in die wunderbare Weite, die in ihrer Endlosigkeit ganz der Sonne gehörte, um darin zu scheinen. Sie wollte, daß ihre Tochter die Freude des Tages in sich einsog, als sei es erfrischend süße Limonade. Ein Tag wie dieser und solche Augenblicke waren selten und kostbar, denn man konnte nie wissen, wann es wieder einmal so schön sein würde.
Bei Gott, es geschah nicht oft, daß die Mädchen Gelegenheit hatten, die warme Sonne auf den kleinen Gesichtern zu spüren. Die durchdringende Sirene der Spinnerei rief sie schon vor dem Morgengrauen zur Arbeit, und sie kamen erst nach Einbruch der Dunkelheit nach Hause zurück. Nur an einem Samstag im Monat bekamen sie einen halben Tag frei. Endlich schneite oder regnete es an ihrem freien Nachmittag einmal nicht, und es braute sich auch kein Sturm über ihnen zusammen.
Jemand zog an Brias Rock, und sie blickte nach unten. Merry schob die schweißnasse Hand in ihre, und die Mutter lächelte zufrieden, obwohl ihr gleichzeitig Tränen in die Augen traten.

Sie gingen inmitten der vielen anderen Arbeiter durch das Tor und die Thames Street entlang. Gelächter drang aus den offenen Türen der Hafenkneipen. Die Flut ließ noch auf sich warten, und der Geruch der Muschelbänke lag schwer in der Luft.

Merry begann wieder zu summen. Es klang selbstvergessen und vergnügt, so wie man eine Melodie summt, deren Worte man vergessen hat. Bria konnte nur lächelnd nicken und sagen: »Richtig, mein kleiner Schatz, du hast ein bißchen Freude wahrlich verdient, Liebes.«

Früher hatte die Kleine ständig gelacht und unentwegt geplaudert. Deshalb hatte man sie auch »Merry« genannt. Aber dann kam der schreckliche Tag, an dem der Friedensrichter mit seinen Konstablern vor der armseligen Steinhütte der McKennas erschienen war, und sich ihr Leben schlagartig und grundlegend geändert hatte. Damals hatte Bria ihren Töchtern befohlen, den Mund fest zu schließen, damit nichts, kein Laut mehr über ihre Lippen kam, ganz gleich, was geschehen mochte. In der Tat hatten sich an jenem Tag schreckliche Dinge ereignet.

Danach hatte die kleine Merry McKenna nie mehr ein Wort gesprochen. Statt dessen summte sie nur noch, und ihre Schwester verstand als einzige, was sie sagen wollte. Aber wer konnte wissen, ob Noreen immer alles richtig verstand? Manchmal summte die Kleine lange vor sich hin, und ihre Schwester übersetzte dann höchst seltsame Dinge, zum Beispiel: »Merry hat mit den Elfen geredet, die in der Kohlenkiste leben. Wir sollen ihnen jeden Abend ein paar Stücke Zwieback geben.« Zu diesen Worten nickte die kleine Merry ernsthaft, als habe sie tatsächlich genau das mit ihrem Summen sagen wollen.

Nun ja, wer kann etwas anderes behaupten, dachte Bria. Die Welt war voller Wunder, Geheimnisse und höchst seltsamer Dinge.

Die Welt war voller Freude.

Vor jenem Tag ...

Vor jenem Schicksalstag war ihre Noreen ein tapferes, ausgelassenes Mädchen gewesen. Ihren prüfenden Augen entging nichts, und sie traf mit ihren aufgeweckten Bemerkungen stets ins Schwarze.

Noreen McKenna wußte Bescheid, und sie ließ sich nicht von dem beeindrucken, was andere sagen oder denken mochten. Sie hätte fröhlich mit ihrer Mama getanzt und dann darüber gelacht.

Vor jenem Tag ...

Das Baby trat ihr plötzlich gegen die Bauchdecke, und Bria schnaufte überrascht. Sie drückte die Handfläche auf den Leib und spürte, wie sich das neue Leben in ihr bewegte, aber sie lächelte nicht.

Vor jenem Tag, dachte sie, war auch ich eine andere.

Ein stechender Schmerz schoß durch ihren Arm. Sie ließ Merrys Hand los und rieb sich zuerst die Schulter und danach den schmerzenden Rücken. Tag für Tag zwölf Stunden vor einer vibrierenden Spinnmaschine zu stehen, ging nicht spurlos an einem vorüber.

Wenn man so wollte, hatte dieser Tag noch eine Art Segen gebracht. Als Bria nach der Schicht ihre Karte in die Stechuhr schob, kündigte ihr Mr. Stipple, weil sie ihren Platz an der Maschine verlassen hatte, wie er sagte.

Bria hätte die Stelle ohnehin bald verloren, denn ihr Leib wurde immer unförmiger, und sie sah bereits aus, als habe sie nicht nur einen Kürbis, sondern gleich ein ganzes Dutzend davon verschlungen. Das Problem bestand leider nur darin, daß die Familie mit drei Dollar weniger in der Woche bald schon einen hungrigen Mund mehr füttern mußte ...

Aber sie hatte ihren Lohn erhalten, und deshalb klimperten im Augenblick munter ein paar Münzen in ihrer Tasche. Und wieder überkam Bria eine euphorische Unbeschwertheit. Sie wollte diesen Tag in dem Glauben verbringen, am nächsten werde es vom Himmel Münzen für sie regnen.

Bria entdeckte an der Straßenecke ein Mädchen, das in einem Eisenkessel Maiskolben kochte und sie an die Passanten verkaufte. Sie rief ihre Töchter zu sich und kaufte ihnen die dampfende Köstlichkeit.

»Kommt, wir gehen damit ans Ufer«, sagte sie, »und machen ein kleines Picknick.«

Merry schloß die schmutzigen Finger fest um den Maiskolben und lief durch die Allee voraus hinunter zum Strand. Noreen zögerte einen Augenblick, aber dann folgte sie ihrer kleinen Schwester. Die Kleider aus Futtersäcken flatterten ihnen um die Waden, während sie barfüßig geschickt dem Gänsedreck auf dem Weg auswichen.

Eine Hafenmöwe schoß herab und versuchte, Noreens Maiskolben zu stehlen. Bria dachte, das Mädchen werde sich vor Angst ducken, aber Noreen lachte nur. Es war ein lautes fröhliches Lachen, das Bria zum zweiten Mal an diesem Nachmittag die Tränen in die Augen trieb.

Die Mädchen setzten sich zum Essen auf die Steine. Bria blieb neben ihnen stehen und blickte nachdenklich auf die gebeugten Köpfe. Merrys Haare lockten sich flammend rot und unbändig wie die ihrer Mutter und würden ihr später das Leben schwermachen. Noreens dunklere, haselnußbraunen Haare hatten nur einen leichten rötlichen Schimmer und nur eine Andeutung von ihren irischen Locken.

Beim Anblick ihrer Kinder empfand Bria soviel Liebe, daß ihr Herz schmerzte. Sie blinzelte und blickte hinaus auf die sonnig schimmernden Wellen und atmete langsam und tief. In der Luft am Wasser mischten sich die verschiedensten Düfte und Gerüche. Es roch nach Salz, blühendem Liguster, aber auch nach verwesendem Fisch, der im Uferschlamm lag. Weit draußen in der Bucht entdeckte sie ein einsames Segelboot, das in Richtung Poppasquash Point fuhr. Die Bugwellen schnitten eine blaue Linie durch die silbernen Wellen. Es war ein schöner Anblick von schwebender Leichtigkeit und Lebensfreude.

Bria spürte den Hustenanfall zuerst als leichtes Kitzeln in der Kehle. Sie versuchte, ihn zu unterdrücken, indem sie so langsam wie möglich atmete und schließlich die Luft anhielt. Aber den Husten konnte sie nie überlisten – schon lange nicht mehr. Sie konnte auch nicht einfach aufhören zu atmen.

Als sie den Mund schließlich öffnete, um Luft zu holen, brach es wie eine Explosion aus ihr heraus, und der Husten drohte, ihr die Brust zu zerreißen. Sie mußte husten und husten, bis sie das Gefühl hatte, ein brutaler Riese schlage ihr mit der Faust gegen die Rippen und versuche, ihr alle Knochen im Leib zu brechen.

Sie krümmte sich vor Schmerzen und drückte eine Hand krampfhaft auf die Brust dicht unter dem rasend klopfenden Herzen. Mit der anderen holte sie zitternd eine kleine braune Glasflasche aus der Tasche und trank daraus. Nicht lange danach hörte der Husten auf.

Ihre Lunge war noch immer schwer und naß. Bria röchelte, aber der Hustenreiz würde jetzt nachlassen – für eine Weile. Die Medizin wirkte wahre Wunder. Leider hielt die Wirkung nur ein oder zwei Stunden an.

Merry sprang plötzlich auf und hüpfte von einem Fuß auf den anderen. Sie summte aufgeregt und deutete mit dem vom saftigen Mais feuchten Finger in Richtung Poppasquash Point und auf das grau gedeckte herrschaftliche Haus, das im Schein der Sonne leuchtete.

Bria kniff die Augen zusammen, denn das gleißende Wasser blendete sie. Das Haus schien wie eine silberne Wolke über der Bucht zu schweben, und zwar dort, wo das Wasser mit dem hellen Himmel verschmolz.

»Bei Gott«, murmelte sie noch immer nach Luft ringend. »Es sieht wirklich wie ein Märchenschloß aus.«

Aber dann bemerkte Bria, wie Noreen ihre kleine Schwester mit großen Augen anstarrte.

»Was gibt es?« fragte sie Noreen. »Was sagt die Kleine denn?«

Noreen blickte auf ihre Mutter. »Sie ... sie sagt, der Engel, der heute in der Spinnerei war, wohnt dort drüben in dem großen silbergrauen Haus am Wasser und ...«

Merry summte und nickte so heftig mit dem Kopf, daß ihre Locken auf und ab tanzten.

»Und sie wird dich in das Haus dort mitnehmen«, beendete Noreen den Satz hastig und sprang ebenfalls auf. »Mama, das darfst du nicht zulassen! Der Engel darf dich uns nicht wegnehmen!«

»Was für dummes Zeug!« Bria wollte lachen, aber sie verstummte.

Ich werde euch nicht verlassen, wollte sie ihren Kindern versprechen. *Ich werde euch nie ... niemals verlassen.*

Aber die Worte kamen ihr nicht über die Lippen, weil sie nicht der Wahrheit entsprachen.

»Dummes Zeug!« wiederholte sie statt dessen, doch sie konnte verstehen, was bei ihrer Merry, dem Feenkind, diese seltsamen Phantasien ausgelöst hatte.

Ein Engel ... ja, die Frau schien ein Engel gewesen zu sein, etwas Überirdisches und Außergewöhnliches, als sie plötzlich auf dem Laufsteg hoch über ihnen erschienen war, während die Sonnenstrahlen durch die schmalen Fenster auf sie fielen, so daß es den Anschein hatte, die Luft um sie herum flirre und pulsiere vor Helligkeit.

Bria kniete nieder und legte die Arme um die beiden Mädchen. »Die Dame, die heute in die Spinnerei gekommen ist ..., sie ist kein Engel. Sie ist nur eine sehr vornehme und hübsche Frau, aber bestimmt kein Engel. Und ganz sicher wird sie mit Leuten wie uns nichts zu tun haben wollen.«

Merry summte ..., es klang wie ein schönes süßes Traumlied. Sie begann, leicht hin und her zu schwanken, und schloß die zuckenden Lider. Noreen sprach für sie, und auch ihre Worte klangen verträumt.

»Sie sagt, wir sollen keine Angst haben, denn der Engel wird alle unsere Wünsche erfüllen.«

Noreen sah ihre Mutter flehend an.

Sie ist wie ich, dachte Bria. Sie wünscht sich ein Wunder, sie hofft inständig auf ein Wunder, und doch kann sie nicht aufhören, unablässig nach einem Haar in der Suppe zu suchen. Merry dagegen mit ihren phantastischen und unwirklichen Träumen glich mehr ihrem Vater.

»Kommt, Kinder«, murmelte Bria seufzend und drückte die beiden fester an sich. »Wir müssen nach Hause gehen.«

Doch sie bewegte sich nicht von der Stelle und kniete noch eine ganze Weile im kühlen feuchten Sand. Die Mädchen in ihren Armen schienen so zart und verwundbar.

Bria wollte nichts anderes, als sie ewig schützend an ihr Herz zu drücken.

Auf dem Nachhauseweg begegneten sie den Arbeitern, die von den Zwiebelfeldern kamen. Die Männer trugen Hacken auf den Schultern, und von ihren Händen baumelten die zu Zöpfen geflochtenen begehrten roten Bristol-Zwiebeln. Bria hielt nach ihrem Mann Ausschau, aber sie entdeckte ihn nicht.

Als sie den Crow's Nest Saloon erreichten, blieb sie stehen, stellte sich auf die Zehenspitzen und blickte über die halbhohe Schwingtür. Sie suchte unter den Männern, die sich an der Bar drängten, seine große, vertraute Gestalt. Aber auch dort war er nicht.

Ihr Haus stand an der Uferseite der Thames Street – eine Holzhütte auf Pfählen mit zwei Zimmern. Es hatte ein Dach aus Teerpappe, und die Wände waren gegen die durchdringende Kälte der Neuenglandwinter mit Seegras ausgestopft. Das Haus unterschied sich sehr von dem dunklen schilfgedeckten *Shibeen*, wo sie früher gewohnt hatten.

An manchen Tagen schloß Bria die Augen, und in ihrer Vorstellung tauchte jede Mauer und jedes Kartoffelfeld ihres Dorfes in Irland wieder auf. Sie spürte den Verlust des Lebens in der alten Heimat und wußte, die große klaffende Lücke würde sich nie mehr schließen.

Dann zwang sie sich, die Augen wieder zu öffnen und den Blick auf ihre Töchter und ihren Mann zu richten, auf ihre Familie, die sie so sehr liebte. Sie lenkte ihre Gedanken auf das Land, in das sie gekommen waren, auf das große und reiche Amerika, so voller Leben, Träume und Hoffnungen. Ach, dieses Amerika konnte einem mit seinen vielen Versprechungen das Herz brechen.

Als Bria in den ungepflasterten Weg einbog, ging sie bereits so schnell, daß die Mädchen Mühe hatten, mit ihr Schritt zu halten. Sie spürte die müden Beine kaum noch, als sie die steilen Stufen hinaufstieg und die Tür öffnete. Aber die Küche war leer. Sein Name und das Lächeln, das allein ihm galt, erstarben auf ihren Lippen.

Im Haus roch es nach Kohl und Speck, dem Abendessen vom Vortag. Deshalb ließ sie die Tür offen, damit die salzige Meeresluft in die Küche dringen konnte.

Während die Mädchen das Geschirr abwuschen, legte Bria die Schürze um und machte ihnen Speckbrote.

»So«, sagte sie und stellte die großen Portionen auf den Tisch. »Da habt ihr etwas Ordentliches zu kauen.«

Noreen verzog das Gesicht, denn ihre Mutter sagte das an jedem freien Samstagnachmittag, wenn sie ihnen Brote machte. Aber Bria lachte nur.

Sie drückte ihr schnell einen Kuß auf das braune Haar. »Warum geht ihr bei dem schönen Wetter nicht nach draußen? Heute muß man die Sonne genießen.« Sie drückte sanft die Schulter ihrer Tochter. »Na los, Liebes, nimm dein Brot mit.«

Noreen blickte sehnsüchtig durch die offene Tür ins Freie. Alte Ängste ließen sie zögern, doch dann nahm sie ihr Brot in beide Hände und rannte hinaus.

Bria folgte ihr zur Tür und sah ihr lächelnd nach. Als sie sich einen Augenblick später nach Merry umdrehte, stellte sie fest, daß die Kleine am Tisch eingeschlafen war, bevor sie auch nur einen Bissen gegessen hatte. Manchmal standen die Kinder an den Spinnmaschinen, und ihnen fielen vor Müdigkeit die Augen zu.

Bria nahm sie auf den Arm und trug sie in das Schlafzimmer. Das Mädchen war so leicht wie eine Feder. Bria wurde es wieder schwer ums Herz, als sie in das schmale, erschöpfte und ausgezehrte Gesicht ihrer kleinen Tochter blickte.

Sie legte das Kind auf das Bett und deckte es mit den rauhen, aber sauberen Decken aus Sackleinen zu. Dann schob sie Merrys dichte Locken aus dem Gesicht und küßte sie auf die Stirn. Morgen, so nahm Bria sich vor, wollte sie mit den Kindern zu einem richten Picknick an den Strand gehen. Sie würde ihnen als Belohnung ein paar Süßigkeiten kaufen, auch wenn sie dafür ganze fünf Cents ausgeben mußte.

Morgen …

Die Verzweiflung schlug plötzlich über ihr wie eine hohe Welle zusammen. Sie erschauerte unter dem Ansturm der niederschmetternden Gefühle.

Morgen … das war ein großes und trauriges Wort, das jede erdenkliche Hoffnung umfaßte, ein Wunder bringen und alle Versprechungen einlösen konnte, aber nur, wenn man sicher war, daß es ein Morgen gab.

Bria hauchte noch einen Kuß auf die Stirn ihrer Tochter und ging in die Küche zurück. Sie sah das belegte Brot auf dem abgestoßenen

Emailleteller und dachte, sie sollte es essen. Aber sie hatte in letzter Zeit überhaupt keinen Appetit mehr. Trotzdem wurde das Kind in ihrem Leib immer größer und schwerer, während alles andere an ihr aussah wie ein Bündel dürrer Zweige, das eine Schnur zusammenhielt. Da sie ihre Arbeit verloren hatte, und ihr Mann wieder auf den Zwiebelfeldern arbeitete, würden sie ohnehin bald nur noch von Möhren, Rüben und Äpfeln leben müssen.

Aber ihr wurde bereits beim Geruch des Specks übel. Sie wickelte das belegte Brot in ein Stück Papier und legte es für später unter die Kuchenhaube.

Bria wollte frischen Zwieback backen und schüttete deshalb eine Schaufel Kohle in den bauchigen schwarzen Eisenherd. In Irland hatte sie über dem offenen Feuer gekocht. Kartoffeln und Rüben kamen in einen großen Topf, der über den Flammen hing. Es gab zum Feuermachen kein Holz und keine Kohle, aber dafür viel Torf, den sie direkt vor der Haustür stachen. Nichts roch so unvergleichlich erdig und süß wie Torf, dachte sie mit einem tiefen Seufzen.

Bria schüttelte energisch den Kopf und versuchte, die Gedanken an die alte Heimat zu vertreiben. Es war besser, sie fand sich damit ab, daß sie Irland nie wiedersehen würde.

Als Bria nach der Mehldose griff, sah sie durch das Fenster ihre Tochter auf der Erde kauern. Sie spielte allein mit Steinen. Ein paar Jungen aus der Spinnerei hatte sich um sie versammelt und sahen bewundernd zu, wie sie vier kleine Steine hoch in die Luft warf und geschickt auf dem Handrücken wieder auffing.

Bria mußte unwillkürlich lächeln. Wer hätte gedacht, daß die dünne Noreen mit ihrem spitzen Gesicht und ihrem schwierigen Wesen für die Jungen eine solche Anziehungskraft besaß?

»Ach du liebe Zeit!« rief sie verblüfft, denn einer der Jungen bot ihr gerade einen Zug aus seiner Zigarette an, und das ungezogene Kind lehnte noch nicht einmal ab. »Ihr Vater wird die Kerle bald mit einer *Shillelagh* von der Tür vertreiben müssen.«

»Redest du vielleicht mit den Feen?«

Bria fuhr so schnell herum, daß sie beinahe die offene Mehldose umgeworfen hätte. »Donagh! Hast du mich erschreckt!«

Der Mann in der Tür sah sie strahlend an. Sie lachte, lief zu ihm und stellte sich auf die Zehenspitzen, um ihm einen dicken Kuß auf die Wange zu drücken.
Sie schmunzelte. Was würden wohl die Nachbarn sagen? Mrs. McKenna küßt schamlos den Pfarrer von St. Mary, und dabei spielt es keine Rolle, daß der brave und hübsche Mann ihr eigener Bruder ist.
Sie nahm ihn am Arm und zog ihn ins Haus. »Setz dich. Ich habe gerade Wasser auf dem Feuer.«
Er gab ihr seinen Hut, und sie hängte ihn an einen Haken an der Wand. Dann sah sie lächelnd zu, wie er es sich auf einem der Küchenstühle bequem machte.
»Du siehst gut aus, *mo Bhriathair.*«
Vater Donagh O'Reilly war in der Tat ein gutaussehender Mann. Er hatte dichte braunrote Haare und fröhliche braune Augen. Und der breite Mund mit den vollen Lippen schien immer kurz davor, sich zu einem Lächeln zu verziehen. Gott hatte an ihm einen Diener gefunden, um den ihn die eine oder andere Frau gewiß beneidete.
Der Kessel begann zu pfeifen; Bria eilte zum Herd, nahm ihn von der Platte und goß den Tee auf.
»Ich habe mich gefreut, dich heute morgen in der Fünf-Uhr-Messe zu sehen«, sagte ihr Bruder, als der Wasserkessel aufgehört hatte zu pfeifen.
Sie warf ihm einen kurzen Blick über die Schulter zu. »Hast du auch Augen im Rücken?«
Er lachte, aber dann wurde er ernst. »Vielleicht nicht im Rücken, aber ich habe Augen und Ohren. Du kommst jeden Tag zur Messe. In all den Monaten, seit du hier bist, hast du keinen einzigen Tag den Gottesdienst versäumt. Doch ich habe deine Stimme nie im Beichtstuhl gehört und ich habe dir auch nicht die Hostie gereicht.«
Bria drehte ihm den Rücken zu. Sie beschäftigte sich etwas zu eifrig damit, die Teetassen behutsam auf die Untertassen zu stellen. In Wahrheit zog sich ihr dabei der Magen zusammen, weil sie ein schlechtes Gewissen hatte. Sie fürchtete, ihr würde übel werden.
»Bria, Schwester... ich mag vielleicht der geweihte Diener unseres

Herrn auf Erden sein, aber ich war früher dein großer Bruder, und ich verstehe, daß du vielleicht ...« Ihm erstarben die Worte auf den Lippen, und sie wußte, daß er sie besorgt und verletzt zugleich ansah. »Wenn es etwas gibt, das du *mir* nicht sagen kannst, dann gibt es noch einen Priester in Warren. Er ist freundlich und verständnisvoll. Ich könnte dich im Wagen dorthin bringen ...«
Sie widerstand dem Wunsch, die Arme um den dicken Leib zu legen oder die Hände auf den rebellierenden Magen zu drücken.
»Ich kann nicht beichten!«
Es klang beinahe so laut wie ein Schrei.
»Ich kann nicht! Ich kann nicht! Also verlang es nicht von mir, Donagh. Um alles kannst du mich bitten, aber beichten werde ich nicht.«
Sie hörte, wie er aufstand, und einen Augenblick später spürte sie seine schwere warme Hand auf der Schulter.
»Es gibt keine Sünde, die Gott nicht vergeben kann«, sagte er leise.
Sie wollte sich an ihn lehnen und sich von ihm trösten lassen, aber sie rührte sich nicht. Niemals würde sie in dem vergoldeten Beichtstuhl knien und für etwas um Verzeihung bitten, wo es nichts zu verzeihen gab.
Er drehte sie herum und versuchte, ihr ins Gesicht zu sehen. Aber sie drückte sich mit abgewandtem Kopf an ihn, und schließlich ließ er sie los.
»Ich habe gehört, daß sie dich in der Spinnerei entlassen haben«, sagte er nach kurzem Schweigen.
»Hmmm.« Sie wollte lachen, aber es klang erstickt. »Du hast es wahrscheinlich schon gewußt, bevor die Sirene nach der Schicht verstummt war.«
Er hob die Hände und legte sie an den Hinterkopf, dann räusperte er sich. »Ach, übrigens, es gibt noch einen Grund, weshalb ich heute zu dir gekommen bin. Mrs. Daly ... du weißt schon, meine Haushälterin, möchte mit ihrer Tochter in Zukunft in Boston leben. Das heißt, es gibt in Zukunft niemanden, der das Treppengeländer abstaubt und mir armem Wurm abends die Pantoffeln ans Feuer stellt.« Er boxte sie spielerisch am Kinn. »Deshalb bin ich gekommen, um dir die

Stelle anzutragen, wenn du sie haben möchtest.« Er räusperte sich. »Obwohl ich dir nicht denselben Lohn wie die Spinnerei zahlen kann.«
Das Schluchzen, das sich ihrer Brust entrang, machte sie beide betroffen. Er nahm sie in die Arme, und sie preßte das Gesicht an seine schwarze rauhe Wollsoutane. Dann flossen die Tränen, während er ihr über das Haar strich und murmelte: »Ist schon gut, ist ja alles gut ...« Aber sie klammerte sich an ihn wie eine Ertrinkende.
Als Bria sich schließlich wieder beruhigt hatte, hielt er sie auf Armlänge von sich. Seine Stimme klang belegt, als er fragte: »Ist alles in Ordnung, Kleines?«
Sie nickte, schniefte und wischte sich die Nase mit dem Handrücken. »Was werden die Leute sagen? Du gibst eine so gute Stellung deiner eigenen Schwester?«
»Sie werden sagen, es ist besser, meine Schwester kommt zu mir ins Haus als eine hübsche junge Frau, die meine priesterliche Tugend gefährden könnte.«
Sie lachte. Und dann kam der nächste Hustenanfall. Sie krümmte sich unter der Wucht und suchte verzweifelt in der Schürzentasche nach ihrem Taschentuch und der Medizin.
Schnell trank sie die süße klebrige Flüssigkeit, und der Husten ließ allmählich nach. Sie schob das Fläschchen zusammen mit dem Taschentuch in die Tasche zurück, ehe ihr Bruder etwas sehen konnte. Aber er hatte sich noch nie täuschen lassen. Er griff nach ihrem Handgelenk und nahm ihr das Taschentuch aus den kalten Fingern. Da sah er die Blutflecken – die alten dunklen und die hellroten neuen.
Sie konnte ihm nicht in die Augen sehen, aber sie hörte an seiner Stimme, was er empfand. »Ach Bria, Bria ...«
Mehr sagte er nicht, und auch sie schwieg.

Neuntes Kapitel

Bria und Donagh standen reglos und sahen sich nicht an. Aber die unausgesprochenen Worte schienen sie wie ein Band aneinander zu fesseln.

Durch die offene Tür hörte sie mit einem Mal das Fiedeln eines Spielmanns, und ihr wurde klar, daß die Musik bereits schon eine ganze Weile andauerte. Brias Körper durchlief ein Zucken, als könne sie sich durch eine Willensanstrengung von den Gedanken lösen, die sie beide lähmten.

»Hör doch nur!« rief sie schließlich. »Draußen wird heute abend auf irische Art gefeiert. Jemand spielt die alten Lieder. Bestimmt wird auch getanzt.«

»Bria ...«

Er streckte die Hand nach ihr aus, aber sie eilte an ihm vorbei auf die Straße, wo bereits die gesamte Nachbarschaft zusammenströmte.

Natürlich waren die irischen Arbeiter aus der Spinnerei da, denn der Spielmann spielte einen Tanz aus dem *ould* Land. Aber auch *Bravas* mischten sich unter die Menge. Die *Bravas* waren Portugiesen aus Cape Verde. Sie hatten kupferbraune Haut, und der Geruch von Gummi hing in ihren Haaren und ihrer Kleidung, denn sie arbeiteten in der Gummifabrik. Die munteren Töne lockten sogar die Sumpf-Yankees an, die Einheimischen aus Bristol, die Muscheln und Krabben sammelten oder auf den Zwiebelfeldern arbeiteten. Sie waren vielleicht noch ärmer als die Iren.

Die Finger der Spielmanns glitten schnell und geschmeidig über die Saiten, und bald begannen alle, mit den Füßen den Takt zu schlagen. Und als Colin, der Barbier, in seinem safrangelben Kilt mit den lauten und munteren Dudelsackpfeifen aus dem Laden trat, begann zuerst

ein Paar und dann ein zweites zu tanzen. Schnell folgten andere, alle hakten sich unter und bildeten ein Rechteck.
Bria spürte die Lippen eines Mannes an ihrem Ohr. Sie lächelte, bevor der Atem seiner Worte ihre Wange berührte. »Bevor die Sonne untergeht, wirst du mir einen Tanz und einen Kuß schenken, *mo Chridh.*«
Lächelnd drehte sie sich um und musterte langsam den großen Seamus McKenna von Kopf bis Fuß.
»Ich werde dir eine Ohrfeige geben, du ungehobelter Kerl!« antwortete sie spöttisch.
Er warf den Kopf zurück und lachte so ungezwungen und herzlich, daß Bria das Blut in den Adern pochte.
Noreen tauchte neben ihrem Vater auf. Sie griff nach seiner großen Hand. »Tanz nicht mit ihr, Papa, sie ist schon zu dick, und alle werden euch auslachen.«
Bria stemmte die Hände in die Hüfte und erwiderte mit gespielter Empörung: »Was, ich bin zu dick?« Sie nickte. »Vielleicht hast du sogar recht, aber dann mußt du mit dem armen Mann tanzen, denn seine Fußsohlen brennen schon vom Tanzfieber.«
Shay gab seiner Tochter keine Möglichkeit, sich dagegen zu wehren. Er hob sie hoch und mischte sich mit ihr unter die sich drehenden Tänzer. Bald rötete sich Noreens Gesicht, und sie strahlte. Bria sah ihnen zu, und ihre Augen glänzten vor Liebe.
Donagh stand neben ihr und sah ebenfalls zu. Er schlug mit dem Fuß den Takt und wirbelte dabei eine Staubwolke auf.
»Dein Seamus hat immer noch flinke Beine. Er ist schnell genug, um aus allen Schwierigkeiten herauszutanzen.«
Bria runzelte die Stirn und sah ihren Bruder durchdringend an. »Und was für Schwierigkeiten sollen das sein, Vater O'Reilly?«
In diesem Augenblick beendeten der Dudelsack und die Fiedel den Tanz mit einem ohrenbetäubenden Finale, und die Paare blieben atemlos und lachend stehen. Shay kam strahlend zurück. Er ließ Noreens Hand nicht los, legte seiner Frau den freien Arm um die Hüfte, und dann schlenderten sie alle zum Haus zurück. Donagh blieb an ihrer Seite und rief: »Seht ihn euch an, diesen Hans im

Glück! Er lacht wie der Geizkragen, der auf einem Haufen Gold sitzt.«
»Ich habe etwas besseres als Gold«, erwiderte Shay unbeeindruckt. »Ich habe die beiden hübschesten Frauen von ganz Rhode Island an meiner Seite.«
Bria schmiegte sich an ihn. Sie legte den Kopf an seine Schulter und flüsterte ihm ins Ohr: »Du hast eine honigsüße Zunge, Mr. McKenna.«
Noreen kicherte und sah bewundernd zu ihrem Vater auf. Aber als sie vor dem Haus standen, machte sie sich davon und lief zu ein paar Jungen, die mit einem beinahe ovalen Kautschukball und einem abgesägten Besenstiel spielten.
Schon wieder die Jungen, dachte Bria mit einem stummen Seufzer. Von dieser Seite würde es bestimmt bald Ärger geben.
Kaum waren sie in der Küche, griff Shay in die abgetragenen Taschen der Cordhose und gab seiner Frau wie jeden Samstag den ganzen Wochenlohn. Aber da er wieder auf den Zwiebelfeldern arbeitete, bekam er nur einen Vierteldollar täglich. Deshalb hielt sie nur wenige Münzen in der Hand, die kaum reichen würden, um Lebensmittel, Kohle zum Heizen und die Miete zu bezahlen.
Bria ließ das Geld in ihre Schürzentasche fallen und blickte lächelnd zu ihm auf, aber er ließ sich nicht täuschen. Rote Flecken erschienen auf seinen Wangen. Er drehte sich abrupt um.
Donagh schlug laut klatschend in die Hände und rieb sich die Handflächen.
»Bei Gott, ich könnte etwas zu trinken brauchen. Dir beim Tanzen zuzusehen, Seamus, macht Durst.«
Shay ging zum Wandschrank, wo der Whiskykrug stand. Er zog die Tür so heftig auf, daß sie gegen die Wand schlug.
»Seid doch leise, ihr beiden!« rief Bria. »Unsere Merry liegt schon im Bett und schläft. Das arme Mädchen war so müde, daß sie die Augen nicht lange genug aufhalten konnte, um ihr Abendbrot zu essen ...«
Brias Worten folgte ein bedrücktes Schweigen. Shay hob langsam den Kopf und sah seine Frau durchdringend an. Aber sein Zorn, das

wußte sie, richtete sich nur gegen ihn selbst. Andere Ehemänner schickten ihre Kinder in die Spinnerei oder in die Gummifabrik, ohne sich deshalb Gedanken zu machen. Aber Shay litt darunter. Er nahm sich alles immer sehr zu Herzen.
Und sie würde die schwere Last seiner Sorgen noch vergrößern müssen, wenn sie ihm später sagte, daß man sie entlassen hatte. Auch wenn sie im Pfarrhaus als Haushälterin würde arbeiten können, verdienten sie jetzt noch weniger Geld.
Bria drehte sich langsam um, und ihr Blick richtete sich auf den Tisch, wo plötzlich ein prall gefülltes Netz mit Äpfeln lag. Mit ihrer dicken, glänzend grünen Schale wirkten sie beinahe künstlich.
»O Shay!« rief sie, und ihre Stimme klang zu fröhlich und zu laut. »Du hast grüne Äpfel mitgebracht! Wo hast du sie bekommen?«
Er gab zunächst keine Antwort, sondern beschäftigte sich damit, den Whisky in zwei Blechbecher zu gießen. Dann sah er sie wieder an, und sein Gesicht wurde weich.
»Ich bin am Haus von Mrs. Maguire vorbeigekommen. Als sie mich sah, kam sie mit den Äpfeln heraus und sagte, sie habe zu viele gekauft. Sie hat mir das Netz regelrecht aufgedrängt und wollte nichts davon hören, als ich dankend ablehnte.«
»Ach wirklich ... die alte Schachtel? Es wäre auch ein Wunder, wenn sich nicht jede alte Jungfer und jede Witwe in der Stadt bereits Gedanken über die Maße für deinen Hochzeitsanzug gemacht hätte ...«
Bria brach unvermittelt ab, als ihr bewußt wurde, was sie gesagt hatte, aber es war geschehen, und sie konnte die Worte nicht mehr zurücknehmen. Sie wollte deshalb weder ihrem Mann noch ihrem Bruder in die Augen sehen. In der Küche war es plötzlich so still, daß man das Ticken der Uhr hörte und das Zischen der feuchten Kohlen im Ofen. Draußen erklangen wieder die fröhlichen Fiedeln und der klagende Dudelsack.
Die Leute werden die ganze Nacht aufbleiben und tanzen, dachte Bria.
Ein schrecklicher Hustenreiz quälte sie, doch sie unterdrückte ihn mit aller Kraft, obwohl das hartnäckige Stechen ihr die Brust zu zerreißen

schien. Aber nach diesen Worten durfte sie einfach nicht husten und Blut spucken.

Mit größter Willensanstrengung griff sie nach den Äpfeln, nahm eine Schüssel und ein Schälmesser und setzte sich in den geflochtenen Schaukelstuhl neben dem Herd. Sie würde die grünen Äpfel für einen Kuchen verwenden ... einen richtigen amerikanischen Apfelkuchen.

Shay und ihr Bruder saßen mit aufgestützten Ellbogen am Tisch mit der ausgebleichten braunen Wachstuchdecke und hielten die Whiskybecher in den Händen. Bria spürte ihre Blicke und konnte ihre schmerzlichen Gedanken ahnen. Das quälte sie mehr als die Schmerzen in der Brust.

Gorgeous, Shays Kater, stolzierte durch die offene Tür und sprang mit einem Satz auf seinen Schoß. Shay behauptete, der Kater sei ihm nach Hause gefolgt ... sehr wahrscheinlich hatte ihn Shay aber nach Hause *getragen*. Das Tier war völlig ausgehungert gewesen und hatte ein struppiges schwarzbraunes Fell. Seit das Schicksal jedoch den weichherzigen Shay McKenna zu seiner Rettung geschickt hatte, war es sehr viel dicker geworden. Trotzdem blieb Gorgeous der häßlichste Kater in Gottes weiter Welt.

Als Bria sicher war, daß die Männer sie nicht mehr ansahen, hob sie den Kopf und warf einen Blick auf Shay. Er saß breitbeinig auf dem Stuhl und streichelte unentwegt den Kater. In seiner augenblicklichen Stimmung sah er wahrhaft aus wie der Inbegriff des wilden Iren mit finsterer und unergründlicher Miene. Sie liebte ihn mehr denn je.

Schließlich bewegte er sich und prostete ihrem Bruder mit dem alten gälischen Trinkspruch zu: »Auf Irland, das wir lieben, und verflucht sei England, das wir hassen!«

Donaghs Becher stieß gegen den von Shay. »Auf Irland, das wir lieben«, erwiderte er. In Anbetracht seines Priesterkragens verzichtete er auf den Fluch.

Wie üblich redeten sie über Politik. Bria hörte nur mit halbem Ohr hin, während sie die Äpfel schälte und in Stücke schnitt. Es waren ohnehin die alten, vertrauten Worte über Irlands Probleme und den heiligen Kampf der Rebellen. Die beiden Freunde hatten den brennenden Haß auf die britische Herrschaft schon mit der Muttermilch eingesogen. Jetzt nährten sie ihn mit irischem Whisky, dem *Poitín*, der illegal im Keller von Crow's Nest gebrannt worden war. Für Bria roch der Whisky so vertraut wie der Torf, den sie in ihrer Hütte in Irland verbrannt hatten.

Shay sprach jetzt über den *Clan-na-Geal*.

Dort ist er heute nachmittag also gewesen, dachte Bria.

Er war wieder einmal auf einer Versammlung des Clans gewesen, auf der sie die Engländer verflucht und Rebellenlieder gesungen hatten. Es waren Pläne gemacht worden, wie man Geld sammeln und den großen und ruhmreichen Kampf fortsetzen konnte. Dabei verschwendete niemand einen Gedanken an die Söhne der Mütter, die dabei ihr Leben verlieren, und an die Frauen, die an den Gräbern ihrer Männer weinen würden.

Bria rieb die müden Füße an dem alten Häkelteppich, der unter ihrem Stuhl lag, und lenkte ihre Gedanken auf das Picknick am nächsten Tag. Wie schön würde es sein, die heiße Sonne auf den Haaren zu spüren und die salzige Luft im Gesicht. Sie würden im Sand eine Decke ausbreiten, auf die sie sich setzen konnten. Shay sollte ihr den Kopf in den Schoß legen, und sie würden den Mädchen zusehen, die Fangen mit den Wellen spielten. Gab es etwas Schöneres, als so unbeschwert mit ihren Kindern und ihrem Mann zusammenzusein? Es sollte ein ganz besonderer Tag werden, den sie noch lange in ihrem Herzen bewahren würden.

Doch im Augenblick saß sie am Küchentisch, hörte der Unterhaltung ihres Bruders und ihres Mannes zu und blickte zufrieden auf die glänzenden grünen Apfelschalen, die sich unter ihrem Küchenmesser entrollten.

Shay sagte gerade: »... der beste Platz dafür wäre der Strand am Poppasquash Point.«

»Vielleicht schon«, erwiderte Donagh. »Aber hier in Bristol ist es genauso ein Verbrechen wie in Irland, Boden zu betreten, der den Reichen gehört, mein Lieber.«

»Da fällt mir ein, was heute morgen geschehen ist«, unterbrach Bria das Gespräch. Aber sie hätte ihre Worte am liebsten sofort wieder zurückgenommen, denn plötzlich wollte sie doch nicht mehr über die Frau sprechen, über den Engel, wie Merry gesagt hatte, der alle ihre Wünsche erfüllen würde. Die Frau hatte dort oben auf dem Steg gestanden, und es hatte wahrhaft den Anschein gehabt, als gehöre ihr die ganze Welt. Unter ihren Blicken war sich Bria völlig hilflos vorgekommen, hatte sich andererseits aber auch von ihr angezogen gefühlt.

Schnell beschloß sie, das, was sie eigentlich hatte sagen wollen, etwas zu verändern.

»Die Familie, die am Poppasquash Point wohnt, heißt Tremayne. In der Spinnerei hat man einiges über sie erzählt.«

»Was kann das schon sein?« fragte Donagh. Shay kraulte dem Kater sanft die Ohren, aber seine Lippen wirkten schmal und seine Augen hart.

»Man nennt sie die rebellischen und unberechenbaren Tremaynes«, sagte Bria. »Der erste Tremayne kam vor mehr als zweihundert Jahren aus Cornwall hierher. Er ist von dort *geflohen*. Auf seinen Kopf war eine Belohnung ausgesetzt ... wegen Mordes. Und hier ist er dann durch Sklavenhandel und Seeräuberei reich geworden. Damals sind sie angeblich verflucht worden.«

»Wußte ich doch, daß bei der Geschichte ein Fluch im Spiel ist«, sagte Donagh. »Es geht immer um einen Fluch.«

»Du kannst ruhig lachen, aber der Fluch hat die Tremaynes in den letzten Jahren schwer getroffen. Zuerst wurde die jüngere Tochter bei einem Schlittenunfall verkrüppelt, und dann ist der Sohn, weil er sich schuldig fühlte, mit seiner Yacht im Sturm aufs Meer hinausgefahren und ertrunken. Einige Leute sagen, er hat sich auf diese Weise das Leben genommen.«

Bria drehte den Kopf und warf einen Blick durch die Schlafzimmertür, um sich zu vergewissern, daß Merry immer noch schlief. Die Kleine war so gewitzt. Sie hörte das Gras wachsen.

»Kurz nach dieser Tragödie«, fuhr Bria fort und senkte die Stimme zu einem Flüstern, »ist der Vater auf und davon. Er ist mit seiner Yacht davongesegelt und seitdem spurlos verschwunden. Aber er ist nicht im Meer ertrunken wie der junge Mr. Tremayne. Man sagt, er lebt mit seinen ganzen Geliebten auf der Tremayneschen Plantage auf Kuba.«

Jetzt hob Shay den Kopf, und Donagh grinste. »Er hat mehr als nur eine Geliebte, sagst du? Bei Gott, wie schön ist es doch, ein reicher Mann zu sein.«

»Wenn man bedenkt«, sagte Shay und seufzte spöttisch, während er ihm Whisky eingoß, »daß es dir, dem armen keuschen Mann, nicht bestimmt ist, es selbst auch nur einmal zu erleben.«

Er sah Bria an, und das Lachen ließ seine Augen blitzen. »Ihr Frauen müßt heute beim Spinnen ganz schön was zu tratschen gehabt haben.«

»Tratschen, nennst du das? Und was macht ihr Männer den ganzen Abend? Natürlich führt ihr tiefschürfende philosophische Gespräche.«

Bria ging mit der Schüssel zum Schrank, nahm die Zuckerdose heraus und begann, die geschälten Äpfel zu zuckern. Plötzlich fiel ihr das seltsame Schweigen der beiden Männer am Tisch auf. Als sie sich umdrehte, sah sie schuldbewußte Mienen – das heißt, ihr Bruder schien ein schlechtes Gewissen zu haben. Und wenn Shay wie jetzt kein Wort mehr über die Lippen brachte, wußte Bria, daß sie Grund hatte, sich Sorgen zu machen.

»Was habt ihr beiden denn auf dem Gewissen?« fragte sie mißtrauisch.

Shays Antwort klang harmlos und spöttisch, aber sein Lächeln wirkte etwas künstlich.

»Natürlich haben wir ein schlechtes Gewissen, und wenn ich dir sage, warum, dann wirst du mir die Ohren langziehen.«

Der Kater begann in diesem Augenblick laut und hingebungsvoll zu schnurren und bearbeitete mit seinen großen, weichen Pfoten Shays Oberschenkel. Shay hob die Hand und streichelte den Kopf des Katers. Bria entdeckte dabei Blutspuren und bläuliche Prellungen an den Knöcheln.

Sie stellte die Schüssel mit den Äpfeln langsam in das Spülbecken und ging zu ihm. Shay gehörte nicht zu den Männern, die sich ohne weiteres in eine Schlägerei verwickeln ließen. Aber sie wußte nur von einer Sache, die die Fäuste ihres Mannes verletzen konnte: ein dreißig Pfund schwerer Sandsack!

Sie griff nach seiner Hand, und er zog sie nicht zurück. Bria erwartete, Zorn oder Enttäuschung zu empfinden, aber nur das wohlbekannte flaue Gefühl im Magen stellte sich ein.

Sie drückte die Lippen auf die blutverkrusteten Prellungen, dann schob sie seine Hand so heftig zurück, daß sie den Kater traf, der empört auf den Boden sprang.

»Du hast geschworen, nie wieder zu boxen«, murmelte sie. »Du hast es auf dem Grab deiner Mutter geschworen.«

Er blickte ihr in die Augen, aber er erwiderte nichts. Sie kannte ihn schon ihr ganzes Leben lang und wußte um die Härte tief in seinem Innern. Dort konnte sie ihn nicht erreichen, und dort traf er allein seine Entscheidungen.

Sie wies mit dem Zeigefinger auf ihren Bruder. »Und du, du hast deinen Anteil daran! Versuch nicht, es zu leugnen. Ich kann es an der Nasenspitze ablesen!«

Donagh packte sie am Handgelenk. »Bria, sei doch vernünftig. Reg dich nicht auf, sondern hör dir erst einmal an, worum es eigentlich geht.«

Sie befreite sich so heftig aus seinem Griff, daß sie unwillkürlich einen Schritt rückwärts machte und dabei stolperte. Dann verschränkte sie die Arme vor der Brust. Sie konnte Shay nicht mehr ansehen, sie wollte es nicht.

»Dann erzähl es mir, Donagh.«

Er knöpfte seine Soutane auf, griff hinein und zog eine rosafarbene Zeitung heraus. »Du hast sicher schon von diesem Skandalblatt gehört ... die *Police Gazette.*«

Bria nickte unmerklich. Sie hatte davon gehört, sie hatte die Zeitung schon gesehen, und obwohl sie nicht lesen konnte, wußte sie über diese Art Berichterstattung Bescheid. Auf dem Titelblatt, das Donagh ihr entgegenhielt, befand sich das Bild eines üppig gebauten Showgirls, das außer einem hautengen Trikot nichts trug und verführerisch in die Kamera lächelte.

»Hm ...« Donagh räusperte sich und errötete leicht, als er bemerkte, daß Bria auf das Bild starrte. Schnell faltete er die Zeitung so, daß das aufreizende Showgirl nicht mehr zu sehen war. »Der Verleger, ein gewisser Richard Fox, hat sich in den vergangenen zehn Jahren vergeblich darum bemüht, für John L. Sullivan, den großen amerikanischen Faustkampfchampion, einen Herausforderer zu finden. Er hat sogar einen Preis für den ausgesetzt, der den Kampf wagt und gewinnt. Es handelt sich um einen Gürtel, der mit Gold, Silber und Diamanten besetzt ist.«

»Ach, und warum sollte jemand einen so kostbaren Gürtel haben wollen, um ein paar abgetragene Cordhosen festzuhalten?«

Donaghs Augen richteten sich auf Shay. Die beiden tauschten einen Blick, dessen Bedeutung Bria nicht verstand. Sie dachte, daß sie Männer manchmal wirklich haßte, vor allem diese beiden, die ihr das Liebste auf der Welt waren.

»Dieser Mr. Fox«, fuhr Donagh fort, »hat jetzt jemanden gefunden, von dem er glaubt, daß er den Preis gewinnen kann. Es ist ein blaublütiger Yankee, der die Harvard Universität besucht. Übrigens, er trägt Hosen aus feinem Kammgarn, und dazu paßt ein mit Diamanten besetzter Gürtel mit Sicherheit besser. Aber bevor Sullivan die Herausforderung annimmt, muß der Yankee beweisen, daß er ein ernstzunehmender Boxer ist und sich gegen einen guten Gegner im Ring behaupten kann ...«

Er hörte auf zu sprechen und blickte wieder auf Shay. Bria wollte ihren Mann nicht ansehen. Vielleicht würde sie ihn nie wieder eines Blickes würdigen.

Sie starrte ihren Bruder so unverwandt an, daß ihre Augen brannten. »Hast du Mitleid mit dem armen Mann? Du brichst deine Geschichte gerade an dem Punkt ab, wo sie anfängt, spannend zu werden.«

»Ach, Bria ...«, Donagh fuhr sich mit den Händen über das Gesicht und seufzte. »Mr. Fox hat erfahren, daß er hier ...«, er deutete auf Shay, »einmal der irische Faustkampfchampion war. Das hat ihn auf die Idee gebracht, daß Seamus und sein Yankee die richtigen Gegner wären. Der Kampf soll hier in Bristol während der Feiern zum Vierten Juli stattfinden. So, das ist alles ... mehr oder weniger.«

Donagh griff nach dem Krug, füllte seinen Becher und leerte ihn auf einen Zug. Sein Kinn sank auf die Brust, und er tat so, als betrachte er eingehend den Boden seines Bechers. Bria entnahm daraus, daß sie nicht mehr von ihrem Bruder erfahren würde.
Shay hatte ihr natürlich kein Sterbenswort von all dem gesagt.
Langsam drehte sie sich nach ihm um. Er zuckte nicht zusammen und schien sich auch nicht vor ihr zu schämen. Was immer ihn auch bewegen mochte, seinem Gesicht konnte sie nichts entnehmen.
Sie verschränkte die Arme fester, als versuche sie, sich körperlich gegen das zu wappnen, was kommen mußte.
»Hast du mir nicht wenigstens ein Wort zu sagen, Seamus? Oder haben dir die Feen die Zunge abgeschnitten, als ich nicht aufgepaßt habe?«
Er griff mit beiden Händen nach ihren Armen, öffnete sie und zog Bria an sich. Sie haßte ihn, weil er sie berührte, denn, bei Gott, sie liebte ihn zu sehr.
Er ließ ihre Arme los und legte die großen Hände auf ihre Hüften. Dann sah er sie mit fieberglänzenden Augen an. Es hatte sie schon immer verletzt, daß das Feuer, das in ihm brannte, nichts mit ihr zu tun hatte.
»Vielleicht wird dir das Wort gefallen, Frau: *Dollars*! Ich bekomme einhundert und der Clan ebenfalls einhundert, weil sie als meine Sponsoren auftreten. Dafür muß ich mit diesem Yankee nur eine gute Show abziehen und in der dritten oder vierten Runde zu Boden gehen.«
Er hatte sie irgendwie an seine Oberschenkel gedrückt, und ihre Hände fuhren durch seine Haare, die sich weich und warm anfühlten, als habe er alle Sonnenstrahlen des vergangenen Tages dort eingefangen.
»Faustkampf ist gesetzlich verboten«, sagte sie und verwünschte das Zittern in ihrer Stimme. Es verriet, daß sie sich geschlagen gab. »Du kannst dafür ins Gefängnis kommen.«
»Sie werden sagen, es sei eine Vorführung der Kunst des Faustkampfs«, hörte sie Donagh in ihrem Rücken. »Und so etwas gehört in den Bereich der Kultur und ist nicht verboten.«

Ihre Finger spannten sich in Shays Haaren, und sie stieß sich von ihm ab. »Du wirst also dafür bezahlt, daß du dich von diesem Yankee besiegen läßt? Und was ist am Ende mit deiner Ehre?«
Er konnte sich schon immer trotz seiner Größe sehr schnell bewegen. Er war aufgesprungen und stand bereits an der Tür, als sie erst nur einen Luftzug gespürt hatte. Er lehnte mit dem ihr zugewandten Rücken am Türrahmen und hatte die Hände tief in den Hosentaschen vergraben. Seine Augen richteten sich nach draußen, wo die Fiedeln und Dudelsackpfeifen in einem Furioso gegeneinander anspielten.
Bria stellte fest, daß bereits lange Schatten auf die Erde vor dem Haus fielen. Das Licht draußen war so golden wie Sirup, aber im Haus wurde es bereits dunkel. Sie dachte, daß es Zeit wäre, die Lampe anzünden, aber sie bewegte sich nicht von der Stelle.
Seine Stimme klang wie ein rauhes Flüstern, wie Kiesel, die aneinanderreiben.
»Es gibt etwas Schlimmeres für einen Mann, als seine Ehre zu verlieren. Muß ich dich daran erinnern, liebste Bria? Hast du vergessen, was es heißt, auf einem abgeernteten Feld nach Kartoffeln zu graben, die schwarz und verfault sind? Muß ich dich daran erinnern, wie es ist, wenn deine Liebsten grüne Münder haben vom Gras, das sie am Wegesrand abreißen und vor Hunger essen? Weißt du nicht mehr, was es bedeutet, in einer Steinhütte zu leben, die mit Grassoden gedeckt ist, die aus einem Land gestochen wurden, das nie dein Eigentum sein kann, obwohl es seit Jahrhunderten mit dem Schweiß, dem Blut und den Knochen jener gedüngt worden ist, die vor dir dort gelebt und deinen Namen getragen haben?«
Er stieß sich von dem Türrahmen ab und wandte ihr das Gesicht zu, das noch immer vom Schatten der Tür verdunkelt wurde. Aber sie mußte sein Gesicht nicht sehen, denn sie kannte ihn. Sie kannte das Verlangen in seinen Augen, wenn er mit ihr schlief, sie kannte die Berührung seiner Lippen, die auf ihrer Haut glühten und sie beinahe verbrannten. Sie kannte sein Herz, das sich so mutig und trotzig wehrte und sich an den verzweifelten Traum klammerte, irgendwo auf der Welt die wahre und schöne Stelle zu finden, die einmal ihm gehören würde.

»Muß ich dir von der Frau erzählen«, fuhr er fort, »die im Dreck kniet, den das Blut, das aus dem aufgerissenen Leib ihres Mannes strömt, in roten Schlamm verwandelt hat ... oder von der Frau, die mit ansehen muß, wie ihr Mann am Ende eines Stricks sein Leben aushaucht?«
Sie preßte die Faust so fest auf den Mund, als wolle sie einen Aufschrei unterdrücken, aber kein Laut kam über ihre Lippen.
Nein ... das nicht!
»Muß ich dir das alles erzählen, meine liebe Bria?«
Sie preßte die Hände auf ihre Ohren und schloß fest die Augen.
Nein ... das nicht ... nein, alles, nur das nicht!
Sie bemerkte erst, daß er vor ihr stand, als seine Finger ihre Handgelenke umfaßten und ihre Hände nach unten zogen. Dann umschlossen seine Finger ihren Nacken, und seine Daumen liebkosten ihre Wangen, als wolle er sie küssen. Sie hatte von seinen Händen nie etwas anderes als Zärtlichkeiten erfahren.
Er hob ihren Kopf und zwang sie, ihm in die Augen zu sehen. »Warum sollte sich ein Mann um seine Ehre Gedanken machen«, sagte er, »wenn er sie verkaufen kann, um seine Frau und Kinder anständig zu ernähren, und wenn er seinen irischen Brüdern dadurch Waffen verschaffen kann?«
Sie löste sich von ihm und rief: »O *Dhia,* Irland! Alles wird für Irland geopfert!« Ihre Stimme wurde ruhig und klang erstickt von den zurückgehaltenen Tränen. »Für uns hat es nie etwas in Irland gegeben. Dort ist nichts für uns und wird auch in Zukunft nie etwas sein ...«
Shay beschrieb mit seinem Arm einen Bogen. »Und ist es hier so großartig? Glaubst du vielleicht, weil der Reiche im Sommer Eis bekommt und der Arme im Winter, seien beide gleich?« Er lachte, und es klang wie ein dunkles rauhes Grollen. »Glaubst du, hier in deinem Amerika und vor Gott sind wir alle gleich?«
Bria spürte, wie ihr Zorn verebbte und eine schreckliche Müdigkeit sie erfaßte. Es war ihr weder mit guten noch mit bösen Worten jemals gelungen, ihn von einem seiner grandiosen und wunderbaren Pläne abzubringen. Sie wußte nur, daß er sie liebte, und sie wußte auch, daß er sie niemals genug lieben würde.

Ihr Bruder, der Priester, schob den Stuhl zurück und stand langsam auf. Er trat zu Shay und legte ihm schwer die Hand auf die Schulter. »Er ist auch dein Gott, Seamus.«

Shay sah ihn herausfordernd an. Er nahm nichts zurück ... nichts.

Shay hatte als einziger von den fünf Söhnen die Geburt überlebt, und deshalb hatte seine Mutter sein Leben Gott geweiht. Von den beiden Freunden war ihr Bruder in den Jugendjahren stets der Unbändige gewesen und hatte auch später noch allerhand Unfug getrieben – er trank und stieg hinter Mädchen her. Shay dagegen war immer ein ernster und entschlossener Junge gewesen, der mit leidenschaftlichem Fanatismus seinen Glauben verteidigte. Er lernte beim Dorfpriester bereits Latein, als die anderen Jungen im *Clachan* noch nicht einmal ihren Namen schreiben konnten.

Aber dann hatte Seamus McKenna das Leben kennengelernt. An einem stürmischen Tag auf dem felsigen Strand war er *ihr* begegnet. Und die Konstabler mit ihren Gewehren und dem Strick waren gekommen.

Und als wolle Gott nicht zulassen, daß er übergangen wurde, hatte er statt dessen Donagh in seinen Dienst berufen. Oder war es so gewesen, dachte Bria oft, daß ihr Bruder Gottes Aufmerksamkeit nicht hatte auf sich lenken können, so lange Shay sich auf das Priesteramt vorbereitete? Donagh hatte seine Bestimmung erst erkennen können, als Shay ihm nicht mehr im Weg stand.

Donagh seufzte und schüttelte seinen Freund unsanft, bevor er seine Schulter wieder losließ. Er ging zur Tür und nahm den schwarzen Priesterhut vom Haken. Dann blieb er stehen und drehte den Hut bedächtig in den Händen, bevor er sich noch einmal nach seiner Schwester umwandte. Seine Wangen waren gerötet, und sein Mund verzog sich reumütig. Er wagte nicht, ihr in die Augen zu sehen.

Gefühle, die sie nicht einmal selbst hätte in Worte fassen können, ließen Brias Stimme zittern. »War es nicht ein Wunder, Vater, daß dieser Zeitungsmann davon erfahren hat, daß unser Seamus einmal irischer Champion im Faustkampf war? Oder hast du es ihm vielleicht zugeflüstert? Hast du ihm gesagt, daß Shay McKenna ein einmal gegebenes Versprechen weder seinetwegen noch wegen seiner Frau und seinen kleinen Kindern brechen werde? Aber für Irland und für den Clan ... o ja, für Irland würde dieser Mann sogar seine Seele verkaufen.«

»Bria, bitte ...« Donagh seufzte tief, schüttelte den Kopf und starrte auf den Hut in seinen Händen. »Ich glaube, ich sollte mich auf den Weg ins Pfarrhaus machen, sonst wird Mrs. Daly noch die Geduld verlieren und mir zum Abendessen meine Pantoffeln vorsetzen.«

Er setzte den Hut auf und kam zu ihr, küßte sie auf die Stirn und umarmte sie kurz. »*Dhia is maire dhuit*«, sagte er.

Sie legte die Arme um ihn und legte ihren Kopf an seine Brust. Der Wollstoff seiner Soutane war rauh. Er roch nach Weihrauch und auch etwas nach Whisky.

Gott und die heilige Jungfrau Maria mögen dich beschützen, Donagh ...

Sie begleitete ihren Bruder zur Tür. Dort blieb er stehen und segnete sie mit dem Weihwasser aus dem kleinen Gefäß an der Wand. Auf der Straße war aus dem Tanzen inzwischen ein richtiges irisches Fest geworden. Krüge mit *Poitín* wanderten von Hand zu Hand. Sie sah ihm nach, wie er sich einen Weg durch die Menschen bahnte und hin und wieder stehenblieb, um die Leute zu ermahnen und zu segnen. Doch Bria vermutete, daß er in der Predigt am nächsten Morgen nicht über den Teufel und das Teufelsgebräu sprechen würde, denn er hatte an diesem Abend selbst davon getrunken.

Sie hörte nicht, wie Shay hinter sie trat, aber sie spürte ihn. Selbst wenn sie blind gewesen wäre, so hätte sie ihn unter Millionen Menschen erkannt.

Er umschlang sie mit beiden Armen und legte die Hände auf ihren gewölbten Leib. Die Brüste waren in Erwartung des Babys bereits groß und schwer geworden und schmerzten.

»Ich bitte dich, nicht zu verlangen, daß ich mein Versprechen halte«, sagte er.

Sie erwiderte nichts. Aber wie sollte sie ihm etwas abschlagen? Ein Versprechen, das er ihr gegeben hatte und jetzt brechen wollte, war nichts im Vergleich zu dem, was sie ihm angetan hatte. Sie hatte den Treueid gebrochen und eine schwere Sünde begangen …

Sünden …

Bria blickte auf die Arme, die sie hielten. Er hatte die Hemdsärmel bis zu den Ellbogen hochgekrempelt. Die Haut war gebräunt, und die dunklen Haare waren von der Sonne goldblond gebleicht. Die Adern zogen sich deutlich sichtbar über die harten Muskeln und Sehnen.

Sie hob eine seiner Hände und verglich sie mit ihrer kleinen Hand, dann ließ sie zu, daß seine ihre umschloß. Sie hatte sich schon immer darüber gewundert, wie diese Hände gleichzeitig so zart und so brutal sein konnten.

Es waren die Hände eines Kämpfers.

»Hast du vergessen«, erwiderte sie, »was für eine schreckliche Sünde du mit diesen Händen begangen hast? Hast du das Unheil vergessen, das du damit über uns gebracht hast?«

»Nein«, erwiderte er und schwieg.

»Warum willst du dann nicht siegen? Warum willst du nicht um den Diamantgürtel kämpfen, von dem Donagh gesprochen hat, und damit deine Ehre behalten?«

»Weil ich keine Chance gegen den großen John L. habe … der Yankee übrigens auch nicht, aber das ist seine Sache.«

Sie schwiegen, und das Schweigen war weder vorwurfsvoll noch leicht, sondern einfach nur vertraut. Seine Lippen berührten sie an einer zarten Stelle, an der Vertiefung, wo der Wangenknochen auf ihr Ohr traf.

»Wieso erlaube ich dir mich zu küssen«, flüsterte sie, und ihre Worte klangen gepreßt und atemlos, »obwohl ich dich ausschimpfen sollte?«

Er lachte, und sein heißer Atem traf ihre Haut. »Gott schütze uns. Und deine Zunge fängt an zu rosten, weil sie außer Übung kommt.« Er zog sie enger an sich. »Komm zu mir, *mo Bhean.*«

Sie schmiegte sich eng an ihn und spürte seine weichen Lippen in ihren Haaren.

Zehntes Kapitel

In der Nacht träumte Bria, man habe sie lebend in ihr Totenhemd eingenäht. Der rauhe Baumwollstoff verschloß ihr Nase und Mund. Er roch modrig nach Tod und schmeckte nach nackter Verzweiflung.

Sie schlug um sich und erwachte keuchend und hustend. Sie kämpfte verzweifelt, um sich von dem bedrohlichen Sumpf zu befreien, der schwer ihre Brust füllte.

Schweißnaß drehte sie sich auf den Rücken und rang nach Luft. Ihr war gleichzeitig heiß und kalt. Allmählich beruhigte sich ihr Atem wieder, bis sie schließlich nur noch den Wind hörte, der gegen die Fensterscheibe schlug.

Bria stützte sich auf den Ellbogen und blickte auf Shays Gesicht. Im Mondlicht sah sie die silberglänzende Spur getrockneter Tränen auf seiner Wange. Er mußte sie wie schon öfter im Schlaf beobachtet und über sie gewacht haben, solange er es noch konnte. Und dabei hatte er einen tiefen Schmerz verspürt.

Sie beugte sich über ihn und drückte einen Kuß auf die Vertiefung an seinem Hals. Sie atmete seine Wärme ein und schmeckte die salzige Haut.

Vorsichtig, um ihn nicht zu wecken, verließ sie das Bett. In einer Ecke ihres winzigen Schlafzimmers hatte sie sich einen Platz geschaffen, wo sie den Rosenkranz beten konnte. Von Donagh hatte sie eine geweihte Karte mit einer goldgeprägten Jungfrau Maria erhalten, die von einer Blumengirlande umrahmt wurde. Die Karte hing an der Wand, und darunter stand ein wackliger alter Teetisch, den sie zwischen Müll gefunden hatte. Auf dem kleinen Tisch lag eine selbstgestickte Decke. Wenn sie auf den Feldern Blumen fand, schmückte auch ein Blumenstrauß ihren kleinen Altar, und sie entzündete eine geweihte Kerze, wenn sie sich eine leisten konnte.

Dort kniete Bria oft und blickte zum heiligen Gesicht der Mutter Gottes auf. Sie blickte auf die wissenden, die vergebenden Augen und flüsterte leise und flehend: »Heilige Maria, Mutter Gottes, bitte für uns Sünder, jetzt und in der Stunde unseres Todes …«

Maria, die Mutter von Jesus Christus, die Frau von Josef, würde verstehen, wozu eine Frau bereit war, welche Sünden sie beging, um jenen zu helfen, die sie liebte.

Bria nahm den Rosenkranz vom Tisch und kniete nieder. Sie holte Luft, um mit dem Glaubensbekenntnis zu beginnen, doch sie mußte sofort husten. Es war ein tiefer, qualvoller Laut, der sich ihrer Brust entrang und selbst in ihren Ohren schrecklich klang.

Sie schlug die Hände vor den Mund. Ihre Brust hob und senkte sich krampfhaft, und das Blut pochte heiß und schnell in ihren Ohren. Erst nach einer Ewigkeit ließ der Husten nach.

Dann stand sie mühsam auf. Die Schwangerschaft machte sie unbeholfen und schwerfällig. Sie ging in die Küche und warf einen Blick auf ihre Töchter, deren Strohsack auf dem Häkelteppich neben dem Herd lag. Sie kniete neben den Kindern nieder und faltete die Hände wie zum Gebet, aber sie blieb stumm und sprach weder zu Gott noch zu sich selbst. Sie betrachtete die Gesichter der beiden nur, denn es hätte sie zu sehr geschmerzt, ihre warme Haut zu spüren.

Sie wußte nicht, wie lange sie dort kniete, doch als der Hustenreiz sich wieder meldete, verließ sie das Haus, um sie nicht zu wecken. Die Nächte im Frühling waren kühl, deshalb nahm sie ihren alten kürbisfarbenen Mantel mit. Sie zog ihn an, knöpfte ihn aber nicht zu, denn dazu war sie bereits zu dick.

Bria ging um das Haus herum und hinunter zum steinigen Strand. Dort setzte sie sich auf einen Felsen. Immer wieder durchbrachen Windstöße, die vom Wasser kamen und nach Salz und Tang rochen, die Stille und Ruhe der Nacht.

Sie hustete und spuckte Blut in das Taschentuch. Schließlich trank sie von der Medizin, die nur scheinbar Hilfe brachte. Als der Husten nachließ, war es wieder einmal nur ein vorgetäuschtes Wunder.

Bitte für uns Sünder ...
Wenn sie nachts nicht schlafen konnte, betete sie meist und ließ die Perlen des Rosenkranzes durch die Finger gleiten. In Nächten wie dieser überließ sie sich ihren Erinnerungen. Verlor man, wenn man starb, mit dem Leben auch alle Erinnerungen?

Dieser Gedanke war ihr unerträglich. Die Frau mit dem Namen Bria McKenna, so schien es, bestand nur aus Erinnerungen. Und die meisten Erinnerungen, die schrecklichen und schönen, kreisten um Shay.

Sie kannte ihn schon ihr ganzes Leben lang, aber bis zu jenem Sommertag beim Tanz auf der Straße hatte sie nicht gewußt, daß sie ihn liebte. Sie war nicht zum ersten Mal am Sonntagnachmittag im Sommer zum Tanz gegangen. Dort spielten Dudelsackpfeifer und Fiedler, ganz ähnlich wie heute hier in Amerika. Damals hatte sie natürlich meist nur mit ihren Freundinnen getanzt. Der Priester legte ihnen hohe Bußen auf, wenn sie es auch nur wagten, einen Jungen anzulächeln.

Es fiel jedoch schwer, sich nicht von der Ausgelassenheit anstecken zu lassen, selbst wenn man nicht tanzte. Bria stand am Straßenrand und wiegte sich im Rhythmus der Musik, und plötzlich tauchte Seamus McKenna vor ihr auf. Er blickte sie mit einem solchen Feuer in den Augen an, daß sie am liebsten davongelaufen wäre. Shay McKenna war der Freund ihres Bruders. Er schien in eine andere Welt zu gehören und nicht zu ihnen in die Steinhütten und auf die regennassen Kartoffelfelder.

Doch plötzlich stand er so dicht vor ihr, daß sie ohne weiteres den Kopf an seine Brust hätte legen und ihn mit den Armen umschlingen können – dieser Gedanke erschreckte sie, aber er faszinierte und erregte sie auch.

Mit jedem Atemzug schien er größer zu werden. Er hatte schon damals breite Schultern und stark ausgeprägte Muskeln. Außerdem sah er viel zu gut aus, hatte volle sinnliche Lippen und glänzend schwarze Haare.

Er machte sie verlegen, weil er sie so herausfordernd ansah, und sie versuchte, ihre Unsicherheit mit einer bissigen Bemerkung zu überspielen.

»Was suchst du hier, Seamus McKenna?« fragte sie und stemmte die Hände in die Hüften. Dann sah sie ihn prüfend an. »Gibt es keine Gebete, die du sprechen, und heilige Bücher, die du lesen mußt? Da sind doch sicher fromme Taten, die erledigt werden müssen!«

Sein Mund wurde weicher, fast lächelte er. »Sicher. Trotzdem möchte ich mir ein bißchen Sündhaftigkeit gönnen und mit dir tanzen.«

»Hm, als ob ich daran interessiert wäre.« Sie drehte sich um und versuchte, mit wiegenden Hüften davonzustolzieren, wie es die älteren Mädchen taten.

Er legte ihr die Hand auf den Arm, allerdings nur mit soviel Nachdruck, daß sie stehenblieb, nicht mehr. Dann sagte er: »Bevor dieser Tag zu Ende ist, werde ich mit dir tanzen und dir einen Kuß geben, *mo Chridh.*«

Sie hätte ihm am liebsten alles gegeben, was er von ihr haben wollte, und noch mehr – gleich auf der Straße, denn seine Worte trafen sie wie Pfeile direkt ins Herz. Zu den ersten Dingen, die an Shay McKenna auffielen, nachdem man seine Größe zur Kenntnis genommen hatte, gehörte seine Stimme. Selbst wenn er einem Mädchen unverfroren und anmaßend erklärte, was er von ihm wollte, klang es wie Engelsgesang.

Er küßte sie an diesem Tag nicht, aber er tanzte mit ihr. Er kam einfach zu ihr, griff nach ihrer Hand und führte sie in den Kreis, der sich auf der Straße bildete. Sie hätte sich jederzeit von ihm losreißen können, aber das tat sie nicht. Sie spürte, daß sie bei ihm nur bis zu einem bestimmten Punkt gehen durfte. Er bestimmte, wie oft sie mit ihm tanzen und wie viele Chancen sie bei ihm haben würde.

Bria erinnerte sich daran, daß er kein einziges Wort sagte, und auch sie schwieg. Aber sie sah ihn an und bewunderte die starken Sehnen an seinem Hals, die wie Seile wirkten, wenn er den Kopf drehte. Und seine Unterlippe schien noch voller zu werden, wenn er lächeln wollte. Sie bemerkte, wie er die Augen leicht zusammenkniff, als sei er es gewohnt, in die Ferne zu blicken, auf einen Punkt, den andere nicht sehen konnten.

Und sie dachte: Ich will ihn haben.

Nein, ganz so war es nicht gewesen. Damals war es ihr nicht bewußt, daß sie ihn haben wollte. Sie empfand nur ein Sehnen, eine Enge in der Brust und eine seltsame Atemlosigkeit und eine Panik, die wie ein stummer Schrei war. Wenn sie nicht auf der Stelle mit ihm zusammensein konnte und jede Minute bis in alle Ewigkeit, dann würde sie sterben.

Shays Vater hatte nie regelmäßig gearbeitet, denn er war schon in jungen Jahren dem Alkohol verfallen. Er verbrachte seine Zeit in den Pubs. Das *Three Hens* wurde zu seinem zweiten Zuhause. Dort hatte er seinen Stammplatz. Dort trainierte er seinen Arm, indem er Whiskygläser hob und Ale trank, und übte seine Zunge, indem er Pläne für einen Aufstand schmiedete. Shay und seine Mutter mußten die kümmerlichen Kartoffeläcker der Familie bearbeiten und die Gerstenfelder des Pachtherrn. Wenn Zeit blieb, fuhr Shay mit dem *Curragh* hinaus, um entlang der felsigen Küste Kabeljau zu fangen.

Bria wartete am nächsten Nachmittag auf ihn am Strand, als er das Boot an Land schob. Es war einer der seltenen schönen Tage mit klarem blauen Himmel und einem warmen angenehmen Wind. Sie lief ins Wasser und fing die Leine, die er ihr zuwarf. Dann half sie ihm, das Boot an der Boje zu vertäuen und das Segel zusammenzurollen. Erst als das geschehen war, sah er sie an.

»Was tust du hier?« fragte er.

Sie hob den Kopf und kniff wegen des grellen Sonnenlichts, das sich auf dem Wasser spiegelt, die Augen zusammen. Seine ungewöhnliche Schönheit – das markante Gesicht, der starke Körper und die tiefe Stimme – ließ sie beinahe erschauern. Er stand barfuß und breitbeinig an Deck. Der Wind vom Meer zerzauste seine Haare. Der lederbespannte Rumpf des *Curraghs* knirschte, und über ihren Köpfen stieß eine Möwe einen schrillen Schrei aus, als wollte sie Bria verhöhnen.

»Ich habe auf dich gewartet«, antwortete sie.

Sie half ihm, die Netze zum Trocknen am Strand auszubreiten und den Fang auf die Steine zu legen, damit die Sonne die Fische haltbar machen würde. Dabei stand sie einmal plötzlich so nahe neben ihm, daß der Wind ihre Haare erfaßte und sie seinen Mund berührten. Er roch leicht nach Fisch, aber vor allem nach Meer.

Manchmal konnte Bria sich an jedes Wort erinnern, das sie damals und an den folgenden Tagen gesprochen hatten, manchmal nur an ihre Gefühle. Die Luft um sie herum schien sich bei jedem Blick, bei jeder Berührung oder auch nur einem Seufzen zu entzünden.

»Warum möchtest du Priester werden?« fragte sie.

Er sah sie an. Etwas so leidenschaftlich Mutiges ging von ihm aus, wie er barfuß und in der zerschlissenen Hose inmitten des Netzes voller Fische vor ihr stand. Er hatte Tintenflecke an den Fingern und – weil er stundenlang auf dem Steinfußboden der Kirche kniete und betete – an den Knien Schwielen, die einer Küchenmagd alle Ehre gemacht hätten.

»Ich möchte etwas mit meinem Leben anfangen«, erwiderte er. »Ich möchte ...« Er zuckte die Schultern und errötete. »Ich möchte etwas Gutes tun.«

Sie mußte oft an diese Worte, die er an jenem Tag mit seiner Engelsstimme zu ihr gesagt hatte, denken und an seinen Mund, den sie unbedingt küssen wollte.

... etwas Gutes tun.

»Ich glaube, du wirst einmal ein guter Priester sein«, sagte sie und zwang sich zu lächeln. Dabei mußte sie sich beherrschen, um nicht mit dem Finger seine Unterlippe zu berühren ... dort, wo sie am vollsten war. »Du wirst ein großartiger Priester sein ...«

Sie half ihm an vielen folgenden Nachmittagen mit den Netzen und dem gefangenen Fisch, bis er sie schließlich küßte. Dabei berührte er nur zart mit seinen Lippen ihre Wange, als vertraue er ihr flüsternd ein Geheimnis an. Bria erinnerte sich daran, daß sie danach zum Himmel und zu den milchweißen Wolken hinaufgeblickt und den Eindruck gehabt hatte, daß sie beobachtet wurden.

Bevor sie sich trennten, gingen sie manchmal zusammen am Strand entlang. Sie kletterten auf die Klippen und erkundeten die Bucht. Eines Abends, als die untergehende Sonne den Himmel mit glühenden Farben überzog und die Wellen silbern schimmerten, entdeckten sie eine Höhle.

Dort in der sanften tiefen Dunkelheit wurden seine Küsse länger, kühner und leidenschaftlicher. Eines Tages löste sich sein Mund von ihren Lippen und wanderte tiefer. Er küßte und liebkoste ihren Hals. An einem anderen Tag löste er ihr Tuch und öffnete den Kragen ihres Kleides. Langsam glitten seine Lippen über ihre warme Haut. Und dann öffnete er ihr Mieder. Seine Lippen und die Zunge erkundeten ihre Brüste und das sanfte Tal, das zwischen ihnen lag. Bria erinnerte sich daran, daß sie gehört hatte, wie die Wellen an die Felsen unter ihnen schlugen, während sich ihre Finger in sein von der Sonne gewärmtes Haar gruben und sie ihn festhielt ... ganz fest.

»Bria«, sagte er mit seiner schönen Engelsstimme, mehr nicht, nur ihren Namen. Es war eine der vielen Entdeckungen, die sie in jenem Sommer machte, daß ein Junge, ein Mann, seine Gefühle am deutlichsten durch die Art verrät, wie er den Namen seiner Geliebten ausspricht. Sie erinnerte sich auch daran, wie sie sich in jenem Sommer selbst entdeckte – die vielen zarten, wunderbaren und weichen Stellen ihres Körpers und die dunklen, hungrigen, besitzergreifenden Seiten ihres Herzens.

Denn natürlich kam unausweichlich der Tag, an dem er versuchte, sich von ihr abzuwenden, und sie besaß nicht den Mut oder die Güte, ihn gehenzulassen. Als er sich von ihr gerollt hatte und auf den Rücken fiel, legte er den Arm über die Augen, und als er dann: »*Dhia!*« sagte, klang es mehr wie ein Fluch als ein Gebet. »Wir dürfen so nicht weitermachen ... Gott rette mich. Ich will Priester werden.«

Die Höhle roch nach dem Meer und auch nach der warmen lehmigen Erde. Sie hatte sich in der Höhle immer geborgen gefühlt und sicher vor den Augen des Himmels. Dort konnte sie sich an ihn und um sein Herz schmiegen. Sie lag mit glühendem Körper in der Dunkelheit und sehnte sich nach ihm, war gierig und hungrig. So hungrig nach seinen Küssen, daß sie zu allem entschlossen war. Sie lauschte auf seinen Atem und die gurgelnden Wellen, die das felsige Ufer umtosten. Er hatte ihr die Röcke bis zur Hüfte hochgeschoben. Sie lag da und roch das Meer, die Erde und ihn.

Ihr war nicht bewußt, daß sie weinte. Erst als sie sich auf ihn legte, und ihre nackten Brüste seinen nackten Oberkörper berührten, spürte sie die Tränen, die auf ihre Handrücken fielen, während sie seine Wangen umfaßte und ihren Mund fest auf seine Lippen preßte. »Nein, nicht, Bria …«, stöhnte er in ihren offenen Mund. »Nicht, nicht …«

Aber sie küßte ihn trotzdem und mit ganzer Leidenschaft. Auch da gehörte er ihr noch nicht ganz, noch nicht. Erst in der Nacht des Sturms gehörte er ihr endgültig.

Doch vor dem Sturm kam der Gutsverwalter mit den Konstablern. Er erschien, weil aus der Gerste der McKennas, die für den englischen Grundbesitzer bestimmt war, illegal *Poitín* gebraut worden war.

Mrs. McKenna kniete in dem leeren Hof und sah zu, wie die Männer ihre gesamte kärgliche Habe mitnahmen: einen Hocker, die mit Stroh gefüllte Matratze, einen alten Eisentopf. Die Konstabler hatten gerade mit einer Fackel das Dach in Brand gesetzt, als Mr. McKenna angerannt kam. Auch er war feurig, und zwar vom Alkohol, den er am Nachmittag in *The Three Hens* getrunken hatte. Er versuchte, den Gutsverwalter mit einem *Shillelagh* anzugreifen. Doch die Konstabler schossen ihm in den Bauch, bevor er mit dem Knüppel in der Hand auch nur zwei Schritte getan hatte. Sein Blut bildete schnell eine rote Lache, die von den Röcken seiner Frau aufgesogen wurde, die noch immer auf der Erde kniete.

In den Feldern hoch oben auf den Klippen war ein heidnischer Platz, wo uralte Steine mit eingemeißelten Gesichtern standen. Die leeren Augen und die runden offenen Münder der Gesichter hatten auf Bria immer den Eindruck gemacht, es seien Wesen, denen man die Seele geraubt hatte. Ein solcher Ausdruck lag auf Shays Gesicht, als die zwei in Leinen eingenähten Leichen in den steinigen irischen Boden gelegt wurden, wo man die beiden Gräber ausgehoben hatte. Es gab kein Holz, um Särge zu zimmern, und kein Geld, um sie zu kaufen. Und man hatte zwei Gräber schaufeln müssen, denn am Abend zuvor war seine Mutter ins Meer gegangen, und am Morgen hatten die Wellen sie wieder an den Strand zurückgebracht.

Wenn Bria wollte, dann konnte sie noch jetzt, nach all den vielen Jahren, tief in seinen Augen, wo früher der Glaube an Gott lebendig gewesen war, die Leere sehen.

Er war nach dem Begräbnis im Boot auf das Meer hinausgefahren, obwohl am Himmel schwarze Wolken hingen und die Wellen Schaumkronen trugen. Sie hatte am Strand auf ihn gewartet, während der Sturm sie heulend umtoste und der Himmel alle Schleusen öffnete. Sie fürchtete so sehr, ihn zu verlieren, daß sie nicht mehr klar denken konnte.

Er kam auf einer weißen Welle durch die aufgewühlte See zu ihr zurück. Er schien plötzlich einfach dazusein und zog sie mit sich in den nassen Sand. Die donnernde Brandung umtoste sie, riß an ihren Kleidern ... seine Hände rissen an ihren Kleidern. Sein Gesicht hing über ihr, seine Augen waren so aufgewühlt und entfesselt wie die Wellen, die über ihnen zusammenschlugen.

Er stieß zitternd einen rauhen Schrei aus. »Halt mich fest, Bria!« stöhnte er. Er sank auf sie hinunter, und seine Lippen schienen sie zu verschlingen. Der Atem des Meeres ging rauh und keuchend. »Halt mich fest! Bitte halt mich fest ...«

Ihre Hände und ihr Mund glitten über seinen Körper, erkundeten seine Formen und seinen Geschmack. Sie schlang die Arme um seinen Rücken. Ihre Fingernägel gruben sich in seine nasse Fischerjacke. Sie preßte ihn an sich. Aber sie wußte, was er wirklich begehrte.

»Still, still, still«, flüsterte sie, während ihr der Regen über das Gesicht lief und in den offenen Mund tropfte. »Ich halte dich fest, Geliebter. Ich lasse dich nie mehr los ...«

»... nie mehr!«

Bria war nicht bewußt, daß sie laut gesprochen hatte. Erst als das stille, schwarze und leere Wasser im Hafen von Bristol das Echo der Worte zurückwarf, kehrte sie in die Gegenwart zurück.

Die Sehnsucht nach ihm, ihrem Mann, drohte sie zu ersticken, obwohl sie gleich aufstehen und zu ihm gehen würde. Sie würde sich an ihn schmiegen und den Kopf auf seine Brust legen. So konnte sie einschlafen und sein Herz schlagen hören. Genauso hatte sie es in der Nacht des Sturms vor elf Jahren getan. In jener Nacht hatte sie ihm ihre Jungfräulichkeit geschenkt und ihm seine Unschuld genommen.

Wie merkwürdig, dachte sie, daß sich die Erinnerungen so schwer wie Steine auf dem Herzen türmen können, und trotzdem so warm,

vertraut und tröstend sind. Sie würde ihre Erinnerungen immer wieder neu gestalten, ohne eine einzige auszulassen.
Sie stand mühsam und schwerfällig auf. Das Kind in dem runden Leib versetzte ihr einen Tritt. Es war ein harter Tritt, voller Kraft und Leben. Sie rieb sich den gespannten und dicken Bauch. Die rauhen Schwielen an ihren Händen blieben an dem dünnen billigen Musselin des Nachthemds hängen, aber sie achtete nicht darauf. Sie hatte noch nie die Hände einer Dame gehabt.
Bria zweifelte nicht daran, daß das Baby ein Junge sein würde, denn sie trug ihn hoch. Sie hatte den Hochzeitsring an einem Baumwollfaden über den Bauch gehalten, und der Ring war linksherum gekreist. Außerdem, dachte sie mit einem wehmütigen Lächeln, hatte Merry gesummt, und Noreen hatte ihr übersetzt, daß die Feen ihrer Tochter einen kleinen Bruder prophezeit hatten.
Einen Sohn für Shay. Das war ihr Geschenk für ihn, ein schönes Geschenk, wenn er nur nicht die wahre Geschichte erfuhr. Für sie, das wußte Bria, war dieses letzte Kind eine Strafe Gottes. Sie wußte nur nicht genau, für welche Sünde.
Es war möglich, auch das wußte sie, die Sünde und die Frucht der Sünde zu lieben. Sie liebte das Kind schon jetzt so hingebungsvoll und innig wie sie Shay und ihre beiden Töchter liebte. Heute war der erste Mai, zum Ende des nächsten Monats würde ihr Sohn zur Welt kommen. Sie würde ihn in den Armen halten und wiegen und dabei das süße Ziehen seines kleinen Mundes an ihren Brüsten spüren.
Aber die Tage würden vergehen, und er würde sich verändern, so wie Ebbe und Flut den Strand veränderten. Im nächsten Sommer würde er bereits im Sand sitzen und mit seinen Schwestern Sandburgen bauen. Er würde gelernt haben, seinen Brei selbst zu essen, obwohl das meiste dabei vermutlich in seinen Haaren landen würde. Vielleicht konnte er sogar schon ein wenig laufen, wenn sein Vater neben ihm stand und ihn auffing, sobald er fiel.
Die Tage würden kommen und gehen, und ihr Sohn würde heranwachsen und all die vielen kleinen Dinge des Alltags erleben. Aber sie würde nichts von dem mehr sehen ...
Denn im nächsten Sommer würde sie bereits tot sein.

Elftes Kapitel

Emma hatte schon lange den Eindruck, ihr Leben sei so glatt und gerade geschnitzt wie ein Stock ohne Kerben, mit Ausnahme der kleinen Schnitzer, die sie selbst machte, während ein Tag wie der andere verging, um die Zeit zu unterteilen.
Am Montag spielte sie mit den beiden Carter-Schwestern Whist. Geoffrey war auch da, und sie betrachtete immer wieder seinen Mund. Sie versuchte sich vorzustellen, wie es wohl sein würde, die Umrisse der Lippen mit der Zunge zu berühren ..., besonders dort, wo sich die Oberlippe hob, senkte und wieder hob. Zweimal vergaß sie, ihre Trumpfkarte zu spielen.
Am Dienstagabend sah sie ihn wieder. Die Jüngeren kamen im Keller von St. Michael zusammen, um für den Heldengedenktag am 30. Mai Papierfähnchen auszuschneiden. Sie machten sich verstohlen davon, und die anderen gaben vor, es nicht zu bemerken. Allein spazierten sie über den Friedhof. Der Mond warf ein blaues Licht auf die Grabsteine, und die Ulmen ächzten im Wind. Diesmal war sein Kuß rauh und verzweifelt. Erschrocken löste sie sich aus seinen Armen und lief in die Kirche zurück.
Am Mittwoch fuhr sie zum Mittagessen zu ihrem Vetter auf die Hope Farm. Es gab Schildkrötensuppe, überbackene Austern und Spargel. Obwohl es regnete, ging sie nach dem Essen hinaus zum Zwinger, aber ein anderer Mann war jetzt dort bei den Hunden.
Am Donnerstagabend besuchte sie einen Vortrag im Lyceum – ›Michelangelo, sein Leben als Künstler‹. Anschließend ging sie in die alte Orangerie und dachte an den Morgen, an dem sie feststellen mußte, daß ihre Mutter ihr neuestes Werk ›Adam im Paradies vor dem Sündenfall‹ in Stücke zerschlagen hatte. Damals hatte sie das Gefühl,

als sei auch sie endgültig zerbrochen. Sie war sich so sicher gewesen, mit ihrem ›Adam‹ endlich etwas Großes und Wahrhaftes zu schaffen, und das hatte sie jetzt verloren.

Inzwischen wußte Emma, daß sie kurz vor der Vollendung von etwas Mittelmäßigem gestanden hatte. Heute war sie froh über die Zerstörung, denn ihr Werk war nicht gut genug gewesen.

Sie empfand all das, was sie vom Leben nicht wußte und was ihr auf immer verschlossen bleiben würde, wie ein schmerzendes Loch in ihrer Seele. Sie konnte sich nicht vorstellen, daß ein anderer als ein Gott den Mut für den Versuch aufbrachte, aus Lehm die Wahrheit zu erschaffen.

Sie schwor sich, die Bildhauerei zu vergessen.

Es war Sonntagmorgen. Wie an jedem dritten Sonntag im Monat brachte sie den Armen in Goree Essenskörbe. Die Siedlung lag am anderen Ende der Stadt, weit entfernt vom frischen Meereswind. Kleine Holzhäuschen standen eng nebeneinander. Das Gras war zertrampelt, und in den engen Gassen hing Wäsche zum Trocknen. An einem heißen Tag wie diesem verdeckte gelber Rauch die Sonne, und der Gestank von verbranntem Gummi verpestete die Luft. Er kam von der Gummifabrik, die sich dort befand.

Jemand hatte einmal gesagt, die Fabrik produziere fünftausend Paar Gummistiefel im Jahr. Als Emma in ihrer kleinen schwarze Kutsche an der Gummifabrik vorüberfuhr, wurde ihr bewußt, daß sie noch nie ein Paar der in Bristol hergestellten Stiefel gesehen und erst recht keines besessen hatte.

In den Lebensmittelkörben befanden sich Fischklöße, braunes Brot und gebackene Bohnen in braunen Steinguttöpfen. Die süßliche braune Sauce schwappte unter den Deckeln hervor. Die Frauen hielten die Körbe in den schwieligen Händen und sahen sie mit müden und stumpfen Augen an.

»Nein, mir müßt ihr nicht danken«, wiederholte sie ständig, wenn die Frauen Dankesworte murmelten. Die Speisen wurden in der Küche der Kirche gekocht. Emma hatte nichts damit zu tun.

Für Anfang Mai war es außergewöhnlich warm. Als Emma alle Körbe verteilt hatte, brannte die Sonne heiß und stechend auf sie herab.

Eigentlich hätte sie ihre Mutter zum Gottesdienst in St. Michael treffen sollen, aber Emma fuhr statt dessen aus der Stadt hinaus und auf der Straße, die durch den Tanyard Wald zur Fähre führte.
Unter den Bäumen war es kühler. Die grünen Nadeln der Tannen zauberten ein kunstvolles Spitzenmuster über ihrem Kopf. Zwischen den sich entrollenden Blättern des Farnkrauts blühten rosarote Primeln.
Am Ende der Straße öffnete sich der Wald, und vor ihr lag die glitzernd blaue Bucht. Der Anlegeplatz der Fähre war wie ausgestorben. Sie band das Pferd an einem der Eisenpfähle am Ufer fest und ging auf dem Holzsteg am Ufer entlang. Die Federn an ihrem Hut bewegten sich im Wind.
Sie blieb stehen und beobachtete zwei Schnepfen, die im Schlamm nach Nahrung suchten. Die weißgestreiften Federn leuchteten in der Sonne. Ein Windstoß riß ihr beinahe den Hut vom Kopf. Als sie mit der Hand schnell nach ihm griff, um ihn festzuhalten, flogen die Vögel erschrocken auf.
Sie flogen dicht nebeneinander im Zickzack über den blauen Himmel. Plötzlich hallten kurz hintereinander zwei Gewehrschüsse durch die Luft, und die Vögel fielen wie Steine zu Boden.
Ein Mann kam unter den Bäumen hervor und ging über den nassen Sand. Sie erkannte ihn an der Größe und an seiner lässigen, überheblichen Art, sich zu bewegen. In einer Hand trug er ein Gewehr, ein zweites hing an einem Gurt über seiner Schulter.
Als er die Stelle erreichte, wo die Vögel lagen, blieb er stehen. Emma dachte nicht bewußt daran, einen Schritt vor den anderen zu setzen, aber plötzlich stand sie neben ihm.
Sie musterte das sonnengebräunte Gesicht, mit der etwas schiefen Nase, den Narben und den faszinierenden Augen. Dann richtete sie den Blick auf die toten Vögel. Schnepfen waren wegen ihrer geringen Größe als Jagdbeute nicht sonderlich begehrt, aber nur ein Könner durfte hoffen, sie im Flug zu treffen.
Er hatte ihnen die Köpfe abgeschossen.
Langsam wanderte ihr Blick von den Stiefeln an dem großen Körper nach oben zum Gesicht. Er lächelte. Sein Lächeln war wie ein Wetterleuchten – ein plötzliches Zucken.

»Wenn Sie die Vögel mitnehmen würden, dann wären ich und auch einige meiner kleinen Freunde Ihnen sehr dankbar«, sagte er in seiner rauhen Stimme, die fast wie ein Knurren, fast wie ein Flüstern klang.
»Wie bitte?«
Emma blickte von ihren Seidenhandschuhen auf die toten Vögel und dann wieder auf ihn. Aber er entfernte sich bereits und ging über den nassen Sand zurück zum Wald, aus dem er gekommen war.
Sie packte die beiden Schnepfen mit einer Hand an den Beinen. Mit der anderen hob sie den Saum ihres zitronengelben Organdykleids, verließ den Holzsteg und folgte ihm. Erst als sie sehr viel später an diesen Augenblick zurückdachte, fragte sie sich, woher sie diesen tollkühnen, ungewöhnlichen Mut genommen hatte.

Sie folgten einer alten, zerfallenen Mauer, die durch den Wald führte. Riesige Eichen spendeten lichtdurchbrochenen Schatten. Ihre Schuhe versanken im weichen grauen Moos.
Sie erreichten einen Bach, der unter einem Teppich üppig wuchernder Mantelblumen beinahe verschwand. Er stapfte geradewegs durch das Wasser.
»Warten Sie!« rief Emma ihm nach, aber er verlangsamte nicht einmal seinen Schritt oder sah sich nach ihr um.
Sie hob den Rocksaum noch höher und setzte die Füße ins Wasser, das eiskalt durch die Lederschuhe drang. Sie waren bislang noch weiß gewesen, aber jetzt schlammig braun.
»Das ist Wahnsinn«, sagte sie laut. »Sie sind verrückt!« rief sie ihm nach. Aber er ging unbekümmert mit großen Schritten weiter. »Ich folge einem verrückten Iren, der Vögeln die Köpfe abschießt, und ich weiß nicht einmal, wohin. Ich kenne nicht einmal seinen Namen.«
Ein Gentleman, der einer Dame vorgestellt wurde, durfte ihr nicht die Hand zur Begrüßung reichen, sondern mußte sich vor ihr verbeugen. Der Ire hatte sich nicht verbeugt, er hatte sie ohne ihre Erlaubnis am Fußknöchel berührt und spöttische Bemerkungen gemacht. Er war kein Gentleman, und er war ihr auch nicht vorgestellt worden. Emma fand es jetzt fast schon beruhigend, daß sie seinen Namen nicht

kannte. Es verlieh ihr eine gewisse Sicherheit, daß er für sie nach wie vor ein Namenloser, ein Niemand war.
Er blieb am Rande einer kleinen Lichtung stehen, wo eine hohe Kiefer ihre Wurzeln um einen Felsbrocken geschlungen hatte. Er drehte sich um und legte den Finger an die Lippen. Dann nahm er die Gewehre von der Schulter und kauerte sich hinter dem Felsen auf die Erde. Mit einer stummen Geste bedeutete er ihr, seinem Beispiel zu folgen.
In dem Organdykleid, das nicht mehr so duftig war wie am Morgen, aber noch immer wie Papier raschelte, kniete sie sich neben ihn.
»Leise …«, flüsterte er.
Vor ihnen lag eine ganz gewöhnliche Lichtung, auf der sich, soweit sie sehen konnte, niemand befand. Im hohen Gras blühte scharlachrot Pimpernelle. Rohrkolben raschelten im böigen Wind. Ein paar hohe Büsche mit breiten Blättern bildeten ein Dach über einem alten Waldmurmeltierbau.
Er nahm ihr die Vögel aus der Hand und warf sie nacheinander auf die Lichtung, nicht weit von der Erdhöhle entfernt. Sie verstand nicht, warum er das tat, aber sie stellte keine Fragen. Sie fühlte sich an diesem Ort und in diesem Augenblick jenseits der Zeit so lebendig, daß sie auch nicht über das Warum nachdenken wollte.
Sie waren sich sehr nahe, so nahe, daß eine Falte ihres Kleides über seinen Schenkel fiel und ihr Busen im Schatten seiner Schultern lag.
Sie wußte nicht, wie lange sie hinter dem Felsen am Rand der Lichtung knieten. Jedenfalls lange genug, daß die Feuchtigkeit in ihren Rock zog und eine Kohlmeise sie schließlich für einen Teil der Umgebung zu halten schien, denn sie flog über ihren Köpfen unbekümmert von Ast zu Ast.
Emma hielt überrascht die Luft an, als er sie plötzlich am Kinn faßte und ihren Kopf etwas drehte, so daß sie nicht über die Lichtung, sondern zu dem Erdbau blickte.
Dort im Eingang der Höhle war der Kopf eines Fuchses mit gespitzten Ohren und witternder Nase aufgetaucht. Der Fuchs war sehr geduldig, und es verging eine Ewigkeit, bevor er den Bau verließ. Er verharrte sofort wieder, stellte die Ohren erneut auf und hob die

Schnauze in die Luft. Dann trabte er leichtfüßig zu der Stelle, wo die toten Schnepfen im Gras lagen. Er umkreiste sie schnuppernd, legte den Kopf schief, hob witternd noch einmal die Schnauze und umrundete die Beute ein weiteres Mal. Der Fuchs bellte, und vier Welpen mit dünnen Beinen und riesigen Ohren drängten sich aus dem Bau. Sie stürzten sich winselnd und jaulend auf die Vögel und zerrten mit den scharfen kleinen Zähnen an Federn und Fleisch. Einer der Welpen preßte den wolligen dicken Bauch an das Gras und setzte zum Sprung an. Emma lächelte.

Sie drehte den Kopf und stellte fest, daß er sie ansah. Erstaunlicherweise machte ihr das überhaupt nichts aus.

»Danke«, flüsterte sie, » ... dafür.« Sie hob die Hand und deutete auf die Wiese, die Füchse und die fremde unberührte Welt, die er ihr zeigte, obwohl er doch nicht wissen konnte ... Woher wußte er? »Aber warum haben Sie mich hierhergebracht?«

Erst nach einer Weile wandte er den Blick von ihr ab. »Das weiß ich nicht genau. Haben Sie noch nie etwas getan, ohne einen Grund dafür zu haben?«

»Nein, nie! Wenn etwas nicht über mindestens vier Generationen hinweg zu einer Tradition geworden ist, dann tut man es nicht.«

Er überraschte sie durch sein belustigtes Lächeln. Kaum jemand fand ihre kleinen Pointen lustig, und deshalb glaubte Emma bereits, ihr Sinn für Humor sei abartig. Aber das Merkwürdigste schien zu sein, daß sie das Gefühl hatte, lange Zeit mit ihm reden und mit ihm zusammen lachen zu können. Doch kaum war ihr dieser Gedanke gekommen, fiel ihr kein einziges Wort mehr ein, um ein Gespräch zu beginnen.

Er griff nach den Gewehren und stand auf. Er ging den Weg zurück, den sie gekommen waren, und drehte sich nicht mehr nach ihr um. Sie konnte ihm folgen oder auch nicht.

Auf der anderen Seite des Baches blieb er an einer Stelle stehen, wo ein umgestürzter Baum lag und eine Lücke in der Mauer füllte. Er setzte sich auf den Stamm und bewegte den Hebel des einen Gewehrs. Eine leere Patronenhülse fiel heraus. Er winkelte den Lauf ab und blickte in die Ladeöffnung.

Emma wußte nicht, was er von ihr erwartete. Sollte sie weitergehen, da sie ihm wohl nicht mehr von Nutzen sein konnte, oder sollte sie bleiben?
Oder wollte sie vielleicht selbst bleiben?
Zum ersten Mal in ihrem Leben gab es keine Regel, die ihr vorschrieb, wie sie sich verhalten mußte.
Die aus der Mauer gebrochenen Steine bildeten eine Art Sitz. Sie nahm darauf Platz und faltete die Hände im Schoß, als befinde sie sich in einem eleganten Salon. Doch in ihrem Innern entstand eine gespannte atemlose Stille wie vor dem Ausbruch eines Sturms. Es war wie der Augenblick, bevor sich die Wolken öffnen und die ersten Regentropfen fallen.
Er schloß die Ladeöffnung, legte den Finger an den Abzug und drückte ab. Der Hammer fiel mit einem lauten Klicken auf das leere Schloß. Emma war fasziniert von seinen Händen. Sie betrachtete gebannt ihre Form, Größe und die Art, wie sie sich bewegten. Sie sah, wie sich die Sehnen bewegten und sich Adern und Knochen wie ein Relief von der Haut abhoben.
»Wozu«, fragte sie mit etwas unsicherer Stimme, »brauchen Sie so viele Gewehre? Nur um unsere harmlosen Wasservögel zu schießen?«
Er hob das Gewehr und blickte über den Lauf. »Das sind nur alte Hinterlader aus eurem großen Krieg. Ich habe sie mit Teilen, die ich mir hier und da zusammengesucht habe, wieder instand gesetzt. Ich probiere sie sozusagen aus. Ich will sicher sein, daß sie nicht nach hinten losgehen und dem ersten, der damit schießt, die Hand abreißen.«
Emma zuckte erschrocken zusammen, aber dann lachte sie über ihre Ängstlichkeit. »Das klingt sehr gefährlich. Könnten Sie sich auf diese Weise nicht selbst verstümmeln?«
»Das wäre mein eigener Fehler ...«
»Was haben Sie mit den Gewehren vor?« fragte sie. »Was kann man denn mit diesen alten ausrangierten Waffen anfangen, die mit verschiedenen Teilen geflickt sind?«
»Nach Irland schmuggeln.« Er warf ihr einen spöttischen Blick zu.

»Dort wird man damit vielleicht auf kleine vorwitzige Engländerinnen schießen, die zu viele Fragen stellen.«
Sie mußte über seine Art zu reden lachen. »Ich bin vielleicht verwöhnt und reich, mein Herr, aber nehmen Sie bitte zur Kenntnis, daß ich *keine* Engländerin bin.«
»Ach ... so vornehm wie Ihr Yankees von Rhode Island euch gebt, könntet ihr selbst die *ould* Königin in Angst und Schrecken versetzen.«
Je nach Laune ließ er den irischen Dialekt mehr oder weniger in seine Worte einfließen, aber seine Stimme klang stets, als werde er gefoltert. Es war, als sei ihm die Kehle zugeschnürt, und er schien sich jedes Wort abringen zu müssen. Emma hätte zu gerne gewußt, wie er zu der Narbe am Hals gekommen war. Aber auch die erstaunlich mutige neue Emma, zu der sie geworden war, wagte es nicht, eine solch persönliche Frage zu stellen.
Sie blickte auf ihren Schoß, machte eine Falte in ihren Rock und strich sie wieder mit den Fingern glatt.
»Die ...« Sie stellte fest, daß sie Blut von den Schnepfen auf ihren Handschuhen hatte. Noch ein Paar Handschuhe, die sie wegwerfen konnte. »Die Füchsin und ihre Welpen ... gehörten zu dem Fuchs, der gestorben ist.«
Es war eine Feststellung und keine Frage. Manchmal, wenn sie sich überwand, konnte sie die Wahrheit aussprechen.
»Der arme Fuchs ist nicht nur gestorben. Ihr habt die Meute auf ihn gehetzt, und er wurde in Stücke gerissen«, erwiderte er. Jetzt wußte sie, aus welchem Grund er sie zu der Lichtung gebracht hatte.
Er setzte das Gewehr an die Schulter und drückte mehrmals den Abzug. Sie hörte das Klicken und zuckte jedesmal zusammen.
»Füchse paaren sich für das ganze Leben«, sagte er. »Miss Tremayne, glauben Sie, daß Füchse so etwas wie *Liebe* kennen?«
Sie zwang sich, seinen Blick zu erwidern. »Ich weiß es nicht.«
»Ich habe die Füchsin mit den Welpen ein paar Tage nach der Jagd entdeckt. Sie hatte mit den Zähnen an ihrem Fell gerissen, so daß es in großen blutigen Fetzen an ihr hing. Sie lief ständig hin und her und hatte vor dem Bau einen richtigen Pfad getreten, während sie darauf

wartete, daß er zurückkommen würde. Aber der Fuchs kam nicht mehr zurück. Vermutlich hätte sie nichts mehr gefressen und getrunken und wäre selbst gestorben, wenn sie nicht die vier Welpen mit Futter zu versorgen hätte. Deshalb mußte sie weiterleben.«

Emma ließ den Kopf sinken, damit er die Tränen nicht sah, die ihr in die Augen traten. Sie wußte, er hätte sie für sentimental gehalten. Sie verschob mit der schmutzigen Schuhspitze die gefallenen Blätter und Nadeln auf der Erde. Eine Träne fiel auf ihren Rock und hinterließ auf dem zitronengelben Stoff einen dunklen Fleck, so dunkel wie ein Bluttropfen. »Ich wollte nicht ..., daß der Fuchs getötet wurde.«

»Sie wollten es nicht, aber die Füchsin hat ihn verloren. Ihr Verlust bedeutet nicht, daß der Wind nicht durch die Zweige weht, die Sonne nicht auf den Hafen scheint und ihre Jungen *keine* Nahrung verlangen. Aber Sie waren doch auf der Jagd, oder nicht?«

Sie hob stolz den Kopf. »Sie auch! Außerdem nehmen wir Tremaynes immer an der letzten Jagd der Saison teil.«

»Ach ja?«

»Ich kann es nicht ändern!« rief Emma. »Ich kann nichts dagegen tun, daß ich bin, wer ich bin.«

Er sah sie lange an, aber er erwiderte nichts. Im Schatten der Bäume funkelten seine Augen wie Glassplitter am Strand.

Sie drehte ihm den Rücken zu. Er war grausam und verachtenswert. Er war ein irischer Schmuggler, der von nichts eine Ahnung hatte, der sich am Strand herumtrieb und harmlosen Vögeln die Köpfe abschoß. Und dann besaß er die Unverfrorenheit ihr vorzuwerfen, daß sie an einer Fuchsjagd teilnahm. Sie war entschlossen aufzustehen, ihn ohne ein weiteres Wort zu verlassen, um ihm zu zeigen ... zu zeigen ...

Sie entdeckte zwischen den Steinen eine Sternblume, beugte sich vor und pflückte sie. Sie drehte den Stengel zwischen den Fingern, und die goldgelben Blütenblätter kreisten wie ein kleines Windrad.

»Warum lehnen Sie mich ab?«

»Sie schmeicheln sich in der Annahme, daß ich überhaupt einen Gedanken an Sie verschwende.«

»Sie lügen, mein Herr, wenn Sie das bestreiten«, erwiderte Emma und versuchte, sein Irisch nachzuahmen.
Er lachte. »*Lügen* ... das ist ein großes Wort. Sie würden natürlich nie daran denken zu lügen, ganz besonders dann nicht, wenn Sie mit meinesgleichen reden. Aber Sie sind Ihr ganzes junges Leben lang immer nur vor der Wahrheit davongelaufen. Und außerdem zerdrükken Sie die arme Blume in Ihrer Hand.«
Emma öffnete die geballte Faust, und die geknickte Sternblume fiel auf die Erde zwischen das dürre Laub und die Kiefernnadeln.
»Vor ein paar Tagen«, sagte sie, »war ich auf der Farm meines Vetters. Ich bin zum Hundezwinger gegangen, und jemand hat mir gesagt, daß Sie entlassen worden sind.«
»Ja, ich arbeite wieder auf den Zwiebelfeldern. Eine schreckliche Arbeit«, sagte er und rollte dabei das r übertrieben. Er sah sie mit lachenden Augen an. »Von der Hacke bekommt man Blutblasen an den Händen, und man hat das Gefühl, als würde einem der Rücken in zwei Stücke brechen.« Er machte eine bedeutungsvolle Pause und fragte dann: »Freut es Sie, Miss Tremayne, zu hören, daß ich leide?«
»Sie schmeicheln sich, mein Herr, wenn Sie glauben, daß ich für Sie irgend etwas empfinde.«
Er lächelte, und auch sie mußte lächeln. Der Augenblick schien eine Ewigkeit zu dauern und endete abrupt, als er aufstand. Er reichte ihr die Hand und half ihr, sich zu erheben.
»Es ist Zeit, daß Sie nach Hause gehen, Miss Tremayne«, sagte er in seiner brüchigen Stimme. »Sonst glaubt noch jemand, Sie hätten sich verirrt.«
Sie drehte sich um und verließ ihn. Der Wind rauschte plötzlich in den Baumwipfeln, und ein Schauer süß duftender Kiefernnadeln ging auf sie nieder.
Wenn ich auch nur einen Funken Stolz in mir habe, werde ich mich nicht nach ihm umdrehen, dachte Emma.
Sie besaß keinen Stolz.
Sie drehte sich um, doch er war fort. Sie sah nur den umgestürzten Baum und die Lücke in der Mauer, aber er war bereits gegangen. Er

war so spurlos verschwunden, daß sie sich versucht fühlte, zurückzugehen, um einen Beweis dafür zu finden, daß er überhaupt da gewesen war.
Ja, in der feuchten Erde sah sie den Abdruck seiner Stiefel. Eine leere Patronenhülse blitzte in der Sonne, und es roch schwach nach Maschinenöl.
Aber für den Rest des Tages war ihr der Hals wie zugeschnürt, und eine seltsame Traurigkeit lastete auf ihr, als müsse sie um etwas trauern, das sie nie gesehen hatte, etwas, das es selbst in ihrer Vorstellung nie gegeben hatte.

Zwölftes Kapitel

Emma vergaß, daß sie ihre Bildhauerei eigentlich hatte aufgeben wollen.

Nach diesem Tag im Wald verbrachte sie viele Stunden in der alten Orangerie. Sie formte den Ton, zerstörte das Geschaffene wieder und machte sich erneut daran, das weiche Material zu bearbeiten.

Spät abends beim Schein einer Petroleumlampe hielt sie schließlich inne und betrachtete, was sie erschaffen hatte. Ihre Hände begannen zu zittern, denn zum ersten Mal wurde ihr bewußt, daß eine Ader von ihrem Herzen zu ihren Händen führte und zu jenen Dingen, die sie damit schuf. Emma wußte, eines Tages würde sie diese Ader finden. Und dann würde sie diese Ader öffnen, sie würde bluten und vielleicht sogar sterben, aber sie würde etwas getan haben, das Wirklichkeit besaß.

Emma blickte auf jenes Ding, das ihre Hände geformt hatten, und sie sah nicht ein Modell aus Ton, sondern Knochen, Haut und Sehnen. Es waren die Hände eines Mannes, der nach dem Himmel griff.

Es waren *seine* Hände.

Sie hatte sich dafür entschieden, nur die Hände bis zu den Handgelenken zu formen. Sie wollte nicht mehr von ihm – nur seine Hände.

Emmas übriges Leben drehte sich in einem Karussell von Einladungen zum Tee und zu Abendgesellschaften. Sie besuchte Wohltätigkeitsveranstaltungen und verbrachte mehrere Abende in der Woche beim Whist.

Nur ein Vormittag ragte aus dem Einerlei heraus. Ihre Ballkleider, die sie im letzten Winter bei Worth in Paris bestellt hatten, trafen ein.

Als das große Paket gebracht wurde, befanden sie sich im Damenzimmer und banden Ostersträuße für die Kinderabteilung des Krankenhauses.
Freudig stürzte sich Emma auf die mit Seide bezogene Schachtel, die unverkennbar allen verriet, daß die Sendung von Worth stammte und der Inhalt deshalb teuer, exklusiv und schön sein mußte.
»Das ist wie Weihnachten im Mai!« rief Maddie und lachte glücklich.
»Und es wird vermutlich bis Weihnachten dauern, ehe wir die Kleider sehen, wenn ich diesen verwünschten Knoten nicht endlich lösen kann. Ich brauche ein Messer... nein, es geht auch so.« Emma warf einen kurzen Blick unter den Deckel der Schachtel. »Ich glaube, dein Kleid liegt oben, Maddie. Du mußt die Augen schließen, wenn ich es heraushole.«
Emma blickte lächelnd auf und bewegte sich nicht, um die Spannung noch zu erhöhen.
Maddie schloß erwartungsvoll die Augen. Sogar das Gesicht ihrer Mutter strahlte vor Erwartung. Allein das war wie eine Erlösung, denn Mama war an diesem Tag besonders gereizt gewesen. Alles, was ihre Töchter taten, hatte ihre Mißbilligung gefunden. Sie hatte sich seit einiger Zeit angewöhnt, jeden Morgen nach dem Aufstehen ein kaltes Bad zu nehmen, um ihren Appetit zu zügeln. Allerdings klagte sie darüber, daß ihre Gelenke und Knochen von dem kalten Wasser schmerzten.
Doch als Emma jetzt ihre Mutter ansah, die in einem Hauskleid aus gewässerter malvenfarbener Seide umgeben von Lilien und Tulpen an einem weißen Eisentisch stand, fand sie, daß Bethel schlank, jung und hübsch aussah. Die Sonnenstrahlen, die durch die Bleiglasfenster fielen, tanzten auf der zarten rosafarbenen Seide der Wände und ließen das Damenzimmer wie eine erblühende Rose leuchten. In diesem schönen sanften Licht des frühen Tages entdeckte Emma die Schönheit ihrer Mutter aus vergangenen Tagen.
»Du siehst heute besonders hübsch aus, Mama«, sagte sie.
Bethels glatte, blasse Wangen röteten sich vor Freude, obwohl sie ungläubig den Kopf schüttelte.

»Wie nett von dir, das zu sagen, mein Kind. Aber das kann ich mir kaum vorstellen, denn ich fühle mich wirklich schrecklich. Ich sage dir, du ahnst nicht, was ich gelitten habe. Ich hoffe nur, dein Vater ...« Sie schwieg, und ihre Röte vertiefte sich. »Oh, mach um Himmels willen endlich die Schachtel auf. Deine arme Schwester stirbt bereits vor Aufregung.«

Das Ballkleid raschelte wie ein Taubenschwarm, der sich in die Luft erhebt, als Emma das Kleid aus der Schachtel nahm. Es war aus einer wahrhaft endlosen Fülle magentaroter Laméseide mit einem eingewirktem Silberfaden geschneidert und schimmerte und funkelte im rosigen Licht in allen Regenbogenfarben.

Maddie konnte nicht länger warten. Sie schlug die Augen auf und stieß einen leisen Freudenschrei aus. »O mein Gott ...«

Emma hielt sich das Ballkleid mit einer Hand an die Brust und breitete mit der anderen den weiten Rock aus. Dann machte sie einen Knicks, drehte sich langsam im Kreis und summte dabei eine Walzermelodie. Sie tanzte einmal durch den Raum, blieb stehen und legte Maddie das Kleid behutsam und ehrerbietig auf den Schoß. Ihre Schwester seufzte glücklich.

»Es ist so schön. Es ist einfach traumhaft schön. Findest du nicht auch, Mama?«

»Wenn du es doch nur an meinem Verlobungsball tragen könntest«, sagte Emma laut, obwohl sie wußte, dieser Wunsch würde nicht in Erfüllung gehen. Es galt als höchst unfein, sich nach der neuesten Mode zu kleiden. Im allgemeinen ließ man Kleider aus Paris mindestens zwei Jahre lang eingepackt in einem Schrank liegen. Kleider aus New York mußten ein Jahr warten.

»Wirklich, Maddie. Es ist so schade, daß wir nicht ein einziges Mal die Regeln brechen dürfen«, sagte sie. »Stuart Alcott müßte nur einen Blick auf dich werfen, und er wäre verloren.«

Maddie lachte, aber die scharfe Stimme ihrer Mutter brachte sie dazu, sofort wieder zu verstummen.

»Emmaline Tremayne!«

Bethel runzelte die Stirn und sah sie mißbilligend an. »Ich dulde solche ... solche ungehörigen Worte nicht in meinem Haus.«

Emma biß sich auf die Lippen und senkte betroffen den Kopf. »Es tut mir leid, Mama«, murmelte sie. Aber dann blickte sie verstohlen zu Maddie, und die beiden lächelten sich verschwörerisch an.
»Außerdem möchte ich in aller Deutlichkeit sagen«, fuhr Bethel fort, »auch wenn es mir schwerfällt ... trotzdem läßt es sich nicht ändern. Es muß so sein, denn es ist nicht möglich ...« Sie nestelte nervös an der gestärkten Spitze an ihrem Hals. »Madeleine wird an deinem Verlobungsball nicht teilnehmen.«
»Mama ...« Emma sank langsam auf einen blaugrünen Porzellanhocker. »Du kannst unmöglich so herzlos, so grausam und so gemein sein ...«
Bethel bewegte die Hand, als halte sie einen Fächer. »Hör doch mit diesem melodramatischen Unsinn auf, Emma! Warum bestehen alle meine Kinder darauf, mich immer wieder mit der Zurschaustellung ihrer vulgären Gefühle zu verletzen? Ich bin sicher, diese Veranlagung stammt von den Tremaynes. In meiner Familie kennt man so etwas nicht.«
Sie griff nach einer Lilie, legte sie aber im nächsten Augenblick wieder auf den Tisch. »Ich will mit meiner Entscheidung Maddie und unseren Gästen einen Gefallen erweisen.« Sie preßte die schmalen Lippen fest zusammen und sah Emma herausfordernd an. »Was hat es für einen Sinn, daß sie an einem Ball teilnimmt, wenn sie nicht tanzen kann? Es würde allen die Stimmung verderben, sie den ganzen Abend wie ein bedauernswertes Mauerblümchen in ihrem Rollstuhl sitzen zu sehen!«
Sie griff wieder nach der Lilie und steckte sie in einen Strauß roter Tulpen. »Das würde von einem Mangel an Takt sprechen, und so etwas kann ich nicht dulden.«
Emma wagte es, einen Blick auf ihre Schwester zu werfen. Maddie sank üblicherweise in sich zusammen, wenn ihre Mutter so häßliche Dinge über sie sagte. Diesmal blieb sie jedoch aufrecht und bewegungslos sitzen und verzog nur spöttisch die Mundwinkel. Aber aus ihrem Gesicht war alles Blut gewichen, als habe man ihr das Herz herausgeschnitten.
Plötzlich begann sie, an dem eleganten Ballkleid, das immer noch

in ihrem Schoß lag, zu zerren und zu reißen. Sie schluchzte erstickt.
»Warum kaufst du mir diese Sachen, wenn ich doch nicht ausgehen darf? Ich kann nicht gehen, ich kann nicht tanzen. Ich ertrage es nicht mehr! Ich kann es einfach nicht mehr ertragen!«
Sie ballte die Fäuste und verbarg das Gesicht in der schimmernden purpurroten Seide. »Ich will sterben. O mein Gott, bitte laß mich sterben ...«
Emma kniete neben ihrer Schwester nieder und versuchte, sie in die Arme zu nehmen. Aber Maddie stieß sie heftig von sich. Dann trommelte sie mit den Fäusten auf ihre leblosen Beine. »Laß mich in Ruhe! Ich will in Ruhe gelassen werden! Laß mich ...«
Bethel ging zum Klingelzug und zog einmal daran. Maddie hörte sofort auf zu schluchzen, als habe jemand ihre Tränen erstickt. Sie wiegte sich stöhnend hin und her und hielt dabei das Kleid fest umklammert. Es dauerte nicht lange, und einer der Dienstboten erschien. Ohne eine Anweisung abzuwarten, rollte er Maddie aus dem Raum.
Emma kniete noch immer auf dem Boden. In ihr bäumte sich alles auf. Sie glaubte, der wilde rasende Sturm ihrer Gefühle werde sie überwältigen. Sie wollte schreien, aber sie fürchtete, wenn sie einmal anfangen würde, könnte sie nicht mehr aufhören. Wie Maddie würde sie versuchen, alles zu zerreißen, die Welt mit ihren eigenen Händen zu zerstören.
»Also wirklich ...«, sagte ihre Mutter und beschäftigte sich inzwischen bereits wieder mit den Blumengebinden. Der Zwischenfall schien sie nicht weiter zu berühren. »Manchmal habe ich den Eindruck, der Unfall hat nicht nur Maddies Beine, sondern auch ihren Kopf beeinträchtigt. Ich weiß, es ist nicht schön, daran zu denken, aber vielleicht sollte ich wirklich mit Onkel Stanton sprechen, damit er sie für eine Weile in dem Heim bei Warren unterbringt, um ihre unberechenbare Hysterie zu kurieren, die sie manchmal überkommt, wenn man am wenigsten damit rechnet.«
Emma biß sich fest auf die Lippen, um einen Schrei zu unterdrücken, und schloß die Augen, um den Ansturm der Tränen zu unterdrücken.

Diese Drohung benutzte ihre Mutter schon seit Jahren. Es hatte sie beeindruckt, wie wirkungsvoll der alte Mr. Alcott mit dieser Strafe seinen Sohn Stuart zur Vernunft gebracht hatte. Und ihr wäre das ohne weiteres auch möglich gewesen. Sie mußte nur Onkel Stanton, der Arzt war, davon überzeugen, daß Maddie manchmal nicht zurechnungsfähig war. Dann würde ihr Vetter, ein Richter, alle notwendigen Dokumente unterschreiben.

Emma wußte, daß ein Mädchen oder eine Frau rechtmäßig von ihren Eltern, ihrem Mann oder Vormund, ja sogar von ihrem Sohn, jederzeit gegen ihren Willen in ein Irrenhaus verbannt werden konnte. Man brauchte dazu nur die entsprechenden Dokumente.

»Sie ist verständlicherweise enttäuscht«, sagte Emma und bemühte sich, ruhig und vernünftig zu klingen. »Wir sprechen seit Tagen von nichts anderem als dem Verlobungsball, und du erklärst plötzlich, daß sie nicht daran teilnehmen darf. Das muß sie natürlich völlig aus dem Gleichgewicht bringen.«

Emma stand langsam auf und ging zum Tisch. Dort sah sie ihre Mutter über die Lilien, Tulpen und rosaroten Bänder hinweg ernst an. »Mama, ich bitte dich, tu das Maddie nicht an. Ich werde es nicht ertragen können, wenn du darauf bestehst, daß sie an meinem Verlobungsball nicht teilnimmt.«

Bethel beschäftigte sich scheinbar ungerührt mit einer Schleife, die sie um eine Glasvase band. »Mein Kind, du mußt lernen, in solchen Dingen deine persönlichen Gefühle aus dem Spiel zu lassen. An oberster Stelle stehen immer das Ansehen der Familie und gutes Benehmen.«

»Nein, diesmal nicht«, erwiderte Emma.

Später staunte sie über den Mut, den sie in dieser Auseinandersetzung plötzlich aufbrachte. Vielleicht wurde ihr zum ersten Mal die Macht bewußt, die sie besaß, weil inzwischen die Hoffnungen der Familie allein auf ihr ruhten.

»Diesmal geht es in erster Linie um Maddie. Wenn du das nicht einsiehst, dann werde ich ... dann werde ich etwas Ungeheuerliches tun. Ich werde für einen Skandal sorgen und alle deine Hoffnungen zunichte machen, Mama. Ich schwöre dir, das werde ich tun.«

Bethel zog das Band mit einem Ruck fest und zerknitterte dadurch die Schleife. Sie stieß einen langen, tiefen Seufzer aus.
»Wenn man es nicht besser wüßte, könnte man glauben, ihr zwei wäret in einer armseligen Hütte bei dem Abschaum der Gesellschaft aufgewachsen. Deine Worte verraten eine schlechte Abstammung, aber das hat bestimmt nichts mit *meiner* Familie zu tun.«
Sie drehte sich entschlossen um und ging zur Tür. Damit war ihre Arbeit für wohltätige Zwecke und auch die Diskussion beendet.
»Ich meine es ernst!« rief Emma ihr nach, und ihre Stimme zitterte nur ein klein wenig.
Ihre Mutter schloß die Tür, ohne etwas zu erwidern, doch Emma wußte, daß sie gewonnen hatte.
Als sie nach oben kam, lag Maddie bereits im Bett. Sie schlief schwer und unruhig. Es roch unangenehm stark nach Chloralhydrat.
Emma setzte sich neben Maddie auf das Bett und schob ihr die schweißnassen Haare aus der Stirn. Ihre Schwester hatte trockene aufgerissene Lippen, aber sie lächelte.
»Siehst du, Stuart«, flüsterte sie scheinbar glücklich im Traum. »Ich tanze, ich tanze ...«

Am zwölften Mai fand in *The Birches* ein Ball statt, um Emmas Verlobung mit Geoffrey Alcott offiziell zu verkünden. Der Ballsaal war in der Art eines englischen Gartens geschmückt. In großen Töpfen standen kunstvoll zu Tierformen geschnittene Büsche, und in vergoldeten Rosensträuchern saßen echte Nachtigallen. Nicht jeder in Bristol war zu diesem gesellschaftlichen Ereignis eingeladen, sondern nur jene, die *wirklich* einen Namen hatten.
Emma bereitete es eine unglaubliche Genugtuung, daß ein gewisser irischer Einwanderer niemals eingeladen wurde, daß niemand auch nur auf den Gedanken kommen würde ihn einzuladen.
Sie tanzte mit Geoffrey, und wenn er sie manchmal ansah, fühlte sie sich schön und zart und ein wenig atemlos. Einmal führte er sie durch die großen Glastüren des Ballsaals hinaus in den richtigen Garten. Der Wind raschelte in den Birken, und sie roch das Meer. Leichtfüßig eilten sie die Stufen der Veranda hinunter und liefen auf den Rasen.

Dort tanzten sie einen Walzer zu der Musik, die sie über das Klopfen ihrer Herzen hinweg kaum hören konnten.
Aber als sie wieder hineingingen, fand Emma ihre Schwester allein in der Nische unter der Treppe. Maddie hatte verweinte Augen. Sie wirkten unnatürlich starr vom Chloralhydrat, das sie eingenommen hatte.
»Er ist nicht gekommen«, flüsterte sie immer wieder. »Er wird nie mehr kommen.«
Maddie durfte am Ball teilnehmen, und auch Stuart Alcott war eingeladen worden. Aber er hatte abgesagt. Sein Bruder erklärte, er sei für einige Zeit in New York, aber er werde mit Sicherheit zurückkommen, wenn er kein Geld mehr habe.
Bethel gab Emma am Morgen nach dem Ball Papier und Feder und erklärte, sie müsse ihrem Vater schreiben und ihn auffordern, nach Hause zurückzukommen. Gehorsam schrieb Emma den Brief.
Später ging sie hinunter zum Bootssteg. Sie setzte sich auf die grauen, verwitterten Bohlen und schlang die Arme um die Beine. Sie drückte die Augen fest auf die Knie, aber trotzdem konnte sie die Flut der Tränen nicht aufhalten.

In der Nacht nach dem Ball kam ein Sturm auf. Emma wurde plötzlich wach. Sie war unruhig und seltsam erregt.
Der heftige warme Wind und die Nacht lockten sie ins Freie. Das große schmiedeeiserne Tor warf lange Schatten auf die weiße Auffahrt. Die schwarzen Äste der Birken schüttelten sich unter dem Himmel, Farne und Schilfgräser raschelten in der Dunkelheit. Etwas Geheimnisvolles lag in der Luft, aber Emma wußte trotzdem, was sie unten am Strand finden würde.
Sie roch das Meer, bevor sie es sehen konnte, und sie hörte das endlose Seufzen der Wellen. Der Mond erschien zwischen den Wolken und warf ein fahles Weiß auf die Schaumkronen.
Weiter draußen, wo das Wasser schwarz und ölig in der Dunkelheit glänzte, konnte sie die Laternen eines Fischerboots erkennen. Und aus dieser Richtung näherte sich ein kleines Ruderboot, in dem sich zwei Männer zu befinden schienen.

Die Zwänge und das fest gefügte Leben schienen für Emma auseinanderzubrechen und wie Fesseln von ihr abzufallen. Es kam ihr vor, als sei sie eine andere Frau, die dort am Strand stand und auf *ihn* wartete.

Sie hörte das klatschende Eintauchen der Ruder und dann das leise Knirschen, als der Bug des Boots beim Anlegen gegen einen Pfahl stieß. Einer der beiden Männer kletterte auf den Steg und schob das Boot zurück. Der Mann war groß. Seine breiten Schultern verdeckten den Mond und die Sterne. Der Wind ließ seine dunkle Matrosenjacke wie schwarze Flügel flattern.

Er lief leichtfüßig über den Bootssteg, sprang auf den Strand und kam geradewegs auf sie zu. Das Mondlicht ließ die Narbe auf seiner Wange silbern leuchten.

Blitzartig dachte sie daran, daß er ihr etwas antun könnte. Aber sie lief nicht davon, sie gab auch keinen Laut von sich, selbst dann nicht, als er ihre Hand ergriff und sie mit sich unter die Birken zog. Seine schwielige Hand war warm.

Im Schatten der Bäume ließ er sie los und schob seine Hände in die Hosentaschen. Sie konnte in der Dunkelheit sein Gesicht nicht sehen. Er war nur ein Schatten in dieser Nacht voller Schatten.

»Warum«, fragte er, »laufen Sie mitten in dieser verdammten Nacht hier unter den Bäumen herum? Noch dazu im Nachthemd.«

Sie blickte auf ihre nackten Füße und hob dann den Kopf. Sie verschränkte die Arme vor der Brust und gab vor zu frieren. In Wirklichkeit fühlte sie sich entehrt und entblößt. Das Nachthemd verhüllte sie zwar vom Hals bis zu den Füßen mit viel Leinen und Spitze, aber unter seinen Blicken hätte sie ebensogut nackt sein können.

»Bei allen Heiligen!« rief er kopfschüttelnd. »Wie alt sind Sie eigentlich?«

Die Frage überraschte Emma, denn sie kam völlig zusammenhanglos.

»Zweiundzwanzig. Behaupten Sie nicht, ich sei zu jung.«

Er schwieg. Sie hätte gern sein Gesicht gesehen, aber andererseits verlieh ihr die schützende Dunkelheit auch ein Gefühl der Sicherheit. Obwohl sie nur ein Nachthemd trug, fühlte sie sich stark und mutig.

»Und wie alt sind Sie?«
»Siebenundzwanzig ...«
»Ich hätte Sie für älter gehalten.«
»Wir Iren werden alt und arm geboren.«
»Darauf sind Sie offenbar stolz.« Sie erlaubte sich zu lächeln, denn schließlich konnte er es ja nicht sehen.
»Miss Tremayne, Miss Tremayne ... Was soll ich mit Ihnen nur anfangen?« Er schien die Worte beinahe zu singen. Vermutlich lächelte er auch. »Sie laufen hier in der Nacht herum, was Sie nicht tun sollten, und sehen Dinge, die Sie nicht sehen sollten.«
»Sie könnten mich ermorden, mir das Herz aus dem Leib schneiden und mich tief im Wald vergraben, wo niemand meine Leiche findet.«
Er lachte, und das bereitete ihr erstaunlicherweise größte Genugtuung. Sie schien die Fähigkeit zu besitzen, ihn zum Lachen zu bringen. »Aber dann«, fuhr sie fort, »kann es geschehen, daß mein Geist Sie auf ewig verfolgt. Wohin Sie auch gehen, ich folge Ihnen mit dem Kopf unter dem Arm, von dem das Blut tropft, und ich heule den Mond an wie ein Hund.«
»Ich dachte, ich sollte Ihnen das Herz aus dem Leib schneiden und nicht den Kopf abschneiden. *Dhia,* was sind Sie doch für ein schreckliches kleines Fräulein.«
»Wenn Sie beim Gedanken an ein bißchen Gewalt gleich zimperlich werden und in Ohnmacht fallen, dann könnten Sie mir das Versprechen abnehmen, niemandem etwas von Ihrem ruchlosen Treiben zu verraten.«
»Ach, und was für ruchloses Treiben wäre das?«
»Waffenschmuggel natürlich.«
»Transport! Erst wenn die Gewehre in Irland ankommen, wird daraus Schmuggel.«
»Wie auch immer, ich werde Sie nicht verraten, wenn Sie mich nicht verraten.«
»Was könnte ich verraten?«
»Meine Nachtwanderungen ohne Mantel und ohne die sittsame Begleitung einer Anstandsdame.«

»Ach so ...«
»Ein schreckliches Verbrechen. Auf der Skala der Sünden rangiert das vermutlich sogar über Ihrer Ruchlosigkeit.«
Er lachte wieder und war mit einem großen schnellen Schritt bei ihr. »Dann gibt es nur eine Lösung«, sagte er mit einem Lachen in der Stimme. »Wenn wir zu Komplizen werden wollen, dann müssen wir mit unserem Blut einen Eid darauf schwören.«
Er zog die Hand aus der Tasche, und sie sah, daß er ein Taschenmesser aufklappte.
»Geben Sie mir Ihre Hand«, sagte er.
Sie reichte ihm die Hand, als sei er ein Gentleman, der sich verneigen würde. Sie zitterte nur ein wenig.
Er drückte die Schneide zuerst auf seine Handfläche und dann auf ihre. Sie zuckte zusammen, aber das war mehr ein Reflex, denn der kleine Schnitt verursachte ihr keine Schmerzen. Das Blut quoll sofort warm aus der Haut.
Er drückte seine blutende Handfläche gegen ihre. Sein Blut schien sich mit dem ihren zu vermischen.
»So, und jetzt schwören wir«, sagte er.
»Was ... was sollen wir schwören?«
»Daß wir niemandem etwas sagen werden.«
Wir werden nie wieder darüber sprechen ...
Emma fragte sich, ob sich seine Worte noch auf etwas anderes bezogen als auf das, was in dieser Nacht geschehen war. Wenn es so war, konnte sie nicht einmal hoffen zu verstehen, worauf. Und zum ersten Mal bedauerte sie ihre Unwissenheit nicht.
Die Lippen formten die Worte, ehe Emma sie aussprach.
»Ich schwöre es«, sagten sie gleichzeitig, und ihre Stimme klang ebenso rauh und gequält wie seine.
Sie konnte sich nicht daran erinnern, sich von ihm verabschiedet zu haben. Plötzlich stand sie vor dem großen Eisentor und blickte durch die Stäbe in die undurchdringlichen Schatten.
Der Mond war aufgegangen und leuchtete hell am Himmel. Alles in ihr schien zu glühen und zu brennen, als habe sie einen Blitz verschluckt.

Dreizehntes Kapitel

Die Leute von Bristol erzählten gern Geschichten über sich und ihre Eigenarten, etwa die Geschichte von einem jungen Mann, der seine Heimat verließ, um auf den kalifornischen Goldfeldern sein Glück zu machen. Er stand einfach während der Sonntagspredigt in St. Michael, der episkopalischen Kirche, auf und ging davon. Als er reich geworden war, kehrte er an einem Sonntag nach Bristol zurück, ging in die St. Michaels-Kirche und setzte sich genau in dem Augenblick in die Bank, als der Pfarrer in der Predigt den Satz erreichte, bei dem er vor vielen Jahren aufgestanden und gegangen war.

Und die Dinge, dachte Emma mit einem tiefen Seufzer, hatten sich seit dieser Zeit nicht geändert. Gewiß, der Pfarrer war natürlich nicht mehr derselbe. Reverend Shrewsbury war vor einiger Zeit an einem Herzanfall gestorben. Reverend Peele war nun der Hirte der Herde. Er galt als Zugereister, weil er erst seit fünfzehn Jahren in Bristol lebte und predigte.

Der Pfarrer hatte nicht nur den Fehler, an einem anderen Ort geboren zu sein, auch sein Backenbart erregte Anstoß, da der Bart das Gesicht wie eine ungepflegte Hecke umgab. Er hatte dicke, schlaffe Hängebacken, die beim Predigen in Schwingung gerieten und seine Worte untermalten.

An diesem Sonntag sprach er im wesentlichen davon, daß Gott ein Episkopale sei.

Emma hörte nicht genau zu, denn sie hatte die Predigt schon oft gehört. Ihr war gerade aufgefallen, daß ihr Sonntagskleid aus weinrotem Samt sich absolut nicht mit den scharlachroten Sitzkissen vertrug. Es sah ihr überhaupt nicht ähnlich, daß sie am Morgen beim Ankleiden nicht daran gedacht hatte, wohin sie gehen würde.

Je länger sie jedoch darüber nachdachte, desto zufriedener machte sie dieser *faux pas.* Sie begegnete Sonntag für Sonntag, Monat für Monat, Jahr für Jahr denselben Leuten. Sie verbrachte sogar die meisten Stunden des Tages damit, immer wieder dieselben Dinge in der immer gleichen Gesellschaft zu tun. Wenn sie nicht wenigstens einmal etwas tat, das eine Spur außergewöhnlich und unerwartet war, dann würde ihr Leben so langweilig und gradlinig verlaufen, daß nichts von ihm übrigblieb.
Sie betrachtete ihre rechte Hand. Die mit Perlmuttknöpfen geschlossenen Seidenhandschuhe saßen glatt und eng. Der rechte Handschuh verbarg den Schnitt auf der Handfläche, den sie dem Iren zu verdanken hatte. Es war nur eine kleine Wunde gewesen und hatte sich bereits geschlossen. Aber Emma glaubte oft, ihr Herz dort zu spüren. Es klopfte schnell und stark, als sei es direkt unter der Haut und bemühe sich darum, ungestüm hervorzubrechen.
Emma schloß die Hand und öffnete sie wieder. Sie rieb die Handfläche auf dem Knie. Als sie den Kopf hob, stellte sie fest, daß die Carter-Schwestern sie beobachteten, und saß still. Wenigstens war sie allein im Kirchenstuhl der Tremaynes. Niemand von der Familie konnte ihre mangelnde Selbstbeherrschung zur Kenntnis nehmen. Maddie hatte seit dem Unfall nicht mehr das Haus verlassen. Sie besuchte nicht einmal mehr den Gottesdienst, obwohl sie früher gerne im Kirchenchor gesungen hatte. Aber ihr Erscheinen im Rollstuhl hätte die Aufmerksamkeit auf sie und die unglückselige Behinderung gelenkt. Das hätte dem Ansehen der Familie geschadet. Zumindest behauptete das ihre Mutter. Deshalb fügte sich Maddie.
Ihre Mutter war an diesem Morgen wegen stechender Kopfschmerzen im Bett geblieben. In der vergangenen Woche waren die Wilbur Nortons von einer Kreuzfahrt nach Florida zurückgekommen. Sie erzählten alle möglichen Geschichten von William Tremayne und seiner neuen Geliebten und von den Festen auf seiner Yacht. In der Vergangenheit hatte Mama die Seitensprünge ihres Mannes stets ignoriert. Aber diese letzte Demütigung war zuviel für sie gewesen.
»Es ist deine Pflicht, auf unserer Kirchenbank zu sitzen«, hatte sie

Emma am Morgen eingeschärft. Sie lag umflossen von einem wahren Wasserfall aus Brüsseler Spitze im Bett und lehnte sich stöhnend, umgeben von Flaschen mit Laudanum und Riechsalz, in die seidenen Kissen. »Denke an das Ansehen unserer Familie und an das, was sich für eine Tremayne gehört. Emma, mein Kind, du bist unsere einzige Hoffnung.«

Du bist unsere einzige Hoffnung …

Nach der Hochzeit würde Emma neben Geoffrey und seiner Großmutter auf der Bank der Alcotts sitzen.

Wenigstens, dachte sie, hat man auf der gegenüberliegenden Seite einen anderen Blick, auch wenn sich an den Predigten nichts ändert.

Sie sah ihren Zukünftigen an. Er hielt den schmalen Kopf aufrecht. Im Kerzenschein, der sich in den bunten Glasfenstern der Kirche brach, wirkten sein Gesicht und seine Haare wie vergoldet. Er hielt den Blick fest auf den Pfarrer gerichtet, als lese er ihm die Worte von den Lippen ab, aber möglicherweise beobachtete er nur interessiert die auf und ab schwingenden wulstigen Wangen des Pfarrers. Geoffrey trug eine Gardenie im Knopfloch seines grauen Gehrocks. Nun ja, er achtete stets auf tadelloses Aussehen. Vermutlich hatte er in seinem Leben noch niemals Anstoß erregt.

Emma schritt durch das glänzende Eschenholzportal von St. Michael und atmete tief die feuchte graue Luft ein. Sie knöpfte den langen Seehundpelzmantel bis zum Kinn zu und schob die Hände in den kleinen runden Hermelinmuff. Nach dem schon warmen Wetter zu Anfang des Frühlings war es noch einmal unangenehm kalt geworden. Das, so dachte sie mit einem leichten Seufzer, bot den Damen der Gesellschaft wieder einmal genügend Stoff zur Unterhaltung.

Geoffrey trat zu ihr. Er setzte den Zylinder auf und zog seine grauen Handschuhe glatt. Er lächelte sie strahlend an und entblößte dabei seine vorstehenden Zähne.

Früher hatte sie sein Lächeln gemocht … daran hatte sich eigentlich nichts geändert. Ja, sie fand sein Lächeln sympathisch, aber trotzdem empfand sie diesmal bei seinem Anblick einen leichten Widerwillen, ohne einen Grund dafür nennen zu können.

»Das war heute eine großartige Predigt! Findest du nicht auch, mein Schatz?« sagte er. »Wirklich erhebend.«

»Es war dieselbe Predigt wie jedes Jahr«, erwiderte Emma und hielt unwillkürlich die Luft an, denn sie glaubte, plötzlich unter einem nassen Handtuch zu ersticken. Sie würde Geoffrey heiraten, und deshalb hätte sie gerne von ihm gewußt, worüber er im Gottesdienst wirklich nachgedacht hatte. Doch die gesellschaftlichen Konventionen gestatteten ihnen nicht, über so persönliche Dinge wie Gedanken und Gefühle zu sprechen.

»Geoffrey«, fragte sie statt dessen, »glaubst du an Gott?«

Er nahm ihren Arm. Dabei umspannten seine Finger ihren Ellbogen etwas zu fest. Dann führte er sie zum Seiteneingang, damit keine ungebetene Ohren ihr Gespräch mithören konnten.

»Wie kannst du an einem Sonntagmorgen mitten auf den Stufen von St. Michael eine solche Frage stellen?«

»Du hast recht. Natürlich glaubst du an Gott. Warum wärst du sonst hier? Du bist bestimmt nicht nur deshalb hier, weil alle anderen auch hierherkommen. Ich glaube, besser ausgedrückt müßte die Fragen lauten: Wie kannst du so sicher sein, daß Gott ein Episkopale ist?«

Der Wind blies durch die Church Street und zauste den Efeu, der hinter ihnen die Mauer bedeckte. Sie hörten in der Ferne Kirchengesänge und helles Glockengeläut. Emma erinnerte sich, daß an diesem Sonntag im Mai die katholischen Mädchen von St. Mary, in Weiß gekleidet, die Statue der Heiligen Jungfrau um den Rathausplatz und dann hinunter zum Hafen trugen. Als Kind hatte sich Emma immer gewünscht, an der Prozession teilzunehmen, aber das war natürlich unmöglich gewesen.

In diesem Augenblick begann die große Glocke von St. Michael zu läuten, als wollte sie nicht zurückstehen. Geoffrey zog an der goldenen Uhrkette, die vor seinem Bauch hing, und warf einen Blick auf seine Taschenuhr. Dann sah er Emma etwas zerstreut an und fragte: »Wer soll meiner Meinung nach ein Episkopale sein?«

»Gott.«

»Natürlich ist Er ein Episkopale!« rief Geoffrey, aber er lächelte dabei.

Die Prozession kam um die Ecke. Ein sehr gutaussehender junger Priester führte sie an. Er schwang ein Gefäß mit brennendem Weihrauch und sang mit einem klaren wohlklingenden Tenor die lateinischen Gesänge. Flankiert wurde er von Nonnen in schwarzen Ordenstrachten mit gestärkten weißen Hauben. Ihre Röcke schwangen wie die Glöckchen, die sie im Rhythmus mit dem Gesang des Priesters läuteten.
Langsam folgten sechs Männer, die wie Sargträger aussahen. Sie trugen auf einem Podest die Statue der Jungfrau Maria inmitten weißer Lilien und brennender Kerzen.
Emma gefiel die Statue sehr. Die heilige Maria trug auf dem Kopf einen Kranz aus winzigen rosaroten Rosenknospen und blauem Vergißmeinnicht. Sie hatte rosafarbene Lippen, und ihr Lächeln wirkte geheimnisvoll verführerisch. Das blaue gemalte Gewand war nur am Saum etwas abgestoßen.
Hinter der Statue gingen Mädchen in weißen Kleidern mit blauen Schärpen. Auch sie hatten wie die Statue Blumenkränze im Haar. Viele trugen Körbchen mit Blumen, andere schwangen große grünweiße Fahnen, auf denen Harfen und Kleeblätter zu sehen waren. Sie sangen: »Oh du heilige Jungfrau Maria, wir hüllen dich heute in Blumen, denn du bist die Königin der Engel, die Maikönigin ...«
Emma nickte in Richtung der Prozession, denn mit dem Finger zu deuten, wäre ein Verstoß gegen alle Regeln des Anstands gewesen. »Sie glauben vermutlich, daß Gott Katholik und Ire ist.«
»Emma!« Geoffrey schien wirklich schockiert zu sein. Er sah sich betroffen um und vergewisserte sich, daß niemand ihre Worte gehört hatte. Nachdem Emma schließlich erreicht hatte, was sie erreichen wollte, war ihr aus einem unerfindlichen Grund nach Weinen zumute.
»Du machst dich wieder einmal über mich lustig«, sagte er, aber diesmal lächelte er nicht.
Offenbar verstieß es auch gegen die Regeln, seinen Verlobten nicht ernst zu nehmen.
Emma blinzelte und wischte sich die Tränen aus den Augen. Sie hob den Kopf und blickte zum dunkelgrauen Himmel auf.

»Ich glaube, es wird heute regnen. Diese dunklen Wolken bedeuten immer schlechtes Wetter.«
Geoffrey stieß einen Laut aus, der halb wie ein Lachen, halb wie ein Seufzen klang, aber er wirkte sichtlich erleichtert darüber, daß sie sich wieder auf dem sicheren Boden der Konventionen befanden. »Das hätte auch meine Großmutter sagen können. Sie prophezeit immer Regen.«
»Wenn der Himmel klar ist, wird auch wieder die Sonne scheinen.«
Er hörte ihr natürlich nur mit halbem Ohr zu. Das geschah oft, wenn sie sagte, was man von ihr erwartete und auf gutes Benehmen achtete.
»Da wir gerade von Großmutter sprechen«, sagte er. »Sie inspiziert wie üblich nach dem Gottesdienst den Friedhof, um festzustellen, welche Familien die Gräber pflegen und welche sie vernachlässigen. Und wenn auf Großvaters letzter Ruhestätte auch nur ein welkes Blatt oder ein vergilbter Grashalm liegen sollte, werde ich beim Mittagessen schwere Vorwürfe zu hören bekommen.«
Er griff wieder nach ihrem Arm und führte sie die Stufen hinunter. »Sei so nett und unterhalte dich ein wenig mit ihr, denn ich möchte kurz mit meinem Bankier sprechen.«
Geoffreys Großmutter ging in der Tat durch die Reihen der Gräber und Gruften und musterte sie eingehend durch ein Lorgnon mit Perlmuttrand. Sie stützte sich zwar auf einen Stock, hielt sich aber noch immer gerade. Vielleicht lag es an ihrer würdevollen, wenn auch zierlichen Gestalt und dem blaßblauen Mantel, den sie trug, daß sie Emma an die Gipsstatue der Jungfrau Maria erinnerte. Anstelle der Blumen im Haar trug sie jedoch einen Hut mit einer langen schwarzen Feder.
Emma suchte bei gesellschaftlichen Anlässen stets die Nähe der alten Dame. Das lag in erster Linie daran, daß Geoffreys Großmutter sie nie kritisch musterte oder argwöhnisch begutachtete. Eunice Alcott hatte kein Interesse an Menschen, die noch keine sechzig waren.
»Guten Morgen, Mrs. Alcott.« Emma lächelte schüchtern, als sie zu ihr trat. »Sie sehen gut aus.«
Die alte Frau holte tief Luft und schnaubte. »Natürlich sehe *ich* gut

aus! Das kann man von Gladys Longworth allerdings nicht behaupten.«
Geoffreys Großmutter hatte eine Nase, deren Spitze nach oben zeigte. Damit wies sie auf eine beleibte alte Frau, die sich schwer auf ihre Krücken stützte und mühsam die Stufen von St. Michael hinunterstieg.
»Man braucht sie nur anzusehen! Klapperdürr ist sie inzwischen. Nur noch ein Schatten ihrer selbst. Hören Sie auf mich, mein Kind, sie wird noch vor Ende des Sommers kalt und entseelt in ihrem Sarg liegen.«
»Das wollen wir nicht hoffen, Mrs. Alcott.«
»Sie vielleicht nicht, mein liebes Kind. Aber ich habe gelernt, mich in das Unvermeidliche zu fügen.«
Sie richtete den Blick wieder auf die Totgesagte und schüttelte erbost den Kopf beim Anblick eines kräftigen grauhaarigen Mannes, der gerade der alten Frau auf der Treppe den Arm bot.
»Es ist eine Schande, aber es ist die Wahrheit. Ihr Sohn bringt die arme Gladys ins Grab. Er hat es nur auf ihr Geld abgesehen, und sie ist so dumm, sich das gefallen zu lassen.« Sie schüttelte ärgerlich den Kopf. »Gladys war schon immer ein dummes Huhn. Sie hatte niemals auch nur soviel Mut, in ein Nachtgeschirr zu spucken.«
Die Prozession passierte gerade die Kirche. Der Weihrauch stieg wirbelnd in die Luft, und der Wind trug ihnen den exotischen Duft zu. Die Jungfrau Maria schien auf einer Wolke von Lilien und tanzenden Kerzenflammen über den Köpfen der Menschen zu schweben. Ein Dudelsack spielte eine klagende und wehmütige Melodie.
Geoffrey kam mit seinem Bankier auf sie zu. Emma hörte den Bankier sagen: »Die Iren sind der Abschaum der Nation. Ich sage immer, es gibt nur eine Lösung, um mit dem Problem der Armen in diesem Land fertig zu werden. Man sollte jeden Iren ermutigen, einen Neger umzubringen, und ihn dann dafür hängen.«
Geoffrey hob die Augenbrauen. Aber Emma wußte nicht, ob seine Reaktion der Prozession galt oder den Worten des Bankiers.
In diesem Augenblick entdeckte Emma die rothaarige Frau in ihrem

alten Mantel inmitten der Leute, die am Straßenrand standen, um die Prozession zu sehen. Die Frau befand sich direkt vor Pardon Hardys Drogerie und winkte einem der weißgekleideten Mädchen zu. Sie hatte ein anderes kleineres Kind an der Hand. Die Kleine hatte ebenso rote Haare wie ihre Mutter und sprang mit gerötetem Gesicht aufgeregt hin und her. Plötzlich riß sie sich los und lief zu den älteren Mädchen, die hinter der Statue hergingen.
Die Frau wollte ihr folgen, aber sie mußte stehenbleiben und sich an einem Laternenpfahl festhalten, weil sie von einem heftigen Hustenanfall geschüttelt wurde.
»Bitte entschuldigen Sie mich, Mrs. Alcott«, sagte Emma und lief bereits los. »Ich sehe eine ... Freundin.«
Sie hörte, wie Geoffrey ihren Namen rief. Beinahe wäre sie weitergegangen, aber sie fürchtete, er werde ihr nachlaufen, und ging wieder zurück. Sie zwang sich zu einem Lächeln, obwohl ihr Herz wie rasend schlug. Sie wußte nicht, was plötzlich über sie gekommen war. Sie schien sich wieder einmal in einen anderen Menschen verwandelt zu haben.
»Ich möchte heute nachmittag eine kranke Freundin besuchen«, sagte sie zu ihrem Verlobten. »Mach dir um mich keine Gedanken. Mein Kutscher wartet und bringt mich nach Hause.«
Geoffreys Lippen wurden schmal. »Aber ich hatte gehofft, du würdest mit Großmutter und mir zu Mittag essen. Ich gebe zu, ich habe dich nicht in aller Form eingeladen, aber ich dachte ...« Er hob die Hand, ließ sie aber wieder sinken.
Sie lächelte ihn an. »Das ist sehr nett von dir, Geoffrey. Aber... meine Freundin war in der letzten Woche soviel allein.«
»Es ist doch nicht etwa Judith Patterson?« Er zog die Stirn in Falten. »Wie ich höre, hat sie die Masern ..., aber besonders schlimm. Willst du wirklich ...?«
Sie lehnte sich an ihn und klopfte leicht auf das Revers seines Gehrocks, dann strich sie ihm die Haare im Nacken glatt. Damit überraschte sie ihn ebenso wie sich selbst, denn sie hatte ihn noch nie zuvor bewußt und so liebevoll berührt. »Ich hatte bereits die Masern, Geoffrey. Und Masern kann man nur einmal bekommen.«

Er lächelte traurig, ergriff ihre Hand, die immer noch auf seinem Gehrock lag und führte sie an die Lippen. »Natürlich mußt du eine kranke und zweifellos einsame Freundin besuchen. Verzeih, daß ich nur an mich gedacht habe. Wir werden in Zukunft noch viele gemeinsame Mittagessen haben. Schließlich werden wir den Rest unseres Lebens zusammen verbringen.«
Sie errötete schuldbewußt, und ihre Hand zitterte in der seinen. Sie staunte darüber, was für ein schrecklicher Mensch sie war, denn sie hatte ihn noch nie so sehr gemocht wie in diesem Augenblick, in dem sie ihn bewußt täuschte.
»Ja, das stimmt. Uns bleibt der Rest unseres Leben. Vielen Dank ... Geoffrey«, sagte sie und verließ ihn schnell, damit er nichts erwidern konnte.
Sie suchte sich einen Weg unter den mächtigen Ulmen und an alten Grabsteinen vorbei über den Friedhof. Sie zitterte innerlich vor Angst und Scham, aber gleichzeitig staunte sie über sich selbst.
Was mache ich da, dachte sie fassungslos. Emma Tremayne, was soll das bedeuten?
Die Prozession der Maienkönigin hatte die nächste Straßenecke erreicht und bog in die Thames Street ein. Die meisten Leute waren dem Zug gefolgt, deshalb sah Emma die Frau auf dem jetzt beinahe menschenleeren Gehweg sofort. Sie hatte den Laternenpfahl losgelassen und stand vor dem Schaufenster der Drogerie. Sie drückte die Stirn an das Glas, als versuche sie, die Werbesprüche der ausgestellten Haarfärbemittel und Mittel gegen Verdauungsbeschwerden zu lesen. Aber sie hustete noch immer. Der Anfall wurde so schlimm, daß sie sich krümmte und am ganzen Körper zu zittern begann. Schließlich richtete sie sich zuckend wieder auf, doch sie schwankte und wäre beinahe gestürzt.
Sie lehnte mit der Schulter am Schaufenster, als Emma sie schließlich erreichte. Die Frau sah sie mit großen dunklen Augen an, so als habe sie Angst. Dann wurde ihr Blick starr, und sie sank langsam auf den Gehweg.
Emma kniete neben ihr nieder. Das Gesicht der Frau war leichenblaß und schweißbedeckt. Sie atmete flach und keuchend. In einer

Hand hielt sie ein blutiges Taschentuch und eine kleine braune Flasche.
»Du meine Güte!«
Emma drehte sich um. Hinter ihr stand ein Mann. Er hatte ein rundes Gesicht mit kleinen schwarzen Augen. Der Mann kam ihr bekannt vor, aber Emma konnte sich nicht an seinen Namen erinnern. Er gehörte nicht zur Gesellschaft.
»Bitte«, sagte sie. »Wären Sie so freundlich, mir zu helfen? Diese Frau hier ist ...«
»Miss Tremayne!« rief der Mann, beugte sich vor und starrte ihr ins Gesicht, als traue er seinen Augen nicht. »Sie sollten sich nicht mit einer unbedeutenden Arbeiterin abgeben. Sie ist betrunken, und das an einem Sonntag. Das ist eine Schande!«
»Sie ist nicht betrunken. Sie ist krank.«
»Das ist noch schlimmer. Man stelle sich vor, welche Ansteckungsgefahr möglicherweise von ihr ausgeht.«
Er schien sich plötzlich an die eigene Sterblichkeit zu erinnern, wich schnell zurück und hielt sich ein Taschentuch vor den Mund.
In diesem Augenblick begann es heftig zu regnen. Der beleibte Mann und die wenigen anderen Fußgänger, die neugierig stehengeblieben waren, eilten davon. Entweder hatten sie Regenschirme oder hielten sich Zeitungen über die Köpfe.
Die Frau bewegte sich stöhnend und fiel dann in eine noch tiefere Ohnmacht. Emmas Kutscher wartete mit dem Wagen vor der Kirche. Aber sie wollte die Kutsche nicht holen und die Frau allein auf dem Gehweg im strömenden Regen liegen lassen.
Der Regen wurde immer heftiger. Die Frau begann so sehr zu zittern, daß sie mit den Zähnen klapperte, obwohl ihre Augen geschlossen waren, und es so wirkte, als befände sie sich in einem tiefen, todähnlichen Schlaf. Emma schob ihr den Hermelinmuff unter den Kopf, zog den Pelzmantel aus und breitete ihn über die Frau.
Das Regenwasser rann in Bächen über die Markise der Drogerie, und Emma hatte das Gefühl, durch einen Wasserfall hindurch auf die menschenleere Straße zu blicken. Seltsamerweise glaubte sie plötzlich, ein Summen zu hören.

Hinter dem Regenvorhang bewegte sich etwas … das Kind!
Die Kleine kam näher, und Emma sah, daß das Kind lächelte, obwohl es ebenfalls völlig durchnäßt war.
Das Kind streckte die kleine, eiskalte Hand aus und berührte Emmas Wange. Dann hüpfte es von einem Fuß auf den anderen und summte so laut und drängend wie ein Bienenschwarm.

Da die Frau immer wieder röchelnd nach Luft rang, wußte Emma, daß sie noch lebte. Ihr ganzer Körper, das heißt, was man davon sah, war bleich und kalt. Die Frau war bis auf den grotesk vorgewölbten Bauch bedauernswert mager.
Emma hatte sie mit heißen Handtüchern abgerieben und ihr dann eines ihrer weichen, mit Spitze besetzten Wollnachthemden angezogen. Erst nachdem sie die Frau versorgt hatte, vertauschte sie ihr nasses Kleid mit einem einfachen schwarzen Rock und einer weißen Bluse. Die Frau schlief jetzt in Emmas Bett unter den bestickten Leintüchern, die nach Lavendel rochen, während Emma unruhig im Zimmer auf und ab ging.
Die Lampen brannten schon über eine Stunde, als die Frau schließlich wieder zu sich kam. Sie bewegte sich nicht, sondern blickte nur stumm auf den gestärkten weißen Betthimmel. Emma beobachtete sie von der Seite. Sie fühlte sich befangen und war verlegen.
Die leuchtendroten Haare der Frau raschelten auf den seidenen Kissen, als sie sich staunend umsah, die Gaslampen mit den Tiffany-Glaskugeln betrachtete, den Marmorkamin, in dem die Kohlenglut wohlige Wärme verbreitete. Sie blickte auf die mit gelber Seide bespannten Wände und auf die chinesischen Vasen mit den Gewächshausrosen, die ihren süßen Duft verströmten.
»Du meine Güte …«, seufzte sie schließlich leise. Emma war es peinlich, so als habe man sie dabei ertappt, wie sie sich überheblich benahm.
Sie räusperte sich und versuchte zu lächeln, als sie sich dem Bett näherte.
»Sie sind in *The Birches*: Sie sind während der Prozession zusammengebrochen.« Emma suchte nach Worten. »Ich habe Sie gesehen,

weil ...« Aber sie vermochte weder sich noch der Frau zu erklären, was sie bewogen hatte, sich der Kranken anzunehmen.
»So ...«, sagte sie schließlich und trat etwas linkisch zu dem Hepplewhite-Tisch, auf dem das silberne Teeservice stand. »Ich habe den Tee warm gehalten, damit Sie ihn gleich trinken können, wenn Sie ...«
Die Frau blickte sie mit den dunklen Augen, in denen sich nichts regte, an. »Sie haben mich in Ihr Haus gebracht?«
»Ich wußte nicht, was ich sonst hätte tun sollen. Mein Onkel Stanton Albertson ist Arzt. Nachdem Sie auf der Straße zusammengebrochen sind und Ihre kleine Tochter meinen Wagen herbeigerufen hatte, bin ich mit Ihnen geradewegs zu meinem Onkel gefahren. Aber er war außer Haus zu einem anderen Krankenbesuch. Seine Haushälterin hat sich fürchterlich aufgeregt, weil doch Sonntag ist, als sollte man sich zum Krankwerden passenderweise einen Werktag aussuchen ...«
Sie rieb sich die Hände, und dann fiel ihr wieder der Tee ein. Trotzdem blieb sie mitten auf dem Aubusson-Teppich stehen.
Die Frau versuchte vergeblich, sich aufzurichten. »Bitte, Sie dürfen sich nicht ...« Aber sofort begann sie wieder zu husten. »Ich brauche keinen Arzt. Ich habe nur eine Frühjahrserkältung.«
Emma blickte zu dem Nachttisch, auf dem ein zerknülltes, blutbeflecktes Taschentuch lag, neben dem eine braune Medinzinflasche mit dem Etikett: ›Dr. King's Wundermittel gegen Tuberkulose‹ stand.
Der Frau entging Emmas Blick nicht, und sie sank wieder in die Kissen zurück. Ihr Atem klang heiser und rauh.
»*Dhia,* bitte ... ich bitte Sie, sagen Sie keinem Arzt etwas von meinem Zustand. Man wird mich sonst nach Irland zurückschicken ... man wird mich von meiner Familie trennen ... und ich muß mutterseelenallein sterben ... oder sie zwingen mich, aus der schwarzen Flasche zu trinken, und dann bin ich gleich tot.« Sie schloß die Augen. Tränen liefen ihr über die Wangen. »Ich möchte nicht allein sterben ... ich möchte nicht sterben ...«
Ihre Stimme versagte. Der Regen trommelte gegen die Fensterscheiben. Der Wind war inzwischen zu einem Sturm geworden.

Emma hatte gerüchteweise von der ›schwarzen Flasche‹ gehört. Angeblich verabreichten Ärzte in hoffnungslosen Fällen von Tuberkulose den Kranken einen Gnadentrunk, um sie von ihrem Leiden zu erlösen. Die einzige Schwester ihres Vaters war an Tuberkulose gestorben. Aber Charlotte Tremayne war nicht durch den Gnadentrunk gestorben, sondern in einem Privatsanatorium in der Nähe von Providence. Sie hatten die Tante nur einmal dort besucht. Emma erinnerte sich noch an die Fenster ohne Vorhänge und an kahle weiße Wände und ein einfaches Eisenbett. »Die zartesten Blüten«, hatte ihre Mutter gemurmelt und eine dicke runde Träne mit dem Taschentuch getrocknet, »werden vom ersten Frost dahingerafft.«

Aber Emma fand, die Tante sah keineswegs nach einer Blüte aus. Sie war bleich und eingefallen und schrecklich einsam. Nur die Reichen konnten es sich leisten, in der Einsamkeit eines Sanatoriums zu sterben. Die Armen blieben zu Hause und steckten ihre Angehörigen an.

Ein Blitz zuckte über den Himmel, und Emma wartete auf den Donner, der aber erst viel später als ein fernes, dumpfes Grollen zu hören war.

»Ich ... ich werde den Arzt nicht rufen«, sagte sie schließlich. »Ich werde auch niemandem etwas sagen ... das verspreche ich Ihnen.«

Die Brust der Frau hob und senkte sich in einem stummen Seufzen.

»Ich weiß nicht ...« Emmas Stimme versagte, und sie räusperte sich. »Ich weiß nicht, wo meine Manieren geblieben sind. Ich habe mich nicht einmal vorgestellt. Ich bin Emma Tremayne.«

Die Frau schlug die Augen auf und blickte Emma so eindringlich und forschend an, daß sie rot wurde.

»Ich weiß«, flüsterte sie, aber dann verzog sie die Lippen zu einem Lächeln. »Ich freue mich trotzdem, Ihre Bekanntschaft zu machen, Miss Tremayne. Ich heiße Bria, Bria McKenna.« Das Lächeln zeigte sich auch in den Augen. »Ich bin Mrs. McKenna ... bei Gott, das kann ich wirklich sagen, denn ich habe beinahe zwei halbwüchsige Kinder, und das dritte ist unterwegs.«

Sie wollte lachen, mußte aber statt dessen husten. Sie preßte die Hand vor den Mund, und ihr ganzer Körper bebte.

Endlich gelang es Emma, sich wieder zu bewegen. »Ich werde Ihnen eine Tasse Tee einschenken. Es ist roter Klee. Ich habe der Köchin gesagt, sie soll Honig und Leinöl dazugeben. Angeblich hilft das bei Tuber... bei Erkältungskrankheiten.«

Emma füllte die mit Rosen bemalte Porzellantasse. Als sie sich umdrehte, sah sie, daß die Augen der Frau noch dunkler und größer geworden waren. Ihr Blick wanderte von der Tasse aus hauchdünnem Porzellan zu dem zarten weißen Baldachin aus Musselin über ihrem Kopf und dann wieder zurück zu Emmas Gesicht. Ihre Hände auf der seidenen Bettdecke zitterten.

Emma konnte ihre Gedanken erraten, denn mit solchen Dingen beschäftigte sie sich selbst oft. Es war, als sei man plötzlich durch den Spiegel in eine andere Welt getreten, in der nichts so war, wie es sein sollte. Selbst der eigene Herzschlag bereitete einem dann Unbehagen.

Emma fühlte sich lächeln, obwohl eine seltsame Leere in ihr entstanden war, eine Art Sehnen, ohne zu wissen, wonach. Vielleicht wollte sie der Frau nur sagen: *Ich verstehe*, und hoffte, daß sie dasselbe zu ihr sagen würde.

»Ich kann Ihnen die Untertasse und die Tasse halten«, sagte sie stattdessen, »wenn Sie das möchten.«

Die Frau schluckte und nickte, dann schloß sie die Augen.

Emma setzte sich auf das Bett. Ihr schwarzer Taftrock raschelte, und die weiche Daunendecke gab lautlos nach. Die Frau – Bria McKenna – rieb sich den dicken Bauch. Emma wußte wenig über Babys und Schwangerschaft, aber sie hatte den Eindruck, daß die Geburt des Kindes nicht mehr lange auf sich warten lassen würde.

Welch unerträgliches Leid mußte das für die Frau bedeuten: Sie würde ein Kind zur Welt bringen, die sie selbst bald verlassen mußte. Sie würde all die wundervollen Jahren nicht erleben, in denen das Kind heranwuchs. Und das Kind würde nie eine Mutter haben...

Die einzige schlimmere Qual wäre es vielleicht erleben zu müssen, wie das Kind heranwuchs, bis es alt genug war, um von einer monströsen Spinnmaschine zermalmt zu werden, und man es in den Armen hielt, während man zusah, wie es verblutete.

Emma saß ein Kloß in der Kehle, und ihre Augen brannten. Trotzdem schämte sie sich ihrer Gefühle. Sie hatte kein Recht, Mitleid zu empfinden.
Sie wollte Brias Hand berühren, zögerte, tat es schließlich aber doch. Ihre Finger schlossen sich um die schmale, zerbrechliche Hand der Frau.
»Es tut mir so leid um Ihren Jungen«, flüsterte Emma.
Die Frau schlug die Augen auf. Das Gesicht war so weiß, daß die Haut beinahe durchsichtig wirkte. Sie drückte Emmas Hand. »Woher wissen Sie davon?«
»Sie haben ihn zu uns gebracht, als er tot war. Padraic ... sagten Sie, war sein Name. Wir sollten seinen Namen erfahren.«
Die Frau holte so tief Luft, als wollte sie die Lunge mit all dem Atem füllen, der ihr fehlte.
»Nein ... nein ... das war nicht mein Sohn. Es war der Junge der armen Mrs. Cartwright. Sie hat in diesem einen Jahr ihren Mann und ihren Sohn verloren und war nicht mehr in der Lage, sich um die Totenwache und die Beerdigung zu kümmern. Aber der kleine Padraic hätte mein Kind sein können ... ich meine, das Unglück hätte ebensogut eine meiner Töchter treffen können.«
Sie hielt noch immer Emmas Hand und wollte sich aufsetzen. Eine blaue Ader schlug heftig an ihrer Schläfe.
»Verstehen Sie, das war eigentlich nicht ich, die den toten Jungen zu der Jagdgesellschaft gebracht hat ... es war eine Art Wahnsinn, geboren aus der Verzweiflung des Augenblicks ... verstehen Sie mich? Es war nicht ...« Sie blickte Emma forschend ins Gesicht. »Das war nicht ich ...«
»Nein, das waren Sie nicht«, flüsterte Emma. »Ich verstehe. Ich ...«
Ich weiß.
Bria McKenna sank keuchend in die Kissen zurück. Ihr Atem ging schwer und flach, und sie ließ Emmas Hand los. »Ich würde jetzt gerne den Tee trinken ... wenn Sie so freundlich sind ...«
Emma wußte eigentlich nicht, warum sie plötzlich lächelte, aber sie tat es. Und als Bria McKenna das Lächeln erwiderte, spürte sie eine seltsame Wärme.

»Meine Mutter hat einmal einen ganzen Sommer damit verbracht, mir zu zeigen, wie man den Tee richtig serviert«, sagte sie. »Und jetzt, wo es wirklich einmal darauf ankommt, scheine ich alles vergessen zu haben.«

Doch Emma staunte über ihre Geschicklichkeit, die Unbefangenheit und die fehlende Schüchternheit, als sie der Frau die Kissen richtete. Sie dachte flüchtig daran, daß die Krankheit der Frau angeblich ansteckend war. Aber sie konnte sich nicht so benehmen, als sei das der Fall und gleichzeitig die guten Umgangsformen wahren. Mit leisem Triumph dachte sie an Bethel. Denn Umgangsformen, so hatte ihre Mutter immer wieder betont, waren wichtiger als alles andere.

Emma füllte die Tasse noch einmal und hielt sie der Frau an die Lippen. Bria McKenna trank vorsichtig. Dann sah sie Emma lange an. Emma wich ihrem traurigen, aber auch dankbaren Blick nicht aus. Zum ersten Mal im Leben blickte sie jemanden unbefangen an.

»Es tut mir leid, was ich damals gesagt habe«, erklärte Bria schließlich. »Ich habe mich schrecklich geirrt, denn Sie haben ein gutes Herz. Sie bringen mich in Ihr Haus und Sie sorgen sich um mich ...«

Emma errötete leicht und senkte den Blick. »Ich habe gesehen, wie Sie auf die Straße gefallen sind. Ich konnte Sie wohl kaum dort liegen lassen. Außerdem haben Sie die Hilfe zum Teil Ihrer kleinen Tochter zu verdanken. Ich wollte mit Ihnen eigentlich zu dem Arzt in Warren fahren, aber sie hat darauf bestanden, daß ich Sie hierher bringe ... in mein ›silbernes Haus‹, wie sie es genannt hat. Sie hat gesagt, ›die Feen‹ wollten es so.«

»Wo ...« Bria konnte nicht weitersprechen. Ein neuer Hustenanfall schüttelte sie. Etwas Blut lief ihr aus dem Mundwinkel. » ... ist sie?«

»Ihre kleine Tochter ist nicht hier bei uns«, sagte Emma und stellte die Tasse mit der Untertasse ab. Sie reichte Bria ein frisches Taschentuch und half ihr, sich wieder in die Kissen zu legen. »Aber Sie müssen sich ihretwegen keine Sorgen machen. Sie hat mir erklärt, sie wolle ihrem Vater sagen, wohin ich Sie gebracht habe. Sie ist davongelaufen, um ihn zu suchen.«

Bria seufzte. Vor Erschöpfung fielen ihr die Augen zu. Emma dachte, sie sei wieder eingeschlafen.

Aber dann hob sie langsam und mit großer Mühe die Hand, als laste das Gewicht der ganzen Welt auf ihr.
»Schon wieder die Feen ...« Sie gab einen Laut von sich. Es klang fast wie ein Lachen, aber es wurde sofort wieder ein neuer Hustenanfall daraus. Danach sagte sie keuchend: »Aber es ist merkwürdig, daß Noreen so etwas sagt.«
Emma erhob sich, zog die Laken glatt, richtete die Kissen und hätte am liebsten Bria die Haare aus der Stirn gestrichen. Aber das wagte sie nicht, denn so etwas tat nur eine Freundin und keine Fremde.
»Ein hübsches Mädchen mit kupferroten Locken? Die Kleine hat mir gesagt, sie heiße Merry ...«
»Das kann nicht meine Merry gewesen sein ...«, murmelte Bria, und die Augen fielen ihr wieder zu. »Merry ist stumm wie ein Fisch.«

Emma betrachtete die schlafende Frau.
Bria McKenna ...
Der Name gefiel ihr. Er hatte etwas Mutiges, etwas Leuchtendes, so wie ihre Haare.
Bria McKenna ...
Die klar gezeichneten dichten Augenbrauen verrieten ein kompromißloses Wesen. Sie hatte einen großen Mund und etwas zu volle Lippen. Sie war nicht schön, aber sie besaß ein faszinierendes Gesicht. Die starken Wangenknochen fielen ins Auge. Aus ihnen sprach Kraft, die von Leid gezügelt wurde. Die Frau hatte das Gesicht einer Kämpferin.
Emmas Finger bebten vor Verlangen, dieses Gesicht zu gestalten. Sie würde zuerst ein Modell aus Ton machen und sich nur auf die Vorderseite des Kopfes konzentrieren. Wenn das geglückt war, würde sie in ganz dünnem Kupfer nur das Gesicht wie eine Maske modellieren. So blieben die Knochen dem Auge verborgen und würden doch mit dem Herzen wahrgenommen werden.
Wenn Bria McKenna aus dem tiefen Schlaf erwachte, würde sie etwas Nahrhafteres als Tee zu sich nehmen müssen. Hühnersuppe war angeblich gut bei Tuberkulose. Emma fiel ein, daß sie am Abend zuvor Fasanen-Consommé gegessen hatten. Es war eine ganze Ter-

rine gewesen. Vielleicht mußte die Suppe nicht unbedingt mit Huhn gekocht sein, vielleicht war jede Art Geflügel gut.
Emma stand schon am Klingelzug, um einen der Dienstboten zu rufen, doch dann beschloß sie, selbst in die Küche hinunterzugehen, um die Suppe zu holen.
Die Halle unten war dunkel. Nur zwei Gaslampen, die rechts und links den riesigen goldgerahmten Spiegel an der Rückwand flankierten, verbreiteten ein düsteres Licht. Im letzten Jahrhundert war die große geschwungene Eichentreppe von zahllosen Wachskerzen beleuchtet worden. Eines Abends war eine der Töchter des Hauses gestolpert und in die Kerzen gefallen. Sie fing sofort an zu brennen. Der eiserne Reifrock, den sie nach der damaligen Mode unter den Seidenröcken trug, war schuld daran, daß es dem verzweifelten Vater nicht gelang, die Flammen zu löschen. Seine Tochter verbrannte. Sie war nicht die erste und nicht die letzte, die der Legende von dem Fluch der Tremaynes neue Nahrung gab. Man erzählte, daß das Gespenst der jungen Frau noch immer in der großen Eingangshalle erschien. Aber solange Emma denken konnte, hatte noch nie jemand behauptet, sie je gesehen zu haben.
Auf dem mittleren Treppenabsatz blieb Emma zögernd stehen. Etwas Seltsames lag in der Luft. Das Haus wirkte jedoch weniger gespenstisch als vielmehr leer und verlassen. Es war, als sei von den vielen verwegenen, rebellischen und verfluchten Tremaynes, die hier gelebt hatten und gestorben waren, nichts zurückgeblieben – nicht einmal die Erinnerungen.
Emma schüttelte den Kopf. Die Phantasie spielte ihr bestimmt wieder einmal einen Streich. Sie kam auf solch dumme Gedanken nur deshalb, weil sich die Dienstboten alle unten befanden. Ihre Mutter und ihre Schwester schliefen und träumten unter der Wirkung der Schlafmittel.
Die ledernen Hausschuhe machten kein Geräusch auf den glänzenden Eichenstufen. Schatten bewegten sich. Draußen zuckte ein Blitz. Das fahle blaue Licht zersplitterte in den geschliffenen Glasscheiben der Lünette über der Haustür in tausend Stücke.
Emma blieb wieder stehen. Sie umklammerte das Treppengeländer

und wartete. Aber es blieb ihr kaum Zeit, Atem zu schöpfen, als der Donner die Nacht erbeben ließ. Und das Dröhnen und Grollen hörte nicht mehr auf.
Schlagartig wurde Emma bewußt, daß sie nicht länger den Donner hörte. Jemand hämmerte mit dem Türklopfer, dem großen Löwenkopf aus Messing, an die dicke Ebenholztür.
Sie ging noch eine Stufe nach unten.
Die Tür flog auf und schlug gegen den Marmor der Wand. Der Aufprall hallte in der Kuppeldecke lauter als der Donner. Der Wind fuhr durch die Eingangshalle. Die Gaslampen flackerten und erloschen beinahe. Aber sie hatte sein Bild in dem großen Spiegel bereits gesehen.
Seine schwarze Matrosenjacke stand offen. Von dem Schlapphut und seinen Haaren tropfte das Wasser. Hinter ihm hieb der Regen im Licht der Verandalampen wie mit silbernen Dolchen auf die Erde ein.
Er mußte im Spiegel ihre weiße Bluse entdeckt haben, denn seine Augen richteten sich sofort auf den Spiegel, und dort trafen sich ihre Blicke. Eine Welt aus Marmor, geschliffenem Glas und funkelndem Gaslicht trennte sie.
Er ist gekommen, dachte Emma.
Er war gekommen, um sie zu holen. Er wollte sie, und deshalb war er nun da. Er verkörperte die Unendlichkeit aller Möglichkeiten für sie. Er war gekommen, um ihr Leben von Grund auf zu ändern. Und diesmal würde sie sich nicht dagegen wehren.
Er machte einen Schritt auf sie zu. Emma stöhnte vor Angst, Staunen und Erwartung.
»Ich bin gekommen«, rief er, »um meine Frau zu holen!«

Vierzehntes Kapitel

Emma saß auf dem dunkelbraunen Ledersitz ihrer schwarz lackierten Kutsche. Sie trug für ihren Vormittagsbesuch ein französisches Ausgehkleid aus taubenblauem moirierten Taft. Belgische Spitze schmückte den Ausschnitt, und ein breites weißes Satinband betonte die schlanke Taille. Auch die Hirschlederhandschuhe zum Kutschieren, der Sonnenschirm aus Taft und Spitze und ein Resedastrohhut mit Satinrosen und Straußenfedern waren passend für den Anlaß. Doch Emma fühlte sich schrecklich unwohl und völlig fehl am Platz.

Sie kam nicht oft an dieses Ende der Thames Street. Sie konnte sich nicht daran erinnern, jemals an den armseligen Hütten und Häusern vorbeigefahren zu sein, und jetzt hielt sie sogar neben dem verwitterten Gehweg aus Holzplanken inmitten dampfender Pferdeäpfel vor einem windschiefen Laternenpfahl.

Zu dieser Tageszeit waren nicht viele Leute unterwegs, denn es war ein Arbeiterviertel. Nur ein Fischer saß vor seiner Hütte und reparierte eine Hummerreuse, und ein Lumpensammler kam mit seinem Karren vom Abfallhaufen zurück. Beiden Männern blieb bei Emmas Anblick vor Staunen der Mund offenstehen.

Die vornehme Dame der guten Gesellschaft von Bristol war bestens zu sehen, denn sie hatte das Verdeck ihrer Kutsche zurückgeklappt, da sonst in dem Wagen nicht genug Platz für alles gewesen wäre, was sie mitgebracht hatte. Auf dem Sitz neben ihr stand ein mit weißer Baumwolle ausgekleideter Picknickkorb mit ausgewählten Sandwiches, zartem Filet, Schildkrötenpastete und getrüffeltem Truthahn. Auf dem Rücksitz stapelten sich Teppichtaschen und gestreifte Kartons mit nie getragenen Kleidern. Auf dem Boden neben ihren Füßen stand ein Koffer mit Puppen und Spielzeug. Sie hatte die Sachen auf

dem Speicher entdeckt, konnte sich jedoch nicht daran erinnern, je mit diesen Dingen gespielt zu haben.
Die Kutsche war so vollgeladen, daß sie aufstehen mußte, um das Haus, dem ihr Besuch galt, besser in Augenschein nehmen zu können. Es war ein Bretterhütte auf Pfählen am Ende des steinigen Strandes.
Emma stieg aus der Kutsche und ging auf das Haus zu. Der Weg war nicht mehr als ein ausgetretener Pfad, der durch ein Beet mit Astern und Margeriten führte. Mit jedem Schritt verließ sie mehr und mehr der Mut. So etwas hatte sie noch nie getan. Sie hatte sich noch nie um jemanden bemüht. Bisher hatten sich alle immer um sie gekümmert.
Die Haustür ging auf, und Bria McKenna trat auf die Stufen. Sie trocknete sich die Hände an der Schürze ab. Ihr Blick richtete sich nach kurzem Zögern von Emma auf die mit Picknickkorb, Schachteln und Koffer beladene Kutsche. Ihre Augen begannen zornig zu funkeln, und Emma wußte sofort, daß sie einen Fehler gemacht hatte.
»Guten Morgen!« rief sie mit belegter Stimme, als sei sie atemlos. »Ich bin ...« Sie deutete auf das voll beladene Gefährt. »Ich bin unterwegs, um ein paar Spenden zur Kirche zu bringen. Da ich in Ihrer Nähe bin, wollte ich zuerst kurz vorbeikommen, um zu sehen, wie es Ihnen geht.«
Bria errötete langsam. Sie nickte steif und trat neben die einfache Haustür aus Eichenplanken. »Kommen Sie herein, Miss Tremayne. Ich wollte gerade Wasser für den Tee aufsetzen.«
Emma hob die Röcke und stieg die steilen Stufen hinauf. Ihre Beine zitterten so sehr, daß sie beinahe gestolpert wäre. In der Küche roch es wundervoll nach frisch gebackenem Brot und Butterblumen, die in einer leeren Tomatendose mitten auf dem Tisch standen. Die bunt geblümte Tapete war verblaßt und hatte Wasserränder, aber ihre orangeroten und blauen Blumen verliehen dem Raum etwas Fröhliches. Der brüchige Linoleumboden war einmal dunkelbraun gewesen, inzwischen jedoch vom Schrubben beinahe völlig ausgebleicht. In einer Ecke lag ein kleiner gehäkelter Teppich.

Emma blieb mitten in der Küche stehen, denn sie wußte nicht, was sie tun sollte.
»Sie haben Glück, daß ich zu Hause bin«, sagte Bria und stellte einen zerbeulten Kupferkessel auf den Herd. »Eigentlich soll ich mich um den Haushalt meines Bruders im Pfarrhaus kümmern. Er ist der Priester der Gemeinde von St. Mary. Aber ich weiß nicht, warum er mich angestellt hat, denn er läßt mich überhaupt nichts tun. Ich bin inzwischen mehr in meiner Küche als in seiner.«
Sie drehte sich lächelnd um. »Aber setzen Sie sich doch und ... oh, verschwinde, du fauler Kater!« Sie hob drohend die Hände und näherte sich einem der Stühle mit Strohsitzen, auf dem ein riesiger struppiger graubrauner Kater lag. »Du gehst jetzt raus, Gorgeous. Fang Mäuse! Dazu bist du schließlich da.«
Der Kater sprang fauchend vom Stuhl. Dann stolzierte er ganz langsam durch die offene Tür ins Freie.
Emma sah ihm nach. Der Kater hatte eingerissene Ohren, sein Schwanz war an drei Stellen verkrümmt und erinnerte vage an einen Korkenzieher, und in seinem Fell schienen die Motten zu sein. »Er heißt *Gorgeous* – der Prächtige?« fragte sie ungläubig.
Bria lachte, und Emma staunte über das heitere und gutgelaunt klingende Lachen, das in großem Gegensatz zu den ernsten Augen stand.
»Shay hat ihn so genannt, weil er so überaus häßlich ist. Ich wollte ihn *Brilliant* nennen, denn mit Klugheit ist er weiß Gott nicht gerade gesegnet.«
Bria lachte noch einmal und kehrte zum Herd zurück, um den Kessel vom Feuer zu nehmen. An diesem Morgen hustete sie nicht, sondern hatte rosige Wangen.
Emma setzte sich auf den von dem Kater angewärmten Stuhl. Es war merkwürdig, aber sie fand großen Gefallen daran, hier in dieser kleinen Küche zu sein und mit Mrs. McKenna zu plaudern. Es war, als sei sie eine Nachbarin oder eine Freundin, die zu einer Tasse Tee kam, um Neuigkeiten auszutauschen.
Nach der anfänglichen Zurückhaltung schien Bria sich inzwischen über den unerwarteten Besuch zu freuen. Emma wünschte, sie hätte

ebenso unbefangen sein können. Aber ihre Zunge klebte am Gaumen, und die Hände in den Lederhandschuhen wurden warm und feucht.
Doch Bria schwieg, während sie alles für den Tee richtete. Emma versuchte zu übersehen, daß die einfachen Steingutuntertassen *nicht* zu den Tassen paßten, daß die Löffel aus Blech waren, die Milch sich in einer Blechdose befand, und daß es anstelle von Zucker Sirup gab.
Nachdem Bria den Tee eingeschenkt, einen Teller mit braunen Brotscheiben und Margarine auf den Tisch gestellt hatte und sich schließlich ihr gegenüber setzte, fühlte sich Emma verpflichtet, etwas zu sagen, obwohl sie beinahe an ihren Worten zu ersticken drohte.
»Heute ist keine ... wirklich *keine* Wolke am Himmel«, sagte sie stockend. »Und die Sonne ist schon richtig warm. Vielleicht wird es ja nun endlich Frühling.«
»Ja, das stimmt«, erwiderte Bria und blickte zur offenen Tür, als verdiene die Sonne am Himmel einen Blick. »Das Wetter ist jedenfalls ganz anders als letzten Sonntag, als ich mich lächerlich gemacht habe und vor Hardy's Drogerie in Ohnmacht gefallen bin.«
Emma entfaltete die dünne blaukarierte Serviette, legte sie auf den Schoß und trank einen Schluck Tee. Sie teilte eine Scheibe Brot in vier Teile, aber sie aß nichts. Als sie sich dabei ertappte, daß sie mit dem Finger Muster auf das Wachstuch zeichnete, zwang sie sich aufzuhören und holte tief Luft.
»Heute vor sechs Jahren«, sagte sie leise, »gab es einen schrecklichen Sturm mit Blitz und Donner. Mein Bruder Willie ist mit seinem Segelboot auf die Bucht hinausgefahren und nie wieder zurückgekommen.«
Sie hörte, wie Bria heftig einatmete, und schnell preßte sie ihre Hand vor den Mund, so als wolle sie einen Schrei unterdrücken. Aber die Worte waren aus Emma hervorgeschossen wie der Korken aus einer Champagnerflasche. Emma war sicher, daß ihr die Worte schon seit Jahren in der Kehle gesteckt und nur darauf gewartet hatten, aus ihr herauszuschießen.
Sie durften nicht über die Tragödie sprechen, nicht einmal, wenn sie unter sich waren, und nicht einmal, wenn sie mit ihren trauernden,

leidenden Herzen allein waren. Die Umstände waren für die Familie eine Schande, ein Skandal, und über solche unerfreulichen Dinge sprach man nicht beim Tee.
Aber Emma wollte darüber sprechen. Sie mußte sich irgendwie von der Last befreien, denn sonst würde sie den Verstand verlieren.
Ein Akt der Verzweiflung und des Wahnsinns.
Sie hörte, wie Bria sich bewegte und danach das dumpfe Klirren der Tassen. Dann schlossen sich Finger um ihre Hand und lagen einen Augenblick lang auf dem glänzend braunen Wachstuch.
»Oh, Miss Tremayne. Es tut mir so leid.«
»Wenn so etwas geschieht«, sagte Emma zu der Küche mit der verblaßten Tapete und dem brüchigen Linoleum, »entsteht ein Brunnen voll Schmerz, der bis ins Innerste reicht, ich nehme an, bis dorthin, wo sich das Herz befindet.« Sie schwieg und fügte dann tonlos hinzu: »Der Brunnen scheint so entsetzlich leer zu sein. Und jedesmal, wenn danach etwas Schlechtes geschieht, selbst wenn es kaum schmerzlich ist, versinkt alles in diesem Brunnen, der einfach da ist und wartet.«
Emma dachte, ihre Worte machten vermutlich wenig Sinn, aber sie wollte nicht eher schweigen, bis sie alles gesagt hatte. »Lange danach ... lange nach dem Unglück dachte ich immer: Wenn er nicht mehr da ist, warum soll ich dann leben? Warum sollte ich von Bedeutung sein? Warum sollte irgend etwas von Bedeutung sein?«
Während sie sprach, hatte sie Bria nicht ansehen können, aber jetzt tat sie es. In Brias Augen stand soviel Schmerz geschrieben, daß sie davon glitzerten wie von Tränen, und Emma schämte sich.
»Verzeihen Sie«, flüsterte sie. »Ich sollte mit Ihnen nicht über solche Dinge sprechen.«
»Warum nicht? Sie meinen, weil ich selbst bald sterben werde?«
»O nein ... nein! Ich meine nur, man redet nicht über solche Dinge. Es schickt sich nicht. Zumindest in meiner Welt gilt das als ungehörig.«
Sie konnten beide nicht lächeln, denn das, worüber sie sprachen, war zu schmerzlich. Aber sie teilten stumm ein tiefes gegenseitiges Verständnis.

Ich verstehe ...
»Sterben ...«, sagte Bria, und es klang nüchtern und unverblümt. Emma dachte, daß sie mit diesem Wort bereits seit geraumer Zeit lebte. »Sterben ist wie eine Reise, die jeder von uns allein macht, wenn die Zeit gekommen ist. Natürlich haben wir davor alle schreckliche Angst. Vielleicht ist das der Grund dafür, daß wir ein Leben lang alles Erdenkliche tun, nur um nicht allein zu sein. Obwohl es merkwürdig ist, daß wir so empfinden, denn von unserem ersten Atemzug an sind wir alle ... allein.«
»Ich glaube, keiner war mehr allein als Willie an jenem Abend, als er in den Sturm hinausgefahren ist.«
Bria machte einen tiefen Atemzug, und es klang wie ein Seufzen. »Meistens ist es für uns, die wir zurückbleiben, noch schlimmer. Wir sind allein gelassen und müssen das Leben ohne den Menschen ertragen, den wir am meisten geliebt haben.«
Zum ersten Mal, seit Emma durch die Tür in die Küche mit der Blumentapete und dem Duft nach frischem Brot und Butterblumen getreten war, gestattete sie sich, an Bria McKennas Mann zu denken.
In jener Nacht, jener stürmischen Nacht ..., als sie auf der Treppe gestanden und auf ihn gewartet hatte, glaubte sie, er werde sie in ein anderes Leben entführen, in ein Leben voller Gefahren und Abenteuer. Aber es war nur ihre Phantasie gewesen, die sie entführt hatte.
In jener Nacht war er wortlos an ihr vorbei und die Treppe hinaufgegangen. Sie war wie gebannt in der gespenstischen Stille der Eingangshalle stehengeblieben. Auch ihre Gedanken waren wie gebannt von ihren wilden Phantasievorstellungen gewesen, er sei ihretwegen gekommen, während er in Wirklichkeit gekommen war, um ... um ...
Als er schließlich wieder am oberen Treppenabsatz aus dem Dunkel aufgetaucht war, zuckte Emma zusammen, als wollte sie davonlaufen. Aber dazu war es bereits zu spät gewesen, und sie hätte ebensogut überhaupt nicht dasein können, denn er schien sie nicht wahrzunehmen. Seine Augen hatten sich voller Liebe und Sorge nur auf die Frau gerichtet, die er in den Armen trug.
Doch am Fuß der Treppe war er doch stehengeblieben und hatte zu ihr

hinaufgesehen. Bria McKennas Kopf, der an seiner Brust ruhte, hatte sich bewegt, und er hatte sie noch fester an sich gedrückt. Sie war nicht aufgewacht, aber seine Augen hatten gefunkelt wie Splitter explodierter Sterne.

»Sie ist meine Frau«, hatte er mit seiner gefolterten, rauhen Stimme gesagt. »Und ich bringe sie jetzt nach Hause.«

In jener Nacht, jener gespenstischen Nacht war sie sich sehr dumm vorgekommen. Allerdings konnte sie ihm keinen Vorwurf machen, denn sie hatte sich das alles selbst angetan. Sie hatte sich nicht einmal die Mühe gemacht, seinen Namen herauszufinden, geschweige denn die anderen wesentlichen Dinge seines Lebens, zum Beispiel, ob er verheiratet war.

Dieser Mann hatte sie anders behandelt als alle Menschen zuvor. Er hatte mit ihr zusammen gelacht und er war auch ein wenig grausam zu ihr gewesen. Aber er hatte sie wie ein Mensch behandelt und nicht wie eine zerbrechliche Porzellanfigur, die man unter eine Glasglocke stellt, um sie vor dem Leben zu schützen. Sie fand ihn faszinierend und hatte deshalb angenommen, ihm ginge es genauso mit ihr.

Und sie hatte ja auch gewollt, daß er für sie ein Fremder bliebe, denn das war sicherer.

Doch wahrscheinlich hatte er nie an sie gedacht, wenn er sie nicht zufällig zu Gesicht bekam. Er wollte sie nur unterhalten, wie man etwa ein Kind bei Laune hält. Vielleicht wollte er sie auch ein wenig für sich einnehmen, damit er ihren Bootssteg für das Schmuggeln von Waffen benutzen konnte, ohne verhaftet zu werden, weil er unerlaubt fremdes Besitztum betrat. Und der gemeinsame Gang durch den Wald zur Lichtung? Das war nur eine Laune gewesen – das hatte er selbst gesagt. Er hatte die Gelegenheit benutzt, einer reichen jungen Frau eine Lektion zu erteilen. Sie sollte erfahren, daß auch Füchse eine Familie haben.

Ein Kind ... ein verwöhntes reiches Kind. Das sah er in ihr und dafür hielt er sie, wenn er überhaupt einen Gedanken an sie verschwendete.

Und was hatte sie von ihm erwartet? Das konnte sie nicht einmal in Gedanken und noch viel weniger in Worte fassen, um es wirklich zu

machen. Wirklich war nur das, was sie in jener Nacht in seinem Gesicht gesehen hatte, als er an ihr vorbei die Treppe hinunterging und seine Frau in den Armen hielt.
Emma hatte den Blick eines Mannes gesehen, der erleben muß, wie seine Frau vor seinen Augen langsam, Atemzug um Atemzug starb.

Emma stand zwischen den Margeriten und Astern. Der große Kater strich ihr um die Beine.
»Vielen Dank, daß Sie mich in Ihr Haus gebeten haben«, sagte sie zu Bria McKenna.
Aber als sie zum Abschied die Hand ausstreckte, ergriff die andere Frau sie nicht.
»Diese Sachen in Ihrer Kutsche«, sagte Bria zögernd. »Ich weiß, sie waren für uns bestimmt. Sie wollten uns damit beschenken.«
Emma ließ die Hand sinken und errötete. »Ich wollte Sie wirklich nicht beleidigen. Ich dachte nur ...« Ihre Mundwinkel zuckten. »Vermutlich habe ich nichts gedacht.«
Bria musterte sie so eindringlich, daß Emma am liebsten ihrem Blick ausgewichen wäre. »Verstehen Sie, ich freue mich über die Freundlichkeit, die Sie damit zum Ausdruck bringen«, sagte Bria.
»Sie müssen nichts erklären ...«, wehrte Emma ab und errötete noch mehr.
»Ich denke an Shay. Der Gedanke, ich hätte nicht das Vertrauen, daß er für mich und die Mädchen sorgen kann, würde ihn tief verletzen.«
»Natürlich ... ich meine, ich verstehe Sie.«
»Aber ich möchte nicht, daß Sie glauben, es geht nur um meinen und seinen Stolz. Er *sorgt* für die Familie. Es ist nur, daß Shay und Geld nicht so ohne weiteres harmonieren. Er achtet natürlich darauf, daß ich und die Mädchen alles haben, wenn er Geld bekommt, aber er gibt immer einen großen Teil weg. Er spendet es für wohltätige Zwecke, gibt es der Kirche, Waisenkindern und Witwen, praktisch jedem, der es nötiger braucht als wir. Und dann spendet er natürlich für die patriotische Sache. Er ist eben ein echter Ire und kann nicht glücklich sein, wenn er nicht auf die eine oder andere Art den Kampf gegen die

Engländer unterstützt ...« Sie hielt inne und schöpfte Atem. »Ich möchte nicht, daß Sie schlecht von meinem Shay denken.«
Als sie seinen Namen aussprach, wurde ihr Mund weich, und ihr Gesicht leuchtete, als habe jemand plötzlich tausend Kerzen hinter ihren Augen entzündet.
Sie liebt ihn, dachte Emma. Sie liebt ihn wirklich.
Emma begriff nicht, weshalb sie das so erschreckte. Hatte sie geglaubt, daß eine Frau, die in einer Spinnerei arbeitete und in einer Holzhütte lebte, nichts von wahrer Liebe wußte?
Die Hütte stand an der Uferseite der Thames Street. Hinter dem Haus begann der Strand. Die Bucht lag still und glänzend wie eine Silberplatte in der Mittagsonne. Emma betrachtete das Wasser, aber dann richtete sie den Blick wieder auf Bria.
»Mrs. McKenna ... wäre es aufdringlich, wenn ich Sie noch einmal besuchen würde?«
Sie sah die Überraschung im Gesicht der Frau und eine gewisse Vorsicht.
»Sie sind jederzeit willkommen«, erwiderte Bria nach kurzem Schweigen, obwohl sie den Gedanken nicht aussprach: *Aber warum sollten Sie mich besuchen wollen?*
»Ich werde wiederkommen«, sagte Emma und lächelte ungezwungen und ohne Schüchternheit. »Ich werde Sie bestimmt besuchen.«
Und das tat sie auch. Sie wartete jedoch nicht eine Woche, wie es den Regeln des Anstands entsprochen hätte. Sie kam bereits am nächsten Tag.
Diesmal kniete Bria am Fuß der Stufen auf der Erde und stieß einen kleinen Spaten in den Boden. Bria hatte die Margeriten und Astern ausgegraben und pflanzte Veilchen.
Sie legte den Kopf zurück und kniff in der hellen Sonne die Augen zusammen, als Emma den schmalen Weg entlangkam.
»Ich habe jetzt Zeit, mich um die Blumen zu kümmern«, sagte sie und schien überhaupt nicht erstaunt darüber, daß Miss Tremayne ihr so bald einen weiteren Besuch abstattete. Sie schien sich sogar zu freuen. »Ich arbeite nicht mehr in der Spinnerei, und mein Bruder scheint von seiner Haushälterin nicht zu erwarten, daß sie auch nur irgend

etwas tut. Er tätschelt mir nur den Kopf und sagt, ich soll die Beine hochlegen.«

Emma trug diesmal ein rosa Taftkleid mit Spitze. Doch das hielt sie nicht davon ab, sich neben Bria auf die Erde zu knien.

»Kann ich helfen?« fragte sie.

Bria deutete mit dunklen lachenden Augen auf einen dicken Büschel Unkraut. »Sie könnten die Vogelmiere mit beiden Händen anfassen und fest daran ziehen ... Reißen sie das Unkraut mit den Wurzeln aus.«

Emma starrte auf die Pflanze, als habe sie Angst, gebissen zu werden.

»Also gut«, murmelte sie. »Ich werde es herausreißen.«

Doch bevor sie es tat, zog sie die Handschuhe aus. Dann faßte sie mit beiden Händen in die umgegrabene Erde des Blumenbeets. Der Boden fühlte sich warm und feucht an. Emma fand das Gefühl aufregend.

Das sinnliche Gefühl verschwand auch dann noch nicht, als sie nachmittags in ihrem Badezimmer mit den gemusterten Kacheln und den silbernen Armaturen die Fingernägel von der Erde reinigte. Sie hatte das unbestimmte Empfinden, es sei eine kleine Sünde gewesen, als sie mit nackten Händen in die feuchte, warme Erde gegriffen hatte.

Als sie aus dem Bad in ihr Schlafzimmer kam, stand dort zu ihrer großen Überraschung ihre Mutter vor dem lackierten Wandschirm. Emma erschrak und war ein wenig verlegen, als sei sie bei ihrer »Sünde« auf frischer Tat ertappt worden.

»Wo bist du gewesen?« fragte ihre Mutter langsam und betonte dabei jedes Wort. Sie wurden in weniger als einer Stunde bei Mrs. Hamilton zum Tee erwartet. Bethel trug bereits ein mitternachtblaues brochiertes Satinkleid mit unzähligen glitzernden Jetperlen.

Emma setzte sich auf den Plüschhocker vor dem Frisiertisch. Ihr roter Seidenkimono stand offen. Sie schloß ihn schnell, denn sie fühlte sich seltsam verletzbar.

Bethel trat mit dem Rascheln von steifem Satin hinter sie. Die beiden Frauen musterten sich einen Augenblick lang im Spiegel, dann senkte Emma den Blick.

»Vielleicht besitzt du die Höflichkeit, mir zu antworten«, sagte Bethel.
Emma griff nach der silbernen Haarbüste, aber ihre Hand zitterte so sehr, daß sie die Bürste in den Schoß fallen ließ. Sie blickte angestrengt auf die winzigen gestickten Primeln des Leinendeckchens, das auf dem Frisiertisch lag.
»Ich habe eine neue Freundin besucht ... eine Mrs. McKenna.«
Das stumme Erschrecken ihrer Mutter bei Erwähnung des irischen Namens überraschte Emma nicht. Iren galten als Menschen zweiter Klasse. Man hielt sie für gewalttätige Alkoholiker und faule Nichtstuer. Man bediente sich ihrer, um die Fußböden zu schrubben oder die Ställe auszumisten. Aber niemand besuchte die Iren oder bezeichnete sie als Freunde.
»Es ist die Frau, um die ich mich gekümmert habe, als sie bei der Mai-Prozession ohnmächtig wurde«, fügte Emma schnell hinzu, da ihre Mutter noch immer schockiert schwieg. »Du erinnerst dich, am letzten Sonntag hattest du Migräne, und Onkel Stanton war nicht zu Hause. Ich bin sicher, Carrews hat dir alles erzählt ...«
Carrews war ihr Butler, und er berichtete ihrer Mutter selbst den kleinsten Vorfall, auch wenn sie manchmal vorgab, ihm nicht zuzuhören.
Bethel wischte diese Erklärung mit der weiß behandschuhten Hand zur Seite. »Soll das heißen, du hast eine ... eine ...«
»Na und?« erwiderte Emma unwirsch und fuhr das eingravierte »E« auf der silbernen Haarbürste mit dem inzwischen wieder sauberen Fingernagel nach. »Ich besuche Tag für Tag immer nur dieselben Leute. Das kann mit der Zeit etwas langweilig werden. Es ist eine Abwechslung, hin und wieder mit jemandem zusammenzusein, der nicht zu unseren Kreisen gehört.«
Es wurde ihr flau im Magen, als sei sie plötzlich seekrank. Sie wußte, wenn ihre Mutter ihr verbot, Bria McKenna noch einmal zu besuchen, würde sie sich nicht an das Verbot halten.
»Wir haben Tee getrunken und hatten ein sehr gutes Gespräch ... ich meine Mrs. McKenna und ich. Sie hat mir vom Wetter in Irland erzählt. Es regnet dort viel.« Sie griff wieder nach der Haarbürste und

begann, sich die Haare auszubürsten. »Ich glaube, das Leben dort ist sehr eintönig, aber wenigstens bietet es hin und wieder ein paar Überraschungen.«
Ihre Mutter ging erregt zwischen dem Wandschirm und dem Marmorkamin auf und ab. »Du hast manchmal sehr merkwürdige Anwandlungen. Ich glaube felsenfest, du bist mir untergeschoben worden, denn du kannst unmöglich meine Tochter sein.« Sie schnaubte. »Eine Frau fällt auf der Straße in Ohnmacht, und du bleibst stehen und hilfst ihr. Das allein ist schon ein Unding ... obwohl, warum ... trotzdem ..., aber diese Frau dann anschließend auch noch zu deiner Bekannten zu machen, das ist wirklich die Höhe. Du bringst den armen Farbigen, die in Goree wohnen, jeden dritten Sonntag im Namen der Kirche Wohltätigkeitsgeschenke, aber niemand würde sich einfallen lassen, dich ins Haus zu bitten. Das tut man einfach nicht.«
»Warum eigentlich nicht?«
Bethel drehte sich um, und auf ihrem Gesicht lag ein seltsam gequälter Ausdruck. »Man tut das nicht«, erklärte sie noch einmal mit Nachdruck, »denn die niederen Klassen haben gelernt, bescheiden Distanz zu uns, der guten Gesellschaft, zu wahren. Und das ist auch richtig so!«
»Vielleicht laden sie uns nicht ein, weil sie uns für langweilige Snobs halten. Und damit haben sie recht!« Sie räusperte sich und sagte dann entschieden: »Mrs. McKenna hat mich zweimal sehr freundlich eingeladen, und ich habe die Einladung angenommen. Sie ist eine respektable verheiratete Frau ...«
»Respektabel? Sie ist eine *Irin*!«
Emma legte die Haarbüste auf den Frisiertisch und griff nach der Dose mit den Haarnadeln. Sie schob die Haare nach oben und ordnete sie am Hinterkopf zu einer glatten Rolle, um sie dort festzustecken. Aber sie zitterte so sehr, daß der Seidenkimono in Bewegung geriet. »Ich werde Geoffrey nach seiner Meinung fragen«, sagte sie schließlich und brachte damit wieder einmal ihre neu entdeckte Macht als Geoffrey Alcotts Verlobte ins Spiel und als die einzige Hoffnung der Tremaynes. »Er zumindest scheint zu billigen, was ich mache.«

Geoffrey würde ihren Besuch bei dieser Frau natürlich nicht billigen. Auch wenn sie manchmal glaubte, ihn nur sehr wenig zu kennen, soviel wußte sie: Ihr Verlobter hatte sehr klare Vorstellungen von seinem Platz in der Welt und der richtigen Ordnung der Dinge. Er schätzte es nicht, wenn diese Ordnung in Frage gestellt oder gestört wurde.

Emma riskierte im Spiegel einen Blick auf ihre Mutter. Bethel hatte die Finger um die glitzernde Jetthalskette geschlungen und starrte auf die großen Rosen im Teppich.

Sie schien mit sich selbst zu sprechen, als sie flüsterte: »Gerede ... sie werden wieder über uns reden, wie damals auf dem Ball. Und was wird geschehen, wenn sie dahinterkommen? Sie dürfen nicht dahinterkommen ...«

»Wie bitte? Was meinst du?« Emma hatte ihre Mutter noch nie so geistesabwesend gesehen. Aber in letzter Zeit nahm sie auch von Maddies Chloralhydrat. Sie behauptete, das Mittel zügle den Appetit. »Mama? Geht es ... dir gut?«

Bethel zuckte zusammen und drehte sich energisch um. »Vergiß es«, sagte sie mit einer knappen Handbewegung. »Vergiß es.«

Emma stieß langsam und zitternd den Atem aus. Sie wußte selbst nicht genau, wieviel von dem, was sie gesagt hatte, reiner Bluff war. Aber das mußte sie auch nicht sofort herausfinden, denn ihre Mutter würde zunächst nichts davon in Frage stellen.

Bethel schob die Schultern zurück und kam zu ihrer Tochter. »Du meine Güte, laß mich das für dich machen«, sagte sie und nahm ihr die Elfenbeinhaarnadeln aus der Hand. »Du bringst deine Haare völlig durcheinander. Du weißt überhaupt nicht, was für ein Segen es ist, so lange und dichte Haare zu haben. Alle anderen müssen sich mit Haarpolstern, falschen Zöpfen und Haarteilen abmühen.«

Sie schob die Nadeln so fest in Emmas Haare, daß sie die Kopfhaut traf. »Der arme Mr. Alcott ist im Augenblick vielleicht bis über beide Ohren in dich verliebt, aber man kann kaum von ihm erwarten, daß er dein exzentrisches Wesen bis in alle Ewigkeit toleriert. Das wird auch die Gesellschaft nicht tun! Emma, ich wiederhole noch einmal, halte dich an die Regeln. Es war schon immer schwierig, dich soweit zu bringen, daß du dich deiner Stellung im Leben gemäß verhältst. Du bist stundenlang allein in deinem Segelboot und denkst nicht daran, daß du eine Tremayne und eine Dame der guten Gesellschaft von Bristol bist. Mit zweiundzwanzig benimmst du dich noch immer wie ein ungezogenes Mädchen. Und was du in der alten Orangerie machst ... in meinen Augen ist das keine Kunst. Ganz bestimmt nicht! Es ist eine Schande.« Sie verstummte und biß sich auf die Lippen. »Aber diese neueste Eskapade übersteigt das Maß des Erträglichen. Du freundest dich mit einer *Irin* an ... einem Niemand. Das ist ... einer Tremayne unwürdig ...«

»Es geschieht aus Freundlichkeit«, erwiderte Emma und empfand dabei einen Anflug von Scham, denn wenn jemand freundlich und liebenswürdig war, dann Bria McKenna. »Mrs. McKenna ist neu in Bristol. Sie hat nur wenige Freundinnen. Außerdem kann sie nicht oft aus dem Haus, denn sie ist in anderen Umständen.«

»Sie ist so gewöhnlich wie der nasse Ton, mit dem du dir die Hände beschmierst.« Bethel faßte ihre Tochter an den Schultern und drehte sie auf dem Hocker herum. »Warum tust du mir das an? Es ist wegen der Ereignisse in jener Nacht, nicht wahr? Du willst mich so wie dein Vater dafür bestrafen.«

Die Worte ihrer Mutter schockierten Emma so sehr, daß sie im ersten Augenblick nicht antworten konnte. Sie war wie vor den Kopf geschlagen.

»Ich will dich nicht bestrafen, Mama«, flüsterte sie schließlich kaum hörbar, denn vielleicht wollte sie in Wahrheit, daß nicht nur ihre Mutter, sondern auch sie selbst bestraft wurde. »Du ... du hast gesagt, wir sollen nie mehr darüber sprechen.«

Bethel umklammerte die Schultern ihrer Tochter so fest, daß es schmerzte, aber dann ließ sie los und legte stöhnend die Hand auf ihre Stirn. »Ich weiß nicht, wie ich die nächsten Monate überleben soll, bis du endlich verheiratet bist.«

Emma versuchte es mit einer anderen Strategie. Sie zwang sich zu einem unbeschwerten Lachen. »Wenn ich dir wirklich das Leben schwermachen wollte, dann könnte ich eine dieser ›neuen Frauen‹ werden, über die in den Zeitungen und Zeitschriften so viel geschrieben wird. Ich könnte anfangen zu rauchen und Fahrrad zu fahren … oder wenn dir das lieber ist, könnte ich hier in Bristol eine Baseballmannschaft für Frauen gründen, und wir würden dann alle Pumphosen tragen.« Sie lachte noch einmal und fragte ihre sprachlose Mutter: »Glaubst du, Monsieur Worth würde mir welche anfertigen?«

Bethel lief ein Schauer über den Rücken. Ihr Gesicht wurde schlaff und gelblich fahl und sah plötzlich aus wie altes Bienenwachs. Emma tat es sofort leid, ihre Mutter schockiert zu haben. Bethel verstand keinen Spaß. Sie hatte so große Angst vor einem Skandal wie andere davor, die Masern zu bekommen.

Emma seufzte und legte die Hände die den Schoß. Dann sagte sie ergeben: »Es war nur ein Spaß, Mama.«

»Ich finde das alles andere als komisch, Emma.« Ihre Mutter drehte sich ärgerlich um und ging steif zur Tür. »Beeil dich mit dem Anziehen! Wir kommen unverzeihlich spät, wenn du so weitermachst.«

Emma starrte auf die Tür, die sich hinter ihrer Mutter schloß. Widersprüchliche Gefühle bestürmten sie. Sie empfand Schuld und Angst, aber auch eine heftige nie gekannte Erregung. Sie mochte vielleicht keine neue Frau sein, aber sie empfand sich als eine neue Emma.

Im Salon, der die beiden Zimmer der Schwestern miteinander verband, hörte sie das Klicken und Klacken von Maddies Rollstuhl. Ein Dienstmädchen schob ihre Schwester herein.

Das Dienstmädchen rollte den Stuhl auf den roten Teppich in die Nähe des großen Himmelbetts. Maddie entließ die Frau mit einem leichten Kopfnicken, dann musterte sie ihre Schwester aufmerksam.

»Du bist mir ein Rätsel, Emma. Ich habe erlebt, daß du über und über rot wirst, wenn dir jemand, den du seit über zwanzig Jahren kennst, nur einen ›guten Morgen‹ wünscht, und heute bietest du unserer furchteinflößenden Mama, ohne mit der Wimper zu zucken, die Stirn.«

»Das liegt nur daran, daß meine Wimpern aus Angst zu gelähmt waren, um einzulenken«, erwiderte Emma, und sie lächelten beide, obwohl Emmas Hände noch immer leicht zitterten.

Was mochte Maddie von der Auseinandersetzung gehört haben? Würde Maddie richtig verstanden haben, als ihre Mutter von Bestrafung gesprochen hatte?
Willie und die tragischen Ereignisse jener Nacht waren ein Thema, über das sie und ihre Schwester niemals sprachen. Maddie erwähnte ihren Bruder überhaupt nie. Er war schließlich für den Unfall verantwortlich, der sie an den Rollstuhl fesselte. Emma hatte den Eindruck, obwohl Willie nicht mehr lebte, hatte ihm Maddie noch nicht verziehen.
Maddie beugte sich vor und betastete den weißen Spitzen- und Crepebesatz des lilafarbenen Nachmittagskleids aus Musselin, das zusammen mit frischer Unterwäsche aus Seide und Spitze auf der Bettdecke bereitlag.
»Du gehst mit Mama aus?« fragte sie leise.
»Zum Tee bei Mrs. Hamilton.« Emma stand auf und setzte sich ihrer Schwester gegenüber auf das Bett. Sie nahm einen der Florstrümpfe und streifte ihn über das Bein. »Ich habe überhaupt keine Lust, dorthin zu gehen. Mrs. Hamilton setzt uns wie üblich sieben Tage altes Gebäck vor, obwohl sie reich genug ist, sich von einem Dutzend Bäckereien täglich alles frisch bringen zu lassen, was man sich an Köstlichkeiten nur ausdenken kann. Dann müssen wir uns dasselbe Chopin-Zwischenspiel wie jedesmal anhören. Sie spielt es auf ihrem Klavier, das seit vierzig Jahren nicht mehr gestimmt worden ist. Wir sitzen mit denselben Leuten zusammen, die wir auch gestern gesehen haben und am Tag davor ...« Emma schob ein rosa Seidenstrumpfband über den Strumpf. »Du würdest den Tee bei Mrs. Hamilton genauso langweilig finden wie ich, Maddie.«
Da ihre Worte mit Schweigen quittiert wurden, blickte sie auf. Maddie hatte den Kopf zur Seite gedreht, aber Emma glaubte, Tränen in den Augen ihrer Schwester zu sehen. »Nein, ich würde es nicht langweilig finden«, sagte Maddie leise.
Emma ließ den Kopf sinken und strich den Kimono glatt. »Wahrscheinlich hast du recht.« Sie stieß einen Seufzer aus. »Vermutlich bin ich undankbar. Aber meine Auflehnung nimmt zu, seit ich mit Geoffrey verlobt bin. Ich fühle mich wie ein Schmetterling im Glas-

kasten. Wohin ich auch gehe, alle Augen richten sich auf mich. Und du weißt, wie ich das hasse.«
»Sie sehen dich an, weil du schön bist, Emma. Und seit du und Geoffrey ... seit ihr euch offiziell verlobt habt, scheinst du noch schöner geworden zu sein. Glaub mir, es verschlägt einem manchmal den Atem, wenn man dich zufällig in bestimmten Posen sieht.«
»Ich *posiere* nicht!« widersprach Emma und wurde rot.
»Vielleicht nicht bewußt. Aber ganz gleich, was du tust, alles an dir wirkt überaus anmutig und schön. Auf deinem Gesicht spiegeln sich deine Gefühle. Es ist so, als erlebe man, wie sich eine Rosenknospe zur vollen Blüte entfaltet ...« Maddie lächelte leicht verlegen und fügte schnell betont sarkastisch hinzu: »Ich nehme an, nachdem ich dir das jetzt gesagt habe, fährst du zu Mrs. Hamilton und benimmst dich den ganzen Nachmittag ganz normal.«
Emma mußte unwillkürlich ebenfalls lächeln, obwohl sie ihre Verlegenheit noch nicht überwunden hatte. »Vielleicht werde ich mir statt dessen etwas Unmögliches und Provozierendes einfallen lassen«, sagte sie. »Vielleicht werde ich Mrs. Hamilton um etwas frische Schlagsahne für den alten Teekuchen bitten.«
Sie lachten beide, aber Maddie verstummte schnell und musterte Emma wieder nachdenklich. »Du veränderst dich, Emma. Ich glaube, es liegt daran, daß du verliebt bist.«
Die Feststellung kam für Emma überraschend. Sollte Geoffrey wirklich dafür verantwortlich sein? Waren ihre Gefühle für ihn wirklich so stark, daß sie ihr Wesen veränderten?
»Ich wünschte, ich wüßte mit Sicherheit, daß ich verliebt bin«, erwiderte sie. »Es gibt Augenblicke, in denen fühle ich mich unbeschwert und sorgenfrei. Ich lächle ohne Grund, ich möchte mich im Kreis drehen, einfach so lange drehen, bis mir schwindlig wird. Das Komische dabei ist nur, mir ist bereits schwindlig. Dann wieder fühle ich ein heftiges, brennendes Sehnen in meiner Brust und bin schrecklich niedergeschlagen. Ich glaube, unter einer unerträglichen Last zusammenzubrechen. Alles, was ich sehe und höre, löst einen quälenden Schmerz aus. Ich bin dann so unendlich traurig über Dinge, denen ich nicht einmal einen Namen geben kann, und ich wünsche

mir die verrücktesten, unmöglichsten und abenteuerlichsten Dinge ...«

Sie beugte sich vor und griff nach den Händen ihrer Schwester. »Glaubst du wirklich, Maddie, daß ich verliebt bin?«

Maddie ließ den Kopf sinken, um ihre Gedanken zu verbergen. »Ja«, murmelte sie. »Ja, das glaube ich.«

Emma besuchte ihre neue Freundin in der Thames Street nicht nur am nächsten Tag, sondern auch am Tag danach, als wolle sie ihr Recht durchsetzen, dort Gast zu sein. Aber diesmal war Bria nicht zu Hause.

Aus alter Gewohnheit öffnete sie ihre schwarze Krokodilledertasche und nahm eine der goldgeprägten Visitenkarten heraus. Erst als sie sich umsah, um einen Platz dafür zu finden, mußte sie laut lachen. Wie konnte sie erwarten, daß Bria McKenna vor der Haustür eine versilberte Schale hatte, um unangemeldeten Besuchern die Möglichkeit zu geben, ihre Karte zu hinterlassen?

Doch am späten Nachmittag des nächsten Tages fuhr sie bereits wieder in der Thames Street vor. Sie hatte ein paar Stunden mit Geoffrey verbracht und war danach zu einem Lichtbildervortrag über die Naturschönheiten Indonesiens gegangen. Ihr war nicht bewußt, daß es einer der Samstage war, an denen die Schicht in der Spinnerei früher als gewöhnlich endete. Erst als die Haustür geöffnet wurde, und ein Mädchen mit einem roten Lockenkopf sie anlächelte, fiel es ihr wieder ein. »Guten Tag, Merry«, sagte Emma. »So sehen wir uns wieder.«

Das Mädchen bekam große Augen, und zwei rote Flecken erschienen auf ihren Wangen. Sie summte laut und hüpfte auf einem Bein im Kreis herum.

Das merkwürdige Verhalten verunsicherte Emma. Sie wollte gerade um den Türpfosten herum ins Haus blicken, als ein älteres Mädchen erschien. Die Kleine war mager und linkisch. Ihre straff geflochtenen braunen Zöpfe standen wie zwei Henkel vom Kopf ab. »Warum kommen Sie immer hierher?« fragte das Mädchen.

»Noreen!« Bria erschien an der Tür und legte ihrer Tochter die Hände auf die mageren Schultern. »Du solltest dich schämen!« sagte sie und schüttelte Noreen etwas. »Zeig Miss Tremayne, daß du dich anständig benehmen kannst.«

Das Mädchen machte einen ungeschickten Knicks. Aber dann hob sie das spitze Kinn und sah Emma finster an, um auf diese Weise ihre Ablehnung deutlich kundzutun. Emma schloß die Kleine jedoch sofort in ihr Herz. »Guten Tag, Noreen!« sagte Emma und lächelte freundlich.

Das Mädchen klammerte sich an seine Mutter, und Emma sah zornige Tränen in ihren Augen funkeln. »Merry hat gesagt, daß der Engel heute kommen wird.«

Bria schob ein paar lose Haare in die Zöpfe ihrer Tochter. Beide Kinder waren noch über und über mit Baumwollflusen und dem Schmutz der Spinnerei bedeckt. »Wirklich?« sagte Bria. »Das haben ihr sicher die Feen erzählt.«

Merry summte laut und schüttelte energisch den Kopf. Noreen hörte ihrer Schwester aufmerksam zu. Schließlich wandte sie sich wieder ihrer Mutter zu und sagte schulterzuckend: »Nein, sie hat es einfach gewußt.«

Bria warf Emma einen Blick zu, zuckte ebenfalls mit den Schultern und sagte: »Die beiden halten Sie für einen Engel.«

»Das bin ich bestimmt nicht«, widersprach Emma und errötete.

»Schlimmer wäre es, für eine Hexe gehalten zu werden«, sagte Bria lachend. Auch Emma mußte lächeln.

Bria gab Noreen einen kleinen Schubs. »Ihr Mädchen müßt jetzt das Geschirr abwaschen.« Sie schob ihren Arm durch Emmas Arm und ging mit ihr in die Küche. »Bei uns gibt es heute abend *Colcannon*. Das ist ein irisches Essen und das Lieblingsgericht von Shay. Kartoffelbrei und Kohl werden in Milch und Butter gebraten. Zum Abschmecken kommt noch ein klein wenig Muskatnuß hinzu. Warum bleiben Sie nicht zum Essen und probieren mein *Colcannon*?«

Emmas Herz schlug seltsamerweise plötzlich rasend schnell, und sie schien nicht mehr atmen zu können. Es war der freie Samstag. Das bedeutete, in den Fabriken und auch auf den Zwiebelfeldern gab es kurze Schichten. Deshalb aßen die Familien gemeinsam zu Abend, und das bedeutete ...

»Danke«, brachte sie mühsam hervor. »Bestimmt schmeckt es köstlich, aber ich sollte nicht bleiben. Bestimmt wird Ihr ... wird Mr. McKenna bald nach Hause kommen, und ich ...«

Sie wollte eine Begegnung mit Brias Mann vermeiden. Sie dachte nicht mehr oft über ihn nach. Sie konnte wohl kaum in diesen McKenna vernarrt gewesen sein, denn sie würde Geoffrey heiraten. Sie liebte Geoffrey ... das sagten alle. Jeder sah es ihr an.

Und der Ire ... sie gab zu, daß sie ein gewisses Interesse an ihm gehabt hatte. Trotzdem schämte sie sich noch immer, wenn sie sich an ihre Gedanken und Hoffnungen in jener Nacht erinnerte. Sie wäre niemals mit ihm hinaus in den Sturm gegangen, auch wenn er wirklich gekommen wäre, um ihr seine Liebe zu erklären. Sie war in Wirklichkeit doch nie die mutige Emma ihrer Träume gewesen.

»Shay kommt erst lange nach Sonnenuntergang nach Hause, denn jetzt ist die Zeit für Seebarsch«, erwiderte Bria. Sie trat an den Herd und rührte in einem Topf. »Er hat sich von Mr. Delaney, dem das Crow's Nest gehört, Geld geliehen, um ein Fischerboot zu kaufen. Mein Shay ist nicht gerne Schuldner bei einem Wirt, das können Sie mir glauben, aber er wollte nicht länger auf den Zwiebelfeldern arbeiten. Natürlich vertraut eine Yankee-Bank einem Iren kein Geld an ...«

Bria ließ den Kochlöffel in den Topf fallen und schlug die Hände vor das Gesicht. »*Dhia*, was habe ich gesagt?« Sie drehte sich herum und sah Emma schuldbewußt an. »Oh, Miss Tremayne, hoffentlich ist der Bankier nicht ein Onkel oder ein anderer Verwandter von Ihnen.«

Emma verzog das Gesicht, um nicht zu lachen. »Er ist ein entfernter Vetter. Er vertraut leider keinem Menschen Geld an, fürchte ich. Mein Vater hat ihm einmal vorgeworfen, er sitze auf seinem Geld wie eine Glucke auf den Eiern, als wolle er es ausbrüten.«

Bria lachte. »Trotzdem, ich sollte meine Zunge besser hüten.« Sie deutete auf ihre Töchter, die noch immer neben der Haustür standen und Emma anstarrten. »Habe ich euch beiden nicht gesagt, ihr sollt das Geschirr abwaschen?«

Merry lief summend zu Emma und hob beide Hände. Emma sah Noreen fragend an, die zu übersetzen schien, was ihre kleine Schwester auf so seltsame Weise mitteilen wollte. Noreen wirkte noch immer sehr abweisend. Ihre Hände hingen an den Seiten herab und waren zu Fäusten geballt, als rechne sie damit, kämpfen zu müssen. Es wird nicht leicht sein, ihr Vertrauen zu gewinnen, dachte Emma. Aber Noreens Tapferkeit machte sie ihr sehr sympathisch.

Merrys Summen wurde lauter und klang schließlich schon fast wie ein Schrei. »Noreen«, sagte Bria zu ihrer älteren Tochter, »hab Mitleid mit unseren Ohren und sag uns, was Merry will.«

Noreen blickte Emma herausfordernd an, aber sie fügte sich gehorsam dem Befehl ihrer Mutter. »Sie möchte, daß die Dame ihr die Hände wäscht.«

»Ich?« Emma drehte sich um, als sei plötzlich noch jemand im Zimmer. Merry summte, nickte und sprang auf einem Bein im Kreis herum.

Emma wurde bewußt, daß es in dem Haus vermutlich weder ein Badezimmer noch eine Toilette mit Wasserspülung gab. Sie sah auch keine Warmwasserleitung, sondern nur einen Waschstand mit einem Vorhang aus gemustertem Kretonne und einem abgestoßenen Emaillewaschbecken mit einem Krug.

Bria füllte das Becken, während Emma die kleinen Hände des Mädchen in das Wasser tauchte. Sie nahm etwas Seife und rieb damit sehr behutsam die kleinen Finger zwischen ihren Händen sauber.

Merry summte. Es klang zuerst sanft und angenehm, wurde aber immer erregter und lauter.

Das Wasser war eiskalt. Die Seife enthielt Bimsstein und Lauge, und Emmas gepflegte Haut brannte. Das Leinenhandtuch war steif wie ein Brett, denn es war am Herd getrocknet worden, und roch nach Kohle. Aber für Emma schien das alles ohne Bedeutung zu sein. Sie staunte darüber, daß sie ein so großes Glücksgefühl empfinden konnte, nur weil sie etwas so Belangloses tat, wie diesem kleinen Mädchen die Hände zu waschen.

Fünfzehntes Kapitel

Emma wunderte sich über sich selbst, wenn sie in dem Haus an der Thames Street war. Wenn sie ihre neuen Freunde verließ und in das andere Leben zurückkehrte, das Leben der guten Gesellschaft, dann überkam sie jedesmal ein gewisses Unbehagen. In ihr festigte sich die Überzeugung, eine Zeitlang erlebt zu haben, was es bedeutete, ein anderer Mensch zu sein.

Sie machte den Kindern kleine Geschenke, verwöhnte sie mit Süßigkeiten und brachte ihnen Haarbänder. Sie kaufte Bria eine Schachtel mit bestickten Taschentüchern und einen Currier- und Ives-Druck von einem Dorf mit strohgedeckten Häusern, das inmitten grüner Hügel lag. Darunter stand: ›Das Leben auf dem Land‹. Als sie sah, wie Bria beim Anblick des Bilds vor Freude strahlte, hatte Emma das Gefühl, ihrer Freundin gerade die ganze Welt geschenkt zu haben.

Meine Freundin …

Emma wußte nicht genau, wann die Freundschaft wirklich begonnen hatte. Vielleicht waren sie von Anfang an Freundinnen gewesen, und sie hatten nur den Mut aufbringen müssen, diese Freundschaft zu entdecken und sich einzugestehen.

Zwischen den Gartenfesten und Teegesellschaften gönnte sich Emma ihre Besuche in der Thames Street. Sie machte meist kein Geheimnis daraus. Manchmal fuhr sie allerdings zu Bria, wenn ihre Mutter glaubte, sie sei segeln oder arbeite in der alten Orangerie an ihren Plastiken.

Eines Sonntags saß sie am Küchentisch und sah zu, wie Bria McKenna Merrys Haare mit Petroleum auskämmte, um sie zu entlausen. In der Küche roch es nach Seifendampf, denn Bria hatte in einem großen Kupferkessel Wäsche auf dem Herd stehen.

»Sie bekommen die Läuse in der Spinnerei«, erklärte Bria und verzog angewidert die Nase. »Ich kann nichts dagegen tun, auch wenn ich ihnen noch so oft und gründlich die Haare wasche.« Sie deutete mit dem Kamm auf Emma. »Ihr Amerikaner, ihr prahlt ständig mit eurem Land, in dem Milch und Honig fließen. Ich finde, ihr solltet die Wahrheit sagen und vom Land der Ungeziefer reden.«
Emma malte mit dem Finger imaginäre Muster auf das braune Wachstuch und unterdrückte ein Lächeln. »Gibt es in Irland kein ... Ungeziefer?«
»*Ungeziefer* in Irland? Das wäre ja noch schöner!«
Merry summte, und es klang eintönig, endete aber mit einer Art Frage, denn am Schluß hob sie die Stimme. Noreen war nicht in der Nähe, um zu übersetzen.
Bria hatte Emma anvertraut, daß die kleine Merry seit beinahe drei Jahren kein Wort mehr gesprochen hatte, seit sie in Irland ›gewisse Probleme‹ gehabt hatten. Aber Emma wußte, sie bildete sich nicht ein, daß das Mädchen tatsächlich mit ihr gesprochen hatte, als sie sich an jenem Sonntag vor Pardon Hardy's Drugstore zum ersten Mal begegnet waren. Sie fand es jedoch klüger, nichts davon zu sagen. Sie verstand das Bedürfnis des Mädchens, gewisse Dinge als Geheimnis zu bewahren, auch vor denen, die ihr am nächsten standen.
Während Merry summte, ordnete Emma die Blumen in der Tomatendose, die mitten auf dem Tisch stand. Diesmal waren es weiße Margeriten und wilde Schwertlilien. »Ich glaube, sie will etwas über Irland wissen. Ist es denn schon so lange her, daß Sie von dort fortgegangen sind?«
Bria legte die Hand auf den Leib. »Ich werde den Tag nie vergessen, als ich Amerika zum ersten Mal betreten habe, denn der Kleine wird vermutlich genau auf den Tag neun Monate später zur Welt kommen«, antwortete sie. Aber ihr Lächeln erstarb plötzlich, und etwas Schweres schien sich auf sie herabzusenken. Schatten zogen über ihre Augen wie Wolken.
Bria schwieg, und Emma glaubte fast zu sehen, wie die traurigen Erinnerungen ihre Freundin überkamen. »Können Sie mir etwas von Ihrem Leben dort erzählen?« fragte Emma. »Oder ist es zu traurig?«

Bria hob die Schultern, als versuche sie die Last der Kümmernisse abzuschütteln. »*A mhuire.* Ich könnte Ihnen so viele Geschichten erzählen, daß Sie taub davon werden«, sagte sie langsam. »Meine Geburt, zum Beispiel, wurde von meiner Familie nicht gerade als ein Segen betrachtet, da mein Vater drei Wochen zuvor am Schwarzfieber gestorben war. Von da an gab es nur noch drei – meine Mutter, meinen Bruder und mich. Wir haben für Squire Varney gearbeitet ... alles, was es auf einem Bauernhof zu tun gab. Aber meistens mußten wir mit dem Spaten die Schollen auf den Kartoffelfeldern zerschlagen.«
Sie unterbrach das Kämmen und lächelte bitter. »Unsere *Shibeen* ... im Vergleich dazu wäre dieses Haus hier ein Palast. Unsere Hütte hatte nur vier Mauern mit einem Strohdach. In der Mitte des Dachs war eine Öffnung, durch die der Rauch abzog. Es gab keine Fenster, deshalb war es im Innern immer dunkel. Eine Zeitlang hatten wir ein Schwein. Das lebte mit uns im Haus.«
Emma lachte und hielt schnell die Hand vor den Mund. »Das kann doch nicht wahr sein.«
»Doch, und das Schwein wurde besser ernährt als wir. Mam sagte immer, das Schwein sei mehr wert als Donagh und ich zusammen, denn uns könne man nicht schlachten, um Speck daraus zu machen.«
Emma lachte wieder, und Bria stimmte ein. Merry quietschte vor Vergnügen. Sie lachten und waren glücklich.
Bria stieß schließlich einen langen Seufzer aus, und Emma sah, daß sie sich jetzt an schönere Dinge erinnerte. Sie hob den Kopf und blickte auf den Druck, den Emma ihr geschenkt hatte. Das Bild hing jetzt über dem Weihwasserkessel.
»Sah das Dorf in Irland so aus wie dieses da?« fragte Emma.
»Bestimmt war es dort genauso grün. Aber es war ein rauheres Land. Unser Dorf, unser *Clachan,* wie wir sagen, hieß Gortadoo. Das bedeutet auf englisch soviel wie ›schwarze Felder‹. Es liegt auf einer Landspitze in der Grafschaft Kerry direkt am Meer. Aber der Fischfang ist nicht so gut, wie man glauben könnte. Trotzdem muß man nicht hungern, wenn man ein Boot und Netze hat. Die Erde ist steinig, und außer ein paar Kartoffeln wächst wenig. Es regnet viel, und

deshalb ist alles grün. Grün gibt es in allen Schattierungen von hell bis dunkel ... ein Regenbogen von Grün ...« Bria unterdrückte ein Schluchzen. »Hören Sie sich nur an, wie ich Ihnen meine Heimat beschreibe. Da fragt man sich natürlich, warum ich so sehr geweint habe, als ich sie verließ.«

»Warum sind Sie ausgewandert?« Emma bemerkte nicht sofort, daß ihre Frage mit Schweigen beantwortet wurde. Auch Merry, die mit von Petroleum tropfenden Haaren zwischen den Knien ihrer Mutter stand, war plötzlich mucksmäuschenstill geworden. Brias Gesicht wurde blaß, und auf ihrer Stirn standen Schweißperlen.

Dann hustete sie rauh und erstickt. Sie griff röchelnd nach dem Taschentuch und hustete noch einmal. Ihr Gesicht verschwand völlig hinter dem Taschentuch, und Emma glaubte, Bria wolle so ihre Tränen verbergen.

Emma wandte den Blick ab. »Verzeihen Sie, daß ich Sie an die schweren Zeiten erinnert habe.«

Bria schob das Taschentuch in den Ärmel ihrer zimtbraunen Bluse. »Ach was!« sagte sie, und es klang beinahe wie ein Lachen. »Niemand redet lieber als wir Iren, am liebsten sprechen wir über schwere Zeiten.«

Sie lächelten sich an. Das Lächeln wurde ernster, veränderte sich, und dann wurde daraus etwas anderes. Es wurde zum Ausdruck eines Verstehens, das für Emma so spürbar war, als würden sie sich an den Händen fassen.

»Bei Gott«, seufzte Bria und beendete damit das lange, wohltuende Schweigen. »Ich muß Merry den Kopf waschen.«

Sie stand auf und schob das Kind an den Schultern zum Waschstand. »Wären Sie so freundlich, die Wäsche umzurühren?«

Im ersten Augenblick hatte Emma nicht begriffen, daß Bria mit ihr gesprochen hatte. Doch dann versuchte sie nicht einmal, ihr Lächeln zu unterdrücken, als sie aufstand und zum Herd ging. Wenn Bria sie bitten konnte, Hausarbeiten zu übernehmen, dann mußten sie wirklich Freundinnen geworden sein.

Doch Emma zitterte ängstlich, als sie den Deckel von dem dampfenden Kupferkessel nahm, denn so etwas hatte sie noch nie im Leben getan. Sie umfaßte den Waschschlegel mit beiden Händen und begann zu rühren – das heißt, sie versuchte es. Überrascht stellte sie fest, wie schwierig das war. Die nassen Leintücher ließen sich kaum von der Stelle bewegen.

Der Dunst der Seifenlauge schlug ihr ins Gesicht und drang in ihre Augen. Sie blinzelte und blickte aus dem Fenster... und sah Shay McKenna. Er kam auf den Platz hinter dem Haus *gerannt* und blieb dort stehen. Sein Brustkorb hob und senkte sich heftig. Er trug kein Hemd, und selbst aus der Küche sah Emma den Schweiß auf seiner nackten Haut. Sein muskulöser Oberkörper war von der Sonne gebräunt.

Sie drehte den Kopf zur Seite und hörte auf, die Wäsche umzurühren. Ein seltsames Gefühl hatte sie erfaßt. Ihre Haut schien plötzlich so gespannt, als sei sie zu eng für ihren Körper.

Das macht die Erinnerung an jene Nacht, dachte sie beklommen, an meine geheimen und törichten Gedanken. Kein Wunder, daß sein Anblick ihr ein gewisses Unbehagen bereitete.

Bria trat hinter sie und blickte ebenfalls aus dem Fenster. »Er ist wieder gelaufen«, murmelte sie.

Shay hatte die Hände in die Seiten gestemmt und blickte auf die Straße, aber jetzt drehte er sich zum Haus um.

Emma suchte schnell Schutz hinter den gelben Baumwollvorhängen und fragte errötend: »Aber vor wem läuft er davon?«

»Er läuft nur im Kreis herum ohne ein Ziel. Typisch Mann.«

Bria trat näher ans Fenster und berührte die Scheibe. Sie tat es so sanft und liebevoll, als liebkose sie ihren Mann, und Emma beobachtete erstaunt, wie sich das Gesicht ihrer Freundin veränderte. Es strahlte plötzlich vor Liebe wie die helle Sonne.

Emma wurde in diesem Augenblick bewußt, daß sie Geoffrey noch nie so angesehen hatte. Würde sie das jemals können? Sie bezweifelte es, denn er hatte ihr Herz noch nie mit so starken und tiefen Gefühlen erfüllt.

»Er ist im Training, wie er es nennt«, erklärte Bria. »Er entwickelt Ausdauer für eine Zurschaustellung der ›Technik des Faustkampfs‹. Das Ereignis soll am Vierten Juli hier in Bristol stattfinden.«

»Aber warum das?« rief Emma erschrocken. Sie wußte, Boxen war barbarisch, gewalttätig und gesetzlich verboten. Nur der Abschaum der Gesellschaft gab sich damit ab.

»Es geht natürlich um Geld ... zumindest behauptet er das.« Bria nahm die Hand vom Fensterglas, ballte sie zur Faust und ließ sie sinken. »Seamus McKenna muß so oder so immer für etwas kämpfen. Ich frage mich manchmal, ob Männer nur deshalb kämpfen, weil sie den Kampf einfach lieben.«

Sie ging zum Waschstand zurück, wo die kleine Merry immer noch wartete. Das Kind verhielt sich merkwürdig still. Inzwischen tropfte allerdings Wasser anstatt Petroleum aus seinen Haaren. Bria schlang das Handtuch um den Kopf ihrer Tochter und rieb ihr die Haare trocken.

Emma riskierte wieder einen Blick aus dem Fenster. Der Mann im Hof hatte ein blaues fadenscheiniges Hemd übergezogen, es aber sofort durchgeschwitzt. Es klebte ihm an Schultern und Rükken.

Er hat den Körper eines Kämpfers, dachte sie, er ist hart, mitgenommen ... brutal. »Ein Preiskampf!« sagte Emma laut. »Das kann man sich kaum vorstellen.«

»Er war einmal irischer Champion im Faustkampf«, erwiderte Bria, und ein Anflug von Stolz lag in ihrer Stimme.

Sie hatte sich in den Schaukelstuhl gesetzt, Merry stand wieder zwischen ihren Knien, und sie kämmte dem Kind die feuchten Lokken aus. Aber Merry befreite sich, rannte aus dem Haus und schlug die Tür laut hinter sich zu.

Bria blickte auf die geschlossene Tür, aber Emma hatte den Eindruck, sie sah durch das Holz hindurch den Mann vor dem Haus.

»Nur zum Spaß forderte er eines Morgens beim Pferdemarkt in Shannon einen Mann heraus, der als Champion von Dublin galt. Shay hat den Mann mit dem zweiten Haken zu Boden geschlagen, und von da an wurde er gut bezahlt, um gegen jeden Herausforderer anzutreten.«

Sie starrte auf den Kamm, den sie noch in der Hand hielt. Sie umklammerte ihn so fest, daß sich ihr seine Zähne in die Haut bohrten.

»Er wurde bezahlt, um sich im Sommer jeden Sonntagnachmittag blutig schlagen zu lassen.«

Seufzend schob sie den Kamm in die Schürzentasche und stand schwerfällig auf. »Aber wie Shay selbst immer sagt, ein Champion ist der arme Hund, der am Ende noch stehen kann.«

Bria trat wieder ans Fenster. Sie blickte auf ihren Mann und berührte ihn mit den Augen so zärtlich, wie ihre Hand kurz zuvor das Glas berührt hatte. »Er kämpfte auf jedem Markt und bei jedem Pferderennen, bis zu dem traurigen Tag, als er mit seinen Fäusten einen Mann umbrachte.«

Emma rang entsetzt nach Luft. Ihr Blick suchte unwillkürlich den Mann vor dem Haus. Aber er stand nicht mehr dort.

»Der andere stand immer wieder auf«, fuhr Bria fort, und ihre Stimme war seltsam tonlos, als lese sie einen Zeitungsbericht vor. »Er ging unter Shays Schlägen zu Boden und stand wieder auf. Shay schlug wieder auf ihn ein, und der Mann fiel hin, aber er stand wieder auf, immer und immer wieder. Schließlich versetzte ihm Shay einen Schlag zuviel, so, daß der Mann nicht mehr auf die Beine kam. Shay wollte ihn vielleicht nicht umbringen, aber am Ende war der andere trotzdem mausetot.«

Sie sah Emma an, und der Schmerz in ihren Augen hatte alles andere ausgelöscht. »Wir alle haben eine helle und eine dunkle Seite. Meinen Sie nicht auch, Miss Tremayne? Wir wollen im Herzen immer das Richtige tun und sind nur in der Lage, das Falsche zu tun. Am Ende bestimmen die Entscheidungen, die wir treffen, unser Leben. Sie sind für das verantwortlich, was aus uns wird ...«

Brias letztes Wort klang wie ein Röcheln. Sie mußte husten – einmal, noch einmal und immer wieder. Emma legte ihr den Arm um die Hüfte und stützte sie, während die Arme sich unter dem Hustenanfall krümmte. Als der Husten schließlich nachließ, schob Emma ihr die Haare aus der schweißnassen Stirn und zog sie an sich.

Die Tür wurde geöffnet, und die beiden Frauen lösten sich langsam aus ihrer Umarmung.

Shay stand auf der Schwelle. Merry saß auf seinem Arm und hatte die Beine um seine Hüfte geschlungen. Noreen hielt seine andere Hand. Sie blickte zu ihm auf, als habe er ihr gerade den Mond und die Sterne am Himmel geschenkt.

Merry summte etwas Fröhliches. Sie zog ihren Vater am Ohr und drehte seinen Kopf, damit sie ihm einen feuchten Kuß auf die Wange drücken konnte.

»Sieh doch nur, Mama, wen ich draußen vor dem Haus gefunden habe!« rief Noreen mit blitzenden Augen. »Er sagt, er hat Hunger wie ein Bär!«

Bria schob schnell das blutige Taschentuch in die Schürzentasche, aber Shay sah es trotzdem. Ein Schatten fiel über sein Gesicht. Bria wandte den Blick ab, als könne sie ihm nicht in die Augen sehen.

Emma beobachtete die beiden und fragte sich, wie sie die Bedrohung durch die Krankheit überhaupt ertragen konnten.

»Ach du liebe Zeit!« rief Bria und schob sich die Locken aus der Stirn, die sich aus dem Knoten in ihrem Nacken gelöst hatten. »Auf dem Herd kocht noch immer die Wäsche anstatt der Tee!«

»Das macht überhaupt nichts«, erwiderte Shay. Er trat ins Zimmer und ließ die Tür offen. Er stellte Merry auf die Beine und schob die Mädchen zum Waschstand. »Ihr zwei wascht euch die Hände, und ich werde versuchen, das Teewasser zum Kochen zu bringen, ohne mir dabei meine zehn Finger zu verbrennen.«

Die Mädchen kicherten, und er lachte. Dann blickte er auf seine Frau und lächelte auch sie liebevoll und zärtlich an.

Hat mich Geoffrey schon einmal so angesehen? Ich würde alles auf der Welt dafür geben, einen Mann zu haben, der mich so ansieht, dachte Emma betroffen.

Als er an den Herd trat, begrüßte er Emma. »Guten Tag, Miss Tremayne.« Ihr wurde bewußt, daß er sie noch keines Blickes gewürdigt hatte – auch jetzt sah er sie nicht an.

»Guten Tag, Mr. McKenna«, erwiderte sie höflich und fand es eigenartig, seinen Namen auszusprechen.

Er ist nur ein gewöhnlicher Mann, dachte sie, ein eingewanderter Fischer. Er hat eine Frau, zwei Töchter, und ein drittes Kind ist unterwegs. Das alles wußte sie jetzt, und deshalb verstand sie nicht, daß ihr

Herz wie rasend klopfte, als sei er noch immer der Held ihrer kühnsten Träume.
»Ich ... ich sollte jetzt besser gehen«, sagte Emma.
Bria legte ihr den Arm um die Hüfte und schob sie zum Tisch. »Nein, das kommt nicht in Frage. Sie trinken mit uns Tee.«
Emma dachte in den nächsten Tagen oft an diesen Tee. Sie tat es, wenn sie mit Geoffrey in der Hope Street Tennis spielte oder am Dienstag mit Miss Liluth zum Bahnhof fuhr, wo die alte Frau auf den Zug aus Providence wartete. Sie dachte an den Tee mit den McKennas, wenn sie zu Hause allein im Eßzimmer saß und das Silber leise auf dem Knochenporzellan klirrte. Emma dachte an alle McKennas.
Sie saß mit Bria und den Mädchen am Tisch und sah zu, wie er den Kessel mit dem Teewasser auf den Herd stellte. Als er ein braunes Brot zum Tisch brachte, strich er Merry über die rotblonden Locken. Als er die Tassen auf die Untertassen stellte, nahm er sich die Zeit, die Schulter seiner Frau zu drücken. Er beugte sich über sie und flüsterte ihr etwas ins Ohr, worauf sie lächelte. Er neckte Noreen damit, daß sie einem Jungen namens Rory die Nase blutig gehauen hatte. Dann zwickte er seiner Tochter spielerisch in die Nase, und sie lachten beide.
Emma hatte noch nie einen Mann gesehen, hatte noch nie jemanden erlebt, der so lachen, so lustig und spielerisch sein konnte wie er, und der seiner Familie so nahe war.
Emma versuchte, sich Geoffrey vorzustellen. Würde er sich so zu ihr und ihren Kindern verhalten? Natürlich nicht. Es schickte sich nicht, Gefühle so offen zu zeigen. Nicht einmal das eigene Herz durfte die Geheimnisse tiefster Zuneigung und zärtlicher Hoffnungen kennen. Die dunklen Sehnsüchte und gefährlichen Abgründe konnte sich niemand eingestehen.
Emma suchte in ihren Erinnerungen nach Berührungen ihres Vaters, nach dem Gefühl seiner Hand auf ihrem Haar. Aber wenn sie die Augen schloß, sah sie nur einen großen Mann in einem eleganten schwarzen Gehrock und Zylinder. Ihr Vater schien stets mit seinen Gedanken in fernen Regionen zu weilen, die niemand außer ihm sah, oder er überließ sich Träumen, die keiner mit ihm teilte. Außer ... außer in dem wunderbaren Sommer, als er ihr das Segeln beibrachte.

Nur damals schien er von dieser Welt zu sein, und sie war mit ihm wirklich einmal zusammen. Es waren einzigartige blaue Tage voll Sonnenschein gewesen, als sie auf dem kleinen Segelboot, das er eigens für sie hatte bauen lassen, über die Bucht segelten. In diesen Augenblicken waren sie beide glücklich gewesen. Daran konnte sich Emma noch gut erinnern.

Ihr Vater hatte sie natürlich nie in eine Spinnerei zum Arbeiten geschickt.

Sie blickte auf Shay, auf seine Narben, und sah die strahlenden Augen, die von so unglaublicher Kraft waren. Er wirkte noch immer wie der gefährliche Rebell ihrer kühnen Träume, aber dieser Mann war er nicht. Das begriff sie jetzt. Dieser Mann mußte mitansehen, wie sich seine Frau mit jedem Atemzug unbarmherzig weiter dem Tod näherte, und er mußte seine Kinder in die Hölle der Spinnerei schicken. Trotzdem gab er denen, die es seiner Meinung nach noch nötiger hatten, einen Teil von seinem Lohn. Er kämpfte als Rebell für ein Land mit schwarzen Felsen, Sümpfen und strohgedeckten Hütten, das er vermutlich nie mehr wiedersehen würde. Er hatte mit seinen Händen brutal getötet, aber dieselben Hände strichen liebevoll über die Haare seiner Töchter.

Emma hatte diesen Mann durch Brias Augen und durch ihre Worte kennengelernt:

»Ich war verrückt nach ihm, und er hatte nur Sinn für Bücher und alle anderen Mädchen.«

»In Irland verdiente er unseren Lebensunterhalt mit einem Fischerboot und Netzen.«

»Er ist nicht glücklich, wenn er das, was ihn bewegt, nicht auch aussprechen kann. Große Worte hat er immer parat.«

»Seine Fäuste sind so groß wie Kuchenteller, aber er hat weder mich noch die Mädchen jemals im Zorn geschlagen, auch dann nicht, wenn er zuviel getrunken hatte.«

»Die Steine hatten das Bein des Hundes zerschmettert, und Squire Varney wollte das Tier erschießen, aber Shay konnte das nicht zulassen. Und dann hatten wir einen dreibeinigen Hund, der an der wärmsten Stelle vor dem Feuer lag.«

»Er konnte Gott den Tod seines Vater verzeihen, aber nicht den Tod seiner Mutter. Ich fürchte manchmal, als er sie in das schwarze Grab legte, hat er seinen Glauben mit ihr begraben.«
Er ist nur ein Mann, ein ganz gewöhnlicher Mann.
Aber nicht für Bria.
In den letzten Tagen und Stunden, in den vielen Augenblicken der Gemeinsamkeit, in ihren Gesprächen, hatte Emma trotzdem nicht ganz das Besondere begriffen. Erst jetzt verstand sie, wie sehr Bria ihren Mann liebte, ihn brauchte wie das Blut, das in ihren Adern floß. Er war für ihr Leben etwas Elementares, Wesentliches und Ewiges. Shay war die Sonne in Brias Welt. Und wenn sie von ihm sprach, strahlten ihre Augen.
Emma fragte sich, wie ihre Augen aussahen, wenn sie von Geoffrey sprach. Aber dann fiel ihr ein, daß sie in diesem Haus nie über Geoffrey gesprochen hatte. Sie hatte den Mann nie erwähnt, den sie heiraten würde. Sie hatte nie über das gemeinsame Leben mit ihm und über ihre gemeinsamen Träume auch nur ein Wort verloren. Wie konnte das sein?
Die Tasse vor ihr wurde mit Tee gefüllt. Der aromatische Dampf stieg ihr in die Nase. Gedankenverloren hob sie den Kopf und sah Shay an. Für den Bruchteil einer Sekunde lächelte er auch sie an.
»Danke«, murmelte sie, »... für den Tee«, fügte sie errötend hinzu.
»Keine Ursache«, erwiderte er. »Es ist nur Tee.«
Sie ließ den Kopf sinken und starrte auf die blaue karierte Serviette in ihrem Schoß. Das Lächeln verwirrte sie. Sie konnte seine Bedeutung nicht ergründen und ihre Reaktion darauf nicht verstehen. Sein Lächeln verlieh ihr Sicherheit und machte ihr gleichzeitig Angst.
Shay setzte sich. Er hatte braunes Brot, Käse und *Chourice,* die scharfen Würste – man konnte sie in den schwach beleuchteten Läden der *Bravas* kaufen, in denen es nach Olivenöl roch – auf den Tisch gestellt.
Einen Augenblick lang wurde es still in der Küche, dann summte Merry, und es klang so hell und klar wie ein Silberglöckchen.
Noreen klatschte in die Hände und kicherte. »Sie sagt, Pa boxt gegen Schatten.«

Ihr Vater beugte sich über den Tisch und tat so, als ziele er mit der Faust auf Merrys Gesicht. Er berührte ihre Nase mit den Knöcheln, aber so sanft, als sei es ein Kuß. Die Kleine rutschte vor Vergnügen auf dem Stuhl hin und her und summte fröhlich.
»Man nennt es Schattenboxen, Noreen«, erklärte er seiner älteren Tochter.
»Und wer ist der bessere Boxer, Mr. McKenna, Sie oder Ihr Schatten?« fragte Emma.
Sie sah, wie er für den Bruchteil einer Sekunde den Atem anhielt, als sei er ebenso überrascht wie sie darüber, daß Emma sich in das Gespräch einmischte. Er lehnte sich zurück und schob die Daumen in die Taschen seiner Cordhose.
»Sie fragen, wer der bessere Boxer ist, Miss Tremayne? Natürlich ich. Und ich bin tödlich beleidigt, daß Sie das in Frage stellen. Wenn ich diesen Schatten nicht ordentlich verprügelt hätte, wäre er kaum vor mir durch die Tür geschlichen.«
Bria schnaubte verächtlich. »Ich staune, daß du es überhaupt schaffst, durch die Tür zu gehen, mit deinem Kopf, der so groß ist, daß er zu den Weltwundern gehört.«
Shay griff sich mit beiden Händen ans Herz, als sei er tief getroffen. Seine Frau und die Kinder lachten. Selbst Emma mußte lächeln. Sie war noch immer schockiert über ihre Kühnheit. Ihre Bemerkung war so schlagfertig gewesen wie vieles, was ihr in Gesellschaft in den Sinn kam, was sie aber nur selten zu äußern wagte.
Aber in Brias Küche waren die Qualen der Schüchternheit vergessen. Hier fühlte sie sich sicher, und alles war ihr so vertraut wie die Birken, die alte Orangerie und das Wasser in der Bucht.
Sie sah sich in der Küche mit der verblaßten Tapete und dem abgetretenen Linoleumboden um. Bria gab allem eine persönliche Note – die Blumen auf dem Tisch, der gehäkelte Teppich und der Schaukelstuhl mit dem Binsensitz, die Schale mit Weihwasser neben der Tür. Verblüfft wurde Emma bewußt, daß sie hier glücklich und zufrieden war. Bei diesem Gedanken mußte sie lächeln.
»Tun Sie das nicht, Miss Tremayne.«
Ihr Name in der rauhen Stimme so vorwurfsvoll ausgesprochen, ließ

sie zusammenzucken. Emma drehte den Kopf und sah den lodernden Zorn in seinen Augen.
»Was nicht?« fragte sie. »Was soll ich nicht tun?«
»Sie sollen sich nicht so hochmütig in der Küche meiner Bria umsehen. Sie sind verwöhnt, und Sie haben Langeweile. Sie finden es amüsant, einen Nachmittag bei den einfachen Leuten zu verbringen. Das gibt Ihnen Gelegenheit, Ihre Überlegenheit zur Schau zu stellen und Ihre guten Manieren, denn Sie sind ja eine so vornehme junge Dame, aber ...«
»Shay!« Bria schnitt ihm das Wort ab, aber er durchbohrte Emma immer noch mit seinen Blick.
Sie irren sich, hätte sie ihm am liebsten geantwortet. Aber die Worte blieben ihr in der Kehle stecken, denn obwohl inzwischen alles nicht mehr der Wahrheit entsprach, was er ihr vorwarf, war am Anfang etwas Wahres daran gewesen. Er sah sie herausfordernd an, als wisse er das.
»Ach, Shay!« rief Bria noch einmal und hustete dabei heftig. »Wie kannst du so etwas sagen? Miss Tremayne ist Gast in unserem Haus!«
»Ja, in unserem Haus.« Er legte die Hände flach auf den Tisch, als wolle er aufstehen. Aber er blieb sitzen, ohne den Blick von Emma zu wenden. »Das kannst du sagen, weil wir Miete dafür bezahlen. Du könntest aber auch sagen, sie ist Gast in Mr. Geoffrey Alcotts Haus, da es ihm gehört. Sie wird bald die Frau von Mr. Alcott sein. Deshalb sind wir eher bei ihr zu Gast. Habe ich recht, Miss Tremayne?«
Emma hatte nicht gewußt, daß das Haus Geoffrey gehörte, obwohl sie es sich hätte denken können. Den »Alcott Textiles« gehörten fast alle Grundstücke in der Umgebung der Spinnerei. So wie den Tremaynes die meisten Hütten und Miethäuser bei der Gummifabrik in Goree gehörten.
Brias Stimme klang rauh vom Husten und vor Zorn, als sie sagte: »Und du, du benimmst dich, als sollten wir Miss Tremayne verachten, nur weil sie eine Tremayne ist. Bei Gott, wir sind nicht mehr in Irland.«
»Die Grundbesitzer sind auf der ganzen Welt gleich. Habe ich nicht

recht, Miss Tremayne? Nur hier in Amerika haben sie noch einen besonderen Dreh gefunden, um ihre Pächter und Mieter auszubluten. Die Miete einer Familie richtet sich nach der Zahl der Kinder, die sie in die Spinnereien schicken, wo sie wie Sklaven schuften müssen, damit der Besitzer Gewinne macht. Je mehr Kinder arbeiten, desto niedriger ist die Miete. So ist es doch, Miss Tremayne?«

Sie schüttelte den Kopf und wandte den Blick ab. Auch das hatte sie nicht gewußt.

»Es ist grausam, finden Sie nicht auch, Miss Tremayne? Man zwingt einen Mann, seine Töchter entweder in die Spinnerei zu schicken, oder zuzusehen, wie sie hungern.«

Er verurteilte sie. Jedesmal, wenn sie ihm begegnete, hatte sie das Gefühl, daß er sie an den Regeln einer Welt maß, die sie nicht kannte.

Bria preßte das zusammengeknüllte Taschentuch an ihren Mund und unterdrückte ein Husten. Sie umfaßte seinen Arm und grub ihm die Finger in die Haut. »Willst du durch dein schlechtes Vorbild deinen Töchtern die Manieren von Landstreichern beibringen? Ganz gleich, wem das Haus gehört, Miss Tremayne ist Gast an unserem Tisch. Deshalb wirst du dich jetzt bei ihr entschuldigen.«

Er schwieg, und die Spannung wuchs, doch dann sagte er: »Wenn die Wahrheit Sie beleidigt, Miss Tremayne, dann bitte ich Sie vielmals um Entschuldigung.«

Emma hob den Kopf und sah ihm direkt in die Augen. »Sie besitzen die Fähigkeit, Mr. McKenna, Ihre Entschuldigung wie eine Anklage klingen zu lassen.«

Er kniff die Augen leicht zusammen und öffnete die Lippen, aber nicht, um zu lächeln. Sie dachte, er werde etwas erwidern, aber Merry begann, laut und aufgeregt zu summen.

Noreen hatte ihren Vater die ganze Zeit aufmerksam, aber mit gerunzelter Stirn beobachtet. Jetzt hörte sie ihrer Schwester zu und schien nahe daran, gleichzeitig zu weinen oder zu lachen. »Merry sagt, es gibt keinen Grund für die ganze Aufregung.« Sie deutete mit geröteten Wangen auf Emma. »Denn *sie* wird uns eines Tages ein ganz neues Haus kaufen. Merry sagt, sie hat unglaublich viel Geld.« Nach einem kurzen Blick auf ihren Vater sah sie Emma vorsichtig an. »Wieviel Geld haben Sie eigentlich?«

Emma wurde verlegen. Niemand, der ihrer Gesellschaftsschicht angehörte, hätte es gewagt, eine solche Frage zu stellen. Doch Bria, Shay und die Mädchen sahen sie neugierig an und schienen eine Antwort zu erwarten.

Sie hob das Kinn. Man hielt sie für stolz, gut, dann wollte sie ihnen zeigen, daß sie Grund zum Stolz hatte. »Da ist natürlich das Familienvermögen, das werden Maddie und ich beim Tod meines Vaters erben ... ich habe weiß Gott keine Ahnung, wieviel das ist. Dann habe ich einen Treuhandfonds, der mir bei meiner Hochzeit ausgezahlt wird oder an meinem fünfundzwanzigsten Geburtstag. Aber das sind nur eine Million Dollar.«

»Heilige Mutter Gottes!« rief Shay und verdrehte die Augen. »›Nur eine Million‹, sagt sie.« Er machte mit der Hand eine große Geste. »Und wie viele Blumen hat die Tapete in unserer Küche? Was würdet ihr sagen, vielleicht tausend?« Er nahm die kleine blaue Salzdose und stellte sie mitten auf den Tisch neben die Blumen. »Und wie viele Salzkörner sind wohl da drin? Wahrscheinlich nur hunderttausend. Doch unsere liebe Miss Tremayne hat etwas, das man einen ›Treuhandfonds‹ nennt, und darin befinden sich *nur* eine Million Dollars. Sie spricht davon, als sei das etwas völlig Belangloses.«

»Ach, Shay ...«, murmelte Bria und seufzte lange und tief.

Emma faltete sorgfältig die Serviette zusammen und legte sie neben die Teetasse und die Untertasse.

»Entschuldigen Sie bitte«, sagte sie in ihrem gepflegtesten Tonfall. »Aber ich muß jetzt leider gehen.«

Sie erhob sich anmutig mit einem kaum hörbaren Rascheln ihrer Seidenröcke.

Wenn er ihr vorwarf, die feine Dame zu spielen, dann wollte sie ihm zeigen, daß sie wirklich eine war. »Vielen Dank für Ihre Gastfreundschaft.« Sie nickte ihm kühl zu. »Auf Wiedersehen, Mr. McKenna. Auf Wiedersehen Noreen, Merry ...« Brias bestürzte Miene ließ sie beinahe schwach werden. »Auf Wiedersehen, Mrs. McKenna«, sagte sie dann, und ihre Stimme klang etwas belegt.

Sie verließ die Küche, stieg die steilen Stufen hinunter und ging auf dem schmalen Pfad zur Thames Street, wo die Kutsche neben dem Gehweg auf sie wartete. Sie hatte gerade die Zügel vom Laternenpfahl gelöst, als sie hörte, wie in ihrem Rücken eine Tür ins Schloß fiel.

»Miss Tremayne, ich möchte Ihnen noch etwas sagen.«

Langsam drehte sie sich um und wartete auf ihn. Er kam durch die blauen Veilchen und gelben Margeriten, die sie zusammen mit Bria in das Blumenbeet gesetzt hatte.

Shay trat dicht neben sie. Sie sah eine Schweißperle von seinem Ohr tropfen und an der Halsschlagader entlanglaufen. Er verunsicherte sie mit seinem eindringlichen Blick.

Ihre Kehle war wie zugeschnürt, und sie brachte kaum ein Wort hervor. »Möchten Sie mich noch mehr beschimpfen, Mr. McKenna? Oder möchte Sie mir vielleicht verbieten, als verwöhnte Frau noch einmal Ihr Haus zu betreten?«

Er schüttelte langsam den Kopf. »Nein, das will ich nicht. Ich möchte Sie nur bitten ...« Zum ersten Mal sah sie in seinen Augen deutlich seine Verletzlichkeit, als sei eine harte Schale aufgeplatzt, und durch den Riß sei seine Seele sichtbar geworden. »Tun Sie ihr nicht weh«, sagte er.

Sie stieß so heftig die Luft aus, daß es wie ein leises Seufzen klang. »Das würde ich niemals tun!«

Shay musterte sie, als wolle er die Wahrheit ihrer Worte ergründen. Seine Augen wurden wieder hart, und sein Mund unerbittlich schmal.

»Sie verstehen das nicht«, erwiderte Emma. »Bria ist meine Freundin.«

»Ihre Freundin? Und was wird geschehen, wenn Ihre anderen ›Freunde‹ von Ihren Besuchen hier erfahren? Wenn der Mann, dessen Ring Sie am Finger tragen und den Sie heiraten werden, davon erfährt? Ich kann Ihnen garantieren, den Yankees wird das nicht gefallen. Und früher oder später wird man Sie dafür tadeln. Und sagen Sie mir nicht, das sei Ihnen gleichgültig.«

»Das ist mir gleichgültig«, erwiderte Emma. Doch sie hörte die Lüge in ihren Worten. Sie *wollte,* daß es ihr gleichgültig wäre, aber sie hatte sich noch nie dem Unmut und der Mißbilligung der ganzen Gesellschaft ausgesetzt. Und sie wußte sehr wohl, wie grausam diese Gesellschaft sein konnte.

»Sie könnten ebensogut einen Fisch aus dem Meer ziehen und von ihm erwarten, an Land zu leben«, sagte er und schien damit ihre eigenen Gedanken auszusprechen. »Das wäre einfacher, als unsere beiden Welten miteinander zu verbinden.«

»Ich möchte doch nur ...« Sie konnte nicht weitersprechen. Sie wollte nichts miteinander verbinden. Sie wollte nur Brias Freundin sein.

Er holte tief Luft und atmete dann langsam aus. Sein Mund wirkte etwas weicher, obwohl seine Augen unerbittlich blieben. »Sie haben bis jetzt ein großartiges Leben geführt, Emma Tremayne. Sie mußten sich nie vorher Gedanken darum machen, was am Ende aus einer Sache wird, welchen Preis sie hat.«

Sie wollte sich zu einem Lächeln zwingen, aber es gelang ihr nicht. »Sie übertreiben. Es mag vielleicht ungewöhnlich sein, aber es ist wohl kaum ein Verbrechen gegen Gott oder die Menschheit, wenn sich eine blaublütige Yankee und eine irische Einwanderin ein wenig anfreunden.«

»Ach, jetzt sind wir schon bei ›ein wenig‹, wenn es um die Freundschaft geht.« Er beugte sich vor, und seine Stimme klang noch rauher. »Meine Bria öffnet ihr Herz nicht ohne weiteres einem Menschen. Deshalb ist ihr Herz sehr zerbrechlich. Sie dagegen ... *Dhia,* Leute wie Sie brechen die Herzen von Menschen so mühelos wie andere das Brot.«

Überraschenderweise schmerzten seine Worte. Ihre Kehle war trokken, und Tränen stiegen ihr in die Augen. Sie würde im nächsten Moment vor ihm anfangen zu weinen und glaubte, das nicht ertragen zu können. »Sie verachten mich wirklich, nicht wahr?«

Er lachte leise. »Da spricht die gute Gesellschaft aus Ihnen. Alles in der Welt dreht sich immer nur um Sie. Ich flehe Sie beinahe auf Knien an, meiner Frau den Schmerz zu ersparen, den Sie ihr bringen werden, wie ich weiß. Und Ihnen geht es nur darum, daß ich Ihnen nicht die Achtung entgegenbringe, die ich Ihnen Ihrer Meinung nach schulde.«

Sie wehrte sich verzweifelt gegen den Ansturm der Tränen. Sie hob den Kopf und drehte ihm den Rücken zu, um in die Kutsche zu steigen. Sie tat es mit der ganzen Würde, die ihr als Tochter einer zweihundert Jahre alten Familie der guten Gesellschaft zu Gebote stand.

Aber als sie im Wagen saß und davonrollte, hörte sie ihn mit seiner heiseren Stimme sagen: »Nein, ich verachte Sie nicht.«

Er verachtete sie nicht.

Shay sah ihr nach, als sie davonfuhr. Die Räder der Kutsche ratterten auf der schmutzigen Straße. Der breite Rand ihres Strohhutes verdeckte ihr Gesicht. Das Spitzentuch an ihrem Hals flatterte im Wind. Sie wirkte unnahbar, stolz und reich. Als er sie das erste Mal bei der Fuchsjagd gesehen hatte, war das sein Eindruck von ihr gewesen. Später hielt er sie für ein mutiges Mädchen, das sich nach einem Abenteuer sehnte. In ihrer Unschuld geriet sie in einen Konflikt zwischen ihrer qualvoller Schüchternheit und einem unbezähmbaren Wagemut.

Er verachtete sie nicht. Bei Gott, wenn sie nicht die Frau gewesen wäre, die sie war, dann hätte er sich mit ihr anfreunden können. Trotzdem, er hatte etwas für sie übrig, obwohl er beim besten Willen nicht hätte erklären können, was es war. Erstaunlicherweise kam ihm das Wort *Bewunderung* in den Sinn.

Vielleicht hatte das ihn dazu gebracht ... nun ja, er hatte sich nicht wirklich mit Absicht in ihre Nähe begeben. Als sich die Gelegenheit bot, war er eine Weile bei ihr geblieben. Aber jetzt wünschte er, das alles hätte nicht stattgefunden. Er wußte zwar, daß sie zu Bria nicht wegen ihm kam, trotzdem wurde er das Gefühl nicht los, es sei alles seine Schuld. Er wollte sie nicht in seinem Leben, in ihrem gemeinsamen Leben haben.

Und doch ... sie hatte etwas an sich, das den Wunsch in ihm weckte, sie näher kennenzulernen. In dieser Hinsicht verhielt er sich ebenso töricht wie sie. Er wollte nicht begreifen, daß man für die wirkliche Nähe zu einem Menschen teuer zu zahlen hatte.

Er sah ihr nach, bis ein Bierwagen und eine Pferdeambulanz in die Straße einbogen und sie bis auf die nickenden Pfauenfedern ihres Huts seinen Blicken entzogen. Aber noch lange, nachdem sie verschwunden war, blieb ihr Bild wie Sonnenflecken in seinen Augen, und in der Luft lag ein Hauch von Veilchenparfüm.
Er ging zum Haus zurück, stieg die Stufen hinauf und stieß die Tür auf. Seine Frau stand mit einer zerbrochenen Untertasse in der Hand am Ausguß. Mit der anderen Hand drückte sie ein blutiges Taschentuch an den Mund, um den heimtückischen Husten zu unterdrücken, der sie langsam, aber sicher umbrachte.
Er sah sie an – den gebeugten Kopf, die mageren, zuckenden Schultern, und zum tausendsten Mal brach es ihm das Herz.
»Bria«, flüsterte er.
Sie hustete ein letztes Mal. Es klang wie ein ersterbendes Röcheln. Bria starrte auf die Steingutuntertasse und ließ sie dann in den Ausguß fallen. Sie drehte sich um und streckte die Hand aus.
»Noreen, komm her«, sagte sie leise.
Ihre Töchter saßen noch immer am Tisch. Die Spannung, die in der Luft lag, machte ihnen Angst. Noreens Gesicht wurde noch bleicher, als sie aufsprang und zu ihrer Mutter lief. »Ja, Mama?« sagte sie leise.
Bria drückte dem Kind ein paar Münzen in die Hand. »Geh mit deiner Schwester zu Pardon Hardy und kauft euch ein paar Pfefferminzlutscher.«
Noreen sah ihren Vater ängstlich an, aber er schwieg. Sie ging zum Tisch zurück und ergriff Merrys Hand.
Shay wartete, bis sich die Tür hinter den Kindern geschlossen hatte.
»Wirst du jetzt mit mir schimpfen?« fragte er und bemühte sich vergeblich um ein Lächeln.
Sie sah ihm eine Ewigkeit in die Augen, dann schien sie in sich zusammenzufallen. Sie schlang die Arme um den dicken Leib und umarmte sich und das Kind. »Sie wird nicht mehr kommen«, schluchzte Bria, und es klang wie ein Wimmern.
»Ach, Bria, mein Schatz ...« Er trat zu ihr und nahm sie in die Arme. Sie wollte sich an ihn lehnen, ihr Gesicht an seine Brust drücken, aber das Ungeborene war im Weg.

»Ich hatte noch nie eine Freundin wie sie«, hörte er sie mit tränenerstickter Stimme sagen. »Du verstehst das nicht ... man findet nur selten eine wahre Freundin ...«

Er verstand sie sehr wohl, und das bereitete ihm so großen Schmerz, daß es war, als wolle er ein Messer schlucken, das ihm in der Kehle steckenblieb. Er wollte glauben, daß er alles war, was sie brauchte, alles was sie je brauchen würde. Vielleicht war das einmal auch wirklich so gewesen. Aber ein solches Bedürfnis mußte auf Gegenseitigkeit beruhen und erfüllt werden. Doch in einer dunklen Ecke seines Herzens wußte er sehr wohl, daß er ihre Erwartungen in dieser Hinsicht nicht erfüllt hatte. So sehr er sie auch liebte, er hatte sie nicht genug geliebt. Er fuhr ihr mit den Händen immer wieder über den gebeugten Rücken. Sie war inzwischen sehr zerbrechlich und bestand nur noch aus Haut und Knochen. Er konnte es kaum ertragen. Gott, o Gott, sie starb. Er würde sie verlieren, auf ewig verlieren ... er hatte sie bereits verloren.

»Deine Emma Tremayne ist nicht feige«, sagte er trotz des Messers in seiner Kehle. »Wenn sie will, wird sie zurückkommen. Dann wirst du wirklich wissen, ob sie die wahre Freundin ist, die du dir erhoffst.«

Bria lehnte sich in seinen Armen zurück und sah ihn an. Auf ihren Wangen lag die rosige Röte des Todes. Ihre Augen waren schwarze Teiche voll Schmerz und Verlust.

Ich verliere sie, ich verliere sie, hallte es in ihm wie der Donner eines nicht enden wollenden Gewitters.

»Du glaubst, aus dieser Freundschaft kann nichts Gutes werden, nicht wahr?« flüsterte Bria.

Er schob ihr die feuchten Haare aus der Stirn. Sie hatte schon immer die schönsten Haare gehabt, die er bei einer Frau gesehen hatte. Es waren irische Haare. Sie waren feurig und temperamentvoll und so rot wie die aufgehende Sonne über den strohgedeckten Dächern von Gortadoo.

Er drückte ihr einen Kuß auf die Haare und flüsterte, wobei er sie mit den Lippen zärtlich liebkoste: »Nein, nichts Gutes. Aber vielleicht liegt es daran, daß ich Wunder immer nur von Gott erwartet habe, während du, mein Schatz, Wunder nur durch uns kommen siehst.«

Sechzehntes Kapitel

Ende Mai wurde der Himmel noch blauer, und das Sumpfgras wuchs saftig grün. Emma fuhr wieder zu dem Haus in der Thames Street. Sie wußte nicht, ob der Stolz sie dorthin trieb oder mangelnder Stolz sie von weiteren Besuchen abhielt. Sie fuhr in die Thames Street, weil ihr scheinbar keine andere Wahl blieb, oder weil ihr jede Entscheidung offenstand.

Die Vorstellung, wählen zu können, war für sie ein faszinierendes Thema geworden: Wie lebten die Menschen ihr Leben, welche Entscheidungen trafen sie und aus welchen Gründen. Es gab Dinge, die man einfach nicht tat, und andere tat man, ohne sie jemals in Frage zu stellen. Je mehr sie sich mit diesem Thema beschäftigte, desto klarer erkannte sie, daß sich das Herz nicht von anderen beherrschen oder steuern ließ. Das Herz gehorchte nur sich selbst.

Eines Abends fragte sie Geoffrey auf einer Soiree der Pattersons: »Warum beschäftigst du in deinen Spinnereien hauptsächlich Kinder?«

Es schien ihn merkwürdig zu berühren, daß sie ein so unangenehmes Thema bei Champagner und Cocktails zur Sprache brachte. Aber er beantwortete die Frage, ohne zu zögern. »Weil sie mit ihren kleinen Fingern die Fäden der Spulen sehr viel müheloser entwirren können. Ich habe einmal einen ganzen Tag lang an einem Ringspinner gestanden. Die Arbeit ist nicht so leicht, wie man vielleicht glaubt.«

Sie hatte nicht gewußt, daß er, wenn auch nur für einen Tag, die Arbeit seiner am schlechtesten bezahlten Arbeiter übernommen hatte. Emma fand, das verriet seine Fürsorge für die Arbeiter. Das hätte sie beinahe dazu bewogen, auf die nächste Frage zu verzichten.

»Aber du bist nicht verpflichtet, einem Kind denselben Lohn zu zahlen wie einem Erwachsenen. Das stimmt doch, Geoffrey?«
Sein Lächeln, von dem sie immer glaubte, es gefalle ihr, wurde etwas frostig. »Es gibt so etwas wie Gewinn und Verlust, und ich muß auch die unteren Verdienstgrenzen beachten, liebste Emma. Ich muß meinen Lebensunterhalt verdienen ... *unseren* Lebensunterhalt.«
»Aber das müssen die Arbeiter auch. Und ...«
»Emma!« Ihre Mutter rief vom anderen Ende des Salons: »Mrs. Patterson möchte wissen, ob du und Mr. Alcott auf eurer Hochzeitsreise nach Wien oder nach Paris fahren wollt.«
Als sie später wieder zu Hause waren, sagte ihre Mutter: »Du wirst mit deinen Fragen zu kühn, Emma. Wie oft muß ich dich noch ermahnen, nicht zu vergessen, daß es besser ist zu schweigen, als etwas Falsches zu sagen?«
Der angstvolle und gequälte Blick in den Augen ihrer Mutter erinnerte Emma in aller Deutlichkeit daran, daß sie in einer Welt lebten, in der man keine Fragen stellte und in der man keine Wahl hatte, in der man keine Entscheidungen treffen konnte.

Beim Kartenspielen am nächsten Tag bei den Carter-Schwestern sagte Miss Carter: »Wir werden die liebe Mrs. Oliver ein ganze Weile nicht mehr in Gesellschaft sehen.«
»Warum nicht?« fragte Emma, die schon wieder vergessen hatte, daß sie keine unbedachten Fragen stellte sollte. Mrs. Oliver war jung verheiratet, und Emma interessierte sich in letzter Zeit für Bräute.
»Weil sie unpäßlich sein wird«, erwiderte Miss Liluth und kicherte leise.
»Liluth!« Miss Carter sah ihre Schwester vorwurfsvoll an. »Schäme dich!«
»Emma«, mischte sich Bethel schnell ein, »hast du vergessen, daß beim Whist Herz Trumpf ist?«
Als das Spiel zu Ende war, sagte Emma zu ihrer Mutter, sie wolle mit dem Boot auf die Bucht hinaussegeln. Aber sie fuhr in das Haus an der Thames Street.
Bria hatte die Tür offenstehen, um die Maisonne in die Küche schei-

nen zu lassen. Sie saß im Schaukelstuhl und stopfte einen der großen Socken ihres Mannes. Ihre Hände lagen bei der Arbeit auf dem vorgewölbten, dicken Bauch.
Emma dachte in Erinnerung an Mrs. Oliver, daß sich Bria trotz ihrer Schwangerschaft überall zeigte, wenn auch nicht in der guten Gesellschaft. Das Kind in ihrem Leib war für sie keine Last, die zu ›Unpäßlichkeit‹ führte, sondern Ausdruck ihres Mutterglücks.
Als Emmas Schatten auf Bria fiel, hob sie den Kopf. Sie wollte lächeln, stieß statt dessen aber einen kleinen Schrei aus und deutete auf ihren Bauch. Noch in der Tür konnte Emma erkennen, mit welcher Kraft das Baby im Leib strampelte.
»Ooooh! Er wird bald zur Welt kommen. Es kann jeden Tag soweit sein. Er ist so lebendig«, stieß Bria leicht keuchend hervor. »Und er ist ganz der Sohn seines Vaters, da gehe ich jede Wette ein.«
Emma kniete neben dem Schaukelstuhl nieder. Sie hob die Hand und sah Bria fragend an. »Darf ich?«
Lächelnd und schnaufend nahm Bria Emmas Hand und legte sie dorthin, wo sich das neue Leben in ihr regte. »Du meine Güte!« rief Emma. »Der Kleine ist aber stark!«
»Ja, er wird ein mutiger stämmiger Ire sein.« Aber plötzlich versagte ihr die Stimme, und sie fing an, so heftig an zu weinen, daß Emma kaum verstand, was sie sagte. Es ging jedoch darum, daß ihr mutiger, stämmiger irischer Junge seine kleeblattgrünen Augen vermutlich nie auf die vom Regen gepeitschten grünen Hügel von Irland richten würde.
»Nehmen Sie es mir nicht übel«, schluchzte Bria schließlich und wischte sich die Tränen mit dem Ärmel ihrer Bluse ab. »Wenn mich die Angst überkommt, muß ich weinen.«
»Sie müssen keine Angst haben«, sagte Emma. »Das Baby wird gesund sein.« Sie sagte allerdings nicht: Auch Sie werden wieder gesund werden, denn das wäre eine zu offensichtliche Lüge gewesen. Vielleicht entsprach ihre Äußerung über das Ungeborene auch nicht der Wahrheit. Konnte sich im Mutterleib die tödliche Krankheit auf das Kind übertragen?
Am Anfang hatte sich auch Emma gefragt, ob sie sich bei Bria anstek-

ken könnte, wenn sie in diesem Haus zu Besuch war. Sie hatte so lange darüber nachgedacht, daß sie schließlich richtig Angst bekam, aber nicht genug, um Bria nicht mehr aufzusuchen. Jetzt dachte sie nicht an die Ansteckungsgefahr, sondern schlang Bria die Arme um die Hüfte. Bria beugte sich vor und legte ihr das Kinn auf den Kopf. Es war eine unbequeme Stellung, aber beide fanden in der Nähe Trost.

»Warum haben Sie Irland verlassen, wenn Sie das Land so sehr lieben?« wollte Emma wissen. Sie spürte, wie Bria erstarrte.

Emma ließ sie los und verlagerte das Gewicht auf die Fersen. »Verzeihen Sie mir«, murmelte sie. »Ich weiß, ich habe diese Frage schon einmal gestellt. Ich möchte nicht neugierig sein.«

Aber Neugier hatte sie zu dieser Frage getrieben. Sie wollte einen wahren Einblick in die Welt gewinnen, die hier in dieser Küche, in diesem kleinen Haus ihren Mittelpunkt gefunden hatte. Emma wollte Brias Welt aufbrechen wie eine Nußschale, um zu dem süßen Kern vorzustoßen.

Bria nahm das hölzerne Stopfei aus der Socke und rieb es gedankenverloren mit den Händen.

»In Irland sind die Mädchen nicht so fortschrittlich wie hier und heiraten den Mann ihrer Wahl. In Irland haben wir Heiratsvermittlerinnen. Aber niemand hätte mich einem jungen Mann angeboten, denn ich bekam keine Mitgift und hätte auch nie etwas in die Ehe einbringen können.«

Bria holte tief Luft und seufzte schwer. Ihr Blick richtete sich in die Ferne, in die Vergangenheit. »Aber ich hatte mir Shay McKenna in den Kopf gesetzt. Ich war unsterblich in ihn verliebt. Deshalb machte ich mich daran, ihn zu gewinnen, so wie es jedes Mädchen seit Anbeginn der Zeiten getan hat. Er wollte Priester werden, und mit sechzehn hat er plötzlich eine schwangere Frau und nur ein Fischerboot und ein paar Netze, um seine Familie zu ernähren.«

Ein Priester, Emma staunte. Dieser Mann, dieser Mann ... wäre beinahe Priester geworden. Sie war nahe daran, laut zu lachen. Aber etwas Beklemmendes legte sich ihr auf die Brust, es schmerzte, und sie hatte das eigenartige Gefühl, innerlich zu schmelzen.

»Er wollte Priester werden«, wiederholte Bria. »Und ich habe ihn

Gott gestohlen. Das ist natürlich eine große Sünde. Aber es ist eine noch größere Sünde, ihm sein Wesen zu stehlen, das, was er hätte sein können.«

Emma streckte die Hand aus, zog sie wieder zurück, berührte dann aber doch die Hand der anderen Frau. Bria ließ das Holzei los und ergriff Emmas Hand. »Ich kenne Mr. McKenna nicht gut«, sagte Emma. »Aber selbst ein Blinder könnte sehen, daß er Sie wirklich liebt.«

Brias Augen füllten sich mit Tränen, ihre Lippen zitterten, und sie lächelte schmerzlich. »Er hatte immer so große Träume ... schon als Junge. Ich wollte nur ein ganz normales Leben ... einen Mann, gesunde und aufgeweckte Kinder, vielleicht ein Haus und ein paar Kartoffelfelder. Wenn es Schwierigkeiten gab, dann wollte ich nie kämpfen. Ich wollte nur, daß sie vorübergingen.«

Emma drückte verständnisvoll ihre Hand. Bria verstummte, dann schluckte sie, als wolle sie einen Felsen hinunterwürgen.

»Ich werde Ihnen erzählen, was geschehen ist«, murmelte sie schließlich. »Ich werde es Ihnen gleich sagen ...«

»Das müssen Sie nicht. Das ist nicht nötig ... bestimmt nicht.«

»Doch. Ich habe wie Sie schon lange das Bedürfnis, mich jemandem anzuvertrauen.«

Als Bria sie ansah, verriet ihr Gesicht große Stärke, aber gleichzeitig auch eine zarte Unschuld. »Ich habe Ihnen schon erzählt, wie Shays Vater ums Leben kam, und wie sein Glaube starb, als er seine Mutter begraben mußte. Aber ich habe Ihnen noch nicht erzählt, warum ein solcher Haß an die Stelle seines Glaubens trat ...«

Sie schwieg und schien die Vergangenheit vorsichtig zu berühren, um sich zu vergewissern, daß sie ihr diesmal besser gewachsen war.

»Er hatte sich nach dem Tod seiner Eltern den Feniern angeschlossen und der Landliga. Das ist eine Gruppe von Rebellen, die alle Grundbesitzer und ihre Verwalter terrorisierte, sie sogar tötete, wenn sich die Gelegenheit bot. Shay wartete acht Jahre auf seine Rache an dem Verwalter, der seine Mutter dazu gebracht hatte, sich ins Meer zu stürzen. Ich glaube jedenfalls, daß es Shay war, der den Mann kaltblütig umgebracht hat. Er hat nie mit mir darüber gesprochen, und ich werde ihn nie danach fragen. Aber der Friedensrichter hatte einen Haftbefehl, in dem ihm der Mord vorgeworfen wurde.«

Bria umklammerte Emmas Hand so fest, daß es schmerzte, aber Emma gab keinen Laut von sich. Sie wagte kaum zu atmen, sogar ihr Herz schien aufzuhören zu schlagen.

»Shay war mit seinem Boot hinausgefahren um zu fischen, als der Friedensrichter ihn verhaften wollte. Sir Michael Barnes kam auf seinem Pferd nach Gortadoo geritten. Er trug den scharlachroten Rock des Jagdmeisters, als habe er diese wichtige Aufgabe nur kurz unterbrochen, um einen gewöhnlichen irischen Verbrecher hinter Schloß und Riegel zu bringen. Er kam allerdings in Begleitung eines Trupps königlich irischer Konstabler in ihren feschen grünen Uniformen ...«

Bria war jedoch gewarnt worden und hatte Zeit gehabt, ihre Töchter zu verstecken. Sie lief mit ihnen in den Schweinestall und verbarg sie unter dem stinkenden Mist. Sie mußten schwören, sich nicht sehen zu lassen und stumm wie Fische zu bleiben, was auch immer geschehen mochte.

»Der Friedensrichter erklärte, Shay müsse sich der Gerichtsbarkeit stellen. Und um sicherzustellen, daß er die Nachricht erhielt, hat mich der Friedensrichter ... er hat mich vergewaltigt. Er hat mich über eine Mauer gelegt und mich wie ein Hund bestiegen ... vor den Augen aller Nachbarn ... auch meine Mädchen konnten es sehen. Auf diese Weise würde Shay es bestimmt erfahren.«

»Um Himmels willen, nein ...«, flüsterte Emma.

»Shay mußte es aber nicht erfahren«, fuhr Bria fort. Sie weinte. Dicke Tränen liefen ihr über die Wangen. »Denn er kam rechtzeitig zurück, um es mit eigenen Augen zu sehen. Er versuchte, den Friedensrichter umzubringen, der ... er wollte ihn erwürgen und er hätte es auch getan, wenn ihn die Konstabler nicht daran gehindert hätten. Sie hätten ihn eigentlich ins Gefängnis von Kilmainham bringen sollen, damit man ihm den Prozeß machen konnte. Aber sie entschieden sich dafür, ihn wegen versuchten Mordes an einem Adligen auf der Stelle in Gortadoo zu hängen. Im Dorf stand der einzige Baum im Umkreis von zwanzig Meilen ... eine alte Eibe.«

»O Bria ...« Emma verschlug es die Sprache. Sie spürte Tränen auf ihrem Gesicht. Sie richtete sich ein wenig auf und legte die freie Hand um Brias Rücken. Mit der anderen hielt sie noch immer Brias Hand. Sie würde Bria nicht loslassen, niemals würde sie das tun.

»Sie haben mich gezwungen, beim Hängen zuzusehen«, flüsterte Bria. »Und die Mädchen auch ... sie mußten auch zusehen.«

Emma stöhnte ...

»Es dauerte lange, bis er tot war. Er hing am Seil und zappelte. Als Donagh schließlich das Seil durchschnitt, war sein Gesicht schwarz. Um den Hals hatte das Seil ein blutiges Mal hinterlassen. Er atmete noch schwach, aber das wußte ich damals nicht.«

Emma preßte ihren Mund an Brias Schulter, um ihr Schluchzen zu unterdrücken. Es gelang ihr nicht. Sie weinten eine Weile zusammen, aber schließlich verstummten sie.

»Ich kann mir nicht vorstellen, wie Sie das ertragen haben«, murmelte Emma kaum hörbar.

Bria zuckte mit den Schultern und wischte sich mit der freien Hand die Tränen vom Gesicht. Mit der anderen hielt sie noch immer Emma fest. Ihr Atem ging flach und schnell und klang beinahe wie ein Keuchen. »Ich habe es auf die einzige Art ertragen, die mir möglich war. Ich habe die Totenwache gehalten und ihn begraben. Aber erst, als sich Shay auf dem Schiff nach Amerika befand, hat mir mein Bruder erklärt, daß ich einen Sarg voller Steine und nicht meinen Shay begraben hatte. Donagh erklärte, sie hätten befürchtet, ich würde meine Freude erkennen lassen und nicht überzeugend genug trauern.« Ein gequältes Lachen entrang sich Brias Brust. »Ich habe drei Tage lang gelitten in dem Glauben, er sei tot. Ich habe genug Tränenfluten vergossen, um die Welt darin zu ertränken. Das werde ich den beiden bestimmt nie verzeihen.«

Sie holte so tief Luft, als sei sie kurz vor dem Ersticken. »Als ich dachte, er sei tot ..., o Miss Tremayne, als ich dachte, er sei tot, und als ich ihn in die Erde legte ... ich hatte nicht gewußt, daß Herz und Seele so viel Schmerz ertragen können ... und jetzt tue ich ihm dasselbe an. Jetzt muß er mich begraben.«

Emma blieb bei Bria, bis die Schatten lang wurden und das lavendelfarbene Licht der Abenddämmerung durch die offene Tür fiel. Die Mädchen kamen aus der Spinnerei nach Hause. Sie gingen mit ihnen an den Stadtrand, um an den Büschen, die entlang der Tanyard Road wuchsen, wilde Himbeeren zu pflücken.
Die Sonne versank langsam in der Bucht und verwandelte das Wasser in geschmolzenes Gold. Der Wind strich so leicht wie Daunen über das Land. Bria sang beim Pflücken leise vor sich hin. Wenn sie den Gesang unterbrach, aß sie ein paar Beeren.
»Ihr Mädchen, flötet wie die Amseln und Nachtigallen ... Dann werdet ihr vielen jungen Männern gefallen ...«
Das Lied verklang, und sie blickte sich suchend um. »Wo sind die beiden Mädchen nur? Haben Sie gesehen, wohin sie gegangen sind?«
Emma gab keine Antwort, denn sie studierte völlig versunken Brias Gesicht. Sie prägte sich die scharf gezeichnete Linie eines Wangenknochens ein, die geschwungene Augenbraue, das stolze Kinn. Sie hatte bereits viele Skizzen von diesem Gesicht gemacht. Sie wollte nichts sehnlicher, als es in Ton zu formen, aber sie fürchtete sich davor, als verliere sie alles, sobald sie versuchte, es zu erschaffen.
»Sind wir Freundinnen, Bria?« fragte sie, während sie Seite an Seite am staubigen Straßenrand knieten. Um sie herum blühten Goldrute und Weißdorn. Sie hielten die Körbchen im Schoß und genossen den fruchtig süßen Geschmack der Himbeeren.
Bria sah sie an. Ihre Lippen waren vom Himbeersaft gerötet. »Wenn wir nach allem, was geschehen ist, nicht Freundinnen sind, wie soll man es dann sonst bezeichnen?«
»Ich möchte am liebsten«, erwiderte Emma, »ein anderes Wort dafür finden.« Sie blickte die Straße entlang, die durch den Wald zur Fähre führte, wo, wie sie aus eigener Erfahrung wußte, Schnepfen am Strand auf und ab liefen und manchmal auch geschossen wurden. »Es gibt viele Leute, die ich Freunde nenne, aber ich weiß, das sind sie nicht. Jetzt fange ich an zu glauben, daß es in meinem Leben nichts Wirkliches gibt. Alles ist eine Illusion.«
»Das hübsche Kleid ist keine Illusion, und ich könnte mir denken, daß es wirklich sehr teuer war.«

Emma seufzte und lachte zugleich. »Klingt das, was ich sage, dumm?«
»Ja ... und auch ein wenig stolz.«
»Bitte, deshalb brauche ich Sie in meinem Leben, damit ich bescheiden bleibe und vielleicht irgendwann einmal klug werde.«
Sie lächelten sich an. Bria pflückte eine Himbeere und schob sie Emma in den Mund. Sie öffnete die Lippen und schmeckte die saftige Frucht. Sie war süß und warm, einfach köstlich.
»Ich bin deine Freundin, Emma.« Zum ersten Mal wählte sie das persönliche »Du«. Ihre Wangen glühten vor Freude, und sie lächelte glücklich. »Ich habe dich wirklich ins Herz geschlossen.«
Emma spürte, wie sich unter der Kraft all ihrer Gefühle auch ihr Gesicht veränderte. »Ich habe mir immer vorgestellt, wenn ich eine Freundin finden würde, eine *richtige* Freundin, dann wäre es so, als würde ich die fehlende Hälfte meines Wesens entdecken. Aber ich habe mich geirrt. Eine richtige Freundin ist nicht die andere Hälfte, sie ist die ganze andere Seite von allem, auch der Seele. Sie ist das Bild, das man im Spiegel sieht.«
Emma hob die Hand und drehte die Handfläche nach außen. Bria tat dasselbe. Sie berührten sich an den Fingerspitzen, wie man eine Spiegelung im silbernen Glas berühren würde. Dann mußten sie beide blinzeln und den Kopf zur Seite drehen, als seien sie plötzlich vom Spiegelbild geblendet.
Sie sahen beide, daß die Mädchen auf der Straße in ihre Richtung rannten, als würden sie verfolgt. Merry summte in den höchsten Tönen. Sie hörten das Summen wie den Flügelschlag eines Kolibris. Dann begann Noreen zu rufen.
»Papa kämpft!«

Die halbhohen Schwingtüren des Crow's Nest Saloon schlossen sich von selbst hinter ihren Rücken. Das Innere glich einer Höhle. Es war dunkel und feucht. Der Hefegeruch von Bier und der noch schärfere Gestank von Whisky lagen in der Luft. Unter der Decke hingen dicke Tabakwolken. Emmas Augen begannen sofort zu brennen.
Sie war noch nie in einem Wirtshaus gewesen, in dem man das

Teufelsgebräu verkaufte. Vor einige Jahren hatten einige Töchter der guten Gesellschaft die Abstinenzbewegung unterstützt. Sie knieten im Regen und Schlamm vor dem Crow's Nest und beteten laut zu Gott, um die Betrunkenen zum Licht zurückzuführen. Sie verschenkten weiße Bänder als Zeichen des Versprechens, dem Alkohol zu entsagen. Emma war natürlich nicht erlaubt worden, an der Aktion teilzunehmen. Mama lehnte öffentliche Zurschaustellungen grundsätzlich ab –, auch wenn es um rechtschaffene Dinge ging.

Emma wußte nicht, was sie eigentlich erwartet hatte, aber der erste Eindruck löste bei ihr vor allem Enttäuschung aus, denn im Saloon war alles ordinär und gewöhnlich. Auf ein paar Fässern lagen einfache Dielen, die als Theke dienten. Sägemehl bedeckte den feuchten und schmierigen Fußboden. Mitten auf der Bar stand ein Waschkessel mit Krebssuppe, doch es gab im ganzen Saloon weder Tische noch Stühle, sondern nur Kisten und Hocker. An den Wänden aus ungehobelten Planken standen einige wacklige Bänke. Keiner der Anwesenden schien sich in letzter Zeit gewaschen zu haben.

Ein paar Männer standen herum und tranken aus Blechbechern und Konservendosen. Hinter der Theke bemerkte Emma ein Schild. Der Wirt offerierte für drei Cents soviel Bier, wie man trinken konnte, ohne dabei zu atmen.

Emma las das Schild zweimal, ohne seinen Sinn enträtseln zu können. Aber dann sah sie einen Mann. Er lag neben einem der Fässer auf dem Boden und hatte einen Schlauch im Mund. Sein Oberkörper bewegte sich ruckhaft, und er schluckte schnell, während ein anderer Mann in einer langen Lederschürze über ihm stand und die Hand am Bierhahn hatte. Zweifellos würde er den Hahn zudrehen, wenn sein Gast Luft holen mußte.

Bria hatte keinen Blick übrig für den Saloon. Sie ging zielstrebig zum Hinterzimmer. Hinter einem Glasperlenvorhang, der den Eingang verdeckte, hörte man Pfiffe und Geschrei sowie klatschende Geräusche wie beim Fleischhauen.

Vor der Tür stand ein großer breitschultriger Mann. Er trug einen Priesterkragen und eine Soutane. Emma mußte nicht fragen, wer das war. Die hohen Wangenknochen, die Brias Gesicht soviel Kraft verliehen, machten ihren Bruder zu einem ungewöhnlich gutaussehenden Mann.

Sein Blick wanderte von Bria zu Emma, und seine Augen wurden groß. »Bria, bei allen Heiligen, was ...«

»Was hast du hier zu suchen, Vater O'Reilly?« unterbrach ihn seine Schwester. Sie musterte ihn zornig von oben bis unten. »Bei allen Heiligen! Und warum überrascht es mich nicht, dich hier zu treffen? Sag mir nicht, du kommst in das Crow's Nest, um dem *Poitín* deinen Segen zu erteilen und ihn in Weihwasser zu verwandeln.«

»Ach, Bria ...« Er schob ihr die Locken aus dem Gesicht. »Es ist nur ein bißchen Übungsboxen. Der Sandsack ist ja gut und schön, aber Sand schlägt nicht zurück. Der Junge braucht etwas Praxis.«

Sie schob seine Hand beiseite. »Dem Jungen muß man tüchtig die Ohren langziehen und dir auch.« Sie teilte den Glasperlenvorhang und wollte an ihm vorbei. »Laß mich durch, Donagh, sonst gibt es wirklich Ärger.«

In dem Hinterzimmer warfen zwei Zirkuslampen gespenstisch flakkernde Lichtbogen durch den dichten blauen Tabakqualm. Lärmende und grölende Männer und Frauen drängten sich vor einem mit Seilen abgetrennten Platz, wo zwei keuchende Männer boxten. Shay kämpfte gegen einen Mann mit riesigen Ohren und buschigen dunklen Augenbrauen, die sich wie eine Hecke über seine Stirn zogen.

Beide Männer hatten nackte Oberkörper, und man sah bereits deutlich die Spuren ihrer Schläge. Sie hatten an Brust und Schultern blaue Flecken und rote Striemen von den nackten Fäusten. Shay blutete über einem Auge. Die Nase seines Gegner war so geschwollen und blaurot wie eine überreife Pflaume.

Emma schlug vor Entsetzen die Hand vor den Mund, um einen Aufschrei zu unterdrücken. Bria gab keinen Laut von sich. Ihre Augen fixierten Shay, und wie immer bei seinem Anblick verriet ihr Gesicht, wie sehr sie ihn liebte. Aber in ihren Augen zeigten sich angstvolle Erinnerungen. Emma hatte an diesem Tag bereits gelernt, daß man für die Liebe manchmal einen schrecklich hohen Preis bezahlte.

Shay mußte die Anwesenheit seiner Frau gespürt haben, denn er blickte kurz in ihre Richtung. Er ließ seine Deckung einen Augenblick lang außer acht, und sein Gegner landete blitzschnell einen Kinnhaken. Shays Kopf flog krachend zurück. Er schwankte und sank auf ein Knie.

Emma stieß einen Schrei aus und drängte sich vorwärts, als könne sie ihm helfen. Aber Bria hielt sie am Arm fest. Emma spürte, wie ihre Freundin zitterte. Sie erinnerte sich an Brias Worte, an den Schmerz in ihrer Stimme, als sie ihr davon erzählt hatte, wie sie jeden Sonntag im Sommer mitansehen mußte, wie Shay blutig geschlagen wurde. Und wieder durchzuckte sie der Gedanke, wie schmerzvoll und schwer es sein konnte, einen Mann, manche Männer zu lieben.

In diesem Augenblick trat jemand, der als Schiedsrichter fungierte, zwischen die Kämpfenden. Er läutete eine Kuhglocke und trennte die beiden.

Shays Gegner zog sich in eine Ecke des Rings zurück und hockte sich auf ein Faß. Shay blieb noch einen Augenblick knien. Er stützte einen Arm auf den Oberschenkel, sein Brustkorb bewegte sich ruckartig, als er den Kopf schüttelte und nach Luft rang. Dann stand er langsam auf und ging in seine Ecke.

Brias Bruder erwartete ihn dort mit einem Handtuch. Der Priester massierte Shay die muskulösen Schultern und redete aufmunternd auf ihn ein. Shays Nasenflügel bebten, seine Brust hob und senkte sich, während er keuchend atmete. Er war schweißbedeckt und blutig. Er musterte seinen Gegner in der anderen Ecke mit glühenden Blikken.

Weniger als eine Minute schien vergangen zu sein, als der Schiedsrichter wieder in den Ring trat und die Glocke läutete. Dabei deutete er auf eine mit Kreide gezogene Linie mitten im Ring.

Einen Augenblick lang war es so still, daß man das Quietschen der Dielen hörte. Die beiden Boxer näherten sich der Ringmitte und begannen den Kampf mit schnellen Schlägen auf Rippen und Magen. Dann erhob sich großes Geschrei, als Shay einen gut gezielten Kinnhaken landete. Sein Gegner fiel gegen das Absperrseil und sank dort zusammen. Er kam jedoch schnell wieder auf die Beine.

Er schüttelte den Kopf und spuckte Blut. Er fletschte knurrend die Zähne und stürmte mit erhobenen Fäusten auf Shay los. Aber Shay wich den Angriffen geschickt und tänzelnd aus.
Dann gelang ihm der nächste Treffer – wieder auf den Mund. Blut schoß hervor, und die Menge johlte. Shays Schulter- und Rückenmuskeln spannten und lockerten sich, als er seinen Gegner gezielt mit mehreren Schlägen in den Magen traf. Der nächste Treffer landete krachend am Ohr. Der Mann schwankte, ließ die Arme sinken, und die Knie gaben unter ihm nach. Shay bearbeitete ihn jetzt wie ein Schmied, der heißes Eisen hämmert. Er schlug zu, schlug zu und immer wieder zu, dabei keuchte er mit offenem Mund.
Langsam, als sei alle Kraft wie Wasser aus seinen Beinen geflossen, sank der Mann auf die Knie. Er verdrehte die Augen, fiel zur Seite und blieb wie schlafend liegen. Er begann sogar zu schnarchen. Shay, der ihn blutig geschlagen hatte, stand über ihm und wurde plötzlich ganz still.
Mit einer ruckartigen Kopfbewegung warf er sich die verschwitzten Haare aus den Augen. Sein Blick suchte Bria in der Menge, und er lächelte ihr zu. Dann wurde sein Gesicht wieder weich. Seine Augen schienen von einem inneren Feuer zu glühen, aus dem nur Verlangen, Sehnsucht und Liebe sprachen.
Emma bewegte sich nicht. Sie wartete darauf, daß er auch sie zur Kenntnis nahm und sie ansah. Das geschah, aber in seinem Gesicht bewegte sich nichts … überhaupt nichts. Doch das war nicht wichtig. Es war nicht wichtig, denn in diesem Augenblick wußte sie es.
Ich liebe ihn.

Eben noch war alles um sie herum gleißend hell, erregt, voller Geschrei und Gebrüll gewesen, erfüllt von Schweiß und Blut. Dann wurde die Welt schlagartig undeutlich, dumpf und still, und das Lärmen und Lachen erstarben.
Emma stand mit dem Rücken an der rauhen Kiefernwand im Hinterzimmer des Crow's Nest Saloon. Sie konnte den Blick nicht von Shay wenden. Bria küßte weinend seine blutigen, geschwollenen und aufgeplatzten Hände. Vater O'Reilly rieb ihm die Haare mit einem

Handtuch trocken. Das Auge unter der Platzwunde schloß sich, da das umgebende Gewebe anschwoll. Ein blauer Fleck zierte seine Nasenwurzel.

Der Mann in der Lederschürze sprang auf ein Faß und verkündete, er spendiere den Gästen ein Bier, um den Sieg des großen irischen Boxchampions Seamus McKenna zu feiern. Die Leute verließen das Hinterzimmer und drängten sich an die Theke, aber Emma wich nicht von ihrem Platz an der Wand. Ihre Arme und Beine waren bleischwer, und sie fühlte sich zu schwach, um etwas zu tun. Ihr Hals war wie zugeschnürt, die Kehle so rauh und wund, als hätte sie geschrien, obwohl sie keinen Ton von sich gegeben hatte.

Sie legte die Hände flach an das Holz der Wand, als wolle sie sich abstoßen, aus ihrem Körper herausstoßen. Sie wollte diesen Platz verlassen, sie wollte sich selbst verlassen, dem fiebrigen Gedanken entfliehen, der durch ihren Kopf kreiste und ihren ganzen Körper zum Glühen brachte.

Ich liebe ihn.

Sie blickte durch den sich bewegenden Glasperlenvorhang in den Schankraum. Ein Mann spielte Dudelsack, ein anderer tanzte dazu mit einem Glas Bier auf dem Kopf.

Schließlich machte Emma einen Schritt und dann noch einen. Es verschaffte ihr große Erleichterung festzustellen, daß sie wenigstens dazu in der Lage war.

Sie schob die klickenden Glasperlen zur Seite und betrat den überfüllten Saloon. Ein Ellbogen wurde ihr in den Leib gestoßen, jemand trat ihr mit einem genagelten Stiefel auf den Fuß. Ein Mann spuckte braunen Tabaksaft in ihre Richtung und hätte sie beinahe getroffen.

Es ärgerte sie irgendwie, daß es so schwierig war dorthin zu gelangen, wo sie sein wollte. Aber als sie schließlich unbehelligt die schwingenden Türen erreichte, blieb sie stehen.

Sie wollte sich nicht nach ihm umsehen. Sie hielt Ausschau nach Bria, aber Bria war bei ihm. Natürlich waren sie zusammen.

Er saß mitten im Raum auf einem Hocker. Vater O'Reilly saß ihm gegenüber auf einem aufrecht stehenden Fäßchen. Er lachte und boxte in Erinnerung an den Kampf aufgeregt in die Luft. Merry thronte rittlings auf dem Knie ihres Vaters, und Noreen schmiegte sich in seinem rechten Arm an ihn. Und Bria …

Bria, o Bria, es tut mir so leid. Ich wußte nicht, daß dies geschehen würde. Ich wollte nicht, daß es geschehen würde. Aber ich werde es nicht zulassen. Sei unbesorgt, ich werde es im Handumdrehen beenden.

Bria stand hinter ihm. Er lehnte sich an sie und rieb den Kopf an ihrem dicken Leib. Sie hatte die Hände auf seine Haare gelegt.

Emma wandte sich entschlossen ab und blickte hinaus in den Abendhimmel, über den violette Wolken zogen. Erschrocken stellte sie fest, daß die Zeit unbarmherzig weiterging und auch das Ende der Welt nicht gekommen war.

Das Gehen, so dachte sie, erforderte nichts anderes, als durch die Türen hinaus auf die Straße zu treten.

Aber Crow's Nest verlassen, die Stadt verlassen, die Welt verlassen, hatte nichts mit dem Abschied zu tun, der ihr bevorstand.

Ich liebe ihn.

Siebzehntes Kapitel

Maddie rannte immer in ihren Träumen.
In ihren Träumen war immer Sommer.
Sie träumte vom heißen Sommer an einem weißen Sandstrand mit Wellen, auf denen Schaumkronen tanzten. Und sie rannte! O ja, sie rannte mit voller Kraft. Sie streckte und beugte die Beine. Sie holte beim schnellen Lauf tief Luft und forderte die Lungen, zwang die Muskeln zur vollen Kraftentfaltung. Sie hob die Füße, winkelte die Beine an, der Sand rieselte um ihre Zehen, und die Wellen leckten an ihren Fersen. Sie rannte und rannte, bis sie das Gefühl hatte, den Boden nicht mehr zu berühren, sondern darüber hinweg zu fliegen.
Aber ihre Träume mochten noch so lang und beglückend sein, irgendwann hörten sie immer auf. Beim Erwachen war es für sie immer Winter – unabhängig von der Jahreszeit.
Der Unfall hatte sich im Winter ereignet. In der Nacht zuvor war ein Eissturm über die Küste hinweggefegt. Die Birken waren von Millionen Eiskristallen überzogen. Die überfrorenen Äste klickten wie Perlen, wenn sie sich im Wind bewegten. Im Hafen waren die Wellen zu schorfigem gelbem Eis erstarrt.
Willie hatte den Vorschlag gemacht, mit ihr Schlitten zu fahren.
Die beiden Schwestern bemühten sich stets um seine Aufmerksamkeit. Sie bewunderten und verehrten ihren großen Bruder. Sie liebten seine strahlenden blauen Augen und sein spöttisches Wesen, auch wenn er sie manchmal neckte.
An jenem Wintertag strafte er Emma durch Nichtbeachtung, weil sie sich beim Schachspielen mit ihm gestritten hatte. Trotzdem war es eine Überraschung, als er zu Maddie sagte: »Komm, Kleine, hol dei-

nen Schlitten, und ich schieb dich an, dann kannst du den Hügel hinunterfahren.« Maddie war überglücklich.
Als sie der Pferdeschlitten knirschend und klirrend zum Fort Hill hinaufbrachte, läuteten die Glöckchen munter am Geschirr. Lafayette hatte einst an dieser Stelle gegen die englischen Truppen gekämpft. Jetzt sausten die Kinder von Bristol mit ihren Zipfelmützen auf gewachsten Rodelschlitten den steilen glatten Abhang hinab.
Aber an jenem Tag war der Schnee auf dem Hügel mit Eis überzogen. An manchen Stellen hatten sich hohe Schneewehen gebildet. In den Senken schimmerten blauviolette Schatten. Das blasse Licht der Wintersonne brach sich an den weißen Konturen der erstarrten Eichen und schroffen Felsen, die am Rand der Schlittenbahn standen.
Maddie blickte die lange, steile Abfahrt hinunter, und ein ängstlicher Schauer überlief sie. Willie wollte ihr eine Freude machen, aber jetzt hätte sie am liebsten darauf verzichtet. Doch sie wußte nicht, wie sie ihm das hätte sagen sollen. In der Familie redete man nicht ungezwungen miteinander, keiner von ihnen.
Maddie setzte sich zögernd und mit steifen Knien auf den Schlitten. Trotz der Wollfäustlinge waren ihre Finger blau und kalt. Ein heftiger Windstoß wirbelte eine Wolke von spitzen Eiskristallen durch die Luft. Sie glänzten und funkelten kalt in der blassen Wintersonne.
Ängstlich drehte sie den Kopf zu ihrem Bruder um. Sein Atem stieg in dünnen weißen Wolken auf. Er hatte die Augen in eine unbestimmte Ferne gerichtet, dorthin, wo er mit sich allein war. Willie tat das oft. Er löste sich aus seiner Umgebung heraus, und seine Gedanken schweiften in eine andere Welt, wo ihn niemand erreichen konnte.
Sie mußte ihn zweimal laut beim Namen rufen, erst dann blinzelte er und sah zu ihr hinunter.
»Was ist los?« fragte er ungeduldig und etwas gereizt.
Sie klapperte mit den Zähnen, die Lippen waren so blau und kalt, daß sie kaum ein Wort hervorbrachte. »I ... ich möchte lieber doch nicht rodeln. Der Schnee ist z ... zu vereist und zu glatt.«
»Ach, sei kein solches Angsthäschen!« erwiderte er spöttisch und ein wenig gemein, so wie er manchmal sein konnte. Er beugte sich vor

und packte den Schlitten an den Seiten. »Paß auf, ich gebe dir einen festen Stoß, und dann fliegst du den Hügel hinunter.«
»Neeiiiin!« schrie Maddie, aber er schob den Schlitten bereits an.
Der Schlitten neigte sich nach vorn, wurde immer schneller und sauste unaufhaltsam den glitzernden Abhang hinunter. Maddie schrie und griff in Panik nach dem Steuerseil, aber sie fand es nicht. Der Wind trieb ihr stechende Eisnadeln in Gesicht und Augen. Der Schlitten hüpfte über die Eiskrusten und glitt krachend in gefrorene Spurrillen. Er wurde immer schneller. Sie beugte sich vor und wollte nach dem Lenker greifen. Aber das glatte Holz entglitt den Wollhandschuhen, und dann schoß der Schlitten plötzlich aus der Bahn.
Sie hob erschrocken den Kopf und sah, wie ihr aus dem wirbelnden Weiß Bäume und Felsen entgegenflogen. Den Stein, gegen den sie prallte, sah sie nicht. Einen Augenblick lang flog sie scheinbar schwerelos auf dem Schlitten durch die weiße Winterwelt, und im nächsten Augenblick prallte sie gegen etwas Hartes. Der Schlitten schoß kerzengerade nach oben, und sie wurde wie ein lebloser Sack abgeworfen. Sie drehte sich in der Luft mehrmals um sich selbst und landete schließlich zwischen den Felsen auf dem Rücken. Sie lag auf dem eiskalten Stein und blickte in den blauen Himmel.
Sie fühlte nichts mehr.
Der Wind fuhr durch die Bäume. Das glitzernde Eis klirrte. Sie sah einen Eiszapfen, der in tausend Stücke zerbrach, die wie erstarrte Tränen in den Schnee sanken. Dann verschwanden die Bäume im gespenstischen weißen Nebel eines Traums.
Und in ihren Träumen rannte Maddie immer.

Maddie sah zuerst seinen Schatten. Er fiel lang und schmal auf das glänzende Parkett.
Sie saß in der Bibliothek. Ihr Rollstuhl stand vor dem großen halbrunden Erkerfenster, das auf den Garten ging. An den warmen Frühsommerabenden konnte sie sich beinahe vorstellen, dort draußen auf dem großen Rasen zu sein und wie ein wildes Reh zwischen den griechischen Statuen und den großen mit Geranien bepflanzten Steingefäßen umherzuspringen. Die schweren Türflügel der Biblio-

thek hatten sich mit einem leisen Klicken geöffnet, und er war da – groß und schlank. Er trug einen eleganten schwarzen Schoßrock mit Seidenrevers. Das Licht der Wandleuchter mit den gelben Seidenschirmen verlieh seinen Haaren einen goldgelben Schein, und sein Schatten fiel überlang vor ihm auf den Boden. Maddie duckte sich tief in ihren Stuhl. Sie hoffte, er würde sie in ihrem Versteck zwischen den Büchern und schweren Samtvorhängen nicht sehen. Wenn sie doch nur noch hätte laufen können.

Aber er hatte schon immer scharfe Augen gehabt. Seinen wassergrauen Augen entging nichts. »Warum versteckst du dich hier?« fragte Stuart Alcott.

Er kam mit der anmutigen, lockeren Gespanntheit seines Körpers und in seiner selbstsicheren Art, die er auch schon immer besessen hatte, geradewegs zu ihr. Seit der letzten Fuchsjagd der Saison war er hin und wieder in Bristol gewesen, aber zum ersten Mal besuchte er die Tremaynes.

Maddie hatte sich sehr gewünscht, er werde kommen, und es auch wieder nicht gewollt. Und nun war er da.

Sie wartete darauf, daß er eine Bemerkung über den Rollstuhl machen werde, über ihren entstellten Körper und ihr ruiniertes Leben. Aber er schwieg.

Sie hatte ihn zum letzten Mal auf einem Gartenfest in dem Haus der Alcotts in der Hope Street gesehen. Damals war sie erst zwölf gewesen und konnte noch laufen. Außerdem war sie Bethel Tremaynes Tochter und wußte genau, was Anstoß erregte, wenn sie es mit eigenen Augen sah. Stuart hatte zu viele Cocktails mit Brandy und Champagner getrunken. Er segelte mit der Eisplastik über den Rasen – es war in jenem Sommer ein Schwanenboot. Er glitt damit über den Rasen und landete zielsicher im Springbrunnen.

Weder sein Vater noch sein Bruder verloren ein Wort über diese Provokation. Sie taten so, als bemerkten sie sein schlechtes Benehmen überhaupt nicht. Denn solche öffentlichen Verstöße gegen die Etikette überging man am besten, so wie man alles Unangenehme einfach nicht zur Kenntnis nahm. Die Vorwürfe und Zurechtweisungen kamen später unter vier Augen.

Stuart stand jedenfalls bis zu den Schößen seines Gehrocks im Wasser des Springbrunnens. Die elegante karierte Hose war völlig durchnäßt, und das Wasser tropfte ihm sogar aus den Haaren. Er war bleich, und in seinen Augen lag ein merkwürdiger Ausdruck. Erstaunlicherweise richtete sich sein Blick auf sie, das kleine Mädchen.
»Maddie?« fragte er, und in seiner Stimme lag Verzweiflung. »*Du* bist böse auf mich, nicht wahr, Maddie?«
»Natürlich bin ich böse auf dich, Stuart!« rief sie zurück, denn sie verstand seine Frage nicht. Weshalb wollte er aus *ihrem* Mund einen Vorwurf hören. »Du bist frech und ekelhaft. Ich finde dich wirklich abscheulich.«
In ihren Augen brannten Tränen der Scham – der Scham und der Enttäuschung. Sie schämte sich für ihn, für sein Verhalten, und sie war über sich selbst enttäuscht, denn ein Teil von ihr hatte bereits begriffen, daß er eines Tages eine Frau lieben würde, die ebenfalls zu ihm in den Brunnen gesprungen wäre. Aber Maddie Tremayne konnte diese Art Frau nicht sein, die den Mut hatte, sich gegen die ganze verlogene Welt zur Wehr zu setzen.
Am nächsten Tag ließ ihn sein Vater gegen seinen Willen in die Irrenanstalt nach Warren bringen. Dort mußte er ein Jahr lang bleiben. Als er entlassen wurde, kehrte er nicht nach Hause zurück.
Im Jahr seiner Schande war er neunzehn gewesen. Sie hatte ihn damals für einen Mann gehalten. Erst jetzt begriff Maddie, daß er in vieler Hinsicht noch ein Junge gewesen war. Dieser Junge hatte verzweifelt versucht, irgend jemanden auf sich aufmerksam zu machen. Er wollte nur von einem mitfühlenden, liebevollen Menschen zur Kenntnis genommen werden. Deshalb hatte er in seiner Verzweiflung sogar auf sie, die Zwölfjährige, gehofft.
Maddie sah ihn jetzt aufmerksam an. Er war größer als in ihrer Erinnerung. Sein Oberkörper war kräftiger, und die Schultern schienen sehr viel breiter. Aber er hatte sich auch sonst verändert. Die Anteilnahme war zusammen mit dem Lachen aus seinem schmalen Gesicht verschwunden, nur die trotzige Wildheit war noch vorhanden.
Es wurde ihr plötzlich bewußt, daß sie nicht nur ihn ansah, sondern daß er auch sie sehr eindringlich musterte. Sie ließ beschämt den

Kopf sinken und starrte auf die zur Faust geballten Hände im Schoß. Sie wußte, daß er sich ihren Zustand bewußtmachte. Er sah die leblosen Beine und den Rollstuhl. Trotzdem sagte er noch immer nichts.

Als sie es schließlich wagte, ihn wieder anzusehen, entdeckte sie kein Mitlied in seinen Augen, sondern nur eine Art Müdigkeit und eine zarte Behutsamkeit, die er versuchte, nicht zu zeigen.

»Wenn ich es tue«, sagte sie, »dann tust du es auch.«

Er lächelte sie jungenhaft strahlend an. »Wirklich?« Er schob die Rockschöße beiseite und setzte sich auf die Erkerbank. Er lehnte sich zurück, legte einen Arm auf die Fensterbank und kreuzte die Beine. »Mein liebes Kind, kläre mich auf, was wir in diesem Augenblick genau tun. Und bitte sag mir auch, daß es uns Spaß macht.«

»Wir verstecken uns hier.«

Er tat so, als sei er enttäuscht. »Ach, das meinst du. Ich verstehe. Weißt du, offenbar habe ich nicht nur die unverzeihliche Sünde begangen, viel zu spät zu kommen, sondern ich habe auch die perlgrauen Handschuhe vergessen, die für eine Abendgesellschaft unbedingt erforderlich sind.« Er hob die in der Tat unbehandschuhten Hände. Maddie bezweifelte, daß er die Handschuhe vergessen hatte. Vermutlich wollte er bewußt Anstoß erregen.

»Geoffrey hat mir einen vernichtenden Blick zugeworfen«, fuhr er mit einem kalten Lachen fort. »Der Zorn hat nicht nur sein gutes Aussehen beeinträchtigt, sondern auch meine zarten Gefühle verletzt. Und deshalb, mein liebes Kind ...«, er lachte noch einmal mit jungenhaftem Mutwillen, »bin ich hier!«

»Bist du hier ...«, wiederholte sie so fröhlich und heiter wie möglich. Sie bemühte sich zu lächeln, zeigte ihm damit aber zweifellos nur, daß sie eine dumme Gans war, die höchstens Mitleid verdiente. Also er war da, sie war da. Sie waren wieder alle beisammen. Aber Maddie hatte sich von ihnen allen am meisten verändert ... und Willie. Willies Veränderung bestand darin, daß er völlig verschwunden war.

Stuart und Geoffrey hatten sich schon als Jungen nicht vertragen. Daran würde sich kaum noch etwas ändern, nachdem sie erwachsen waren und ihr Vater Geoffrey das ganze Geld vererbt hatte.

Maddie hatte erfahren, daß Stuart nicht im Haus in der Hope Street wohnte, sondern im Hotel Belvedere. In ihrer Erinnerung war das ein heruntergekommenes Haus mit bröckelnden Backsteinstufen und einer grün lackierten, verzogenen Tür, deren Farbe bereits abblätterte. Aber vielleicht irrte sie sich. Sie verließ das Haus nicht mehr. Anfangs war es ihr nicht erlaubt gewesen. Daran hatte sich nichts geändert, aber inzwischen wollte sie auch nicht mehr weg.
»So«, sagte er. »Deine vulgäre Neugier ist befriedigt. Jetzt bin ich an der Reihe.«
Sie zuckte so heftig zusammen, als habe er sie angefaßt und wachgerüttelt. Sie war mit ihren Gedanken abgeschweift. Das schien in letzter Zeit immer häufiger zu geschehen. Der weiße Nebel ihrer Träume legte sich ihr manchmal über die Augen, auch wenn sie nicht schlief.
Sie starrte ihn mit großen Augen an wie eine Eule, auf die plötzlich ein Lichtstrahl gerichtet wird.
»Warum verkriechst du dich in der Bibliothek?« fragte er noch einmal.
Sie umklammerte den Rand der Decke, die auf ihrem Schoß lag. »Mama sagt, mein Rollstuhl lenkt die Aufmerksamkeit zu sehr auf mich und meine unglückselige Behinderung. Damit mache ich meiner Familie Schande.« Sie hob die Hand und ließ sie hilflos wieder fallen. »Da die Gäste sich unwohl fühlen ... ich meine, in meiner Gesellschaft, weil ich nur Unangenehmes bedeute ..., bin ich hier ... nun ja, es geht einfach nicht anders.«
Er wurde plötzlich seltsam still und schien angespannt zu wirken. Ihr wurde bewußt, daß sie den *faux pas* begangen hatte, ihre Behinderung überhaupt zu erwähnen.
»Geht es wirklich nicht anders?« fragte er mit gepreßter Stimme. Die gestärkte Hemdbrust knisterte, als er sich vorbeugte, um sie besser sehen zu können. Sie schüttelte den Kopf, und er hob eine blonde Augenbraue. »Aber ich hatte keine Schwierigkeiten, eingeladen zu werden.« Er richtete sich auf und lachte leise. »Dann muß ich wohl die Grenzen der Belastbarkeit der Anwesenden heute abend auf die Probe stellen. Dazu bin ich jetzt geradezu verpflichtet. Ich glaube, ich

werde so lange trinken, bis ich mich in den römischen Punsch übergebe und auf das Piano pinkle.«
»Und dann?«
»Und dann *was*?«
»Wenn du Mamas Abendessen ruiniert hast, weil sich ihre Gäste unwohl fühlen, wirst du dann Bristol wieder verlassen?«
»Wenn es mir gelungen ist, von meinem geizigen Bruder genug Geld zu bekommen, werde ich in der Tat wieder gehen.« Er hob die Hand und bewegte sie wie einen flatternden Flügel. »Ich werde weit, weit wegfliegen ...«
Eine Bewegung draußen im Garten lenkte ihre Aufmerksamkeit ab. Emma und Geoffrey gingen gemeinsam über den Gartenweg. Sie hatte ihren Arm unter seinen geschoben. Das Licht, das durch die Glastüren des Wohnzimmers fiel, hüllte das Paar in eine goldene Wolke. Die Spaliere der chinesischen Wisteria umrahmten sie wie eine Hochzeitslaube.
Während Maddie die beiden beobachtete, nahm Geoffrey Emmas Hand von seinem Arm, und sie blieben stehen. Sie sahen sich an. Er hatte beide Hände um ihre Hand gelegt. Er blickte auf sie hinunter, und sie hatte den Kopf gehoben und sah zu ihm auf.
Maddie konnte aus der Entfernung das Gesicht ihrer Schwester nur als ein weißes Oval erkennen, aber sie zweifelte nicht daran, daß sie ihren Verlobten voll Bewunderung ansah. Wie immer war sie atemberaubend schön.
Bei diesem Anblick empfand Maddie nichts als glühenden Neid. Er brannte in ihr wie ein ätzendes Gift.
Sie wollte, wollte, wollte ...
Sie wollte nichts anderes als Emmas Beine und Emmas Gesicht. Vor allem anderen wollte sie Emmas Beine, mit denen sie mit einem Mann an einem Sommerabend durch den Garten spazieren, mit ihm auf dem Verlobungsball tanzen und durch die Kirche zum Traualtar gehen konnte.
Maddie wollte das Leben führen, das Emma bevorstand – das Haus in der Hope Street, den reichen Ehemann, der sie anbetete, und die Gesellschaft, die ihr bewundernd zu Füßen lag. Es zählte dabei nicht,

daß sie ihre Schwester liebte. Das tat sie wirklich. Aber ihre Liebe konnte den alles verzehrenden Neid nicht verhindern. Maddie wollte all das haben, was Emma hatte, und sie würde nichts davon bekommen.

Stuart beobachtete inzwischen ebenfalls Emma und seinen Bruder. Was mochte er bei dem Anblick der beiden, denen ein so glückliches, vollkommenes Leben bevorstand, denken? War er eifersüchtig, fand er sich einfach mit seinem Schicksal ab oder freute er sich?

Aber Stuarts Interesse an den Liebenden erlosch. Er wandte sich wieder ihr zu, und Maddie fürchtete plötzlich, er könnte ihre bitteren und neidischen Gefühle erraten.

»Sie sehen wirklich aus, als seien sie füreinander geschaffen«, sagte sie, und es klang etwas zu laut, so daß ihre Worte in dem hohen holzgetäfelten Raum hallten.

Mit übertriebenem Staunen fragt er: »Aber sind sie wirklich füreinander geschaffen?«

»Sie lieben sich mit Sicherheit.«

»Er liebt sie, zumindest behauptet er das, und dies eine Mal glaube ich, daß er nicht lügt.« Er lächelte verschmitzt, und Maddie traten Tränen in die Augen. »In der Tat scheint seine Liebe die Variante zu sein, bei der ein Mann buchstäblich und metaphorisch den Kopf verliert.«

Er schwieg einen Augenblick, dann hob er mit einer eleganten Bewegung die Schultern. »Aber liebt *sie* ihn – über alles, leidenschaftlich und hingebungsvoll? Glaube mir, wenn man in der Frau, die man liebt, keine Leidenschaft wecken kann, dann ist das für beide fatal.«

Aber nicht so fatal, dachte Maddie, wie wenn man einen gelähmten nutzlosen Körper besitzt, der bei dem Mann, den man liebt, nur Mitleid hervorrufen kann. Oder wenn man ihm tatsächlich einmal etwas bedeutet hat, dann vielleicht sein Bedauern.

Die Tränen drohten zu fließen. Sie drehte unglücklich das Gesicht zur Seite und starrte auf die Spitzen ihrer Pantoffeln, die unter der Decke hervorragten. Sie spürte wieder den weißen Nebelschleier, der sich auf sie herabsenkte. Diesmal hatte sie nichts dagegen.

Wieder zuckte sie zusammen, als er sich vorbeugte. Er stützte die Ellbogen auf die Knie und kam ihr so nahe, daß sich ihre Gesichter beinahe berührten.
»Hast du etwas eingenommen?« fragte er.
»Was?«
»Deine Augen sind nur noch zwei schwarze Löcher. Du kannst dich nicht konzentrieren und fängst ständig an zu träumen.«
Er kam ihr noch näher, so nahe, daß seine Haare ihre Wange berührten. Er konnte es riechen. »Bei Gott, Chloralhydrat. Ich nehme an, dieser Quacksalber von einem Arzt, euer Onkel Stanton, gibt dir das Zeug wie Lutschbonbons.«
Sie wollte ihm ausweichen, aber die Rückenlehne des Rollstuhls ließ es nicht zu.
»Ich nehme es als Mittel gegen den Schmerz in meinen Beinen«, erwiderte sie mit brüchiger Stimme. »Du tust gerade so, als ... das ist völlig in Ordnung.«
Er schüttelte den Kopf. »Ich weiß alles über Chloralhydrat, Maddie. Sie haben es mir im Irrenhaus verabreicht.« Er lehnte sich etwas zurück, aber sein harter Blick ließ sie nicht los. »Dieses Zeug hat dazu geführt, daß ich nach meiner Zeit im Irrenhaus zu noch schöneren und besseren Träumen Zuflucht nahm. Vielleicht bringe ich bei meinem nächsten Besuch meine Pfeife mit. Dann können wir zusammen auf den Wolken der Freude davonschweben.«
Sie verstand nicht genau, wovon er redete, doch es klang irgendwie ungut. Sie sah ihn an. Sie liebte ihn und fürchtete sich vor ihm. Vermutlich wußte er das. Sie ließ sich nicht von ihm ablenken. Sie wollte die Wahrheit über ihn wissen. Und das Wunder geschah. Sie entdeckte für den Bruchteil einer Sekunde einen Spalt in der Schattenwand, die über seinen grauen unbewegten Augen lag. Ihr brach das Herz noch einmal angesichts dessen, was sie in Stuart Alcott sah: Schmerz, Leere und Niederlage.
Mit solchen gequälten Augen hatte auch Willie sie angesehen, bevor er sich das Leben genommen hatte, bevor *sie* ihn dazu gebracht hatte, sich das Leben zu nehmen. Es war ihnen nie möglich gewesen, miteinander darüber zu sprechen, was an jenem schrecklichen Wintertag

geschehen war. Aber das war nicht notwendig gewesen, denn auch wenn sie nie darüber geredet hatten, so hatte Willie ihr ins Herz gesehen und dort die häßliche Wahrheit gefunden. Sie konnte ihm nicht verzeihen, was er ihr angetan hatte.

Willie war tot und ihr für ewig genommen, aber Stuart war ihr nahe genug, um ihn berühren zu können. Das tat sie. Maddie legte ihm die Hand auf den Oberschenkel. Sie spürte die harten Muskeln und seine Wärme durch den dünnen Stoff der Hose. »Warum bist du so anders? Was ist geschehen, Stuart?« fragte sie, ohne genau zu wissen, was sie von ihm hören wollte. Vielleicht wollte sie von ihm wissen, was mit ihr, was mit ihnen allen geschehen war.

Er legte seine Hand auf ihre. Ihre Hand begann zu zittern, als besitze sie einen eigenen Willen und habe sich von ihr losgelöst. Er drückte sie sanft. »Ich bin gestürzt, so wie du, Maddie. Ich bin gestürzt, und ich habe mich schwer... sehr schwer verletzt.«

»Du ...« Die Tränen rannen ihr über das Gesicht. Sie liefen wie die warmen Regentropfen eines Sommerregens über ihre Wangen. »Aber du könntest versuchen, wieder aufzustehen.«

Er richtete sich auf und wollte an ihr vorbeigehen, aber er blieb neben dem Rollstuhl stehen. Seine Hand schwebte flüchtig über ihrem Kopf, als wolle er ihre Haare berühren. Dann ließ er sie sinken und streifte zart, ganz zart mit den Fingerspitzen ihre Wange. »Manche von uns können nicht wieder aufstehen«, sagte er beinahe unhörbar. »Manche von uns kommen nie wieder auf die Beine.«

Das Abendessen bei den Tremaynes an diesem Abend war ein gesellschaftliches Ereignis.

Auf der Tafel stand römischer Punsch, der Tafelaufsatz war mit Jacqueminot-Rosen und Frauenhaarfarn geschmückt. Silberne Körbchen mit erlesenen Süßigkeiten standen zwischen den schweren englischen Kerzenleuchtern. Als Geschenk erhielt jeder Gast eine silberne Tiffany-Rose. Die Speisekarte war auf schwerem Leinenpapier mit Goldrand gedruckt. Jeder Gang umfaßte zwei Gerichte. Und zu diesen Delikatessen – Austern, Rebhühner, Hummer, Geflügelbrust in Kapernsauce und Soufflés aus zwölf Eiern – wurde

White Seal-Champagner gereicht und Wein aus Jahrgängen vor der Französischen Revolution.

Die Gäste saßen an einer Tafel, die einst einem englischen Tudorkönig gehört hatte. Der Raum hatte mit Blattgold belegte kannelierte Säulen, und seine Wände waren mit Seide bespannt. Ein schwerer Bronzeleuchter hing an der Decke, deren Stuck an die Verzierungen einer Hochzeitstorte erinnerte.

Etwas gab es jedoch in diesem festlichen Raum, was alle Gäste, aus Rücksicht auf die Gastgeberin und um ganz allgemein die Formen zu wahren, bewußt übersahen. Über dem schwarzen Kaminsims aus Nußbaumholz hing ein Ölgemälde des kubanischen Plantagenhauses der Familie. In diesem Haus lebte jetzt William Tremayne mit der Geliebten *du jour,* wenn er nicht auf seiner Yacht orgiastische Feste feierte.

Auf dem Gemälde hätte ebensogut eine Nackte aus einer Bar dargestellt sein können, Geoffrey wäre es nicht aufgefallen. Er hatte nur Augen für seine zukünftige Frau. Nie war ihm seine Emma schöner und zarter erschienen als an diesem Abend. Er empfand die wohltuende Wärme des Besitzerstolzes, wenn er feststellte, wie die Blicke der anderen Männer sich immer wieder bewundernd auf sie richteten.

Sie trug an diesem Abend ein besonders elegantes blaßgrünes Kleid aus Spitze und Seide. Der Ausschnitt ließ den Hals und die Schultern frei ... und vielleicht ein wenig mehr vom Busen, als er ihr als Ehemann zugebilligt hätte. Die anderen Frauen an der Tafel waren mit Juwelen behängt, aber Emma trug nur seinen Verlobungsring. Er funkelte und zuckte an ihrem Finger so hell und klar wie eine Sternschnuppe.

Sie führte das Weinglas an die Lippen, und er sah verzückt zu, wie sie trank. Sie neigte den Kopf etwas zurück und gab den Blicken der Gäste an der Tafel damit ihren unglaublich langen weißen Hals und die nackten Rundungen ihre Brüste, die sich beim Trinken etwas aus dem Ausschnitt hoben, frei.

Er wollte sie in die Arme nehmen. O Gott, wie sehr wollte er das ... er liebte sie so inbrünstig, daß er sich manchmal vergaß, wenn er mit ihr allein war. Er schien sie mit der Leidenschaftlichkeit seiner Küsse zu erschrecken. Aber etwas anderes konnte er nicht von ihr erwarten. Ein Mann mußte wissen, daß die Begierden und Leidenschaften seiner Frau nie so stark sein würden wie seine eigenen.

Er sah seine Emma wieder an, und diesmal erwiderte sie seinen Blick über die Tafel hinweg. Geoffrey spürte, wie sein eigenes Lächeln etwas gefror. Ihre Augen schienen an diesem Abend unbeständiger als üblich zu sein und wirkten wie dunkle, unruhige Seen.

Er machte sich immer Sorgen, wenn er sie in dieser Stimmung sah, denn dann wußte er nicht, welche Gedanken sie bewegten, was sie tun oder sagen würde. Deshalb hatte er in solchen Augenblicken den Eindruck, er befinde sich nicht im Einklang mit ihr. Er dachte schwarz, und sie wollte weiß. Er hörte ja, wenn sie nein sagte.

Er liebte sie so sehr. Er wollte sie doch nur glücklich machen – nicht mehr und nicht weniger. Aber in letzter Zeit ... in letzter Zeit hatte er das schreckliche Gefühl, daß er sie stets enttäuschte.

Emma beobachtete, wie ihr Zukünftiger seine *Consommé doublé* aus der weißen Sèvres-Suppentasse trank. Sie sah, wie er dabei die Lippen öffnete und etwas spitzte – genau das tat er auch, wenn er sie küßte.

Geoffrey hatte sie im Garten geküßt, als sie vor dem Essen spazierengegangen waren. Er hatte den Arm um ihre Taille gelegt und sie fest an sich gepreßt. Er hatte die Lippen auf ihren Mund gedrückt, und sie wollte aufhören zu atmen und sich ihm überlassen.

Ja, das wollte Emma wirklich. Sie wollte nur glauben, daß sie jetzt alles besaß, was sie haben wollte, daß *er* alles sein konnte, was sie wollte, daß er ...

... ein anderer sein konnte.

Shay.

Und Bria.

Sie hätte nicht zulassen dürfen, daß sich Bria und Shay in ihrem Bewußtsein trennten, denn in ihrem Herzen war das bereits geschehen. Deshalb war sie seitdem verstört und elend und fühlte sich krank vor Sehnsucht und schrecklich schuldig.

Ich liebe ihn.
Ich will ihn nicht lieben.
Sie durfte dieser falschen und unmöglichen Liebe nicht nachgeben. Es war der Verrat an dem Menschen, der ihr auf der Welt am wichtigsten war. Sie würde sich weit, weit weg von ihm begeben müssen. Dann würde kein Mensch jemals etwas von dieser Liebe erfahren. Es würde ihr Geheimnis sein ... noch eines der Dinge, über die sie nicht reden und an die sie nicht denken durfte. Und die sie nicht einmal fühlen durfte.
Beinahe eine ganze Woche war vergangen, seit sie im Haus an der Thames Street gewesen war. Sie würde nicht mehr in der Lage sein, dorthin zurückzukehren. Bria würde das sehr verletzen. Mit der Zeit würde Bria jedoch denken, Emma habe es schließlich doch gelangweilt, die einfache Frau zu spielen.
Aber wie konnte sie zu Bria gehen und sagen: *Ich kann dich nicht mehr besuchen, obwohl du meine liebste, beste Freundin bist, denn wo du bist, da ist auch Shay, und ich habe mich in ihn verliebt. Verstehst du, Bria, ich liebe deinen Mann.*
Emma sah Geoffrey, ihren Zukünftigen, wieder nachdenklich an. Wie immer war er tadellos gekleidet. Sein schwarzer Frack wirkte gleichzeitig dezent und doch unverkennbar teuer. Die schwarzen Perlen der Manschetten, die Westenknöpfe und die Krawattennadel waren elegant, aber nicht zu auffällig.
Emma hörte, wie ihre Mutter gerade zu ihrem Onkel, dem Arzt, sagte, auf Geoffrey könne man bauen. Er sei so solide wie die Mauern der Spinnereien, die ihm gehörten.
Emma gestand sich schuldbewußt ein, ungerecht gegen Geoffrey zu sein, wenn sie ihm vorwarf, daß er genauso war, wie man es von ihm erwartete – ohne eigene Persönlichkeit.
Sie griff nach dem Weinglas und bemerkte das leichte Stirnrunzeln ihrer Mutter. Deshalb stellte sie das Glas wieder ab. Die Regeln diktierten, daß sie pro Gang nicht mehr als zwei Schlucke trank. Und Mama zählte an diesem Abend offenbar sehr genau.
Ihre Mutter hatte so viele Diamanten angelegt, daß sie wie die Milchstraße funkelte – Diamantringe, Diamantarmbänder, eine Dia-

mantbrosche und ein Diamantdiadem. Am meisten glitzerte die zwölfreihige Diamantkette, die über ihren Ausschnitt fiel.
Vielleicht, dachte Emma mit einem leichten Anflug von Trauer, hofft Mama, das Funkeln der Diamanten werde die schwarzen Löcher überstrahlen, die alle Mitglieder der Familie zurückgelassen haben, die davongelaufen sind oder die man dazu gebracht hat, das Haus nie mehr zu betreten.
Aber Mama würde immer ihre Pflicht erfüllen, ganz gleich, wer darunter zu leiden hatte und welcher Preis dafür zu zahlen war. Emma hatte gehört, wie Geoffreys Großmutter vor dem Essen Mrs. Longworth zugeflüstert hatte, ihr Pflichtgefühl konserviere Bethel wie einen Salzhering. Wahrscheinlich werde sie deshalb alle überleben.
Emma wußte, ihre Pflicht als eine Tremayne bestand darin, sich gut zu verheiraten und eine Ehefrau zu werden, auf die ein grundsolider Mann wie Geoffrey Alcott stolz sein konnte. Sie sollte das geordnete Leben führen, das sie an seiner Seite zweifellos haben würde.
Sie hörte, wie Geoffrey mit seinem Tischnachbarn redete. Er sprach wie üblich leise und tonlos, ohne ungebührliche Aufmerksamkeit zu erregen. Er redete darüber, daß er den Sommer in Maine verbringen werde, um dort eine Gießerei zu bauen.
Hatte er ihr das schon erzählt? Emma konnte sich nicht daran erinnern. Im Laufe des Frühjahrs war ihr aufgefallen, daß sie viele Stunden lang zusammen im selben Raum sein konnten, ohne ein einziges Wort miteinander zu sprechen. Natürlich unterhielt sich bei gesellschaftlichen Anlässen niemand mit seinem Mann oder seinem Zukünftigen. Das war ebenso unschicklich wie das Lachen über die eigenen Pointen, wie das Gähnen in der Kirche oder ein neugieriger Blick auf einen Fremden. So etwas tat man einfach nicht.
Sie und Geoffrey würden als Ehepaar zusammenleben. Sie würden gemeinsam alle Feste und gesellschaftlichen Ereignisse besuchen, sie würden sonntags zusammen in die Kirche gehen und nie über die Dinge sprechen, die wirklich von Bedeutung waren. Emma würde ihn wie jetzt aufmerksam, aber stumm beobachten, um zu sehen, welche Entscheidungen er traf, denn seine Entscheidungen würden ihr zukünftiges Leben beeinflussen.

Geoffrey würde erwarten, daß sie seine Entscheidungen billigte, solange er ihr so viele Kleider von Worth und soviel Schmuck von Fabergé kaufte, wie es ihrer gesellschaftlichen Stellung angemessen war.
Und so würde sie auf dem glitzernden Karussell der guten Gesellschaft sitzen und sich munter und anmutig im Kreis drehen – immer nur im Kreis drehen.
Sie konnte das Karussell nicht verlassen, das sich drehte und drehte und sich doch nicht von der Stelle bewegte. Und sie würde immer genau wissen, wie ihr Leben sich gestaltete. Niemand in ihren Kreisen erwartete, daß sie sich leidenschaftlich lieben würden. Leidenschaftliche Liebe? Nein, das schickte sich einfach nicht.

Achtzehntes Kapitel

Der Kies knirschte unter Brias Schuhen, als sie am Strand entlangging. Es war eine milde Mainacht. Ein leichter warmer Wind wehte. Doch er war nicht annähernd laut genug, um Brias schweres Atmen zu übertönen.

Sie lief seit einer Stunde auf diesem kleinen Stück der Welt hin und her. Von Zeit zu Zeit blieb sie stehen und blickte über den Hafen hinüber zum Poppasquash Point. An diesem Abend strahlte das silberne Haus festlich im Lichterglanz.

Es erschien ihr wie ein Wunder, wenn sie sich vorstellte, daß Emma dort war und mit Diamanten im Haar in einem prächtigen Ballsaal tanzte. Die Frau auf dem Fest war nicht die Emma, die sie kannte, die mit ihr zusammen Bettwäsche gewaschen und Himbeeren gepflückt hatte, die von Spiegelbildern des Herzens gesprochen und ihre Hand gehalten hatte, als sie weinte.

Bria hatte Emma seit über einer Woche nicht gesehen, und sie fragte sich, weshalb. Doch Emma hatte noch ein anderes Leben, ihr *eigentliches* Leben, wie sie es häufig nannte. Es war ein Leben voller Aufgaben und gesellschaftlicher Pflichten. Dazu gehörte, daß sie mit kostbarem Schmuck im Haar in prächtigen Ballsälen tanzte.

Es war nur …, es war nur …

Bria wünschte sich, Emma wäre in diesem Augenblick bei ihr, um ihre Hand zu halten, falls sie weinen mußte.

Sobald Bria daran dachte, kamen die Schmerzen wieder. Sie überfielen den Rücken, griffen um ihre Hüften und zogen ihren Bauch krampfhaft zusammen. Bria blieb stehen, und ihr Atem wurde flacher.

Ihr Kind würde in dieser Nacht kommen.

Das Kind ...
Wie seltsam, dachte Bria, Liebe, Leidenschaft, Vergewaltigung und Hurerei enden immer gleich – mit einem Kind, das voller Leben im Leib der Mutter heranwächst.
Nachdem der Friedensrichter sie über die Mauer gelegt und wie ein Hund genommen hatte, war sie zum Heiligtum in Slea Head gepilgert. Sie hatte aus der heiligen Quelle getrunken, gebetet und Gott angefleht, daß trotz der Vergewaltigung ihre Blutungen einsetzen würden. Sie wand den Rosenkranz um den heiligen Dornbusch, umschritt bei Sonnenaufgang dreimal das Kreuz und bat Gott, daß sie anfangen würde zu bluten. Das tat sie drei Tage lang, und am letzten Tag setzte die Blutung ein. Da wußte sie, daß es kein Kind der Schande geben würde. Das war damals ihre Rettung gewesen.
Jetzt, drei Jahre später, bat sie um etwas anderes. Sie betete, Gott möge dem Kind in ihrem Leib die schwarzen Haare und die grünen Augen seines Vaters, der vielleicht nicht sein Vater war, geben.
Sein Vater, der Mann, der vielleicht sein Vater war, hatte blonde Haare und graue Augen gehabt. Soviel wußte sie, doch an sein Gesicht konnte sie sich nicht mehr erinnern. Jedesmal, wenn sie versuchte, sich sein Gesicht vorzustellen, sah sie nur das Lachen eines Clowns mit weißen Lippen. Es war das Clownsgesicht auf einem Varieté-Plakat, das in Castle Garden an einer Tür gehangen hatte.
Castle Garden – alle Einwanderer auf dem Weg nach New York, nach Amerika, mußten zuerst dort von den Behörden abgefertigt werden. Dieser demütigende Abschnitt der langen Reise war wie ein Topf voller Gerüche gewesen: der scharfe Geruch der Knoblauchwurst, die aus dem Einkaufsnetz einer alten Frau hervorragte; der süße milchige Geruch einer jungen Mutter, die ihren Säugling an die Brust legte; der unangenehme Geruch eines kleinen Kindes, das die Hose voll hatte.
Und dann der Lärm! Glocken, schrille Pfeifen und Signalhörner übertönten die Schreie der Wut, der Angst, der Freude in einem babylonischen Sprachgewirr, das im offenen Gebälk der riesigen runden Festung aus Braunstein wie Donnergetöse hallte. Und überall waren Männer in blauen Drillichanzügen. Sie ließen die Einwanderer

nicht aus den Augen, trieben sie wie eine Herde Vieh von einer Ecke in die andere und bedeuteten ihnen mit herrischen Gesten, Schlange zu stehen und zu warten.

So viele Schlangen, das endlose Warten und so viele Fragen. »Woher kommen Sie?«, »Wohin gehen Sie?«, »Haben Sie hier Angehörige?«, »Haben Sie hier eine Arbeit?«

Bria war froh gewesen, weil sie auf alles die richtige Antwort hatte. Ihr Ehemann und ihr Bruder waren bereits Amerikaner, und in einer Stadt mit dem Namen Bristol, Rhode Island, erwartete sie ein Heim. Ihr Mann hatte dort zwei Jahre auf den Zwiebelfeldern gearbeitet und ihr vor einem Monat einen amerikanischen Schein geschickt, ein Stück Papier mit einem Adler darauf. Es war so gut wie bares Geld, und sie hatte damit die Schiffsreise für sich und die beiden Mädchen bezahlt. Nun waren sie hier – in Amerika.

Bria war mit all den richtigen Antworten zuversichtlich, bis sie sich in die Schlange für die medizinische Untersuchung einreihte.

Die Ärzte klopften den Leuten auf die Brust und hörten ihre Lungen mit Instrumenten ab, die kleine metallene Hörrohre und Gummischläuche hatten. Die Frauen mußten ihre Schultertücher zurückschlagen und die Kleider aufknöpfen. Manchen Frauen war das peinlich, und andere empfanden es als demütigend, doch die Ärzte verlangten es, ohne Rücksicht auf die Gefühle zu nehmen.

Die Schlange schien unendlich lang. Die Einwanderer standen, machten ein paar Schritte vorwärts und standen wieder. Noreen hielt Brias Hand so fest, daß der Schmerz ihr bis ins Mark drang. Merry klammerte sich an Brias Rock. Sie summte ununterbrochen – es war ein hohes, ängstliches Summen.

Schließlich waren sie nahe genug, um sehen zu können, was am Anfang der Schlange vor sich ging. Die Ärzte untersuchten eine Familie, die, wie jemand sagte, aus Rußland kam. Die Frauen waren in große Umschlagtücher mit Fransen eingehüllt. Ihre Köpfe verschwanden unter Kopftüchern. Die Männer trugen mit Borten besetzte und geschnürte Westen. Eine der Frauen hatte ein mit Kreide gezeichnetes »E« auf der Schulter. Sie schien die besondere Aufmerksamkeit eines Arztes auf sich gezogen zu haben.

Plötzlich stieß die Frau lautes Jammergeschrei aus. Sie begann zu weinen, zerrte an ihren Kleidern und rang die Hände. Durch die Schlange ging entsetztes Flüstern in vielen Sprachen.
»Sie wird abgewiesen ... Sie ist blind ... Sie ist unerwünscht ...«
Brias Magen krampfte sich vor Angst so heftig zusammen, daß sie sich beinahe übergeben hätte. Die Ärzte würden ihre Brust abklopfen und den Sumpf finden, der sich in ihrer Lunge ausgebreitet hatte. Man würde sie als ›unerwünscht‹ zurückschicken. Man würde ihr die Kinder aus den Armen reißen, und sie mußte mit dem nächsten Schiff nach Irland zurück. Sie und Shay würden auf immer getrennt sein, und sie würde allein sterben.
Bria wurde schwindlig, und sie war vor Angst beinahe selbst blind, als sie schließlich an der Reihe war. Einer der Ärzte untersuchte ihre Augen und zog dabei ihre Lider so weit nach außen, daß es schrecklich schmerzte.
Bria war sicher, er würde sagen: »*Abgewiesen, abgewiesen, abgewiesen ...*«
Dann griff er nach dem Instrument, um sie abzuhören. »Knöpfen Sie Ihr Oberteil auf und Ihr Unterkleid, ziehen Sie das Unterhemd hoch, und öffnen Sie das Korsett, wenn Sie eins tragen«, sagte er mit der kältesten Stimme, die sie jemals gehört hatte. Die anderen Frauen waren nicht aufgefordert worden, ihre Unterwäsche zu öffnen. Brias Befürchtungen schienen sich zu bestätigen. Der Arzt vermutete bereits, daß sie die Schwindsucht hatte – so wie man schnell herausgefunden hatte, daß die alte russische Frau blind war.
Brias Hände zitterten so sehr, daß sie kaum mit den Schnüren und Haken zurechtkam. Doch der Arzt benutzte nicht sein Instrument, sondern hielt die Hand an ihre Brust. Er strich langsam mit dem Handrücken unter den runden schweren Monden ihrer Brüste entlang und folgte genußvoll ihren Formen.
Bria hob den Kopf. Ihre Blicke trafen sich, und sie wußte bereits, was er wollte, bevor er sprach.
»Stimmt es, was man über euch irische Frauen sagt?« Das Instrument zum Abhören hing in der anderen Hand. Das kleine Hörrohr

schwang wie ein Pendel langsam hin und her... hin und her. »Habt ihr soviel Feuer im Leib wie Feuer auf dem Kopf?«
Bria hörte ihren Atem, der feucht und dick in der Kehle rasselte. Aus ihrer Brust brach ein lautes, quälendes Husten hervor, das selbst in ihren Ohren schrecklich klang.
Das metallene Hörrohr schwang hin und her. »Haben Sie die Schwindsucht?« Es war eine Frage, doch es war als Beschuldigung gemeint.
Bria öffnete einen weiteren Knopf ihres Unterkleids. Sie drehte den Oberkörper etwas, so daß ihre Brust seine Handfläche ausfüllte. Doch als die Brustwarze sich unter seinen Fingern zusammenzog und aufrichtete, wandte sie sich schaudernd mit einem Ruck ab.
Er seufzte und ließ die Hand sinken. »Schwindsucht ist ein anstekkendes Leiden«, sagte er. »Ich muß alle Fälle von ansteckenden Krankheiten der Gesundheitsbehörde melden. Wahrscheinlich wird man Sie zurückschicken.«
»Und wenn ...« Ihre Stimme versagte, und sie mußte neu ansetzen. »Und wenn Sie es nicht melden?«
»Komm mit«, sagte er nur. Mehr brauchte er nicht zu sagen.
»Meine Mädchen«, flüsterte sie. Angst und Scham schnürten ihr die Kehle zu, so daß sie kaum atmen konnte.
Der Arzt wandte sich an eine Frau, die neben seinem Schreibtisch stand und Eintragungen in ein großes schwarzes Buch machte. Bria hielt den Blick gesenkt und sah nur die schwarzen Knöpfstiefeletten der Frau und den Saum des dunkelblauen Drillichrocks.
»Miss Spencer«, sagte er, »ich muß diese Frau gründlicher untersuchen. Geben Sie den beiden kleinen Mädchen einen Pfefferminzlutscher und achten Sie darauf, daß sie nicht davonlaufen.«
Bria folgte ihm in den kleinen Raum, der mit Schreibtischen und Holzkisten vollgestellt, aber menschenleer war. Sie drehte sich nach der offenen Tür um. Sie wollte hinauslaufen und wußte doch, daß sie es nicht tun würde.
Sie blickte auf die Schlange, wo man den Leuten die Haare kämmte und sie auf Kopfläuse untersuchte. Einer Frau hatte man gerade die Haare bis dicht über der rosa Kopfhaut abgeschnitten. Ihr Gesicht war

feuerrot vor Scham. Sie hielt die Augen fest geschlossen und zitterte. Emma sah zu, wie ein Mann einen Eimer hochhob und der Frau Schwefelwasser über den Kopf goß.

Eine Hand berührte sie im Nacken. Bria zuckte zusammen. »Ich hoffe, Sie stecken sich bei mir an«, sagte sie zu ihm. »Ich hoffe, Sie verrecken daran.«

Er lachte. »Kleines, das einzige, womit ich mich an dem Teil von dir anstecken kann, der mich interessiert, sind die Pocken.« Er lachte wieder und schloß die Tür mit einem leisen Klicken. Ein lächelndes Clownsgesicht mit weißen Lippen auf einem Varieté-Plakat ersetzte das rote Gesicht der Frau mit den geschorenen Haaren.

Als Bria durch die Tür hinausging, wußte sie bereits, daß sie niemals sagen würde, was ihr angetan worden war und was sie zugelassen hatte. Sie würde Shay nichts davon sagen, der unter der Last der Scham wegen dem, was sie seinetwegen bereits von dem Friedensrichter hatte erdulden müssen, beinahe das Leben verloren hatte. Und sie würde es Gott nicht sagen, dessen Gebot sie übertreten hatte.

Wenn eine Frau bei einem Mann lag, der nicht ihr Ehemann war, sei es für Geld oder für ein Gesundheitszeugnis, das ihr die Einwanderung ermöglichte – in den Augen der Mutter Kirche gab es in dieser Hinsicht keinen Unterschied. Bria McKenna hatte die Hure gespielt.

Bria hielt das Dokument fest umklammert, als sie und die Mädchen schließlich durch das hohe Tor von Castle Garden mit seinen riesigen Säulen hinaus auf die Straße traten, auf der sich unzählige rufende Menschen, Karren und Wagen drängten. Sie konnte sich nicht vorstellen, wie sie Shay in diesem Menschengewimmel jemals finden sollte. Und plötzlich war sie sich sicher, daß alles umsonst gewesen war – ihre Sünde und ihre Scham. Gottes schnelles und schreckliches Schwert der Vergeltung würde sie auf der Stelle für immer voneinander trennen. Gott würde nicht zulassen, daß sie Shay in Amerika fand, in der Neuen Welt, für die sie soviel aufgegeben hatte.

Bria drehte sich immer wieder im Kreis, bis ihr schwindlig wurde und sie schreien wollte. Inmitten des Getöses glaubte sie zu hören, daß jemand ihren Namen rief. Aber jedesmal, wenn sie sich schnell in diese Richtung drehte, sah sie nur die Gesichter von Fremden. Dann entdeckte sie Donagh, dessen schwarzer Talar in der bunten Menge auffiel. Und plötzlich war Shay bei ihr. Sie lag in seinen Armen und hörte, wie er ihren Namen sagte, nur ihren Namen, doch die Stimme klang nicht, als sei es Shay. Der Strick hatte ihm seine schöne Stimme geraubt.

Sein Mund preßte sich auf ihre Lippen, und einen schrecklichen Augenblick lang glaubte sie, sich übergeben zu müssen. Doch dann umarmte sie ihn verzweifelt, und sie klammerte sich die ganze erste gemeinsame Nacht nach der langen Trennung an ihn, als wolle sie ihn nie wieder loslassen.

Der Arzt war grob, rauh und besitzergreifend gewesen, während Shay sie nur zärtlich, liebevoll und rücksichtsvoll berührte. Doch das Ende unterschied sich nicht. Beide Männer waren in sie eingedrungen und hatten ihren Samen in sie ergossen.

So kam es, daß Bria an ihrem ersten Tag in Amerika ein Kind empfangen hatte.

Ein Kind, das bald seinen ersten Atemzug hier in Amerika tun würde. Bria holte tief Luft, als die Schmerzen im Rücken und im Leib sie wieder überfielen. Doch die Wehen waren nicht so stark, wie sie später werden würden, und sie kamen auch noch nicht in kurzen Abständen. Es würde noch eine Weile dauern, bis ihr Sohn da war.

Trotzdem waren die Wehen heftig genug, daß sie gezwungen war stehenzubleiben und sich gegen einen Pfahl des Landungsstegs zu lehnen. Sie schloß die Augen und rieb sich leise stöhnend das Kreuz.

Als sie die Augen wieder aufschlug, blickte sie in das bleiche Gesicht ihres Mannes.

»Shay«, sagte sie leicht keuchend, »das Kind kommt!«

»Ja, das sehe ich.« Er lächelte, und sie entdeckte in seinem Lächeln nur einen Anflug von Zittern. »Hattest du vielleicht auch daran gedacht, mir das bald zu sagen?«

»Ach, es dauert noch Stunden.«

Er legte ihr den Arm um die Hüfte, stützte sie und führte sie in Richtung Haus. »Das mag ja sein, aber mir wäre es leichter ums Herz, wenn du in unserem Bett liegen würdest. Es wird zwar nur das Kind eines irischen Fischers sein, aber den kleinen Schatz hier am Strand zu bekommen, das geht doch bestimmt ein kleines bißchen zu weit?«

Das Kind eines irischen Fischers ...

»Shay!« Sie faßte ihn am Arm und zog ihn heftig herum, so daß er sie ansah. »Versprich mir, daß du dieses Kind lieben wirst, ganz gleich, was geschieht.«

»Bria ...« Es klang beinahe wie ein Schluchzen, doch er beherrschte sich. Er nahm ihr Gesicht in seine großen Hände und fuhr mit seinem Mund zart und liebevoll über ihre Lippen.

Sie lehnte sich an ihn und schmiegte ihr Gesicht an seinen Hals. Sie atmete gegen seine warme Haut und roch das Meersalz und den unverwechselbaren Geruch, der sich von dem aller anderen Männer unterschied. »Versprich es mir«, flüsterte sie.

Er hob die Hand, seine Finger griffen in ihre Haare und zogen ihren Kopf zurück, so daß sie das Versprechen in seinen Augen sehen konnte. »Ich liebe das Kind. Ich liebe es jetzt schon.«

»Und wirst du noch etwas für mich tun?«

Er senkte den Kopf, drückte seine Stirn an ihre, und sie rieben ihre Nasen aneinander. »Du bist mir die Richtige. Du sparst dir all deine Bitten auf und rückst genau dann damit heraus, wenn ich mir gerade Flügel wachsen lassen will, um wie ein Engel zum Himmel zu fliegen, um dir den Mond zu bringen, falls du danach verlangen solltest.«

»Du würdest mit Engelsflügeln komisch aussehen, Seamus. Du hast zuviel von einem Teufel an dir. Und kannst du mir sagen, was ich mit dem Mond anfangen soll?«

Er lachte wieder und küßte sie. »Ich liebe dich, Frau.«

Er ließ sich jedoch nicht davon abbringen, mit ihr Arm in Arm langsam zum Haus zu gehen. Er mußte sie stützen, denn sie war so unförmig und unbeholfen. Der steinige, von der Flut feuchte Sand gab unter ihren Füßen nach, und schon spürte sie den Schmerz aufs neue. Er kam von einer geheimnisvollen Stelle tief in ihrem Innern und entrollte sich wie eine Spirale.

»Dann erfüllst du mir meinen Wunsch und gehst zu Miss Tremayne?« fragte sie. »Du bringst sie hierher, damit sie während der Geburt bei mir ist ...«

Sein Arm umfaßte ihre Hüfte fester, und zu ihrer Überraschung ließ der Schmerz nach. »Ist diese Frau nicht eine Spur zu vornehm?« erwiderte er. »Was würde sie dir nützen?«

Die Schmerzen kamen schließlich doch, und sie würden schlimmer sein als jemals zuvor. »Sie ist meine einzige Freundin. Und ihr Platz ist heute nacht ... bei mir.«

»Sie ist deine Freundin, und deshalb nennst du sie ›Miss Tremayne‹.«

Die Schmerzen brachen über sie herein, sie schlugen über ihr zusammen und schossen durch sie hindurch. Sie waren so stark und gewaltsam wie eine Sturmwoge. Bria wollte, daß Emma ihr die Hand hielt und ihr half, stark zu sein, damit sie nicht anfing zu weinen.

»Bring sie zu mir, Shay! Bitte ... ich brauche sie.«

Emma verließ das Eßzimmer. Sie glaubte zu ersticken. Ihr war, als hätte sie den Abend in einem Kleiderschrank verbracht, wo sie von Seide, Satin und Taft beinahe erdrückt worden war. Und alle Kleider rochen nach altem Parfüm und Mottenkugeln.

Die Frauen überließen nach dem schier endlosen Essen die Männer ihrem Brandy und den Zigarren. Sie selbst zogen sich in den Salon zurück, um sich zu unterhalten. Emma hatte jedoch das Gefühl, das übliche Gerede nicht ertragen zu können.

Später, wenn sich die Männer zu ihnen gesellten, würde man von ihr erwarten, daß sie Klavier spielte und zusammen mit Geoffrey ein Liebesduett sang, obwohl sie weder am Klavier noch beim Singen besonders gut war. Und natürlich würden alle sie mit ihren Blicken durchbohren. Emma glaubte, das erst recht nicht ertragen zu können.

In heroischer Selbstverleugnung ihrer Gefühle betrat sie wieder den Salon, blieb aber plötzlich wie angewurzelt stehen. Sie konnte keinen Schritt weitergehen und bekam keine Luft mehr. Sie umklammerte den Rock ihres grünen Chiffonkleids so fest, daß sie zitterte und die Hände zu Fäusten ballte.

»Emma? Was ist los?« Das Gesicht ihrer Mutter tauchte verschwommen vor ihr auf. Emma schloß die Augen und legte den Handrücken an die Wange.

»Mir ist ganz schwach«, hauchte sie und gab sich keine Mühe, nicht zittrig und kraftlos zu klingen. Man erwartete von Damen, daß sie sich gelegentlich schwach fühlten. Das verriet eine gewisse Zartheit und ermutigte die Männer, den Beschützer zu spielen. Mama wurde ständig ohnmächtig. »Ich ... ich glaube, ich sollte mich eine Weile hinlegen.«

»Nun ja, wenn es sein muß. Es geht jedenfalls nicht an, daß du eine Szene machst«, erwiderte Bethel. Ihre Antwort klang mürrisch, aber zu Emmas Erleichterung nicht ungläubig. »Ich werde dich entschuldigen.«

»Danke, Mama«, murmelte Emma und seufzte. Sie drehte sich um und zwang sich, langsam durch die Tür mit den Samtdraperien hinauszugehen. Aber am liebsten wäre sie auf ihr Zimmer gerannt.

Emma befand sich auf halber Höhe der Eichentreppe, als es wie in jener Nacht an der Tür klopfte. Sie drehte sich so schnell herum, daß sie beinahe gefallen wäre, und klammerte sich mit der seidenbehandschuhten Hand an das Geländer. Es gab keinen Grund zu hoffen, daß er es sei. Doch Emma wußte, sie wußte es einfach: Er war da.

Langsam ging sie die Treppe wieder hinunter, denn ihre Beine fühlten sich so steif an wie altes Leder, und ihr Herz klopfte unregelmäßig. Sie starrte lange auf die Kassetten der mächtigen Ebenholztür, bevor sie mit einem Ruck einen Flügel aufzog und in sein Gesicht, in seine Augen blickte – ihn anblickte.

Er sagte zunächst nichts, dann hörte sie seine rauhe Stimme flüstern. »Meine Frau ...« Die Worte waren so sehr ein Echo aus jener anderen Nacht, daß sie fassungslos zu dem klaren, sternenübersäten Himmel in seinem Rücken hinaufsah. »Bria bekommt das Kind und fragt nach Ihnen.«

Emma überlief ein kalter Schauer. Sie hatte Angst. Sie konnte sich nicht bewegen und nicht sprechen. Bria bekam ihr Kind. Bria hatte nach ihr gefragt, nach *ihr.* Es war gleichgültig, daß sie um ihrer Ehre willen beschlossen hatte, nicht mehr in die Thames Street zu gehen.

Wenn Bria sie brauchte, würde sie kommen. Für diese eine Nacht würde sie kommen.
Emma hörte Stimmen aus dem Salon. Sie machte einen Schritt auf ihn zu und zog die Tür hinter sich ins Schloß. Eine sanfte Brise, die vom Meer kam, strich wohltuend über die glühende Haut. Sie hörte das leise Klatschen des Wassers am felsigen Ufer der Bucht. Er atmete schwer. Seine Brust hob und senkte sich. Er roch nach Schweiß.
»O Gott? Ist es wirklich schon soweit?« Dann fügte sie besorgt hinzu: »Sind Sie den ganzen Weg gerannt?«
»Natürlich! Und was, glauben Sie, habe ich damit bezweckt, mir die Sohlen abzulaufen, wenn ich in meiner Kutsche mit den vier Pferden und dem vergoldeten Wappen am Schlag hätte kommen können?« Er riß den Hut vom Kopf und fuhr sich mit den Fingern durch die Haare. »Die schweren Wehen haben gerade erst eingesetzt, aber Bria ist nicht eine der Frauen, die sich viel Zeit nimmt. Also kommen Sie oder kommen Sie nicht?«
»Aber sollten wir nicht ...« Sie zögerte beklommen. »Mein Onkel ist heute abend hier. Er ist Arzt und ...«
Er faßte sie am Arm – direkt über der perlenbesetzten Stulpe ihres Abendhandschuhs, als wollte er sie daran hindern, sich umzudrehen und ins Haus zu gehen, obwohl sie sich nicht bewegt hatte. Seine Hand war rauh und schwielig.
»Kein Arzt«, sagte er. »Bria hat Sterbensangst vor Ärzten und braucht nicht noch mehr Aufregung. Sie glauben doch nicht, ich wäre sonst hier, um Sie zu holen! Denken Sie, ich wäre gekommen, wenn es nicht darum ginge, meine Bria glücklich zu machen?« Er ließ sie los und trat einen Schritt zurück. »Aber wenn Sie sich die Mühe nicht machen wollen, dann sagen Sie es einfach, und ich gehe.«
»Erwarten Sie, daß ich die drei Meilen mit Ihnen zu Fuß gehe, oder können wir auch meinen Wagen nehmen? Er hat allerdings kein Wappen am Schlag. Sie müßten also damit vorliebnehmen.«
Sie glaubte zu sehen, daß er beinahe lächelte. Besser gesagt, daß er daran dachte zu lächeln.
»O *Dhia*, was sind Sie doch für eine seltsame kleine Miss. Immer dann, wenn ich glaube, Sie ...« Er brach ab und schüttelte den Kopf.

»Ich bin nicht hierher gerannt. Ich habe mir von Paddy O'Donahue den Milchwagen geliehen. Der Wagen wartet vor Ihrem Schloßportal, Miss Tremayne«, sagte er und hielt ihr die Hand entgegen.
Sie reichte ihm ihre Hand, und sie gingen zusammen die Stufen hinunter. Emma hatte nicht gewußt, daß es so intim sein konnte, wenn man sich beim Gehen an den Händen hielt. Wie war es möglich, daß man dabei zitterte, daß das Herz schneller schlug und man keine Luft mehr bekam?
Am unteren Ende der Treppe fragte er: »Schaffen Sie es vielleicht doch, ein klein wenig zu rennen?« Und dann liefen sie Hand in Hand über die zerstoßenen Venusmuscheln der Auffahrt und durch das verschnörkelte schmiedeeiserne Tor, vor dem ein Milchwagen wartete.
Der Wagen roch nach saurer Milch und war voller leerer Flaschen, die in ihren Metallgestellen klapperten, als sie über die holprige Straße rollten. Er knallte mit der Peitsche und trieb das Pferd an, als sei er von allen Furien gejagt.
In der Dunkelheit des geschlossenen Wagens atmete sie mit klopfendem Herzen seinen Geruch ein, obwohl sie es sorgsam vermied, ihn zu streifen oder in irgendeiner Weise zu berühren. Sie glaubte, er müsse hören können, wie ihr Herz für ihn schlug, doch alles andere konnte sie verbergen. Das Leben hatte sie gelehrt, *alles* mit großer Meisterschaft zu verbergen.
Der Wagen schwankte, als er zu schnell um die Ecke der Hope Street bog. Emma klammerte sich am Sitz fest. Das gerüschte Chiffonabendkleid raschelte wie trockenes Gras im Wind. Sie überlegte, was man normalerweise zum Anlaß einer Geburt trug ...
Emma strich den Rock glatt, der dabei noch mehr knisterte. Sie umfaßte ihre Ellbogen, denn sie fror plötzlich.
Er drehte den Kopf und sah sie an. Sein Gesicht war weiß vom grellen Licht einer Straßenlaterne. »Sie müssen nichts tun, wissen Sie. Die Hebamme wird dasein.«
Sie holte Luft, schluckte und nickte.
Der Wagen schwankte, die Milchflaschen klapperten, und Brias Mann sagte: »Zwei Wochen lang kommen Sie beinahe jeden Tag

zu ihr, so regelmäßig wie der Kuckuck einer Kuckucksuhr erscheint. Und dann sind Sie plötzlich verschwunden. Glauben Sie, das hat Bria nicht gemerkt?«

Emma schluckte wieder und holte Luft. »Ich war beschäftigt.«

»Ach so! Waren Sie das? Bria war auch beschäftigt. Sie war damit beschäftigt zu sterben.«

Heiße, salzige Tränen brannten in Emmas Augen. Sie wandte den Kopf ab und blickte in das Dunkel der vorbeiziehenden Nacht. Doch als er unter der schiefen Straßenlaterne vor dem Haus in der Thames Street anhielt, streckte er den Arm aus, faßte sie am Kinn und drehte ihr Gesicht dem weißen Licht zu, das aus der zersprungenen Glaskugel der Lampe drang. Sie spürte die Tränen naß auf ihren Wangen. Es war ihr nicht gelungen, sie zurückzuhalten.

Er sagte nichts. Er sah sie nur an, ließ sie los und sprang vom Wagen. Er stützte mit der Hand ihren Ellbogen und half ihr beim Aussteigen. Dann drehte er sich um und ging den Pfad entlang zum Haus, ohne darauf zu warten, daß sie ihm folgte.

Noreen saß auf der Treppe. Sie hatte die Arme um die Knie geschlungen und die Schultern gekrümmt. Beim Anblick ihres Vaters sprang sie auf und rannte vor ihm durch die offene Tür ins Haus.

Emma blieb zwischen den Veilchen stehen, die sie und Bria gepflanzt hatten. Es kam ihr vor, als gäbe es keine Verbindung mehr zwischen den einzelnen Teilen ihres Körpers. Sie fühlte sich wie eine Marionette, die schlaff an ihren Fäden hing.

Sie hörte hinter dem Milchwagen ein lautes Summen. Merry kam zwischen den großen Hinterrädern des Wagens hervorgekrochen. Sie stand im Lichtkreis der grellen Lampe und sah Emma mit großen ernsten Augen an. »Mam braucht Sie«, sagte die Kleine, und es dauerte einen Augenblick, bis Emma begriff, daß Merry tatsächlich gesprochen hatte.

Emma raffte ihr Chiffonkleid und kauerte sich auf die Erde, so daß sie sich in Augenhöhe mit dem kleinen Mädchen befand. Ihre Zunge war schwer, und Emma wußte nicht, ob sie ihr gehorchen würde. Sie hatte die letzten Stunden unaufhörlich geplaudert. Jetzt, wo es wirklich wichtig war, etwas zu sagen, schienen ihr die Worte zu fehlen, ja sogar der Atem, um etwas über die Lippen zu bringen. Sie hatte ihr Leben lang große Schwierigkeiten mit Worten gehabt – Worte finden und zu vergessen, Worte sich sparen und sie verschwenden, immer gab es das Problem mit den richtigen Worten.

»Deshalb bin ich hier«, sagte sie schließlich. »Obwohl ich nicht weiß, was es nützen wird, wenn ich dabei bin. Was ich über eine Geburt weiß, würde in einen Fingerhut passen, und dann wäre immer noch genug Platz für den Finger.«

Merry lachte hell und fröhlich. Sie kam hüpfend näher und faßte Emma bei der Hand. »Wir sollten ins Haus gehen, weil das Baby nämlich kommt. Noreen sagt, die Feen werden es bringen, aber das ist albern. Es wird aus Mamas Bauch und zwischen ihren Beinen herauskommen.«

Sie zog an Emmas Hand, half ihr beim Aufstehen, und als Emma stand, ergriff sie auch ihre andere Hand und schwang beide Arme hin und her. Merrys Hände waren feucht und klebrig. Sie mußten unbedingt einmal ordentlich gewaschen werden.

Das wenigstens kann ich. Ich kann einem kleinen Mädchen die Hände waschen.

Bei diesem Gedanken stieg ein schwer zu begreifendes warmes Gefühl in Emma auf, etwas völlig Ungewohntes. Es war das kostbare Gefühl, dazuzugehören und gebraucht zu werden.

Merry hörte auf, die Arme zu schwingen, und blickte zu ihr auf. »Sie dürfen uns nie wieder verlassen.«

Emma merkte erst, daß sie weinte, als sie spürte, wie ihr die Tränen zwischen den Lidern hervorquollen. »Nein, das ... werde ich nicht tun.«

Merry ließ ihre Hände los und rannte über den Pfad. Sie hüpfte wie ein Kaninchen mit beiden Beinen auf den Treppenabsatz, blickte zu Emma zurück und wartete.

»Merry?« sagte Emma mit gepreßter, brechender Stimme. »Du kannst sprechen.«

Das Mädchen verlagerte das Gewicht von einem Bein auf das andere. Es summte einen lang anhaltenden Ton, der alles oder nichts bedeuten konnte, und verschwand im Haus.

Die Küche war hell erleuchtet, denn alle Petroleumlampen brannten. Aber niemand war dort. Emma ging langsam in das Schlafzimmer, so wie sie ihr Leben lang in viele Zimmer gegangen war – schüchtern, befangen und unsicher.
Bria lag in einem weißen Eisenbett. Sie hatte die Knie unter dem Bettuch angezogen und gespreizt. Sie umklammerte mit beiden Händen das eiserne Bettgestell hinter ihrem Kopf. Ihr Rücken glich einem gespannten Bogen. Das dünne Baumwollnachthemd klebte schweißnaß an ihrem geschundenen Körper. Sie atmete schwer durch den offenen Mund, und dabei entstand in ihrer Brust ein rasselndes Röcheln.
Shay stand am Waschgestell. Er hatte die Jacke ausgezogen, die Hemdsärmel hochgerollt und wusch sich die Hände in einer blau gesprenkelten Emailleschüssel. Emma war an der Tür stehengeblieben. Er drehte sich nach ihr um. Er hatte vor Anspannung weiße Linien um die Mundwinkel, und in seiner Wange zuckte neben der Narbe ein Muskel.
»Die Hebamme ist nicht gekommen«, sagte er.
»Sie hat Angst, daß sie sich bei Mam die Schwindsucht holt«, erklärte Noreen. »Niemand kommt mehr zu Mam, weil alle Angst haben, sich bei ihr anzustecken.« Sie stand neben der Tür, drückte den Rücken und die Hände gegen die Wand und wirkte wie ein Soldat. Merry stand stumm und still neben ihr.
Beim Klang der Stimmen hatte Bria den Kopf gedreht. Ihr Gesicht schien nur noch aus dünner blasser Haut zu bestehen, die sich straff über die schönen starken Knochen spannte. »Emma, *mo Bhanacharaid* ...« Sie holte rasselnd Luft. »Ich hatte solche Angst, du ... würdest nicht kommen.«
»Wie sollte ich nicht kommen und das wichtigste und schönste Ereignis der Saison verpassen?« Aus Emmas Kehle, die wie zugeschnürt war, drang ein seltsames Geräusch, gleichzeitig ein Lachen und Schluchzen. Die Liebe, die sie für diese Frau, ihre Freundin, empfand, war süß und schmerzlich.
Neben dem Bett stand ein Küchenstuhl. Emma setzte sich darauf, und ihr Chiffonkleid raschelte. »Ich muß sagen, Mrs. McKenna«, begann

sie in einer übertriebenen Nachahmung des Plaudertons der feinen Gesellschaft. »Sie haben sich eine schöne Nacht für dieses große Ereignis ausgesucht. Am Himmel ist kein Wölkchen zu sehen. Aber der Wind kommt aus Südwesten, und das bedeutet am Morgen immer feuchtes Wetter.«

Brias verzerrter Mund lockerte sich zu einem Lächeln. Dann erfaßte ein heftiger Krampf ihren ganzen Körper, und sie öffnete den Mund weit zu einem stummen Schrei. Die Wehe schien ewig zu dauern. Als sie endlich nachließ, lag Bria erschöpft und zitternd im Bett. Man sah die Spuren ihrer Zähne auf den bläulichen Lippen. Doch als sie Emma ansah, brannte in ihren dunklen Augen das Leben.

»Halt ... meine Hand«, murmelte sie.

Emma zog die Abendhandschuhe aus und ließ sie zu Boden fallen. Sie griff nach Brias Hand, die schlaff auf dem Laken lag. Sie hatte noch nie etwas so Kaltes wie Brias Hand gehalten. Es war, als habe sich das Leben aus dem ganzen Körper in ihre ungewöhnlichen Augen zurückgezogen. »Du hast ... getanzt«, flüsterte Bria.

Emma lächelte. »Es war öde und langweilig. Der Geiger hatte seinen Bogen vergessen und mußte die Saiten mit der Nase streichen, das Cello hat ständig den Einsatz verpaßt, und ich bin dem armen Mr. Alcott oft genug auf die Füße getreten, um ihn für alle seine Sünden büßen zu lassen.«

Bria lachte schwach. Dann kam der nächste qualvolle Krampf, und sie überließ sich dem lang anhaltenden, stechenden Schmerz. Als es vorüber war, stieß sie zwischen keuchenden Atemzügen hervor: »Es kann sein ..., daß ich mich von Zeit zu Zeit ... ein kleines bißchen festhalten muß.«

Emma schob ihr mit der anderen Hand die nassen Haare aus der Stirn. »Das macht nichts. Dafür ist eine Freundin schließlich da ..., daß sie einem hilft, wenn man sie braucht.«

Shay trat mit Tüchern und einer Schüssel voll Wasser an die andere Seite des Bettes. Emma überlief ein Angstschauer, als ihr plötzlich die volle Bedeutung seiner Worte klarwurde.

Die Hebamme ist nicht gekommen.

»Ich habe einige Übung darin«, sagte er zu Emma, als könnte er ihre

Gedanken lesen. »Beim letzten Mal ist unsere Merry so schnell gekommen, daß keine Zeit zum Nachdenken war und schon gar nicht, jemanden zu holen.«

Er beugte sich vor und sagte zu seiner Frau etwas auf gälisch. Obwohl seine Stimme heiser und mißtönend klang, wußte Emma, es waren zärtliche Worte, denn die Liebe der beiden war wie immer so stark und gegenwärtig wie ein lebendiges Wesen im Zimmer.

Trotz seiner großen Hände zog er das Bettlaken mit erstaunlicher Behutsamkeit von den gespreizten Schenkeln seiner Frau. Brias Nachthemd bauschte sich um ihre Hüfte, und der Schweiß rann ihr in Strömen über die Beine. Ihr gewölbter Bauch zuckte und zitterte, verkrampfte sich plötzlich und preßte sich zusammen wie eine riesige geballte Faust.

Während Shay seine Frau zwischen den Schenkeln wusch, sah sich Emma im Schlafzimmer um und bemerkte, wie schäbig es wirkte. Es war kaum möbliert. Es gab nur das Bett, über dem ein Kruzifix an der Wand hing, den Waschständer und eine kleine Kommode, deren Lack stellenweise abgeplatzt war. Darauf war unter einer Postkarte der Heiligen Maria so etwas wie ein Altar aufgebaut. Emma wurde plötzlich klar, daß Shay die Mädchen in die Küche geschickt haben mußte. Sie fragte sich, ob das bedeutete, daß, was immer auch geschehen würde, nicht mehr lange auf sich warten ließ.

Was immer auch geschehen würde ...

Ihre Unwissenheit machte ihr Angst. Sie kannte die Regeln der Etikette für die Gastgeberin eines Banketts für vierunddreißig Personen. Doch ein siebzehnjähriges Mädchen wußte mehr als sie über einen so elementaren Bestandteil des Lebens wie eine Geburt.

Aber das, was immer auch geschehen würde, ließ schließlich doch länger auf sich warten.

Bria hielt Emmas Hand umklammert, drückte sie fest und quetschte ihr Fleisch und Knochen, während in den langen Nachtstunden die krampfartigen Wehen kamen und gingen. Die Zeitungen, die sie zwischen Brias Körper und das Bettuch gelegt hatten, waren inzwischen durchtränkt von wäßrigem Blut. Das Zimmer war erfüllt von einem starken Geruch, der an verdorbenes Obst erinnerte.

Aber das Kind kam nicht.

Das Warten darauf, daß das alles zu Ende sein würde, und die Angst, es werde schlecht enden, wurden in Emmas Kopf zu einem anhaltenden Schrei.

Endlich, endlich hörte sie Shay sagen: »Wenn du jetzt ein kleines bißchen fester pressen könntest, Liebling. Der Kopf ist schon zu sehen.«

Bria versuchte schnaufend und keuchend, sich auf die Ellbogen zu stützen, als wollte sie zwischen ihre Beine blicken, um zu sehen, was dort vor sich ging. »Emma, sag mir ... welche Farbe haben seine Haare?«

Emma blickte zwischen Brias Schenkel. Der Kopf des Kindes kam tatsächlich aus dem Leib hervor. Es war der Kopf eines richtigen Babys mit Haaren, mit Haut und Adern, er war naß von Schleim und Blut, und er bewegte sich. Emma hatte noch nie etwas so Ehrfurchteinflößendes, Erschreckendes und Schönes zugleich gesehen.

»Ich glaube, sie sind rot. Sie sind rot und lockig, und es sind viele ... O Bria, das Kind wird deine Haare haben!«

Bria sank lachend und keuchend zurück in die Kissen. »Ach, der arme Kleine ... kommt auf die Welt und ist mit so etwas geschlagen.«

Emma beobachtete staunend und ehrfürchtig, wie das Kind aus dem Leib der Mutter hervorkam – zuerst der Kopf, dann eine Schulter und ein Arm, und dann war es plötzlich ganz da und glitt in die wartenden Hände seines Vaters, während Emma lachte und weinte und die beiden mit schmerzlicher Freude ansah.

Und dann machte Brias Sohn quäkend seinen ersten Atemzug.

Bria lag so entkräftet in dem weißen Eisenbett, daß es aussah, als sei sie kleiner geworden. Die Haare klebten ihr in nassen Strähnen am Kopf. Ihr leichenblasses Gesicht war von Erschöpfung gezeichnet. Doch als sie bewegungslos zu ihrem Mann und dem Neugeborenen aufblickte, brannte in ihren Augen immer noch das ganze Feuer ihrer Liebe.

»Hat er alles, so wie es sich gehört, Shay?« fragte sie, und die Stimme paßte zum Ausdruck ihrer Augen.

Er strahlte über das ganze Gesicht, und es war wie warmer Sonnenschein. Obwohl das Lächeln nicht ihr galt, berührte es Emma in der Seele und öffnete ihr Herz.
»Er ist die verkörperte Vollkommenheit, Liebes. Du hast mir einen schönen Sohn geschenkt.«
»Zeig ihn mir, zeig ihn mir... Nein, warte. Gib ihn zuerst Emma.«
»O nein, ich sollte nicht ... Ich könnte ihn fallenlassen!« rief Emma. Doch Shay legte ihr das Neugeborene bereits in die Arme. Es war naß vom Blut, seine Haut war bläulich und runzelig, und das winzige Gesicht war zusammengeknüllt wie ein Taschentuch. »Oje«, flüsterte sie, und die Tränen liefen ihr über das lächelnde Gesicht.
Mit zitternden Armen legte sie das Neugeborene unendlich behutsam an die Brust ihrer Freundin. Bria verzog den Mund zu einem Lächeln, das zuerst ihrem Mann und dann Emma galt und schließlich die ganze Welt einschloß.
»Er ist so schön«, murmelte sie.
Shay ging neben dem Bett auf die Knie. Er beugte sich vor und legte sein Gesicht neben seinem zappelnden Sohn auf die Brust seiner Frau. »O Liebling, Liebling ...«
Langsam stand Emma vom Stuhl auf und ließ die beiden mit ihrem Sohn und ihrer Liebe allein.

Die Mädchen saßen zusammen auf der Treppenstufe vor dem Haus. Merry hatte den Kopf in den Schoß ihrer Schwester gelegt und schlief. Sie wachte nicht auf, als Emma die Tür öffnete. Noreen blickte hoch, und in ihren Augen kämpften Angst und Hoffnung.
»Ihr habt einen kleinen Bruder, und eurer Mutter geht es gut«, sagte Emma. Ihre Stimme klang fremd, zu steif und förmlich in ihren Ohren. Sie versuchte, den Mund zu einem Lächeln zu öffnen. »Aber ihr solltet ein paar Minuten warten, bevor ihr hineingeht. Euer Papa muß ihn für Besucher zuerst hübschmachen.«
Sie ging an den beiden vorbei zur Straße. Doch als sie den Milchwagen sah, wurde ihr klar, daß niemand da war, der sie nach Hause bringen würde. Deshalb ging sie um das Haus herum und hinunter zum felsigen Kiesstrand.

Das Mondlicht über der Bucht war müde. Die Flut schlief, gefangen zwischen der alten Nacht und dem neuen Tag. Emma stand allein am Wasser. Es war so still, daß sie nur das Meeresrauschen ihres eigenen Herzens hörte.

Die Morgendämmerung begann gerade, die Dunkelheit am Himmel aufzusaugen, als sie auf den Felsen in ihrem Rücken das knirschende Geräusch von Schuhen hörte. Sie drehte sich um und sah ihm entgegen.

Er blieb vor ihr stehen. Er blickte forschend in ihr Gesicht und sie in das seine.

»Sie schläft«, sagte er schließlich. »Sie schlafen beide – sie und das Kind.«

Sie hatte ihm soviel zu sagen ... unendlich viele Dinge. Aber so wenige waren erlaubt und noch weniger angebracht.

»Später«, fuhr er fort, »wenn sie aufwacht, wird sie sich bei Ihnen bedanken wollen.«

»Aber ich habe nichts getan.«

Er griff nach ihrem Arm und hob ihre Hand hoch. Selbst im fahlen Licht zeichneten sich die blauen Flecken und die Spuren der Nägel deutlich auf der blassen Haut ab.

»Sie sind gekommen«, sagte er.

Er ließ sie los, und ihre Hand sank so langsam nach unten, als sei sie gewichtslos. Die Hand schien plötzlich kein Teil von ihr, sondern etwas völlig Losgelöstes zu sein.

Sein Blick wanderte von ihrem Gesicht über die Bucht. Die aufgehende Sonne malte mit Aquarellfarben rote und gelbe Flecken an den Himmel. »Manchmal ist es eine wahre Freude zu sehen, wie die Sonne an einem neuen Tag aufgeht.« Er wendete den Kopf, und ihre Blicke trafen sich. Auf sein Gesicht trat ein Lächeln, das strahlender war als jeder Sonnenaufgang. »Würden Sie das nicht auch sagen, Miss Tremayne?«

Sie nahm das Lächeln als das Geschenk, das es war, nicht mehr und nicht weniger, und deshalb erwiderte sie es. »Ich würde sagen, Mr. McKenna, daß ein neuer Tag die größte Freude der Welt sein kann.«

Die Sonne stieg golden und prächtig über die Giebeldächer des Herrenhauses, als Emma die Verandastufen hinaufstieg und durch die Ebenholztür ging. Das Haus lag in frühmorgendlicher Stille; die marmorne Eingangshalle war kalt und grau wie ein Mausoleum.
Emma schloß die schwere Tür leise hinter sich und ging auf Zehenspitzen durch die Halle zur breiten Eichentreppe. Doch im Vorübergehen sah sie in dem großen Spiegel neben dem Geländerpfosten aus weißer Jade, wo vor vielen Jahren eine Tochter der Tremaynes verbrannt war, ein blasses Gespenst.
»Mama?« rief Emma, und vor Angst klang es wie ein Krächzen. Sie wäre lieber einem Dutzend Gespenster gegenübergetreten, als von ihrer Mutter dabei ertappt zu werden, wie sie etwas Unschickliches tat.
»Wie konntest du nur, Emma? Wie konntest du mir das antun?«
Emmas Schritte waren beim Anblick ihrer Mutter unsicher geworden. Doch jetzt zwang sie sich, bis zum Fuß der Treppe weiterzugehen. Ich bin kein Kind mehr, dachte sie. Man kann mich nicht mehr schlagen, mich nicht mehr in den Keller sperren, und diesmal weiß ich in meinem Herzen, daß ich nichts Unrechtes getan habe.
»Habe ich dir nicht gesagt, du sollst die Hose zugeknöpft lassen und die Beine nicht breit machen, bis der Ring an deinem Finger steckt«, sagte ihre Mutter in einem so schwerfälligen Georgia-Dialekt, daß Emma Mühe hatte, sie zu verstehen.«
»Mama, du hast niemals ... Was sagst du da?«
»Du bist erledigt, entehrt. Die ganze Familie ist erledigt. Du hast ihm einfach gegeben, was er wollte, nicht wahr? Jetzt wird er dich niemals heiraten. Du ...« Bethel wurde plötzlich bleich und sie wirkte verstört. »Gütiger Gott, hat er dir Gewalt angetan?«
Emmas Augen folgten dem entsetzten Blick ihrer Mutter. Die Vorderseite ihres Abendkleids aus grünem Seidenchiffon hatte rostrote Flecken von getrocknetem Blut. Im ersten Augenblick konnte sie sich nicht erklären, wie Brias Blut an ihr Kleid gekommen war, doch dann erinnerte sie sich, daß sie das Kind gleich nach der Geburt in den Armen gehalten hatte.
»Oh!« rief Emma, und flammende Röte überzog ihr Gesicht, als sie

die volle Bedeutung der Worte ihrer Mutter erfaßte. »Es ist nicht, was du denkst! Du irrst dich. Mrs. McKenna hat heute nacht ihr Kind bekommen. Ich war bei *ihr*, nicht bei Geoffrey.«

Ihre Mutter kam mit unsicheren Schritten näher, schwankte und sank auf die unterste Treppenstufe. Sie schlang die Arme um die Knie und wiegte sich hin und her. Als sie zu Emma aufblickte, zog sich eine silberne, nasse Tränenspur über ihre Wangen. Emma bemerkte, daß sich die schwarzen Pupillen so geweitet hatten, daß man kaum noch das Blau ihrer Augen sah.

»Nicht, was ich denke, nicht was ich denke ... Was hätte ich *sonst* denken sollen?« fragte Bethel schaudernd. »Ich stelle fest, daß dein Bett mitten in der Nacht leer ist, und du bist nirgends zu finden. Du sagst, du fühlst dich schwach und mußt dich hinlegen. Dann fällt Mr. Alcott plötzlich ein, daß er sich um dringende Geschäfte zu kümmern hat und ebenfalls früher gehen muß. Natürlich kommt einem da als erstes der Gedanke ... Heute nachmittag wird die ganze Gesellschaft über deine kleine ›Ohnmacht‹ reden. Man wird wochenlang flüstern und vielsagende Andeutungen machen. Man wird uns aufmerksam beobachten, jawohl, man wird uns alle beobachten. Und das wird kein Ende nehmen, selbst dann nicht, wenn offensichtlich ist, daß sich der schlimme Verdacht der Leute nicht bewahrheitet. Er wird sich doch nicht bewahrheiten, Emma, oder?«

»Nein, Mama«, sagte Emma und errötete noch einmal, denn das war doch bestimmt eines der Dinge, über die man nicht reden durfte. Andererseits hatte sie ihre Mutter noch nie in einem solchen Zustand erlebt. Sie sah aus wie ein Kind, das aus einem Alptraum aufgewacht war. Sie trug einen gesteppten Morgenmantel, ihre Haare waren mit Nadeln aufgesteckt, sie zitterte, umklammerte ihre Knie und wiegte sich hin und her. Ihre aufgerissenen Augen waren dunkel und starrten blicklos ins Leere.

Emma setzte sich neben sie auf die Treppe. Beinahe hätte sie den Arm um die Schulter ihrer Mutter gelegt, tat es am Ende aber doch nicht. Sie fürchtete zu sehr, ihre Mutter würde es nicht mögen. Doch sie saß nahe genug, um das leichte Zittern im Körper der anderen Frau zu spüren.

»Mama, hast du von Maddies Medizin genommen?«
Ein heftiger Schauer überlief Bethel, und sie umklammerte die Knie fester. »Meine Nerven ... ich war in letzter Zeit so angespannt. Du kannst dir nicht vorstellen, wie das ist, dieses ständige Auf-der-Hut-Sein ... Ich hatte schon immer eine schwache Konstitution, das weißt du, und trotzdem bist du so grausam zu mir und versetzt mich in Angst und Schrecken. Alle meine Kinder waren immer grausam zu mir.«
»Es tut mir leid, Mama. Ich hätte dir gesagt, wohin ich gehe, aber ...«
Du hättest versucht, es zu verhindern, und ich hätte mich dir widersetzen müssen, und es wäre zu einer der Szenen gekommen, die du so fürchtest.
»Aber es war keine Zeit dazu.«
Bethel hob den Kopf, richtete die Schultern auf und war einen Augenblick lang mehr sie selbst. »Diese Frau ist ein schlechter Einfluß für dich, Emma. Ich wußte, daß nichts Gutes dabei herauskommt.«
»Es war alles meine Schuld. Ich hätte es dir sagen sollen ... Ich helfe dir jetzt hinauf in dein Zimmer«, erwiderte Emma. Doch sie zögerte kurz, bevor sie ihrer Mutter den Arm um die Hüfte legte und sie halb auf die Beine zog. Sie stiegen langsam die Treppe hinauf. Auf den ersten beiden Stufen lehnte sich ihre Mutter schwer an sie, doch dann zog sie sich zurück.
»Soll ich Jewell mit dem Frühstück hinaufschicken?« fragte Emma. »Du mußt etwas essen. Bei all den köstlichen Gängen gestern abend hast du nicht mehr als einen Bissen gegessen.«
Bethel schüttelte den Kopf so heftig, daß ihr ganzer Körper bebte. »Nein, nein. Nicht noch mehr Essen. Ich bin zu dick, und du weißt, dein Vater kann dicke Frauen nicht ausstehen. Er wird zu deiner Hochzeit nach Hause kommen, und bis dahin bin ich wieder schlank. Er wird sehen, daß ich mich verändert habe, und wird hierbleiben. Du wirst schon sehen, daß er bleibt.«
»Ja, Mama,« sagte Emma und kämpfte gegen den plötzlichen Drang an zu weinen.

Tränen. Sie schien in letzter Zeit so viele Tränen vergossen zu haben – vor Glück und vor Traurigkeit –, und doch schienen sie nie zu versiegen.

Ihre Mutter blickte zu ihr auf. Ihr Gesicht glühte vor unverhüllter Hoffnung wie von Kerzenschein erhellt. »Er liebt mich, Emma«, sagte sie. »Er hat es nur vergessen. Aber wenn er mich sieht, wird er sich wieder daran erinnern. Es wird sein wie an dem Abend auf dem Ball in Sparta, und er wird mich wieder lieben. Diesmal für immer. Du wirst schon sehen, daß er mich für immer lieben wird.«

Neunzehntes Kapitel

Der Tag war sonnig, und es wehte ein frischer Wind von steuerbord. Es war der ideale Tag zum Segeln, das zumindest hatte Emma gesagt.

Bria hatte die Idee zu einem Picknick gehabt, zu einem ersten Ausflug seit der Geburt des kleinen Jacob. Doch Emma schlug vor, auf ihrer kleinen Schaluppe hinüber zum Town Beach zu segeln, der hinter dem Anlegeplatz der Fähre am Westufer der Mount Hope Bay lag. »Vater O'Reilly kann den Kleinen und die Mädchen im ›Teewagen‹ hinüberbringen, und wir treffen sie dort«, sagte Emma. »Stell dir nur vor, was für ein Spaß das wird, nur wir beide auf dem Boot. Wir können so tun, als seien wir Piratinnen auf hoher See.«

»Allmächtiger!« erwiderte Bria. »Du hast eine seltsame Vorstellung von Spaß, Emma.«

Emma lachte, und es klang glücklich. »Bitte sag ja, Bria. Bei dem Wind wird es eine kurze kleine Spazierfahrt sein und höchstens eine halbe Stunde dauern. Wir werden die ganze Zeit in Sichtweite der Küste segeln.«

»Hm ...«, Bria unterdrückte ein Lächeln. »Es ist tröstlich zu wissen, daß ich eine schöne Landschaft vor Augen haben werde, wenn ich ertrinke.« Bria war am Meer geboren und aufgewachsen, doch sie war noch nie im Leben auf einem Boot gewesen, wenn man von dem großen Dampfer absah, der sie nach Amerika gebracht hatte. Fischen war Männerarbeit, und in Gortadoo hatte mit Sicherheit niemand zum reinen Vergnügen eine schnittige kleine Schaluppe gesegelt.

Die Schaluppe hieß *Ikarus*. Sie war nach einem verrückten Griechen benannt, der sich Flügel mit Wachs an den Rücken geklebt hatte und

zu nahe an die Sonne geflogen war – zumindest hatte ihr Emma das gesagt.
So ein Name, dachte Bria, als sie mit weichen Knien an Bord ging, trägt mit Sicherheit nicht dazu bei, um einer Landratte wie mir Vertrauen einzuflößen.
Als sie ablegten, wollte Bria am liebsten so schnell wie möglich wieder vom Boot herunter. Der Wind blähte die Segel, und die Schaluppe legte sich so schräg, daß die Reling buchstäblich das Wasser durchschnitt. Brias Herz erging es wie einem Fisch im Netz, und es dauerte zwei Dutzend ›Gegrüßest seist du Maria‹, bevor sie Emmas lachender Versicherung glaubte, das Boot werde nicht kentern und sie beide ins Wasser stürzen.
Doch ihr gefiel die Musik des Segelns – das Rauschen des Windes in den Segeln, das Spritzen und Klatschen des Wassers am Bug. Bria legte den Kopf zurück, und die Sonne wärmte ihr das Gesicht. Sie leckte die Lippen und genoß den salzigen Geschmack der Luft. Sie lächelte, während sie Emma zuhörte, die erklärte, wie die Segel mit der Windkraft das Boot so verblüffend schnell durch das Wasser gleiten ließen. Das klang alles so vernünftig, und sie glaubte ihrer Freundin, obwohl sie wenig von all dem verstand. Ein Glücksgefühl erfüllte sie, und der Tag wäre vollkommen gewesen, wenn Shay hätte dabeisein können. Aber er schien in letzter Zeit das Meer offenbar leer zu fischen, damit er das geliehene Geld zurückzahlen konnte, mit dem er das Fischerboot gekauft hatte.
Sie steuerten in Richtung Strand und Town Beach. Bria sah staunend, wie der flache weiße Sandstreifen schnell größer wurde und in der Sonne funkelte und glitzerte. Als sie einen muschelverkrusteten Landesteg erreichten, wurden die Segel schlaff. Emma griff nach einer Leine und hob die Röcke, doch anstatt auf den Steg zu springen, blieb sie plötzlich regungslos stehen, als sei ihr die Luft weggeblieben.
»Was ist los?« fragte Bria und stand mit unsicheren Beinen auf, denn das Boot schien nie wirklich fest unter ihren Füßen zu sein. Sie wußte nicht, wie Emma es in den langen Röcken schaffte, sich überallhin zu bewegen und dabei auch noch diese oder jene Leine oder *Schot*, wie sie es nannte, festzuzurren oder zu lockern.

»Nichts«, erwiderte Emma. »Es ist nur, Mr. ... Mr. McKenna ist doch gekommen.«
»Shay?« Bria strahlte über das ganze Gesicht, als sie den Karren entdeckte, der gerade auf den Weg zum Strand abgebogen war. Sie winkte so heftig, daß das Boot schaukelte und sie sich am Mastbaum festhalten mußte, um nicht zu fallen. »Heilige Maria, beinahe wäre ich doch noch Schwimmen gegangen!« rief sie lachend. Doch als sie aufblickte, sah sie, daß Emma immer noch unbeweglich dastand. Die Leine in ihrer Hand hatte sie vergessen. Ihr Gesicht war blaß und angespannt. Bria wußte, das hatte etwas mit Shay zu tun. Emma hatte sich in seiner Gesellschaft nie wohl gefühlt und sie tat alles, bis an die Grenze der Unhöflichkeit wirklich *alles,* um ihn zu meiden. Bria dachte, das könne sie ihr kaum verübeln nach den häßlichen Dingen, die er zu ihr gesagt hatte.
Bria hätte es Emma nie gestanden, um ihre Gefühle nicht zu verletzen, aber sie war froh, wieder festen Boden unter den Füßen zu haben. Sie hatte ein komisches Gefühl in den Beinen, als schaukle immer noch alles unter ihr. Doch dann kamen die Mädchen über den weißen Sand gerannt. Merry summte so aufgeregt, daß sie am ganzen Körper vibrierte. Bria sah sich lachend um. Es war eine hübsche Stelle für ein Picknick. Eine kleine, blumenübersäte Wiese grenzte an den Sandstrand. Sie wurde von schwarzgrünen Kiefern, stattlichen Ulmen und breit ausladenden Ahornbäumen gesäumt.
»Wo ist mein Bruder, der Halunke?« fragte sie Shay, stellte sich auf die Zehenspitzen und gab ihm einen Kuß. Er trug den kleinen Jacko, der wie in einen Kokon gewickelt war, in einem Strohkorb.
Bria schlug den Zipfel der Decke zurück und sah, daß der Kleine schlief. Sie hob die Hand, um Emma herbeizuwinken. Doch ihre Freundin war noch auf dem Boot, machte sich an den Segeln zu schaffen und sah nicht in ihre Richtung.
»Der Bischof hat den guten Vater heute morgen zu sich bestellt«, erklärte Shay. »Und in diesem Fall wäre ein ›ich komme später‹ nicht die richtige Antwort gewesen.«
»*Och,* der arme Junge. Er hat wieder Schwierigkeiten. Das ist so

sicher wie das Amen in der Kirche.« Ihr Bruder hatte noch nie zu jenen gehört, die sich an die Regeln hielten, und selbst das Priesteramt hatte ihn nicht völlig von seinem Eigensinn geheilt.

Shay lachte laut und gab ihr das Kind. »Donagh hat gesagt: ›Es ist unwahrscheinlich, daß er mich rufen läßt, um mir einen Heiligenschein um den Kopf zu hängen.‹«

Shay und die Mädchen sammelten Treibholz für das Feuer, über dem sie die Muscheln kochen wollten. Der kleine Jacko lag zufrieden in seinem Strohkorb, und Bria half Emma, eine Decke auszubreiten und den Picknickkorb auszupacken, den sie mitgebracht hatte.

»Nur ein paar Kleinigkeiten zum Knabbern«, hatte Emma gesagt, »während wir darauf warten, daß die Muscheln fertig sind.« Emmas Vorstellung von ›ein paar Kleinigkeiten‹ zum Knabbern waren gekochte, scharf gewürzte Eier, Hummerbrötchen, Champagner, Pfirsiche und Kokos-Meringuen. Als Bria im Korb weiter nach unten vordrang, entdeckte sie, daß Emma sogar Teller und Silberbesteck mitgebracht hatte, um die ›Kleinigkeiten‹ zu essen. Die Teller waren so dünn, daß Bria durch das Porzellan hindurch ihre Hand sah. Und in dem Korb lagen vier verschiedene Arten Gabeln.

Sie hielt eine Gabel hoch, um sie besser betrachten zu können – sie war klein, dünn, hatte zwei Zinken und sah aus, als sei sie ungefähr so brauchbar wie ein Maultier mit drei Beinen. »Wofür ist die denn gut?« fragte sie verwundert.

Emmas Mund verzog sich zu ihrem typischen scheuen Lächeln. »Das ist eine Austerngabel. Nur für den Fall ...«

»Für welchen Fall?«

Emma zuckte in ihrer unverkennbaren Art die Schultern. »Für den Fall, daß wir Austern finden und beschließen, sie zu essen.«

In diesem Augenblick flog eine Möwe vorbei und ließ eine Auster auf einen nahegelegenen Felsen fallen. Die Auster brach auf, und die Möwe stürzte sich auf den saftigen Leckerbissen.

»Wir sollten dem Vogel eine deiner Gabeln geben«, meinte Bria.

Emma hielt sich die Hand vor den Mund, um ein Lachen zu unterdrücken. Doch dann lachte sie doch ungezwungen. Sie lachte so sehr, daß Bria bald mit ihr lachte, obwohl sie nach der Geburt immer noch

Schmerzen hatte. Sie fand es lustig, daß die feine Gesellschaft besondere Gabeln brauchte, um Austern zu essen, und die Möwen ohne Silberbesteck auskamen. Trotzdem war es interessant zu wissen, daß es in dieser seltsamen und wunderbaren Welt so etwas wie eine Austerngabel gab.

»Was ist an diesem Tag das Besondere, daß ihr beiden so lachen müßt?« fragte Shay, als er und die Mädchen mit den Armen voller Holz zurückkamen und es in den Sand fallen ließen. Als Bria versuchte, es ihm zu erklären, sah er sie an, als habe er das Gefühl, sie sei zu lange in der Sonne gewesen. Noreen und Merry lächelten sich verstohlen zu.

Emma reichte Bria einen Pfirsich. »Iß einen von denen«, sagte sie noch immer lachend. Selbst ihre Augen lachten. »Es kann allerdings sein, daß du ihn erst auf den Felsen da drüben zerschmettern mußt ... ich habe nämlich die Obstmesser vergessen.« Und schon lachten die beiden wieder.

Als sich Bria schließlich den schmerzenden Leib hielt und die Tränen aus den Augen wischte, blickte sie hinüber zu Shay und sah, daß er tief in seinen grauen Augen auch lächelte.

Bria fing sofort wieder an zu lachen und biß in den Pfirsich. Der Saft rann ihr aus den Mundwinkeln und tropfte ihr über das Kinn. Er schmeckte so köstlich, daß sie ein Schauer überlief, weil es etwas so Wunderbares war.

Bria drehte sich um, weil sie das Emma mitteilen wollte. Sie kannten sich jetzt schon so gut, aber auch diesmal verschlug es ihr die Sprache angesichts der atemberaubenden Schönheit ihrer Freundin. Emma sah aus, als solle sie porträtiert werden. Sie trug ein weißes Kleid aus einem seidigen, gekräuselten Stoff, der mit Rosen und Blättern wie übersät war. Sie hatte einen blassen Strohhut mit Gänseblümchen auf dem Kopf. Das ganze Licht der Welt schien sie zu umfließen und in einem unwirklichen Glanz erstrahlen zu lassen.

Der kleine Jacko fing an zu schreien. Deshalb nahm ihn Bria aus dem Korb und legte ihn an die Brust. Shay erzählte den Mädchen eine Geschichte, während er für das Feuer einen Kreis aus Steinen legte und Holz darauf schichtete. »Es waren einmal zwei Prinzen, ein Ire und ein Schotte, die über eine große Insel herrschen wollten, die an sich ein großes Weltwunder war ...«

Merry drehte sich so schnell im Kreis, daß ihre roten Locken flogen, und sie summte laut.

»Sie will«, sagte Noreen, »den Namen des irischen Prinzen wissen und ob er hübsch war.«

»Sein Name war Ivor der Tapfere, und natürlich war er einer der gutaussehendsten Männer, die je von einer Frau geboren wurden, denn schließlich war er Ire und sein Großvater ein McKenna.«

Bria schnaubte. »Und als Ire und ein McKenna war er wahrscheinlich auch ein großer Lügner.«

»War es vielleicht kein Glück«, fuhr Shay unbeirrt fort, »daß dieser Mann keine Frau hatte, die immer bereit und willens war, auf seine Fehler hinzuweisen ...? Wie ich gesagt habe, die beiden Prinzen verabredeten ein Bootsrennen. Versteht ihr, sie waren nämlich übereingekommen, daß der erste Prinz, der die Insel berühren würde, auf immer die Krone der Insel tragen sollte. Als der irische Prinz sah, daß er das Rennen verlieren würde, nahm er sein Schwert, schnitt sich die Hand ab und warf sie ans Ufer der Insel ...«

Merry summte und hüpfte auf und ab.

»Sie will wissen«, sagte Noreen, »warum er sich die ganze Hand abgeschnitten hat und nicht nur einen Finger.«

»Hm, na ja ...« Shay wiegte bedächtig den Kopf hin und her und fuhr sich mit den Fingern durch die Haare. »Weil ... weil er einen Finger nicht so weit werfen konnte. Er brauchte etwas Schwereres. Er brauchte eine ganze Hand.«

»Hört euch den Mann an«, unterbrach ihn Bria. »Ihm kommen die Worte ganz leicht über die Lippen, und sie klingen vernünftig, bis einem klar wird, daß nichts von dem, was er sagt, einen Sinn ergibt.«

»Es würde einen Sinn ergeben, wenn ich meine Geschichte zu Ende erzählen dürfte. In der Eile, Anspruch auf die Insel zu erheben, vergaß der irische Prinz, daß er zwei starke Hände brauchen würde, um sein Königreich zu beschützen. Er kam mit der einen Hand ganz gut zurecht, baute sich ein Haus und pflanzte seine Kartoffeln an.

Aber eines Tages kamen die räuberischen Engländer, und der Prinz mußte zusehen, wie alles in ihre gierigen Hände überging – das Haus, die Felder, ja, die ganze wundervolle kleine Insel.«
Merry summte eine traurige kleine Melodie.
»Sie will wissen«, sagte Noreen, »ob Miss Emma den räuberischen Engländern die Insel abkaufen und sie dem Prinzen zurückgeben könnte, damit er glücklich bis zum Ende seiner Tage dort leben kann.«
Shay schüttelte seufzend den Kopf. »Eine solche Insel kann man nur mit dem Blut eines tapferen Kriegers oder mit einem reinen Herzen kaufen. Außerdem, wer weiß, wenn man einen Yankee aus Neuengland aufschneidet, ob man überhaupt ein Herz findet oder nur einen harten schwarzen Stein.«
»Schäm dich, Seamus!« Bria sah Emma an, weil sie fürchtete, ihre Freundin sei wieder verletzt, obwohl er diesmal nur Spaß gemacht hatte. Doch Emma sah ihn unerschrocken an. Dann streckte sie eine Hand aus. Die Spitze am Ärmel rutschte etwas zurück und entblößte ein blasses, von blauen Adern durchzogenes Gelenk. Sie hielt einen runden, rosigen Pfirsich in der Hand und sagte mit ihrer hochmütigsten Gesellschaftsstimme: »Möchten Sie einen Pfirsich, Mr. McKenna? Aber bitte, vergessen Sie nicht den Stein, denn man kann sich daran leicht die Zähne ausbeißen ... nicht wahr?«
Shay verzog den Mund zu einem unbekümmerten Lächeln. Er blickte über den Strand zu der Schaluppe, die auf dem Wasser schaukelte, und dann wieder auf Emma. »Sie haben eine scharfe Zunge.«
»Und mit Sicherheit eine bei weitem flinkere als du«, sagte Bria. Der kleine Jacko hatte genug getrunken. Er lag zufrieden in ihrem Arm, hielt die geballten kleinen Fäuste zu beiden Seiten seiner dicken Backen und atmete mit offenem Mund. »Da, nimm deinen Sohn, er muß jetzt ein Bäuerchen machen. Und wenn du noch mehr Geschichten erzählst, dann verschone uns bitte mit Blut und Politik.«
Shay nahm ihr den Kleinen ab und legte ihn an seine breite Schulter. Mit einer Hand hielt er Jackos kleinen Po und tätschelte ihm mit der anderen sanft den Rücken. Die Liebe zu seinem Sohn ließ den Mund

des harten Mannes weich werden, er bekam versonnene Augen und schwere Lider.
Es gab eigentlich keinen bestimmten Grund dafür, daß Brias Blick in diesem Augenblick auf Emma fiel. Doch als das geschah, erstarrte sie zu Stein und bekam keine Luft mehr, als habe ihr jemand einen heftigen Stoß gegen die Brust versetzt.
Emma hatte ihre Augen wie gebannt auf Shay gerichtet, und auf ihrem schönen Gesicht lag der unverhüllte Ausdruck ihrer leidenschaftlichen Liebe.

Von da an beobachtete Bria die beiden. Sie konnte nicht anders. Bria saß mit dem schlafenden kleinen Jacko in den Armen auf der Decke und sah zu, wie die beiden Muscheln aus dem Sand gruben und in Eimer warfen. Sie sah, daß sich Emma große Mühe gab, ihn zu ignorieren, daß sie versuchte, so zu tun, als sei ihr der Mann in ihrer Nähe gleichgültig. Doch dann lachte Shay oder sagte etwas Albernes oder Spöttisches zu einem der Mädchen, und Emma sah ihn an. Es war nur ein flüchtiger Blick, doch Bria entdeckte jedesmal das Verlangen in ihrem Gesicht, das wie ein Blitz unter der Haut aufleuchtete.
Bria beobachtete auch Shay, um herauszufinden, ob er Emma ebenfalls anblickte.
Als sich Emma auf einen Felsen setzte und Schuhe und Strümpfe auszog, sagte er zu ihr: »Sie haben lange, schmale Yankee-Füße.«
»Und Sie haben irische Füße«, erwiderte sie, ohne nachzudenken, »große irische Füße, mit denen Sie in jedes Fettnäpfchen treten.«
Darüber mußte selbst Bria lächeln. Doch sie dachte auch darüber nach, wie anders Emmas Stimme geklungen hatte, so, als sei sie völlig außer Atem und bringe kaum ein Wort hervor.
Einmal fuhr der Wind unter die Krempe von Emmas Strohhut, und er verrutschte. Sie tat etwas ganze Einfaches, etwas sehr Frauliches – sie hob die Arme, setzte den Hut ab und wieder auf. Der breite Spitzenbesatz der Ärmel fiel zurück, entblößte die weißen Arme, und ihre Brust hob sich mit dem Rascheln von Seide. Dann neigte sie den Kopf ein klein wenig zur Seite und steckte die Hutnadeln wieder durch das

Stroh. Es war eine ganz banale Sache, doch Shays Gesicht veränderte sich, als er sie ansah – nur wenig, nur die Andeutung einer Andeutung, doch es veränderte sich.
Bria hatte das Gefühl, in ihrem Herzen habe sich ein Loch geöffnet.

Sie saß immer noch wie versteinert da, unfähig zu denken und unfähig zu atmen. Der Wind fuhr durch ihre Haare, durch die Kiefernäste und die Ahornblätter. Der Himmel war blau, die Bucht noch blauer, und die Sonne schien warm auf den weißen Sand. Bria sah nichts davon und fühlte nichts davon.
Sie zuckte zusammen, als etwas Schweres in ihren Schoß fiel. Sie hob den Kopf und blickte in Noreens Gesicht. Sie sah, daß sich Noreens Mund bewegte, doch es war, als sei alles Leben aus der Welt gewichen.
Dann endlich erreichten sie Noreens Worte in einer Woge von Tönen, als habe der Wind sie herbeigetragen. »Mama, sieh mal, was ich im Sand gefunden habe.«
Bria hob den Gegenstand in ihrem Schoß auf. »Ich glaube, es ist eine Art Pfeife.«
»Es ist eine Indianerpfeife aus Speckstein«, sagte Emma, ihre liebe Freundin Emma, die Shay mit so großem Verlangen in den Augen angesehen hatte. Aber Bria wußte, wie es war, wenn man dieses wilde, lodernde Verlangen nach ihm im Herzen hatte. Sie wußte, wie es war, wenn man spürte, wie man willenlos wurde, wenn man ihn ansah.
»Die Pfeife könnte dem großen König Philip persönlich gehört haben«, sagte Emma. »Philip war der Große Häuptling der Wampanoags, denen all dieses Land gehörte, bevor die Siedler kamen und es ihnen wegnahmen.«
»Ist das nicht immer so?« sagte Shay.
Diesmal blickte Emma ihm direkt ins Gesicht und lächelte. »Zufällig wurde König Philip von einem Angehörigen seiner eigenen Rasse aus dem Hinterhalt getötet. Die Geschichte würde Ihnen gefallen, Mr. McKenna, denn sie handelt von Blut und Politik.«
Emma erzählt die Geschichte von König Philip, der von einem Indianer getötet wurde, dessen Bruder er mit dem Tomahawk erschlagen

hatte. Als Belohnung erhielt dieser Mann Philips Hand, die er in einem Eimer voll Rum mit sich trug. Noreen, die es seltsamerweise immer genoß, sich von grausamen Geschichten zu Tode ängstigen zu lassen, hörte mit großen Augen und vor Aufregung zitternd zu. Merry summte ihre Fragen schneller, als Noreen sie übersetzen konnte.

Bria blickte auf die Mädchen und sah, wie jung sie waren und wie wenig sie wußten. Sie dachte daran, wie allein sie bald sein würden, ihre mutterlosen Töchter, und sie hätte am liebsten geweint.

Sie legte das Gesicht an den Kopf des Babys und spürte seine seidigen Haare an der Wange. Jacob war noch nicht so lange auf der Welt, daß sie sich nicht mehr an die heftigen Schmerzen bei der Geburt erinnert hätte, an den Preis, den eine Frau bezahlte, um Leben zu schenken, und an den schrecklichen, wunderbaren Augenblick, an dem er ihrem Körper entrissen worden war und nicht länger ihr allein gehörte.

Ihr kleiner Sohn würde ohne sie sehr allein sein und nicht einmal die Erinnerung an sie und ihre Mutterliebe haben, um sich in schlimmen und einsamen Augenblicken zu trösten.

Sie blickte auf Shay, ihren Mann. Liebe und Schmerz kämpften in ihrem Innern miteinander, so daß sich ihr von der Kehle bis zur Magengrube alles verkrampfte. Bestimmt war es nur flüchtiges männliches Wohlgefallen gewesen, das sie in seinem Blick entdeckt hatte, und nicht mehr. Emma war schöner, als ein Mann sich eine Frau erträumen konnte, und Shay war durch und durch ein Mann.

Aber wenn, aber wenn ...

Nicht, wenn es mehr gewesen war.

Sondern wenn es mehr werden würde.

Sie wartete. Die Muscheln waren gesammelt, das Feuer war niedergebrannt und die Glut mit einem Fichtenzweig von den heißen Steinen gefegt. Die Muscheln wurden auf die Steine geschüttet und mit Seetang abgedeckt, um den Dampf nicht entweichen zu lassen.

Sie wartete, bis das alles getan war, und sagte dann: »Es ist ein schöner Tag, und es weht der richtige Wind, um auf dem Wasser zu sein. Emma, würdest du Shay auf eine kleine Spazierfahrt mitnehmen, bis die Muscheln gar sind? Obwohl er schon auf so vielen Booten gewesen ist, bezweifle ich, daß ein so elegantes darunter war wie deine Schaluppe.«

Ihre Worte schienen in der eintretenden Stille widerzuhallen. Emma errötete langsam, bis ihre Wangen die Farbe der hundertblättrigen Rosen hatten, und Bria sah, daß sie schluckte. Aber natürlich würde sie ihrer besten Freundin eine solche Bitte nicht abschlagen. Emma Tremayne hatte tadellose Manieren.

Brias Blick wanderte von Emma zu Shay. Auf seinem Gesicht lag jetzt der Ausdruck unverhüllten Verlangens und Sehnens. Aber sein Blick galt der Schaluppe.

Bria beobachtete, wie die beiden über die kleine verwitterte Pier zu dem vertäuten Boot gingen. Sie waren sich so nahe, daß Emmas Rock vom Wind an Shays Beine gedrückt wurde. Doch sie blickten beide geradeaus, als seien die Antworten auf alle Fragen der Welt in der scharfen weißen Linie am Horizont zu finden, wo das blaue Meer und der noch blauere Himmel sich trafen.

Bria konnte nicht erkennen oder hören, ob sie miteinander sprachen, während sie die Segel setzten und ablegten. Sie vergrub das Gesicht in dem kleinen Bündel auf ihren Armen, sog den warmen Atem des Babys ein und fuhr mit der Nase leicht über seine Wange.

Als sie wieder aufblickte, sah sie von dem Boot nur noch die weißen Segel, die wie Schmetterlingsflügel über dem blauen Wasser der Bucht flatterten.

Shay holte die Klüverschot dicht, als die Schaluppe wendete, und hakte mit geschickten Bewegungen die Leine ein. Das gut getrimmte Boot lief mit voll stehenden Segeln am beständigen starken Wind.

Die Geräusche der *Ikarus* klangen in seinen Ohren wie die Musik eines fein gestimmten Instruments, das sie tatsächlich auch war. Das Knarren des Rumpfs, das Klopfen der Wanten am Mast, das Flattern des Lieks am Großsegel, wenn das Boot zu hart vor dem Wind lief.

Er ließ den Kopf nach hinten fallen, schloß die Augen und spürte, wie die Sonne sich tief in seine Lider, tief in seinen Körper hineinbrannte. Er spürte die Neigung und die Spannung des Decks unter seinen

Füßen, hörte das Klatschen und Schmatzen des Wassers am Bug, und er erlebte einen Augenblick des reinen, ungetrübten Glücks.
Er öffnete die Augen, drehte den Kopf und sah, daß Emma schnell den Blick abwandte, als wollte sie nicht dabei überrascht werden, wie sie ihn betrachtete. Sie saß im Heck und hatte die Hand an der Ruderpinne. Die Sehnen und Knochen ihres Handgelenks bewegten sich unter der Haut. Er wußte, es kostete Kraft, das Ruder bei einem solchen Wind zu halten.
»Das ist ein schnittiges kleines Boot, Miss Tremayne«, sagte er. Und das entsprach der Wahrheit. Es hatte bestimmt niemals Salzkrusten am Messing oder Flecken auf dem glänzenden Teakdeck. Es kostete auch mehr Geld, als er jemals träumen konnte zu haben. »Und Sie segeln es sehr geschickt.«
Sie lächelte verstohlen, wobei sie darauf achtete, daß ihr Gesicht abgewandt blieb. Der Wind hatte sie gezwungen, den Hut abzusetzen, und ihre Frisur hatte sich aufgelöst, so daß ihr die meisten Haare frei um den Kopf flogen.
»Wir Tremaynes behaupten gern, wir hätten Salzwasser in den Adern«, sagte sie. »Mein Vater hat mir das Segeln beigebracht. Er nahm mich mit aufs Wasser, sobald ich laufen konnte. Mit sechs bin ich bereits mit meinem ersten Boot gekentert, einem kleinen Drei-Meter-Boot. Mir gebührt der Ruhm, die jüngste Tremayne zu sein, die jemals ihren eigenen Schiffbruch verursacht und überlebt hat.«
Er mußte lachen. Manchmal überraschte sie ihn mit den Dingen, die sie sagte. »Ich bin noch besser als Sie, Miss Tremayne. Eines Tages ist meine Mutter aufs Meer hinausgefahren, um Pilchards zu fangen, und hat statt dessen mich zurückgebracht.«
Er hatte festgestellt, daß sie unverwechselbare Eigenheiten hatte: Wenn sie etwas sagen oder tun wollte, was sie für besonders kühn hielt, bekam sie an einem Mundwinkel ein Grübchen. »Ich nehme an, Sie werden mir gleich erzählen, daß die Feen Sie Ihren Eltern in einem Binsenboot gebracht haben, als eine Art irischer Moses.«
»Nicht auf so wunderbare Weise«, erwiderte er und schüttelte den Kopf. »Meine Mutter war an jenem Tag mit dem Boot hinausgefahren, denn mein Vater hatte sich am Abend zuvor völlig betrunken.

Ich bin früh und überraschend auf die Welt gekommen. Das hat man mir zumindest gesagt. Sie war zu weit draußen, um zurückzufahren, und deshalb mußte sie sich zuerst um sich selbst kümmern und dann um mich.«

Sie sah ihn an. Er hatte noch immer nicht entscheiden können, welche Farbe ihre Augen hatten, ob sie grau waren, blau oder grün. Sie veränderten sich wie das Meer bei wechselhaftem Wetter. »Sie muß eine sehr tapfere Frau gewesen sein.«

»Ich erinnere mich nicht so sehr daran, daß sie tapfer gewesen wäre, sondern ...« Er zuckte die Schultern. » ... sondern verzweifelt«, sagte er und fragte sich, wieso er ihr diese Enthüllung gemacht hatte. Er gestand sogar sich selbst solche Gedanken nur selten ein.

Shay riß sich schließlich von ihrem Anblick, von ihren Augen los und spürte beinahe einen körperlichen Schmerz, obwohl er nicht hätte sagen können, weshalb. Er musterte die Segel, weil er hoffte, sie müßten gestrafft werden, doch das war nicht nötig. Plötzlich wußte er nicht mehr so recht, was er mit seinen Händen anfangen sollte.

»Ich denke, die Muscheln sind bald gar«, hörte er sie sagen. »Würden Sie das Ruder übernehmen und zurücksegeln, Mr. McKenna?«

Er salutierte spöttisch: »Aye-aye, Käptn.«

Er griff gerade nach dem Ruder, als sich das Boot unter einem heftigen Windstoß neigte. Emma war im Begriff, ihm Platz zu machen. Sie faßte schnell wieder an das Steuer, um das Gleichgewicht nicht zu verlieren, und ihre Hand lag auf seiner.

Er gestattete sich einen kurzen Augenblick, ihre Hand auf seiner Hand zu spüren. Dann zog er seine Hand weg, und damit war es zu Ende.

Es ist kein sinnliches Verlangen, sagte er sich. Shay staunte über sich, denn er konnte sich nicht vorstellen, daß er sie auf den Rücken legen und nehmen würde, wie ein Mann eine Frau nahm, die er haben wollte – hart, heftig und gierig.

Und er liebte Bria. Dessen war er sich sicher. Liebe war Lachen, Tanzen und Arbeiten. Liebe war, sich Sorgen machen und streiten, sich versöhnen und Kinder zeugen.

Dies ist etwas anderes, was immer es auch sein mag.

Zwanzigstes Kapitel

»Wir haben vor der Parade noch etwas Zeit«, sagte Bria. »Warum gehen wir nicht an der Sporthalle vorbei und fragen Shay, ob er mitkommen will?«

Sie tat so, als bemerke sie Emmas erschrockenen Gesichtsausdruck nicht. Schnell beugte sie sich über den Kinderwagen und machte sich an Jackos Decken zu schaffen. Der lackierte Korbwagen war mit blauem Seidenplüsch gepolstert und innen mit Rohrgeflecht ausgekleidet. Überdacht wurde er von einem mit Satin abgefütterten Sonnenschirm, der Seidenfransen hatte. Das Gefährt rollte auf luxuriösen Nickelfedern und Stahlrädern. Der Kinderwagen war Emmas Taufgeschenk gewesen. Mit Sicherheit war noch nie ein Kind aus Gortadoo so elegant durch die Welt gefahren.

»Es schickt sich nicht«, sagte Emma nach einem kurzen Schweigen und fügte dann hinzu: »Eine Dame darf nicht an einem Ort wie der Sporthalle gesehen werden.«

Bria lächelte spöttisch. »Ich nehme an, die Welt fürchtet, daß der Anblick von ein paar schwitzenden und keuchenden Männern mit Hängebäuchen uns in lüsterne Sirenen verwandelt, die sie mit den Augen verschlingen.«

»O Bria!« Emma gelang sogar ein Lachen, auch wenn es ein wenig unsicher klang. »Es ist nur ...«

Es ist nur, dachte Bria, daß es dir immer schwerer fällt, *mo Bhanacharaid,* in seiner Nähe zu sein, nahe genug, daß du ihn siehst und ihn sogar berühren könntest. In seiner Nähe leidest du, weil du dir nicht erlauben darfst, ihn zu lieben.

Bria richtete sich auf und legte Emma die Hand auf den Arm. Ihre Augen wurden weich. In ihnen lag noch die stumme Bitte, obwohl sie sich innerlich so schlecht fühlte, daß sie die notwendigen Worte nicht hervorbrachte. Was sie tat, hielt sie für verschlagen. Und das Ganze fiel ihr schwer. Es war einfach zu schwer.

Doch dann sagte Noreen: »Lassen Sie uns bitte zu Papa gehen, Miss Emma.« Merry schloß sich sofort mit einem Summen an, das wie ein Miauen klang.

Emma biß sich auf die Lippen und blickte auf ihre Hände, die sie in Höhe der Taille gefaltet hatte. »Nun ja ...«

Bria atmete erleichtert auf und hängte sich bei Emma ein. »Also abgemacht. Noreen, du kannst den Kinderwagen schieben. Merry, ich nehme dich an der Hand.« Sie gingen zusammen auf dem von Veilchen eingefaßten Pfad zur Thames Street und in Richtung der Wohnviertel.

Seit dem Picknick war viel Zeit vergangen. Genauer gesagt, war es eine Woche her, daß Bria breitbeinig im Sand gestanden, sich gegen den heftigen Wind gestemmt und auf die beiden gewartet hatte.

Sie bekam es mit der Angst zu tun, als der Wind böig wurde. Sie konnte das Boot gut sehen. Sie hatte es die ganze Zeit nicht aus den Augen gelassen. Doch plötzlich neigte es sich so weit zur Seite, daß die Segel dicht über dem weißen Schaumkronen der Wellen dahinzugleiten schienen.

Bria hielt den kleinen Jacko so fest in den Armen, daß er zu weinen anfing. Merry stand neben ihr und summte aufgeregt. Noreen rannte auf den Landungssteg, hüpfte auf und ab und winkte, als die Schaluppe endlich die Segel strich und auf die Pfähle zusteuerte.

»Papa!« rief sie, und ihre helle Stimme erhob sich über den Wind. »Wir haben dir beim Segeln zugesehen. Als der Wind so stark geworden ist, warst du ganz schnell! Aber Mama hat gesagt, es gibt keinen besseren Seemann als dich!«

»Gibt es auch nicht«, hörte Bria ihn rufen. »Außer vielleicht Miss Tremayne. Sie hat Salzwasser anstelle von Blut in den Adern, und der Wind ist ihr rechtmäßiger Liebhaber.«

Bria beobachtete, wie Shay auf den Landungssteg sprang und das Boot festmachte. Sie hörte das Quietschen einer Kurbel und das Aufklatschen eines Taus auf ein Segel. Emma stand an Deck und beschäftigte sich mit den Segeln. Ihre Wangen waren gerötet, aber das konnte vom Wind kommen.

Shay sprang auf den Strand, lief zu Bria und küßte sie liebevoll. »Wozu sollen die gut sein?« fragte er und rieb mit den Daumen über ihre Wangen, als wollte er alle ihre Tränen sammeln und aufbewahren.

»Es war so windig, und ich hatte solche Angst. Ich hatte Angst, euch beide zu verlieren.«

Sie glaubte zu sehen, wie sich tief in seinen Augen etwas bewegte. Aber es war so schnell vorbei, daß sie wußte, sie würde niemals mit Bestimmtheit wissen, ob sie es tatsächlich gesehen hatte. »Du hast uns nicht verloren«, murmelte er und wiederholte dann noch leiser: »Nein, das hast du nicht.«

»Ich habe euch nicht verloren ... oder?«

Sie kannte ihn so gut, sie kannte beide so gut. Als sie Shay und Emma allein auf die Bootsfahrt geschickt hatte, wußte sie, daß nichts geschehen würde.

Und eines Tages alles geschehen konnte.

Die Sporthalle war vor langer Zeit ein Versammlungshaus der Quäker gewesen. An diesem Sonntagnachmittag wurde dort allerdings nicht das Lob des Herrn gesungen. Von der massiven Holzdecke hallte das Knallen von Fäusten wider, die Leder trafen, das Klatschen eines Springseils auf dem alten Balkenboden und das dröhnende Poltern fallender Hanteln. In dem alten Versammlungssaal hing ein Schleier von Zigarrenrauch, und es roch nach Schweiß.

Sie fanden Shay am Sandsack. Seine Füße tanzten, seine Schultern bewegten sich auf und ab, hin und her. Seine Muskeln zogen sich blitzschnell zusammen und streckten sich geschmeidig. Seine Fäuste hämmerten wie Kolben, so schnell, daß ihnen das Auge nicht folgen konnte, und die Schläge, mit denen sie den Sack trafen, erinnerten an den unbarmherzigen Herzschlag des Lebens.

»Er hat keinen Hängebauch.« Bria lachte.

»Nein«, bestätigte Emma, doch sie sah ihn nicht an.

Shay hörte auf zu boxen. Er griff mit beiden Händen, um die Lederriemen gewickelt waren, nach dem Sandsack, damit er nicht weiter hin und her schwang. Er atmete schwer und tief, so wie er es manchmal tut, wenn wir uns lieben, dachte Bria.

Der Schweiß glänzte auf seiner Haut, verklebte die dunklen Haare um seine Brustwarzen zu Wirbeln, tropfte langsam in Rinnsalen über seinen flachen Bauch und verschwand im feuchten Bund der Hose.

»Bria, mein Schatz!« rief er. Er hatte den Sandsack so finster angestarrt, als sei er ein Gegner, den er mit seinen Hieben in die Knie zwingen wollte. Doch jetzt hellte sich sein Gesicht auf, und er lächelte. »Was willst du denn hier?«

Sie lächelte ebenfalls, obwohl ihr überraschenderweise die Tränen kamen und sie ihn nur verschwommen sah. Sie liebte ihn einfach so sehr. »Ich habe mich in eine lüsterne Sirene verwandelt, die dir die Sinne rauben wird. Danach werden wir dich allerdings zur Parade mitnehmen.«

»Mir die Sinne rauben, sagst du?« Er trat näher an sie heran und machte eine Unschuldsmiene. »Küß mich lieber.«

Bria hob die Hände vor das Gesicht und wich mit gespieltem Entsetzen zurück. »Du meine Güte! Dieser Mann bringt noch alle soweit, daß sie glauben, ich sei in ihn verliebt.«

Shay wandte sich seinen Töchtern zu und drückte sie so fest an sich, bis sie quiekten und lachten. In diesem Augenblick sah Emma ihn an.

Es war nur ein flüchtiger Blick.

Doch ihre Augen machten ihm eine Liebeserklärung. Und Bria mußte sich abwenden.

O dieser Schmerz! *Dhia*, es ist, als halte ich aus Übermut die Hand ins Feuer, um zu sehen, ob ich die Glut spüre und die Hitze ertragen kann. Aber dann dachte Bria daran, wie schwer diese Situation auch für Emma sein mußte. Das Herz ihrer armen Freundin hatte sich in den Schlingen einer ungewollten Liebe verfangen.

Und Shay – was immer er auch empfand, Bria bezweifelte, daß sie es jemals mit Sicherheit wissen würde. Seine tiefsten Gefühle hatten sich schon immer hinter der Härte versteckt, die zu seinem Wesen gehörte. Zu diesem verborgenen Kern hatte sie nie vordringen können. Manchmal achtete er ebensosehr wie Emma darauf, sie nicht anzuschauen. Dann hielt er den Kopf so steif, wie er es morgens tat, wenn er am Abend zuvor zuviel *Poitín* getrunken hatte. Doch an anderen Tagen war er sehr freundlich zu ihr. Er machte Späße und behandelte sie eher wie eine seiner Töchter oder vielleicht wie eine Schwester.

Doch er berührte sie nie, nicht einmal auf eine unschuldige Art.

Bria vermutete, daß Shay, solange sie lebte, seinen starken Willen aufbieten würde, um nichts für sie zu empfinden. Aber danach ... Ja, es war der Gedanke an danach, an alles, was vielleicht werden würde. Und diese Vorstellung gab ihr Hoffnung, aber sie bereitete ihr auch große Qual.

»Beeil dich, Papa«, sagte Noreen. »Wir verpassen sonst noch die Parade.«

Shay legte seiner Tochter die Hand auf den Kopf, und Bria sah, daß sie geschwollen war. »Warum geht ihr nicht schon vor. Ich komme nach, sobald ich mich gewaschen habe.«

Er griff mit einer schnellen Bewegung ein Handtuch, das über einem Klappstuhl hing, und legte es sich um die nackten Schultern. »Einen guten Tag, Miss Tremayne«, sagte er und schlenderte in seiner typischen lässigen Art davon. Sie sahen ihm nach. Selbst Emma beobachtete ihn, aber sie schien sich in eine unberührbare, kalte, schöne Marmorstatue verwandelt zu haben.

Sie gingen wieder hinaus auf die Thames Street, denn der Zug sollte auf seinem Weg vom Bahnhof hier vorbeikommen. Sie konnten schon die Fiedeln und die Hornpfeifen hören und das schnelle, rhythmische Stampfen von Fußspitzen und Absätzen der irischen Tänzer.

Die Sonne über der Bucht war so stark, daß Dampf vom Wasser aufstieg und die Luft über der ungepflasterten Straße vibrierte. Ein Mann schob einen Karren durch die Menge. Er verkaufte gesalzene spanische Erdnüsse und Popcorn. Es roch wundervoll.

Der Zug tauchte in dem Moment auf, als Shay zu ihnen stieß. Er war hemdsärmlig und hatte die Jacke über eine Schulter gehängt. Aber zur Feier des Tages trug er einen Kragen und hatte eine Krawatte

umgebunden. Seine Haare waren noch feucht, und die geröteten Wangen glänzten vom Rasieren. Er sah so gut aus, als er neben Bria trat und ihr den Arm um die Hüfte legte, daß sie den Atem anhalten, ja die ganze Welt anhalten wollte.
Die Parade hatte vor allem den Zweck, den Primrose Minstrels, die am nächsten Tag bei der Feier zum Vierten Juli auf der Stadtwiese auftreten würden, die Möglichkeit zu geben, ihre Geschicklichkeit unter Beweis zu stellen. Das taten sie denn auch. Ihre Gesichter waren mit verkohltem Kork geschwärzt, und die Metallplättchen an ihren Schuhen schlugen einen Rhythmus, der das Blut der Iren schneller fließen ließ. So zogen sie tanzend durch die Straße.
Es dauerte nicht lange, bis die Iren, die in der Menge standen, sich ihnen anschlossen. Sie hüpften und tanzten zu den klagenden Tönen der Pfeifen und dem Kratzen der Fiedeln. Shay warf Bria seine Jacke zu und gesellte sich zu ihnen.
Er hielt den Rücken gerade und still und legte die Arme dicht an den Körper, während sich seine Füße schnell bewegten, klickten und klackten – Fersen, Spitzen, Fersen, Spitzen – und eine Schuh-Musik hervorbrachten, die so alt war wie Irland selbst. Noreens Augen funkelten vor Entzücken, als sie ihm zusah, Merry summte und tanzte selbst ein paar Schritte, und der kleine Jacko krähte und strampelte.
Die Truppe zog leider viel zu schnell vorbei. Shay blieb atemlos und lachend zurück. Sie lachten alle, sogar Emma.
Die Zuschauer strömten auf die Straße und folgten dem Zug. In der ganzen Stadt herrschte bereits Feiertagsstimmung. Die Bewohner von Bristol hatten offenbar schon angefangen, den Unabhängigkeitstag zu feiern, noch bevor die Unabhängigkeit damals 1777 gewonnen war. Sie waren stolz darauf, den großartigsten Vierten Juli im ganzen Land zu veranstalten. Bria hörte viele Leute sagen, die Parade morgen werde wahrscheinlich das größte Schauspiel sein, das sie im Leben zu sehen bekommen würden.
Irgendwie ergab es sich, daß sie in die Straße einbogen, die zur Anlegestelle der Fähre vor der Stadt führte. Shay schob den Kinderwagen, und Bria legte zufrieden den Arm um seine Hüfte. Hier in

Neuengland war es üblich, am Sonntagnachmittag einen langen Spaziergang zu machen. Das gefiel ihr. In Irland gingen ein Mann und eine Frau nur ein einziges Mal im Leben zusammen über die Straße. Das geschah am Tag ihrer Hochzeit auf dem Weg zur Kirche.

Die Sonne schien am dunstigen Himmel und brannte heiß auf ihre Köpfe. Die Luft war schwer und still. Die wenigen Segelboote in der Bucht tanzten wie Schwimmer von Angelruten auf dem Wasser.

Emma ging zwischen den beiden Mädchen vor Bria und Shay her. Sie wirkte wie ein Geschöpf aus einem Zuckerbäckerladen mit ihrem weißen Kleid, den weiten Keulenärmeln und dem großen viereckigen Kragen aus Häkelspitze. Ihr weißer Strohhut hatte rote, weiße und blaue Federn und lange blaue Bänder. Ein weißer Spitzensonnenschirm sprenkelte ihren Rücken mit Punkten von Licht und Schatten.

Bria wollte Shay gerade darauf aufmerksam machen, wie hübsch ihre Freundin aussah, als er ihren Nacken umfaßte und mit dem Daumen leicht und zärtlich ihr Ohrläppchen liebkoste. »Habe ich dir eigentlich schon gesagt, wie hübsch du heute aussiehst, Bria?« flüsterte er.

Bria fragte sich, ob ihr Mann einen sechsten Sinn besaß und irgendwie spürte, daß ihr Herz verwundet und zerbrechlich war. Oder hatte er tatsächlich nur Augen für sie? Bria fand sich in ihrem neuen fliederfarbenen Musselinkleid selbst hübsch. Aber ihr Bruder Donagh sagte oft, Shay sei ein so geschickter Schmeichler, daß selbst Gott bei Verhandlungen mit ihm am Ende den kürzeren ziehen würde.

Bria konnte Noreens muntere Stimme und Merrys fröhliches Summen hören. Sie lächelte bei dem Gedanken daran, wie unbefangen die Kinder gegenüber Emma inzwischen waren. Emma schien eine besondere Gabe im Umgang mit ihnen zu besitzen. Sie hatte eine Art, ihnen zuzuhören, die ihnen das Gefühl gab, etwas Besonderes zu sein.

Noreen griff nach Emmas Hand und wies in das Dickicht der Ulmen und Birken am Straßenrand. »Sehen Sie, Miss Emma, da ist ein Ring aus Fliegenpilzen. Kommen Sie mit, wir wollen sehen, ob wir einen Kobold fangen können.«

»Wenn du einen erwischst«, rief Bria, »dann laß ihn nicht eher wieder frei, bis er dir seine Schätze gezeigt hat.«
Emma war bereits im Begriff, Noreen zwischen die Bäume zu folgen, und raffte mit einer Hand die Röcke. Sie drehte sich um und hielt den Sonnenschirm hinter den Kopf, so daß Bria ihr lächelndes Gesicht sah. »Ich fürchte, ich werde mir sehr viel eher eine Pilzvergiftung holen, als einen Kobold sehen«, erwiderte sie und lachte so hell, daß Brias Herz einen Schlag aussetzte.
Emma ging hinter den beiden Mädchen her und beugte sich vor, um zuzusehen, wie Noreen unter jeden Fliegenpilz spähte. Dabei redete sie ernsthaft über die Lebensgewohnheiten der Kobolde. Merry hielt wie üblich den Mund, doch sie lächelte glücklich.
Wenn du einen Kobold fängst …
Doch Emma war bereits so reich, wozu brauchte sie noch mehr Schätze? Als Bria an Emmas Geld dachte, an ihre Stellung in der vornehmen Welt, begriff sie, wie verrückt ihre Gedanken waren, wie närrisch die Träume, die sich heimlich in ihrem Herzen regten. Emma sollte Shay heiraten und ihn glücklich machen, wie nur eine Frau einen Mann glücklich machen kann, die ihn mit allen Fasern ihres Wesens und nur ihn allein liebt. Emma würde ihren beiden Töchtern ein Mutter sein, die sie aus der Fabrik herausholte, sie zur Schule schickte, sie in Spitze und Satin kleidete und später einmal anständige wohlhabende Männer für sie fand. Emma konnte dann anstelle von Bria den kleinen Jacko zu einem Gentleman erziehen, mit all den gepflegten Umgangsformen und Manieren und mit all den Privilegien.
Emma würde Shay heiraten und Brias Töchtern und ihrem Sohn eine Mutter sein …
Aber für Emma wäre es eine Schande, einen irischen Fischer zu heiraten, so wie es für Bria O'Reilli eine Schande gewesen wäre, den Sohn eines fahrenden Kesselflickers zu heiraten. Es würde bedeuten, daß Emma alles verlor, was sie in ihrer Welt besaß. Es bedurfte einer sehr großen Liebe, um solch einen hohen Preis für die Erfüllung ihrer Träume zu bezahlen. Doch Bria war sicher, Emmas Liebe war groß und stark. Sie hatte es in Emmas Augen gesehen.

Emma würde Shay heiraten ...
Der Gedanke schmerzte – wie konnte es anders sein? Doch Bria mußte an Shay denken und an die Kinder. Ihre Liebe war grenzenlos, so stark und so alt wie die Erde. Diese Liebe würde noch lange leben, auch wenn Bria körperlich tot war. Manchmal war es hart, daran zu denken, daß alle, die sie liebte, ohne sie weiterleben würden. Doch für die Gewißheit, daß Shay und die Kinder wieder glücklich werden konnten, würde sie alles tun und alles ertragen.
Sie waren inzwischen weit gegangen, und es fiel Bria immer schwerer zu verheimlichen, wie schwach sie sich mit einem Mal fühlte, wie sie nach Luft rang und wie unregelmäßig ihr Atem ging.
Die Kardinalsblumen, die zwischen den Bäumen leuchteten, verschwammen vor ihren Augen. Shay deutete auf ein schwarzes Stachelschwein, dessen Stacheln weiße Spitzen hatten. Es döste auf einem Stein und sonnte sich. Bria nickte, lächelte und biß die Zähne zusammen. Sie sah die grelle Sonne über dem Wasser und wußte, daß es heiß war, doch ihr war so kalt, so schrecklich kalt.
Der Husten setzte ein und drohte, ihr die Brust zu zerreißen – schleimiger, gurgelnder blutiger Husten. Unter seiner schmerzhaften Wucht beugte sie sich vor und versuchte, ihn mit dem Taschentuch zurückzuhalten. Als der Anfall vorüber war, blickte sie auf und sah ihre Lieben. In ihren Gesichter spiegelten sich Angst und lähmende Beklommenheit.
Shay und Emma standen beisammen, aber zu weit voneinander entfernt, um sich berühren zu können. Solange Bria lebte, würden sie immer entfernt voneinander stehen. Aber sie starb, sie würde bald tot sein, und die beiden würden einander brauchen, um sich gegenseitig zu stützen.
In Irland sagt man, ein sterbender Barde kann seine Musik weitergeben, aber nur an einen geliebten Freund.

Eine Horde lärmender zerlumpter Jungen rannte über das sonnenverbrannte Gras der Stadtwiese von Bristol. Sie bliesen in Fischhörner und Muscheln. Einer von ihnen warf einen brennenden Feuerwerkskörper unter den Musikpavillon. Er explodierte mit einem

lauten Knall und viel Rauch und zerriß dabei die rotweißblaue Girlande.
Emma zuckte bei dem Lärm unwillkürlich erschrocken zusammen, mußte aber im nächsten Augenblick über sich selbst lachen.
»Mein armer Liebling«, sagte Geoffrey und streichelte fürsorglich ihre Hand, die sie vor Schreck auf seinen Arm gelegt hatte. »Bist du sehr erschrocken?«
Er blickte vorwurfsvoll auf den Übeltäter. Der Knallfrosch war nicht die erste Attacke, die der Pavillon an diesem Tag hatte erdulden müssen. »Diese nichtswürdigen Halunken! Das kommt davon, wenn man ihnen einen Tag frei gibt. Es müßte ein Gesetz geben, das es verbietet, Feuerwerkskörper dort zu zünden, wo sie öffentliches Eigentum gefährden und Damen erschrecken können.«
»O Geoffrey, du würdest allen den Spaß verderben!« Emma lachte und legte den Kopf in den Nacken, um einen roten Luftballon zu beobachten, der in den weißglänzenden Himmel aufstieg, aber dann in den Ästen einer riesigen Ulme hängenblieb. »Würdest du mir bitte einen von diesen Kanonenschlägen kaufen? Ich möchte ihn während der Ansprache des Bürgermeisters loslassen. Wenn er zu der Stelle mit den Kanonen der Freiheit kommt, die über die Zeiten hinweg dröhnen. Das wäre doch der ideale Zeitpunkt, um sie zu zünden, findest du nicht?«
»Du machst dich wieder einmal über mich lustig«, sagte Geoffrey nach kurzem Schweigen.
»Ja, Geoffrey.« Sie beugte sich vor, um seine blau und weiß getupfte Krawatte zu richten, obwohl die ordentlich gebundene Krawatte es natürlich nie gewagt hätte, an Geoffrey Alcotts Hals zu verrutschen. Emma lächelte bei diesem Gedanken und hätte ihn gern auf die Wange geküßt. Aber ihr Verlobter mißbilligte öffentliche Bekundungen der Zuneigung.
»Geoffrey, genießt du den Tag?« fragte sie. »Ich meine, genießt du ihn wirklich?«
»Natürlich genieße ich den Tag. Es ist der Vierte Juli in Bristol. Wieso sollte ich diesen Tag nicht genießen?«
»In der Tat, es ist die Pflicht eines Bürgers von Bristol, den Vierten

Juli zu genießen. Und du, liebster Geoffrey, würdest dich niemals deiner Pflicht entziehen«, sagte sie und lächelte, damit er wußte, daß sie einen Scherz machte.

Er war immerhin den weiten Weg von seiner neuen Gießerei in Maine hierhergekommen, nur um an diesem Tag bei ihr sein zu können. Sie überlegte, ob sie jetzt mehr Vergnügen an Geoffreys Gesellschaft fand, nachdem sie ihn nicht mehr so oft sah. Das war kein beruhigender Gedanke. Doch es gab auch andere Zeiten, zu denen sie sich einreden konnte, sie und Geoffrey würden als Mann und Frau glücklich sein. Sie wußte, was sie von ihm erwarten konnte, und sie würde klug genug sein, von ihm nicht zu erwarten, daß er etwas wäre, was er nicht war.

Denn den Mann, den sie sich wünschte, den Mann, den sie von *ganzem* Herzen lieben konnte, und nicht nur teilweise, diesen Mann gab es in ihrer Welt der besseren Gesellschaft nicht.

Denn der Mann, den sie liebte, hieß Seamus McKenna, und den würde sie niemals haben können.

Jetzt hatte sie es sich eingestanden. Sie liebte ihn, obwohl sie es nicht wollte. Emma hatte sich große Mühe gegeben, ihn nicht zu lieben.

Doch alles Wollen und Versuchen hatten nichts an der Wahrheit geändert. Manchmal fürchtete sie sich vor dieser heimlichen Liebe, selbst wenn sie tief in ihrem Innern begraben war, mit der sie Geoffrey und ihrer Ehe eines Tages Schaden zufügen konnte.

Ihr Verlobter legte ihre Hand wieder auf seinen Arm, und sie setzten langsam ihren Weg fort. Von Zeit zu Zeit blieben sie stehen, um Leute zu begrüßen, die sie erst vor wenigen Minuten gesehen hatten, als sie der Parade zugesehen hatten.

So lange man sich erinnern konnte, hatten die Alcotts zu jedem Vierten Juli während der Parade ihr Haus geöffnet, obwohl natürlich niemand außer den Angehörigen der besseren Gesellschaft es gewagt hätte, zu erscheinen. Man ging mit den Punchgläsern und Orangenkuchen in der Hand hinaus auf die Straße, um die Blaskapellen, die Kriegsveteranen und die Löschwagen der Feuerwehr vorbeiziehen zu sehen. Danach kehrte man wieder ins Haus zurück, um darüber zu reden, was man gesehen hatte, und natürlich darüber, wie das Wetter während der Parade gewesen war.

Wie die letzte Fuchsjagd der Saison auf der Hope Farm, so war es in der besseren Gesellschaft von Bristol Tradition, am Vierten Juli auf der Veranda des prächtigen Hauses der Alcotts in der Hope Street der Parade zuzusehen.

In diesem Jahr bot das Wetter sogar mehr als den üblichen Gesprächsstoff, denn es war so heiß, daß die Luft knisterte. Die Sonne hatte den ganzen Morgen auf die Stadtwiese herabgebrannt. Jetzt stieg der gelbe Staub auf, um sich ungebeten über die mit gebackenen Bohnen, Muscheleintopf, Kabeljau-Frikadellen, Maiskuchen und Apfelkuchen beladenen Tische zu legen.

Wenn man einen Mann liebt, dachte Emma an Geoffreys Arm, sieht man ihn überall. Man sieht ihn in breiten Schultern, die vor einem hergehen, in den zu langen schwarzen Haaren, die unter einer irischen Tweedmütze in einen Nacken fallen, im Blitzen weißer Zähne aus einem lachenden Mund.

An diesem Tag glaubte sie, ihn mit einer Waffel voll Eiscreme aus einem gelb gestreiften Zelt kommen zu sehen. Sie glaubte, ihn in der Menge zu sehen, die einen Jungen anfeuerte, der versuchte, ein Schwein zu fangen. Sie glaubte zu sehen, daß er mit einem Korb voller Austern zu dem Wettkampf ging, bei dem derjenige siegte, der am schnellsten die meisten Austern aus der Schale löste.

Jedesmal, wenn sie ihn sah, wenn ihr sekundenlang der Atem stockte, bevor sie erkannte, daß er es nicht war, errötete sie, und ihr Herz fühlte sich groß und warm und schwer in der Brust an.

Und dann sah sie ihn wirklich.

Er hob Merry auf den Rücken eines Karussell-Drachens mit grünen Schuppen und geblähten Nüstern, aus denen orangefarbene Flammen schlugen. Noreen saß bereits auf einem Kamel, das einen roten Fez trug.

Emma sah, wie er nach einem Pfosten griff und sich lachend von der Plattform schwang. Aus der Dampforgel quoll Musik hervor, das Karussell begann zu kreisen, in Emmas Kopf drehte sich alles, und vor ihren Augen tanzten Lichtflecken.

Sie suchte Bria in der Menschenmenge. Ihre Freundin hatte den kleinen Jacko in einem Arm und winkte den Mädchen zu. Sie mußte Emmas Anwesenheit gespürt haben, denn sie drehte sich um. Ihre Blicke trafen sich, und Emma sah, daß Brias freudiges Lächeln von Herzen kam.

Emma wäre aus vielen Gründen nie zu Shay gegangen, wenn er allein gewesen wäre. Doch bei Bria gab es kein Zögern. Sie würde ihrer Freundin niemals aus dem Weg gehen, nicht vor Geoffrey und nicht vor der ganzen Welt.

Emma ließ ihre Finger an Geoffreys Arm hinabgleiten, faßte ihn an der Hand und zog ihn mit sich. »Geoffrey, dort drüben ist Mrs. McKenna, von der ich dir erzählt habe – meine neue Freundin, die erst vor kurzem ein Kind bekommen hat. Es ist Zeit, daß ihr beide euch kennenlernt, findest du nicht?«

Geoffrey blickte sich sichtlich verwirrt um, bevor er die Frau mit dem Kind bemerkte, die lachend die Hand hob und Emma zuwinkte. Und dann sah er den Riesen von einem Mann in Hemdsärmeln und einer abgetragenen Cordhose, der gerade zu ihr getreten war und ihr den Arm um die Taille legte.

»*Das* ist deine Freundin?« fragte Geoffrey. »Ich hatte irgendwie gedacht ...« Er beendete den Satz nicht, doch Emma wußte, was er irgendwie gedacht hatte. In seiner Vorstellung war die Mrs. McKenna, mit der seine Verlobte befreundet war, eine vornehme Frau und nicht eine Irin, die offensichtlich in einer armseligen Hütte lebte.

»Sie ist meine liebste, beste Freundin«, sagte Emma und eilte mit Geoffrey an der Hand zu Bria. Als sie die irische Familie erreicht hatten, beugte sie sich unbefangen vor, drückte ihre Wange an die Wange der Frau und küßte das Kind auf die Stirn. Brias dunkle Augen leuchteten. Ihre Wangen waren frisch und rosig, doch Emma wußte, der Schein trog. Shay hatte sie am Tag zuvor bei dem Spaziergang nach Hause tragen müssen. Sie hatten noch nie erlebt, daß Bria soviel Blut gehustet hatte.

»Bria«, sagte Emma und drückte sanft die Hand ihrer Freundin, »ich möchte, daß du meinen Verlobten, Geoffrey Alcott, kennenlernst.

Geoffrey, das sind die McKennas, Bria und ihr Mann Seamus. Und das«, fuhr sie fort und zog die Decke vom Gesicht des Säuglings zurück, damit Geoffrey ihn besser sehen konnte, »das ist der kleine Jacko. Er ist etwas mehr als einen Monat alt und gedeiht prächtig.«

»Es ist mir ein Vergnügen, Ihre Bekanntschaft zu machen, Madam«, sagte Geoffrey und verneigte sich in Brias Richtung. Wenn er in ihr die Fabrikarbeiterin erkannte, die bei der letzten Fuchsjagd der Saison mit dem toten Kind erschienen war, so ließ er sich nichts anmerken. »Sir«, sagte er mit einem Kopfnicken zu Shay. »Und kleiner Sir«, fügte er dann hinzu und gönnte dem schlafenden Jacko die Andeutung eines Lächelns.

»Guten Tag, Mr. Alcott«, sagte Bria und musterte ihn mit unverhüllter Neugier. Emma wurde plötzlich wegen ihres künftigen Ehemannes ein klein wenig verlegen, obwohl sie beim besten Willen nicht sagen konnte, wieso. Mit seinem weißen Leinenanzug und dem Strohhut machte er wie üblich eine gute Figur. In seinem Verhalten wahrte er wie stets die besten gesellschaftlichen Formen.

»Es ist recht warm heute, nicht wahr?« sagte Geoffrey, um das kurze Schweigen zu brechen, das nach der Vorstellung entstanden war.

»Schrrrecklich warm« bestätigte Shay theatralisch. »Aber es wäre auch komisch, wenn es nicht so wäre, wo doch die Sonne am wolkenlosen Himmel scheint und sich kein Lüftchen regt.« Er machte ein ernstes Gesicht, aber als sich ihre Blicke flüchtig trafen, sah Emma das unterdrückte Lachen in seinen Augen.

»McKenna, McKenna«, hörte sie Geoffrey sagen. »Ach ja! Sie sind der Ire, der heute abend gegen James Parker, unseren Champion aus Harvard, antreten wird.«

»Ja, das bin ich.« Shay hakte die Daumen in die Hosentaschen, verlagerte das Gewicht auf ein Bein und nahm eine selbstbewußte Pose ein. »Ich hoffe, einen anständigen Kampf daraus zu machen.«

Geoffrey verzog die Lippen zu einem Lächeln, das seine großen Zähne enthüllte. »Ich habe gehört, Sie haben früher einmal in Ihren besten Zeiten ein paar Preiskämpfe gewonnen. Aber mit unserem Champion aus Harvard werden Sie es nicht so leicht haben. Er ist Kapitän der Fußballmannschaft und sitzt bei den Ruderern auf Platz sieben. Siegen ist eine Frage der Herkunft und der Erziehung, verstehen Sie. Eine Frage des schärferen Auges, der sichereren Hand – beim Reiten, Schießen, Boxen, im Grunde überall. Der Mann mit einer reinen Yankee-Abstammung ist einfach ...«, er zögerte, um die Pointe besser zur Geltung zu bringen, »das bessere Tier.«

»*Och*, das bessere Tier, sagen Sie?« Bria hatte den freien Arm in die Hüfte gestemmt und bekam vor gespielter Überraschung runde Augen. »Und ich, dumm wie ich bin, hatte geglaubt, daß die Seele uns alle, unabhängig von Herkunft und Erziehung, über die Tiere stellt. Jetzt sagen Sie mir, daß nur wir Iren mit so etwas wie einer Seele gesegnet sind.«

Die Dampforgel des Karussells verstummte allmählich, und es entstand eine Stille, die laut vom Knall von Feuerwerkskörpern zerrissen wurde. Ein Mann, der einen großen Eimer trug, ging vorüber. Im Eimer befand sich eine Schöpfkelle, und am Rand hingen ein halbes Dutzend Blechbecher. Er rief: »Kalte Limonade, im Schatten gemacht und von einer häßlichen alten Jungfer mit einem Stock gerührt.«

»Mrs. McKenna«, ergänzte Shay mit leisem Lachen, »hatte schon immer eine scharfe und sichere Zunge.«

»Was Sie nicht sagen!« Geoffrey zwang sich zu einem Lächeln, bei dem seine Mundwinkel weiß wurden. Er verbeugte sich und lüftete den Hut in Brias Richtung. »Bedauerlicherweise erwartet man uns bereits im Zelt des Bürgermeisters. Deshalb müssen wir Ihnen einen guten Tag wünschen und einen schönen Vierten Juli.«

Emma fragte sich später, weshalb sie nichts getan und nichts gesagt hatte. Sie hatte einfach zugelassen, daß Geoffrey sie davonführte, als sei sie sein Eigentum. Ihre Hilflosigkeit gab ihr das Gefühl einer gähnenden Leere, als sei eine große Luftblase in ihr geplatzt und habe sie weggeweht.

Die Sonne war hinter den Birken am Poppasquash Point verschwunden, als der Ringrichter in der Mitte des Rings mit Kreide eine Linie zog und die Faustkämpfer aufforderte, zum Ersten Preis-Schaukampf im Boxen am Vierten Juli anzutreten. Über dem Ring in der Mitte der Stadtwiese hing bereits eine dicke Rauchwolke, die von den flakkernden, ölgetränkten Fackeln aufstieg. Der Ring war mit Kiefernpfosten abgesteckt, die von Bäumen aus den Tanyard-Wäldern stammten. Die Ringseile waren aus dickem Schiffstau. Auf das Gras hatte man alte, zusammengenähte Segel ausgebreitet.

Die Kämpfer hatten bereits ihre Mützen in den Ring geworfen und mit einer Münze ihre jeweilige Ecke ausgelost. Shay stand jetzt in seiner Ecke, schüttelte Arme und Beine, um die Muskeln zu lockern, und atmete tief ein und aus, um die Lunge zu dehnen. Sein Blick suchte seine Frau im Gedränge der unruhigen Menge. Er bezweifelte, daß er sie entdecken würde.

Sie hatten nicht viel über den Kampf gesprochen, doch er wußte, sie mißbilligte seine Entscheidung, denn er brach damit das Versprechen, das er ihr einmal gegeben hatte, und verstieß zudem noch gegen den Grundsatz, daß sich ein Mann in jeder Hinsicht stets ehrenhaft verhalten sollte.

Schließlich entdeckte er sie. Sie stand neben dem Pavillon mit den zerfetzten Girlanden. Also war sie doch gekommen, allerdings allein.

Sie hatte gesagt, daß sie ihre Nachbarin, die Witwe Hale, die eine Sumpf-Yankee, aber trotzdem eine nette Frau war, bitten wolle, zusammen mit den beiden Mädchen auf Jacko aufzupassen. Bria hatte ihm unverblümt gesagt, daß sie den Kindern nicht erlauben werde, dem Faustkampf zuzusehen. »Es wäre keine Schande für sie und für dich«, hatte sie erklärt, »wenn sie zusehen müßten, wie du einen fairen Kampf verlierst. Aber ich könnte es nicht ertragen zu wissen, daß sie zusehen, wie ihr Vater für Geld seine Ehre verkauft.«

»Ich tu es für die Kinder«, hatte er erwidert.

Sie war so wütend, daß er im ersten Augenblick glaubte, sie werde ihn schlagen. »Lüg mich nicht an, Seamus!« sagte sie, und ihre Worte trafen ihn um so tiefer, als sie leise sprach und nicht schrie. »Du tust es für Irland. Und was bedeutet Irland deinem Sohn, der nicht einmal dort geboren ist, und den Mädchen, die sich kaum an dieses Land erinnern? Wann wirst du sie einmal über Irland stellen, Shay? Wann komme ich einmal an erster Stelle? Wird dir das vielleicht dann endlich in den Sinn kommen, wenn ich tot bin?«

Er schlang die Arme um sie und preßte sie an sich. »Gütiger Gott, Bria. Sag das nicht. Du weißt, daß ich dich mehr liebe als alles auf der Welt.«
Es dauerte einen Augenblick, bevor sie nachgab. Sie umarmte ihn, legte den Kopf an seine Schulter und schenkte ihm den süßen Trost ihres Körpers, wie sie es immer tat. »Ich habe nie gesagt, daß du mich nicht liebst.«
Er hatte sich bei diesen Worten wirklich geschämt und schämte sich auch jetzt noch. Er empfand Scham und Trauer, weil er wußte, wie schwer er sie enttäuschte. Ehre bedeutete seiner Bria alles. Vielleicht war das einzige, was ihr mehr bedeutete als Ehre, ihre Liebe zu ihm und den Kindern.
Allerdings sah sie ihn jetzt nicht gerade liebevoll an. Er schüchterte die meisten Männer bereits durch seine Größe ein, doch seine Frau hatte sich immer gegen ihn behauptet und niemals klein beigegeben. Bria war gottesfürchtig, aber er bezweifelte, daß es neben Gott noch irgend etwas gab, wovor sie Angst hatte.
Als sich ihre Blicke trafen, lächelte er ihr zu. Er hatte oft auf diese Weise gelächelt, wenn ihn plötzlich die Lust auf Bettspiele überkam und sie mit ihren endlosen Hausarbeiten beschäftigt oder nicht in der richtigen Stimmung war, bis er sie mit diesem Lächeln entwaffnet hatte.
Doch diesmal würde dieses Lächeln vielleicht nichts nützen. Aber dann sah er, wie ihr ganzer Körper weich zu werden schien. Obwohl er sie wegen der Entfernung und all den Menschen, die sie voneinander trennten, nicht gut sehen konnte, glaubte er, eine Wärme in ihren Augen zu entdecken, die einladende Wärme eines Feuers in einer bitterkalten Nacht. Er glaubte zu sehen, daß sich ihre Mundwinkel zu einem Lächeln hoben, für das sich ein Mann sofort mit einem Kuß bedanken möchte. Auf ihrem Gesicht lag der Ausdruck einer Frau, die ihren Mann immer lieben und ihm immer verzeihen würde, auch wenn sie wußte, daß sie es besser nicht tun sollte.
Shays Kehle wurde plötzlich eng und rauh, wie in seiner frühen Jugend, wenn er das Bedürfnis hatte zu weinen, aber wußte, daß er jetzt zu alt dafür war.

Es war lange her, daß er an diese Zeit an den Stränden von Gortadoo gedacht hatte. Doch jetzt erinnerte er sich. Er dachte daran, wie sehr er die Stärke bewundert hatte, die er in ihr entdeckte, schon bevor er ihr wahres Ausmaß kannte. Er hatte ihre Ausdauer und Anmut bewundert, wenn sie die Netze zum Trocknen auf den Steinen ausbreitete, die Art, wie sie sich breitbeinig in den Sand stellte und die nackten Füße im Sand vergrub, sich im Sand zu verwurzeln schien. Bria stand immer mit beiden Beinen fest auf der Erde und hing nie törichten Träumen nach wie er.

Er dachte an das Gefühl seines Körpers, an den Hunger, wenn sich seine Brust an ihren Rücken gedrückt hatte und er die Hände unter ihren Brüsten verschränkte, während sie beobachteten, wie die Sonne langsam im violetten Meer versank, und der Wind ihm ihre Haare ins Gesicht wehte, wenn er ihren Geruch einatmete, und sein Herz so verwirrt war, daß es zu schlagen vergaß.

Shay dachte an ihr Gesicht, das in der dunklen und geheimen Höhle ihrer verborgenen Liebe über ihm geschwebt hatte, während ihre Schenkel seine Hüfte umklammerten und ihre Brüste schwer auf seiner Brust lagen, ihre Tränen salzig und warm auf seine Wangen fielen, als er sagte: »Ich werde Priester.« Sogar damals hatte er gelogen.

Er spürte einen heftigen Schlag auf dem Rücken, der ihn mit einem spürbaren Ruck aus den Gedanken an seine Frau und von ihrem Anblick losriß. Vor ihm tauchte das besorgte Gesicht seines Schwagers auf.

»Ich weiß nicht«, sagte Donagh, »wo du mit deinen Gedanken gewesen bist, *Boyo.* Aber du pfeifst sie besser zurück, sonst findest du dich in der ersten Runde nach zehn Sekunden flach auf deinem Hintern.«

»Kümmere du dich um deine Sachen«, brummte Shay, »und überlaß mir meine.«

Donaghs reckte das Kinn. »Da kannst du dir sicher sein. Meine Schwämme schwimmen alle im Eimer, meine Handtücher liegen bereit, und ich spiele den Helfer eines Mannes, der vergessen hat, sich wie der Champion zu benehmen, der er ist.«

Shay stieg eine flammende Röte ins Gesicht. »Ah, *Dhia,* Donagh. Ich hätte lieber sagen sollen, daß du ein guter Mann in meiner Ecke bist. Und daß ich dankbar bin, dich dort zu haben.«

Donagh seufzte, zuckte die Schultern und wurde sogar ebenfalls etwas rot. »Nun ja ... das haben wir dem Bischof zu verdanken, dem klugen Mann.«

Der Bischof war keineswegs erfreut gewesen zu hören, daß einer seiner Priester bei einer Boxveranstaltung als Helfer im Ring stehen würde. Aber er änderte seine Meinung, als er hörte, daß ein großer Teil des Preisgelds seinen Weg in den Opferkasten für die Armen der Kirche Saint Mary finden sollte.

Der Ringrichter rief die beiden Gegner in die Mitte des Rings, wo sie sich die Hände schüttelten. Beide Männer kämpften von der Hüfte aufwärts nackt. Sie trugen knöchellange, enge weiße Hosen und Lederschuhe. Der Champion aus Harvard war jedoch in einen seidenen, blaugrünen Bademantel gehüllt, der Vater O'Reilly eine höchst unpriesterliche Bemerkung entlockte.

Shay blickte seinem Gegner zum ersten Mal direkt ins Gesicht. James Parker war ein junger Mann mit einem gut trainierten Körper, weit auseinanderstehenden Augen und einer langen schmalen Yankee-Nase. Die Nase wirkte irgendwie zu gerade in dem verwöhnten Gesicht, und Shay schwor sich auf der Stelle, sie dem Jungen zu brechen, bevor er in der vierten Runde für Irland – Gott segne dieses Land – zu Boden gehen würde.

Als sie sich die Hand reichten, blickte Shay dem anderen Mann geradewegs in die Augen und sah seine Angst.

Im Ring gab es immer Angst. Man konnte sie bitter und scharf wie Säure auf der Zunge schmecken. Man konnte sie im eigenen Schweiß riechen. Das Geheimnis des Sieges lag darin, daß man sich auf die Angst stürzte, daß man die Angst, die man in sich entdeckte, mehr haßte als den Mann, der einem im Ring gegenüberstand.

Der Ringrichter trennte ihre Hände, und jeder zog sich in seine Ecke zurück. Shay ließ sich von Donagh die Riemen der dünnen ledernen Trainingshandschuhe festbinden.

Sie trugen die Handschuhe, um zum Schein dem Gesetz Genüge zu tun, das diesen Schutz selbst bei Schaukämpfen und öffentlichen Trainingsveranstaltungen vorschrieb. In Irland hatte er mit nackten Fäusten gekämpft, die er vorher in Walnußsaft hielt. Damals waren seine Hände so hart und fest wie die Stümpfe von Baumästen gewesen. Jetzt waren sie nicht mehr so unverwundbar, und er wußte, selbst mit Handschuhen würden sie am Ende des Abends geschwollen und blutig sein.

Donagh band den letzten Riemen zu und blickte zu ihm auf. »Du hast also einen Plan«, sagte er leise, »wie du vorgehen willst?«

»Ja«, antwortete Shay. Er würde drei Runden lang ordentlich kämpfen, um den Zuschauern die Schau zu liefern, die sie erwarteten. Es würden die Regeln des Marquess of Queensbury gelten, nach denen ein Boxer disqualifiziert wurde, der zu Boden ging, ohne getroffen worden zu sein, selbst wenn er nur ausrutschte. In der vierten Runde würde das Segeltuch so feucht von Blut und Schweiß sein, daß Shay überzeugend einen ›Ausrutscher‹ spielen konnte.

»Ich werde es ... «, *überzeugend machen*, wollte er sagen. Er beendete den Satz allerdings nicht, denn er hatte plötzlich in der lärmenden Menge, die sich um den Ring drängte, Emma entdeckt.

Ihre Hand lag auf dem Arm ihres zukünftigen Mannes, dem gutaussehenden und reichen Geoffrey Alcott. Doch Shay konnte selbst auf die Entfernung erkennen, daß sie den Blick wie gebannt auf den Ring richtete, und er fragte sich, was sie sah. War es Shay McKenna, der irische Raufbold, der jeden Gegner mit seinen Fäusten besiegte, oder sah sie den fahrenden Ritter, für den er sich hielt? Würde es sie interessieren, ob er hart und fair kämpfte oder seine Ehre für das Geld wegwarf, mit dem Gewehre für Irland und die irische Sache gekauft werden sollten?

Gott im Himmel ... Es war schwer genug, die schmerzliche Gewißheit zu ertragen, daß er durch das, was er tat, in der Achtung seiner Frau gesunken war, ohne sich darüber Sorgen zu machen, was Miss Emma Tremayne wohl denken würde. Doch zu seinem Erstaunen stellte er fest, daß es ihm nicht gleichgültig war. Der Gedanke, daß er vor ihren Augen Schande über sich und Schande über seine Ehre bringen würde, war ihm mehr als unangenehm.

Donagh erschreckte ihn, als er ihm grob den ledernen Mundschutz zwischen die Zähne schob. »Es wäre schön, Seamus, mein Junge, wenn du deine Gedanken auf das konzentrieren könntest, was du jetzt zu tun hast«, sagte er, versetzte Shay einen derben Schlag auf die Schulter und schob ihn in den Ring, wo ihn der Mann aus Harvard bereits an der Mittellinie erwartete.
Für einen Augenblick herrschte atemlose Stille, dann brach die Menge in einen Beifallssturm aus, der so laut war wie ein Kanonenschlag, als Shay seinem Gegner blitzschnell einen Schlag mit der Rechten dicht hinter das Ohr versetzt und ihn damit so heftig in die Seile warf, daß ihm der Hanf die Haut aufriß.
Danach kämpften die Männer mehrere Minuten ausgeglichen, bis Shays Rechte wie eine Keule mitten in Parkers Gesicht landete. Der Mann aus Harvard ging auf ein Knie, aber in diesem Augenblick läutete bereits die Glocke und beendete die erste Runde.
Shay gestattete sich ein Lächeln, denn er hatte die wohlgeformte Nase des Champions gebrochen.
Doch auch Shay hatte einiges abbekommen. Seine Lippe war aufgeplatzt, und er hatte am Brustkorb Quetschungen und rote Flecken. Donagh betupfte die Lippe mit einem Schwamm und verzog das Gesicht zu einer Grimasse, als er zur Ecke des Gegners hinüberblickte. Parkers Helfer saugte mit dem Mund Blut aus der zerschmetterten Nase und spuckte es auf das Segeltuch.
»Heiliger Strohsack«, murmelte Donagh und schüttelte den Kopf. »Du weißt, mein lieber Seamus, ich mag dich wirklich sehr. Aber ich glaube nicht, daß ich so etwas tun könnte. Und dabei hast du einen Zinken im Gesicht, der geradezu danach schreit, zerquetscht zu werden.«
Die Glocke unterbrach Shays Lachen. »Halt dich gut bedeckt und die Ellbogen dicht an den Rippen«, rief Donagh ihm nach, als Shay vom Stuhl sprang und sofort zum Angriff überging. Auch Parker kam schnell aus seiner Ecke, doch Shay konnte bereits in der ersten Minute erkennen, daß es den Ausfällen seines Gegners bereits an Schnelligkeit und genauer Berechnung mangelte. Der Champion aus Harvard zuckte sogar bei Schlägen zusammen, die ihn überhaupt nicht trafen.

Ein Mann kämpfte ebensosehr mit dem Kopf wie mit den Händen. Obwohl die Angst immer in Shay lauerte, konnte er sie nicht zulassen. Er konnte nicht erlauben, daß ihm die Angst vor einer Verletzung bewußt wurde, sonst würde er mit Sicherheit verletzt werden und damit verlieren.

James Parker roch seine Niederlage am eigenen Angstschweiß, und deshalb begann er unsauber zu werden. Er wirbelte mit den Armen wie Dreschflegel, tänzelte durch den Ring und versuchte immer wieder, Shay ein Bein zu stellen, um ihn zu Fall zu bringen. Er landete sogar zwei Haken unter der Gürtellinie, die ihm heftige Buhrufe der Zuschauer einbrachten.

Shay bekam allmählich das Gefühl, er dürfe nicht mehr mit voller Kraft zuschlagen, weil der Kampf sonst nicht bis zur vierten Runde dauern würde.

Dann täuschte Parker mit einer Rechten und setzte mit der Linken nach. Der Schlag ging ins Leere, denn Shay duckte sich rechtzeitig. Doch er rutschte auf einem Blutklumpen aus, und obwohl er nicht zu Boden ging, war er so lange abgelenkt, daß sein Gegner eine Gerade gegen seinen Hals landen konnte. Seine Beine fühlten sich wie Spaghetti an, als er sich torkelnd aufrichtete, und er konnte nicht mehr tun, als sich weiteren Treffern durch Tänzeln, Ausweichen und Ducken zu entziehen, bis die Glocke läutete.

»Also …«, sagte Donagh, während er Shay ein Röhrchen zwischen die aufgeplatzten Lippen schob, damit er Wasser trinken konnte, »ich mag den Kerl nicht. Ich finde, dem muß man eine Lektion erteilen.«

Shay lächelte und zuckte zusammen, weil die Wunden am Mund bei der Bewegung schmerzten. »Und was ist dann mit dem Opferkasten für die Armen in Saint Mary?«

Donagh grinste. »Gott ist selbst jemand, der dem Menschen gibt, was er verdient hat. Er würde es verstehen.«

»Und die Gewehre des Clans?«

»Der Clan, das sind stolze irische Kämpfer, die ebenfalls Verständnis dafür hätten.«

Die Glocke läutete, und Shay sprang auf. Doch er blieb noch in seiner Ecke. Er blickte zu seiner Frau hinüber und dachte daran, was er tun würde, was er im Innern wahrscheinlich schon die ganze Zeit hatte tun wollen – ihretwegen. Seine Bria machte ihn immer besser, als er war.

Ein Mann kämpfte ebenso mit dem Herzen wie mit seinem Kopf und seinen Händen. Er kämpfte mit dem Haß und dem Feuer, die er im Herzen trug. Um einen anderen Mann mit bloßen Fäusten zu Boden zu schlagen, mußte man ohne jedes Mitleid und Mitgefühl kämpfen. Und um das zu tun, mußte man hassen.

Shay landete mit voller Kraft eine rechte Gerade, die das zermalmte, was von Parkers Nase noch übrig war. Doch er sah nicht das Gesicht des Mannes, den er traf. Er sah die Leiche seiner Mutter, die mit gebrochenen Knochen in der Brandung am Felsstrand lag. Er sah den schlanken weißen Körper seiner Frau unter dem geilen Schwein von einem Friedensrichter, der einen Rock trug, der so rot war wie das Blut zwischen ihren Schenkeln.

Shay bearbeitete das Gesicht des Mannes mit knappen, harten Geraden, verpaßte ihm Hammerschläge gegen Brust und Bauch und trieb ihn quer durch den Ring in die Seile. Parker hielt in dem vergeblichen Versuch, die Hiebe abzuwehren, die Arme schützend vor den Kopf. Er gab es sogar auf, zurückzuschlagen, wenn man von einem kraftlosen Schlag in Shays Gesicht mit der unsicheren Linken absah.

Shay traf das Gesicht seines Gegners mehrmals mit der Linken, täuschte und verpaßte ihm mit der Rechten einen Kinnhaken. Parker zuckte zusammen, hob die Arme, und Shay verlagerte sein beachtliches Gewicht, stellte den rechten Fuß vor und traf ihn zuerst mit der Rechten am Herzen und mit der Linken im Magen.

Shay hörte und fühlte, wie sich sein Daumen in derselben Sekunde ausrenkte, in der er sah, wie das Licht aus Parkers Augen verschwand und der Champion aus Harvard bewußtlos zu Boden ging.

Parkers Helfer nahm einen Schwamm aus dem Eimer und warf ihn in die Mitte des Rings. Das Publikum raste: »K.o.! K.o.!« und drängte sich an den Seilen.

Shay sah sich nach seiner Frau um und entdeckte sie. Bria bahnte sich einen Weg durch die erregte Menge. Sie lächelte. Er fand, sie wirke sehr jung und hübsch mit ihren rosig blühenden Wangen und den prachtvollen roten Haaren, die im Fackelschein loderten.

Doch dann hustete sie heftig und drückte die Faust an die Brust. Er glaubte beinahe zu sehen, daß ihr Herz vor Verzweiflung in ihrer Brust zu zerspringen drohte.

Sie öffnete den Mund, und er glaubte zu hören, daß sie ihn rief. Dann strömte hellrotes Blut aus ihrem Mund, sehr viel Blut. Es lief über die Vorderseite ihres Kleids, als habe man ihr die Kehle durchgeschnitten.

»Bria!« schrie er, sprang über die Seile, schob und stieß die Leute beiseite, um zu ihr zu gelangen, während bunte Raketen in die Luft stiegen und Sterne vom Himmel regneten.

Einundzwanzigstes Kapitel

Bria drehte langsam ihren Kopf auf dem Kissen und blickte auf ihre Haare, die auf dem Bettuch lagen. Sie waren stumpf. Das leuchtende Rot war zu einem fahlen Rostbraun verblaßt, das an altes Blut erinnerte. Und die Hand, die mit gekrümmten Fingern neben ihrer Wange lag, hatte die Farbe gebleichter Knochen.

Am Handgelenk bauschte sich die schönste Spitze, die man sich vorstellen konnte, und sie spürte weiche Seide, die ihren abgezehrten Körper liebkoste.

Emma, dachte sie, die liebe Emma muß mir eines ihrer wunderschönen Nachthemden angezogen haben.

Bria wünschte, sie hätte sehen können, wie sie darin aussah, aber vermutlich war es ganz gut, daß das nicht ging. Sie war nur noch ein Bündel Knochen, das wie mit Schnur zusammengehalten wurde.

Sie war allein. Wenn sie davor aufgewacht war, hatte sie immer jemanden im Zimmer gesehen. Bei Tag war es üblicherweise Emma, bei Nacht Shay, manchmal auch beide zusammen. Hin und wieder spürte sie die Mädchen mit ihren angstvollen, wissenden Augen, die ihr jedesmal das Herz brachen. Auch ihr Bruder Donagh kam mit der grünen Stola, mit der er die Sterbesakramente erteilte. Die würde sie bald brauchen.

Einmal hatte Mrs. Hale ihr den kleinen Jacko gebracht, damit sie ihn sehen konnte, denn sie war inzwischen zu schwach, um ihn zu stillen oder auch nur auf dem Arm zu halten.

Selbst das Atmen raubte ihr mehr Kraft, als sie besaß. Bei jedem Atemzug hatte sie das Gefühl, ein Stein lege sich auf ihre Brust – ein Stein für jeden Atemzug, ein schwerer, erdrückender Stein nach dem anderen.

Shay und Emma, die Armen, die immer lächelten, tröstende Worte für sie hatten und sanfte Berührungen, taten so, als könnten sie die Steine nicht sehen, die sich auf ihrer Brust türmten. Doch manchmal ... ja, manchmal wurde sie wach, bevor sie es merkten, und dann sah sie in ihren Gesichtern, wie ihnen das Herz brach.

Sie hörte Schritte in der Küche und das Pfeifen des Teekessels. Sie hörte Stimmen. Shay und Emma redeten miteinander. Schon jetzt, dachte Bria, stützen sie sich gegenseitig und finden Trost beieinander, auch wenn es ihnen noch nicht bewußt ist.

Als sie die schweren Lider schloß und um einen rasselnden Atemzug rang, dachte Bria darüber nach, wie sie Abschied nehmen würde.

Sie begann mit ihrem Bruder.

Wenn er kam, fragte er jedesmal, ob sie ihre Sünden bereue, und sie antwortete mit einer Stimme, die dünn und langsam und in ihren eigenen Ohren fremd klang: »Alle, bis auf eine, und die werde ich niemals einem Mann oder einem Priester gestehen, Donagh. Also frag mich nicht.«

Doch am Ende konnte sie den Gedanken nicht ertragen, daß ihr Bruder sich quälen und sich Sorgen um ihre unsterbliche Seele machen würde, noch lange nachdem sie tot sein würde, und daß er das Gefühl haben mußte, ihr gegenüber und als Priester gegenüber Gott versagt zu haben.

Deshalb erzählte sie ihm bei seinem nächsten Besuch alles über den Tag in Castle Garden, und sie machte ihn glauben, sie beichte die Sünde ihrer Schande, obwohl sie im Innersten nie bereuen würde.

Und doch, als sie sah, wie ihr Bruder mit sanfter Hand das Kreuzzeichen über ihrem Gesicht machte, als sie hörte, wie er die Worte *Ego te absolvo ...* sprach, fühlte sie sich in tiefster Seele freigesprochen.

Donagh weinte, als er ihr die trockene, süße Hostie auf die Zunge legte und sie wieder in den Zustand der Gnade versetzte. Doch als er ging, beugte er sich zu ihr hinunter und flüsterte ihr ins Ohr: »Versteht Gott die Sünden nicht besser, die aus Liebe geboren sind?«

Es war schrecklich, von ihren Töchtern Abschied zu nehmen. Wäre Bria mehr wie Shay gewesen, der ständig seine Bücher las und über den Sinn der Dinge nachgrübelte, hätte sie vielleicht genug Weisheit erworben, um sie an die Mädchen weiterzugeben, um ihnen über die bevorstehende Jahre ohne Mutter hinwegzuhelfen. Doch sie wußte, am Ende hätte kaum etwas von ihrer Weisheit eine große Bedeutung gehabt. Das Leben selbst würde sie weise machen müssen oder sie würden es nie werden.
Sie wollte etwas sagen, das sicherstellen würde, daß die beiden sie nie vergaßen. Doch sie fürchtete, wenn sie zu lange und mit zu großem Nachdruck über ihr Sterben sprach, würden sie sich in erster Linie daran erinnern, und dieser Gedanke erschien ihr unerträglich.
Dann war da der arme kleine Jacko, der überhaupt keine Erinnerungen an sie haben würde.
So bat sie ihre Töchter schließlich jedesmal, wenn sie ins Zimmer kamen, sich zu ihr auf das Bett zu legen, damit sie die Arme um sie legen, sie halten und ihnen sagen konnte, daß sie sie liebte.
Zumindest das würden sie von ihr bekommen – die innere Gewißheit, daß sie geliebt worden waren.

Zu ihrer lieben Freundin Emma, dem Spiegelbild ihres Herzens, sagte sie: »Du hast mir eines deiner wunderschönen Nachthemden gegeben, als ich gerade nicht aufgepaßt habe.«
Sie sah, wie sich Emmas Kehle bewegte, als sie schluckte, und daß es ihr schwerfiel zu lächeln. »Ich wollte dir immer so vieles geben«, erwiderte Emma, »und du hast es mir nie erlaubt.«
»Du hast mir mehr gegeben, als du dir vorstellen kannst. Und jetzt kannst du mir etwas geben ...« Sie schwieg und sagte dann mit einem Seufzer: »Gib mir das Versprechen, daß du die Mädchen und Shay immer noch besuchen wirst, wenn ich nicht mehr dasein werde.«
Sie sah, daß Emmas Augen sich weiteten – vielleicht vor Überraschung und Angst. Sie wußte nicht genau, wie nahe die beiden in ihrem Innern dem Eingeständnis gekommen waren, daß sie sich ineinander verlieben würden. Doch Bria war sicher, daß sie niemals

soweit gegangen waren, es dem anderen zu gestehen. Denn dazu liebten sie beide Bria viel zu sehr und würden sie niemals verletzen wollen.
Doch wenn sie tot war, konnte sie nichts mehr verletzen. Emmas und Shays Liebe zu Bria würde dadurch, daß sie sich liebten, nicht beschmutzt werden.
Aber sie konnte mit Emma nicht so offen darüber sprechen, wie sie es mit Shay tun würde. Worte erschreckten Emma. Die junge Frau, die in dem silbernen Haus lebte und mit Diamanten im Haar in vergoldeten Ballsälen tanzte, hatte sich nie wohl gefühlt, wenn sie ihr Herz zu genau untersuchte.
Deshalb sagte Bria: »Versprich mir, daß du den Mädchen zuliebe kommen wirst. Sie haben dich inzwischen wirklich sehr in ihr Herz geschlossen. Auch noch dich zu verlieren, wäre mehr, als ihre Herzen und Seelen ertragen sollten.«
Emmas Stimme klang erstickt von den zurückgehaltenen Tränen, als sie erwiderte: »Natürlich werde ich kommen. Ich werde sie besuchen, solange sie es wollen.«
Nachdem sie Emma das Versprechen abgenommen hatte, redete Bria, wenn sie wach war und die Kraft dazu aufbrachte, über ihren Mann. Auf keinen irischen Helden waren jemals solche Loblieder gesungen worden wie auf Seamus McKenna.
Einmal sagte sie: »Ich glaube, mein Shay liebt die Unsicherheit. Aber vielleicht sind Männer besser darin, im Augenblick zu leben und zu lieben. Wir Frauen ... wir neigen dazu, uns mehr mit dem Gestern und dem Morgen zu beschäftigen.«
Und Emma fragte: »Aber wenn du an dein Gestern denkst, Bria, fragst du dich da jemals, wie dein Leben ausgesehen hätte, wenn du an jenem Tag nach dem Tanz auf der Straße nicht an den Strand gegangen wärst, um auf ihn zu warten? Hast du jemals das Gefühl gehabt, du hättest eine andere Wahl treffen können?«
Sie erwiderte: »Vielleicht hätte ich mich anders entscheiden können. Ich hätte mich dafür entscheiden können, ihn überhaupt nicht zu lieben. Oder dafür, tiefer in meinem Innern nach dieser tapferen Liebe zu suchen, die es mir ermöglicht hätte, ihn loszulassen. Aber

wenn ich an die Zukunft denke, dann erkenne ich, daß ihn zu lieben alles wert gewesen ist, ganz gleich, wie es endet.«

An diesem Tag endete es damit, daß Bria soviel Blut hustete, daß es überallhin spritzte – an die Wände, auf den Fußboden und sogar auf die Postkarte der Heiligen Maria. Und Emma mit ihren Damenhänden und ihrer Damenkleidung machte alles wieder sauber.

Als es vorüber war, lag Bria erschöpft in den Kissen und rang verzweifelt nach Atem, um Emma alles zu sagen, was ihr Herz bewegte.

»*Mo Bhanacharaid ...*«, stieß sie keuchend hervor, und dabei machte die Luft ein feuchtes Geräusch in ihrer Brust. »Das bedeutet auf irisch ›meine beste Freundin‹. Habe ich dir das jemals gesagt? Und du bist eine großartige, richtige Freundin ...«

Emma hatte sich über das Bett gebeugt und richtete das frische Leintuch. Plötzlich faßte sie mit beiden Händen Brias Hand und legte sie an ihre Wange.

»O Gott, o Gott. Ich weiß nicht, wie ich ohne dich leben soll.«

Bria spürte, wie die Schwäche sie langsam durchdrang und sich ein Stein nach dem anderen auf sie legte. Doch es gelang ihr zu lächeln.

»Erinnerst du dich ...? Du brauchst nur in den Spiegel zu sehen.«

»Nein, nein.« Emma schüttelte so heftig den Kopf, daß die Tränen in ihren Augen auf ihre Hände fielen. »Das war falsch, falsch. Du bist nicht meine andere Hälfte, du bist das Beste in mir. Du hast mich gelehrt, wie ich sein soll. Du hast mich einen Blick auf das Leben werfen lassen, das ich als mein Leben führen sollte. Aber jetzt verläßt du mich, und ich muß es allein leben.«

Nein, dachte Bria, ich verlasse dich, damit du es mit meinem Shay lebst.

Shay ...

Sie liebte ihn immer noch leidenschaftlich, noch mehr als je zuvor.

Wenn Bria nachts aufwachte und ihn auf dem Stuhl neben ihrem Bett sah, wo er Wache hielt, dann wünschte sie, daß es später nicht seine letzten Erinnerungen an sie wären, sondern jene anderen aus der Zeit, als sie noch jung und hübsch und voller Leben gewesen war.

Eines Nachts bat sie ihn, zu ihr ins Bett zu kommen. Als er ausgestreckt neben ihr im Dunkeln lag, sein Gesicht ihrem Gesicht zugewandt war und sein Arm schwer auf ihrer Hüfte ruhte, mußte sie an die Zeiten in der Höhle denken, als sie jung gewesen waren, sich in den Armen lagen und sich festhielten.

Sie legte die Handflächen auf seinen Oberkörper und spürte seine innere Spannung – es schien, als würde er im nächsten Augenblick in tausend Stücke zerspringen. Sie dachte an Irland, an die drei Tage, in denen sie geglaubt hatte, er sei tot. Die Qual und die Trauer waren mehr gewesen, als sie hatte ertragen können. Sie fragte sich, wie er das jetzt aushielt, wie er es in den vergangenen Monaten ausgehalten hatte, sie langsam, mit jedem Atemzug sterben zu sehen. Oder hatte er sein Herz im tiefsten Innern schon lange auf ihren Tod vorbereitet?

Shays Herz war ihr oft ein Rätsel gewesen. Doch sie dachte, wenn sie ihn in dieser Nacht nach der Wahrheit fragen würde, danach, was er sich von Herzen wünsche, dann würde er sagen: »Daß du am Leben bleibst.«

Aber diesen Wunsch konnte sie ihm nicht erfüllen. Deshalb würde sie ihm den anderen Herzenswunsch erfüllen, auch wenn er von ihm noch nichts wußte.

Sie ließ ihre Hände auf seiner Brust liegen und spürte seinen Herzschlag. »Wirst du eine Kleinigkeit für mich tun, Geliebter?« flüsterte sie. »Wenn ich nicht mehr da bin, dann möchte ich, daß du um mich trauerst, daß du weinst und mich schrecklich vermißt. Aber ich möchte, daß du nach einiger Zeit unsere Emma bittest, deine Frau zu werden.«

Das Mondlicht schien blau durch das Fenster und zeigte ihr das Erschrecken in seinem Gesicht. Und hinter dem Erschrecken einen Anflug von Verletztheit und Schuldgefühlen. Außerdem ein anderes Gefühl, von dem sie gehofft hatte, es nicht zu sehen: Widerstand.

»Das ist keine Kleinigkeit, Bria«, erwiderte er.

»Dann ist es eben etwas Großes, das du mir versprechen mußt.« Sie faßte ihn mit einer Hand am Nacken und zog ihn näher zu sich heran.

Sie spürte, wie sein Puls gegen ihre Hand schlug, wie sein Herz klopfte.
»Es ist verrückt und einfach unmöglich«, sagte er, und seine Stimme war rauh vor Qual. »Du kannst nicht befehlen, daß sie deinen Platz einnehmen soll ... nicht in meinem Herzen und nicht in den Herzen deiner Kinder. Du kannst nicht von mir fordern, sie zu lieben, und glauben, ich würde sie heiraten, nachdem du nicht mehr da bist.«
»Aber sie liebt die Mädchen, die Mädchen lieben sie, und in diesem Alter brauchen die Kinder dringend eine Mutter. Unser kleiner Jakko ..., er wird am meisten eine Mutter brauchen. Sie wäre dir eine gute Frau. Sie würde dir bis ans Ende der Welt folgen.«
Er lachte rauh. »Liebling, sie hat genug Geld, um die Welt zu kaufen. Wozu würde sie mich brauchen?«
»Es ist ein Verlangen, das aus der Liebe entsteht. Sie liebt dich, Shay. Ich weiß es, ich habe es in ihren Augen gesehen. Und das kannst du mir glauben, ich kenne sie so gut wie mich selbst, denn im tiefsten Innern sind wir gleich. Sie liebt in dir den unerschrockenen, tapferen Träumer, der du bist.«
Sie spürte, wie sich sein Brustkorb beim Atmen heftig bewegte. »*A mhuire,* Bria. Du bist meine Frau. Du bist die einzige Frau, die ich will.«
Jetzt legte sie den Kopf an seine Brust und drückte ihre Wange auf sein Herz. Sie hörte es schlagen. »Laß dein Herz entscheiden«, flüsterte sie.
Es konnte Stunden später sein oder auch nur wenige Augenblicke, als sie sagte: »Ich habe ein Unrecht an dir begangen, Shay ... an jenem Abend am Strand in Gortadoo, als ich dich verführte und Gott wegnahm.«
Er fuhr mit den Lippen über ihre Wange, ihre Nase und schließlich über ihren Mund. »*Mo Chridh, mo Chridh ...,* ich wollte dich damals zur Frau haben. Ich will dich immer noch, und ich weiß nicht, wie ich dein Sterben überleben soll.«

Wenn sie abends genug Kraft hatte, bat Bria darum, nach draußen getragen zu werden, damit sie zusehen konnte, wie der Tag zu Ende ging. Dann saß sie, in Decken gehüllt, im Schaukelstuhl aus Rohrgeflecht und beobachtete die Sonne, die still und langsam hinter Poppasquash Point versank.

An diesem Abend warf die untergehende Sonne flammende goldene Bänder über den Himmel. Die Luft war mild, still und voller Versprechungen.

Sie erinnerte sich an solche Abende ...

Ein freier Samstagnachmittag bei einem Picknick am Town Beach. Sie saß mit dem Rücken an den knorrigen Stamm einer Ulme gelehnt. Shays Kopf lag in ihrem Schoß, und sie spielte mit seinen Haaren. Sie waren warm von der Sonne und weich und glitten sanft durch ihre Finger. Die Mädchen hockten mit gespreizten Knien im Sand an einem kleinen Tümpel, den die Flut hinterlassen hatte, und beugten die Köpfe aufmerksam über das Wasser – ein roter und ein brauner Kopf. Ihre geliebten Mädchen! Dann richteten sich Brias Augen wieder auf das Gesicht ihres Mannes, und sie sah, daß er schlief.

Es war kein besonderer Tag gewesen, kein besonderer Augenblick, doch sie wußte plötzlich, daß sie glücklich war. Nicht einfach glücklich, sondern unbändig glücklich. Sie war bis zum Platzen von einer so reinen und wilden Freude erfüllt, daß sie es der ganzen Welt hätte verkünden können.

Jetzt dachte sie, daß das Glücksgefühl von damals in der Erinnerung das Schönste von allem war.

Sie schlug die Augen auf und sah, daß sie allein war. Nein, nicht allein ... Emma und Shay glaubten, sie schlafe. Deshalb waren sie ans Wasser gegangen. Dort standen sie nebeneinander und unterhielten sich leise. Bria hörte Shay einmal lachen.

Vielleicht schlief sie danach tatsächlich ein, denn als sie die Augen wieder öffnete, stand die Sonne klein und orangefarben am Horizont. Shay und Emma standen immer noch am Wasser. Die beiden Gestalten hoben sich schimmernd vor dem Himmel ab, so wie es manchmal geschieht, wenn die Sonne nach einem Sturm wieder hervorkommt.

Es war höchst eigenartig. Sie hörte Shays Stimme, aber sie klang nicht mehr rauh, sondern wieder so schön wie früher. Und seine

Stimme war in ihrem Blut, war Teil ihres Wesens, pulsierte kraftvoll und voller Leben und warm durch ihre Adern.
Sie hörte ihn so gut, als stehe er neben ihr, und doch wußte sie genau, daß er mit Emma sprach und zu ihr sagte: Ein Abend wie heute ... es scheint, als halte sich die Sonne am Rand der Welt fest und der Tag werde nie zu Ende gehen. Und dann versinkt die Sonne. Sie verliert ihren Halt, und der Tag ist doch zu Ende. Aber trotzdem nimmt man die Verheißung an ihre Wiederkehr mit in die Nacht ... die Verheißung und die Erinnerung.
Ja, dachte Bria, die Erinnerung bleibt lebendig.
Sie öffnete den Mund, um seinen Namen auszusprechen. Da fühlte sie, wie der Atem aus ihrem Körper strömte, und sie schien den Atem nicht wieder zurückholen zu können.
Einen Augenblick lang glaubte sie, es sei dunkel geworden. Doch dann sah sie, daß sie sich irrte, denn die Sonne schien strahlender als jemals zuvor. Shay kam auf sie zu. Aber Shay hatte keinen Schatten. Er war ganz Licht und wie in seiner Jugend. Er strahlte, lachte sie an und fragte: Willst du mit mir tanzen, *mo Chridh*?
Sie sank in seine Arme. Sie tanzten, lachten und liebten sich in der Sonne eines verzauberten Tages.

Zweiundzwanzigstes Kapitel

Bria McKennas schwarz lackierter Sarg stand auf zwei Hockern inmitten der Küche mit der verblaßten Tapete und dem alten Linoleumfußboden. Hinter ihrem Kopf war ein hufeisenförmiges Gebinde aus Wachsblumen in einem mit Seide bezogenen Rahmen aufgestellt. Zu ihren Füßen brannten hohe Kerzen und ein Ewiges Licht. Die Flammen flackerten im Luftzug, der durch die offene Tür hereindrang. Es war eine dunstige Sommernacht.

Die Postkarte der Heiligen Maria, die an der Schlafzimmerwand gehangen hatte, lag auf Brias Brust. Sie hielt den Rosenkranz mit den braunen Holzperlen in den Händen, als bete sie.

Alle sagten, sie sehe wunderschön aus.

Shay stand im schwarzen Tuchanzug neben dem Sarg. Er schüttelte die Hände der Männer, ließ sich von den Frauen auf die Wange küssen, die kamen, um ihr Beileid auszusprechen, und gab ihnen Sterbebilder mit Gebeten für den Frieden von Brias Seele. Aus seinem Mund kamen leise Dankesworte, doch seine Augen waren zwei glatte leblose Steine.

Seine Töchter saßen auf Stühlen neben ihm und hielten die Hände in den violetten Trauerkleider gefaltet. Noreen antwortete jedem, der sie ansprach, mit höflicher, leiser Stimme. Merry blieb stumm; sie summte nicht einmal. Doch von Zeit zu Zeit holte sie mit einem solchen Erschauern Luft, daß das Medaillon an ihrem Hals hüpfte.

Brias Sohn, der sich nie an sie erinnern würde, schlief in seiner Wiege am Herd.

Bevor Brias Nachbarn und die Arbeitskolleginnen aus der Fabrik zu ihren Beileidsbesuchen kamen, war es in der Küche so still gewesen, daß Emma die Wassertropfen gehört hatte, die aus der Eiskiste in die

darunter stehende Auffangschale fielen. Sie hatte den Mädchen geholfen, schwarzes Kreppapier über den Türrahmen zu hängen. Alles blieb still. Sie hatte nur das Schreien der Möwen im Hafen und das Heulen einer Pfeifboje in der nebelverhangenen Bucht gehört.
Sie hatte überall in der Küche Dosen mit Wiesenblumen verteilt und Tee und Kaffee gemacht, Platten mit Käse, Corned Beef und frischem Brot vorbereitet und die ganze Zeit erwartet, seine Schritte auf dem Vorplatz zu hören. Doch er blieb draußen am Strand, wo Bria gestorben war.
Sie hatten geglaubt, Bria schlafe. Sie standen beisammen, betrachteten den Sonnenuntergang und redeten miteinander. Sie sprachen über nichts Weltbewegendes, sondern unterhielten sich einfach auf unverkrampfte Weise, die sich in den letzten Wochen von Brias Krankheit entwickelt hatte.
Sie blieben dort stehen, bis die Sonne in der kupferfarbenen Bucht versunken war. Dann drehten sie sich um, weil sie Bria ins Haus tragen wollten, und sahen, daß sie tot war. Emma erinnerte sich jetzt, daß er geflüstert hatte: »O Bria, mein Liebling, du bist gegangen.«
Er kniete sich neben den Schaukelstuhl, küßte ihre kalten Lippen, nahm sie auf die Arme und trug sie ins Haus.
Emma blieb am Strand, bis die Fabriksirene zum Schichtwechsel heulte. Dann folgte sie ihm und half ihm dabei, es den Mädchen verständlich zu machen. Sie drückte Noreen an sich, und sie weinten zusammen. Merry weinte nicht. Sie saß auf dem Schoß ihres Vaters und drückte sich an ihn. Ihr Summen war die süßeste, traurigste Musik, die Emma je gehört hatte.
Danach blieb sie eine Weile bei den Mädchen und gab Jacko die Flasche, als Mrs. Hale ihn herüberbrachte. Shay wusch die tote Bria und kleidete sie für die Totenwache an – er machte das allein.
Die Totenwache begann traurig genug. Brias Bruder war der Vorbeter, während sie den Rosenkranz sprachen. Mit seiner tiefen Priesterstimme intonierte er die Sätze langsam und melodisch. Er verwandelte sie in einen glorreichen Choral der Hoffnung und des Glaubens. Doch sein Gesicht blieb sehr blaß.

Emma kniete zwischen den anderen, schloß die Augen und lauschte auf das Klicken der Perlen, mit denen die ›Ave Marias‹ und die ›Vaterunser‹ gezählt wurden. Sie wußte, Bria hätte die Musik der Rosenkränze gefallen. Und was dann folgte auch.

Colin, der Barbier, holte den Dudelsack hervor, setzte das Mundstück an und erfüllte die Nacht mit so schrillen, volltönenden und traurigen Klagen, daß es jedem durch Mark und Bein ging. Doch dann gesellten sich eine Fiedel und ein Akkordeon dazu. Die Musik wurde laut und fröhlich, und es dauerte nicht lange, bis die Eisen der Schuhsohlen klapperten und die Petroleumlampe schwankte, als tanze die kleine Hütte auf ihren Pfählen.

Jemand sagte etwas, das einen anderen zum Lachen brachte, und bald wurde die Unterhaltung so munter wie die Musik. Vater O'Reilly reichte ein Tablett mit Tonpfeifen und einer Schale Tabak herum. Die Männer füllten die Becher aus dem Bierkrug, der im Spülstein stand, und Krüge mit *Poitín* machten die Runde. Bald wurde es heiß in der Küche mit den vielen Menschen und den brennenden Kerzen. Die Luft war dick vom Tabakrauch und dem Malzgeruch des Biers.

Die Frauen drängten sich um den Tisch und tranken ununterbrochen Tee. Emma stand am Rand der Gruppe und hörte zu, ohne jedoch dazuzugehören. Die Frauen waren nicht unhöflich. Sie wußten jedoch nicht, was sie mit ihr anfangen sollten, und deshalb beachteten sie Emma nicht sonderlich.

»Er hat die Flasche sofort angenommen, Gott sei Dank ...«, berichtete Mrs. Hale, als Betreuerin des kleinen Jacko schenkte man ihr die meiste Aufmerksamkeit, »... nachdem die arme Bria ihn nicht mehr stillen konnte. Und das kann ich wirklich sagen: So ein liebes Kind wie ihn hat es noch nie gegeben. Er macht überhaupt keine Umstände. Der süße Kleine liegt stundenlang friedlich in seiner Wiege, macht Blasen aus seiner Spucke und lacht.«

»Das Lächeln hat er von seinem Vater«, sagte eine Frau.

»Und die Haare von seiner Mutter.«

Sie blickten alle hinüber zu Bria in ihrem Sarg, deren Haare wie ein roter Fächer über das weiße Satinkissen gebreitet waren.

Alle bis auf Emma ...

Sie ging durch die offene Tür hinaus und stand allein auf dem Treppenabsatz. Doch die Nacht schenkte ihr keinen Trost. Die Welt um sie herum verschwamm in einer dicken, weißen salzigen Wolke. Sie dämpfte manche Geräusche und verstärkte andere. Emma konnte das leise Schlürfen der Flut und das Rollen der Kiesel am Strand hinter dem Haus hören.

Am Strand, wo Bria gestorben war...

Emma legte den Kopf in den Nacken und blickte hinauf in die weiße Unendlichkeit. Sie hatte geglaubt, keine Tränen mehr zu haben, doch sie kamen von neuem, quollen aus ihren Augen und rollten über ihre Wangen in die Haare.

Ich kann es nicht ertragen, dachte sie. Gott muß ein Ende machen, denn ich ertrage dieses Leben keinen Augenblick länger.

Am nächsten Tag würde die Totenmesse gelesen werden, und sie würden Bria auf dem Friedhof von Saint Mary inmitten der umgestürzten, verwitterten und bemoosten Grabsteine begraben. Ihr Grab würde eine Zeitlang eine frische Narbe in der Erde sein, doch in wenigen Wochen würde das Gras wieder wachsen, und im Winter würden Schnee und Regen beginnen, den neuen glatten Stein aufzurauhen. Im Frühjahr würde Emma Veilchen pflanzen, und sie würden blühen.

Mit der Zeit, das wußte Emma, würden ihr die Tränen nicht mehr so schnell kommen, und was ihr jetzt unerträglich erschien, würde beinahe unmerklich erträglich geworden sein. Doch ihr Herz würde den Kummer festhalten. Es würde ihn festhalten wie einen Geliebten. Denn ihr Herz wußte, daß es manchen Verlust gab, über den man niemals hinwegkam.

Als die Totenwache zu Ende ging, war der Nebel so dick wie Buttermilch geworden. Gruppen von zwei oder drei Besuchern, ganze Familien oder einzelne Personen tauchten die Fingerspitzen in den Weihwasserkessel und erhielten von Vater O'Reilly den Segen *Dia is Maire Dhuit,* bevor sie in der weiß verhangenen Nacht verschwanden.

Im Haus wurde es wieder still.

Emma half den Mädchen beim Auskleiden, und sie legten sich für den

Rest der Nacht in das weiße Eisenbett. Sie beugte sich hinunter, strich die roten Locken aus Merrys Stirn und küßte ihre weiche rosige Haut.

Merry summte.

»Sie sagt, Mama will uns nicht allein lassen«, erklärte Noreen.

Emma umfaßte Merrys Gesicht mit den Händen. Die Wangen des kleinen Mädchen waren feucht und klebrig von Tränen. »Natürlich nicht, Schätzchen, denn sie hat euch alle sehr geliebt. Aber sie hat jetzt Ruhe gefunden und ist im Himmel.«

Merrys Summen klang ärgerlich, und sie schüttelte heftig den Kopf, aber diesmal zuckte Noreen nur die Schultern.

Emma legte die Decke ordentlich um Merrys rundes Kinn mit dem Grübchen. »Gute Nacht, ihr beiden«, flüsterte sie. Doch ihre Kehle war so wund, daß sie die Worte kaum hervorbrachte. Als sie sich umdrehte und gehen wollte, sagte Noreen mit leiser gepreßter Stimme: »Miss Emma, legen Sie sich eine Weile zu uns?«

Also löschte Emma die Lampe und legte sich neben die Mädchen auf den Quilt mit dem Diamant-Muster. Sie lag in der Dunkelheit neben Brias Töchtern in dieser zweiten Nacht, die sie ohne Mutter verbringen würden. Durch die offene Schlafzimmertür hörte sie Shay und Brias Bruder reden. Das heißt, der Priester redete, Brias Mann blieb stumm. Als die Mädchen schließlich schliefen, und Emma hinaus in die Küche ging, war er allein. Er stand mitten auf dem abgetretenen braunen Linoleum, als wisse er nicht genau, wie er dorthin gekommen war.

Der schwarze Taft ihres Trauerkleides raschelte, als sie neben ihn trat. Sie legte ihm die Hand auf den Rücken. Er drehte sich langsam um, so daß ihre Hand einen Augenblick lang an dem schwarzen Tuch seiner Jacke zu kleben schien, bevor sie nach unten sank und an ihrer Seite hing.

Sie stand vor ihm, und tiefes Mitleid erfüllte sie. Er sah aus, als habe ihm jemand das Herz aus der Brust gerissen. Sie wollte ihn trösten und Trost bei ihm finden, doch sie wußte nicht, wie sie das eine oder das andere anfangen sollte.

»Wenn es noch etwas gibt, was ich tun kann ...«, sagte sie.

Sie sah, wie er versuchte zu lächelte, und es mißlang. »Nein, danke. Sie haben schon so viel getan.« Sein Blick richtete sich wieder auf den Sarg, als werde er davon wie magisch angezogen. Er blickte darauf, als warte er, daß die Frau darin aufstehen und zu ihm kommen würde. »Ich möchte allein sein ... bitte«, murmelte er.

Er sagte es sanft, beinahe liebevoll, aber es schmerzte.

Sie drehte sich um und ging. Doch als sie durch die Tür getreten war, blieb sie stehen und blickte zurück. Später wünschte sie, sie hätte es nicht getan. Er war zum Sarg getreten, blickte auf das Gesicht seiner toten Frau hinunter, und sie hörte in der stillen Küche seine gebrochene, verzweifelte Frage: »Und wie soll ich ohne dich weiterleben, Bria, mein Liebling? Wirst du mir das verraten, *mo Bhean*?«

In den Tagen nach dem Tod seiner Frau fuhr Shay mit seinem Fischerboot im Morgengrauen hinaus und blieb auf dem Wasser, bis es dunkel wurde.

Die Tage im August waren lang, und er konnte die Stunden damit füllen, daß er Netze auswarf und einholte und gefangene Fische aus den Reusen und von den Angelleinen nahm. An stürmischen Tagen segelte er hoch am Wind und ließ sich von der Gischt das Gesicht und den Körper peitschen. An windstillen Tagen ruderte er. Das waren die besten Tage, denn er konnte sich dabei so sehr ermüden, daß er unfähig war zu denken, und die einzigen Schmerzen, die er spürte, waren die in seinen Muskeln, in seinen Gelenken und Knochen.

Doch manchmal ...

Manchmal verlieh die untergehende Sonne den Wolken die Farbe von Brias Haar, und das Wasser, das über den Bug plätscherte, klang wie ihr Lachen. Oder der leichte Abendwind zauberte ein kurzes leises Seufzen, wie sie es manchmal getan hatte, wenn er in sie eingedrungen war. Dann erlebte er wieder die herzzerreißende Qual des Verlustes und des Nie-wieder.

Manchmal hatte Shay das Gefühl, er habe sich mit dem Gewehr ein Loch ins Herz geschossen.

Sie war seit zwei Wochen tot, als er eines Abends etwas früher als sonst nach Hause kam. Trotzdem war die Sonne bereits untergegangen. Am aschgrauen Himmel hingen verstreute kohlschwarze Wölkchen. Er nahm sich viel Zeit, das Boot festzumachen und den Augenblick hinauszuzögern, wenn er ins Haus gehen mußte und sie nicht dasein würde.

Als er schließlich die Treppe zur Haustür hinaufstieg und die Tür öffnete, brannte drinnen die Lampe, um die Dunkelheit zu vertreiben. In der Küche roch es gut nach dem Abendessen, das auf dem Herd kochte. Er wollte ins Schlafzimmer gehen, blieb jedoch wie erstarrt auf der Schwelle stehen.

Miss Emma Tremayne beugte sich über das Bett und wechselte die Windeln seines Sohnes. Er sah, wie sie das Gesicht an Jackos Bauch drückte und die Nase daran rieb. Der Kleine bewegte die Arme mit den geballten Fäustchen hin und her und lachte – tief, gurgelnd und glücklich, so wie Babys lachen.

In Shays Augen brannten Tränen.

Sie mußte seine Anwesenheit gespürt haben, denn sie richtete sich auf und drehte sich um. Emma stieß vor Überraschung einen leisen Schrei aus, und das Blut stieg ihr in die Wangen. »Mr. McKenna! Ich dachte, Sie ... Ich hoffe, Sie haben nichts dagegen. Seine Windeln mußten gewechselt werden.«

Er nickte und bewegte die Hand, als gestatte er ihr, fortzufahren. Doch er konnte nichts sagen. Er ging rückwärts wieder hinaus und kam sich ungelenk, plump und zu groß für seine Haut vor.

Er setzte sich an den Küchentisch, und Gorgeous, der alte Kater, hüpfte ihm auf den Schoß. Er streichelte seine eingerissenen Ohren. Im Haus herrschte eine friedliche gemütliche Stille. Er hörte das Brodeln der Kartoffeln, die auf dem Herd kochten. Und aus dem Schlafzimmer drang das Rascheln von Seide und das leise Geräusch von Hausschuhen auf dem Boden.

Er fragte sich gerade, wo seine Töchter sein mochten, als ihre Stimme aus dem Zimmer drang. »Ich habe die Mädchen mit dem Rest des Mohnkuchens, den wir zum Tee hatten, zu Mrs. Hale hinübergeschickt ... Mrs. Hale war sehr gütig.«

Er wußte, Emma Tremayne war in den Wochen seit Brias Tod oft hier gewesen. Die Mädchen erzählten ihm, daß sie mit einem Korb voll

Essen am Fabriktor auf sie wartete. Dann holten sie Jacko bei Mrs. Hale ab, und Emma machte für sie alle Tee. Tee im Stil der besseren Gesellschaft – Bria hätte gelächelt, wenn sie es erlebt hätte.

Er blickte sich um. Die Blumen auf dem Tisch stammten mit Sicherheit nicht von ihm. Er hatte das Frühstücksgeschirr im Spülbecken stehen lassen, aber es war abgewaschen und weggeräumt worden. Doch selbst ohne diese Dinge hätte er sagen können, an welchen Tagen sie da gewesen war, denn er roch die Spuren ihrer Anwesenheit, die sie zurückließ – ein Hauch von Flieder, der ihn immer an warme Frühlingsnachmittage denken ließ, wenn die ganze Welt voller Erwartungen und Verheißungen zu sein schien.

Er sah ein Buch auf dem Tisch und griff danach. Es trug den Titel *Das Leben der Präsidenten* und hatte einen Satineinband und Goldschnitt. Er schlug es auf und las auf dem Vorsatzblatt: »Für Emma Tremayne – für ihre hervorragende Rechtschreibung.«

Hervorragende Rechtschreibung ...

Der Gedanke entlockte ihm ein Lächeln. Er versuchte, sie sich als Kind vorzustellen. Vermutlich hatte sie lange weiße Schürzen getragen, die so gestärkt waren, daß sie beim Gehen knisterten. Sie war bestimmt nie mit Löchern in den Strümpfen, aufgeschürften Knien und Stroh in den Haaren herumgelaufen.

Emma kam mit dem kleinen Jacko auf dem Arm aus dem Schlafzimmer. Ihr Kleid knisterte vielleicht nicht, aber dafür raschelte es. Es war dieses seidige, flüsternde Rascheln, das selbst dann von ihr auszugehen schien, wenn sie still stand. Er sah zu, wie sie seinen Sohn in die Wiege legte, wie sie die Haare über der weichen Stelle auf seinem Kopf mit dem Finger glattstrich, und er dachte daran, daß Bria das immer getan hatte. Das Verlangen nach etwas, was nie wieder sein würde, schnürte ihm die Kehle zu.

Er drehte den Kopf zur Seite und blickte aus dem Fenster, das den Himmel einrahmte, der inzwischen das tiefe dunkle Blau später Sommerabende angenommen hatte. Als er den Blick vom Fenster wandte, sah er, daß sie an den Tisch getreten war. Sie hatte eine Hand auf die Stuhllehne gelegt und blickte auf das Buch in seiner Hand. Zwischen ihren Augenbrauen sah er eine kleine Falte der Beunruhigung.

»Noreen hat mir gesagt, daß Sie ihr das Lesen beigebracht haben.« Emma errötete leicht, aber fuhr scheinbar unbeschwert fort: »Ich dachte ... nun ja, da sie sich für die amerikanische Geschichte interessiert und das Buch ein paar köstlich blutrünstige Stellen enthält, die ihr kalte Schauer über den Rücken jagen werden, dachte ich, es würde ihr gefallen ...« Ihre Hand umklammerte die Stuhllehne fester. »Ich habe gesagt, sie muß zuerst Sie fragen, bevor sie es behalten darf.« Sie holte tief Luft und fügte dann schnell hinzu: »Ich hoffe, Sie haben nichts dagegen.«

Er wollte ihr sagen, er wünsche sich nichts sehnlicher, als daß seine Mädchen lesen lernen und eine Schulbildung bekommen würden. Er wünschte so verzweifelt, sie aus der Fabrik herauszuholen, daß er dafür das, was von seiner Seele noch übrig war, verkauft hätte. Doch seine Kehle schien keine Luft und kein Wort herauszulassen.

Er legte das Buch behutsam auf den Tisch zurück, drückte die Hand flach auf die Wachstuchtischdecke und spreizte die Finger, bis die Adern und Knochen seiner Hand hervortraten.

Als Shay schließlich den Kopf hob, stellte er fest, daß sie ebenfalls auf seine Hand blickte, auf seine große, derbe, vernarbte und schwielige Hand.

Ihre Blicke trafen sich kurz, und dann wanderten ihre Augen mit einem Ruck weiter.

Die Haut ihrer Stirn war so durchscheinend, daß er die blauen Adern und ihr Pulsieren sah. Er fragte sich, weshalb sie an diesem Abend in seiner Gegenwart so unruhig war. Er wußte nie, mit welcher Emma er es zu tun haben würde: mit dem trotzigen rebellischen Kind, das Bemerkungen machte, die so verblüffend und spitzfindig waren wie ein irisches Rätsel. Oder der scheuen jungen Dame der Gesellschaft, die sich benahm, als könne sie nicht einmal Pieps sagen. Dann war da die junge Frau, die er in den letzten Lebenswochen seiner Frau kennen und mögen gelernt hatte. Diese Emma war eine großzügige, gute und treue Freundin.

Die Emma des heutigen Abends hatte sich an den Herd zurückgezogen. Mit einem rotgestreiften Küchenhandtuch hob sie den Dekkel des schwarzen Topfs auf dem Feuer, und der erdige Geruch kochender Kartoffeln erfüllte den Raum. Mit ihrem Kleid in der Farbe frischer Sahne, das nur aus Spitze und Satinschleifen zu bestehen schien, bot sie einen seltsamen Anblick in der Küche.

»Vater O'Reilly ist vorbeigekommen und zum Tee geblieben«, sagte sie. »Er hat uns die Geschichten von Bria erzählt, als sie noch ein Mädchen in Gortadoo war. Er brachte uns damit zum Lachen, und mir scheint, es war gut, daß er den Mädchen Erinnerungen an ihre Mutter gegeben hat, die sie im Herzen bewahren können ...« Sie warf ihm über die Schulter einen Blick zu. Das Handtuch in ihren Händen war zusammengeknüllt. »Ich hoffe, es macht Ihnen nichts aus.«

»Hören Sie auf, das zu sagen.«

Die Worte klangen unfreundlicher, als er sie gemeint hatte. Er holte tief Luft und räusperte sich. »Hören Sie auf zu sagen: ›Sie hoffen, es macht mir nichts aus‹, denn es macht mir nichts aus.«

Sie hatte ihm wieder den Rücken zugekehrt, legte das Handtuch auf den Ausguß und faltete es sorgfältig. »Es ist nur, daß ich Bria versprochen hatte ...«

Er stand auf, und Gorgeous sprang auf den Boden. Der Kater verschwand mit einem beleidigten, klagenden Miau und zuckendem Schwanz im Schlafzimmer. Emma drehte sich schnell um. Die schimmernden Augen wirkten groß in ihrem blassen Gesicht.

»Gütiger Gott, Miss Tremayne«, sagte er. »Weshalb sollten Sie nicht so oft kommen, wie Sie Lust haben?«

Sie wich zurück, als erwarte sie, er werde sie anspringen, obwohl er sich nicht von der Stelle gerührt hatte.

»Danke«, erwiderte sie. »Aber ich ... ich sollte jetzt gehen.« Sie warf einen Blick aus dem Fenster. »Es ist schon dunkel.«

Sie hatte ihren Hut und die Handschuhe auf den kleinen Tisch neben dem Weihwasserkessel gelegt. Er sah zu, wie sie den Hut aufsetzte und die Handschuhe anzog. Es war ein weißer Strohhut mit einem breiten gelben Band, das sie unter dem Kinn zu einer eleganten Schleife band. Die Handschuhe waren aus so zarter Spitze, daß er darunter die blasse Haut ihrer Hände sah.

Emma legte die Hand auf die Klinke und öffnete die Tür, doch bevor

sie ging, drehte sie sich um und sah ihn mit einem liebenswürdigen, aber zitternden Lächeln an. »Guten Abend, Mr. McKenna.«
»Guten Abend, Miss Tremayne«, sagte er. Aber sie war bereits fort.
Shay setzte sich langsam wieder auf den Stuhl. Er griff nach dem Buch, das sie Noreen geschenkt hatte, legte es aber wieder auf den Tisch. Er dachte daran, aufzustehen und die Kartoffeln vom Feuer zu nehmen, bevor sie zu Brei verkochten. Er dachte daran, den Krug *Poitín* aus dem Küchenschrank zu nehmen. Sein Mund war trocken wie Stroh.
»*Dhia.* Was bist du doch für ein großartiger Lügner, Seamus. Du sagst ihr und dir, daß es dir nichts ausmacht.«

Es war hart für Emma, zum Haus in der Thames Street zurückzukommen und zu wissen, daß er vielleicht dasein würde. Sie konnte sich nicht von ihren Gefühlen für ihn befreien, aber er würde immer Bria gehören.
Deshalb wäre sie beinahe nicht mehr hingegangen und hätte es tatsächlich auch getan, wenn nicht das Versprechen gewesen wäre, das sie Bria gegeben hatte.
Trotzdem ließ sie einige Zeit vergehen, bevor sie wiederkam. Sie wählte einen Tag, an dem sich kaum ein Lüftchen regte, denn sie wußte, er würde ein paar Stunden brauchen, um mit dem Boot zurückzukommen. Es war ein heißer Tag mit grellem gelben Sonnenschein und feuchter dunstiger Luft gewesen – einer dieser Sommertage in Bristol, an denen Emma glaubte, die Hitze beinahe zu hören, die schwitzte, keuchte und tropfte.
Am Abend war es heiß im Haus. Emma ließ die Tür offen, denn sie erinnerte sich, wie sehr sich Bria immer nach Licht gesehnt hatte.
Sie nahm den Hut ab, zog die Handschuhe aus und hatte sie gerade auf den Tisch gelegt, als es geschah: Sie blickte auf und sah Bria am Herd stehen.
Bria stand am Herd, und ihre Hand lag auf dem Teekessel. Sie hatte ein Küchentuch um die Hand gewickelt, als fürchte sie, der Henkel des Kessels, aus dessen Tülle Dampf aufstieg, sei zu heiß.
Sie trug das Seidennachthemd mit dem üppigen Spitzenbesatz an den

Ärmeln, das Emma ihr gegeben hatte. Ihr unbändiges rotes Haar war wie so oft mit einem Stück Schnur am Hinterkopf zusammengebunden, aber ein paar Strähnen hatten sich gelöst und klebten an ihren feuchten Wangen. Bänder von Sonnenlicht rollten von der offenen Tür über den Fußboden und wanden sich um ihre nackten Füße. Das Nachthemd war zu kurz. Emma sah die weißen Knöchel der Fußgelenke.

»Bria ...«, flüsterte Emma gequält.

Bria, jene Bria am Herd drehte sich um und lächelte. Ihre dunklen Augen leuchteten, als sie Emma sah.

Dann verschwand sie.

»Das war Mama.«

Emma fuhr so schnell herum, daß sie schwankte und sich an der Lehne des Küchenstuhl festhalten mußte, um nicht zu fallen. Ihr klopfendes Herz dröhnte ihr in den Ohren wie die stürmische Brandung.

Merry stand in der offenen Tür. Sie kam zweifellos aus der Fabrik. Baumwollfusseln und Fäden hingen an ihrem Kleid und in ihren Haaren. Die nackten Füße waren schwarz und ölverschmiert.

»Du hast sie gesehen«, sagte Emma oder glaubte es zu sagen. Die Lunge versagte ihr den Dienst.

Merry summte und nickte.

Emma drehte sich wieder nach dem Herd um. Sie machte mit zitternden Beinen einen Schritt darauf zu. Dort war niemand. Der Kessel stand auf dem Herd, und das Feuer war aus.

Doch Bria war so wirklich gewesen, als sie dort am Herd stand. Einen Moment lang war sie wirklich dagewesen – eine Frau in einem Nachthemd, das zu kurz für sie war, die einen dampfenden Teekessel mit der in ein Küchentuch eingewickelten Hand hielt. Es war keine amorphe, verschwommene Gestalt gewesen, die in der Luft schwebte. Sie hatte geschwitzt.

Emma schluckte und holte tief Luft. Sie schloß die Augen und schlug sie wieder auf. Es stand immer noch keine Frau am Herd. Merry trat neben sie und ergriff ihre Hand.

Emmas Hand zitterte. Sie versuchte, das Zittern zu unterdrücken,

doch es gelang ihr nicht. Sie konnte auch nicht verhindern, daß ihre Stimme zitterte. »Hast du sie ... hast du deine Mama schon einmal zuvor gesehen?«
»Manchmal«, sagte Merry. Sie summte nicht, sondern sprach. »Sie kommt, wenn Papa weint. Er sitzt manchmal ganz spät abends hier am Tisch. Er tut nichts, sondern sitzt einfach da. Und er redet mit ihr, mit Mama. Er sagt: ›Bria, mein Liebling, warum bist du gegangen und hast mich allein gelassen?‹ Und dann weint er. Dann kommt sie und steht hinter ihm. Sie legt die Hand auf seine Haare.«
»Dein Vater ...«, Emma räusperte sich. »Sieht er sie?«
Merry summte ein nein. Sie atmete tief ein und summte noch einmal laut und lange. Dann öffnete sie den Mund, und Emma glaubte, sie werde wieder sprechen. Doch in diesem Augenblick stürmte Noreen in die Küche. Sie hielt den kleinen Jacko auf den Armen und plapperte munter wie eine Elster.
»Mrs. Hale sagt, er war heute so süß wie ein Zuckerpüppchen! Und ich habe gesagt: ›Wann ist er das nicht?‹ So wie der Aufseher heute abscheulich war, aber wann ist er das nicht? Er hat Nat Delaney mit der Peitsche auf die Beine geschlagen, weil er seine Garnrollen hat fallen lassen. Deshalb hat Merry ihn mit einem Feenfluch belegt, den Aufseher, meine ich, und jetzt fällt sein Würstchen ab. Das weiß er bloß noch nicht. Soll ich Feuer für den Tee machen, Miss Emma?«
»Wie? O nein, dazu ist es viel zu heiß«, sagte Emma mit immer noch leicht bebender Stimme. »Ich mache uns statt dessen Brause.« Sie nahm den Kleinen aus den Armen seiner Schwester und drückte ihn an ihre Brust. Sie atmete erleichtert den Säuglingsgeruch von Puder und Milch ein und rieb ihre Wange an seinen seidigen roten Haaren – den Haaren, die er von seiner Mutter hatte.
Ein Schritt auf der Treppe ließ das Holz knarren. Ein Schatten fiel über den sonnenbeschienenen Fußboden. Sie blickte auf, und Shay McKenna füllte den Türrahmen. Sie sahen sich einen Augenblick lang in die Augen, dann trat er einen Schritt zurück und wandte den Blick ab.
»Es gibt Arbeit am Boot«, sagte er. »Ich dachte, ich lasse Sie ... die Mädchen wissen, wo ich bin.«

Emma legte die Wange an den Kopf des Babys und lauschte den sich entfernenden Schritten. Jackos Rücken hob und senkte sich unter ihrer Hand im Einklang mit seinem Atem. Er gab leise schmatzende Geräusche von sich.

Emma küßte ihn zart auf die Haare, gab ihn Noreen zurück und folgte seinem Vater. Sie fand ihn am grauen Kiesstrand.

Er arbeitete nicht an seinem Boot. Er saß an dem Platz, wo Bria gestorben war, zwischen den Felsen und den Strängen von Seetang. Emma hob den Saum ihres weißen Musselinkleids und setzte sich neben ihn.

Er hielt das Gesicht von ihr abgewandt und beobachtete ein paar Vögel, die im seichten Wasser Futter suchten. Das Leid, die Trauer und der Wind hatten tiefe Falten um seine Augen gegraben. An den Fingern einer Hand hing ein Krug mit *Poitín*, doch er schien nicht davon zu trinken.

Er roch nach Meer und Sommerwind, und sie wollte ihn berühren, einfach nur berühren.

»Merry redet mit mir«, sagte sie.

»Merry hat seit drei Jahren kein Wort gesprochen.«

»Mit mir redet sie.«

Er drehte den Kopf und sah sie an. Sie entdeckte in seinen Augen Schmerz und offene Schuldgefühle, aber keine Ungläubigkeit. »Wieso? Wieso mit Ihnen?« Seine Mundwinkel zogen sich nach unten. Er fügte schnell hinzu: »Ich meine das nicht so, wie es klingt. Ich ...«

»Sie meinen, wieso redet sie ausgerechnet mit mir.« Emma schüttelte den Kopf und fuhr mit einem leichten Schulterzucken fort. »Das kann ich Ihnen nicht sagen. Es ist eigenartig, wenn es geschieht ... Es ist, als finde sie plötzlich die Sprache und verliere sie dann wieder.«

Er wandte den Kopf ab, blickte zwischen seine gespreizten Knie und schob mit der Schuhspitze einen Klumpen Seetang herum. »Hat Bria Ihnen gesagt, woher das kommt? Ich meine, *wie* meine Tochter die Sprache verloren hat?«

Sie wollte ihm sagen, daß sie sich deshalb in ihn verliebt hatte, weil Bria es ihr erzählt hatte. »Ja«, sagte sie.

Er hob den Krug, als wollte er trinken, tat es aber doch nicht. »Es gibt Leute, die sagen, Gott hat den Iren den Whisky gegeben, um zu verhindern, daß sie die Welt beherrschen.«

Plötzlich kam Wind auf, übersäte das Wasser des Hafens mit unzähligen funkelnden Diamanten und hob seine Haare, die ihm lang in den Nacken hingen. Sie wollte mit den Fingern in seine Haare greifen und seinen Kopf zu sich heranziehen, bis er an ihrer Brust lag.

»Ich habe geglaubt, ich sei Manns genug, um die Welt zu beherrschen. Ich habe mich für den tapferen starken Burschen gehalten, der für Irland lebt, für Irland kämpft und unaufhörlich von dem großen und glorreichen Tag träumt, an dem die Rebellion ausbrechen würde. Und meine Bria ..., sie hat immer gesagt, daß ich zu selten darüber nachdenken würde, was danach kommen sollte. Darüber, was ich und Irland mit unserer Freiheit anfangen würden, wenn wir sie erst einmal hätten.«

Seine Lippen waren hart und schmal geworden. Sie wollte ihren Mund auf diese Lippen drücken und sie so lange küssen, bis es schmerzte.

»Ich habe den Gutsverwalter umgebracht, der meine Mutter ins Meer getrieben hat. Und wie ein richtiger Dummkopf habe ich nicht geplant, was danach kommen würde. *Dhia*, ich habe mich benommen, als sei das alles eine Posse aus dem Varietétheater, einschließlich des Helden, der den Märtyrertod stirbt und am Ende des Stücks aufsteht und von der Bühne geht. Ich habe es meiner Frau und meinen Töchtern überlassen, den bitteren Preis dafür zu bezahlen.«

Sie ahnte seine Qual und seine endlosen Gewissensbisse und wollte ihn in die Arme nehmen und ihn festhalten, bis sein Schmerz vorüber war.

»Ich weiß, was Sie von mir denken«, sagte sie. »Sie denken, ich bin jung und verwöhnt und ich weiß nichts von der Welt. Und Sie hätten recht. Aber ich weiß, wie Bria gestorben ist, und ich weiß auch ein wenig, wie sie gelebt hat. Sie hat beides so getan, als sei es die Ehre, die unsere Seele formt. Und Sie wären nicht der, der Sie sind, Shay McKenna, wenn Sie nicht für Irland und für sich selbst kämpfen würden. Sie wären auch nicht der Mann, den Bria geliebt hat.«

Er schwieg und blickte über die Bucht, doch das machte ihr nichts aus. Sie lauschte auf das Wasser, das sanft gegen die Pfähle des Landungsstegs klatschte, und auf das Surren der Spindeln in der Spinnerei. Sie beobachtete eine Möwe, die sich an den Resten eines weggeworfenen Brotes zu schaffen machte.

Sie wollte ihm sagen, daß er der Mann war, den sie liebte. Sie wollte ihm sagen, daß ihr erster Gedanken am Morgen und ihr letzter vor dem Einschlafen ihm galt. Daß sich durch ihn und davor durch Bria ihr ganzes Leben grundlegend geändert hatte.

»Heilige Mutter Gottes!«

Die Worte brachen wie ein heftiges Stöhnen aus ihm hervor, als sei etwas in ihm zerbrochen. Er senkte den Kopf, der Whiskykrug fiel aus seiner Hand. Sein Rücken zuckte heftig unter einem harten, stummen herzzerreißenden Schluchzen.

Sie wollte …

Ihre Hand schwebte in der Luft, und dann berührte sie ihn. Er wandte sich ihr zu, sie schlang die Arme um ihn und hielt ihn, hielt ihn fest an sich gedrückt, während er weinte.

Dreiundzwanzigstes Kapitel

»Aaaach ... du liebe Zeit!«

Vater O'Reilly riß sich den Hut vom Kopf und schlug damit unwillig auf seinen Oberschenkel. Emma schrak nicht zum ersten Mal bei diesen überraschenden Temperamentsausbrüchen des katholischen Priesters zusammen.

»Er wirft einen so schönen Ball über das Schlagmal. Selbst der heilige Patrick würde das besser machen. Ich sage Ihnen, Miss Tremayne, der Junge ist so grün hinter den Ohren, er könnte noch nicht einmal aus einem nassen Sack herausfinden.«

Er drückte sich den Hut mit einer heftigen Bewegung wieder auf den Kopf und setzte sich stöhnend auf seinen Platz in der ersten Zuschauerreihe, während der Schlagmann die im braunen Gras der Gemeindewiese von Bristol eigens zu diesem Anlaß ausgekratzten Linien des Spielfeldes ablief.

Die Philadelphia Athletics spielten in einem Pokal-Match gegen die New York Mutuals, und die Menge hatte die Mutuals gewissermaßen als Heimmannschaft adoptiert. Leider schienen die Mutuals haushoch zu verlieren.

Der gescholtene Schlagmann ließ sich Zeit, als er unter dem höhnischen Johlen und Pfeifen der Menge zum nächsten Ball griff. Merry sprang auf, hüpfte von einem Bein auf das andere und summte aufgeregt.

»Sie bedenkt ihn mit einem Feen-Fluch«, sagte Noreen, »damit sein ...«

»Damit ihm morgen früh die Zähne und Haare ausfallen«, sagte Emma schnell. Sie vermied es, länger als notwendig in Vater O'Reillys Richtung zu blicken, doch da er vergnügt nickte, vermutete sie,

daß er eine gute Vorstellung davon hatte, was Merrys Flüche bewirken sollten.
Emma hätte alles für einen Platz im Schatten gegeben und bewegte den Fächer so nachdrücklich, daß sich der Rand ihres fein geflochtenen weißen Strohhutes im Luftzug hob. Am Himmel hingen inzwischen zwar dicke zinngraue Wolken, doch es war nach wie vor drükkend heiß. Der Geruch von sonnenverdorrtem Gras, der sich mit dem Gestank von verbranntem Gummi aus der nahen Fabrik mischte, lag wie eine schwere erstickende Decke über der Gemeindewiese. Die hohen Ulmen umgaben das sportliche Ereignis wenig inspirierend staubig, lustlos und schlaff. Die feuchte, drückende Luft machte Menschen und Pflanzen gleichermaßen zu schaffen.
Ein *Brava* ging langsam vor der Tribüne entlang und verkaufte *Chourice* an Schnüren. Vater O'Reilly stand auf und lief zusammen mit den Mädchen hinter ihm her. Er hatte ihnen bereits Wassermelonenscheiben, geröstete Erdnüsse, gebuttertes Popcorn und Pickles am Spieß gekauft. Emma würde ihn daran erinnern müssen, daß die Absicht, diesen freien Samstag für die Mädchen zu einem Feiertag zu machen, nicht vorsah, daß sie sich mit Würstchen endgültig den Magen verdarben.
Der Werfer der Mutuals spielte den Ball schließlich ins Aus, und die Zuschauer quittierten es mit höhnischem Beifall. Emma entdeckte Judith Patterson und Grace Atwater, die Arm in Arm um den Rand des Spielfelds schlenderten. Sie winkte ihnen zu, doch die beiden schienen sie nicht zu sehen. Emma wartete einen Augenblick und winkte dann noch einmal. Sie war sicher, daß die beiden sie bemerkt hatten, doch sie drehten ihr langsam den Rücken zu und gingen in die andere Richtung.
Emma biß sich auf die Lippen und starrte in Richtung der leeren Tribüne. In ihren Augen brannten Tränen, und sie mußte blinzeln.
Ich hätte es wissen müssen …
Sie hatte sich schon längst daran gewöhnt, daß die vornehme Gesellschaft ihre Freundschaft mit einer irischen Einwandererfamilie für eine sehr fragwürdige Form von Exzentrizität hielt, vergleichbar

etwa mit ihrer Bildhauerei. Doch offenbar hatte sie diesmal eine unsichtbare Linie überschritten und sich in den Bereich des schlechten Benehmens vorgewagt.

Emma sagte sich, daß es ihr nichts ausmachte.

Doch in Wirklichkeit verletzte sie das abweisende Verhalten. Sie haßte zwar das gesellschaftliche Leben, doch man hatte sie bisher überall freundlich aufgenommen und akzeptiert. Sie kannte nur bewundernde, nicht tadelnde und von Abscheu oder von betonter Gleichgültigkeit erfüllte Blicke. Mittlerweile bewahrte sie nur das Ansehen ihres einflußreichen Namens und Geoffrey Alcotts Ring an ihrem Finger davor, aus der Gesellschaft verstoßen zu werden.

In letzter Zeit war auch ihre Mutter weniger nachsichtig und von den Eskapaden ihrer Tochter äußerst gereizt. Als Emma an diesem Morgen erwähnt hatte, daß sie mit den McKenna-Kindern zum Baseballspiel gehen werde, hatten Mamas Augen einen gequälten Ausdruck angenommen. Ihre Hand begann so sehr zu zittern, daß sie Kaffee auf den unbelegten Toast verschüttete, der inzwischen das einzige war, was sie sich zum Frühstück erlaubte.

»Ich kann nichts dagegen tun, aber ich mache mir Sorgen, wie man es aufnehmen wird, daß du diese irischen Kinder mit deiner übertriebenen Wohltätigkeit bedenkst. Ein so *persönliches* Engagement kann kaum schicklich sein.«

In der Hoffnung, sie abzulenken, reichte Emma ihrer Mutter das Körbchen mit Toast. »Ist dir bewußt, Mama, daß du Kaffee auf deinen Teller geschüttet hast? Nimm einen anderen...«

Bethel schob das Körbchen energisch beiseite. »Du weißt, daß ich das nicht kann, weil man jeden Bissen an meiner Figur sieht. Du ahnst nicht, welche Opfer ich deinetwegen bringe, Emma ...« Ihre Mutter erging sich danach anschaulich in der Aufzählung ihrer vielen Opfer, und das Baseballspiel war vergessen.

Wie gut, dachte Emma jetzt, daß ich nicht erwähnt habe, daß ein katholischer Priester mit von der Partie sein würde.

Doch das Verhalten von Judith Patterson und Grace Atwater hatten bei ihr einen Anflug von Besorgnis ausgelöst. Sie würde nicht für alle Zeiten in zwei Welten leben können. Eines Tages würde sie jemand –

Mama, Geoffrey oder Leute wie Judith Patterson und Grace Atwater – zwingen, sich zwischen der Emma, die in großem Luxus als eine angesehene Tremayne lebte und auf der alle Hoffnungen ihrer Familie ruhten, und der Emma, die Bria McKennas *Banacharaid* gewesen war, zu entscheiden.

Die Ulmen seufzten und ließen im heißen feuchten Wind noch mehr die Köpfe hängen. Emma dachte gerade, wie verlassen, wie leer der Musikpavillon an einem bewölkten Sommertag wirken konnte, als sie Shay entdeckte, der plötzlich hinter dem Pavillon auftauchte und über das braune Gras der Gemeindewiese ging.

Er sah aus, als komme er geradewegs von seinem Fischerboot. Die Hemdsärmel waren bis zu den Ellbogen hochgerollt, und sein Hemd hatte keinen Kragen. Sie beobachtete, wie er in seiner lässigen, selbstsicheren Art auf sie zukam. Emma hatte das Gefühl, ihr bleibe das Herz plötzlich stehen.

Als er vor ihr stand, legte er den Finger an den Rand seiner Mütze. »Guten Tag, Miss Tremayne«, sagte er und setzte sich neben sie auf Vater O'Reillys Platz. Er winkte seinen Töchtern zu. Sie standen umringt von einer Gruppe Jungen vor der Tribüne und tauschten Baseball-Karten.

Manchmal stellte sich Emma vor, ihre Haut werde Feuer fangen, wenn er sie nur berührte. Aber natürlich vermied Shay jede Berührung. Seit dem Abend am Strand, als sie ihn in den Armen gehalten hatte, während er um seine verlorene Frau weinte, hatte sie ihn nicht mehr gesehen.

Vater O'Reilly, der immer noch bei dem Mann mit den *Chourice* stand, sah zu ihm herüber, und Shay deutete auf ein rot und weiß gestreiftes Zelt, in dem Bier in Krügen verkauft wurde. Er fragte Emma spöttisch: »Der gute Vater hat doch nicht versucht, Sie zu bekehren?«

Sie lächelte verlegen und schüttelte den Kopf. »Er ist ein stiller, besonnener Mensch, wenn er nicht gerade die Spieler anfeuert.«

Shays Augen wurden groß. Sie waren tiefgrün wie das Wasser der Marschen im Sonnenlicht. »*Still*, sagen Sie? Ich habe schon oft erlebt, daß es einer Frau in Donaghs Anwesenheit die Sprache verschlägt,

aber noch nie umgekehrt. Allerdings kommt es auch selten vor, daß er jemanden trifft, der hübscher ist als er.«
Als Kompliment fand sie das nicht besonders gelungen. Doch Emma spürte, wie sie errötete, als habe er ihr gerade gesagt, sie sei das schönste Geschöpf des Universums.
Es entstand ein Schweigen. Auf dem Spielfeld rückten die Mutuals vor, und die Menge jubelte, doch Emma achtete nicht darauf. In der Ferne grollte der Donner, und der Himmel hatte sich dramatisch verdunkelt. Aber all das, was um sie herum geschah, war plötzlich nicht mehr von Bedeutung. Sie stellte sich vor, Shay könne ihren Herzschlag hören, und das machte sie noch befangener. Sie wollte deshalb unbedingt das Schweigen brechen.
»Wollten Sie wirklich Priester werden?«
»Das hat Bria Ihnen auch gesagt, nicht wahr?« Seine Ellbogen lagen auf den Knien, und die Hände hingen locker zwischen den Beinen. Er beugte sich vor, zupfte einen Grashalm ab und drehte ihn zwischen den Fingern. »Als Junge liebte ich die Messe mit ihren heiligen Mysterien und Zeremonien. Eine Zeitlang fand ich darin den Sinn meines Lebens. Und dann ...« Er zuckte die Schultern. »Dann nicht mehr.«
Dann hast du den Sinn deines Lebens in Bria gefunden, dachte Emma. Und nun hast du auch sie verloren.
An jenem denkwürdigen Tag am Strand, als sie ihn in den Armen gehalten hatte, war ihr nichts eingefallen, was sie ihm zum Trost hätte sagen können. Deshalb hatte sie ihn nur stumm an sich gedrückt. Doch jetzt ...
»Mr. McKenna?« Er drehte den Kopf und blickte zu ihr auf, doch sie konnte seine Gedanken nicht erraten. Sie hoffte inbrünstig, daß er nicht in ihrem Gesicht wie in einem aufgeschlagenen Buch las. »Es gibt etwas, das ich Ihnen schon seit einiger Zeit sagen will. Und da ich nicht weiß, ob sich mir dazu eine andere Gelegenheit bieten wird ...« Sie räusperte sich. »Sie sollten wissen, ganz gleich, was für den Rest meines Lebens geschieht ..., ich weiß, ich werde ein anderer, ein *besserer* Mensch sein, weil ich Ihre Frau kennenlernen durfte. Durch Bria habe ich begriffen, was es heißt, eine Freundin zu sein und eine

Freundin zu haben ...« Sie dachte nach und fügte dann etwas leiser hinzu: »Und was es bedeutet, ohne Wenn und Aber zu leben und zu lieben.«

Er sah sie nicht mehr an, doch sein Kehlkopf bewegte sich, als schlucke er schwer. Er beobachtete Brias Bruder, der mit zwei Krügen Bier in einer Hand und Schnüren mit *Chourice* in der anderen aus dem Zelt kam. Der Priester blieb stehen und sprach mit einem Mann in einem zerknitterten Leinenanzug, der einen Strohhut trug.

Was Emma als nächstes sagte, hatte sie nicht geplant. Es entfuhr ihr einfach, bevor sie es verhindern konnte. »Manchmal ... manchmal denke ich, ich sollte Mr. Alcott nicht heiraten, denn ich bezweifle, daß er und ich jemals das erreichen können, was Sie und Bria verwirklicht haben.«

Es verging ein Moment, in dem sie dachte, er werde darauf nichts erwidern.

»Eine Ehe wird nicht mit dem Heiratsantrag gemacht«, sagte er schließlich. »Sie entsteht dadurch, daß man jeden Tag aufs neue zusammenlebt. Dazu gehören wunderbare Tage, an denen man zum Beispiel sieht, wie die geliebte Frau das Erstgeborene an die Brust legt. Aber es gibt auch Tage, an denen man dem störrischen Esel, den man geheiratet hat, lieber einen Tritt geben möchte, als ruhig und geduldig zu bleiben.« Er lächelte sie plötzlich und überraschend offen an. »Und ganz einfache Tage wie heute, wenn man sich zusammen ein Baseballspiel ansieht und nicht weiß, ob es anfängt zu regnen und man naß sein wird, bevor der redselige Dummkopf von einem Schwager mit dem Bier zurückkommt.«

Sie erwiderte sein Lächeln, doch sie wollte ihm sagen, daß sie bereits wußte, solche Tage würde sie mit Geoffrey und vielleicht ihren Kindern niemals erleben.

Vielleicht las er ihre Gedanken in ihrem Gesicht, denn er lachte leise. »Ihr Leben wird das sein, was Sie daraus machen, Emma Tremayne ... und ich glaube, es wird ein großartiges Leben werden.«

Er war freundlich. Aber Freundlichkeit wollte sie nicht von ihm. Sie dachte, allerdings ohne es auszusprechen, daß Brias Leben trotz all seiner Liebe für Bria und ihre Liebe für ihn das gewesen war, was *er* daraus gemacht hatte.

Emma hörte den Knall des Baseballs, der geschlagen wurde, und dann bemerkte sie, daß die Leute um sie herum schrien und heftig gestikulierten. Sie zuckte zusammen, hob den Kopf... und sah, wie der Ball in einem langen hohen Bogen durch die Luft auf sie zukam. Ihr blieb keine Zeit, sich zu ducken. Sie hob die Hände, und der Ball flog geradewegs hinein. Ihre Handflächen in den Spitzenhandschuhen schmerzten heftig, doch Emma war so überrascht, so aufgeregt und so zufrieden mit sich, daß sie es kaum spürte.

»Ich habe ihn gefangen!« rief sie lachend und wandte sich ihm zu. »Haben Sie gesehen, Mr. McKenna, ich ...«

Sein Blick ruhte auf ihr. Seine Augen waren mit ganzer Konzentration auf sie gerichtet, und sie sah darin etwas aufblitzen, das sie vor Schreck verstummen ließ. Sein Blick voll von verzweifelter Leidenschaft, voller Verlangen nach ihr durchfuhr sie wie der Blitz, der die Wolken über ihnen spaltete. Aber Emma erlebte in diesem Augenblick das Wunder, plötzlich nichts mehr um sich herum wahrzunehmen, denn sie verlor sich wie in einer Art Ekstase völlig in seinen Augen.

Doch dann begann es zu regnen. Die großen Tropfen prasselten schlagartig wie Erbsen auf die Planken. Und das, was sie gesehen ... was immer sie zu sehen geglaubt hatte, war verschwunden.

»Merry!« rief er plötzlich. »Verdammt! Was hat sie denn?«

Emma drehte sich um. Noreen und Vater O'Reilly kamen eilig zu ihnen herüber. Noreen versuchte, sich vor dem Regen zu schützen, indem sie die Hände über den Kopf hielt. Aber Merry rannte in die andere Richtung. Sie lief offenbar in Panik um den Musikpavillon herum, zur State Street und hinunter zum Hafen.

Die Wolken schienen zu platzen. Es goß in Strömen, und das kleine Mädchen war nicht mehr zu sehen.

»Merry«!« rief Shay noch einmal und rannte hinter ihr her. Emma raffte die Röcke und wäre im nassen Gras beinahe ausgerutscht, als sie ihm folgte. Der Regen trieb von der Bucht herüber und schlug ihr ins Gesicht, aber Emma lief weiter.

Merry hatte bereits die Landungsstege in der Thames Street erreicht, als sie die Kleine schließlich einholten. Sie rannte auf einen der Piers, und einen Augenblick lang hatte Emma die schreckliche Vorstellung, sie werde ins Wasser springen. Der Sturm peitschte das Wasser in die Bucht, und die schaumgekrönten Wellen schleuderten weiße Gischt auf die grauen verwitterten Bohlen.

Merry blieb erst am Ende des Stegs stehen, drehte sich um und schien auf sie zu warten. Sie summte so heftig, daß sie davon am ganzen Körper zitterte.

Shay erreichte sie als erster und nahm sie in die Arme. Doch sie begann sich zu winden und zu drehen, und ihr Summen nahm einen so hohen Ton an, daß es wie das Schwirren von Kolibriflügeln klang.

Noreen kam angerannt, dicht gefolgt von Vater O'Reilly. Er trug immer noch die Bierkrüge und die Würste in den Händen. Merry sträubte sich so heftig in den Armen ihres Vaters, daß er sie beinahe fallen ließ. Ihr Summen verwandelte sich in schrilles Kreischen.

»Nory!« keuchte Shay. Der Regen lief ihm über die Mütze und die Haare in die Augen. Er war bleich. »Gott steh uns bei. Was hat sie denn?«

Noreens Augen schienen noch größer zu werden und wirkten in dem nassen Gesicht wie zwei schwarze Brunnen. Sie zitterte so sehr, daß ihre Zähne klapperten.

»Sie ... sie sagt, die Spinnerei brennt, und Miss Emma muß kommen und uns herausholen ... sie muß uns retten!«

Von dort, wo sie standen, sahen sie die Spinnerei deutlich. Mit ihren Mauern aus Granit, dem grauen Schieferdach und dem hohen Ziegelschornstein wirkte sie im Regen bedrohlich groß und so häßlich wie ein Gefängnis. Doch es waren weder Flammen noch Rauch zu sehen.

»Die Fabrik brennt nicht«, sagte Shay. Er versuchte, die hysterische Merry umzudrehen, damit sie sich selbst davon überzeugen könnte. Aber sie trat ihn und schlug verzweifelt mit den Armen um sich. »Siehst du, Liebes, du kannst von hier aus sehen, daß sie nicht brennt.«

»Sie sagt, Miss Emma muß kommen und uns herausholen«, wiederholte Noreen, und ihre Stimme versagte vor Angst.
Emma breitete die Arme aus, und Merry warf sich hinein. Sie umklammerte Emma mit den Beinen, hielt sie fest und schluchzte. Allmählich verstummte ihr klägliches Summen. Emma drückte sie beruhigend an sich, obwohl sie unter dem Gewicht schwankte und kaum das Gleichgewicht halten konnte.
»Ich werde kommen«, versprach sie dem zitternden kleinen Mädchen. »Du kannst dich darauf verlassen, ich werde kommen.«

Shay hörte Emma im Schlafzimmer, wo sie seine Tochter tröstete. Merry hatte nichts mit ihm zu tun haben wollen. Noreen war nach nebenan zu Mrs. Hale gegangen, um das Baby zu holen, und war dort geblieben. Offenbar hatte sie auch keine Sehnsucht nach ihm. Er konnte den beiden Mädchen keinen Vorwurf machen, denn er war in letzter Zeit nicht oft da gewesen, um seine Kinder zu trösten.
Heilige Mutter Gottes, dachte er, ich habe mich selbst nicht trösten können.
Emma erschien in der Tür und legte eine Hand an den Türrahmen. »Merry schläft«, sagte sie. »Ich habe ihr eine Wärmflasche an die Füße gelegt, damit sie sich nicht erkältet.«
Er versuchte zu lächeln, doch es gelang ihm nicht. »Sie vollbringen wahre Wunder.« Seine Stimme klang noch rauher als sonst. »Ich meine, bei beiden Mädchen und auch bei dem Kleinen. Und ich weiß, ich habe mich bei Ihnen nicht ordentlich bedankt. Großer Gott, ich habe mich überhaupt nicht bei Ihnen bedankt.«
Er hatte noch keine Frau zuvor gekannt, der es gelang, so erfreut zu wirken, wenn man ihr ein Kompliment machte. Er sah, daß die Freude wie ein Lichtschein über ihr Gesicht zog und in ihren Augen strahlte.
Nur, wenn man sie zum ersten Mal sieht, dachte er, wirkt sie hochmütig und unnahbar.
Inzwischen wußte er jedoch, daß dieses Verhalten für sie die einzige Möglichkeit war, ihre Verletzlichkeit zu verbergen. Jedesmal, wenn sich ihm wieder ihre Zerbrechlichkeit offenbarte, überkam ihn das

erschreckende Gefühl, eine Entdeckung gemacht zu haben, als sei er der erste Mann, der das in ihr sah.

Jetzt zeigte sich diese Verletzlichkeit daran, wie sie sich in seiner Küche umsah und nicht in der Lage war, seinem Blick zu begegnen.

»Sie haben Kaffee gemacht«, sagte Emma nach einer Weile. »Aber Sie haben nichts davon getrunken.«

Er saß am Tisch und beobachtete, wie sie zum Herd ging, wie sie die blau emaillierte Kaffeekanne vom Feuer nahm und wie sich die Muskeln ihres weißen schlanken Arms dabei spannten. Ihre Haare waren wieder trocken, aber ein paar Strähnen hatten sich gelöst und lagen wie Federn um Hals und Nacken. Schwere Regentropfen hingen an der Fensterscheibe und warfen unruhige Schatten auf ihr Gesicht.

Sie brachte die Kanne zum Tisch, und ihm entging nicht, wie sich die Rundung ihrer Brust gegen die Hemdbluse preßte, als sie den Kaffee in zwei Blechbecher goß. Ihr Kopf neigte sich zur Seite, und er sah ihre Nackenwirbel. Er wollte die zarte Haut dort berühren. Er wollte die Wirbel und die Weichheit ihrer Haut unter seinen Fingern spüren.

Seine Hand auf der Wachstuchdecke ballte sich zur Faust. Er zog sie vom Tisch und legte sie in seinen Schoß. Er spürte, wie sein Herz langsam und schmerzhaft klopfte.

Ein solches Verlangen hatte er noch nie gekannt – doch, einmal, vor langer Zeit, aber er hatte es vergessen. Der Hunger und das Sehnen danach können im Verborgenen in einem Menschen lebendig sein und dann zum Vorschein kommen, wenn er es am wenigsten erwartet, auch selbst wenn er sich dagegen wehrt.

Emma stellte die Kaffeekanne ab und nahm das Buch in die Hand, das auf dem Tisch lag. Er hatte in den langen Stunden der vergangenen Nacht darin gelesen. In letzter Zeit schlief er nicht viel. Er hatte so viele Jahre mit Bria neben sich geschlafen. Jetzt schien es, als könne er ohne sie nicht mehr zur Ruhe kommen. Deshalb war Shay in den letzten Wochen auch ein regelmäßiger Besucher von Rogers Leihbibliothek gewesen.

Sie drehte das Buch in ihrer Hand und las laut den Titel auf dem

Rücken: »*Anna Karenina* ...« Emma seufzte. »Dieser Roman wird Sie zum Weinen bringen«, sagte sie, und er beobachtete, wie sich die Röte der Erinnerung an das Gelesene auf ihren Wangen ausbreitete. Er sah den Pulsschlag an ihrem Hals. Sie öffnete erschrocken über ihre Kühnheit den Mund und hielt den Atem an. Er hätte beinahe gelächelt.

»Ein harter Kerl wie ich wird deshalb bestimmt nicht gleich weinen. Aber vielleicht wird es meine Augen ein klein wenig weicher machen.«

Sie errötete noch mehr. Dann lachte sie leise, und es klang schüchtern. In ihrer Verlegenheit hob sie den Kaffeebecher hoch, stellte ihn jedoch wieder ab, ohne getrunken zu haben, und er sah etwas Mutwilliges in ihren Augen blitzen.

»Ist Ihnen schon einmal aufgefallen«, sagte Emma, »daß in Rogers Leihbibliothek die von Männern und die von Frauen geschriebenen Bücher in getrennten Regalen stehen?«

Das Grübchen an ihrem Mundwinkel vertiefte sich, und er wartete darauf, was sie als nächstes sagen würde. Shay wußte, es würde ihn überraschen.

»Da fragt man sich doch«, fuhr sie fort, »was diese Bücher alles anstellen, wenn die Lichter ausgehen, die Türen geschlossen sind und sich weder für Geld noch für gute Worte eine Anstandsdame finden läßt.«

Er lachte laut und staunte. Shay hatte geglaubt, er werde für alle Ewigkeit nicht mehr lachen können.

Lächelnd zog sie den Becher näher an die Tischkante und fuhr mit dem Finger über den Rand. Sie hob den Kopf, ihre Blicke begegneten sich, dann senkte sie die Augen wieder und beobachtete konzentriert die ruhelosen Bewegungen ihres Fingers auf dem Becherrand.

»Es gibt noch etwas, worüber ich mit Ihnen sprechen wollte, Mr. McKenna ...«

Nein, wollte er sagen, *erzählen Sie mir nichts mehr von sich, denn es macht mir Angst. Es zieht mich dorthin, wo ich nicht sein will.*

»Ich habe«, fuhr sie fort, »über das Problem nachgedacht, wie die Fabrikkinder von Bristol eine Schulbildung bekommen könnten. Es ist offensichtlich, daß sie nach der Schicht nicht mehr die Kraft haben, an irgendeiner Form von Unterricht teilzunehmen. Nach der langen Schinderei des Tages würden sie auf der Stelle einschlafen. Aber ich dachte, wir könnten vielleicht eine Art Stipendiatenschule einrichten, wo man die Kinder für ihre Teilnahme am Unterricht bezahlt. Auf diese Weise hätten die Familien ihr Einkommen, und gleichzeitig könnten die Kinder die Bildung erhalten, die sie brauchen, um ihre Chancen im Leben zu verbessern.«

Sie wartete auf seine Antwort, und es war beinahe schmerzhaft, ihre Verletzlichkeit zu sehen, die aus dem Bedürfnis entstand, ihm eine Freude zu machen.

Und es erschreckte ihn. Es machte ihm solche Angst, daß er die Worte nicht zurückhalten konnte. »Wir könnten eine Stipendiatenschule einrichten … Und wer genau ist das, *wir*? Oder meinen Sie sich damit? Sie mit Ihrem Treuhandfonds von einer Million, der Ihnen sozusagen ein Loch in die Tasche brennt! Glauben Sie, Sie haben mit einer Schule vielleicht den Weg gefunden, sich in unser Leben einzukaufen?«

»Wie snobistisch von Ihnen, so etwas zu sagen!« rief Emma, und ihre Stimme drohte sich zu überschlagen. Sie wandte das Gesicht ab, blinzelte heftig, und er wußte, sie kämpfte mit den Tränen.

»Ja«, sagte er. Er spürte, wie seine Züge sich verhärteten, und versuchte vergeblich, es zu verhindern. »Das gebe ich zu.«

Emma war aufgestanden und hatte sich umgedreht. Er war sicher, daß sie gehen werde. Er hatte sie verletzt. Aber das Wissen, daß er imstande war, sie so leicht zu verletzen, gefiel ihm nicht.

Doch er würde sie nicht am Gehen hindern.

Er wünschte, Bria hätte ihm den Gedanken nicht in den Kopf gesetzt, daß Miss Emma Tremayne, die zu den hochgestellten, einflußreichen Leuten von Bristol gehörte, sich einbildete, jemanden wie ihn zu lieben.

Denn wer kann gesagt bekommen, daß man von einem Menschen geliebt wird, ohne daß es den Blick auf diesen Menschen verändert? Man kann sich nicht gegen die Überlegung wehren, wie es wäre, wenn, und sei es auch nur ein einziges Mal …

Vielleicht kann ein Mann den Hunger nach Liebe nicht unterdrükken, dachte er. Vielleicht kann ich nicht unterdrücken, daß das Verlangen wächst ...
Aber es war so sicher wie das Amen in der Kirche, daß er auf solche Gefühle nicht reagieren mußte. Wenn das bedeutete, sie nicht anzusehen, sich von ihr fernzuhalten, dann würde er es tun. Wenn das bedeutete, nicht an sie zu denken, dann gut, er konnte auch das. Aber er würde nicht zulassen, daß es geschah ... was immer es auch war.

Das Sommergewitter, das Spieler und Zuschauer des ersten Baseballspiels in Bristol gleichermaßen bis auf die Haut durchnäßt hatte, zog während der Nacht weiter. Am nächsten Tag war der Himmel so blau wie die Eierschalen der Wildenten. Weiße Wolken schwebten duftig über der Bucht, und die Brise war so sanft und weich wie Federn. Kein Regen würde es wagen, die Gartenparty der Alcotts zu stören.
Die Alcotts gaben zweimal im Jahr eine Gartenparty in ihrem prächtigen Haus in der Hope Street – am ersten Juni und am letzten Augusttag. Diese Tradition hatte ihren Anfang im Jahr 1792 genommen. Danach hielt jeder Alcott sich daran und versuchte, das Ereignis noch prunkvoller und opulenter zu gestalten als sein Vorgänger.
Die Gärtner der Alcotts hatten sich in diesem Jahr selbst übertroffen. Sie zauberten ein Kaleidoskop von zahllosen Blüten, die sich im leichten Wind wiegten und das ganze Anwesen in paradiesische Düfte hüllte. Emma überließ sich dem Rausch der leuchtenden Farben und spazierte beglückt um den Marmorspringbrunnen mit den verspielten Amoretten. Sie atmete tief die saubere Luft ein, in die sich ein ganz leichter würziger Salzgeruch mischte. Um den Genuß vollkommen zu machen, drehte sie spielerisch den Sonnenschirm in den Händen, legte den Kopf in den Nacken und ließ die Sonne wie nährendes Öl in die Haut eindringen.
Der Sonnenschirm wurde ihr plötzlich aus der Hand genommen und wieder so gehalten, wie es sich gehörte, damit er die verhängnisvollen bräunenden Strahlen von ihrer zarten Haut abhielt.
»Du meine Güte, Kind!« rief Bethel. »Was machst du schon wieder? Du hast deinen Teint für diesen Sommer bereits ruiniert. Aber es

besteht kein Grund, dem Schaden auch noch schlechtes Benehmen hinzuzufügen. Und das ausgerechnet auch noch hier!«

Emma hatte wieder die Kontrolle über ihren Sonnenschirm und legte ihn leicht über die von lila Tüll und Spitze bedeckte Schulter. »Entschuldigung, Mama. Ich werde mich bemühen, mich besser in acht zu nehmen.«

Ihre Mutter sah sie zweifelnd an und seufzte. »Du bist eine Prüfung für mich, Emma. Alle meine Kinder waren für mich schwere Prüfungen.«

Das Wasser im Springbrunnen plätscherte so hell wie silberne Glöckchen. Die Melodie verband sich harmonisch mit den Tönen von *Claire de Lune,* die vom Streichquartett im Pavillon herüberdrangen. Später würde man Tennis spielen und mit dem Bogen schießen, doch für den Augenblick schlenderten die Gäste zufrieden durch den Garten oder aßen von den Köstlichkeiten, die auf Tischen mit Damasttischdecken in einem an einer Seite offenen, blaugestreiften Zelt vor den Sonnenstrahlen geschützt standen.

Als die beiden an dem Zelt mit seinen verlockenden Speisen vorbeigingen, blickte Bethel hinein. Sie verzog das Gesicht in einer Mischung aus Sehnsucht und Abscheu, als seien die *pâté de foie gras,* die eisgekühlten Austern in den geöffneten Schalen, die Meringuen mit Erdbeeren und Schlagsahne grausame Liebhaber, nach denen sie schmachtete, aber vor denen sie sich auch fürchtete.

Emma fand, daß ihre Mutter an diesem Sommertag in ihrem blaßbeigen, mit vielen Metern cremefarbener Spitze besetzten Satinkleid wirklich jung und hübsch aussah. Doch es ging eine lähmende Erschöpfung von ihr aus, als befände sie sich am Rand einer Ohnmacht.

»Mama«, sagte Emma, »weshalb erlaubst du mir nicht, dir einen Teller mit ein paar Kleinigkeiten zu holen? Vielleicht etwas Hummersalat?«

Ihre Mutter lehnte den Vorschlag schaudernd ab. »Emma, manchmal habe ich wirklich das Gefühl, es macht dir Spaß, mich zu quälen! Du weißt, wenn ich mich diesem schrecklichen Zelt auch nur auf fünf Meter nähere, bin ich morgen nicht in der Lage, mich in meine

Unaussprechlichen zu zwängen, ohne daß Jewell zum Schnüren eine Kurbel benutzen muß. Und da wir jetzt wissen, daß dein Vater zur Hochzeit kommt, will ich ihn nicht enttäuschen. Er soll stolz darauf sein, mich an seiner Seite zu haben.«

Emma schob ihren Arm unter den Arm ihrer Mutter und lehnte sich an sie – die einzige Art von Umarmung, die sie wagte.

»Er wird stolz sein, Mama, da bin ich sicher.« Doch während sie das sagte, zweifelte sie an ihren Worten. Sie glaubte daran, daß ihr Vater zu der Hochzeit kommen werde, doch sie war auch sicher, daß er sie wieder verlassen würde.

Was geschieht, dachte sie, wenn man nur für einen bestimmten Augenblick lebt, der kommt und geht, und man stellt hinterher fest, daß sich nichts geändert hat?

Sie drückte sanft den Arm ihrer Mutter. »Aber bis zur Hochzeit ist es noch so lange hin, und du bist jetzt schon so dünn wie ein Strich.«

»Unsinn! Du übertreibst wieder einmal. Siehst du, da kommt Mr. Alcott. Bestimmt möchte er, daß du seiner Großmutter deine Aufwartung machst.« Sie seufzte schwer. »So eine Krankheit ist wirklich schlimm und eine Last. Ich spreche von Mrs. Alcott, natürlich nicht von deinem reizenden und kerngesunden Zukünftigen.« Als Emma noch einmal sehnsüchtig zu dem Brunnen im Garten blickte, fügte Bethel aufmunternd hinzu: »Ich weiß, die Pflicht ist manchmal nicht leicht, mein Liebes.« Dann machte sie Anstalten, sich taktvoll zu entfernen, um ihre Tochter den Aufmerksamkeiten ihres Verlobten zu überlassen. Sie blieb aber noch einmal stehen. »Aber man muß sie mit Anmut und einem fröhlichen Lächeln erfüllen.«

Doch das Lächeln, mit dem Emma Geoffrey entgegensah, der auf einem von Terracotta-Töpfen mit rubinroten Kamelien gesäumten Pfad auf sie zukam, war nicht gespielt. Er sah in seinem gestreiften Jackett und der roten Schleife sehr gut aus.

»Emma«, sagte er, griff nach ihrer Hand und führte sie an seine Lippen. Seine leuchtenden Augen verrieten, daß er wirklich glücklich war. Er hatte zwar den größten Teil des Sommers in Maine verbracht, doch bei den Tremaynes wurde jeden Morgen eine wunderschöne weiße Rose für sie abgegeben. Begleitet war sie immer von derselben

Botschaft in seiner eleganten Handschrift. »Ich bin verzweifelt darüber, daß ich nicht bei Dir sein kann.«

»Wenn du kommst, um mich zum Tennisspielen zu überreden, Geoffrey, dann muß ich dich warnen. Ich werde nicht spielen. Die Schläger, die du mir leihst, scheinen nämlich allesamt Löcher in der Bespannung zu haben.«

Er lachte und hielt ihre Hand noch einen Augenblick länger, bevor er sie losließ. »Du mußt mit mir zu Großmama gehen und ihr gestehen, daß du beim Tennis eine Versagerin bist, denn sie behauptet immer, du seist in allen Dingen die Vollkommenheit in Person.«

Emma wußte, Mrs. Alcott hatte so etwas nie im Leben behauptet. Doch sie bedankte sich für das formvollendete Kompliment ihres Verlobten mit einem reizenden Lächeln.

Geoffrey führte sie zur rückwärtigen Veranda, wo seine Großmutter inmitten von Farnen und Palmen in einem großen Korbsessel saß. Sie war trotz der Wärme in ein Schultertuch aus Kaschmir gehüllt, und ihre Hand zitterte leicht, als sie die Lorgnette an die Augen hob. Sie musterte Emma eingehend und erklärte dann ohne Umschweife: »Ich habe heute morgen Prudence Dupres in der Zeitung gefunden. Tot, und dabei war die Arme erst achtundsiebzig! Wieder einmal eine Frau, die der Tod in der Blüte ihres Lebens dahingerafft hat.«

Emma und Geoffrey lächelten verstohlen und nahmen in den Sesseln neben der alten Dame Platz. Im Sommer hatte es bei den angesehenen Familien von Bristol erstaunlich wenig Todesfälle gegeben.

»Großmama langweilt sich«, hatte Geoffrey seine Verlobte gewarnt. »Gestern hat sie den Chefredakteur des *Phoenix* angerufen und sich bitter über die wenigen Nachrufe in seiner Zeitung beklagt.«

»Es heißt, sie ist an Wasser im Gehirn gestorben«, fuhr Eunice Alcott fort und runzelte mißbilligend die Stirn. »Zuerst weigern sie sich tagelang, überhaupt über Todesfälle zu berichten, und wenn sie dann endlich eine Leiche ausgraben, lügen sie wie gedruckt. Wasser im Gehirn! Wie kommt es dorthin, frage ich euch? Mir kann niemand erzählen, Prudence hätte sich angewöhnt, auf dem Kopf zu stehen. Sie konnte kaum auf ihren beiden Beinen stehen, ohne umzufallen, obwohl das mehr mit dem Sherry zu tun hatte, an dem sie heimlich

regelmäßig nippte. Aber das ist jetzt nicht mehr wichtig. Ich weiß, sie ist an gebrochenem Herzen gestorben.«
»Ich wußte nicht, daß es bei Mrs. Dupres in letzter Zeit eine Tragödie gegeben hat«, sagte Emma.
Die alte Dame beugte sich vor, um Emma ins Ohr zu flüstern. Da sie jedoch taub war, sprach sie so laut, daß ihre Stimme weithin schallte. »Mr. Dupres hatte einen Monat vor der Hochzeit eine Affäre mit einem leichten Mädchen vom Varieté.«
»Großmama ...« Geoffrey schüttelte den Kopf. »Dieser Skandal liegt über sechzig Jahre zurück. Der Mann hat den Seitensprung mehr als wiedergutgemacht. Er wurde Vater von sechs Kindern und hatte siebenundzwanzig Enkelkinder.«
Mrs. Alcott schlug Emma mit ihrem Elfenbeinfächer leicht auf den Arm. »Alles Unsinn! Ich sage, das kommt davon, wenn man unter seinem Stand heiratet ... ein gebrochenes Herz und ein früher Tod.«
»Ich wußte nicht, daß Mr. Dupres ...«
»Er war *Franzose,* meine Liebe. Das sagt doch eigentlich alles! Wir haben Prudence gewarnt und ihr prophezeit, es werde ihr eines Tages leid tun!« Sie richtete sich triumphierend auf. »Und jetzt ist es so gekommen. Sie steht in der Zeitung – gestorben an gebrochenem Herzen.« Die alte Dame seufzte, kniff die Augen zusammen und starrte auf die Linden, die sich leicht im Wind bewegten. »Habe ich dir nicht gesagt, Geoffrey, daß die Sonne heute scheinen wird?«
»Du hast gesagt, es würde regnen.«
Mrs. Alcott schlug Emma noch einmal mit dem Fächer leicht auf den Arm, beugte sich zu ihr und flüsterte laut: »Er sieht immer nur Regen, auch wenn keine einzige Wolke am Himmel steht. Welch ein bedauerlicher Hang zum Pessimismus. Ich habe keine Ahnung, woher er das hat.« Sie brach ab, blickte mit zusammengekniffenen Augen auf den mit Marmor gepflasterten Weg und reckte das Kinn. »Wie kann er es wagen! Wie kann er es wagen, das arme Kind zu benutzen, um die Aufmerksamkeit auf sich zu lenken?«
Emma und Geoffrey drehten die Köpfe, um zu sehen, wer was wagte. Geoffrey blieb vor Schreck und Überraschung der Mund offenstehen.

»Maddie!« rief Emma. Sie sprang auf und rannte zu dem von Linden beschatteten Weg. Sie lief so schnell, daß sie die Röcke über die Fußknöchel heben mußte. Es war ihr gleichgültig, daß die ganze versammelte Gesellschaft ihr schlechtes Benehmen sah. Sie rannte zu ihrer Schwester, die Stuart Alcott in ihrem Rollstuhl vor sich herschob.

Maddie trug ein leichtes weißes, mit winzigen Vergißmeinnicht bedrucktes Baumwollkleid. Sie wirkte sehr hübsch und glücklich. Ihre Augen glänzten, ihre Wangen waren gerötet, und sie lächelte.

»Ich bin gekommen, Emma!« Ihre Stimme klang so sanft und schien so weich zu sein wie die Blütenblätter einer Rose.

Emma kam etwas außer Atem vor ihr zum Stehen. Sie lachte und weinte gleichzeitig. »Das sehe ich! O Maddie, das sehe ich.«

Stuart stützte sich mit ausgestreckten Armen auf die Griffe des Rollstuhls. Er war nicht nur erhitzt, er schwitzte. Seine Schleife hing schief, und die Stärke in seinem Hemd war aufgeweicht. Er roch nach Brandy.

»Meine teure Maddie«, sagte er langsam. »Du bist gekommen, und jetzt bist du da. Würdest du mich bitte entschuldigen? Ich glaube, ich höre, wie ein Champagner-Cocktail nach mir ruft.«

Maddie sah ihm nach, als er davonschlenderte. Schatten verdunkelten bereits ihre Freude. Sie ballte die Hände in ihrem Schoß so krampfhaft zu Fäusten, daß die Knöchel die Farbe von altem Wachs annahmen.

Emma nahm eine der Fäuste in ihre Hand. »Maddie ...«

»Glaubst du, Mama wird schrecklich wütend auf mich sein?« fragte Maddie kleinlaut.

»Falls es so ist, wird sie es sich in Gesellschaft niemals anmerken lassen. Aber ich verspreche dir, ich werde dir später helfen, das Donnerwetter zu überstehen.«

Emma ließ die Hand ihrer Schwester los und schob den Rollstuhl in Richtung des Zelts mit den Erfrischungen, wo sich der größte Teil der Gesellschaft versammelt hatte. Sie suchte ihre Mutter, konnte sie jedoch nirgends entdecken. Ihr fiel ein, daß sie gesehen hatte, wie sie mit Onkel Stanton und Mrs. Norton zur Südseite des Hauses gegangen war, wo sich der Stolz des Alcottschen Gartens befand – Beete mit siebenunddreißig Rosensorten. Emma hoffte, daß ihre Mutter noch immer dort war und auch noch eine Weile dort blieb. Denn für Maddie würde das erste Eintauchen in die gesellschaftlichen Gewässer schwierig genug sein, auch ohne daß sie versuchte, es unter den strengen mißbilligenden Blicken von Mama zu tun.

»Oje!« rief Maddie leise, während die Räder des Rollstuhls über eine gesprungene Marmorplatte holperten. »Jetzt verstehe ich allmählich, weshalb du diese gesellschaftlichen Ereignisse so fürchtest. Es ist, als seien meine Gedanken wie die Samen einer Pusteblume plötzlich in alle Winde zerstreut. Und ich habe das Gefühl, im nächsten Augenblick das Falsche zu tun oder zu sagen.«

»Überlaß das ruhig mir«, erwiderte Emma eine Spur zu munter. »Ich habe in letzter Zeit großes Geschick darin entwickelt, das Falsche zu sagen und zu tun.«

Während sie sich dem Zelt näherten, verstummte die heitere Unterhaltung und das sorglose Lachen, als hätte es allen gleichzeitig die Sprache verschlagen.

»Sie starren mich an, Emma«, murmelte Maddie. Ihre Stimme klang wie ein zu weit aufgezogenes Uhrwerk.

»Bestimmt nicht.«

»Nein, es ist noch schlimmer. Sie starren mich an, dann wenden sie den Blick ab und tun so, als sei ich Luft.«

»Das liegt nur daran, daß sie es nicht mehr gewohnt sind, dich außer Haus zu sehen«, sagte Emma. »Eine gewisse Verlegenheit ist am Anfang unvermeidlich. Aber glaube mir, mit der Zeit wird sich das schon legen.«

»Wenn Mama nicht auf ihre Art eingreift.«

Emma blieb stehen, beugte sich über die Schulter ihrer Schwester und drückte ihr fest die Hand. »Maddie, ich bin so froh, daß du gekommen bist. Ich bin so *stolz* auf dich.«

Maddie drehte den Kopf und blickte zu ihr auf. In ihren Augen glitzerten Tränen, die sie kaum noch zurückhalten konnte. »Bist du das, Emma? Bist du ehrlich stolz auf mich?«

»Ehrlich!«

Maddie entzog ihr die Hand und umklammerte die Armlehnen des Rollstuhls. »Würdest du mich bitte unter die Trauerweide dort drüben schieben und Stuart bitten, mir ein Glas Punsch zu bringen. Bitte, geh«, sagte sie, als Emma zögerte. »Ich kann gut ein paar Minuten allein sein. Außerdem sehe ich, daß dein lieber Geoffrey auf dem Weg hierher ist, um mich vor einem Mauerblümchendasein zu bewahren.«
Emma wartete trotzdem, bis Geoffrey zu ihnen getreten war, bevor sie sich entfernte. Sie konnte sich darauf verlassen, daß sich Geoffrey um Maddie kümmern würde. Seine Loyalität ihr gegenüber und die Achtung vor ihren Gefühlen waren ebenso über jede Kritik erhaben wie seine guten Manieren.
Das konnte man von Geoffreys Bruder kaum behaupten. Emma fand ihn am Springbrunnen, wo er die wasserspeienden Amoretten so finster anstarrte, als hätten sie ihn beleidigt. Beim Geräusch ihrer Schritte auf den Steinen drehte er sich leicht schwankend nach ihr um. In der Hand hielt er ein leeres Champagnerglas.
»Emma! Du kommst bereits, um mich zu holen. Fühlt sie sich vernachlässigt? Wird sie unter die Lupe genommen, kritisiert, demoralisiert? Ich habe sie gewarnt, das kannst du mir glauben. Ich habe sie daran erinnert, daß die feine Gesellschaft das Nichtbeachten des Ungewöhnlichen und Unangenehmen zu einer hohen Kunst entwikkelt hat.«
»Stuart, wenn du dich so gehenläßt und auch noch stolz darauf bist, wieso hast du dann ...«
»Wieso habe ich was? Sie hierher gebracht? Weil sie mich darum gebeten hat und ich eine gewisse Schwäche für aussichtslose Fälle habe. Schließlich bin ich selbst einer.« Er zuckte die Schultern, taumelte und wäre beinahe im Springbrunnen gelandet. »Falls du andererseits versuchst herauszufinden, ob meine generellen Absichten in Hinblick auf deine Schwester ehrenhaft sind, dann sage ich dir ganz offen: Ich habe keine Absichten. Ich bin ein Spieler, ein Trinker und ein Frauenheld. Und das sind nur die Laster, zu denen ich mich in gemischter Gesellschaft bekenne. Zu meinem Mangel an Absichten gehört auch, daß ich keiner Frau länger als eine Nacht zur Last falle.

Unserer jungfräulichen Maddie, einer alten Freundin, wird das Abenteuer einer Nacht bestimmt erspart bleiben.«
Er wollte sich entfernen, aber sie griff nach seinem Arm. Er befreite sich, doch sie hatte ihn lange genug berührt, um sein heftiges Zittern zu bemerken. »Du kannst nicht für einen Sommer nach Hause kommen, ihr Leben durcheinanderbringen und dann nichts mehr mit ihr zu tun haben wollen.«
»Kann ich nicht?« Er warf einer Amorette das Champagnerglas an den Kopf. Er tat es mit einer leichten, spielerischen Bewegung. Das Glas zerbrach in tausend Stücke, und die Splitter funkelten in der Sonne wie Tautropfen. »Im Gegenteil, ich glaube, wenn ich nichts mehr mit ihr zu tun habe, ist das die größte Freundlichkeit, die ich Madeleine Tremayne erweisen kann.«
»Stuart, bitte«, sagte Emma. »Bitte, tu ihr nicht weh.«
Er drehte sich um, sah sie an und strich ihr leicht mit dem Handrükken über die Wange. »Ich kann es nicht ändern. Das *Leben* selbst fügt den Menschen die Wunden zu.«

Der Sommer ging träge, heiß und drückend in den September über. Emma hielt ihr Versprechen. Wenn sie die Tür des Hauses in der Thames Street öffnete, setzte ihr Herz jedoch jedesmal einen Schlag aus, weil sie erwartete, Bria am Herd stehen zu sehen. Doch das kam nie wieder vor.
Sie nahm ihre Bildhauerei wieder auf, eine Freude und eine Qual zugleich, für die in Brias letzten Wochen keine Zeit mehr gewesen war. Sie verbrachte viele Stunden in der alten Orangerie und suchte die Lebensader, die von ihrem Herzen zu ihren Händen führte. Doch es kam ihr vor, als benutze sie dazu ein stumpfes Messer. Sie schnitt sich, aber sie blutete nicht. Das meiste, was sie aus dem kalten feuchten Ton schuf, warf sie weg.
Eines Tages war die weiße Rose, die immer noch jeden Tag eintraf, von einem Brief Geoffreys aus Maine begleitet. Er berichtete ihr ausführlich von den Fortschritten der Arbeit an der Gießerei. Am Ende schrieb er: »Während ich heute abend im schäbigen seelenlosen Gesellschaftszimmers des Gästehauses sitze (Ich werde ihm die Aus-

zeichnung vorenthalten, es einen Salon zu nennen) und Dir schreibe, sehnen sich meine Arme am schmerzlichsten danach, Dich zu halten. Ich kann es kaum erwarten, bis ich *Dich* voll Stolz und aufrichtig ›meine Frau‹ nennen kann.«

Näher war er einer Liebeserklärung bisher nie gekommen. Emma wußte, sie hätte sich über den Brief freuen sollen, doch sie fühlte sich von schweren Schuldgefühlen niedergedrückt. Sie hatte Geoffrey versprochen, ihn zu heiraten. Sie ließ zu, daß er sich in sie verliebte, und dabei liebte sie die ganze Zeit einen anderen – jemanden, den sie nicht haben konnte.

In dem Winkel ihres Herzens, wo Geheimnisse bewahrt werden, wo man richtig von falsch unterscheiden kann, gut von böse und Ehre von Ehrlosigkeit, in diesem Winkel wußte sie, daß sie ein Ende finden mußte. Das eine oder das andere mußte ein Ende nehmen.

Eines Dienstagnachmittags, als sie in die Thames Street zur Haustür kam, sah sie, daß die Veilchen, die sie und Bria gepflanzt hatten, vertrocknet waren.

Sie kniete nieder und begann, die verdorrten Blüten zu pflücken, eine nach der anderen, als könnte sie einen Strauß daraus machen. Und doch, sie waren verwelkt. Sie wußte es, pflückte sie aber trotzdem verzweifelt weiter. Sie riß die Pflanzen mit den Wurzeln aus, ließ sie in ihren Schoß fallen und machte sich dabei über und über schmutzig.

Ihre Hände hingen schlaff an den Seiten herab, und sie schloß die Augen. Eine Träne fiel auf die vertrockneten und verblaßten lila Blüten in ihrem Schoß. Es folgte eine zweite, eine dritte, und dann mußte sie die Hände vor ihr Gesicht schlagen, um ihr lautes Schluchzen zu unterdrücken.

Nach einer Weile legte sie den Kopf in den Nacken und blickte mit schmerzenden Augen in den Himmel, über den der Wind zerzauste Wolken trieb. Sie hatte das Gefühl, sich von der Erde losgerissen zu haben und einsam, traurig und verängstigt dort oben zu fliegen.

Dann wurde ihr bewußt, daß es merkwürdig aussehen mußte, wie sie mit Erde und abgestorbenen Veilchen im Schoß vor dem Haus saß, wo die ganze Thames Street sie sehen und hören konnte. Deshalb stand sie auf und ging ins Haus. Doch es war niemand da, und es

würde noch eine ganze Weile dauern, bis die Sirene das Ende der Schicht ankündigte.
Sie bereitete einen Krug Limonade vor, damit die Mädchen zu der Biskuitrolle, die sie mitgebracht hatte, etwas zu trinken haben würden. Sie trat an die leere Wiege des kleinen Jacko, der drüben bei Mrs. Hale war. Sie nahm die Decke hoch, drückte sie an ihre Wange und atmete den Kleinkinderduft ein. Doch sie legte die Decke schnell wieder zurück, denn sie weckte in ihr eine schmerzliche Sehnsucht nach Dingen, die sie nicht verstand.
Sie ging unruhig durch das Haus. Vor dem Waschgestell blieb sie stehen und dachte: Hier hat er erst vor wenigen Stunden gestanden und das Rasiermesser und das Handtuch in den Händen gehalten. Doch die Sehnsucht erfaßte sie von neuem, und deshalb wandte sie sich ab.
Dann sah sie Bria.
Sie stand wieder am Herd und trug das Nachthemd, das Emma ihr geschenkt hatte. Doch anstatt nach dem Teekessel zu greifen, so wie beim ersten Mal, hatte sie das Gesicht dem Fenster zugewandt und blickte hinaus. Ihre Augen waren dunkel, weit aufgerissen, und das nackte Entsetzen stand darin.
»Bria!« rief Emma, doch im selben Augenblick war sie verschwunden.
Jedoch die Kohlen im Herd, der seit dem Morgen kalt war, begannen plötzlich lichterloh zu brennen.
Emma sah die rote Glut durch den Spalt um das Türchen und roch die brennenden Kohlen.
Das ist unmöglich, dachte sie, und im selben Augenblick ging das Feuer wieder aus.
Emma ging mit weichen Knien zum Herd und berührte vorsichtig die Herdplatte, aber sie war kalt. Sie öffnete das Türchen. Die Kohlen im Herd waren zu grauer kalter Asche verbrannt.
Sie blickte aus dem Fenster. Sie sah, daß Wind aufgekommen war, aber das war alles. Er wehte stürmisch, so stürmisch wie an dem Tag, als Merry ...
»Die Spinnerei brennt ... O Gott, die Spinnerei brennt!«

Vierundzwanzigstes Kapitel

Emma lief so schnell aus dem Haus, daß sie mit dem Absatz an der letzten Treppenstufe hängenblieb und stürzte. Sie rutschte über die Erde, zerriß ihr Kleid und schürfte sich Hände und Knie auf. Mühsam kam sie wieder auf die Beine, hob die Röcke bis zu den Waden und rannte um das Haus herum zum Strand, an dessen Ende sich der Hafen befand. Der Wind peitschte das Wasser in die Bucht. Yachten und Fischerboote schaukelten und hüpften auf den Wellen. Die weißen und roten Segel leuchteten ungewöhnlich hell.

Sie rannte zum Landungssteg. Zweimal stürzte sie beinahe auf den verwitterten Bohlen. Sie lief bis zum Ende des Stegs, damit sie um die Biegung des Hafens herum einen Blick auf die Stadt hatte und die Baumwollspinnerei in der Thames Street sehen konnte. Der Wind traf ihr Gesicht, ließ ihre Röcke flattern und pfiff ihr um die Ohren. Sie legte die Hand über die Augen, um sie vor dem grellen Sonnenlicht zu schützen, das vom Wasser zurückgeworfen wurde. Sie sah die Spinnerei mit ihren Mauern aus grauem Granit und dem grauen Schieferdach. Aus dem hohen Schornstein stieg wie immer eine weiße Dampfwolke auf. Aber aus den hohen schmutzigen Fenstern drangen weder Rauch noch Flammen.

»Es ist nichts«, sagte sie laut. »Es ist alles in Ordnung.«

Aber sie hatte dennoch nicht das Gefühl, daß alles in Ordnung war.

Vom Haus zur Spinnerei waren es vier Häuserblocks, und sie rannte den ganzen Weg. Sie kam an einem Zwiebelgräber vorbei, der vom Feld nach Hause ging. Der Mann rief hinter ihr her: »He, Miss, wo brennt es denn?« Emma wollte schreien, die Angst herausschreien, die sie erfaßt hatte, doch sie war völlig außer Atem.

Sie lief durch den großen Torbogen in den leeren Hof. Sie sah weder

Flammen noch Rauch. Trotzdem stürmte sie, ohne anzuhalten, die Eisentreppe hinauf, die zu der blechbeschlagenen Tür mit den Eisenbändern führte.
Sie rannte so schnell, daß sie nicht stehenbleiben konnte und mit den Handflächen gegen die Tür prallte. Sie langte nach dem Türgriff, drückte ihn nach unten ... und nichts geschah. Sie hob ihn, drückte wieder nach unten ... nichts!
Die Tür war verschlossen.
Unter ihren Füßen dröhnte und vibrierte die Eisentreppe von der Wucht der laufenden Maschinen im Innern. Emma hörte selbst über den Wind hinweg den Lärm, den sie machten – ein Klirren und Rasseln, doch vor allem ein Summen und Surren wie von zahllosen gereizten Bienen.
Der Wind ließ einen Augenblick nach, und sie glaubte, einen verbrannten Geruch wahrzunehmen, als habe jemand ein Bügeleisen zu lange auf gestärkter Baumwolle stehenlassen. Sie blickte nach oben, doch sie sah nur den Dachfirst aus grauem Schiefer. Dann entdeckte sie, daß unter dem Dachsims Rauch hervorquoll ...
Schwarzer Rauch.

Shay McKenna konnte nach einem Tag in der Bucht nicht nach Hause segeln, ohne an den Kais der Spinnerei in der Thames Street vorbeizufahren, wo seine Töchter arbeiteten. Und so blickte er Tag um Tag auf die grauen Steinmauern und schwor sich: »Ich hole euch da raus! Ich werde euch bald da rausholen, das verspreche ich«
Wenn man als Katholik und Ire in einem *Clachan* mit dem Namen Gortadoo geboren wurde, war man daran gewöhnt, arm zu sein und wie ein Huhn auf einem Stück Land zu scharren, das einem niemals gehören konnte. Man war an das Leben in einer Steinhütte gewöhnt und an einen Strohsack als Bett. Wenn man Glück hatte, gab es ein oder zwei Hocker, auf denen man sitzen konnte. Und es gehörte auch zum Alltag, die Kinder mit einer Hacke in den kleinen Händen auf die Kartoffelfelder zu schicken, sobald sie laufen konnten.
Damals in Gortadoo war Shay an all das gewöhnt gewesen, aber jetzt nicht mehr.

Wenn Bria abends nach zwölf Stunden Schicht auf ihrem Bett lag, während er ihr die schmerzenden, verkrampften Beine massierte, hatte sie ihm berichtet, was dort geschah ...

Merry muß auf einer Kiste stehen, wenn sie die Maschine bedient. Sie ist noch zu klein, um die Spulen anders im Auge behalten zu können.

Überall laufen einem die Schaben zwischen den Füßen herum. Die Spulen-Jungen schütten Schmieröl über das Ungeziefer und zünden die Biester an.

Der Aufseher läuft über den Steg, bläst seine Trillerpfeife, und alle drücken die Hebel herunter und fangen an zu spinnen. Dann schließt er uns bis zum Ende der Schicht ein.

Die kleinsten Finger kommen am besten zurecht. Und man muß schnell und geschickt sein, um die Fäden aufzufangen, wenn sie sich verwirren oder reißen.

Die Baumwollflusen fliegen uns in die Augen, in die Nase und in den Mund. Die Luft ist immer feucht und staubig von diesen Flusen. Noreen hustet ständig. O Shay, ich habe solche Angst, daß sie sich bei mir die Schwindsucht geholt hat.

Die Ohren schmerzen von dem Lärm, und die Augen brennen, weil man so angestrengt auf die Spulen starrt, die vom Garn immer dicker und dicker werden ... Gott steh mir bei, ich sehe die Garnspulen schon in meinen Träumen.

Es tat ihm weh, wenn er sah, wie seine Töchter morgens im Dunkeln müde aufstanden und sich in die Spinnerei schleppten, wo ihnen bei Schichtbeginn die Sirene in den Ohren heulte und sie den ganzen Tag die Sonne nicht sahen. Sie waren eingeschlossen mit dem Staub, den Maschinen und den dicker werdenden Garnspulen, die auch sie irgendwann in ihren Träumen heimsuchen würden.

Die Sirene heulte schrill. Shay runzelte die Stirn und ließ einen Augenblick das Ruder los. Das Boot drehte sich mit flatterndem Segel ächzend gegen den Wind. Es war nicht das kurze scharfe Sirenengeheul gewesen, das den Schichtwechsel ankündigte, sondern das lange warnende Geheul, das eine Katastrophe bedeutete.

Er stand auf, kniff die Augen schützend gegen den scharfen Wind zusammen ... und sah ölige schwarze Rauchwolken aus der Spinnerei aufsteigen, in der seine Töchter waren. In der sein Leben war.

Emma stand auf der Treppe, die in den Hof hinunterführte, als das lange, schrille Geheul der Sirene losbrach.

Gott, o Gott, o Gott ...

Sie rutschte auf den geriffelten Metallstufen aus und wäre beinahe Hals über Kopf die Stufen hinuntergestürzt.

Es brennt, und sie sind dort im Saal eingeschlossen. Brias Mädchen stehen an den Maschinen, und ich habe versprochen zu kommen. Aber ich kann nicht, ich kann sie nicht herausholen, weil die Tür abgeschlossen ist ... es brennt, und die Tür ist zu ...

Arbeiter aus anderen Teilen der Spinnerei rannten hinaus in den Hof. Überall verbreitete sich dichter schwarzer und grauer Rauch.

Emma entdeckte Mr. Stipple, der sich ein Taschentuch vor das Gesicht hielt und durch das Tor schwankte, noch bevor sie die unterste Treppenstufe erreicht hatte.

Sie rannte zu ihm und packte ihn an den Rockaufschlägen: »Mr. Stipple, Gott sei Dank, Gott sei Dank, daß Sie da sind ... Sie müssen den Spinnsaal aufschließen!«

Er versuchte, sich aus ihrem Griff zu lösen, und schüttelte den Kopf. Seine kleinen Augen, die wie weiße Knöpfe in seinem fleischigen Gesicht saßen, waren wie versteinert.

Sie schüttelte ihn und grub die Finger tiefer in die rauhe schmierige Wolle. »Dann geben Sie mir den Schlüssel.« Emma schrie ihn an: »Geben Sie mir den Schlüssel!«

Er zuckte zusammen. »Nein, nein. Das geht nicht ...«

»Den Schlüssel!« schrie sie ihm so laut ins Gesicht, daß er zurückwich.

»Er ist in ... meinem Büro.« Er schüttelte den Kopf und erklärte entschlossen. »Ich gehe nicht zurück. Das Feuer ist im Raum mit der Mulemaschine ausgebrochen. Das ist zu dicht, viel zu dicht ...«

Sie ließ ihn los und stürmte durch den Eingang, als die Glocke der Feuerwache weiter oben an der Straße zu läuten begann.

Der Rock behinderte sie und wickelte sich um ihre Beine. Deshalb riß sie ihn einfach ab. Sie erreichte die Halle, wo sich die gelben Stechkarten ordentlich in militärischen Reihen an den Wand befanden. Sie sah immer noch keine Flammen, doch aus dem Hintergrund wälzten sich bedrohlich dicke Rauchwolken auf sie zu. Sie mußte sich an der Wandvertäfelung entlangtasten, um Mr. Stipples Büro zu finden, und dankte Gott dafür, daß es nicht weit war, denn ihre Augen tränten bereits, und das Atmen schmerzte. Die Tür war geschlossen. In panischer Angst befürchtete sie, das Büro könnte ebenfalls verschlossen sein.

Doch der Türknopf drehte sich leicht unter ihrer Hand. Erst als sie die Tür aufgestoßen hatte, kam ihr der Gedanke, im Innern könne sie eine Flammenwand erwarten.

Zum Glück war es nicht so.

Sie warf die Tür hinter sich ins Schloß und stand in dem Raum, der nach dem Tumult draußen seltsam dämmrig und ruhig wirkte und in den bisher kaum Rauch eingedrungen war. Sie keuchte, hustete und atmete dann tief ein.

Sie mußte sich beeilen ...

Auf dem Weg zum Schreibtisch stolperte sie über die hochgebogene Ecke des Teppichs, stieß mit dem Hüftknochen gegen die Kante des Panzerschranks. Doch sie spürte den Schmerz kaum, denn in diesem Augenblick entdeckte sie an der Wand mit ihrer von Wasserflecken braunen, sich lösenden Tapete zwei Haken. An einem hing ein abgetragener schwarzer Bowler und am anderen ein Eisenring mit Schlüsseln.

Mit einem Sprung war sie an der Wand und griff nach dem Schlüsselbund.

Der Eisenring war heiß und verbrannte ihr die Finger. Sie erschrak so sehr, daß sie aufschrie und den Ring fallenließ. Schnell riß sie ein Stück ihres Unterrocks ab, knüllte den Stoff zusammen und hob die Schlüssel damit wieder auf. Sie spürte, wie es im Zimmer heißer wurde. Die Hitze nahm plötzlich zu, so als stünde sie vor einer offenen Ofentür. Als sie sich aufrichtete, fing die Tapete gerade Feuer und zerfiel zu Asche.

Emma drehte sich um und stieß auf dem Weg zur Tür gegen den

Schreibtisch, der über den dünnen Teppich rutschte. Sie taumelte und fiel gegen den Aktenschrank aus Metall. Dabei verfingen sich ihre Haare in einem Messinggriff. Nur mit Mühe gelang es ihr, die Haare freizubekommen. Hinter ihr knisterte und krachte es. Sie konnte die Flammen hören. In Panik rannte sie weiter zur Tür.

In diesem Augenblick wurde die Tür mit einem Ruck aufgestoßen. Eine Rauchwolke, so dick wie der Nebel über der Bucht, schlug Emma entgegen. Im rußigen Dunst sah sie einen ausgestreckten Arm in einem gelben Gummiärmel und mit einem dicken ledernen Schutzhandschuh an der Hand. Sie griff danach.

Ein erschrockenes Gesicht unter einem schwarzen Helm schien körperlos in der Luft zu schweben. »Was zum Teufel ...? Der Feuerwehrmann betastete mit beiden Händen ihre Arme, als müsse er sich davon überzeugen, daß sie kein Geist war. »Allmächtiger, ich muß Sie hier rausbringen, aber zuerst brauche ich ...«

»Den Schlüssel«, ergänzte sie keuchend und würgend, während sie den Eisenring hochhielt. »Hier ist er!«

Er bückte sich und nahm sie auf die Arme, als sei sie ein Kind. Er trug sie durch die Tür und eilte den Gang entlang, in dem der Rauch so dick wie eine Wolldecke lag. Emma drückte das Gesicht an die Brust des Mannes und versuchte, den Atem anzuhalten.

Er lief mit großen Schritten durch den Rauch. Die Holzvertäfelung fing Feuer, und die Hitze drohte sie zu versengen. Doch dann waren sie draußen, und das Wasser der Feuerwehrschläuche ging auf sie nieder wie ein plötzlicher Wolkenbruch.

»Noreen! Merry!«

Shay bahnte sich einen Weg durch die dichte Menge im Hof der Spinnerei. Er wäre beinahe über das Gewirr der Feuerwehrschläuche gestolpert und mußte einen Augenblick stehenbleiben. Er schwankte, als seien die Rufe und Schreie, die er hörte, Schläge, die ihn trafen.

Er legte den Kopf in den Nacken und starrte auf die dicke gelbgraue Rauchwolke, die über dem Hof und den Gebäuden hing. Gelbe und orangefarbene Lichter spiegelten sich in den Glasscheiben der hohen schmalen Fenster des Spinnsaals.

Am oberen Ende der Eisentreppe standen zwei Männer in gelbem Ölzeug und hieben mit Äxten auf die blechbeschlagene Tür ein. Es dröhnte, wenn die Äxte die Blechplatten trafen und große Dellen entstanden – aber die Tür gab nicht nach.

Und dann schließt er uns ein, bis die Schicht zu Ende ist.

Shay rannte schreiend und fluchend zur Treppe. Aus dem Augenwinkel sah er einen Feuerwehrmann, der schwankend im großen Eingang des Gebäudes auftauchte. Der Mann trug eine Frau auf den Armen, stellte sie jedoch auf die Beine, sobald er aus dem dichtesten Rauch heraus war. Dann lief er laut rufend in Richtung der Treppe und schwenkte einen schwarzen Schlüsselring über seinem Kopf.

Shay folgte dem Mann die Treppe hinauf, deren Eisenstufen unter ihren Stiefeln klirrten. Es schien eine Ewigkeit zu dauern, bis der Mann den Schlüssel endlich in das Loch gesteckt, umgedreht und die Klinke niedergedrückt hatte. Aber schließlich ging die Tür auf. Öliger schwarzer Rauch quoll aus dem Innern. Frauen und Kinder drängten sich keuchend, hustend und mit tränenden Augen heraus. Sie hatten die Arme ausgestreckt, um sich ihren Weg zu ertasten. Frauen und Kinder stolperten in Todesangst stoßend und schiebend durch die Tür.

Kinder, so viele Kinder ...

Und seine beiden Mädchen waren nicht darunter.

Shay bahnte sich einen Weg hinein zum Laufsteg und suchte verzweifelt unter denen, die hinausdrängten, seine beiden Töchter. Wo waren Merry und Noreen? Der Rauch war so dicht, daß Shay kaum etwas sah. Der eiserne Gitterboden des Stegs vibrierte unter seinen Füßen. Kleine Hände streckten sich ihm entgegen, griffen nach ihm, und er führte die Kinder zur offenen Tür. Dabei suchte er immer verzweifelter nach seinen Töchtern. Er schrie und schrie immer lauter ihre Namen.

Er blickte in den Raum unten. Die Spinnmaschinen liefen noch klappernd und rasselnd, doch niemand bediente sie mehr. Die Rückwand fing Feuer. Das alte Holz krachte, und rauchige, knisternde Flammen schossen in glühenden Streifen die Dielen entlang. Schmierfett und Öl schlugen Blasen, die wie kochende Suppe blubberten.

Eine Hand klammerte sich an sein Hosenbein. »Papa!«
Shay drehte sich herum und nahm Noreen in die Arme. Auch Merry war da. Eine der Spinnmaschinen wurde von den Flammen erfaßt und versprühte einen Schauer roter Feuerräder und heißer blauer Funken. Das war das Ende, ein Flammeninferno vernichtete alles. Schaudernd hob er Merry ebenfalls hoch und rannte mit den beiden in Richtung Tür.
Hustend und keuchend erreichte er mit den Mädchen in den Armen die Treppe, sprang in wenigen Sätzen die Stufen hinunter und trug sie ans andere Ende des Hofs, wo weniger Rauch und fliegende Funken waren. Er setzte sie ab und vergewisserte sich schnell, daß ihnen nichts geschehen war. Die beiden hatten Angst und husteten und würgten vom vielen Rauch, doch soweit er feststellen konnte, waren sie unverletzt. Er konnte nicht aufhören, sie zu berühren. Er mußte sie immer wieder anfassen und sich vergewissern, daß sie es wirklich waren.
Seine Mädchen! Er hätte beinahe seine Mädchen verloren. Wenn er sie verloren hätte ...
Eine Frau kam aus der Menge der vielen undeutlichen Gesichter auf sie zu. Sie rannte und rief ihre Namen. Sie trug nur einen zerrissenen Unterrock. Sie war naß bis auf die Haut, und Tränen hinterließen weiße Spuren in ihrem rußverschmierten Gesicht.
Es war die Frau, die der Feuerwehrmann aus dem Gebäude getragen hatte.
Emma.

»Sie ist wegen uns gekommen, Papa, genau wie Merry es gesagt hat.«
»Ich weiß, mein Liebling.« Shay setzte sich auf den Bettrand und strich Noreen die feuchten Haare aus der Stirn. Er beugte sich hinunter und küßte die von der Hitze gerötete, aber Gott sei Dank nicht verbrannte Haut.
»Ihr beiden solltet jetzt schlafen«, sagte er, als er seine Stimme wieder unter Kontrolle hatte. »Ihr wißt, eure Mama hat immer gesagt, es gibt nichts, was ein guter Schlaf nicht heilt.«
Noreen lächelte zitternd, aber Merry sah ihn nur mit großen, ge-

quälten Augen an. Sie hatte nicht ein einziges Mal gesummt, seit er sie aus der Spinnerei getragen hatte. Und es war sehr schwierig gewesen, sie soweit zu bringen, daß sie Emmas Hand losließ.
»Sie ist gekommen, um uns zu holen, Papa«, wiederholte Noreen. »Genau, wie sie es versprochen hatte.«
»Ich weiß.« Es fiel ihm schwer, die Tränen zurückzuhalten. Er beugte sich vor, legte seine Arme um die beiden Mädchen und drückte sie fest, ganz fest an sich. Obwohl sie lange gebadet hatten, rochen sie immer noch nach Rauch. Shay schauderte es bei der Erinnerung an die Ereignisse des Nachmittags.
»Ich liebe euch, meine Mädchen«, flüsterte er, als sie schon eingeschlafen waren. Solche Worte auszusprechen, fiel einem Mann mitunter schwer, selbst wenn sie den eigenen Töchtern galten.
Er stand vorsichtig vom Bett auf, um sie nicht zu wecken, und trat an die Wiege seines Sohnes, die er aus alten Kaffeekisten der Firma Arbuckle gezimmert hatte. Er fuhr mit seinen Lippen über die Pausbäckchen und küßte die weiche Stelle auf dem Kopf. Dann verließ er leise das Schlafzimmer, blieb an der Tür aber noch einmal stehen und blickte zurück auf seinen Sohn in der behelfsmäßigen Wiege und auf die beiden schlafenden Mädchen in dem weißen Eisenbett. Er betrachtete sie eine Ewigkeit lang und er zitterte innerlich, überwältigt von der Macht seiner Gefühle für sie.
Als er in die Küche trat, stellte er überrascht fest, daß die Schatten der hereinbrechenden Nacht alles in ein dunkelblaues Licht getaucht hatten.
Emma saß im Schaukelstuhl am Fenster.
Im Hof der Spinnerei, und obwohl sie ebenfalls wie eine der geretteten Fabrikarbeiterinnen ausgesehen hatte, war man auf sie aufmerksam geworden. Man hatte sie als ›Miss Tremayne‹ erkannt und erzählte, sie sei die Frau gewesen, die in das brennende Gebäude gestürmt war, um den Schlüssel für die Tür des Spinnsaals zu holen. Sie hatte damit das Leben der im Saal eingeschlossenen Frauen und Kinder gerettet. Doch die Aufmerksamkeit ängstigte sie. Emma beteuerte immer wieder, sie habe nichts getan. Ein Feuerwehrmann auf der Suche nach dem Schlüssel sei ihr praktisch auf den Fersen gefolgt,

und sie habe nicht viel mehr erreicht, als daß sie selbst gerettet werden mußte.
Noch hatte niemand daran gedacht, sie zu fragen, weshalb sie überhaupt zu diesem Zeitpunkt in der Spinnerei gewesen war. Doch die Worte, die sie geschluchzt und geflüstert hatte, als sie auf dem Ziegelsteinpflaster des Hofs kniete und seine Töchter an sich drückte, hatten Shay verraten, daß sie lange vor dem Heulen der Alarmsirene in der Spinnerei gewesen war und versucht hatte, die Tür zu öffnen. Und dann war da Merry. Die kleine Merry hatte es gewußt, lange bevor die Katastrophe geschehen war.
Aber er würde nicht über diese Merkwürdigkeiten nachdenken. Ein irisches Sprichwort sagte, bei Fragen, auf die es keine Antwort gibt, handelt es sich entweder um Wunder oder um Geheimnisse. Sowohl das eine als auch das andere kann man nur hinnehmen.
Nachdem die Mädchen gerettet waren, hatte Shay nur den einen Gedanken gehabt, sie nach Hause zu bringen. Emma war mit ihnen gegangen, als gehöre sie zu ihnen. Und dann hatte Merry nicht ihre Hand losgelassen.
Emma hatte ihm geholfen, den Mädchen die Angst zu nehmen und sie zu Bett zu bringen. Sie hatte das Wasser erhitzt, damit sie baden konnten, und ihnen heiße Milch eingeflößt. Sie hatte ihnen Flanellnachthemden angezogen und eine mit heißem Wasser gefüllte Bierflasche ins Bett gelegt. Jetzt saß sie in der Küche im Schaukelstuhl neben dem Herd, als gehöre sie hierher.
Ihre weiße Batistbluse war grau von Ruß, und fliegende Funken hatten Löcher hineingebrannt. Ihr Unterrock sah noch schlimmer aus. Er war an einigen Stellen zerrissen und immer noch feucht. Sie war zwar vom Hals bis hinunter zu den Fußknöcheln bedeckt, doch Shay bezweifelte, daß vor diesem Tag jemand Miss Tremayne schon einmal im Unterrock gesehen hatte. Ihre Hände lagen im Schoß, und sie hielt die eine mit der anderen fest, als schmerzten sie.
Er ging zu ihr, kniete sich auf den Boden, griff nach ihrer Hand und drehte sie herum. Eine dicke rote Schwellung zog sich wie ein Seil quer über die Handfläche, doch er entdeckte keine Brandblase. In den blauen Adern ihres Handgelenks konnte er ihr Herz schlagen sehen.

Er blickte zu ihr auf, wußte aber nicht, was er sagen sollte. Er hatte sich bei ihr bedankt, und das war nicht genug, doch es gab keine anderen Worte.
»Sie haben sich die Hand verbrannt«, murmelte er.
»Nur ein wenig. Ich habe keine Handschuhe getragen«, sagte sie in ihrer Art – einer seltsamen Mischung aus Hochmut und Übermut. Ihre Augenbrauen und die Haare über der Stirn waren angesengt, was den Anschein gab, als reiße sie erschrocken die Augen auf. »Da sehen Sie, wohin es führt, wann man ohne Handschuhe aus dem Haus geht.« Er lächelte, doch das Lächeln bekam einen Sprung und wurde zu etwas anderem. Er spürte jeden einzelnen zarten Knochen ihrer Hand. »Miss Tremayne ...«
»Ich muß wirklich darauf bestehen, daß Sie mich Emma nennen.« Ihre Hand zitterte ein wenig. »Ich kann nicht Miss Tremayne sein, wenn ich im Unterrock in Ihrer Küche sitze. Das geht einfach nicht.«
Er wußte nicht, wann er ihre Hand losgelassen hatte, er wußte nicht, wann sie sich vorgebeugt und wann er nach ihr gegriffen hatte. Aber irgendwie befanden sich seine Hände plötzlich in ihren Haaren, und sie glitt aus dem Sessel und kniete vor ihm, sein Mund küßte ihr Haar, und ihr Gesicht verbarg sich an seinem Hals.
Er faßte sie an den Schultern und schob sie sanft von sich. Sie hob den Kopf. Ihre Augen waren zwei große grüne Teiche. Er sah nichts darin außer sich selbst, unzählige Spiegelungen seiner selbst.
Irgendwie kam er auf die Füße, aber er schien kein Gefühl mehr in den Beinen zu haben. Er wich zurück, erst einen Schritt, dann noch einen und noch einen, bis sich seine Schultern an die Wand preßten.
Sie kniete auf dem Boden. Ihre Augen umarmten ihn. Sie umarmten die ganze Welt.
»Als ich hier saß«, flüsterte Emma, »dachte ich an den Tag, als wir die Füchsin mit ihren Welpen besuchten, die keinen Vater mehr haben. Und ich dachte ...« Sie brach ab und schluckte schwer, als schmerze ihre Kehle. »Ich dachte, ich würde wirklich gern zu dieser Wiese zurückgehen und nachsehen, was die kleinen Füchse machen. Ich glaube, ich werde am Sonntag nach dem Gottesdienst dort sein. Ich habe kein Gewehr, das aus diesem und jenem zusammengebastelt ist,

um auf arme Schnepfen zu schießen. Deshalb muß ich vermutlich einen Korb mit ein paar Sachen aus der Küche mitnehmen.«
Er konnte sich vorstellen, wie sie mit einem Korb voll mit glasierten Hühnchen und Fasanenterrine zur Wiese kam. Beinahe hätte er gelächelt, doch sein Herz schlug zu schnell, und die Brust war ihm zugeschnürt, so daß er kaum atmen konnte.
»Und ich habe mich gefragt...« Sie rieb sich den Hals über dem hohen Spitzenkragen der verbrannten Bluse, dort, wo der Puls schlug. »Werden Sie mich dort treffen?«
»Nein«, erwiderte er oder glaubte er zu erwidern. Er hatte nicht gewußt, daß sich sein Verlangen nach ihr so leidenschaftlich anfühlen konnte. Es hatte ihn von Kopf bis Fuß erfaßt. Tief in seinem Inneren konnte er nichts anderes tun, als ihm nachzugeben.
»Shay«, sagte sie, und ihre Stimme versagte. »Sie wissen, was ich ...«
»O ja, ich weiß, ich weiß.«
»Ich möchte, daß Sie ...« Ihre Hände lagen mit den Handflächen nach oben in ihrem Schoß. Nun hob sie die Hände hoch und hielt sie ihm fast bittend entgegen. »Da sehen Sie, wie lächerlich klein und armselig mein Leben ist. Ich kenne nicht einmal die Worte für das, was ich will. All die vielen Bücher, ordentlich getrennt nach männlichen und weiblichen Verfassern, in den ordentlichen kleinen Regalen von Rogers Leihbibliothek, und in keinem davon finden sich die Worte, die ich brauche, um Ihnen zu sagen, was ich möchte.«
»Tun Sie es nicht«, erwiderte er. »Sagen Sie es nicht.«
Sie senkte den Kopf. Ihr Rücken war gebeugt und angespannt, und der Nacken weiß unter den dunklen Flut ihrer Haare. Er ballte die Hände zu Fäusten und grub die Nägel in die Handflächen.
Sie stand langsam und anmutig auf und sah ihn an. Jetzt waren ihre Augen so sanft, grau und kühl wie der Himmel im Morgengrauen.
»Am Sonntag«, sagte sie. »Ich werde auf der Wiese der Füchsin auf Sie warten.«
»Ich werde nie wieder dorthin gehen«, erwiderte er und fragte sich, woher er die Stärke nehmen würde, seine Worte nicht zur Lüge werden zu lassen.

Fünfundzwanzigstes Kapitel

Er rannte, bis ihm die Brust schmerzte. Er rannte schnell, bis seine Füße den Staub aufwirbelten, der wie eine Decke über der Ferry Road lag, und ihm sein Atem rauh in den Ohren klang.

Er rannte und rannte, doch der Schmerz hielt Schritt mit ihm, begleitete ihn mit jedem Atemzug. Der leere, heulende Schmerz.

Er warf den Kopf zurück und schrie ihren Namen in den harten, blauen, unbarmherzigen Himmel.

»Bria!«

Die Straße machte eine Biegung. Er rannte jetzt gegen den Wind, der ihm warm und trocken ins Gesicht blies. Der Wind wehte aus Südwesten und kam im Sommer jeden Nachmittag auf. Er roch nach dem Meer. Die alten Yankees behaupteten, dieser Wind entfache die Leidenschaft und wecke das Verlangen.

Verlangen ...

Was war das nur für eine sonderbare Sache. Man konnte entscheiden, was man nahm und was man kaufte, was man behielt und was man weggab.

Aber nicht, was man wollte.

Er befand sich inzwischen tief im Wald. Vor drei Monaten hatten die Ahornbäume, die Birken und Ulmen im späten Frühlingsregen noch ihre Blätter entfaltet. Jetzt hingen sie in der feuchten Sommerhitze schlaff an den Zweigen. Noch ein Monat, und sie würden rot und golden leuchten, und seine Frau würde immer noch tot sein. Auch wenn sich sein Herz bei diesem Gedanken in unerträglicher Qual zusammenzog, änderte sich an der Tatsache nichts.

Shay wußte inzwischen, daß er sich an diesem Tag nicht dafür entscheiden würde, der Wiese fernzubleiben. Er lief seit einiger Zeit die

Straße entlang und redete sich dabei immer wieder ein, er renne davon.

Jetzt aber gab es nichts mehr zu entscheiden, nichts weiter zu tun ...

... als zu laufen, um sie zu treffen.

Die Wiese leuchtete von den Blüten der Goldrute wie eine Schale voll Sonnenschein. Emma saß inmitten der Pracht – eine junge Frau in einem weißen plissierten Batistkleid und mit einem gelben Strohhut auf dem Kopf, dessen blaues Band sich in der Brise bewegte.

Das Licht schien von ihrem Körper auszugehen, als scheine aus ihr die Sonne. Shay sah sie und fragte sich, wie er jemals geglaubt hatte, so fühlen zu können und sich dabei trotzdem vorzumachen, überhaupt nichts für sie zu empfinden.

Shay blieb im Schatten der Bäume stehen und betrachtete sie einen langen Augenblick. Dann trat er in den Sonnenschein und ging zu ihr.

Sie hörte ihn, drehte den Kopf, und ihr Gesicht strahlte noch heller. Sie sah ihn erwartungsvoll an.

»Sie sind gekommen«, sagte sie, und in die Erleichterung in ihrer Stimme mischte sich ein Anflug von Angst.

Und dabei ahnte sie noch nicht einmal, wie sehr er sie wollte. Shay war benommen und verzweifelt vor Verlangen nach ihr.

Er setzte sich mit angezogenen Beinen neben sie und legte die Hände auf die Knie. Der warme trockene Wind spielte in den dunklen Haarsträhnen, die ihr in Stirn und Nacken fielen. Er wollte diesen hübschen kleinen Hut mit dem blauen Band abnehmen und ihr Haar lösen. Er wollte seine Hände in ihr Haar tauchen, sein Gesicht darin vergraben und ihren Duft einatmen, bis er ganz erfüllt davon war.

Shay wandte den Blick ab und ließ ihn über die Lichtung schweifen. Er betrachtete die dunkelgrünen fedrigen Zweige der Hemlocktannen, die goldgelben Flecken der Goldrute, die schwarzäugige Susanne und die dicken blauschwarzen Holunderbeeren.

Dann richtete sich sein Blick auf den Fuchsbau, vor dem ein Vogel saß, ein großer, rosafarbener, federloser Vogel.

»Würden Sie mir sagen, was zum Teufel das ist?« fragte er.
»Ein Kapaun.«
»Allmächtiger! Der Sippschaft wird es von heute an sehr schwerfallen, sich mit den mageren Hühnern irgendeines Farmer zu begnügen.«
Sie lachte wie ein übermütiges kleines Mädchen. Er wollte ihren offenen Mund küssen und die Töne ihres Lachens tief in sich aufnehmen.
»Ich hoffe, Sie haben sich genau die Stelle angesehen, bevor Sie sich gesetzt haben«, sagte er, denn er wollte, daß sie lächelte, vielleicht sogar lachte. »Sie wissen doch sicher, daß sich an einem heißen Tag wie heute die Schlangen mit Vorliebe auf Wiesen mit Goldruten verstecken?«
Ihre Lippen verzogen sich zu dem Lächeln, das er sich gewünscht hatte. Ihr Mund wirkte in dem blassen Gesicht wie eine zarte zerdrückte Rose. Er wollte ihren Mund küssen.
»Vielleicht bin ich hierhergekommen, um gebissen zu werden«, erwiderte sie.
Er lachte über ihre Kühnheit.
»Shay ...«
Er mochte die Art, wie sie seinen Namen aussprach. Es klang so, wie Holzrauch roch – aromatisch.
»Emma«, sagte er und bedankte sich damit für ihr Geschenk. Er sah ihre Freude darüber in den Augen, deren unergründliche Tiefen sich bewegten und regten.
Sie senkte den Blick auf ihren Schoß, wo sie die Hände ineinandergeschlungen und zu einer kleinen Faust geballt hatte. »Was machen wir jetzt?« fragte sie kleinlaut.
»Wir schlafen miteinander, Emma. Wenn du das immer noch willst.«
»Ja, das will ich«, erwiderte sie mit angehaltenem Atem. »Aber was tun wir... wie fangen wir es an?«
»Langsam, denke ich«, sagte er und lächelte, denn so, wie er sich fühlte, so wie ein Segel im Wind, schien ›langsam‹ etwas beinahe Unmögliches zu sein. »Ja, wir machen es langsam und sanft. Wir ziehen

uns langsam gegenseitig aus, und dann berühre ich dich an all den Stellen, wo du berührt werden möchtest.«
Sie stieß einen leisen Laut aus, der halb Lachen, halb Seufzen war, sah ihn aber nicht an. Sie löste ihre verschlungenen Hände und versuchte, die kleinen Perlknöpfe eines Handschuhs zu öffnen. Doch sie zitterte heftig. Ihr Atem ging schnell und flach.
Er griff nach ihrer Hand. »Laß mich das machen«, sagte er.
Shay drehte ihre Hand um, legte sie auf sein Knie und öffnete einen Knopf. Dann hob er das Handgelenk an seinen Mund und küßte den kleinen Fleck weißer Haut, der zum Vorschein gekommen war. Danach öffnete er den nächsten Knopf und küßte sie wieder und immer wieder, bis alle sechs Knöpfe geöffnet waren und er kaum noch klar denken konnte.
Sie sah ihn an, und ihre Augen leuchteten, schimmerten und waren verletzlich von der ersten Liebe einer jungen Frau. »Berühre mich noch einmal«, sagte sie. »Berühre meinen Mund mit deinem.«
So selbstverständlich, als habe er sein Leben lang nichts anderes getan, küßte er sie auf den Mund. Es war ein langer Kuß, der sanft und zart begann, dann heftig und leidenschaftlich wurde, der nach all dem suchte, was er wollte, und es fand.
Er entkleidete sie langsam, wie er versprochen hatte, und berührte sie sanft. Mit seinem Mund, seinen Händen und seiner Zunge liebkoste er ihren Hals, ihre Brüste, ihren Bauch und ihre Stelle zwischen den Beinen. Er konnte nicht mehr sprechen. Er konnte sie nur noch berühren.
Als er sich seiner Kleider entledigte, überraschte ihn weniger die Kühnheit, mit der sie ihn berührte, denn soviel wußte er von ihr, daß sie kühn und gleichzeitig schüchtern sein konnte. Nein, es überraschte ihn vielmehr, wie sie ihn am ganzen Körper berührte, als forme sie seine Gestalt mit ihren Händen nach.
Er richtete den Oberkörper auf, damit er ihr Gesicht sehen konnte. Ihre Augen waren groß und dunkel wie der Rauch eines Torffeuers. Er wollte sie so sehr, und er würde jetzt nicht haltmachen.
Als er in sie eindrang, stieß sie einen leisen Schrei aus, den er mit seinem Mund einfing. Er schob sich ganz in sie, stieß tief in sie hinein,

und als es Zeit war, zog er sich aus ihr zurück, damit er sich ihr ganz geben konnte, ohne ihr ein Kind zu schenken.
Er legte sich neben sie, ohne seine Umarmung zu lockern, und zog sie an sich. Er spürte ihre Haarsträhnen zwischen seinem Gesicht und ihrem. Er spürte die Weichheit ihrer Brüste an seinem Oberkörper und die Hitze und Feuchtigkeit ihres nackten Bauchs, der sich an seinen drückte.
Er hatte sie haben wollen, aber ebenso sehr hatte er gewollt, daß sie ihn in den Armen hielt, ganz einfach hielt und tröstete.

Sie lag nackt auf dem Rücken.
Die Sonne schmolz und rann über ihren Körper wie warme Butter. Der Wind berührte sie an Stellen, von deren Existenz sie nichts geahnt hatte, bevor Shay sie entdeckte. Sie fühlte sich reif, und ihr war, als werde sie vor Liebe bersten.
Emma öffnete die Augen und blickte in die unermeßliche windige blaue Schale des Himmels. In der heißen Stille schien die Welt zum Stillstand gekommen zu sein. Plötzlich begann eine Walddrossel zu singen, und eine Biene flog summend an ihrer Wange vorbei. Und dann hörte sie seinen rauhen Atem. Sie drehte ihren Kopf, und die harte Wölbung seiner Armmuskeln füllte die ganze Welt.
Zuerst hatte sie sein Körper, seine Größe, seine Kraft beinahe ängstlich gemacht. Doch das war nur am Anfang. Denn er hatte Dinge getan ... sanft hatte er ihre Lippen geöffnet und mit seiner Zunge die ihre umspielt. Er hatte ihre Brüste, ihren ganzen Körper mit seinen Lippen, seiner Zunge erkundet. Und er hatte sie dort berührt, wo die Lust am höchsten war, und sie in das Reich der Sinne entführt. Und dann endlich war er ganz in sie eingedrungen.
Es hatte ein wenig geschmerzt, doch das hatte ihre Freude und Lust nicht geschmälert. Sie hatte das Gefühl, für diesen Augenblick geschaffen worden zu sein, in dem sie seinen Körper in ihren Körper aufnehmen, sein Gewicht und sein Verlangen spüren würde. Und als es vorüber war, als sie sich voneinander lösten, war dieser Augenblick immer noch da. Er würde immer da sein. Sie waren zwei und dann eins gewesen.

Ich werde nie einen anderen als ihn lieben, dachte sie, nicht so, nie wieder.
Sie stützte sich auf den Ellbogen und blickte auf sein Gesicht hinunter. Er hatte die Augen geschlossen, und um seinen Mund lag ein melancholischer Zug. Sie fragte sich, ob er an Bria dachte. Wenn es so war, machte es ihr nichts aus. Bria war der Spiegel ihrer Herzen.
Sie legte die Hand auf seine Brust. Sie spürte, wie er atmete, und dann schlug er die Augen auf.
»Emma«, sagte er, und was in seiner Stimme mitschwang, legte sich um ihr Herz und preßte es unbarmherzig zusammen.
Sie legte ihm die Finger an den Mund. »Nicht«, flüsterte sie. »Sag nicht, wir hätten es nicht tun sollen.«
Sie ließ die Finger an seinem Mund. Er hob den Arm und fuhr ihr mit der Hand durch die Haare. Sie hatten sich gelöst.
»Ein Mann«, sagte er, und sie spürte, wie sich seine Lippen bewegten, wie weich sie unter der Härte waren. »Ein Mann kann einer Jungfrau das ganze Leben ruinieren, wenn er sie verführt. Aber wenn sie aus freien Stücken zu ihm kommt, dann ist das ihr Geschenk für ihn. Ich werde nicht sagen, wir hätten es nicht tun sollen. Das werde ich nie zu dir sagen.«
»Ich will nicht, daß es zu Ende ist«, erwiderte sie, »noch nicht.«
Er beugte sich vor. Seine Haare streiften ihre Wangen, und sein Atem verbrannte ihren Hals. »Gott steh mir bei, ich auch nicht.«
Er küßte sie auf den Mund, dann lehnte er sich wieder zurück und ließ seinen Blick über sie gleiten, über ihren ganzen Körper. Sie hatte das Gefühl, er berühre sie mit den Augen, und sie wurde dabei ganz weich, als sei sie aus Wachs und seine Augen seien Flammen.
»Sieh mich nicht an«, sagte sie, denn plötzlich war sie wieder schüchtern.
Er lächelte und fuhr mit seinen Fingern entlang der Rundung ihres Bauchs, bis hin zu den dunklen Haaren, die dort wuchsen, und in die dunkle Wärme darunter. »*Ah Mhuire* ... Wie kann ich das nicht?«

Die violetten Schatten der Dämmerung senkten sich über das altehrwürdige Haus, als sie in ihrem kleinen schwarz lackierten Wagen über die zerstoßenen Muschelschalen der langen Auffahrt fuhr.

Emma übergab den Wagen einem Stallburschen, blieb allein in der Auffahrt stehen und blickte zurück zu dem großen, verschnörkelten Tor. Die schmiedeeisernen Stäbe warfen tiefblaue und violette Schatten über den Rasen. In diesem Sommer waren plötzlich Heckenrosen auf der der Bucht zugewandten Seite des Tors gewachsen. In der warmen Abendbrise fielen die blaßrosa Blütenblätter wie Tränen lautlos ins Gras.

Sie dachte, *ich war mit meinem Geliebten zusammen.*

Bei diesem Gedanken mußte sie lächeln. Doch als sie das Gesicht der Bucht zuwandte, und der Wind sie wie die Finger des Geliebten liebkoste, spürte sie, daß ihre Wangen feucht von Tränen waren.

Seufzend drehte sie sich um, stieg die Treppe nach oben, ging über die breite Terrasse und öffnete die Ebenholztür mit ihren Kassetten. Dabei bewegte sie sich so vorsichtig, als gehe sie über Eis.

Carrews, der Butler, erschien in seiner stummen, unaufdringlichen Art, als sie hinauf in ihr Zimmer gehen wollte. »Man erwartet Sie im vorderen Salon, Miss Emma«, sagte er.

Sie dachte, daß sie ihn vermutlich seltsam ansah. Sie fühlte sich benommen und war so verwirrt, als sei sie plötzlich in die Luft gehoben und an einem Platz wieder abgesetzt worden, an dem sie noch nie zuvor gewesen war. »Aber zum Abendessen sind heute doch keine Gäste eingeladen«, sagte sie schließlich.

Carrews nahm das Kinn zurück und ließ die Augenbrauen sinken. Das tat er immer, wenn die Konventionen nicht zu seiner Zufriedenheit befolgt wurden. »Ich habe den Eindruck, daß im Augenblick nur Mr. Alcott anwesend ist, und er ist nicht für ein Abendessen gekleidet.«

Tatsächlich hörte sie Geoffreys leise ausdruckslose Stimme, als sie sich der von Damastportieren umrahmten Tür des Salons näherte. Die Türflügel waren nicht ganz geschlossen, und einen Augenblick lang stand sie, von den schweren grünen Portieren verborgen, im

Gang und blickte auf ihre Mutter und den Mann, den zu heiraten sie versprochen hatte.
Sie saßen auf den Chippendale-Stühlen mit den gedrechselten Rükkenlehnen. Auf der antiken chinesischen Rosenholztruhe stand eine reich verzierte silberne Kaffeekanne aus der Zeit von George II. Der Kaffee mußte frisch zubereitet worden sein, denn aus der Tülle stieg Dampf. Sie benutzten das Sèvres-Porzellan, was bedeutete, Mama fand den Anlaß wichtig genug, um das kostbarste Geschirr zu verwenden, selbst wenn Geoffrey ausnahmsweise einmal nicht entsprechend gekleidet war.
Sein weißer Leinenanzug war, bei Geoffrey kaum vorstellbar, mit Ruß verschmiert. Der flache Strohhut lag auf seinen Knien, und der Rand war an einer Seite aufwärts gebogen, so als hielte Geoffrey ihn umklammert.
Er war zur Zeit des Feuers in Maine gewesen und hatte einige Zeit gebraucht, um zurückzukommen. Vermutlich kam er gerade aus der Spinnerei, die von dem Brand schwer beschädigt worden war. Doch wie sie von Mama wußte, waren Gebäude und Maschinen alle versichert. Mama hatte in ihrer Furcht vor der gesellschaftlich peinlichen Lage, in die sie ein plötzlicher Bankrott des Verlobten ihrer Tochter gebracht hätte, natürlich bei dem Vetter ihres Mannes, dem Bankier, bereits Erkundigungen eingezogen.
Doch es erschien Emma seltsam, Geoffrey Alcott, ihren Zukünftigen, hier im Salon zu sehen. Es kam ihr merkwürdig vor, daß das Leben auf die alte Weise weiterging, während sie sich so sehr verändert hatte. Alles sollte beim alten bleiben, obwohl sich unter dem Kleid aus weißem Musselin und Spitze, unter dem mit Jersey bezogenen Korsett und dem französischen Unterhemd mit den bestickten Biesen ... obwohl sich unter all den Kleidern, die zum Erscheinungsbild von Miss Emma Tremayne gehörten, auf ihrer rechten Brust ein rotes Mal befand, das Shay McKennas Mund dort hinterlassen hatte.
Wie sollte es möglich sein, daß das Leben auf die alte Weise weiterging, während sie zwischen den Beinen noch feucht von ihrem Zusammensein war und sie Shay an ihrem Körper riechen konnte.
Emma mußte ein Geräusch gemacht haben, denn Geoffrey blickte

hoch und sah sie. Er sprang nicht auf und eilte ihr entgegen, denn ein solches Benehmen wäre unschicklich gewesen – selbst für einen Mann, der seine Verlobte seit über zwei Wochen nicht gesehen hatte. Doch er erhob sich auf seine wohlerzogene Art, kam zu ihr, ergriff ihre Hände und führte sie in den Salon.

»Emma, Liebling«, sagte er. »Ich bin hierher geeilt, sobald ich es erfahren habe. Du bist doch nicht verletzt? Sag mir, daß dir nichts geschehen ist.«

Sie stolperte, so daß er ihr die Hand unter den Ellbogen legen mußte, um sie zu stützen. Sie fühlte sich wieder benommen und schwindlig, blickte zu ihm auf und begriff erst dann, daß er von dem Brand sprach.

»Nein, ich ... ich habe mir nur die Hand etwas verbrannt. Direkt nach mir ist ein Feuerwehrmann ins Büro gekommen und hat mich hinausgetragen. Es ist Gott sei Dank niemand ums Leben gekommen.«

Er führte sie zu einem brokatbezogenen Sofa, setzte sich zu ihr und hielt ihre Hand. Sie senkte den Blick und sah, daß an ihrem Handschuh einer der Perlknöpfe fehlte. Am Handgelenk, das Shay McKenna geküßt hatte, spürte sie das schnelle und heftige Klopfen ihres Blutes.

Und sie spürte den mißbilligenden Blick der tiefblauen Augen ihrer Mutter. Es war das Gerede über das Feuer. Der *Phoenix* hatte über ihre ›mutige Tat‹ berichtet, und das gehörte sich überhaupt nicht. Der Name einer Dame sollte zweimal im Leben in einer Zeitung erscheinen – bei ihrer Hochzeit und bei ihrem Tod.

»Offenbar haben ein paar der Spulen-Jungen im Spinnsaal Ungeziefer mit Öl übergossen und angezündet. So ist der Brand ausgebrochen«, erklärte Geoffrey. »Ich verstehe nur nicht, wieso du dort gewesen bist.«

Emma zitterte. Sie wollte ihm die Hand entziehen, doch er verstärkte seinen Griff gerade genug, daß ihr das nicht gelang, und sie gab nach.

»Ich bin zufällig vorbeigegangen und habe den Rauch gesehen. Ich erinnerte mich, den Schlüssel in Mr. Stipples Büro bemerkt zu haben«, erwiderte sie. Das hatte sie allen erzählt.

Ihre mutige Tat.
Sie hatte an nichts anderes gedacht, hatte nichts anderes gewollt, als Brias Töchter aus den Flammen herauszuholen.
»Wenigstens ist kein Schaden entstanden«, sagte Geoffrey.
»Ja, kein Schaden.« Emma begann, tief im Innern so sehr zu zittern, daß ihre Stimme bebte, als sie sagte: »Würdest du mir bitte eines sagen, Geoffrey? Diese Tür war der einzige Ausgang aus dem Spinnsaal. Weshalb war sie abgeschlossen?«
Seine Mundwinkel spannten sich, und unter seinem rechten Auge zuckte ein Muskel. »Die Spinnerinnen, besonders die jungen, haben sich wiederholt vor dem Ende der Schicht durch diese Tür davongestohlen.«
Emma lachte.
Sie lachte, denn wenn sie das nicht getan hätte, hätte sie geschrien. Doch ihr Lachen war so laut und klang so hysterisch, daß es selbst ihr auffiel.
Ihre Mutter stellte die Kaffeetasse mit einem lauten Klirren ab, das die Atmosphäre des eleganten Raums stärker zu stören schien, als Emmas Lachen es getan hatte.
»Ich sage Ihnen, das Kind hat darauf bestanden, bei diesem gräßlichen Wetter mitten am Tag auszugehen. Ich kann mich nicht erinnern, daß es so spät im September jemals so heiß gewesen wäre. Ich fürchte, Mr. Alcott, Ihre teure Emma hat einen leichten Hitzschlag bekommen.«
Sie wandte sich Emma zu, und ihr Lächeln wurde frostig. Die Schatten, die den ganzen Sommer nicht aus ihren Augen gewichen waren, verdunkelten sich bedrohlich. »Vielleicht solltest du nach oben gehen und vor dem Abendessen etwas ruhen.«
Emma senkte den Kopf und verbarg damit ihre Augen. »Ja, Mama«, erwiderte sie, stand auf und raffte die Röcke.
»Emma, warte ...« Geoffrey griff wieder nach ihrer Hand und erhob sich ebenfalls. »Ich fürchte, ich muß gerade eben gefühllos gewirkt haben. Natürlich sind mir diese Frauen und Kinder und das, was ihnen hätte zustoßen können, nicht gleichgültig. Es wird Verbesserungen geben, das verspreche ich dir. Die Abwesenheit des Auf-

sehers während der Katastrophe hat bereits zu seiner Entlassung geführt.«
Geoffrey sah sie zärtlich und fürsorglich an. Doch seine grauen Augen waren wie flache Teiche, in denen sich nur der Himmel und ihr Gesicht spiegelten. Sie hatte den Glauben verloren, daß sie ihn jemals verstehen, ihn richtig kennen würde, und sie hatte begriffen, daß es für eine Frau der guten Gesellschaft nicht nur unnötig war, ihren Ehemann zu kennen, zu verstehen oder sogar zu lieben – denn so etwas tat man einfach nicht.
Emma war im Grunde nicht eigentlich wütend auf ihn, eher enttäuscht. Sie begriff auf einmal, daß er vom Tag der Fuchsjagd an, als er sie gebeten hatte, seine Frau zu werden, dazu bestimmt gewesen war, sie zu enttäuschen. Es war ein verblüffender Gedanke, daß die Dinge, die zwischen ihnen nicht in Ordnung waren, ebensosehr seine wie ihre Schuld sein mochten.
»Ich fühle mich wirklich nicht wohl, Geoffrey«, sagte sie.
»Ja, natürlich.« Er streichelte ihren Handrücken. »Die Überanstrengung, die Anspannung ... Du hast ein so tapferes und großes Herz, meine Liebe. Und dann diese schreckliche Hitze.«
Er begleitete sie zur Tür, wo er ihre Wange küßte, bevor er sie losließ. Emma ging nach oben und legte sich auf ihr Bett, als hätte sie tatsächlich einen Hitzschlag – und vielleicht war es sogar so.
Sie zog die Knie an und schlang die Arme um ihre Beine. Sie schloß die Augen und preßte den Kopf an die Knie und rollte sich zusammen. Doch ihr Herz schlug schnell und angstvoll. Sie war wie eine vor dem Wind liegende Schaluppe, die auf einem weiten Meer dahinjagte, ohne daß die Küste in Sicht gewesen wäre, ohne Hoffnung, daß jemals Land auftauchen werde.
Emma segelte in eine Welt der unbegrenzten Möglichkeiten.

Sechsundzwanzigstes Kapitel

Die Sterne verblaßten und verschwanden, und obwohl die Sonne noch nicht aufgegangen war, brach ein neuer Tag an.

Shay genoß den frühen Morgen, während er das Boot für einen Tag auf der Bucht vorbereitete. Er hatte die Eimer mit Ködern gefüllt, und unten in der kleinen Kombüse stand eine Kanne mit frisch gebrühtem Kaffee. Er hatte die Steuerbordschot am Klüver verknotet und griff gerade nach der Leine, um abzulegen, als er hörte, wie der Bootssteg knarrte und schwankte. Vor ihm auf den grauen verwitterten Bohlen tauchten zwei elegante braune, geknöpfte Glacéstiefeletten auf.

»Miss Tremayne ...«, brummte er. »Wäre es eine zu große Mühe für Sie, mir zu sagen, was Sie zum Teufel hier suchen?«

Emma kam noch einen Schritt näher und blickte unter dem Rand eines ihrer vielen entzückenden kleinen Hüte auf ihn hinunter. Diesmal war der Hut aus dunkelblauem Stroh und mit einer Reiherfeder besetzt, die beschwingt himmelwärts wies. »Ich bin gekommen, um den Tag mit dir zu verbringen.«

»*Dhia!* Den Tag ... hat sie gesagt.« Er blickte sich prüfend um, doch zu dieser frühen Morgenstunde waren nur die Fischadler und Möwen da, um sie zu beobachten. »Was hast du dir dabei gedacht, mein Kind?«

Ihr Kinn hob sich trotzig, und die Augen verengten sich. »Sag nicht Kind zu mir.«

Er sah sie mit dem Blick an, mit dem er Noreen bedachte, wenn sie schwierig war. »Und ich nehme an, dein kleiner schwarzer Wagen steht vor meinem Haus, damit alle Welt erfährt, daß Miss Emma Tremayne einen irischen Geliebten hat.«

Ihr Kinn hob sich noch höher. »Natürlich nicht! Ich bin zu Fuß gekommen.«
»Großartig. Ich nehme an, du bist mitten über die Hope Street gegangen.«
Er streckte ihr die Hand entgegen, damit sie an Bord kommen konnte, bevor jemand sie in dieser Frühe unbekümmert auf seinem Bootssteg stehen sah.
Sein großes breites Boot war mit einem Netz ausgestattet, das zusammengerollt in zwei Bottichen lag. Außerdem hatte er Hummerreusen, Angelleinen und Köder für Klippenbarsche und Schellfisch an Bord. Er wusch das Deck jeden Abend, doch es stank trotzdem nach Fisch und gehörte kaum in die Welt ihrer eleganten kleinen Schaluppe.
Das Boot schaukelte auf den Wellen, aber Emma stand, wie immer, wenn sie sich auf dem Wasser befand, mit sportlicher Anmut an Deck. Seine Hand lag leicht auf ihrem Rücken, um sie zu stützen, aber er ließ sie noch einen Augenblick länger dort. Sein Mund näherte sich ihrem Ohr, aber nur, damit er in den Genuß kam, ihr Haar zu riechen.
»Vielleicht solltest du nach unten gehen, bis wir aus dem Hafen heraus sind«, schlug er mit belegter Stimme vor.
Emma drehte den Kopf, damit sie in den Genuß kommen konnte, seine Lippen auf ihrer Wange zu spüren. Dann lächelte sie ihn mit ihren dunklen Augen an und verschwand offenbar zufrieden nach unten.
Und sie kann sehr wohl, dachte er mit gemischten Gefühlen, mit sich zufrieden sein, denn sie hat gerade ihren verflucht gefährlichen Willen durchgesetzt.
An einem Septembermorgen konnte das Wasser im Hafen von Bristol so glatt wie in einem Teich sein. Shay setzte die Segel, und sie trieben eine Weile dahin, bevor sie sich endlich blähten.
Die Sonne ging wie ein Feuerball auf und riß rote Schlitze in das nickelgraue Meer. Shay mühte sich mit der Klüverschot ab, die in den Wind luvte, als sie heraufkam. Emma trug seine kurze Matrosenjacke und seinen Schlapphut – vermutlich Miss Emma Tremaynes Vorstellung von Verkleidung.

Hm … Und vielleicht gab es ja tatsächlich auf einem anderen Planeten ein Augenpaar, das sie so für einen Fischer aus Bristol hält, dachte er kopfschüttelnd.
Wie auch immer, die Essenz des Damenhaften umgab sie wie eine Wolke von Parfüm.
Emma blickte sich nachdenklich um. Sie orientierte sich und prüfte, auf welchem Kurs sie sich befanden. Dann sah sie ihn an, und er entdeckte in ihren Augen beinahe so etwas wie Verzweiflung. »Bring mich nicht nach Hause.«
Er runzelte die Stirn, denn genau das hatte er vorgehabt. Er wollte direkt nach Poppasquash Point segeln und sie dort absetzen, wo sie hingehörte.
Obwohl …, obwohl er die schmerzlich süße Freude darüber empfand, sie bei sich zu haben.
Er sagte nichts. Aber er ließ die Großschot ausrauschen und nahm Kurs hinaus in die Narragansettbucht.
Sie setzte sich ins Cockpit, damit sie ihm nicht im Weg war, und hielt das Gesicht in den Wind. Er war es nicht gewöhnt, Gesellschaft auf dem Boot zu haben, doch sein Schweigen schien ihr nichts auszumachen, und sie beantwortete es damit, daß sie ebenfalls still blieb. Die Welt war erfüllt vom sanften Rauschen des Morgenwindes in den Segeln und dem munter sprühenden Wasser am Bug.
Die Sonne stand in aller Herrlichkeit am Himmel, als sie plötzlich seinen Namen aussprach. Und die Art, wie sie es tat, so, als sei das Wort an den Rändern zerbrochen, brachte ihn dazu, den Kopf zu drehen und sie anzusehen. Sie hatte die Beine angezogen und die Arme um die Knie geschlungen. Ihre Wangen waren gerötet, und ihr Mund wirkte verletzlich.
»Shay? Wann werden wir wieder beisammenliegen?«
Er lachte beinahe lautlos und empfand im ganzen Körper ein schmerzhaftes Sehnen. »Du wirst mit deinen Worten gefährlich mutig, Emma, mein Liebling.«
Ihr Gesicht strahlte glücklich, und er wußte, der Grund dafür war, daß er sie ›Emma, mein Liebling‹ genannt hatte. Er hatte es nicht beabsichtigt, bedauerte es aber auch nicht.

Shay schob das Knie zwischen die Speichen des Steuerrads, um das Boot auf Kurs zu halten, hakte die Daumen in die Ränder der Hosentaschen und spielte den Iren.

»Es war einmal ein irischer Held, der Cú Chulainn hieß. Er mußte sich trotz aller Tapferkeit gegen einen Stamm von Kriegerinnen, die nackt in den Kampf ritten, geschlagen geben. Der junge Held warf einen Blick auf die Schar mit den nackten Brüsten, machte auf dem Absatz kehrt und rannte um sein Leben.«

Sie verzog den Mund langsam zu einem Lächeln. »Willst du mir damit sagen, du möchtest vor mir davonlaufen, Mr. McKenna?«

Das wollte er...

Nachdem er und Bria sich zum ersten Mal geliebt hatten, hatten sie über ihre Zukunft gesprochen, nicht nur über das Morgen oder den Tag danach, sondern über ihr ganzes Leben. Sie hatten einander gelobt, daß sie ihr Leben als Mann und Frau miteinander verbringen würden, schon bevor sie das in der Kirche im Angesicht Gottes noch einmal getan haben würden.

Aber mit Emma konnte es nur den Augenblick geben. Einen Augenblick, der keine Vergangenheit hatte und keine Zukunft haben würde, für den es keinen Ehrgeiz und keine Hoffnung gab, die über das Hier und Jetzt hinausreichte. Das Zusammensein mit ihr war und würde immer nur ein süßer, wilder, flüchtiger Augenblick sein.

Was wollte er mehr?

Shay rief sich das Gefühl ihrer Brüste in seinen Händen ins Gedächtnis, die Rundung ihres Bauchs, der sich an ihm rieb, und an ihre Schenkel, die sich weich und glatt an sein Gesicht drückten. Er dachte an ihren Geschmack und ihren Geruch, und an das, was er wollte ... er wollte sie wieder haben.

»Was ich dir gerade erzählt habe, ist genau das, was ich tun sollte. Mit Sicherheit ist es nicht das, was ich tue, denn ich bin bereits bei Pardon Hardy gewesen und habe ein paar Pariser gekauft.«

Wie immer, wenn sie sich Sorgen machte oder verwirrt war, erschien zwischen ihren Augenbrauen eine kleine Falte. »Manchmal verstehe ich dich nicht. Was hat das mit Paris zu tun?«

Er lachte. »Ein Pariser, mein Kleines, ist ein Ding, das verhindert, daß ein Mann einer Frau ein Kind macht. Es funktioniert allerdings nicht immer. Wir lassen uns also auf eine gefährliche Sache ein, Emma Tremayne.«

Sie reckte wieder das Kinn. Langsam wurde sie gut darin. »Ich habe keine Angst«, erklärte Emma, doch er hörte das Beben in ihrer Stimme. O gewiß, die kleine Miss lernte allmählich, daß alles seinen Preis und seine Folgen hatte.

»Ich schon«, erklärte er. »Ich habe große Angst.«

Sie sah ihn aufmerksam an, um herauszufinden, ob er es ernst meinte. Als sie erkannte, wie ernst es ihm war, senkte sie den Kopf und schluckte.

Er beugte sich vor und nahm mit einer schnellen Bewegung eine dicke Sardine aus einem Eimer. »Nimm den Köder und befestige ihn am Haken«, sagte er, warf ihr den schleimigen Fisch in den Schoß und grinste, als sie zusammenzuckte und einen spitzen Schrei ausstieß. »Wenn du den Tag mit mir zusammen verbringen willst, Miss Tremayne, dann wirst du angeln.«

Sie bemühte sich wirklich, das mußte er ihr lassen. Doch es kostete ihn mehr Mühe, als die ganze Sache wert war, denn er mußte ihr immer wieder sagen, was sie tun sollte, und dann zeigen, wie sie es tun sollte. Und dabei wollte er sie die ganze Zeit in die Arme nehmen und küssen.

Das ruhige Wasser der Bucht war jetzt von einem gläsernen Blau und in der Ferne von grauen Segeln gesprenkelt. Sie fischten Dorsch zwischen den kleinen Inseln, die verstreut zwischen Poppasquash Point und der größeren Insel Prudence Island lagen. Als sie an einer Stelle vorüberkamen, wo die Wellen hochschlugen und die Strömung um eine Gruppe zerklüfteter Felsen gefährlich strudelte, erzählte sie ihm, daß ihr Bruder hier sechs Jahre zuvor in einem Sturm ertrunken war.

»Unser Vater ist mitten im Sturm in seinem Boot hinausgefahren, um ihn zu suchen. Es dauerte so lange, bis Papa zurückkam, so daß ich schon dachte ...« Sie zitterte, als sei das lange Warten immer noch in ihr lebendig. »Alles, was er von Willie zurückbrachte, war die Mütze des Yachtclubs. Er zeigte mir später, wo er sie gefunden hatte. Sie trieb zwischen diesen Felsen, zusammen mit zersplittertem Holz – mehr war von Willies Boot nicht übriggeblieben.«

»Und hat dir das keine Angst vor dem Segeln gemacht?«

»Gewiß, ich hatte Angst.« Sie kniff die Augen zusammen. »Allerdings Angst vor anderen Dingen.«

Als die Sonne hoch und golden am Himmel stand und das Wasser wie eine Stahlplatte glänzte, warf er den Anker, holte seine Sandwiches mit Corned Beef hervor und teilte sie mit ihr.

»An den meisten Tagen ist Narrangasett eine nette kleine Bucht«, sagte er, »und nicht zu vergleichen mit der wilden Brandung von Gortadoo.«

Sie saß dicht genug bei ihm, um ihn berühren zu können, allerdings ohne es zu tun. Der Schlapphut verbarg einen großen Teil ihres Gesichts. Doch er betonte ihren Hals, der darunter unglaublich lang wirkte. Und Shay dachte immer wieder, wie gerne er mit den Lippen vom Hals bis zu der Stelle hinter ihrem Ohr über den langen weißen Bogen ihres Nackens gleiten würde.

»Erzähl mir von deinem Irland«, sagte sie.

Er öffnete den Mund zu einer Antwort, und seine Stimme klang rauh und brüchig. »*Mein* Irland? Gibt es mehr als eins?«

»Bria hat mir von ihrem erzählt. Jetzt möchte ich etwas über dein Irland wissen.«

»Mein Irland … nun ja, es ist ein Dornbusch, der nackt und einsam auf einem schwarzen Felshügel steht. Es ist eine Frau, die über ein schlammiges Feld geht, den Kopf hebt und die Rauchwolke sieht, die vom gelben Strohdach meiner *Shibeen* aufsteigt. Es sind Fuchsienhecken, die im Sommer blutrot über eine Mauer fallen, und gestochene Torfstücke, die in der Sonne trocknen.«

Sie wandte den Kopf und sah ihn an. Überrascht stellte er fest, daß ihr die Tränen in die Augen traten. »So wie du das sagst, klingt es, als sei Irland wunderschön.«

»Hat Bria nicht ebenfalls so darüber gesprochen?«

»Nein. Obwohl sie Irland immer noch sehr geliebt hat, sprach aus ihren Erinnerungen mehr unvergeßliches Leid.«

»Das kann ich verstehen.« Er starrte ausdruckslos vor sich hin. Damit

bestätigte er die Wahrheit ihrer Worte und akzeptierte den Schmerz, den sie ihm bereiteten.
Es war ihm ein bittersüßer Trost, daß sie so offen über Bria sprechen konnten. Aber schließlich war die Liebe zu Bria das einzig Wirkliche, das sie über ihre Körper hinaus miteinander teilten. Auf eine Weise, die er erst jetzt erkannte, hatten sie in den letzten Lebenswochen seiner Frau ein Dreieck gebildet – er, Emma und Bria. Bria war die Basis gewesen, die sie zusammenhielt. Doch jetzt war Bria von ihnen gegangen, und sie mußten sich gegenseitig weiterhelfen.
Im Augenblick.
»Als ich ein Junge in Gortadoo war«, sagte er in das sanfte Schweigen, das sich zwischen ihnen ausgebreitet hatte, »sind wir in die Wellen getaucht, die sich am Sandstrand brachen. Am Abend sind wir auf die Felsen geklettert und haben zugesehen, wie die Sonne unterging. Weißt du, es gibt eine Legende, nach der hinter der Sonne im Westen ein Land liegt, das Tír na nÓg genannt wird, ein Ort ewiger Jugend. Aber kein Ire hat sich je aufgemacht, um es zu suchen. Wir Iren träumen gern davon, Irland zu verlassen, aber in Wirklichkeit wollen wir das nicht. Und wenn wir es verlassen müssen, sind wir verloren.«
Sie hatte sich soweit umgedreht, daß sie sich ansahen. Sie hob die Hand und berührte sein Gesicht mit den Fingern. Sie zeichnete die Form seiner Nase und seiner Wangenknochen nach, ertastete seine Stirn und fuhr über die Narbe auf seiner Wange. Die Narbe stammte von einer Want, die bei einem heftigen Windstoß vom Mast gerissen worden war und ihn verletzt hatte.
Dann berührte sie seinen Mund.
»Ich würde mir verloren vorkommen«, flüsterte sie mit zitternden Lippen, »wenn ich dich verlassen müßte.«
Er wollte seine Lippen auf ihren Mund legen und sie für alle Zeiten dort lassen. »Eines Tages wirst du mich verlassen müssen, Emma. Weißt du das?«
Sie nickte mit großen feuchten Augen. Damit bestätigte sie die Wahrheit seiner Worte und den Schmerz, den sie ihr bereiteten.
Irgendwie waren sie sich so nahe gekommen, daß ihre Lippen sich beinahe berührten, und deshalb küßte er sie.

Sie küßten sich in der salzigen Luft unter der hochstehenden Sonne auf dem dunkelblauen Wasser. Er hörte sein Herz in den Ohren, und es schien durchzudrehen. Sein Herz war gestrandet und in die Irre gelaufen. Er hatte sein Herz verloren.
Er löste seinen Mund von ihren Lippen. »Gehen wir hinunter«, sagte er. Er ergriff ihre Hand und führte sie dorthin, wohin er gehen wollte – vielleicht führte aber auch sie ihn.
Als sie sich diesmal liebten, geschah es mit der Heftigkeit der Verzweiflung und unersättlicher Gier. Ihre nackten Körper machten leise feuchte Geräusche, während die Spiere knarrte und der Schiffsrumpf ächzte. Ihre Vereinigung nahm den Rhythmus des Bugs auf, der sich im Wasser hob und senkte.
Ich habe mein Herz verloren, dachte er. Ich bin verloren.
Und dann war es zu Ende, so wie alle Augenblicke zu Ende gehen.

Shay setzte sie an der Rückseite von Poppasquash Point an Land, und sie sah ihm nach, als er davonfuhr. Sie blickte sich um, als habe sie das alles noch nie zuvor gesehen – die weißen Birken, die in der Sonne silbern aufblitzten, und die Bucht, in der das Wasser Schaum und Seetang an den Kiesstrand spülte. Sie hatte noch nie eine Brise so sanft und leise empfunden oder eine Drossel gehört, die so süß sang. Nichts auf der Welt, dachte sie, wird jemals wieder so sein, wie es gewesen ist.
Emma betrat das Haus, ging geradewegs auf ihr Zimmer und zog sich aus. Sie zog sich so nackt aus, so wie sie bei ihm gewesen war.
Sie dachte, er berührt mich hier und da und da, an all meinen verborgenen fraulichen Stellen. Er berührt mich.

»Es trifft mich jedesmal.« Ihre Worte schwebten über ihnen in der Luft und schienen dort zu verweilen.
Er lag auf dem Rücken, hatte die Arme über dem Kopf ausgestreckt, und seine Brust hob und senkte sich schnell. Sie lagen beide nackt auf der Wiese inmitten der Goldrute. Doch die Blüten zitterten, als sei ihnen in der Brise kalt, und die Sonne hatte den Messingglanz des Herbstes.

Er drehte langsam den Kopf und sah sie an. Sein Körper war schwer wie Blei, als sei er mit etwas Hartem, Schwerem geschlagen worden.
»Was trifft dich?« fragte er.
»Du.«
Er rollte sich auf die Seite, und sie wandte sich ihm zu. Er umfaßte ihre Brust mit der Hand und strich mit dem Daumen zart über ihre Brustwarze. Er beobachtete, wie die Wärme seiner Berührung wie Röte über die weiße Haut nach oben in ihre Kehle stieg, und er glaubte beinahe zu sehen, daß die Worte aus ihr hervorkamen, daß sie aus ihrer Kehle herausflogen und in die Luft aufstiegen wie eine Schar Möwen vom Strand.
»Ich liebe dich, Shay.«
Er sah, daß sie sehnsüchtig, mit angehaltenem Atem darauf wartete, daß er das ebenfalls zu ihr sagte.
Shay küßte ihren Mund und wollte sagen: *Mit dir zusammenzusein war nicht so, wie ich es mir vorgestellt hatte. Ich kann nicht bei dir sein, ohne dich haben zu wollen, und ich kann dich nicht haben, ohne dich wieder haben zu wollen.*
Er küßte ihren Hals und wollte sagen: *Ich hatte nie beabsichtigt, dich zu lieben, und doch ist es so, ich liebe dich.*
»Emma«, sagte er statt dessen.
Sie löste sich von ihm, setzte sich und kreuzte wie ein Kind die Beine auf Indianerart. So wirkte sie klein und verletzlich. Die Sonne warf Goldstaub auf ihre Haut. In ihren Haaren hingen kleine Zweige, Blätter und Goldrutenblüten.
»Wenn Mr. Alcott nach Hause kommt, muß ich ihm sagen, daß ich ihn nicht heiraten kann.«
»Oh, *Dhia,* nein ... tu das nicht.«
Sie legte den Kopf in den Nacken und richtete ihn wieder auf. Sie sprach, als habe sie Halsschmerzen, und in ihren Augen zeigten sich alle ihre Gefühle. »Du kannst nicht erwarten, daß du mir ein Wunder zeigst und ich mich dann mit einem Leben ohne das alles zufriedengebe.«
Er nahm ihre Hand und legte sie zwischen seine Schenkel. »*Das* ist

alles, was ich dir jemals gezeigt habe, und daran ist nichts Wunderbares.«
Ihre Finger schlossen sich um ihn, drückten ein wenig zu fest zu, und er mußte die Augen schließen. Nur mit Mühe konnte er verhindern, daß ihn ein Schauer überlief.
»Nein, du irrst dich«, sagte sie. »Es ist das einzig wirkliche Wunder.«
Er setzte sich auf, so daß sich ihre Knie berührten. Er umfaßte ihr Gesicht mit den Händen. Ihr Mund war feucht und geöffnet, ihre Augen glichen einem Himmel, von dem der Wind alle Wolken gefegt hatte.
Wie sind wir in diese Situation gekommen, dachte er.
»Emma, Liebling ... Diese Sache zwischen uns, das ist die Leidenschaft des Augenblicks. Es kann nichts von Dauer sein. Besonders dann nicht, wenn einer von uns alles aufgeben müßte, was er hat, und das Leben, für das er bestimmt ist, und wenn er versuchen müßte, den Augenblick lebendig zu erhalten. Tu nichts, worüber du später bittere Tränen weinen würdest.«
Sie umfaßte sein Handgelenk und hielt seinen Arm so fest, daß sie den Kopf wenden und leicht mit den Lippen über seine Fingerknöchel gleiten konnte. »Du hast mir einmal gesagt, mein Leben würde das sein, was ich daraus mache.«
»Und was ist mit dem Versprechen, das du deinem Mr. Alcott gegeben hast? Was ist mit deiner Pflicht gegenüber ...«
Sie schüttelte den Kopf und streichelte mit dem Mund seinen Handrücken. »Ich weiß, was Pflicht ist. Ich habe mein ganzes Leben lang mit der Pflicht gelebt.« Sie nahm seine Hand und führte sie vom Hals über die Brüste und die Rundung des Bauchs und dann über ihren ganzen Körper. »Pflicht, das sind all diese unendlich vielen Dinge, die man tun muß, und immer und immer wieder tun muß, selbst wenn man es nicht mehr will.« Ein Schauer überlief sie. »Selbst wenn man es nicht mehr ertragen kann, diese Dinge zu tun.«
Sie legte seine Hand auf die warme dunkle Stelle zwischen ihren Schenkeln. »Befreie mich davon, Shay. Bitte befreie mich.«
Er wollte sagen: *Am Anfang habe ich nicht gewagt, auf irgend etwas zu hoffen, und jetzt hoffe ich auf alles.*

»Das kann ich nicht für dich tun, Emma«, sagte er statt dessen, »denn ich werde immer der arme Fischer aus Gortadoo sein. Und ich werde Bria immer lieben.«
Sie beugte sich vor und hauchte einen Kuß auf seine Wange, der so zart und leicht war wie das Blütenblatt einer Rose, das ins Gras fällt. »Ich weiß. Das ist es, was ich dir zu sagen versuche. Ich werde dich immer lieben.«

Emma liebte ihn.
Sie liebte ihn, während sie die Carter-Schwestern besuchte, Tee trank und über das Wetter sprach. Sie liebte ihn, während sie mit Maddie Schach spielte und mit Mama Modeblätter betrachtete. Sie ging zum Sonntagsgottesdienst in St. Michael, diesmal beige gekleidet, saß im violettrot bezogenen Familienbetstuhl und liebte ihn. Sie atmete und fühlte, daß sie ihn liebte.
Eine Tanne im Sonnenschein erinnerte sie an seine Augen. Der rauhe Klang einer Säge, die Holz schnitt, ging ihr durch und durch wie seine Stimme. Das tiefe satte Gurgeln des Wassers am Bug ihres Bootes wurde zu seinem Lachen.
Was ich für ihn empfinde, ist eine Art Wahn, dachte sie. Ein Liebeswahn.
Sie sagte sich vor, sie werde eine Weile nicht an ihn denken, sich eine Weile nicht an ihn erinnern.
Und dann tat sie nichts anderes als das.
Sie würde ohnehin nicht von ihm lassen, nicht, bis die Welt unterging. Und dann, während ihr das Herz bis zum Hals schlug, wartete sie darauf, daß die Welt untergehen würde.
Sie erwachte jeden Tag und sah eine vollkommene weiße Rose auf ihrem Frisiertisch stehen. Ich muß es ihm sagen, dachte sie. Sobald er nach Hause kommt, muß ich es ihm sagen.
Sie probte es in Gedanken. *Geoffrey, du bist ein lieber Freund, aber ich habe festgestellt, daß wir nicht mehr als Freunde sein können. Geoffrey, ich kann dir nicht die Frau sein, die du verdienst, und deshalb gebe ich dich frei. Geoffrey, ich liebe einen anderen. Ich habe einen Liebhaber, und übrigens, er ist ein armer Fischer aus Gortadoo.*

Es gab so viele Worte, die sie wählen konnte, um es ihm zu sagen, doch sie war im Umgang mit Worten noch nie gut gewesen, und sie konnte sich nicht vorstellen, daß sie ihm diese Dinge sagte, ohne gleichzeitig an seinen verwundeten Blick zu denken.

Emma ging ruhelos durch das Haus, von Zimmer zu Zimmer, betrachtete ihr Spiegelbild in goldgerahmten Wandspiegeln und großen Pfeilerspiegeln, ließ die Hände über die Rückenlehnen von Chippendale-Sesseln gleiten und über die Goldbronze-Verzierungen von Kommoden. Sie hielt eine silberne Gabel in der Hand, drückte ihre Wange an ein Satinkissen.

Und sie dachte, ich kann ohne das alles leben.

Aber dann blickte sie auf ihre Mutter, die am Frühstückstisch saß und sich nur noch eine Tasse schwarzen Kaffee erlaubte. Mama wurde immer magerer und hatte ihr Herz an die Rückkehr ihres Mannes gehängt, der nicht kommen würde, wenn es keine Hochzeit gab.

Eines Tages fand sie Maddie in der Bibliothek. Sie starrte mit weit aufgerissenen Augen vor sich hin. Ihre Schwester war in die Traumwelt versunken, die in letzter Zeit mehr und mehr die Herrschaft über sie zu gewinnen schien. Stuart Alcott hatte Bristol am Tag nach der Gartengesellschaft wieder verlassen, und Maddie hatte sich seitdem nicht mehr aus dem Haus gewagt.

Das, dachte Emma, kommt davon, wenn man den Falschen liebt. Das, so sagt man immer, ist das Ergebnis. Aber was ist, wenn man es trotzdem will?

Sie hatte seit damals auf der Wiese nicht mehr bei ihm gelegen. Sie sagte sich, er müsse fischen. Natürlich würde sie nie mehr so tollkühn sein können, sich heimlich mit ihm auf seinem Boot zu treffen. Außerdem hatte sie ihre gesellschaftlichen Pflichten zu erfüllen und bei Tennis, Whist und beim Verkauf von Kuchen für wohltätige Zwecke den äußeren Schein zu wahren. Und er war nur ein einziges Mal zu Hause gewesen, als sie die Mädchen und den kleinen Jacko in der Thames Street besucht hatte.

An diesem Abend waren sie eine Familie. Es gab *Colcannon* und Buttermilchbrot zum Abendessen. Sie saßen zusammen am Tisch mit der abgenutzten braunen Wachstuchdecke. Als Emma mit der

Teekanne in der Hand dastand, konnte sie sich beinahe dem Gefühl überlassen, sie sei in die Küche mit der verblaßten bunten Tapete gekommen und habe Brias Platz eingenommen.
Vater O'Reilly kam auch vorbei, und zu fünft machten sie einen Spaziergang durch die Ferry Road. Noreen schob Jackos Kinderwagen. Sie und Shay gingen nebeneinander, aber nicht so dicht, daß ihre Röcke auch nur sein Bein gestreift hätten.
Die Zuckerahornbäume standen wie brennende Fackeln vor dem Himmel. Die Farne hatten einen satten Bronzeton angenommen, die Ried- und Sumpfgräser waren braungelb. Emma machte sie mit einem alten Yankee-Brauch vertraut. Man behält die ersten Kastanien des Herbstes in der Tasche, um sich vor Rheumatismus zu schützen. Und sie sagte den Mädchen, sie sollten die Kastanien, die sie gesammelt hatten, aufheben und im Winter in die Schneebälle stecken.
Vater O'Reilly und die Mädchen gingen manchmal ein paar Schritte vor ihnen. Shay flüsterte ihr zu: »Ich will dich.«
Er sah sie mit seinen grünen Augen an, und die Leidenschaft und Sehnsucht darin erschreckte sie. Emma spürte, wie sich ihre Brüste gegen die vielen Schichten ihrer Kleidung drückten. Ihre Beine unter der seidenen Unterhose zitterten, als seien sie nackt.
»Ich will mehr«, erwiderte sie.
Er riß sich von ihrem Anblick los, und sie hörte, wie er schwer und fiebernd Luft holte. »Das ist wie die Púca«, sagte er.
Sie spürte, wie sich ihr Mund zum Anflug eines Lächelns verzog. Ihr Herz schlug wild. »Die was?«
»Die Púca ist ein weißes Feen-Pferd mit Hörnern. Du findest sie nur auf einsamen Straßen oder vielmehr findet sie dich. Sie bleibt stehen und fragt, ob du auf ihr reiten willst. Und wenn sie dich auf dem Rücken hat, galoppiert sie mit dir davon und springt über die nächste Klippe.«
»Ich möchte mit dir über eine Klippe springen, Shay. Ich glaube, es wäre wie Fliegen.«
Auf dem Rückweg sahen sie den Mond über der Bucht aufgehen. An diesem Abend blickte sie aus ihrem Fenster, und der Mond stand am Himmel, als sei er ihr nach Hause gefolgt.

Emma wartete vor dem schmiedeeisernen Tor auf ihn.
Als er kam, tauchte er aus dem Birkenwald an der Rückseite des Hauses auf. Er war in Eile. Seine Jacke flatterte im Wind, der Schlapphut verbarg sein Gesicht. Sie befürchtete, was sie getan hatte, könnte ihn wütend gemacht haben.
»Ich komme geradewegs vom Boot«, rief er beim Näherkommen. »Noreen hat mir deinen Brief gegeben, und ich habe mich sofort auf den Weg gemacht. Ist alles in Ordnung? Was ist geschehen?«
Sie faltete die Hände auf dem Rücken und richtete sich auf. »Nichts ist geschehen. Ich will dir nur etwas zeigen.«
»Zeigen ...?« Er wandte sich ab, umklammerte die Eisenstäbe und lehnte sich an das Tor. Er schloß die Augen. »Barmherziger Gott. Ich dachte, man hätte es herausgefunden.«
»Wäre das so furchtbar?«
Er fuhr herum und starrte sie an. Sie stellte fest, daß ihn der Zorn ruhig und kalt machte – und hart. Seine Augen waren so hart wie die Granitbrocken am Strand. »Du weißt, daß es furchtbar wäre«, murmelte er. »Spiel nicht das kleine Mädchen, Emma.«
Und wie ein kleines Mädchen hätte sie plötzlich am liebsten geweint. »Es tut mir leid. Ich ..., ich habe nur keine andere Möglichkeit gesehen, dich hierher zu locken. Du wärst nie gekommen, wenn ich dich darum gebeten oder dir eine Einladung auf Büttenpapier geschickt hätte.«
»Ganz bestimmt nicht. Einer von uns muß die Vernunft bewahren.«
Er spannte die Muskeln an, um sich vom Tor abzustoßen, und sie legte ihm die Hand auf den Arm.
»Bitte geh nicht. Ich habe etwas ... Es würde mir soviel bedeuten, wenn du erlauben würdest, daß ich es dir schenke. Und es ist nichts Skandalöses dabei, wenn jemand es herausfinden würde. Mama ist heute mit ihrem Damenkränzchen zum Mittagessen in Providence, und Maddie schläft nachmittags immer.
Er blickte sich um und zog in gespielter Verwunderung die Augenbrauen hoch. »Und ihr habt in einem so vornehmen Haus kein Personal? Ihr macht alles selbst – ihr putzt selbst die Marmorböden und poliert die silbernen Teekannen?«

»Wir haben fünfzehn Dienstboten«, erwiderte sie und errötete, denn der Ton, in dem sie das gesagt hatte, klang ganz nach Miss Emma Tremayne. Verlegen lachte sie leise und sagte dann beschwichtigend: »Ich gehe mit dir nur zur alten Orangerie, nicht in den Salon oder, Gott behüte, auf mein Zimmer, um mich mit dir in mein Himmelbett zu legen. Wenn man dich mit mir in der alten Orangerie sieht, wird man denken, du bist ein Steinmetz, der Steine anliefert. So, jetzt ist Schluß mit Entschuldigungen, Ausreden und Erklärungen, Shay. Entweder du kommst mit oder nicht.«

Sie ging durch das Tor, ohne sich noch einmal umzudrehen. Zuerst hörte sie seine Schritte nicht hinter sich auf den zerstoßenen Muschelschalen der Auffahrt, dann aber doch.

Das Licht vom Meer fiel durch die Glaswände der Orangerie, hüpfte und tanzte wie kleine Wellen auf dem Fußboden mit den schwarzen und weißen Kacheln. Sie hatte gewußt, daß sie sich freuen würde, ihn hier zu haben, an diesem Platz, den sie zu ihrem gemacht hatte, der ganz allein ihr gehörte.

Emma ließ ihn stehen, damit er sich umsehen konnte, und rollte aus einer hinteren Ecke ein Gestell herbei. Auf dem Gestell befand sich eines ihrer Werke, das mit einem Tuch verhüllt war.

Nervös und aufgeregt wartete sie auf ihn. Bisher hatte sie ihm nur ihren Körper geschenkt. Dieses Werk hatte sie mit ihrer Seele geschaffen.

»Ich habe es für dich gemacht«, sagte sie. »Nun ja, nein, genaugenommen habe ich es für mich gemacht. Aber es ist für dich bestimmt. Das heißt, wenn du es haben willst. Du mußt es nicht annehmen, nur um höflich zu sein.«

»Wirklich sehr schön«, sagte er leicht spöttisch. Er blickte auf das mit Ton beschmierte und mit Farbe bespritzte Tuch, als habe er ein Meisterwerk vor sich.

Sie hob das Tuch langsam an den Enden hoch und glaubte zu hören, daß ihr Herzschlag plötzlich die ganze Orangerie erfüllte.

Er hob die Hand und hielt sie in der Luft, ohne die Plastik zu berühren. »*Mo Bhean!*« flüsterte er, und seine brüchige Stimme klang noch rauher als sonst. »Bria, Mädchen ...«

Es war Bria! Brias Gesicht, wie Emma sich einmal vorgestellt hatte, es zu erschaffen. Es war eine Maske ihres Gesichts mit den ungewöhnlichen, starken Knochen, die jedoch unsichtbar waren und nur in der Unendlichkeit des Raums und des inneren Auges existierten, die eingebettet waren in dem Gesicht, einer Hülle aus Bronze so dünn wie Kreppapier.

Die Maske hatte dreifache Lebensgröße und ruhte auf dem kleinsten möglichen Sockel, so daß dieses Gesicht in der Luft zu schweben schien.

Shays Hand begann zu zittern, und er ließ sie sinken. Emma wandte den Blick ab, denn es tat ihr weh, sein Gesicht zu sehen, die Liebe und den Schmerz zu spüren, die feucht in seinen Augen glänzten und seinen Mund stumm bewegten.

Emma ließ ihn lange Zeit mit Brias Gesicht allein, damit er still mit Brias Geist zusammensein konnte. Sie blickte durch die mit Salzschlieren verkrusteten Fenster. Sie beobachtete, wie die Flut allmählich den Kiesstrand verschlang, wie der leichte Wind die gelben Blätter der Birken bewegte. Die Blätter waren welk, bei einer steifen Brise würden sie auf die Erde fallen.

Sie ließ ihn mit Bria allein, bis die Stille in dem großen Glashaus unerträglich wurde.

»Es ist eine Bronze in der Technik der verlorenen Wachsform«, erklärte sie schließlich, um das Schweigen zu brechen. »Am Anfang muß man eine Form aus Ton machen. Das bedeutet, ich kann noch andere gießen. Ich kann für jedes der Mädchen und für Jacko einen Abguß machen und einen für Vater O'Reilly, wenn er das möchte.«

Sie fand, daß alles noch schlimmer war, wenn sie ihm nicht in die Augen blickte. Sie drehte sich um und stellte fest, daß er sie ansah. Diesen Gesichtsausdruck hatte sie bei ihm zuletzt in der Nacht gesehen, als sein Sohn zur Welt gekommen war. Er kam zu ihr, doch er berührte sie nur mit den Augen. Seine Augen spiegelten das Leiden und sein Leben.

»Du bist eine außergewöhnliche Frau, Emma. Du schenkst mir immer wieder unersetzliche Dinge.«

Sie senkte den Blick vor der Nacktheit der Gefühle in seinen Augen.
»Ich habe sie auch geliebt, Shay«, flüsterte Emma.
Dann berührte er sie, nahm sie in die Arme. Sie legte die Hände an seine Brust und fühlte ihn atmen, fühlte sein Herz schlagen, fühlte ihn leben.
»Das weiß ich«, murmelte er. »Das weiß ich.«
Sie fühlte, wie er sie fester an sich drückte.
Als sie sich voneinander lösten, kam Emma sich so leicht vor, als schwebe sie hinauf zu dem gläsernen Dach. Sie nahm ihn bei der Hand und zog ihn mit sich zu einer anderen verhüllten Plastik.
Sie sagte nichts, doch sie beobachtete aufmerksam sein Gesicht, als sie das Tuch hob. Es handelte sich um zwei aus Granit gehauene Hände – die zu Fäusten geballten lebensgroßen Hände eines Mannes.
»Du mußt nicht fürchten, daß ich sie jemals ausstellen werde«, sagte sie schnell. »Weder Mama noch Mr. Alcott würden mir je erlauben, meine Werke auszustellen. So etwas tut man nicht. In unserer Gesellschaft stellt man nicht seine Talente zur Schau, sondern nur seine Besitztümer.«
Shay ging um die Plastik herum und betrachtete sie staunend. »Der Bursche hat mehr Muskeln als Gehirn«, sagte er schließlich.
Emma verbarg ein Lächeln. »Der Bursche bist du, Shay.«
»Ja, soviel kann ich sehen. Gott steh mir bei.«
»Es sind nur deine Hände. Eines Tages werde ich vielleicht andere Teile von dir machen.«
»Welche meiner Teile?« wollte er mißtrauisch wissen.
»Alle wunderbaren, köstlichen Teile. Ich arbeite daran, seit ich dich zum ersten Mal gesehen habe, damals bei der Fuchsjagd.« In Wahrheit hatte sie sich bisher nur an seine Hände gewagt, aber es machte ihr Spaß, ihn zu necken. Er bekam rote Ohren.
»Willst du damit sagen, du hast mich in Gedanken schon nackt ausgezogen, als du mich kaum kanntest?«
»Hast du in Gedanken nicht das gleiche mit mir getan?«
»Nieeemals«, erwiderte er theatralisch. »Nun ja, vielleicht habe ich deine Röcke gehoben und einen kurzen Blick auf deine Fesseln geworfen, ... in Gedanken.«

Lachend wich sie zurück, bis sie gegen den drehbaren Tisch stieß, auf dem sie ihre Tonplastiken modellierte. Sie setzte sich darauf, drehte sich damit herum, hob die Röcke und spreizte die Beine wie eine Varietetänzerin. »Und was siehst du in Gedanken jetzt?«

»Ein schamloses Flittchen.«

Er hielt den Tisch an, indem er sie mit seinen großen Händen um die Taille faßte. Ihre Knie öffneten sich weiter, und er drängte sich dazwischen. Dann senkte er den Kopf und zog mit den Zähnen sanft an ihrer Unterlippe. »Du hast selbst ein paar köstliche Teile.«

»Nein, sie gehören dir. Sie gehören alle dir.«

Er legte die Hand um ihren Hinterkopf und küßte sie. Seine Zunge war fordernd und voller Begierde. Er preßte seine Hüfte in ihren Schoß.

Sie warf den Kopf zurück und richtete den Blick auf die Glasscheiben, die über ihr kreisten und das Licht in einem Kaleidoskop wirbelnder blauer Himmel und gelber Sonne brachen. Er küßte sie in die pulsierende Vertiefung an ihrem Hals, und seine Stimme fand ein Echo in ihrem Blut. »Emma, Emma, Emma ...«

Wenn Maddies Träume ihre Wirkung verloren und der Winter, der ihr Leben war, in ihr Bewußtsein drang, wurde sie manchmal von einer unerträglichen Ruhelosigkeit erfaßt.

Sie quälte sich bewußt, indem sie die Bettdecke zurückwarf und ihr Nachthemd hob, so daß sie die Wüste ihres Körpers sah. So konnte sie sich ganz ihrem Haß überlassen, ihrem Haß auf das Leben und auf Gott.

Doch selbst der Haß und das Selbstmitleid verloren mit der Zeit ihren Reiz. Wenn Mama nicht zu Hause war, um mit ihr zu schimpfen, läutete sie bei so schönem Wetter wie heute nach einem Diener, der sie und ihren Rollstuhl nach unten brachte, und nach Tildy, ihrer Zofe, die sie durch den Garten schieben mußte.

An diesem Tag hatte sie vor, sich zu der kleinen felsigen Anhöhe hinter dem Rasen fahren zu lassen, von der aus man die Bucht überblicken konnte. Doch dann sah sie hinter den Scheiben der alten Orangerie den Schatten einer Bewegung.

»Da ist Emma«, sagte sie und nickte Tildy über die Schulter hinweg an. »Sie arbeitet an ihren Plastiken.«

»Wollen wir hineingehen und sehen, ob sie Gesellschaft wünscht, Miss?«

»Ach, ich weiß nicht ...«

Maddie wollte nicht stören, falls ihre Schwester in ihre Arbeit vertieft war. Emma würde nicht unhöflich sein, sondern sie überhaupt nicht zur Kenntnis nehmen, und das war irgendwie noch schlimmer.

Und doch und doch ...

Maddie hatte sich beim Aufwachen an diesem Nachmittag schrecklich einsam gefühlt. Nein, mehr als einsam, sie fühlte sich innerlich so hohl und leer, als wäre im Schlaf ein rauher Windstoß durch sie hindurchgefahren und hätte ihr die Seele aus dem Körper gerissen.

Aber die Entscheidung wurde ihr abgenommen. Tildy schob den Rollstuhl bereits an den Geranientöpfen vorbei, die den Gartenweg säumten, zur Terrasse an der Südseite der Orangerie.

Tildy sah es zuerst. Sie stieß einen erstickten Laut aus und brachte den Rollstuhl mit einem so heftigen Ruck zum Stehen, daß Maddie nach vorn kippte und die Armlehnen umklammern mußte, um nicht herauszufallen. Maddie gab keinen Laut vor sich. Ihr stockte der Atem.

Emma war mit einem Mann zusammen, den Maddie noch nie gesehen hatte. Nach seinem Aussehen zu urteilen, war es ein Arbeiter mit zerzausten Haaren, in Hemdsärmeln und einer abgetragenen Cordhose ... die Hose hing ihm um die Schenkel. Die Hände ihrer Schwester wirkten blaß auf der dunkleren Haut des nackten Mannes.

Emma lehnte rückwärts auf einem Tisch, und der Mann stand zwischen ihren Beinen. Emmas Bluse und Mieder waren offen, enthüllten ihre Brüste, und der Mann küßte lustvoll ihre Brustwarzen.

Emma hatte den Kopf zurückgeworfen und den Mund weit geöffnet. Maddie glaubte, das Keuchen ihrer Schwester zu hören. Doch dann wurde ihr bewußt, daß sie den Wind hörte, der durch die Birken strich – den Wind und ihren eigenen rauhen Atem.

Tildy versuchte den Stuhl zu wenden, doch eines der Räder hatte sich in einem Spalt im Ziegelsteinpflaster verfangen.
»Nein!« sagte Maddie heftig. »Laß das.«
Tildy jammerte. »Aber Miss Maddie, wir sollten das doch bestimmt nicht mit ansehen. Es ist nicht anständig.«
»Sei still und mach das, was ich dir sage.«
Maddie sah zu, sie sah bis zum Ende zu. Und als es vorbei war, schlug Maddies Herz so heftig, als sei sie gerannt, und unter ihren Brüsten sammelte sich der Schweiß, bevor er in Rinnsalen zwischen den Korsettstäben über ihren Leib rann.
Doch als sie sprach, klang ihre Stimme ruhig und entschlossen. »Ich will zurück ins Haus.«
Jammernd zerrte Tildy am Rollstuhl und befreite schließlich das Rad aus der Spalte. Der Wind schien sich plötzlich gelegt zu haben, und Maddie hörte nur noch das Klappern der Räder.
Meine Räder, dachte sie. Die Räder sind das einzige Geräusch, das mein Leben macht. Selbst mein Herz gibt keinen Laut von sich, denn es ist niemand da, um es schlagen zu hören.

Siebenundzwanzigstes Kapitel

Es war ein trüber Nachmittag, und die Lampe in dem Schlafzimmer, wo Emma mit ihrem irischen Geliebten in einem weißen Eisenbett lag, brannte nicht.

Draußen wehte ein stürmischer Wind, ein unguter Sturmwind.

»Ich werde Bristol verlassen müssen«, sagte er.

Sie blieb bewegungslos liegen. Es schien, als habe ihr jemand einen Schlag in die Magengrube versetzt. Gleich werde ich wieder atmen, dachte sie wie gelähmt, gleich werde ich wieder leben. Ich brauche nur einen Augenblick der Ruhe, einen Augenblick ...

»Donagh sagt, er hat einen Vetter in New York, und der Vetter kann mir eine Arbeit im Hafen verschaffen, mit der ich weit mehr verdiene als hier mit dem Fischerboot, das mir genaugenommen noch nicht einmal gehört.«

Sie lag neben ihm in seinem Bett, und Shay eröffnete ihr, daß er sie verlassen werde.

Emma atmete, sie atmete wieder im Einklang mit ihrem Körper. Sie lernte, sie wurde erwachsen. Sie fragte nicht, sie teilte ihm mit. »Ich gehe mit dir.«

»Emma!«

Er strich ihr über die langen Haare bis dorthin, wo die Locken sich um ihre Brüste legten und über die Hüfte fielen. Jetzt wußte sie, weshalb er sie an diesem Nachmittag hatte kommen lassen. Die Mädchen waren mit Vater O'Reilly zu einem Gemeindepicknick gegangen. Jacko in seiner Wiege erhob keine Einwände, als sie miteinander schliefen. Aber alles, was sie hatten, war irgendwie schon zu Ende, und sie hatte es nicht gewußt.

»Emma ... Es ist wunderbar mit uns. Daran gibt es keinen Zweifel.

Und weil es so wunderbar ist, können wir nicht damit aufhören. Deshalb wird man eines Tages dahinterkommen. Es ist nicht etwas, das ohne Folgen ewig so weitergehen kann.«
Sie stand auf und trat ans Fenster, das auf die Bucht hinausging. Es hatte angefangen zu regnen. Die Wellen schlugen sogar im Hafen gegen die Felsbrocken und die Kais. Sie legte die Hand an die Glasscheibe, als spüre sie das Schlagen der Brandung, die das Herz des Meeres war, und verglich es mit dem Schlagen ihres eigenen, ihres sterbenden Herzens.
»Wenn ich mit dir gehe, muß nichts zu Ende sein.«
»Ich werde dir nicht erlauben, mit mir zu gehen.«
Sie schlang die Arme um ihren Oberkörper, preßte die Finger in die Haut und hielt sich fest. Die Angst, ihn zu verlieren, stieg in ihr auf. Sie sah sich am Rand eines Abgrunds, und hinter den Augen lauerte die Verzweiflung.
»Es ist mein Yankee-Geld, nicht wahr?« Ihre Worte klangen gepreßt. »Du bist eben ein hochnäsiger irischer Snob.«
Sie drehte sich zum Kampf entschlossen herum. Er hatte seine Hose wieder angezogen, saß auf dem Bettrand und begann, sie zuzuknöpfen. »Zum Teil, ja. Es ist etwas schwierig, dein Geld zu übersehen.«
Seine grünen Augen glänzten hart. Alles an ihm war hart. Sie wollte die Hand ausstrecken und die Stelle streicheln, wo seine Nase gebrochen war. Sie wollte ihn dort küssen und ihm einen Schlag versetzten, der hart genug wäre, die Nase noch einmal zu brechen. Sie fand es beinahe unerträglich, ihn anzusehen. Es war ungerecht, daß er der Mann war, der diese Macht über sie besaß, und daß sie ihn so sehr liebte.
»Willst du damit sagen, ich muß mein Treuhandvermögen aufgeben, um mit dir zusammensein zu können? Machst du das zur Bedingung? Glaubst du, das könnte ich nicht, das würde ich nicht tun?« Als er die Hand hob, rief sie: »Wage nicht zu behaupten, ich liebe dich nicht genug.«
»*Ah, Muire.*« Er stand auf seine typische Art vom Bett auf – wie eine Sprungfeder schnellte er hoch. »Du kannst dir überhaupt nicht vorstellen, was ›genug‹ wäre. Zur Liebe gehört mehr, als miteinander zu

schlafen, und zu einer Ehe mehr als diese beiden Dinge. Eine Ehe, das bedeutet miteinander teilen. Das Teilen von Träumen und Schicksalen, von Geschichte und Feiern. Das Teilen von so unbedeutenden Dingen wie die Liebe für Corned Beef und Kohl und von so bedeutenden Dingen wie die Kinder, die man miteinander hat und erzieht.«

»Aber ich will Kinder mit dir haben. Ich will den Kindern, die du hast, eine Mutter sein.«

Er strich sich mit beiden Händen die Haare aus dem Gesicht. »Da haben wir es! Dir ist überhaupt nicht bewußt, daß es bereits geschieht. Ich rede von einer Sache, und du hörst eine andere ... Ich kann dir sagen, daß ich schon immer ein Mann war, der einen Tag Fleisch ißt und am nächsten nur Kartoffeln. Und du hast nicht die geringste Ahnung, wovon ich rede. Ich habe keinen blassen Dunst davon, wie es ist, wenn man eine Million Dollar in einem sogenannten Treuhandfonds hat, und zu dem vielen Geld sagen kann ›nur‹, als käme dem keine größere Bedeutung zu als ...« Er nahm ihren schwarzen Samthut von der alten Kommode, von der die Farbe abblätterte, und hielt ihn hoch. Dann warf er ihn auf das Bett, griff nach ihren Glacéhandschuhen und hielt sie ihr vor das Gesicht. »... einem Paar von denen.«

Sie riß ihm die Handschuhe aus der Hand und warf sie auf den Fußboden. »Du täuschst dich! In dieser Hinsicht hast du dich schon immer in mir getäuscht. So, wie du redest, klingt es, als sei ich verwöhnt, selbstsüchtig und eitel. Vielleicht bin ich das auch, aber ich kann mich ändern. Ich habe mich geändert.«

»Glaubst du, du hättest dich genug geändert, um mit uns in einer Mietwohnung in einem armseligen Viertel zu leben, vielleicht eine Arbeit in einer Fabrik zu finden und zu lernen, was für ein Elend es ist, zwölf Stunden am Tag und sechs Tage in der Woche an einer Spinnmaschine zu arbeiten?«

»Warum sollte ich das tun müssen? Ich bin reich, oder hast du das bereits vergessen?«

»Ganz bestimmt nicht. Dann könnte ich mit den Kindern vielleicht zu dir und deinem Treuhandfonds in dein großartiges Haus ziehen, wo die fünfzehn Dienstboten die Nasen über uns rümpfen, sobald wir durch die Hintertür kommen, die wir irrtümlich für die Vordertür halten, und ...«

Er stieß heftig den Atem aus und seufzte tief. »Es kann nicht sein, Emma! Manche Dinge sind einfach nicht möglich, wie sehr wir sie uns auch wünschen.«

Ein plötzlicher Gewitterregen trommelte ein donnerndes Stakkato auf das Blechdach des Hauses. Sie zuckten beide zusammen und blickten aus dem Fenster. Aber außer dem Wasser, das an den Scheiben herunterlief, konnten sie nichts sehen.

»Du bist ein Feigling, Shay!« Ihre Stimme ging in dem Getöse beinahe unter, das der Regen machte. »Du hast Angst, es zu versuchen.«

»Ja, das gebe ich zu. Ich habe schreckliche Angst, dich zu verletzen ... und selbst verletzt zu werden. Ich habe Angst davor, erleben zu müssen, wie mein kleiner Sohn und die Mädchen, die dich wie eine Mutter lieben würden, dich verlieren, wenn du dich aus unserer Welt verabschiedest und zurück in die deine gehst.«

»Wir können unsere eigene Welt schaffen, Shay, unseren eigenen, besonderen Platz – zusammen.«

»Ach, Liebling ...« Er schüttelte den Kopf, sein Mund wurde weicher und verzog sich zu einem Lächeln, das alles in tausend Stücke brach, was von ihrem Herzen noch übrig war. »Was für ein Platz würde das sein? Du stehst zu hoch für mich, um danach zu greifen, und ich würde dich nur herunterziehen.«

Das Gewitter tauchte den Raum in ein seltsam gelbes Licht. Die Blitze umflammten ihn, fingen das feuchte Glänzen in seinen Augen ein, zeigten das Zucken des Muskels in seinem Unterkiefer.

Und Emma verstand, daß er in der Art der Männer beschlossen hatte, alle Entscheidungen selbst zu treffen.

Sie hatte verstanden, doch sie akzeptierte es nicht. Wenn er nach New York ging, würde sie ihm folgen. Wenn nötig, würde sie auf Händen und Knien zu ihm kriechen. Dann würde er ihr erlauben zu bleiben.

»Du ...« Seine Stimme versagte, und er mußte noch einmal beginnen. »Du solltest wissen, Emma ... Es wird für mich niemals eine andere geben. Ich liebe dich von ganzem Herzen und werde es immer tun, *mo Chridh.*«

Emma gab keine Antwort. Sie suchte ihre Kleider zusammen und zog sich schweigend an. Sie kam bis zur Tür, bevor sie ihn ansah. Er stand, nur mit der Hose bekleidet, deren obere Knöpfe noch offen waren, in der Küche. Seine Haare waren zerzaust und die Wangen gerötet. Am Hals hatte er einen Fleck von ihren Küssen. Er sah in der Tat aus wie der Geliebte einer Frau, der gerade aus ihrem Bett kam.

»Ich liebe dich, und du liebst mich«, sagte sie. »Vielleicht kannst du deinem Herzen erklären, warum ich gehe.«

Er rief leise ihren Namen, doch sie ging, ohne stehenzubleiben, hinaus.

Der Nachmittag hatte sich zu einem grauen Zwielicht verdunkelt, und der Wind trieb die Wolken tief über den Himmel. Das Wasser der Bucht versprühte schaumige Gischt. Der Regen fiel wie eine weiße Flut auf das Land, und es klang wie das Klatschen der Wäsche auf der Leine im Wind.

Emma wollte gerade die Straße verlassen, um hinunter zum Strand zu laufen, als sie ihn rufen und seine eiligen Schritte hörte. Sie beschloß, sich nicht umzudrehen, tat es aber doch.

Er kam angerannt. Sie erschrak, als sie sah, daß der Regen ihn völlig durchnäßt hatte. Doch dann wurde ihr klar, daß sie genauso aussehen mußte.

Der Wind heulte und tobte. Sie hörte ihn fragen: »Emma, du bist doch nicht mit dem Boot gekommen?«

»Nein«, erwiderte sie, ohne genau zu wissen, weshalb sie log. Sie wollte nur weg von ihm, weg ..., weit weg. »Ich bin mit dem Wagen hier und habe ihn vor der Leihbibliothek abgestellt.«

Lange, eine Ewigkeit lang sahen sie sich durch die Regenwand hindurch an.

»Dann auf Wiedersehen ... und paß auf dich auf«, rief er.

Damit verließ er sie.

Shay verließ sie und ging zurück in sein leeres Haus, zurück in das dunkle Schlafzimmer. Dort warf er sich auf das Bett. Er lag auf der Seite und starrte die Wand an. Der Regen klatschte gegen die Scheiben, und der Wind stöhnte und brauste.

Er betastete die Stelle, wo sie gelegen hatte. Doch alles war kalt.

»Liebling«, flüsterte er und drückte seinen Kopf in das Kissen.

Aber er wußte nicht genau, um welchen Verlust und um welche Frau er weinte.

Die *Ikarus* ächzte und stöhnte wie im Todeskampf, während sie mit geblähten Segeln die Kämme der Wellen erklomm und in die Täler hinabtauchte. Der zornige Himmel war von dichten Wolken verhangen. Blitze flammten auf und tauchten jede Spalte, jeden Winkel in gleißendes Licht.

Emma kämpfte mit beiden Händen darum, das Ruder festzuhalten, während der Regen ihr ins Gesicht trieb und ihr alle Sicht nahm. Die Lee-Reling befand sich weit unter dem weiß schäumenden Wasser. Der Sturm war schrecklich, und er war schön, so schrecklich schön, daß alles andere im Leben nutzloses Flitterwerk zu sein schien. Nur die Liebe nicht. Die Liebe hielt dem Vergleich mit dem Sturm stand.

Emma warf den Kopf zurück und schrie gegen den Wind: »Ich habe es aus freiem Willen getan! Ich habe mich dafür entschieden, Shay McKenna zu lieben! Ich habe mich *dafür* entschieden!«

Der Himmel brannte, explodierte und wurde zu einem Spinnennetz der Blitze. Und in dem Augenblick gleißender Helligkeit, bevor die Welt wieder von Wind und Regen verschlungen wurde, sah Emma etwas, bei dessen Anblick ihr Herz stehenblieb – eine Welle, die für den Ozean bestimmt war, nicht für eine der kleinen Buchten von Rhode Island.

Über den Lärm von Wind und Regen hinweg hörte sie das rauhe Brüllen einer hohen Woge, die im nächsten Augenblick in sich zusammenbrechen würde.

»O Gott, bitte nicht ...«

Doch die *Ikarus* schoß bereits die schwarze Wand nach oben. Der Bug wies in den grauen Himmel, raste der rollenden Dunkelheit entgegen, entgegen ...

Einen Augenblick lang schwebten sie dort oben, die kleine Schaluppe, die zitterte und ächzte, und Emma, deren Seele nackt und bloß war... schwebten am Rande der Ewigkeit.

Dann stürzten sie, sanken in ein Wellental, das so tief und so schwarz war wie die Hölle. Sie fielen mit solcher Wucht in die Tiefe, daß der Rumpf der Schaluppe donnernd dröhnte, als sie unten aufschlugen, und der Hauptmast sich wie ein Bogen krümmte.

Die schwarze Wasserwand brach über ihnen zusammen, trommelte wie mit Fäusten von Riesen auf sie ein, schlug sie nieder...

... Und dann war alles vorbei.

Augenblicke später schien sich der Sturm so unvermittelt zu legen, wie er aufgekommen war. Es regnete zwar immer noch in Strömen, und der Himmel blieb schwarz, doch die Gefahr war mit dem Wind weitergezogen.

Emma saß zitternd und keuchend im Boot. Jetzt, nachdem es vorbei war, hatte sie weitaus größere Angst als vorher. Doch sie empfand auch einen gewissen Triumph. Sie hatte zwar nicht gesiegt, aber sie hatte überlebt.

Nur ein Schimmer des Gaslichts leuchtete auf dem oberen Treppenabsatz des dunklen Hauses. Emmas Beine wollten vor Erschöpfung den Dienst versagen, als sie die Treppe hinaufstieg. Sie war naß bis auf die Haut, fror entsetzlich und klapperte vor Kälte mit den Zähnen.

Wenn es ihr nicht gleichgültig gewesen wäre, hätte sie sich gefragt, weshalb das Haus so dunkel und still lag, weshalb es so leer war, daß man innerlich erstarrte. Doch sie konnte nur daran denken, wie erschöpft und müde sie war.

Emma öffnete frierend die Tür ihres Zimmers, schloß sie vorsichtig hinter sich, dann lehnte sie sich zitternd und bebend daran. Aber plötzlich hatte sie das beinahe unwiderstehliche Verlangen zu lachen. Sie wollte die Röcke heben und sich im Kreis drehen, bis ihr schwindlig wurde und sie lachend auf dem Boden zusammensank, so wie sie

es als Kind getan hatte, wenn sie zur Strafe auf ihr Zimmer verbannt worden war.
In einem der mit rosa Seide bezogenen Sessel am Kamin regte sich etwas.
»Mama?«
Ihre Mutter stand auf, und aus dem anderen Sessel erhob sich schwerfällig ein Mann. Onkel Stanton, der Arzt, trat neben ihre Mutter. Es war so still, daß Emma den Regen und das Meerwasser hörte, das von ihrem Rocksaum auf den Fußboden tropfte.
Ihr Onkel wirkte abgespannt und besorgt, und Emma stieg plötzlich der saure Geruch von Chloralnitrat in die Nase.
»Was ist?« fragte sie. »Ist etwas mit Maddie?«
Ihre Mutter starrte Emma mit Augen an, die zu groß und gequält in dem abgemagerten Gesicht wirkten. Emma machte besorgt einen Schritt auf sie zu. »Ist etwas mit dir, Mama? Bist du krank?«
»Ich werde es nicht zulassen«, sagte ihre Mutter. »Ich werde nicht zulassen, daß du mir das antust.«

Achtundzwanzigstes Kapitel

Shay stand vor dem großen schmiedeeisernen Tor und blickte durch die dicken verschnörkelten Stäbe auf den Reichtum dahinter. Das alte Herrenhaus war ein großes, weitläufiges Gebäude und leuchtete mit seinen vielen Giebeln, Erkerfenstern und breiten Veranden in der Oktobersonne. Die verwitterten Schindeln wirkten wie die Schuppen einer uralten Schlange.

Eine Spinne hatte ihr Netz über eine schmiedeeiserne Ranke gewebt. In den feinen Fäden hatten sich bis jetzt nur einige wenige Tautropfen verfangen, doch sie funkelten wie Diamanten. Shay hob die Hand und wollte das Spinnennetz zerreißen, damit nichts mehr die elegante Symmetrie der Torflügel störte, doch er ließ es sein.

Statt dessen packte er die Stäbe mit beiden Händen, stieß das Tor auf und ging über die lange Auffahrt mit den weißen zerstoßenen Muschelschalen. Er hatte sich immer für einen Mann gehalten, der sich durch nichts einschüchtern ließ. Aber diesmal brauchte er all seinen Mut, um nicht umzukehren und davonzulaufen. Das Herz in seiner Brust hämmerte so heftig, daß es ein Wunder schien, wenn es ihm nicht ein paar Rippen brach.

Zwar rechnete er nicht damit, Emma zu sehen, doch sein Blick glitt trotzdem suchend durch den Garten mit den großen Tontöpfen, den Nymphen und dem Springbrunnen aus Marmor. Er sehnte sich nach dem Anblick einer jungen Frau in weißem Batist und mit einem Strohhut, dessen breites blaues Band im leichten Wind flatterte. Als er schließlich an die große Kassettentür aus Ebenholz klopfte, hatte er sich nicht sehr anstrengen müssen, um in Gedanken ihren Duft einzuatmen und ihr Haar in seinen Händen zu fühlen. Die Tür wurde geöffnet.

Gleich werde ich Emma sehen. Sie wird lächeln und sagen …

»Sir?« begrüßte ihn ein Mann mit verkniffenem Mund und hochmütig hochgezogenen Augenbrauen.

Shay nannte ihm seinen Namen. Der Besucher, der ihn am Abend zuvor aufgesucht hatte, wollte eine Antwort. So überraschte es ihn nicht, als er sofort durch die Eingangshalle mit dem Fußboden aus schwarzem und weißem Marmor ins Innere des Hauses geführt wurde.

Als Shay zuvor hier gewesen war, hatten ihn andere Dinge in Anspruch genommen. Die prunkvollen Gegenstände in diesem Haus hatte er nie eines Blickes gewürdigt. Doch diesmal sah er zu der girlandengeschmückten Kuppeldecke hinauf, betrachtete die kannelierten Säulen mit ihren schimmernden Goldverzierungen, staunte er über die imposante breite Eichentreppe und bewunderte den großen goldgerahmten Kristallspiegel über dem mächtigen Kamin aus weißem Marmor. In einer Ecke stand sogar eine glänzende Ritterrüstung. Als Junge in Gortadoo hätte er sich so etwas niemals vorstellen können, wenn er mit Donagh ›Ritter und Bauer‹ spielte.

Der Mann mit dem verkniffenen Mund führte ihn in einen Raum, dessen Wände über einer weißen, vergoldeten Täfelung mit gelbem Seidendamast bezogen waren. Eine Frau mit blaßblonden Haaren war passend zu der üppigen Ausstattung in ein gelbes Kleid aus einem so steifem Stoff gekleidet, daß sie zu rascheln schien, obwohl sie sich nicht bewegte.

Die Frau, Emmas Mutter, saß an einem mit geschnitzten Rocaillen verzierten Sekretär und schrieb mit einem Federhalter aus Elfenbein etwas auf ein goldgerandetes Blatt Papier. Sie wartete, bis die Ormolu-Uhr auf dem Kaminsims zehnmal getickt hatte, bevor sie aufblickte und ihn zur Kenntnis nahm. Shay hatte noch nie einen Menschen mit so blauen Augen gesehen.

»Ich habe Sie erwartet, Sir«, sagte sie leise und gedehnt. Shay mußte unwillkürlich an schwüle Nächte und warme Winde denken. »Ich bin jedoch gerade dabei, die Speisekarte für heute abend zusammenzustellen. Wenn Sie bitte so freundlich wären, einen kleinen Augenblick zu warten …«

Sie griff mit einer Hand, die so weiß und anmutig war wie der Flügel einer Taube, wieder nach dem Elfenbeinfederhalter. Sie saß auf einem Stuhl, in dessen Rückenlehne eine kleine, ziselierte Silberuhr eingelassen war. Shay hatte in seinem ganzen Leben noch nie etwas so Wunderbares gesehen. Diese Uhr war sehr schön, aber was nützte es, eine Uhr an einem Platz zu haben, dem man immer den Rücken zukehrte, so daß man sie nie sehen konnte?

Die Uhr, dachte er, ist wie so vieles in Emmas Welt – schön, bezaubernd und auf seltsam verdrehte Art nutzlos.

Emmas Mutter war schließlich mit ihrer Speisekarte fertig und widmete ihm wieder ihre Aufmerksamkeit.

»Also? Offenbar war unser erstes Angebot nicht hoch genug«, sagte Bethel. »Sie haben sich gesagt, direkt zur Quelle zu gehen sei vielleicht der leichtere Weg, um mehr zu bekommen, nicht wahr?«

Shay erwiderte ihren Blick. Es war nicht so, daß er die Frage nicht verstanden hätte, im Gegenteil, er hatte sie sogar erwartet. Doch als er sie ausgesprochen hörte, stieg in ihm ein so heftiger, bitterer Zorn auf, daß er im ersten Augenblick nichts erwidern konnte.

»Wie mein Anwalt Ihnen erklärt hat«, fuhr Emmas Mutter fort, »bin ich bereit, Ihnen eine gewisse Summe zu zahlen, damit Sie sich an einem anderen Ort niederlassen und für immer aus unserem Leben verschwinden. Aber ich warne Sie, Sir, wir werden nicht zulassen, daß Sie uns erpressen.«

»Ach, das werden Sie nicht?« erwiderte er übertrieben erstaunt und blickte sich mit den großen fragenden Augen eines Jungen aus Gortadoo, dem der Torf noch an den Schuhen klebt, im Zimmer um, als versuche er, den Wert der Einrichtung zu schätzen. »Da kommt gestern ein Mann zu mir, der ein *Esquire* an seinen Namen gehängt hat, und bietet mir tausend Dollar, wenn ich verschwinde und keiner Menschenseele verrate, daß ich Miss Emma Tremayne jemals gesehen oder auch nur von ihr gehört habe. Ich sage mir also, man hat uns entdeckt, und dabei habe ich ihr immer prophezeit, daß genau das geschehen würde. Und ich denke, ich werde dem *Esquire* nicht auf die Fresse schlagen, wenn er nur sein Geld nimmt und verschwindet.«

Shay trat nahe genug an sie heran, um sie durch seine Größe einzuschüchtern. »Aber dann sagt mir dieser *Esquire*, sie ist zu einem kleinen Besuch bei Verwandten geschickt worden, die in einem prächtigen Haus in Georgia leben. Und deshalb sage ich mir, sie ist schwanger. Und wenn das so ist, dann nehme ich sie und das Kind, und zum Teufel mit ihrem vornehmen Haufen.«

Er kam noch einen Schritt näher, und die Frau sank auf ihrem Wunderstuhl zusammen.

»Ist sie deshalb auf diese Plantage geschickt worden? Ihre Tochter hat mir gegenüber diese Verwandten nie erwähnt.«

Der vollkommene Rosenknospenmund der Frau zuckte und verzog sich zu einem nervösen Lächeln. »Wollen Sie andeuten, daß Sie beide tatsächlich miteinander *geredet* haben? Ich hatte den Eindruck ...« Sie machte mit ihrer weißen zerbrechlichen Hand eine unbestimmte Bewegung. »Nun ja, das macht nichts. Es ist kein Kind zu erwarten, und dafür sollten Sie beide Gott dankbar sein, der die Narren beschützt, welcher Gott das auch immer sein mag. Und meine Tochter ist auch nicht ›geschickt‹ worden, wie Sie es auszudrücken belieben. Emma ist aus freiem Willen gegangen.«

Emmas Mutter stand unter dem Rascheln gestärkter gelber Seide anmutig auf, ging um ihn herum und brachte Abstand zwischen ihn und sich. »Vielleicht hat sie Bristol verlassen, weil ihr das als der einzig mögliche Weg erschien, etwas zu beenden, was sie inzwischen selbst als einen Irrtum erkannt hat.«

»Vielleicht. Aber wahrscheinlicher ist, daß Sie mit Ihrem Hintern hier auf Ihrem seidenbezogenen Stuhl sitzen und mir mit Ihren blitzenden Goldzähnen etwas vorlügen.«

Sie war härter, als er es ihr zugetraut hätte. Sie stand aufrecht wie ein Schiffsmast vor ihm. Ihr Gesichtsausdruck war so ruhig, daß er schon leer wirkte. Doch dann entdeckte er die Angst in ihren Augen – Schatten, die wie Sturmwolken vor dem Wind vorüberzogen.

Warum soll sie auch keine Angst haben, dachte er, wenn ihre Tochter mit einer dummen Affäre beinahe ihr Leben zerstört hätte.

»Möglicherweise hat Ihnen etwas an ihr gelegen«, sagte Bethel. »Sie haben sich vielleicht sogar eingeredet, daß Sie Emma lieben. Wenn es so ist, dann sollten Sie an sie denken. Lassen Sie meine Tochter in Ruhe. Um ihretwillen, lassen Sie Emma in Ruhe. Was können Sie ihr außer einem unglücklichen Leben bieten?«

Shay nahm das Zimmer mit seinen seidenbezogenen, vergoldeten Wänden und dem Stuhl mit der hübschen, sinnlosen Uhr bewußt in sich auf.

»Ich denke«, erwiderte er, »diese Worte klingen ehrlicher, als ich es auszudrücken vermag.«

Er verließ die goldgeschmückte Frau in dem goldgeschmückten Zimmer des goldgeschmückten Hauses mit geballten Fäusten und einer ungeheuren Wut im Bauch.

Aber Shay verließ das Gelände nicht sofort. Er folgte dem Weg durch die Bäume zum Strand, wo ihre kleine Schaluppe gewöhnlich lag. Die Segel der *Ikarus* waren eingeholt, jedoch nicht abgeschlagen, die Schoten lagen als wirre Knäuel an Deck, und im Cockpit standen Wasserpfützen. Sein Mißtrauen und seine Befürchtungen erwachten von neuem.

So, wie er Emma kannte, war sie eine zu gute Seglerin, um aus einer Laune heraus auf irgendeine Baumwollplantage zu fahren, um dort den Winter zu verbringen und ihr Boot verkommen zu lassen.

Aber was war mit Miss Emma Tremayne wirklich geschehen, die in diesem goldgeschmückten Haus als Tochter dieser kalten, goldgeschmückten Frau lebte? Diese Emma konnte bestimmt, ohne lange überlegen zu müssen, ein Dutzend kleiner Schaluppen kaufen.

Er wollte gehen, als er auf den grauen, verwitterten Bohlen des Bootsstegs einen ihrer Handschuhe entdeckte. Er bückte sich, hob ihn auf, drückte ihn an das Gesicht und fuhr mit dem weichen Leder über seinen offenen Mund.

Er atmete traurig ihren Duft ein. Shay wollte den Handschuh mitnehmen, ließ ihn aber doch zurück. In den folgenden Tagen und Wochen wurde er jedoch ihren Duft nicht mehr los.

Man gab ihr Chloralhydrat, damit sie schlief.

An manchen Abenden weigerte sich Emma, das schreckliche Mittel einzunehmen. Dann band man sie auf einem Stuhl fest und zog ihr den Kopf an den Haaren zurück. Einer der Pfleger beugte sich über sie, preßte ihr ein Knie in den Bauch und schob ihr gleichzeitig ein Stück Holz zwischen Lippen und Zähne, um ihr den Mund gewaltsam zu öffnen. Die Oberschwester hielt ihr einen schwarzen Gummischlauch in die Kehle und flößte ihr das mit abgestandenem lauwarmen Wasser vermischte Medikament ein.

Emma konnte nicht schnell genug schlucken und begann zu würgen. Sie keuchte und rang nach Luft. Ihre Brust brannte, als das Wasser in ihre Lunge drang, und sie schrie. Sie nahm sich vor der Folter immer wieder vor, nicht zu weinen, ganz gleich, wie weh man ihr tat, doch sie weinte jedesmal.

Denn nachdem man ihr das Chloralnitrat verabreicht hatte, steckte man sie in einen ›Muff‹ – zwei Lederfäustlinge, die eine Schnalle miteinander verband. Die Schnalle war mit einem Haken an einem kräftigen Ledergürtel befestigt, den man ihr umgelegt hatte. Dann brachte man sie in die sogenannte ›Krippe‹. Das war eine Holzkiste, die wie ein Sarg aussah.

»Auf diese Weise«, so zischte die Oberschwester und schob den Kopf dabei soweit vor, daß ihr Speichel Emmas Gesicht traf, »wirst du vielleicht doch noch gutes Benehmen lernen.«

Dann schloß sie den Deckel, und Emma lag mit einem Schrei, der sich ihrer wunden Kehle nicht entringen konnte, so lange im Dunkel, bis das Medikament seine Wirkung tat und sie einschlief.

Die Augenlider der Oberschwester waren so groß wie die eines Froschs. Aus ihren Nasenlöchern und den Ohren wuchsen graue Haare. Emma lernte sie zu hassen und zu fürchten.

Doch mehr als die Oberschwester fürchtete Emma die schaurigen Dinge, die man ihr noch nicht angetan hatte. Nachts hörte sie Schreie – die Schreie von denen, die offenbar nur noch in der Raserei die einzige Zuflucht fanden. Diese Schreie klangen, als stammten sie von den Seelen der Verdammten.

Nach einer Woche in der Anstalt brachte man Emma in einen anderen Flügel des großen grauen Steingebäudes. Man führte sie in ein holzgetäfeltes Zimmer, an dessen Wänden nur Bücherregale standen. Es hätte sich um die Bibliothek eines der großen Häuser in der Hope

Street handeln können. Dort erwartete sie Onkel Stanton mit einem anderen Mann. Er war Arzt, wie Onkel Stanton erklärte. Er hatte sich auf Geisteskrankheiten spezialisiert. Man sagte ihr, sie sei zu ihrem eigenen Besten in die Anstalt gebracht worden, damit sie von ihrem ›leicht erregbaren Wesen‹ geheilt würde.

Die Kratzer, die sie am Abend des Sturms dem Gesicht ihres Onkels zugefügt hatte, als er ihr eine Injektion in den Arm gab, waren immer noch nicht völlig verheilt. Am Morgen danach war sie an diesem Ort aufgewacht.

Emma setzte sich auf ihre Hände, damit die beiden nicht sahen, wie sehr sie zitterten, und preßte die Knie zusammen. »Bring bitte Mama für einen Besuch hierher«, sagte sie zu ihrem Onkel. Emma sah, wie sich etwas in seinen Augen veränderte, bevor er den Blick abwandte.

Sie dachte, Mama weiß nicht, um was für eine Anstalt es sich hier handelt. Mama hätte mir das niemals angetan, wenn sie es wüßte.

»Es ist besser für Sie, wenn Ihre Mutter Sie eine Zeitlang nicht besucht«, erklärte der Arzt, dessen Spezialgebiet die Geisteskrankheiten waren. »Es erleichtert die Heilung, wenn die Patientin von allem Vertrauten völlig abgeschnitten ist. Wir halten es für erforderlich, daß die Patientin völlig aus der Umgebung entfernt wird, die zu ihrer Erregbarkeit geführt hat.«

»Das ist eine Anstalt für Verrückte«, sagte Emma. Sie gab sich alle Mühe, ihre Stimme ruhig klingen zu lassen ..., normal. »Und ich bin nicht verrückt.«

Die beiden Ärzte tauschten einen wissenden Blick, und in diesem Augenblick klickte etwas in Emma. Sie sprang vom Stuhl auf und schrie sie an: »Ich bin nicht verrückt! Ich bin nicht ..., ich bin nicht ..., ich bin nicht verrückt!«

Die Oberschwester stürmte ins Zimmer, gefolgt von zwei Pflegern. Sie steckten Emma in eine Zwangsjacke und schleppten sie hinaus, während Emma immer weiter schrie: » Ich bin nicht verrückt!«

»Das bedeutet Nummer zwölf für dich, du Luder«, zischte die Oberschwester.

Man steckte sie in eine Zelle, die nicht größer war als Emmas Kleiderschrank zu Hause, und setzte sie auf einen Hocker. Die Zwangs-

jacke war mit Karabinerhaken versehen, an denen die Männer Ketten befestigten, die in einem Ring im Steinfußboden zusammenliefen. Auf diese Weise konnte sie sich weder auf dem Boden ausstrecken noch aufrecht stehen.
Die Oberschwester warf die Eisentür mit einem lauten Knall zu, und der Schlüssel drehte sich knirschend im Schloß. Das letzte, was Emma sah, bevor Kälte und Dunkelheit sie umgaben, waren die Augen der Oberschwester, die durch eine Luke spähte, die danach ebenfalls geschlossen wurde.
Emma schrie.
Sie schrie, rasselte mit den Ketten und versuchte, sich aus der Zwangsjacke zu befreien. Sie wand sich, spannte die Muskeln an, verbog die Knochen. Sie schrie und schrie und schrie, ohne sich dessen bewußt zu sein ... bis die Eisentür aufgerissen wurde, und ihr jemand einen Eimer kaltes Wasser ins Gesicht schüttete.
Emma saß naß und zitternd in der Dunkelheit und flüsterte immer wieder: »Ich bin nicht verrückt, ich bin nicht verrückt!«
Dann dachte sie, die Oberschwester will mich verrückt machen.
Deshalb verstummte sie und wagte sogar nicht mehr zu flüstern.
Doch die Schreie waren immer noch da. Sie stauten sich in ihr auf, und ihr Entsetzen war wie etwas Wildes, Wahnsinniges. Es war so wahnsinnig, daß sie nur einen Schrei hätte ausstoßen müssen, um nicht mehr aufhören zu können. Sie hätte geschrien und geschrien, bis sie über dem Schreien wirklich den Verstand verloren hätte.
Als die Oberschwester kam, um sie abzuholen, fragte sie Emma: »Wirst du dich benehmen?«
Emma starrte gedemütigt und gebrochen auf den Boden und erwiderte mit einer dünnen, zittrigen Stimme, die sie nicht als die eigene erkannte: »Ja, Schwester.«
»Du wirst essen und trinken, was man dir gibt, ohne Schwierigkeiten zu machen? Und du wirst alles tun, was man dir sagt?«
»Ja, Schwester.«
»Dann kommst du in Halle fünf, solange du dich benimmst. Aber wenn du dich nicht benimmst, bringen wir dich zurück in die Zelle.«

»Ich werde mich benehmen.«
Halle fünf lag hinter einer dicken schweren Tür mit Schnappschlössern. Nur die Oberschwester hatte die Schlüssel, um auf- und wieder zuzuschließen. Die vielen Schlüssel hingen an einer geflochtenen Kordel um ihre breite Hüfte und klirrten ständig.
Die Halle war riesig. Sechs Schlafräume mit jeweils sechs eisernen Betten gingen davon ab. Entlang der Hallenwände standen Holzbänke, und hoch oben befanden sich kleine vergitterte Fenster.
Die Halle war voller Frauen. Manche saßen ruhig auf den Bänken, andere gingen in großer Erregung auf und ab, fuchtelten mit den Armen, rauften sich die Haare, stöhnten oder brüllten laut. Manche schrien auch nur innerlich, andere redeten wirr oder fluchten unanständig. Eine Frau saß festgebunden in einem Rollstuhl. Sie starrte Emma mit leeren Augen an. Aus ihrem offenen Mund rann der Speichel.
Die Oberschwester gab Emma einen Schubs und wies auf einen freien Platz auf einer der Bänke neben einer schmutzigen Frau mir irren Blicken und wirren Haaren, die in einer Urinpfütze saß. »Setz dich dorthin und benimm dich.«
Emmas dachte, der Boden werde sich unter ihr auftun, als sie dem herrischen Finger der Schwester folgte. In der Halle stank es wie nach verdorbenem Obst.
Auf der anderen Seite der Halle hatte man eine Frau in einer Zwangsjacke auf einer Bank festgebunden. Sie schlug immer wieder heftig den Kopf gegen die Wand. Ihr Gesicht war voller blauer Flecken. Emma fragte sich, wie das möglich sei, da sie doch den Hinterkopf an die Wand schlug.
Doch in diesem Augenblick trat die Oberschwester zu der Frau hin und versetzte ihr mit dem Eisenring und den Schlüsseln einen Schlag auf den Mund. Von den aufgeplatzten Lippen der Frau tropfte Blut.
Die Frau gab keinen Laut von sich, doch Emma stöhnte. Danach hatte sie Angst, sich zu bewegen, und blieb still auf der Bank sitzen. Nach langer Zeit, als sie sicher zu sein glaubte, daß man sie nicht beobachtete, stellte sie sich auf die Bank, damit sie aus dem Fenster blicken

konnte. Es war ein vergittertes Eisenfenster, und sie konnte mit etwas Mühe hinausschauen. Grüner Rasen zog sich einen Abhang hinunter bis zu einem Birkenwäldchen, das sie an zu Hause erinnerte. Das gelbe Laub und die weißen Stämme schimmerten silbern in der klaren blauen Luft.

Stunden vergingen ... Emma wußte nicht wie viele, denn Zeit war an diesem Ort ohne Bedeutung. Eine Glocke läutete und rief die Frauen in eine andere, kleinere Halle. Dort setzten sie sich wieder auf Holzbänke an grob gezimmerte Holztische und aßen Corned Beef und kalte gekochte Kartoffeln. Die Frau neben ihr begann, sich das Gesicht und die Haare mit Kartoffeln zu beschmieren. Emmas Magen revoltierte, so daß sie nichts essen konnte. Als sie zu ihrem Platz auf der Bank unter dem Fenster zurückging, hatte sie vor Hunger Magenkrämpfe.

»Sind Sie eine von den Verrückten oder einfach nur eigensinnig?«

Emma zuckte zusammen, als die Stimme an ihr Ohr drang, obwohl es eine freundliche, angenehme Stimme war, die wie das Zwitschern eines kleinen Vogels klang. Die Frau, der die Stimme gehörte, hatte ein schönes, aber trauriges Gesicht und veilchenblaue Augen.

Doch Emma dachte an das holzgetäfelte Zimmer und an den wissenden Blick, den ihr Onkel und der Arzt getauscht hatten, als sie beteuerte, geistig gesund zu sein. Deshalb traute sie weder der Frau noch ihren Worten.

Emmas Kinn zitterte immer noch ein wenig, doch es gelang ihr trotzdem, es stolz zu heben. »Ich weiß nicht, was Sie meinen.«

»Sind Sie gesund oder geistig verwirrt?« Der Kopf der Frau kam näher, und sie blickte aufmerksam in Emmas Augen. »Für mich sehen Sie gesund aus. Trotzdem kann man das manchmal nur schwer sagen. Denn, was sie uns hier antun, würde selbst einen Gott dazu bringen, nach kurzer Zeit zu schreien, zu sabbern und unverständliches Zeug zu plappern.«

Emma hätte beinahe gelächelt. Doch sie dachte daran, wie sie in der Zelle geschrien und an den Ketten gezerrt hatte. Sie zuckte unwillkürlich schaudernd zusammen.

»Also, warum sind Sie hier?«

»Wie?« fragte Emma und zuckte noch einmal zusammen.
»Woran leiden Sie? An Melancholie, Schwachsinn, Hysterie, nervöser Erschöpfung?«
»Ich habe ein erregbares Wesen.«
Die Frau musterte Emma aufmerksam, und in ihren Augen tanzte ein Lächeln. »Ja, das sehe ich. Und wozu hat Sie Ihr erregbares Wesen verleitet? Was haben Sie getan?«
»Ich habe mir einen Geliebten genommen«, erwiderte Emma. Nach allem, was geschehen war, überraschten sie der Stolz und das Staunen, das sie in diesen Worten hörte. »Aber er... er war unpassend, und ich sollte einen anderen heiraten.«
»Dann leiden Sie an übermäßiger Leidenschaft. Das kommt bei Frauen öfter vor als bei Männern. Also ist die Wurzel Ihres Übels offensichtlich. Sie sind eine Frau. In der Tat, weiblich zu sein, ist häufig die Ursache großer nervöser Unruhe.«
Emma stellte ungläubig fest, daß sie lächelte. Die Frau hatte ein nettes Lächeln, obwohl ihre Zähne verfault waren.
»Ich bin aus genau dem anderen Grund eingesperrt«, berichtete die Frau. »Mein Mann hatte eine Geliebte. Er wollte mit ihr zusammenleben. Aber ich habe mich geweigert, in die Scheidung einzuwilligen. Damals hielt ich eine Scheidung für eine unerträgliche Schande. Ich habe nicht einmal erlaubt, daß jemand das Wort ›Scheidung‹ in meiner Gegenwart benutzte.«
Sie hing einen Augenblick ihren Gedanken nach, dann zuckte sie mit den Schultern. »Ja, es gibt viele Fehlurteile, die man treffen kann, wenn man jung ist ...« Sie seufzte. »Deshalb hat er mich in die Anstalt gesteckt. Ich weiß nicht, ob er noch mit ihr zusammen ist. Sie könnte tot sein, sie könnten beide tot sein, und wenn ich gelegentlich nicht klar bei Verstand bin, bete ich, daß sie tot sind. Ich sage ›nicht klar bei Verstand‹, denn da er mich hier eingeliefert hat, kann auch nur er mich herausholen. Was er nicht gut tun kann, wenn er inzwischen tot ist, nicht wahr?«
Die Frau seufzte noch einmal und sagte dann leise: »Ich bin seit über fünfunddreißig Jahren hier eingesperrt.«
Fünfunddreißig Jahre. O Gott, o Gott ...

Emma setzte sich wieder auf ihre Hände, damit niemand ihr Zittern sah.
Die Frau hieß Annabel Kane. In den folgenden Tagen kam sie oft zu Emma auf die Bank. Wenn die Schwester nicht in der Nähe war und sie sehen konnte, stellten sie sich manchmal beide darauf und blickten aus dem Fenster. Emma erfuhr, daß sich hinter dem Birkenwäldchen ein Zaun und ein verschlossenes Tor befanden.
Sie füllten die Stunden mit Gesprächen. Meistens sprach Emma und hauptsächlich über ihre Kindheit, über das Segeln und Reiten. Seltsamerweise redete sie auch über Geoffrey, an den sie immer häufiger denken mußte, obwohl sie nicht wußte wieso.
»Ich fürchte, ich bin hier ziemlich abgestumpft«, sagte Annabel. »Ein Tag gleicht dem anderen.«
Eines Tages kam sie zur Bank, und ihr Gesicht war vor Aufregung wie verwandelt. »Morgen gehe ich nach Hause!« sagte sie zu Emma.
Emma griff nach ihren Händen. »Das ist wunderbar«, erwiderte sie mit Tränen in den Augen. »Ist es Ihr Mann? Hat er Ihre Entlassung beantragt? Oder haben die Ärzte entschieden, daß Sie geheilt sind?«
Doch Annabel war so aufgeregt, daß sie keine Antwort gab. Statt dessen sprachen die Frau den ganzen Nachmittag von den Dingen, die sie am ersten Tag in der Freiheit tun würde. »Ich werde einen langen Spaziergang machen«, sagte Annabel, »einen langen, langen Spaziergang. Und ich werde in den weiten offenen Himmel blicken und ihn in mich aufnehmen, einfach alles in mich aufnehmen.«
Als Annabel ging, beugte sie sich vor und wischte eine Träne von Emmas Wange. »Passen Sie gut auf Ihr erregbares Wesen auf, Miss Emma Tremayne. Bewahren Sie es sich.«
Doch als Emma am nächsten Tag auf dem Weg zum Eßsaal an den Schlafräumen vorbeiging, sah sie, daß man Annabel mit den Füßen festgebunden auf das Bett gefesselt hatte. Die Hände steckten in einem Muff, und ein breites Lederband spannte sich über ihre Brust. Sie war offenbar mit Medikamenten ruhiggestellt worden, denn sie schnarchte laut, und sie war nackt.
»Annabel!« rief Emma und wollte zu ihr. Doch die Oberschwester

kam schwerfällig hinter ihr her, packte sie am Arm und hielt sie mit einem so heftigen Ruck fest, daß sie beinahe Emmas Schultergelenk ausrenkte.

»O Gott ... Bitte, Schwester. Könnte man sie nicht wenigstens zudekken?«

»Sie hat letzte Nacht die Bettücher zerrissen«, erwiderte die Oberschwester, »und dafür wird sie bestraft. Du wirst das gleiche erleben, wenn du nicht den Mund hältst.«

Zwei Tage später wartete Annabel an ihrem gewohnten Platz auf Emma. Sie stand auf der Bank und blickte aus dem Fenster.

»Manchmal geht es mir nicht gut«, erklärte sie. »Ich war so lange hier, Emma, so lange. Mein ganzes Leben lang. Als ich hierherkam, war ich erst zwanzig. Zwanzig! Jetzt bin ich fünfundfünzig und eine alte Frau. Ich werde hier sterben.« Sie berührte das vergitterte Fenster mit den Fingerspitzen. »Manchmal bringt mich die Vorstellung, daß ich hier sterben werde, zur Verzweiflung.«

In der Nacht riß Annabel Kane ihr Bettlaken in Streifen und knüpfte sie zu einem Seil zusammen. Dann befestigte sie das Seil an der Kupferlampe und erhängte sich.

Jetzt stand Emma allein auf der Bank.

Sie verschloß die Ohren vor den Schreien, dem Stöhnen und Sabbern der anderen Frauen, der Verrückten. Sie verschloß die Nase vor ihrem Schweiß und Urin. Sie preßte das Gesicht an das kalte vergitterte Fenster und beobachtete, wie die Birken draußen im Wind ein Blatt nach dem anderen verloren.

Eines Tages blickte sie hinaus und sah, daß der Rasen mit Schnee bedeckt war.

Emma dachte nicht an Shay, denn das war unerträglich.

Sie stellte sich vor, sie gehe mit Bria an einem grauen Kiesstrand entlang, wo die Luft so silbern war wie die Bucht.

Neunundzwanzigstes Kapitel

Es war ein kalter, feuchter Tag, der einen so wehleidig werden ließ, daß man ständig hätte in Tränen ausbrechen können.

Maddie saß in ihrem Rollstuhl auf der Terrasse über der Bucht und machte sich Sorgen, daß sie naß werden würde. Doch die grauen, nassen Tage, an denen zuerst Schnee fiel, der dann in Schneeregen überging, schienen kein Ende zu nehmen, und sie hatte das Bedürfnis gehabt, das Haus zu verlassen.

Sie hörte Schritte auf den Steinplatten und drehte sich um, denn sie erwartete Tildy oder einen der anderen Diener. Ihr Herz begann vor Angst und Erleichterung wie rasend zu klopfen, als sie Stuart Alcott sah, der mit seinen großen Schritten auf dem Weg näher kam. Er trug lässige Reitkleidung: eine Lederhose, kniehohe Stiefel und eine lose Jacke mit Gürtel.

»Wie, du bist schon wieder hier, Stuart?« rief sie, als er vor ihr stand. Sie hatte ihm in den vergangenen zwei Monaten zahllose Briefe geschrieben und ihn gebeten zu kommen, jedoch nie eine Antwort erhalten. »Sollte ich mich geschmeichelt fühlen, oder ist dir nur das Geld ausgegangen?«

Er beugte sich zu ihr hinunter und küßte die Luft neben ihrer Wange. »Einen schönen guten Tag, Maddie, mein Mädchen. In der Tat hatte ich in letzter Zeit eine seltene Glückssträhne auf dem Rennplatz.« Er lachte. »Nein, diesmal bin ich gekommen, weil ich einen Skandal wittere.«

»Einen Skandal?« Sie bemühte sich um einen unbeschwerten Ton, doch ihre Stimme klang plötzlich kalt. Also wußte er es, wahrscheinlich nicht alles, aber etwas.

»Hin und wieder finde ich es unterhaltsam, einen Skandal ans Licht

zu bringen«, fuhr er unbekümmert fort, »dann, wenn die vielen Feste, das Trinken und das Spielen anfangen, ihren Reiz zu verlieren.«
Er stand mit dem Gesicht zur Bucht, schob eine Hand in die Jakkentasche und stellte einen Fuß auf eine der verzierten Eisenvasen, die in regelmäßigen Abständen am vorderen Rand der Terrasse standen. Er holte tief Luft und richtete sich auf.
Er sieht sehr männlich aus, dachte Maddie und wurde rot.
»Weißt du, Maddie, es kostet keine übermenschliche Anstrengungen, unsere enge kleine Welt hier in Bristol zu belügen und damit auch noch durchzukommen. Trotz unseres vielen Geldes und allem gesellschaftlichen Getue sind wir ein kleines Dorf. In den Kreisen, in denen ich mich manchmal in New York bewege, ist man boshaft und spitzfindig. Es gibt Leute, deren einziger Lebensinhalt darin besteht, die Lügen und Täuschungen anderer aufzudecken und bloßzustellen.«
Stuart nahm den Fuß von der Vase und drehte sich wieder nach ihr um. Er musterte sie so eindringlich, daß sie den Kopf senken mußte. Sie hatte ihn angefleht zu kommen, weil sie ihm die Wahrheit, einen Teil der Wahrheit sagen und ihn bitten wollte, das schreckliche Unrecht wiedergutzumachen, das sie angerichtet hatte. Doch nun war er hier, und sie fürchtete sich. Wenn er von ihrer Rolle in diesem ›Skandal‹ erfuhr, würde er sie so sehen, wie sie wirklich war, und sie verachten.
»Manchmal«, fuhr er fort, »macht es meinen Freunden Spaß, ihre Talente in unbekannten Gewässern zu erproben und hinter die kleinen schmutzigen Geheimnisse von uns Heuchlern hier in der Provinz zu kommen. Besonders dann, wenn wir zu vornehmer Scheinheiligkeit neigen. Und wenn sie irgendwelche schmutzigen kleinen Geheimnisse entdecken ...« Er breitete die Hände aus, »oh, das kannst du mir glauben, dann wird geredet und geredet.«
Maddies Herz schlug immer lauter.
Er weiß es ... Er weiß alles ... Was weiß er?
»Stuart, versuchst du zufällig gerade den Mut aufzubringen, mir ein bestimmtes, besonders pikantes Gerücht zu überbringen?«
»In gewisser Hinsicht ja ...« Er lachte, aber es klang bitter. »Verstehst

du, ich habe in aller Unschuld jemandem gegenüber erwähnt, daß die schöne Verlobte meines Bruders seit zwei Monaten zu Besuch bei Verwandten ihrer Mama ist und in deren schönen und eleganten Haus auf einer Plantage in Georgia weilt, und was höre ich? Es gibt keine Verwandten in Georgia. Oder, und das ist für meinen spitzfindigen Freund von noch größerem Interesse, es gibt keine Verwandten mit einem schönen eleganten Haus und einer Plantage.«
Er trat näher, bedrohlich nahe, bis seine Beine ihre Knie berührten. »Und wenn es keine Verwandten in Georgia gibt, frage ich dich, wo ist unsere liebe Emma dann?«
»Ich weiß nicht, wovon du sprichst. Natürlich gibt es ein Haus und eine Plantage. Mama hat oft von ihren Verwandten auf High Grove gesprochen.«
Doch Maddie hatte große Angst, denn sie log. Emma war nicht dort.
Stuart neigte sich über ihren Rollstuhl, stützte die Hände auf die Armlehnen und beugte sich so weit vor, daß Maddie die Bewegungen seiner feinen Nasenflügel beim Atmen und die Fältchen an seinen Mundwinkeln sah. Sie entdeckte sogar die schwarzen Pünktchen, die wie Staubpartikel in seinen grauen Augen zu schwimmen schienen. Und sie roch den abgestandenen Champagner und einen schwachen, süßen und klebrigen Geruch wie von verbrannten Erdnüssen.
»Gestehe, Maddie! Was hat Emma getan, und was habt ihr, du und deine Mama, mit ihr gemacht?«
Mit ihrer Antwort brach ein angstvolles Schluchzen aus ihr heraus. »Ich mußte es Mama sagen. Zu Emmas eigenen Besten mußte ich es ihr sagen.« Aber das war eine Lüge. Dabei hatte sie wirklich nichts zu ihrer Mutter sagen wollen, und sie hätte es auch nicht getan, aber dann ...
Dann sah sie Emma, die vom Tor zurückkam, wo sie sich von ihrem Geliebten verabschiedet hatte. Ihre Schwester hob die Röcke bis zu den Knien. Sie rannte und lachte ... sie schien so glücklich zu sein.
Stuart musterte sie. Er verurteilte sie, und Maddie konnte es nicht ertragen. Sie wandte das Gesicht ab und drückte sich an die geflochtene Rückenlehne ihres Rollstuhls.
»Wo ist sie, Maddie?«

Maddie preßte die Faust an ihren Mund, um einen Aufschrei zu unterdrücken. Sie krümmte sich im Rollstuhl zusammen, als könne sie sich durch den geflochtenen Sitz, durch die kalte Wintererde hindurch bis auf die andere Seite der Welt drücken, wo er sie nicht sah und sie nicht seinen forschenden Augen ausgeliefert war.
»Mama ... Sie hat gesagt, Emma sei eine Schande für die Familie und sie müsse für eine Zeitlang weg. In ... in das Haus auf der Plantage.« Dabei gibt es überhaupt keine Plantage. Mama hat gelogen, Mama hat schon immer gut lügen können und ... O Gott, was habe ich getan?
Maddie blickte trotzdem zu ihm auf, doch er hatte sich abgewandt. Er starrte auf die Bucht. Die grauen schweren Wolken waren tiefer gesunken und hingen mit ihren dicken Bäuchen bis ins Wasser.
»Ich habe dir geschrieben«, fuhr sie kleinlaut fort. »Ich habe dir geschrieben, immer wieder geschrieben und dich gebeten zu kommen. Aber du hast nicht geantwortet.«
Er verzog leicht den Mund. »Deine Briefe waren etwas vage in Hinblick auf das Warum. Aber du hast recht. Ich hätte trotzdem kommen sollen.« Er drehte sich wieder um. Sie hatte sein Gesicht noch nie so gesehen. Alle Farbe war daraus gewichen, es schien nur noch aus Haut und Knochen zu bestehen. »Deine dumme Mutter hat deine Schwester nach Warren in die Anstalt geschickt, nicht wahr?«
»O Stuart, ich hatte solche Angst ...« Sie würgte an den Worten, an der Angst, den Schuldgefühlen und dem Entsetzen. Alles hatte sich in ihr wie ein Damm aufgestaut. »Das hat sie immer mir angedroht, nachdem ich die Familie mit meinem Rollstuhl in eine ›peinliche Lage‹ gebracht hatte. Sie hat gesagt, sie hätte Emma nach Georgia geschickt. Aber ich dachte, ich dachte ...«
Er stieß leise einen obszönen Fluch aus, und Maddie zuckte zusammen, als er fragte: »Weiß Geoffrey davon?«
Sie schüttelte den Kopf und preßte die Lippen zusammen. Der Damm war inzwischen hoch, wurde immer breiter und drohte sie zu ersticken. »Geoffrey glaubt wie alle anderen, sie sei in Georgia. Mama hat ihm gesagt, Emmas Nerven seien in letzter Zeit schwach und angegriffen gewesen, und der Winter hier verschlimmere ihren Zustand

noch.« Maddie rang die Hände im Schoß und fürchtete sich davor, was jetzt geschehen würde, nachdem das Geheimnis enthüllt war. Sie fürchtete sich davor, was ihre Mutter mit ihr tun würde. »Was, was wirst du Geoffrey sagen? Du kannst ihm nicht sagen, warum ...«
Er wandte sich halb von ihr ab, als könne er selbst ihre Gegenwart nicht mehr ertragen. Seine Stimme bekam einen bösen Unterton. »Was sollte ich ihm über das Warum sagen. Schließlich habe ich nur einen Verdacht ...« Er lachte wieder, aber diesmal klang es eiskalt, und ihr lief ein Schauer über den Rücken. »Und einer von uns hat bereits zuviel gesagt.«
»Wieso nimmst du überhaupt so großen Anteil?« rief Maddie plötzlich zornig. Sie schämte sich und fürchtete mehr als alles andere, ihn zu verlieren, obwohl er überhaupt niemals der Ihre gewesen war. »Meinetwegen wärst du nicht gekommen, selbst dann nicht, als ich dich darum gebeten hatte. Aber ihretwegen bist du auf der Stelle gekommen. Wahrscheinlich bist du in sie verliebt, wie alle anderen Männer bei ihrem Anblick den Kopf verlieren.«
Er schwieg für einen Moment und kam dann überraschenderweise wieder näher. »Ich nehme Anteil, weil sie meine Freundin ist. Ich kann dir versichern, ich war niemals in sie verliebt, aber ich habe sie immer gern gemocht.«
Er hob die Hand, und sie glaubte, er werde sie berühren. Doch er ließ die Hand wieder sinken. Maddie begriff, daß er sie niemals berühren würde, niemals so, wie sie es wollte, nicht so, wie jener Mann ihre Schwester Emma.
»Was ist mit deinem Herzen geschehen, Maddie? Ist es zusammen mit deinem Rückgrat gebrochen?«
»Natürlich ist es gebrochen!« Sie warf den Kopf zurück. Die Tränen liefen ihr aus den Augen, in die Haare und hinunter zu ihren Mundwinkeln. »Was weißt du von meinem Leben? Du mußt nicht so leben ...« Ihre Stimme überschlug sich, als sie schrie: »Sie muß nicht so leben wie ich!«
»An dem Rollstuhl ist nicht Emma schuld.«
»Nein, Willie ist schuld daran!« Sie schrie ihn an, sie schrie sich an, sie schrie Willie an, der tot und im Himmel war. »Es ist Willies

Schuld! Er hat sich deshalb umgebracht, und auch ich will sterben!«
Sie vergrub das Gesicht in den Händen, preßte die Finger an ihr Gesicht und versuchte, das hemmungslose Schluchzen zu unterdrükken. »Geh.«
»Maddie ...«
»Bitte geh.«
Er war so lange still, daß sie den Mund öffnete, um ihn noch einmal zum Gehen aufzufordern. Sie wollte ihn nie wieder sehen ...
Stuart war immer gegangen und hatte sie allein gelassen. Maddie hörte das Klicken seiner Stiefelabsätze auf den Steinplatten. Es entfernte sich. Er verließ sie.
Maddie hob den Kopf, und im selben Augenblick trieb der Wind einen Schauer Eisregen von der Bucht herüber. Sie umklammerte die glatten Holzspeichen der Räder und versuchte, den Rollstuhl vorwärts zu bewegen, doch die Gummireifen steckten fest. Schluchzend drückte sie fester auf die Speichen, endlich begannen die Räder sich langsam zu drehen und dann schneller ... sie drehten sich schnell, rollten die Neigung der Terrasse hinunter zum Rand, der steil zur Bucht abfiel in das graue Wasser, in den grauen Himmel ...
Maddie schrie einmal laut auf, als der Rollstuhl gegen eine der Eisenvasen prallte, abrutschte, kippte und sie auf die Steinplatten geschleudert wurde.
Sie schluchzte so heftig, ihr Herz schmerzte vor Angst, Hoffnungslosigkeit und verzweifelter Einsamkeit, daß sie die starken Arme, die sich um sie legten, erst spürte, als sie hochgehoben und an seine Brust gedrückt wurde.
Sie wandte sich ihm zu, drückte ihr nasses Gesicht an seines, preßte ihre Lippen an seine harte Wange und schmeckte auch dort Salz. Doch sie wußte nicht, ob es ihre oder seine Tränen waren.
»Mein Liebling«, flüsterte Stuart, »mein armer gebrochener Liebling.«

Er kam zu der Zeit des Tages, wenn man spürt, daß die Dunkelheit hereinbricht, obwohl der Himmel immer noch hell ist. Sein blasses Gesicht leuchtete in der düsteren Halle.

»Emma ...«
Er kam näher, näherte sich ihrem Platz auf der Bank unter dem Fenster.
»Emma«, rief er noch einmal.
Er kniete vor ihr nieder. Ihre Hände lagen mit den Handflächen nach oben in ihrem Schoß. Er hob sie sanft und liebevoll hoch. »Ich wußte nichts davon. Ich schwöre dir, Emma, Liebling, ich wußte überhaupt nichts.«
Geoffrey rieb ihre Hände. Sie dachte, ihre Hände müßten ihm kalt vorkommen. Sie fror schon so lange, daß sie es nicht mehr wahrnahm.
»Glaubst du mir?« fragte er. »Sag, daß du mir glaubst.«
Sie blickte in sein hübsches schmales Gesicht, das ihr so vertraut war und das sie schon ihr Leben lang kannte. Sie betrachtete seine ausdruckslosen grauen Augen, in denen sie nie etwas lesen konnte.
»Ich glaube dir«, antwortete sie, obwohl sie nicht sicher war, ob sie ihm glaubte oder nicht. Doch das war nicht wichtig. Geoffrey war hier und würde sie von diesem Ort wegbringen. Er würde sie nach Hause bringen.

Dreißigstes Kapitel

Emma hatte nur einen Gedanken, seit sie am Abend zuvor nach Hause gekommen war. Sie wollte einen langen, langen Spaziergang machen, in den endlosen offenen Himmel blicken und ihn in sich aufnehmen, einfach alles in sich aufnehmen.

Als sie am Morgen die große Ebenholztür geöffnet hatte und ins Freie getreten war, kam es ihr wie ein Wunder vor. Sie konnte ohne die Oberschwester und ihre klirrenden Schlüssel gehen, wohin sie wollte.

Doch dann stand sie in ihrem Seehundmantel und der Pelzmütze auf der Veranda, hatte die Hände tief im warmen Muff vergraben und fürchtete sich, den ersten Schritt zu tun. Sie fühlte sich innerlich so gebrochen, als seien Teile von ihr abgerissen, zackige, gesplitterte Teile, die jetzt nicht mehr richtig zusammenpaßten.

Sie konnte zurück ins Haus gehen und Geoffrey bitten, sie zu begleiten. Doch wenn er bei ihr war, spürte sie seine angstvollen Blicke, und das bereitete ihr Unbehagen. Sie fragte sich, was er in ihrem Gesicht suchte – Anzeichen dafür, daß Emmas Gefühle mit ihr durchgegangen waren, Anzeichen von Emmas erregbarem Wesen, das sie entdeckt und verloren hatte.

Emma wußte, sie war nicht verrückt, war nie verrückt gewesen. Trotzdem hatte die Anstalt sie innerlich zerbrochen. Dort in der Hölle des Wahnsinns hatte sie angefangen, sich wieder zu fürchten.

Plötzlich glaubte sie zu hören, daß der Korbschaukelstuhl knarrte, obwohl kein Wind wehte. Als sie sich umdrehte, stand der alte wohlbekannte Schaukelstuhl völlig still. Doch das vertraute Geräusch, das Erinnerungen weckte, gab ihr den Mut, die Stufen hinunter und über den Rasen zu gehen, auf dem der nasse Schnee in schmutzigen Klumpen lag. Weiter unten zwischen den Birken ballte sich der Nebel wie Rauch.

Einmal blieb sie stehen, blickte hinauf zum Himmel und ließ das Blau ihre Augen füllen. Sie nahm es tief in sich auf.

Als sie sich wieder in Bewegung setzte und auf die Birken zuging, die weiß, schwarz und grau in der Winterlandschaft standen, fühlte sie sich besser. Allerdings fühlte sie sich nicht wie die alte Emma, sondern eher wie ein anderer Mensch.

Von der Bucht stiegen silbergraue, undurchsichtige Nebelschwaden auf. Sie konnte nicht erkennen, wo das Wasser endete und der Himmel begann. Der Strand war eine seltsame, kunstvoll vom Wind geschaffene Landschaft aus Schnee und Sand.

Emma war zuletzt an dem Tag hier gewesen, als sie im Sturm nach Hause gesegelt war. Sie hatte die *Ikarus* in einem schrecklichen Zustand zurückgelassen, doch sie stellte fest, daß die Schaluppe in Ordnung gebracht worden war.

»Du bist weggegangen und hast dein Boot vergessen, Emma«, sagte eine rauhe Stimme, die sie nie mehr zu hören geglaubt hatte.

Die zersplitterten, zerbrochenen Teile in ihr veränderten schmerzhaft ihre Lage.

Shay trat zwischen den kahlen Bäumen hervor. Seine Hände steckten in den Taschen der Matrosenjacke, und der Schlapphut verbarg sein Gesicht. Er kam ihr so nahe, daß sie ihn hätte berühren können. Doch sie fürchtete sich zu sehr, um das zu tun.

»Du bist also wieder zurückgekommen«, sagte er, und sein Atem bildete kleine Wölkchen, die über sein Gesicht trieben, über sein schönes, vernarbtes Gesicht.

»Zurückgekommen?«

»Von deinen Verwandten in dem prächtigen Haus auf ihrer Plantage in Georgia.«

Ihre Haut war kalt und feucht, doch ihr Herz schlug schnell und unruhig. Er hatte sehr grüne Augen.

Ich kann das nicht mehr ertragen, dachte sie.

»Donagh hat dich gestern zufällig am Bahnhof gesehen«, sagte er. »Daher weiß ich, daß du zurück bist.«

»Ja.«

Sie hätten im Wagen der Anstalt zurückkommen können, sie lag nur wenige Meilen entfernt. Doch Geoffrey erklärte, sie müßten die Bahn nehmen, damit niemand, der von Bedeutung war, die Wahrheit erraten und wissen würde, wo sie gewesen war.

»Ich hatte mir gedacht, daß du als erstes nach deinem Boot sehen würdest«, sagte er. »Deshalb bin ich hier. Ich will wissen, wie es dir geht, Emma.«

Eine plötzliche Wut auf ihn loderte in ihr auf – Wut darüber, daß er mit seiner Prophezeiung recht gehabt hatte.

»Ich werde Mr. Alcott heiraten«, sagte sie. »Mama will nicht mehr die vollen zwei Jahre warten. Deshalb wird die Hochzeit im Juni sein. Mama sagt, er ist so solide und zuverlässig wie die Steine seiner Fabrik.«

Er musterte sie eindringlich von Kopf bis Fuß. Sie mußte den Blick abwenden. »Gibt es ein Kind, Emma?«

Die zerbrochenen, zersplitterten Stücke veränderten ihre Lage von neuem. Plötzlich wollte sie zurück ins Haus, wo es warm war – und sicher.

Sie blinzelte und sah ihn wieder an. »Du bist nicht nach New York gegangen?«

»Nein ... noch nicht.« Jetzt hörte sie den Schmerz der ungeheilten Wunden in seinem rauhen Flüstern. »Ich mußte wissen, wie es dir geht. Wenn du ein Kind ...«

Als sie ihn ansah, fiel es ihr schwer, sich daran zu erinnern, daß sie ihn eigentlich nicht mehr lieben durfte. Irgendwie fand sie den Mut, sein Gesicht zu berühren, mit dem Finger über die dünne weiße Narbe zu streichen, die seine Wange zerschnitt.

»Shay«, sagte sie. »Shay McKenna«, als probiere sie seinen Namen, als spräche sie ihn zum ersten Mal aus. »Hast du mich jemals auch nur ein ganz klein wenig geliebt?«

»Dich geliebt?« Er drehte den Kopf, damit er mit dem Mund über ihre Finger gleiten konnte. »Ich liebe dich, *mo Chridh*. Wenn ich tausend Jahre tot bin, wird das, was immer von mir übrig ist, sei es eine Seele oder nur eine Handvoll Staub, dich lieben.«

Sie ließ die Hand sinken. »Aber ich werde Geoffrey heiraten. Das ist das beste.«
Sie sah, wie sich sein Adamsapfel bewegte, als er schluckte, sah, wie sich seine Brust hob und senkte, als er atmete. »Es ist das beste, wenn du glücklich bist.« Er starrte auf den Sand. »Wirst du glücklich sein, Emma?«
»Mir ist kalt. Ich ... ich gehe besser ins Haus zurück.«
Emma ging davon. Langsam legte sie den Weg vom Strand zu den Birken zurück. Sie mußte sich nicht umdrehen, um zu wissen, daß seine Augen auf ihr ruhten, als werde er sie niemals wiedersehen.

Geoffrey stand im Schatten der Samtportieren an der Tür und beobachtete sie.
Emma stand am Fenster und blickte auf die Birken, doch er zweifelte daran, daß sie die Bäume sah. Ihr Blick war nach innen gerichtet, auf einen Punkt tief in ihrem Innern. Unter ihren Wangenknochen lagen Schatten wie verblassende blaue Flecken.
Sie mußte schließlich doch einen Spaziergang gemacht haben, denn sie trug ihren Seehundmantel, obwohl er halb aufgeknöpft war. Er sah ein Spitzenband, das mit unzähligen, winzigen Perlen besetzt war, am hohen Kragen ihres Kleides. Er lag eng um ihren unglaublich langen schlanken Hals.
Geoffrey wußte, er würde Geduld haben müssen, denn sie war erst wieder einen Tag zu Hause. Doch er hatte das Gefühl, ihr aus unendlicher Ferne etwas zuzurufen, und wenn er die Hand ausstrecken und versuchen wollte, sie zu berühren, werde sie sich möglicherweise in nichts auflösen.
Er fürchtete, sie nicht mehr zu kennen, sie vielleicht nie gekannt zu haben. Niemand wollte ihm verraten, wozu ihr ›erregbares Wesen‹ sie getrieben hatte, so daß ihr Onkel und ihre Mutter beschlossen hatten, sie brauche die Ruhe einer Anstalt, um wieder gesund zu werden. Er hatte versucht, es herauszufinden, sich dabei allerdings keine allzu große Mühe gegeben, denn im Grunde wollte er es nicht wissen.

Geoffrey wollte nichts erfahren, was er ihr vielleicht nicht hätte verzeihen können.
Jetzt trat er neben sie ans Fenster, nahe genug, um sie zu berühren, ohne es jedoch zu tun. Sie duftete nach ihrem Fliederparfüm und nach dem kaltem Pelz.
»Du hast einen Spaziergang gemacht«, sagte er.
»Ja«, erwiderte sie.« Sie sprach leise, wie jemand, der gerade aus einem besonders tiefem Schlaf erwacht war.
»Du frierst.« Er wischte ein paar Nebeltropfen von der seidigen Welle ihres Haars und zögerte. Er wollte sie fragen, woran sie dachte. Statt dessen wandte er sich ab, griff nach dem ledernen Blasebalg und begann, das Feuer im Kamin anzufachen.

In den folgenden Tagen dieses Dezembers verbrachte Geoffrey soviel Zeit mit Emma, wie er konnte, auch wenn er nie die Worte fand, um die Frage zu formulieren, die er, wie er glaubte, ihr hätte stellen sollen. Er wollte glauben, daß sie ihn brauchte, und deshalb war er da. Doch sie war nicht immer leicht zu finden. Emma verbrachte viel Zeit mit Spaziergängen, obwohl Weihnachten vor der Tür stand und der Winter kalt und feucht war.
Diesmal fand er sie in der alten Orangerie. Er war nie an diesem Ort gewesen, wo sie ihrer Bildhauerei nachging. Sie hatte auch nie angeboten, ihm ihre Arbeiten zu zeigen. Aber vielleicht, so dachte er, befürchtete sie, er könnte ihre Plastiken für laienhaft halten.
Die Tür stand einen Spalt weit offen, und er blieb auf der Schwelle stehen, bevor er eintrat. Blaßgelbes Sonnenlicht flutete durch das Glasdach ins Innere und sprenkelte die Platten des Fußbodens mit wäßrigen Mustern. Sie stand vor einem eigenartigen Gebilde aus Bronze. Obwohl er ihr Gesicht nicht sehen konnte, ging eine seltsame Entrücktheit von ihr aus, als sei sie schon eine Ewigkeit dort.
Er trat ein, und sein Stock stieß laut auf den Steinboden. Emma drehte sich um, und Geoffrey erschrak, als er sah, daß ihr die Tränen über die Wangen rannen.
»Emma, mein Liebling«, sagte er und eilte zu ihr. »Was ist? Geht es dir gut?«

Sie wandte ihm schnell den Rücken zu und starrte von neuem auf das Bronzegebilde.
»Ich hatte Angst, hierher zu kommen, Angst davor, was ich empfinden, wie sehr es schmerzen würde. Doch dann dachte ich, Mama könnte während meiner Abwesenheit vielleicht Bria zerstört haben. Von diesem Augenblick an hatte ich noch größere Angst, nicht hierher zu gehen. Ich mußte sehen und wissen, daß ihr nichts zugestoßen ist.« Sie machte eine Pause und fügte dann etwas ruhiger hinzu: »Sie ist tatsächlich unversehrt.« Emma schwieg und fragte dann: »Ist sie nicht schön?«
Geoffrey versuchte, Bewunderung zu zeigen, während er das eigenartige Etwas betrachtete. Schließlich kam er zu dem Schluß, es handle sich um eine Maske, ein Frauengesicht, doch es war kaum ... Nun ja, zum einen war es viel zu groß für ein richtiges Gesicht. Zum anderen waren die Züge viel zu hart und ausgeprägt, um die einer Frau zu sein. Seine arme Emma hatte wirklich kein Talent. Kein Wunder, daß sie bisher gezögert hatte, ihm eines ihrer Werke zu zeigen.
Es schien ihr ohnehin gleichgültig zu sein, ob sie Zustimmung und Beifall von ihm bekam. Sie war wieder in diesen entrückten Zustand zurückgefallen, in dem sie scheinbar nicht einmal atmete.
»Du denkst doch nicht daran, wieder mit der Bildhauerei anzufangen ...« Er hoffte, sie werde es nicht tun, denn ihre Nerven waren für diese Art Anspannung noch viel zu schwach.
Emma tauchte mit einem Schaudern aus ihrer Bewegungslosigkeit auf und blickte durch das milchige Fensterglas auf die Bucht. Das Wasser schlief glatt und grau unter dem blauweißen Winterhimmel.
»Nein«, erwiderte sie. »Dazu wäre sehr viel mehr Mut nötig, als ich im Augenblick aufbringen könnte.«
Auf ihrem Gesicht lag eine so süße Traurigkeit, daß er sich schmerzlich danach sehnte, sie zu trösten. Ohne sich ganz im klaren darüber zu sein, was er tat, legte er seine Hand um ihre Taille und zog sie an sich. Er hatte vorsichtig sein und ihr nach der Krankheit mehr Zeit lassen wollen. Doch nun küßte er sie, und es war zu spät, an die guten Vorsätze zu denken.

Ihr Mund war kühl und weich. Er beendete den Kuß viel zu schnell, um herauszufinden, ob er eine Reaktion darauf bekommen hatte. Und einen zweiten Versuch wagte er nicht.
»Ich dachte, wir könnten heute Schlittschuh laufen gehen«, sagte er. »Ich habe gehört, das Eis auf dem Stadtteich ist jetzt so gut, wie es den ganzen Winter über noch nicht war.«
»Das wäre schön, Geoffrey«, antwortete sie. Doch er entdeckte in ihrem Gesicht nicht die Regung eines Gefühls.

Das Sonnenlicht tanzte auf den zarten Spitzenkrägen aus Eis, die Steine und Bäume umschlossen. Die Glöckchen des Pferdegeschirrs läuteten eine Melodie wie zu einem Reigen. Der Luftzug, den der Schlitten auf seinem Weg über den Schnee hervorrief, drückte den grauen Pelz von Emmas Kragen zart und liebkosend an ihre Wange. Sie bedauerte inzwischen, Geoffreys Vorschlag angenommen zu haben, denn sie spürte, wie sich immer noch die Angst in ihr regte. Daheim in dem ruhigen vertrauten Haus hatte sie das Gefühl, wieder sie selbst zu sein, die junge Frau, die sie vor langer Zeit gewesen war. Es kam ihr vor, als habe sie sich nach einer langen, gefährlichen und furchteinflößenden Reise selbst wieder getroffen.
Emma hakte sich bei Geoffrey unter, lehnte sich an ihn, suchte Halt bei ihm. Er lächelte. Im matten Winterlicht hatten seine Augen den weichen Glanz von altem Silber.
Emma sagte sich, daß sie und Geoffrey sich mochten, ohne sich jedoch immer im klaren darüber zu sein. Aber das schien jetzt nicht mehr so wichtig. Zu den vielen Dingen, vor denen sie sich fürchtete, gehörte auch, Geoffreys Arm loszulassen.
Sie legten sich die zusammengebundenen Schlittschuhe über die Schultern und gingen zum Teich hinunter. Auf Geoffreys Geheiß setzte sich Emma auf einen halbhohen Stein, damit er ihr die Schuhe zuschnüren konnte.
Geoffrey und Emma glitten Seite an Seite, Arm in Arm über den Teich. Die schneidende Kälte rötete Emmas Nase und Wangen, und sie fand den Wind in ihrem Gesicht wundervoll. Zu ihrer eigenen Überraschung lachte sie, doch das Lachen klang in der dünnen Luft brüchig.

Am anderen Ende des Teichs spielten ein paar irische Kinder. Sie schlugen eine Steinscheibe auf dem Eis hin und her. Dabei schrien und lachten sie und versuchten, sich gegenseitig mit den gebogenen Stöcken zu treffen. Es schienen Jungen zu sein, doch Emma glaubte einen Augenblick, Noreen unter ihnen zu sehen.

Sie stieß einen leisen Schrei aus und wollte den Kindern folgen. Doch Geoffrey ließ ihren Arm nicht los.

»He, Liebling!« rief er. »Wohin willst du?«

Sie ließ sich von ihm wegziehen. Sie ließ sich von seinen sanften vertrauten Händen zu dem Stein bringen, wo er ihr die Schlittschuhe auszog. Sie ließ sich von ihm im Schlitten in Decken hüllen und nach Hause fahren, wo der Stechpalmenkranz an der Tür und das Lampenlicht, das durch die Fenster auf den Schnee der Simse fiel, sie einladend begrüßten.

Als sie die mit Tannengirlanden geschmückte Halle durchquerte, drangen aus dem Wohnzimmer Lachen und die klimpernde Melodie von *Jingle Bells*, und sie folgten den Tönen.

Das Wohnzimmer leuchtete im weißen Glanz der Kerzen am Weihnachtsbaum und duftete nach Ingwergebäck und Eierlikör. Maddie saß im Rollstuhl am Kamin. Sie lachte.

Vor ihr stand Stuart Alcott mit einer Spieldose in der Hand, auf deren Deckel ein Schlittschuhläufer Kreise zog.

»Stuart!« rief Geoffrey. In seiner Stimme lag Staunen.

Maddie hob den Kopf und begrüßte sie mit einem strahlenden Lächeln, das es mit den Kerzen am Baum aufnehmen konnte. »Sieh mal, Emma, Stuart ist zu Weihnachten nach Hause gekommen.«

»Und hat auch Geschenke mitgebracht«, sagte Stuart. Emma sah, wie er Maddies Hand ergriff und die Spieldose auf ihre Handfläche stellte. Die Melodie wurde langsamer, doch die beiden schienen es nicht zu merken. Stuart blickte in Maddies Augen und strahlte. Sein Lächeln überwand Tiefen, Abgründe, Welten und unvorstellbare Räume.

Der Blick, mit dem sie ihn ansah, ging noch weiter.

Wie sehr sie ihn liebt, dachte Emma.

Wie sehr habe ich Shay geliebt.

Einunddreißigstes Kapitel

Die Leute in Bristol nannten den April das ›Tor zum Frühling‹. Es war die Zeit, wenn der Schnee mit feuchtem Klatschen von den Ästen der Bäume fiel und das Eis der Bäche mit krachenden Schlägen barst, die lauter waren als alle Feuerwerkskörper am Vierten Juli. Die jungen Farne und Blumen streckten die Köpfe aus der sich erwärmenden Erde, und die Blätter von Buchen und Birken begannen sich zu entrollen.

Emmas Frühling kam so langsam wie die Schneeschmelze. In den ersten Wochen des neuen Jahres ging sie noch oft zum Collins-Teich. Sie wollte nicht Schlittschuh laufen, sondern nur die irischen Jungen beim Eisschießen beobachten. Sie machte sich keine Hoffnung, Noreen wiederzusehen, aber das hielt sie nicht davon ab, dorthin zu gehen. Das ungestüme Lachen der Jungen faszinierte sie und wie sie über das Eis flitzten ohne Angst vor Spalten und eingefrorenen Ästen, die sie zu Fall bringen konnten. Emma schmerzte es, die törichte Tapferkeit mitanzusehen.

Sie brachte es deshalb nie über sich, lange zu bleiben. Schon nach kurzer Zeit kehrte sie mit dem Bewußtsein einer stillen, aber bedrükkenden Feigheit nach Hause zu den vertrauten Dingen ihres Alltags zurück – zu Geoffreys begütigender Stimme, wenn er sich mit ihr unterhielt, zu seinem zuverlässigen starken Arm, auf den sie sich stützte. Sie flüchtete zum Anblick der schwarzen, kahlen Birken vor dem weißen Winterhimmel und zum Geruch des nassen Tons in der alten Orangerie – jeden Morgen bereitete sie den Ton vor, als sei sie wirklich eine Bildhauerin, die sich ernsthaft ihrer Kunst widmen würde.

Emma wagte es nie, etwas mit den Ton zu formen, aber sie knetete das weiche Material viele Stunden lang. Wenn der Ton weich, warm und feucht wie etwas Lebendiges durch ihre Finger glitt, entfachte er in ihr eine seltsam lodernde Unruhe. Es war wie die Kraft der leidenschaftlichen und kühnen Freiheit, die sie im Lachen der Schlittschuhläufer gehört hatte. Dann überkam sie die Enttäuschung, daß sie ihre Angst nicht besser überwinden konnte.

Eines Morgens im März – das tauende Eis tropfte von den Zweigen der Birken, und die Sonne erschien blaßrosa und klein am weißlichblauen Himmel – faßte Emma beim Aufwachen den Entschluß, Brias Töchter zu besuchen. Sie hatte ihrer Freundin ein Versprechen gegeben, und das mußte sie halten. Aber Emma fuhr nur bis zum schmiedeeisernen Tor. Dort wendete sie den Wagen und befahl den Stallburschen, das Pferd wieder auszuspannen.

Am Nachmittag schneite es wieder – ein letzter Sieg des Winters. Emma stand am Schlafzimmerfenster und beobachtete die Schneeflocken, die auf den schweigenden Wald fielen. Sie wünschte sich, die vergangenen Monate wie die Birken im Winterschlaf verbracht zu haben, um dann mit geheiltem Herzen und vergessenen Ängsten wieder zu neuem Leben zu erwachen.

Es verging einige Zeit, bevor sie es wagte, den Wagen wieder anspannen zu lassen. Diesmal fuhr sie durch das Tor, obwohl ihr das Herz bis zum Hals schlug und ihre Hände in den Handschuhen feucht wurden. Emma fuhr bis zur Kreuzung von Union und Thames Street. Dort zügelte sie das Pferd und betrachtete aus sicherer Entfernung Brias Haus.

Der Anblick der kleinen armseligen Hütte auf dünnen Pfählen erfüllte sie mit Entsetzen. Wie konnte sie so klein sein und doch so viel bedeuten? Wie konnte diese Hütte so vielen Dingen Platz bieten? Wie konnte dort das ganze Herz einer Frau liegen? Emma blickte auf das Haus, und alles, was zerbrochen war, geriet plötzlich in Bewegung, ballte sich und tat so weh, daß sie laut nach Luft rang.

Dorthin gehöre ich, dachte Emma.

Sie gehörte in die Küche mit der verblichenen Tapete und dem abgetretenen Linoleum. Sie gehörte zu der Familie, die zum Essen an dem Tisch mit der braunen Wachstuchdecke saß, und zu dem Mann,

der in dem weißen Eisenbett schlief. Sie gehörte zu der Freundin, deren Geist noch immer den pfeifenden Teekessel auf dem Feuer überwachte.
Aber ein Meer tat sich auf, wenn man schließlich wußte, wohin man gehörte, und man brauchte die Leidenschaft im Herzen, um die Überfahrt zu wagen. Und Emma hat den Mut verloren, die Segel zu setzen.
Eines Tages, als der Nebel tief über dem kalten Wasser der Bucht hing und der Frühling noch eingeschlossen in den kleinen roten Knospen der Birkenzweige warten mußte, ging Emma zum Friedhof der Saint Mary-Kirche und besuchte Brias Grab.
Ein einfacher Grabstein trug ihren Namen mit den Angaben von Geburt und Tod. Beim letzten Mal, als Emma hier war, lag die Erde braun und frisch vor dem Grabstein, und die Inschrift wirkte in dem glatten grauen Granit wie eine weiße Narbe. Jetzt war der Hügel an den Rändern bereits etwas eingesunken, und der Frost hatte den Granit mit kleinen Rissen durchzogen.
Emma kniete nieder und fuhr die Buchstaben mit dem Finger nach. »Bria«, sagte sie, und der Schmerz, ihren Namen auszusprechen, war unerträglich. Sie schloß einen Augenblick die Augen und blickte dann in die Unendlichkeit des Himmels hinauf. Aber wenn Bria dort war, dann konnte Emma sie nicht sehen. Jedoch etwas anderes zu denken, schien noch schrecklicher. Sollte von Bria nichts anderes mehr dasein als das Skelett im Grab?
Emma hörte hinter sich Schritte. Langsam drehte sie sich um und entdeckte Brias Töchter auf dem Friedhofsweg.
Noreen hatte das Kinn gehoben und sah Emma vorsichtig an. »Wir gehen nach der Schule immer zu Mamas Grab«, sagte sie. »Das heißt sehr oft. Aber wir sind nicht wegen *dir* gekommen.«
Merry summte ärgerlich und schüttelte den Kopf.
Noreen sah ihre Schwester mißmutig an und wurde rot. »Also gut! Merry hat gesagt, du würdest heute hier sein. Sie wollte, daß wir dich hier treffen, weil du schon so lange auf uns gewartet hast.«
Emma öffnete den Mund, aber die Gefühle überwältigten sie, und sie brachte kein Wort über die Lippen.

Merry kauerte sich neben Emma und griff nach ihrer Hand. Mit der anderen Hand strich das kleine Mädchen über die braune Erde auf dem Grab. Sie streichelte die Erde, als sei es etwas Lebendiges. Dabei summte sie leise.

Noreen blieb reglos stehen und musterte Emma mit dunklen Augen. »Papa sagt, du bist eine Zeitlang weg gewesen, bei Verwandten. Er sagt, daß du deshalb nicht mehr zu uns gekommen bist.«

Die Tränen brannten in Emmas Augen. Sie wollte nicht weinen. »Aber jetzt bin ich wieder zu Hause«, erwiderte sie und versuchte zu lächeln. Es fiel ihr schwer, und der Mund zitterte, aber etwas in ihrem Innern löste sich. »Ihr geht jetzt also zur Schule?«

»Papa will es so. Merry gefällt es in der Schule nicht. Sie summt kaum noch.«

»Erzähl mir mehr«, sagte Emma. »Erzähl mir von der Schule! Und was macht der kleine Jacko – bestimmt ist er groß geworden! Kann er schon krabbeln? Und erzähl mir ..., erzähl mir von deinem Papa. Erzähl mir alles!«

Noreen begann langsam und zögernd zu lächeln, und dann erzählte sie. Merry unterbrach ihre Schwester mit langem trillernden Summen –, und so schmolzen endlich die Wintermonate.

Emma besuchte Brias Grab am nächsten Tag wieder. Die Mädchen warteten auf sie. Von da an sagte sie den beiden, wann sie kommen würde. Emma fürchtete sich davor, es dem Zufall zu überlassen oder Merrys Feen.

An einem Tag im April, als vom Winter nur noch ein paar verwehte Wolken hoch über den Himmel zogen, brachte Noreen Sardinen und Brot mit. Sie hatten Tee neben Brias Grab, obwohl es nichts zu trinken gab. An einem Tag im Mai, als die Sonne warm und weich wie Butter schien und ein sanfter Wind wehte, machten sie einen Spaziergang und pflückten Wiesenblumen, die sie in einer leeren Tomatendose vor Brias Grabstein stellten. An diesem Tag glaubte Emma, am Hinterausgang der einfachen Holzkirche Vater O'Reilly zu sehen. Er kam auf sie zu, aber schien es sich dann anders zu überlegen, und ging davon.

An einem besonders schönen Frühlingstag, an dem die ganze Erde zu jubilieren schien, sah Emma eine Frau in einem weißen Batistkleid mit lockigen roten Haaren und einem lachenden Mund vor einer der Friedhof-Ulmen stehen. Die Frau schien so wirklich, daß Emma die Hand hob und ihren Namen rufen wollte, aber im nächsten Augenblick war sie verschwunden.

Als Anfang Juni die Linden blühten, kam Emma eines Tages zum Friedhof, und die Mädchen waren nicht da. Sie hatte Veilchen mitgebracht, um sie auf das Grab zu pflanzen. Unverzüglich machte sie sich an die schöne Arbeit, kniete im grünen Gras und lockerte die weiche feuchte Erde mit einem kleinen Spaten. Als sie Schritte hinter sich hörte, drehte sie sich lächelnd um.

Er trug einen modischen Anzug, eine gestreifte Schleife um den Stehkragen und auf dem Kopf einen steifen runden Hut. Er kam allein und ging mit langen, selbstbewußten Schritten auf sie zu.

Emma erhob sich langsam und so vorsichtig, als fürchte sie zu fallen. Sie ging ihm nicht entgegen, um ihn zu begrüßen, sondern blieb stehen und empfand die Anziehungskraft seiner Nähe wie die Schwerkraft.

Schließlich stand er vor ihr.

»Shay«, sagte sie und wurde beim Aussprechen seines Namens rot.

Die leuchtendgrünen Augen blickten sie hart und erschreckend fordernd an. Er stand so dicht vor ihr, daß sie die Rasierseife riechen konnte, und ihr fiel auf, daß seine lockigen Haare im Nacken über den Kragen fielen.

»Die Mädchen und Vater O'Reilly haben mir gesagt, daß du in letzter Zeit oft hier bist«, begann er unumwunden. »Du hast doch bestimmt gewußt, daß sie es mir sagen würden, nicht wahr?«

»Ja«, antwortete sie, aber es war eine Lüge. Sie hatte viel zu große Angst gehabt, um sich das einzugestehen.

»Und du hast bestimmt auch gewußt, daß ich eines Tages kommen werde und daß ich es nicht über mich bringen werde, einfach nicht zu kommen?«

»Nein ... ja.«

Wie ist das möglich, dachte Emma. Nach all der Zeit spüre ich, wie er mich berührt, auch wenn er mich nicht berührt.

»Und jetzt?« fragte er.
Sie wollte ihn fragen, was er von ihr erwartete.
Sie hatte Angst, ihn danach zu fragen.
»Und jetzt ..., ich weiß es nicht.« Sie hob die Schultern. Es war eine Geste der Hilflosigkeit.
Er trat einen Schritt zur Seite und blickte auf das Grab seiner Frau und auf die Veilchen, die sie dort gepflanzt hatte. Er nahm den Hut ab, und Emma sah, daß seine Finger weiß wurden, als er die Krempe umklammerte.
Sie wollte ihm sagen: *Wir haben uns gefunden – du, Bria und ich, obwohl so viel uns hätte auf ewig trennen können. Das muß doch etwas bedeuten, nicht wahr?*
Er drehte sich um und sah sie wieder an. »Du wirst also am nächsten Samstag deinen Mr. Alcott heiraten«, sagte er.
Sie wollte erwidern: *Ich werde nie mehr lieben, nicht mehr so, nicht mehr so, wie ich dich geliebt habe.*
»Ja«, sagte sie. »Die Trauung wird im Garten stattfinden, natürlich nur, wenn es nicht regnet. Falls es regnet, wird die Hochzeit bis in alle Ewigkeit verschoben werden müssen, denn dann wird Mama sich umbringen.«
Er lachte. Es erschien ihr ungerecht, daß er lachen konnte, wenn sie so lange, so lange nicht gelacht hatte ... seit sie das letzte Mal zusammen gelacht hatten.
»Wir«, sagte er, »wir fahren zufällig an diesem Tag nach New York. Ich habe Arbeit bei einem Bezirkschef im Hafen. Ich werde irischen Einwanderern dabei helfen, sich in der Neuen Welt zurechtzufinden.« Er lachte noch einmal, aber es klang bitter. »Ich werde ihnen zu Weihnachten Truthähne bringen und Säcke mit Kohlen und Krüge voll Bier und so weiter. Es ist eine politische Arbeit, und deshalb ist die Bezahlung beachtlich. Ich werde jedenfalls die Mädchen nicht mehr in eine Fabrik schicken müssen.«
Sie wollte erwidern: *Weshalb sagst du mir das alles? Vielleicht weißt du nicht, daß es immer noch schmerzt, es zu hören.*
»Während ich die Einwanderer betreue, werde ich ihnen natürlich sagen, warum sie die Demokraten wählen sollen, und ich werde

Spenden für den *Clan* sammeln. *Erin go bragh.* Vielleicht wird es zu meinen Lebzeiten dann doch noch einen Aufstand geben.«
»Würdest du dann nach Irland gehen und kämpfen?«
»Nein, ich werde hierbleiben.«
»In New York?«
»Ja, in New York.«
Sie wollte sagen: *Ich gehe mit dir.*
Unglaublicherweise waren die Worte da und kamen ihr beinahe über die Zunge, als sei zwischen diesem und dem letzten Mal nichts geschehen, als sei sie nicht gebrochen worden.
»Emma«, sagte er. »Ich möchte ...«
Sie hielt die Luft an und wartete. »Ich möchte mich bei dir bedanken«, fuhr er schließlich fort. »Du hast den Mädchen sehr geholfen. Du hättest einfach aus ihrem Leben entschwinden können, und dann hätten sie sich immer Gedanken gemacht.« Er lächelte plötzlich. »Du bist eine richtige Dame, Miss Emma Tremayne ..., das wollte ich dir auch noch sagen.« Er streckte die Hand aus, und für einen Augenblick erlaubte sie sich das Gefühl ihrer Hand in der seinen.
Sie sah ihm nach, wie er sich von ihr entfernte.
»Es trifft mich jedesmal«, sagte sie zu der leeren Welt. »Du triffst mich immer wieder mitten ins Herz.«
Später, am Nachmittag, vertauschte sie den schlichten schwarzen Rock und die schwarze Bluse mit einem Frühlingskostüm aus graugrüner Seide mit Schleifen und Knöpfen aus schwarzem Samt und einem großen weißen Chiffonhalstuch.
Sie ging zu Fuß zum Haus in der Hope Street, zurück auf das sichere vertraute Gebiet ihres Lebens in der feinen Gesellschaft. Sie ging mit Geoffrey Arm in Arm über den mit Marmorplatten belegten Weg zum Haus. Die Linden blühten und erfüllten den blauen Himmel mit süßen Düften und langsam zur Erde sinkenden Blüten. In der ruhigen Luft hörte sie Lachen vom Tennisplatz und das gedämpfte Geräusch, mit dem der Schläger den Ball traf.
Wir gehen zusammen, dachte sie, Geoffrey und ich. Wir gehen auf dem Weg mit den Marmorplatten unter einem Baldachin blühender Linden. Wir gehen Arm in Arm, ohne uns zu berühren.

Das Herz eines Mannes ist wirklich etwas Sonderbares. Seamus McKenna trommelte mit den Fäusten gegen seine Stirn. Ein Mann liebt eine Frau immer noch, nachdem er schon lange damit aufgehört haben sollte.
Shay stand auf dem Gehweg der Hope Street neben einem Eisenpfosten zum Anbinden von Pferden, als habe er nur kurz angehalten, um Atem zu schöpfen. Er blickte durch das schmiedeeiserne Tor in den Garten, wo die Reichen zwischen Marmorfaunen und Nymphen Champagner tranken. Sein Blick suchte eine Frau mit einem schlanken weißen Hals, einem scheuen Lächeln und Meerschaum-Augen, voll von Leidenschaft und Sehnsucht.
»Ich kannte einmal einen Seamus McKenna, der dieses Tor mit seinen Preisboxerfäusten zertrümmert hätte, um zu der Frau zu gelangen, die er liebt.«
Shay schloß die Augen, öffnete sie wieder und drehte sich nach seinem Schwager um. »Kannst du mich nicht eine Minute allein lassen? Was willst du überhaupt hier?«
»Ich komme gerade zufällig vorbei.«
»Ach ja? In dieser Gegend leben ja auch jede Menge Katholiken.«
»Und wie ich feststelle, schwimmt seit neuestem auch der Kabeljau in dichten Schwärmen durch die Hope Street.«
Shay spürte einen Schmerz im Nacken, der von der Anstrengung kam, die es ihn kostete, nicht den Kopf zu wenden und durch das Tor zu spähen, nur um einen Blick auf sie zu erhaschen. »Ich muß sie noch einmal sehen«, murmelte er, und es überraschte ihn nicht, daß Donagh seufzte.
»Du hast sie heute morgen gesehen. Wenn du soviel Verstand hättest, wie Gott einem Regenwurm geschenkt hat, hättest du alles getan, damit du sie den Rest deines Lebens jeden Tag sehen könntest.«
Shay blickte durch das Tor, er konnte nicht anders. Er hörte Lachen und das Klingen von Gläsern, doch der Teil des Gartens, den er einsehen konnte, war menschenleer.
»Manchmal«, sagte er, »führt das Leben einen Mann an Orte, an die ihm niemand folgen kann. Manchmal können die, die dich lieben, dir nur eine ›gute Reise‹ wünschen.«

Der Wind ließ einen Schauer von Lindenblüten auf ihre Köpfe niedergehen. Donagh fing ein paar mit der Hand auf, ließ sie aber wieder fallen. »Natürlich ist es klug von dir«, sagte er, »sie nicht in Versuchung zu führen, dem Leben zu erlauben, sie soweit zu bringen, daß sie mit dir davonläuft. Stell dir doch vor, was sie aufgeben würde – ein langweiliges Leben und die Ehe mit einem Mann, den sie nicht liebt. Und stell dir auch vor, was deine Mädchen und dein Sohn erst aufgeben müßten ... eine Kindheit und Jugend ohne eine Mutter, die sie liebt.«

Ein neuer Windstoß fuhr durch die Bäume, und Donagh hob seine Melone, um sie sich dann fester auf den Kopf zu drücken. »O ja, du bringst ein großes, ehrenwertes Opfer für deine Kinder. Unsere Bria wäre stolz auf dich.«

Shay sah dem breiten Rücken des Priesters in seinem schwarzen Talar nach, der sich unter dem grünen Gewölbe von Ahorn und Ulmen entfernte. Dann blickte er sich nachdenklich um. Er betrachtete die prächtigen Häuser mit ihren Säulen und hohen Fenstern.

Donagh irrt sich, dachte er, Preisboxer hin, Preisboxer her, ich kann mit meinen Fäusten kein Eisentor zertrümmern. Und wenn ich es versuchen sollte, würde ich mich nur verletzen.

Bethel Tremayne sah sich in den vielen Pfeilerspiegeln des schönen Zimmers unzählige Male. Selbst im sanften gelben Schein des Gaslichts konnte sie erkennen, wie sich ihr entblößter Brustansatz so schnell hob und senkte wie die Flügel eines gefangenen Vogels.

Er war da.

Es war der Abend vor der Hochzeit ihrer Tochter, und William war nach Hause gekommen. So wie sie es vorausgesagt hatte.

Er war am Morgen mit seiner Yacht in den Hafen von Bristol eingelaufen. Sobald sie die Nachricht erfuhr, hatte Bethel einen Diener mit einem zart duftenden Briefumschlag in den Yachtclub geschickt. In dem Umschlag steckte eine Karte, auf der sie ihn zu einem zwanglosen Abendessen zu zweit einlud. Natürlich erinnerte sie ihn damit diskret daran, daß er immer noch ein Schlafzimmer in diesem Haus hatte.

Bethel hatte sich lange nicht entscheiden können, wo sie ihn begrüßen sollte, und schließlich dieses kleine intime Zimmer neben der Bibliothek gewählt. Der Hauptgrund dafür waren die beiden Lampen, die den Kamin aus Siena-Marmor flankierten. Diese Lampen mit ihren lachsrosa burmesischen Glasschirmen hatten Bethels blasser Haut stets einen vorteilhaften Schimmer verliehen. Außerdem gefiel ihr die Wirkung der vielen Pfeilerspiegel, die ihre Schönheit für ihn unendlich oft spiegeln würden.

Fünf Minuten vor Sieben hatte sie in einer vorteilhaften Pose auf dem mitternachtsschwarzen Roßhaarsofa Platz genommen. Das Sofa war unbequem, doch sie wußte, der mattdunkle Bezug bildete einen guten Kontrast zu ihrer weißen Haut und dem leuchtenden Gold ihrer Haare.

Jetzt begann die Standuhr endlich langsam und gewichtig zu schlagen. Sieben Uhr. Sie hatte ihn gebeten, um sieben Uhr zu kommen.

Bethel bemerkte plötzlich einen schlechten, metallischen Geschmack in Mund und Kehle.

Was, wenn ... aber nein! Sie war auf alles vorbereitet. Sie hatte das Haus mit Blumen schmücken lassen, die Köchin hatte ein Essen mit all seinen Lieblingsgerichten zubereitet. Sie trug das Kleid, das ihr am besten stand und dessen gewässerte Seide die Farbe von Rosenöl hatte.

Und sie hatte gehungert, bis sie so schlank und geschmeidig war wie früher.

Wenn er das Zimmer betrat, würde sie aufspringen und ihn umarmen. Vielleicht war das nicht ganz das Richtige, vielleicht würde eine Dame der Gesellschaft das nicht tun. Aber das junge Mädchen, in das er sich im Ballsaal eines Hotels in Sparta verliebt hatte, hätte das wahrscheinlich getan – das bezaubernd junge Mädchen, das Gardenien im Haar getragen hatte.

Der Glockenschlag verklang, und das Zimmer versank wieder in der Stille, die nur vom Ticken der Uhr durchbrochen wurde.

Bethel wartete und wartete ...

Sie wartete noch, als die Uhr acht und dann neun schlug. Als die Tür schließlich geöffnet wurde, stand sie mühsam mit steifen und ge-

fühllosen Beinen auf. Doch es war nur Carrews. Der alte Butler trug auf einem Silbertablett ein gefaltetes Blatt Papier.
Bethels Herz begann schmerzhaft schneller zu schlagen. Ihre Finger zitterten, als sie das Blatt auseinanderfaltete. Dann nahmen die Tränen ihr jede Sicht, und es dauerte eine Weile, bevor sie die Nachricht lesen konnte.
Er werde, schrieb William, während seines Aufenthalts in Bristol auf seiner Yacht leben und im Club essen.
Einst ..., vor langer Zeit hatte sie mit ihm unter Kronleuchtern getanzt, die die Wärme und den blendenden Glanz von tausend Sonnen verstrahlten. Sie erinnerte sich noch deutlich an jene Nacht. Weshalb konnte sie sich dann nicht an den Augenblick erinnern, an dem sie ihn verloren hatte?
Bethel hörte ein Geräusch. Sie hob den Kopf. Ihre Tochter Emma stand in der Tür und beobachtete sie mit diesen eigentümlichen Augen, die sie weder von ihrer Mutter noch von ihrem Vater hatte. Sie stand dort mit ihrem wundervollen Gesicht. Mit ihrer Schönheit hatte es Bethel nie aufnehmen können.
Bethel hoffte, Emma würde ins Zimmer treten und sich neben sie setzen, sie vielleicht in die Arme nehmen ... und sie trösten. Doch sie wußte nicht, wie sie darum bitten sollte, und glaubte nicht, daß Emma von selbst kommen werde – nicht nach allem, was sie ihr angetan hatte. Sie sprachen nur selten miteinander, eigentlich nur in Gegenwart von anderen, um der Form Genüge zu tun. Emma hatte ihr nie Vorwürfe gemacht. Warum auch? Alles war nur zu Emmas Besten geschehen. Schließlich hatte die Kur geholfen. Emma heiratete morgen Geoffrey Alcott. Sie war zur Vernunft gekommen.
»Mama?« fragte Emma. »Ist alles in Ordnung?«
»O ja«, erwiderte sie mit einem gespielten Lächeln und in einem viel zu fröhlichen Ton. »Ich sitze nur hier und denke über deine Hochzeit nach. Ich gehe in Gedanken noch einmal die endlosen Listen durch, die mir in den vergangenen acht Monaten durch den Kopf gewirbelt sind.«
Ihre Tochter wollte sich abwenden, doch Bethel hielt sie davon ab. Sie rief Emmas Namen so laut, daß sie beide erschraken. Und dann

kamen ihr die seltsamsten Worte über die Lippen. Sie entstanden aus einem Gefühl heraus, von dessen Vorhandensein sie nie etwas geahnt hatte. Diese Worte schmerzten schrecklich und zerschnitten ihr wie Messer die Kehle.
»Ich habe ein törichtes Leben gelebt«, sagte Bethel Tremayne zu ihrer Tochter. »Erst hatte ich nichts, dann hatte ich alles, und jetzt habe ich wieder nichts mehr.«

Zweiunddreißigstes Kapitel

An Emmas Hochzeitstag ging die Sonne in all ihrer rotgoldenen und orangefarbenen Schönheit auf.

Emma stand mit der Sonne auf und war so unruhig, daß sie das Haus verließ und einen Spaziergang durch die Birken bis hinunter zum Wasser machte. Die Bäume waren inzwischen voll belaubt. Sie glänzten grün und verheißungsvoll. Emma fand den Strand nach dem Winter verändert, doch das war immer so. Stürme verwüsteten den Sand und hinterließen viele Steine. Im Frost starben ein paar Bäume ab, die Felsen gefroren in der Kälte und barsten. Kein Frühling war jemals genauso wie im Jahr zuvor.

Auf dem Rückweg über den sanft gewellten Rasen blieb sie stehen und blickte auf das Haus, das silbergrau in der Sonne schimmerte. Bei dem Gedanken, diesen Ort zu verlassen, erfaßte sie schmerzliche Trauer, als sei es ein Abschied für immer, obwohl das natürlich nicht so war.

Emma stieg die Verandastufen hinauf, als sie ihren Vater entdeckte, der zwischen den Palmen und Korbstühlen stand.

Ein Fremder, der mein Vater ist ...

Er war groß und schlank. Seine Haut war tief gebräunt, und er trug die weiße Mütze und den dunkelblauen Blazer des Seglers. Er stand breitbeinig auf der Terrasse, hatte die Hände im Rücken verschränkt, als halte er Wacht auf dem Achterdeck.

Emma begrüßte ihn aus einiger Entfernung: »Hallo, Papa«, und wußte nicht genau, ob sie ihn umarmen sollte. Da er sich nicht bewegte, blieb sie stehen, wo sie war. »Vielen Dank, daß du gekommen bist.«

Seine Zähne blitzten weiß in seinem dunklen Gesicht, als er lächelte.

»Ich würde mir um nichts auf der Welt die Hochzeit meines kleinen Mädchens entgehen lassen.« Er musterte sie liebevoll langsam von Kopf bis Fuß. »Allerdings bist du nicht mehr so klein.«

Emma konnte darauf nichts erwidern. Sie war äußerlich nicht mehr gewachsen, seit er sie als Sechzehnjährige zuletzt gesehen hatte. Gewachsen war sie innerlich, und das konnte er nicht sehen.

»Mein kleines Mädchen ...« Er hob die Hand, als wolle er ihr die Hand auf den Kopf legen. Aber das tat er nicht. Er ließ die Hand wieder sinken, und Emma sah Tränen in seinen Augen. »Du hast mir gefehlt, mein Kind.«

Was konnte sie dazu sagen? Er hatte ihr auch gefehlt, aber er hatte sie verlassen.

Er löste sich von ihr, drehte sich zur Seite und stellte auf diese Weise wieder den Abstand zwischen ihnen her. Emma wußte, der Augenblick der Nähe zu ihrem Vater – der erste überhaupt – war vorüber, und sie hatte nichts getan, um es zu verhindern.

Aber er sah sie ohnehin nicht mehr an. Er hatte das Gesicht wieder dem leichten Wind zugewandt, und in seinen graugrünen Augen lag ein abwesender Ausdruck. Sein Haar war jetzt ganz weiß, und er hatte tiefe Falten im Gesicht.

»Würdest du gern Segeln gehen, Papa?«

Er hob den Kopf und schnupperte in die Luft, wie früher, als sie noch klein war. Der Anblick machte sie traurig, aber sie lächelte trotzdem.

»Kein nennenswerter Wind heute. Vielleicht später.«

»Aber später werde ich Geoffrey heiraten«, entgegnete sie.

Er sah sie prüfend an. »Und wirst du dann alle deine Spielsachen für immer wegräumen? Wird es dann für meine kleine Emma keine Träume und keine Abenteuer mehr geben?«

Plötzlich hätte sie am liebsten geweint. Sie mußte heftig schlucken.

»Soll ich das tun?«

»Die Welt verlangt das von dir.«

Es gab Fragen, die sie ihm stellen wollte, doch es ging dabei um Dinge, über die geschwiegen werden sollte.

Sie betrachtete sein Profil. Er war älter geworden. Seine Haare waren weiß, und die Falten hatten sich tiefer in sein Gesicht eingegraben.

»Papa?« Sie durchbrach mutig das Schweigen. »Warum hast du Mama geheiratet?«
Er drehte sich langsam um. Er dachte offenbar nach und antwortete schließlich: »An dem Abend, als ich sie kennenlernte, schien sie voller Leben zu sein. Sie war so stark, so mutig und erdverbunden. Sie war alles, was ich nicht war. Kennst du den Leitspruch der Tremaynes – Ausdauer siegt? Deine Mutter konnte schon immer besser nach diesem Motto leben als ich. Deshalb habe ich sie geheiratet.«
»Aber wenn du sie ... so sehr bewundert hast, wieso hast du sie dann verlassen?«
Emma nahm an, er werde sagen, die Gründe dafür seien Willies Selbstmord gewesen und das, was sie alle getan hatten, um seinen einzigen Sohn in jener Nacht in den Sturm hinauszutreiben.
»Es kam der Zeitpunkt«, erwiderte er, »als mir klar wurde, daß ich sie überhaupt nicht verstand, und daß ich sie eigentlich auch nicht verstehen wollte. Deshalb bin ich gegangen.«
So einfach kann es nicht gewesen sein, dachte Emma. Es hätte nicht so einfach sein sollen. Arme Mama. Sie hat Monat um Monat Pläne und Strategien geschmiedet. Sie hat gehungert, um dich zurückzugewinnen, während sie dich in Wirklichkeit schon vor langer Zeit endgültig verloren hat.
Er hatte ihr überhaupt nie auf die Weise gehört, die wichtig war, denn sie war nie die Frau gewesen, die er hätte lieben können. Bethel Lane hatte sich nicht verändert, aber sein Blick für sie hatte es.
Seine Augen ruhten wieder auf dem Wasser, und Emma wußte bereits, was er sagen würde.
»Nein.« Er schüttelte langsam den Kopf. »Es ist falsch, daß ich deiner Mutter die Schuld gebe. Es war nicht nur sie. Ich bin weggegangen, weil ich mit meinem Leben hier sehr unglücklich war, und nichts, was sie tun oder nicht tun konnte, würde daran etwas geändert haben. Es erschien mir plötzlich schrecklich, immer nur unglücklich zu sein.«
Emma machte einen Schritt auf ihn zu und dann noch einen. Sie legte die Arme um ihn und drückte die Wange an seinen warmen Nacken.
»Wir werden später Segeln gehen.« Er räusperte sich. »Ganz gleich, ob du Mrs. Alcott bist oder nicht.«

Sie versuchte zu lächeln. »Ja, später.«
Emma blieb in der offenen Tür stehen und blickte noch einmal zurück, bevor sie ins Haus ging.
Er fragte: »Bist du glücklich, Emma?«
Ohne nachzudenken, antwortete sie: »Natürlich bin ich glücklich, Papa.« Sie hatte gelogen. Verlegen fügte sie schnell hinzu: »Schließlich ist heute mein Hochzeitstag! Ich wollte eine Tasse Kaffee trinken. Möchtest du auch eine Tasse?«
»Danke, aber ich habe bereits Kaffee getrunken«, erwiderte er und lächelte wieder. Das Lächeln war typisch für ihren Vater – ein Vater, der für sie ein Fremder blieb. Sie versuchte, ebenfalls zu lächeln, doch die Tränen nahmen ihr die Sicht, so daß sie auf ihrem Weg ins Haus beinahe über die Schwelle gestolpert wäre.
Emma ging in das Frühstückszimmer und traf dort ihre Mutter. Bethel saß umgeben von Silber und feinem Porzellan am Tisch mit der Spitzendecke. Wie immer trug sie eine hochgeschlossene Hemdbluse, und ihr Haar war sorgfältig zu einem eleganten Knoten aufgesteckt.
Sie war der Inbegriff von Anmut und vornehmer Eleganz …, bis auf das Blätterteighörnchen in ihrer Hand, von dem die Sahne tropfte und die Erdbeermarmelade, die an ihrer Unterlippe hing.
»Mama? Ist etwas …, fühlst du dich gut?«
Bethel legte das Hörnchen auf den Teller und betastete die edelsteinbesetzte Brosche in Form eines Blumenkörbchens an ihrem Hals. »Natürlich fühle ich mich gut. Schließlich ist heute dein Hochzeitstag. Vergiß nicht, Heiraten ist das größte Ereignis, das es im Leben einer Frau gibt.«
»Wird es auch das größte Ereignis für Geoffrey sein?« fragte Emma.
Die Hand ihrer Mama hörte auf, sich zu bewegen. Nach einem Augenblick antwortete sie: »Für Männer ist das anders.«
Emma wollte ihr sagen, daß Papa draußen auf der Veranda stand. Doch dann blickte sie auf das Hörnchen, den Teller voller Krümel und auf die Erdbeermarmelade, und sie schloß daraus, daß ihre Mutter es bereits wußte.

Emma ging allein Segeln. Bevor sie das Haus verließ, nahm sie verstohlen eine weiße Rose aus dem Brautbukett.

Über dem Wasser hing dünner Nebel, als sei eine Wolke vom Himmel gefallen. Doch der Wind wehte gerade genug, um die Segel zu blähen. Sie fuhr zu den Klippen, an denen man Willies zerschmettertes Boot gefunden hatte. Sie fuhr an die Stelle, wo Willie nicht nur seinen Hochzeitstag, sondern seine ganze Zukunft aufgegeben hatte.

Sie saß lange im Boot und blickte auf das schäumende Wasser, das über den Felsen und über Willies Grab im scheinbar ewigen Gleichklang immer wieder zusammenschlug.

Wenn du hier wärst, Willie, dachte sie, würde ich dich fragen: Tut es dir leid, daß du es auf diese Weise getan hast? Hast du im allerletzten Augenblick, als sich das Wasser über deinem Kopf geschlossen hatte wie ein Sargdeckel und deine Lunge vor Schmerz platzte, hast du da gewünscht, du hättest dich anders entschieden?

Nach dem, was an jenem verhängnisvollen Abend geschehen war, hatte Emma lange geglaubt, sie und ihre Mutter seien schuld an Willies Entscheidung gewesen. Doch inzwischen wußte sie es besser.

Damals, in dieser Nacht, hatte sie ihren ersten Kuß bekommen.

Er war einer von Willies Freunden an der Universität, der für eine Woche in den Semesterferien zu Besuch gekommen war. Er hieß Michael und war so hübsch, daß Emma dachte, er könne für den Engel auf einem Kirchengemälde Modell stehen. Sie war erst sechzehn und beobachtete ihn beim Abendessen. Während er redete, trank und aß, blickte sie auf seine vollen Lippen und fragte sich, wie es wohl wäre, von einem solchen Jungen geküßt zu werden. Schon lange bewegte sie die Frage, wie es sein mochte, wenn ein Junge sie küßte.

Spürte er irgendwie, was sie wollte? Offenbar, denn später ging Michael trotz der Kälte mit ihr hinaus in den Garten. Dort umarmte er sie und drückte seine vollen wunderbaren Lippen auf ihren Mund.

Er wollte gerade etwas Ungewöhnliches tun, er wollte ihr seine Zunge in den Mund schieben, als Willie sie entdeckte.

»Du Hure!« rief Willie. Aber dabei sah er nicht sie an, sondern seinen

Freund, und sein Blick verriet, wie tief er verletzt war und wie sehr er sich betrogen fühlte.
Erst dann bemerkte Emma ihre Mutter. Mama stand hinter Willie und beobachtete sie wie ein *tableau vivant*, das zur Unterhaltung im Garten aufgestellt worden war.
Emma lief weinend ins Haus. Spät am Abend trieb sie ihr schmerzendes verwirrtes Herz zu Willies Zimmer. Sie wollte sich wegen ihres schamlosen Benehmens entschuldigen. Aber vielleicht wollte sie ihn auch bitten, ihr den Grund für den seltsamen Ausdruck in seinen Augen zu erklären.
Doch Mama war ihr zuvorgekommen. Die Tür war nicht richtig geschlossen, und Emma hörte, wie sie sagte: »Wie *konntest* du ihn ins Haus bringen?« Ihre Stimme bebte vor Zorn und Abscheu.
Willie murmelte etwas, das Emma nicht verstand.
»Das ist ein Leiden, über das man hinwegkommen kann und muß. Du kannst damit anfangen, daß du dich sofort deiner Pflichten als Sohn und Erbe der Tremaynes annimmst. Ich erwarte, daß du bis zum Ende des Sommers die Frau gefunden hast, die deine Ehefrau sein und deine Kinder zur Welt bringen wird. Und du wirst dich von diesem Jungen und allen anderen seiner Art ein für allemal fernhalten.«
Doch Willie ging nicht zurück nach Yale oder fand das Mädchen, das er am Ende des Sommers heiraten würde. Willie Tremayne beschloß statt dessen, am nächsten Tag mit Maddie Rodeln zu gehen. Trotz Eis und Schnee nahm sie seinen Vorschlag an, obwohl Willie sie zu dem Ausflug offenbar nur deshalb aufforderte, weil er damit Emma auf seine Art bestrafen wollte. Aber das Schicksal wollte es anders. Maddie verunglückte, und in der Nacht segelte er mit seinem Boot in den Sturm hinaus und ertrank in den Wellen.
Vielleicht, dachte Emma jetzt, hat er gehofft, niemand werde bemerken, daß seine Seele krank war, wenn es ihm gelang, seinen Körper zu vernichten.
Als Kinder waren sie einmal beim Spielen auf der Hope Farm im Wald auf eine Schlagfalle gestoßen, in der die abgebissene, blutige Pfote eines Fuchses hing. Der Fuchs hatte Sehnen und Knochen durchgenagt, um sich zu befreien.

Willie weinte um den verstümmelten Fuchs. Doch Emma fand die abgebissene Pfote wunderschön, denn mit seinem Mut hatte der Fuchs seine Freiheit gerettet.
»Willie ...«, flüsterte Emma traurig, und es war wie ein Abschied. Voll Verständnis blickte sie in die strudelnde Tiefe der Bucht, wo er ruhte.
Vielleicht ruht er nicht in Frieden, dachte sie, aber eine Art Ruhe hat er bestimmt gefunden.
Die Brise frischte auf, und der Nebel über dem Wasser hob sich. Die Sonne schien in der Bucht zu schwimmen. Emma wollte die Rose aus dem Brautbukett auf die Klippen werfen, doch beim Anblick ihrer Hand im weißen Handschuh hielt sie mitten in der Bewegung inne.
Zwei Dinge bewegten sie in diesem Augenblick – der mit Diamanten besetzten Saphir-Ring, den der Mann ihr geschenkt hatte, den sie heiraten würde, und eine kleine Narbe, die sie dem Mann verdankte, den sie liebte.
Manchmal, dachte sie, ist der Preis, den man dafür bezahlt, daß man das tut, was man tun will, um der Mensch zu sein, der man seiner Vorstellung nach sein möchte ..., manchmal ist dieser Preis wirklich sehr hoch.
Aber ihn nicht zu bezahlen, war immer noch schlimmer.

Die Lokomotive spie eine Dampfwolke aus, die durch den Bahnhof in der Franklin Street trieb. Es war der Zehnuhrfünfzug nach Providence, der Anschluß hatte an den Elfuhrsiebenundvierzigzug nach New York. Shay McKenna kauerte auf dem Bahnsteig und versuchte, die Arme seiner Tochter von dem Laternenpfahl zu lösen, den sie umschlang. Ihre Kraft erstaunte ihn. Er konnte sich beim besten Willen nicht vorstellen, wie er sie in den Zug bekommen sollte, ohne daß er ihr ein paar Knochen brach. »Merry, Liebling, wenn du nicht losläßt«, schimpfte er, »versohl ich dir den Hintern.«
»Allmächtiger!« rief Vater O'Reilly und verdrehte die Augen. »Die Drohung wirkt bestimmt, nachdem du die Kleine in ihrem kurzen Leben noch nie geschlagen hast.«

»Es gibt für alles ein erstes Mal.« Shay versuchte, Merry mit bohrenden Blicken einzuschüchtern. Er hatte erlebt, daß das bei einem Boxkampf manchmal wirkte. Sie zuckte nicht mit der Wimper.

Er drehte sich um, ohne aufzustehen, und blickte zu seiner älteren Tochter hinüber. Noreen saß auf dem Überseekoffer und hielt den kleinen Jacko auf dem Schoß. »Warum macht sie das?«

Noreen zuckte die Schultern. Die Bewegung übertrug sich auf Jacko, der fröhlich gluckste. »Ich weiß nicht, Papa. Sie summt nicht.«

Shay nahm den Hut ab, fuhr sich mit den Fingern durch die Haare und setzte den Hut wieder auf. Er stieß einen Seufzer aus. Morgen würde es wieder einen Zug geben. Aber zum Teufel noch mal, er war schließlich der Vater.

Er stand auf und wies mit seinem Finger auf die rote flauschige Quaste der Schottenmütze seiner Tochter. »Also, hör zu ...«

»Emma«, sagte Merry.

Shay starrte zwei Herzschläge lang auf sie hinunter und kam dann zu dem Schluß, nicht richtig gehört zu haben.

»Miss Emma«, sagte Vater O'Reilly, »ist in diesem Augenblick zu Hause, mein liebes Kind, und heiratet den falschen Mann.«

»Donagh!« Shay ballte die Hände zu Fäusten.

»Und dein Papa ist damit beschäftigt, sich an das Kreuz seiner guten Absichten zu schlagen.«

Shay sah den Priester mit einem harten verkniffenen Lächeln an. »Würde es dir schrecklich viel ausmachen, dein Kreuz und den Kragen abzunehmen, damit ich dir ein paar reinhauen kann?«

Donagh lächelte unerbittlich. »Ich war schon immer der Meinung, daß ich es mit dir aufnehmen kann, Preisboxer hin, Preisboxer her. Aber dazu muß ich mir nichts abnehmen.«

»Donagh, du hast noch eine verdammte Minute zum Überlegen«, Shays Stimme klang noch rauher als gewöhnlich. »In der kurzen Zeit, in der sie mich kennt, war ich Hundewärter, Fischer und Arbeiter auf den Zwiebelfeldern. Nichts davon hat mir eine gesellschaftlich respektable Stellung eingebracht.«

»Und? Manche Männer erschaffen Häuser, andere Männer erschaf-

fen Träume. Wieder andere Männer hocken auf ihrem dicken Hintern, furzen, rülpsen und reden über irische Politik. Über den Geschmack der Frauen, was Männer angeht, läßt sich nicht streiten.«
»Sie hat diesen sogenannten Treuhandfonds von einer Million Dollar.«
»Hast du vielleicht Glück! Ich sage immer, wenn ein Mann überhaupt heiratet, dann kann er auch Geld heiraten.«
»Ich bin Ire.«
»Also, wenn ich das nicht wüßte, würde ich es nicht glauben. Die Iren, die ich kenne, die haben Mumm in den Knochen ... Heilige Mutter Gottes! Wir reden nicht zum ersten Mal darüber, und ich bin es leid. Du hättest in den vergangenen zwei Monaten jeden Tag nach New York fahren können.«
»Halt, warte ...«
»Wenn du bis heute gewartet hast, dann doch nur deshalb, weil du gehofft hast, sie würde zu dir kommen und sagen: ›Seamus McKenna, mein lieber Junge, du bist der Held meiner Träume, mit dem ich mein ganzes Leben verbringen will.‹ Soweit ich mich erinnern kann, hat sie das sogar bereits getan, und du warst der blöde Ochse, der ihr gesagt hat, daß du nichts davon hören willst.«
»Ganz so ist es nicht!«
»Niemand fragt mich um Rat, aber wenn ich gefragt werden sollte, würde ich sagen, daß es an dir ist, ihr einen Antrag zu machen. Verstanden? So, mehr sage ich zu diesem Thema nicht!«
»Wenn ich ein einziges Mal einen Satz zu Ende bringen könnte ...«
Die Lokomotive pfiff. Die beiden Männer blickten gleichzeitig auf das große weiße Zifferblatt der Bahnhofsuhr.
»Anstatt deine Sätze zu beenden, Seamus, solltest du dir lieber den Atem sparen, damit du etwas schneller rennen kannst«, sagte Donagh. »Ich meine, für den Fall, daß du rechtzeitig zur Trauung dort sein willst.«
Shay verlagerte das Gewicht von einem Fuß zum anderen, als sei er bereits losgelaufen, noch bevor er im Herzen und in Gedanken den Mut dazu aufgebracht hatte. »Aber was ist, wenn ...«
»Dann hast du nur deinen Zug verpaßt.« Donagh schob ihn an der

Schulter vorwärts. »Los, geh, Mann, geh! Wir drei warten in der Zwischenzeit bei Hardy und trinken ein paar Eiscreme-Sodas.«

Donagh sah ihm nach, als er endlich davonrannte. Seamus McKenna rannte, als wolle er den Zug zum Himmel erreichen. Vielleicht ist es auch so, dachte Donagh und drehte sich um, vielleicht ist es tatsächlich so. Er sah, wie sich Shays Töchter zufrieden anlächelten.

Donagh legte den Kopf zurück, blickte zum Himmel hinauf und blinzelte, um die Tränen zu unterdrücken. »Ach, Bria, du hast immer einen Weg gefunden, um dir deine Herzenswünsche zu erfüllen.«

Emma betrachtete sich mit sehr gemischten Gefühlen im bodenlangen Spiegel. Dort stand die Braut, auf die alle warteten – Miss Emma Tremayne in einem Hochzeitskleid, das über und über mit Spitze und winzigen Perlen besetzt war. Die lange Schleppe umgab sie wie eine weiße Glocke. Ein mit Orangenblüten befestigter Tüllschleier verhüllte ihr Gesicht.

Doch sie spürte plötzlich, wie in ihrer Brust in der Herzgegend ein seltsames schwaches Glücksgefühl erwachte und stärker und stärker wurde. Emma wußte noch immer nicht genau, wie alles gekommen war. Es hatte an dem Tag angefangen, als Bria McKenna mit dem toten Kind bei der letzten Fuchsjagd der Saison erschienen war. Nun war der Hochzeitstag da und mit ihm die Entscheidung, die sie jetzt endgültig treffen mußte.

Eine Entscheidung, die sie längst getroffen hatte.

Irgendwie war sie eine Weile vom Weg abgekommen und hatte zu lange nichts dagegen unternommen. Sie hatte beinahe so lange nichts unternommen, bis es schon fast zu spät war.

Das Haus war still, als sie die breite Eichentreppe hinunterging. Mama und Maddie waren in ihren Zimmern und kleideten sich an. Papa war in der Bibliothek. Der mit Rosen umwundene Bogen, unter dem sie mit Geoffrey hindurchschreiten sollte, das gelbgestreifte Zelt und die Eiskübel mit Champagner – alles war bereit, doch die Gäste würden erst in einer Stunde erscheinen. Sie wußte, daß Geoffrey bereits da war, denn sie hatte vom Fenster ihres Zimmers seinen Landauer vorfahren sehen.

Zum Glück für sie beide fand Emma ihn allein am Felsvorsprung über der Bucht.
»Geoffrey?« rief sie und erreichte ihn atemlos, als sei sie gerannt.
Er drehte sich um und lächelte. Er sah sie mit dem glücklichen Grinsen eines kleinen Jungen an, und das tat ihr weh, denn sein Lächeln hatte sie immer am meisten an ihm gemocht.
»Emma! Was machst du hier draußen? Ich darf dich vor der Trauung doch nicht im Hochzeitskleid sehen. Das bringt Unglück.«
»Geoffrey«, wiederholte sie und ließ den Kopf sinken. »Es fällt mir sehr schwer, das zu sagen. Ich hätte es früher sagen, früher tun sollen, und es tut mir leid, sehr leid ..., aber ich kann dich nicht heiraten.«
Sein Lächeln erstarb. Sie sah, wie er darum kämpfte, es wieder aufzusetzen. »Emma, es ist nicht der Zeitpunkt für Späße.«
»Du hättest mich unglücklich gemacht, und ich will nicht unglücklich sein. Ich weiß, das ist egoistisch, und ich kann zu meiner Entschuldigung nur sagen, daß ich dich ebenso unglücklich gemacht hätte.«
Geoffrey sah sie stumm an, als sei er wie betäubt von einem unaussprechlichen Schmerz. Emma dachte, sie müsse mehr sagen, alles besser erklären.
»Dies ist dein Leben, Geoffrey... ich will nicht dein Leben führen.«
Plötzlich schlug etwas über ihm zusammen, ein unermeßlicher Schmerz. An seinen Augen erkannte sie, daß er abgrundtief verletzt war. Sie sah die Leere darin und die Niederlage. Sie hatte das Gefühl, daß er im tiefsten Innern damit gerechnet hatte.
»Es tut mir leid«, flüsterte sie.
»Aber du kannst nicht einfach ...« Seine Stimme brach, und er mußte neu beginnen. »Was hast du vor?«
Sie lächelte. Sie konnte es nicht verhindern. Sie mußte lächeln, obwohl sie auch weinen wollte. »Ich weiß nicht. Vielleicht segle ich nach Viano do Castelo.«
»Er ist es, nicht wahr?« Sein Gesicht wurde hart. »Ich habe vermutet, daß es einen anderen gibt. Aber ein Gentleman sollte im Zweifelsfall immer zugunsten einer Dame urteilen und deshalb ...« Er schluckte

und fuhr sich mit der Zunge über die trockenen Lippen. »Du gehst zu ihm.«
Emma stellte plötzlich fest, daß Geoffrey sie nicht mehr ansah. Er kniff die Augen zusammen und starrte auf jemanden hinter ihr – auf den Mann, der vor dem schmiedeeisernen Tor stand.
Shay umklammerte die Eisenstäbe, drückte das Tor auf und lief hindurch.
Emma raffte ihr Hochzeitskleid und eilte über den gepflasterten Weg zur Auffahrt mit den zerstoßenen Muschelschalen.
»Emma, tu das nicht!« rief Geoffrey ihr nach.
Sie hörte seine Schritte auf den Steinplatten. Er folgte ihr, und sie hatte plötzlich Angst, er werde versuchen, sie zurückzuhalten. Deshalb raffte sie den Rock noch höher und begann zu rennen.
Vor Shay, ihrem Geliebten, blieb sie atemlos, lachend, aufgeregt, voll Angst und Liebe, so unendlich großer Liebe stehen.
»Miss Emma Tremayne«, stieß er atemlos hervor. »Ich bin gekommen, um dich abzuholen. Gehst du jetzt mit mir oder nicht?«
»Ja«, antwortete sie ebenso atemlos.
Zu ihrer Überraschung, denn so etwas sah ihm überhaupt nicht ähnlich, stieß er ein jungenhaftes Geheul aus. Dann nahm er sie auf die Arme und trug sie davon.
Emma blickte über seine Schulter zurück und sah Geoffrey, der mit herabhängenden Armen in der Mitte der Auffahrt stand.
Sie drehte den Kopf und küßte Shay auf den Nacken. »Ich wäre nach New York gekommen und hätte dich dort gesucht«, flüsterte sie.
Er lachte. »Ach wirklich?«
»Nehmen wir das Boot. Ich möchte von hier fortsegeln.«
Sie hatten gerade abgelegt, als Geoffrey zwischen den Bäumen auftauchte. Jetzt, nachdem es zu spät war, rannte er und rief ihren Namen.
Emma nahm den Brautschleier ab und zog seinen Ring vom Finger. Sie band den Ring mit einem weißen Satinband an den Schleier und warf ihn ins Wasser. Die Flut würde ihn zu Geoffrey ans Ufer tragen.

Der Nebel hatte sich aufgelöst, und der Himmel war blau, strahlend blau. Weiße kleine Wolken zogen darüber hin.
Emma stand im Heck der *Ikarus.* Sie umfaßte mit einer Hand das Backstag und überließ sich der Sonne, dem Wind und dem Meer.
Sie blickte zurück zum Poppasquash Point, zum Strand mit dem Kies und den Muscheln und den Birken mit ihrem glänzenden frischen Laub.
Aus den Augenwinkeln nahm sie etwas Weißes am Strand wahr.
Dort stand stolz und stark eine Frau in einem Spitzennachthemd. Ihr rotes Haar wehte im Wind. Im nächsten Augenblick war sie verschwunden, und Emma sah nur eine Gruppe Birken, deren Stämme silbern in der Sonne schimmerten.
Trotzdem hob sie die Hand und winkte. Sie nahm nicht für immer Abschied von ihrer Freundin Bria, sondern sagte ihr nur Lebewohl.
»Weißt du auch, Emma, daß du diese Dummheit eines Tages bereuen wirst?«
Sie sah ihn an, blickte ihm in die Augen. Sie hatte seine Augen vom ersten Augenblick an geliebt. Und dieser Moment war so wunderbar, daß sie fürchtete, er werde zerrinnen und etwas von seinem Glück verlieren, wenn sie auch nur atmete.
Doch sie war bei ihrem Geliebten und würde bei ihm bleiben. Deshalb konnte sie das Glück immer wieder finden und mit ihrer Liebe bewahren, auch wenn die Zukunft so unergründlich zu sein schien wie die schwarzen Stellen zwischen den Sternen am Nachthimmel.
»Vielleicht werde ich das«, erwiderte sie lachend. »Aber bis dahin möchte ich ein wundervolles Leben mit dir verbringen, Seamus McKenna.«

Danksagung der Autorin

Ich danke Helen Tessler von der Bristol Historical Society für ihre Hilfe, das Bristol, Rhode Island, von 1890 lebendig zu machen.
Mein Dank gilt auch Lindsay Casablanca für die wertvollen Forschungen und dafür, in ihr eine so liebe Freundin zu haben. Es ist selten, daß man jemanden findet, der die gleichen Interessen für Baseball der Giants, Einkaufen bei Saks und teure französische Restaurants hat.
Ich danke Kristin Hannah, Frances Jalet-Miller und Claire Zion für die klärenden Äußerungen zum Manuskript. Ich habe durch die Kritik nicht nur erkannt, wo ich mich geirrt hatte, sondern fand durch die ausgezeichneten Anregungen den Weg, es richtig zu machen. Ich möchte aufrichtig feststellen, ohne diese Hilfe wäre mir das Werk nicht gelungen.
Danke Tracy Grant und Catherine Coulter für zahllose Treffen zum Mittagessen und zum Kaffeetrinken. Ihr habt mein endloses Jammern geduldig angehört, wie *schwer* es ist, dieses Buch zu schreiben, ohne mir höflich zu bedeuten, endlich den Mund zu halten und es einfach zu tun.
Schließlich danke ich Aaron Priest und Larry Kirshbaum für den Glauben an diesen Roman.